BLUTFÖHRE

HISTORISCHER ROMAN

MONIKA PFUNDMEIER

MONIKA PFUNDMEIER

geboren 1979, ist Unternehmensberater, Stadtführer und vor allem: Autor. Nach Jahren in der Unternehmensberatung entschied sie, ihrem Herzen und ihrer Berufung zu folgen. Ihr erster Roman ist der Auftakt der Geschichte rund um das Haus Wittelsbach. Sie schreibt in München an weiteren Romanen unterschiedlicher Genres. Ihre poetischen Texte erscheinen auf ihrem Blog und in verschiedenen Münchner Stadtmagazinen. Weitere Informationen finden Sie unter

www.monika-pfundmeier.com

MONIKA PFUNDMEIER

BLUTFÖHRE

HISTORISCHER ROMAN

Erfahren Sie mehr im Internet
MONIKA-PFUNDMEIER.COM
www.facebookcom/autormonikapfundmeier/
kontakt@monika-pfundmeier.com

Originalausgabe September 2016, 2. Auflage. 2017
Copyright: © Monika Pfundmeier – alle Rechte vorbehalten.
Verlag/Erscheinungsort/Satz: Monika Pfundmeier, München
© 2017-
Herstellung und Verlag: BoD – Books on Demand, Nordersted
Lektorat: Dorothea Kenneweg
Schriften: Times New Roman/Cinzel
© Grafik-Elemente Cover: Burke Akademie/Oliver Wolf
© Cover- und Umschlaggestaltung: Laura Newman – design.lauranewman.de
Umschlagmotive: Designed by Kjpargeter, 0Melapics, Shahsoft1 / Freepik
© Foto: Raimund Verspohl - www.raimund-verspohl-portraits.com

Bibliografische Information der Deutschen Nationalbibliothek Die Deutsche Nationalbibliothek verzeichnet diese Publikation in der Deutschen Nationalbibliogra-
fie; detaillierte bibliografische Daten sind im Internet über www.dnb.de abrufbar.

ISBN: 978-3-74-480294-9

Liebe LeserInnen,

Wort fügt sich an Wort auf den folgenden Seiten und erweckt die alte Sage der Blutföhre zu einem lebendigen Bild - eine Legende aus dem 13. Jahrhundert, die mich als Kind in den Bann zog.

In Ihren Händen liegt ein Buch mit einer ganz eigenen, besonderen Sprache und Sprachmelodie. Die ersten Zeilen sind – vielleicht – ungewohnt. Doch - wie bei einem Tanz – wächst das Vergnügen und die Spannung Stück für Stück.

Viel Freude und faszinierende Lesestunden mit der BLUTFÖHRE wünsche ich Ihnen!

MP

✝

INHALTSVERZEICHNIS

Kurzüberblick – Personen

(historische Persönlichkeiten sind mit * gekennzeichnet;
Details im Anhang)

Ulrich von Mering - Letzter eines angesehenen Hauses; hält Menschen von sich fern und Ideale hoch.

Agnes von Hardenberg - Ulrichs Verlobte wider Willen; sucht Freiheit, wird eingeholt von der Liebe.

Ludwig II. »der Strenge« *(*)*, Haus Wittelsbach - Herzog von Bayern und Pfalzgraf bei Rhein - Ulrichs Lehnsherr, mit ehrgeizigen Plänen und unberechenbarem Temperament.

Cäcilia – Adlige aus gutem Hause; Hofdame Herzogin Annas, kehrte vor kurzem an Ludwigs Hof zurück.

Hans von Eurasburg –sucht den Ruhm vergangener Tage, glaubt, den Verantwortlichen für den Niedergang seines Hauses zu kennen.

Albrecht – stummer Diener des Hans von Eurasburg

Adlhaydt und Wernher,
Georg und Conrad von Hardenberg – Agnes´ Eltern und ältere Brüder

Mathild – Agnes´ Base
Lennart – Jäger, Vertrauter, einstiger Lehrer Ulrichs
Barthel – Burgvogt und Kämmerer auf Schloss Friedberg; langjähriger Diener Herzog Ludwigs.

Herzogin Anna *(*)*– Ludwigs zweite Gemahlin

Konradin von Hohenstaufen *(*)* – Thronerbe der Staufer und Mündel von Ludwig.

Prolog

Der Weg zur Burg
Bayern, Mering bei Augsburg, Mitte März 1268

Ihre Blicke suchten im Unterholz des Wäldchens. Ein Zweig zerbrach, knirschte auf dem Weg unter ihrem Tritt. Der Märzwind zerrte an einer kastanienroten Haarsträhne, trieb sie vor ihre Augen. Er blähte ihren Umhang, jagte Kälte durch Leinenkittel und Wollhemd bis auf ihre blasse Haut und machte sie schaudern. Ihre Hand drängte den Gewandstoff nach unten.

Sie trug ihr bestes Kleid; und ihre Schürze verdeckte kaum, dass ihr Tagwerk nicht genug Zeit gelassen hatte, die Risse und Nähte auszubessern.

Sie hoffte, dem Grafen von Mering würde es später nicht auffallen; später, wenn sie den Zins übergaben. Sie hoffte, ihre kleine Gruppe würde den Herrn antreffen, nicht nur einen Vogt. Sie schüttelte bei diesem albernen Gedanken den Kopf, und mit einem Blick nach rechts und links auf ihre Begleiter verscheuchte sie das Lächeln von ihren Lippen samt einem Gedanken, der plötzlich wieder durch ihren Kopf geisterte; sie versuchte es jedenfalls, doch die Erinnerung hielt sich hartnäckig.

Noch vor ein paar Wochen hatte Schnee am Dorfbrunnen geglitzert. Dorfleute und Reisende trafen sich dort zum Wasserholen. Der Reiter in dem Mantel aus dunkelgrau schimmerndem Fell hatte gemeinsam mit seinen Männern den Wassereimer aus der Tiefe gezogen. Sie wusste, er war ein Edelmann. Ihr war damals nicht eingefallen, wo sie den Fremden schon einmal gesehen hatte.

Mit der Andeutung eines Lächelns hatte der dunkle Engel ihr und ihrem Bruder Xaver die Winde überlassen, seine Männer zur Hilfe angewiesen. Beinah übertönte das knarzende Seil die Fragen des hohen Herren. Er erkundigte sich nach den Vorräten, die der Winter gelassen hatte, den Wirt, den Schmied mit dem schlimmen Fuß, ja selbst nach ihren Eltern. Und sie war froh gewesen, dass die Antworten ihres älteren Bruders, ihr Stottern übertönte. Dem Dunkelengel wehte der Winterwind die schulterlangen Wellen seines Haares vor die silbergrauen Augen, und sie entdeckte die silberne Narbe auf seiner Stirn. Mit einem Mal hatten ihre Wangen nicht nur von der Kälte gebrannt. Auf dem Weg zurück zum Gehöft der Eltern baumelten die Eimer am Ende der Joche, die Wintersonne malte Regenbogen auf das Wasser. In ihr hatte noch lange seine Stimme nachgeklungen und sein Abschiedsgruß.

Seit dem Besuch des Grafen war der Schnee zu braunem Matsch geschmolzen. Die Zeit war gekommen, ihrem Herrn den Zins zu bringen. Die Gehöfte des Dorfes lagen nun schon weit zurück und zur Burg des Grafen war es nicht mehr weit. Sie lauschte den geflüsterten Scherzen ihres Bruders, der seine Locken so kurz geschoren hatte, dass kaum noch die Kastanienfarbe zu erkennen war. Ohnehin war sein Haar dunkler als ihres. Sie lauschte Ferdl, dem Sohn des Dorfältesten, mit seinen braunen Augen und der gebrochenen Nase, die ihn ein wenig verwegen machte. Bald würde sie seine Frau werden.

Ein Ast krachte auf den Weg. Ihre Hand zuckte zum Messer an ihrem Gürtel. Holz knackte, Zweige zerbrachen. Sie spähte erneut in den Wald, drehte sich zu den Burschen, sah die Holzkeulen und die Fäuste, an denen die Knöchel sich abzeichneten. »Nur die Reiser der Föhren, die gegeneinander reiben.« Sie lachte. »Schreckt euch das?«

Ferdl spielte Furchtlosigkeit mit seinem Seitenblick gegen sie. »Wir sind bloß deinetwegen auf der Hut. Besser ist's. Der Räuber treibt sich rum. Ebenda. In diese Wälder und auf die Wege.«

»Und genug rote Föhren hat's hier schon«, meinte Xaver dazu. »Da müssen nicht von uns noch welche dahier wachsen.«

»Hah.« Sie schnippte die rote Strähne aus ihrer Stirn. »Der Räuber will nichts wissen von drei Dorfmäusen nicht. Und weder er noch die Waldgeister werden unser Leben wollen. Woher auch?« Sie schüttelte die roten Locken. »Selbst wenn – für einen von uns wird der stolze Baum sich nicht heben«, seufzte sie. »Freilich, er wächst für den, der gemordet wird ohne Schuld. Doch selbstes wenn wir zehnmal unschuldig sind. Da muss die Unschuld schon höher stehn – kennst du die Worte denn nicht?« Sie stupste ihren Bruder mit dem Ellbogen.

»Wenn edles Blut vergossen wird,
Wenn Missgunst gegen Wahrheit steht,
Wenn Stolz und Lug zum Urteil führt,
Die Föhr sich erhebt, nimmer vergeht.«

»Weibergewäsch«, schnappte Ferdl, »als ob ein Baum von sowie wächst.« Sie passierten ein paar kahle Sträucher, eine einzelne Birke.

»Der Pfarrer hat's so g'sagt.« Sie hielt inne, stemmte die Hände in die Hüften. »Wenn's ist, und wenn's es um das Gerechtigsein geht.«

»Schmarrn«, tat ihr Verlobter die Worte ab. »Ruhe jetzt. Solang wir im Wald hindurchgehen, müssen wir horchen, was es für Geräusche gibt.«

Vier Holzsohlen tappten ein Stück weiter. Sie riss die Augen auf, gefror an Ort und Stelle im Schraubstock eines Arms. Eine Pranke versiegelte jeden Ton in ihrem Mund. Vor Ferdl und ihrem Bruder polterte ein Waldteufel aus dem Gebüsch. Gegen den Ersten donnerte die Keule. Der zweite Hieb schleuderte Xavers Knüppel davon, der nächste drosch Ferdls Kopf, und das Knacken erstickte jeden Schrei. Ihr Verlobter fiel. Keinen Laut, kein Stöhnen hörte sie. Metall klirrte, bis das Klimpern erstarb. Seine Augen starrten in den Himmel, sein Arm lag verdreht, kein Blinzeln mehr.

Xaver brüllte, er hob sein Holz, schwang in die Leere; sein Körper schwankte. Schritt, um Schritt tapste er um sein Gleichgewicht, weg von seinem Gegner, bis die Klinge gegen ihn zuckte, ihn in Deckung drängte; bis Dunkelrot die Fetzen seines Hemdes tränkte. Sein Schmerz füllte die kleine Lichtung. Verklang. Er ging in die Knie, die Hände schützend vor Bauch und Kopf. Ein schwarzverschmiertes Dämonengesicht wandte sich ihr zu. Die gelbbraunen Zahnstummel schoben sich zu einem Grinsen, das mit der

Lumpenkleidung in ihren Tränen verschwamm.

Ein Schatten verfestigte sich an ihrer Seite, löste den Griff um ihren Körper. Er beanspruchte den Weg. »Still!« Mehr als eine Elle Dunkelheit überragte sie. Erde und Schlamm verzerrten die Züge seiner Miene, Fetzen schwarzen Stoffes lugten aus der Rüstung, aus Beinlingen, Armstulpen, Kettenhemd.

»Xaver.« Sie wimmerte, und fand sich erneut bezwungen von seinem Arm, fühlte die Klinge an ihrem Hals.

Der Schatten beugte sich zu ihrem Ohr, hauchte seinen Atem, dann Worte, dann berührte er die weiche Haut am Hals mit seinen Lippen. Ihr Körper spannte sich mehr mit jedem weiteren Wort, das der Dämon in ihr Gehör träufelte. Frost breitete sich aus, wo das Flüstern sich an ihre Haut schmiegte. Die Stimme schlang sich um sie, lockte sie, die Augen zu schließen, sich anzulehnen gegen den, der die Worte sprach. In ihrer Körpermitte spürte sie ein harsches Ziehen. Sie wollte fliehen, zerrte an dem Schraubstock des Arms und verlor. Sie schnappte nach Luft. Ein Ruck. Das zappelnde Gewirr ihrer Hände und Füße schlug gegen den Dunklen.

Der Novemberwind seines Lachens jagte über die Lichtung, und er raubte ihr die letzte Möglichkeit, sich zu rühren. Sie spürte seine Wärme an ihrem Hals, Feuchtigkeit, spürte die Rauheit, bebte, als der Hauch ihre Haut streifte und sein Atmen lauter wurde. Mit dem nächsten Ruck trennte die Messerspitze Fäden und Gewebe ihres Gewandes. Kälte biss ihren Unterarm, stach, riss an ihrer Haut. Sie versiegelte ihre Lippen, drängte die Tränen zurück, wie den Schrei, der in ihrer Kehle steckte. Ein rotes Bächlein suchte sich seinen Weg. Sie schluchzte.

Xaver sprang auf, um vom nächsten Hieb zu Boden geschickt zu werden. »Was wollt Ihr?«, hustete er.

Der Schatten hinter ihr räusperte sich. »Ich habe eine Botschaft für euch.« Er schwieg einen Moment. »Oder besser: Für den räudigen Hund von einem Herrn, zu dem ihr auf dem Wege seid.«

ULRICH †Kapitel 1

BURG FRIEDBERG, MITTE MÄRZ 1268

»Setzt dem ein Ende!« Hier stand er, Ulrich, der Graf von Mering, und trug dem Herzog sein Gesuch vor. Er senkte seine Stimme. »Helft mir dabei.«

Er ballte seine Wut in die Fäuste, presste sie gegen die Oberschenkel und starrte zu den Deckenbalken. Die weißgekalkten Wände warfen das Grollen seines Gegenübers zurück zu ihm in die abgestufte Mitte des Sitzungssaals. Als Ratgeber und Vasall war die ungeteilte Aufmerksamkeit seines Lehnsherrn Ulrichs Privileg – und Bürde. Wieder einmal. Er blickte empor zu dem Podest des Ratssaals. Herzog Ludwig harrte dort in seinem Sitz. Weshalb beneideten andere ihn darum, dem Herzog alleine gegenübertreten zu dürfen? Er runzelte die Stirn. Bislang hatte er nur ein Mehr an Zorn seines Herzogs auf sich gezogen, einen Vorteil hatte er dadurch noch nicht erlangt. Den Gedanken schob er beiseite und blickte nach vorn. Vielleicht war es diesmal anders … Vielleicht beim nächsten Mal.

Ludwig von Wittelsbach stemmte sich empor. Der Stuhl mit den Eschenholz-Streben und den breiten Armlehnen wankte, polterte, kippte zurück in den Stand. Der Herzog von Bayern und Pfalzgraf bei Rhein donnerte in zwei Schritten auf Ulrich von Mering zu und postierte sich am Rand des Podests. Ludwig rollte die Schultern unter dem Bärenfell, schob das Hemd aus feinem Leinen über die Ellbogen und krallte seine Pranken um den Schwertgriff. Die Muskeln der Unterarme spannten sich wie Seile unter dem Leder der Haut. Er bohrte den Zweihänder vor sich in die Bohlen, einen stahlgrauen Stamm, so grau wie seine kurzgeschorenen Haare, der sich abhob von dem Samtbraun seiner langen Cotta und dem goldgewirkten

13

Gürtel.

Ulrichs Blick glitt an der Waffe seines Lehnsherrn entlang. Kundige Hände hatten Mühe und Schweiß und Können gegeben, sie verdienten ihren Lohn und schmiedeten das Schwert – wenn auch nur für einen Zweck. Und diesen Zweck verabscheute er. Die Klinge hatte einiges an Blut getrunken, viele Leben verschlungen. Ludwigs Finger kämmten den grauen Stahlbart um sein Kinn, mit Raubvogelblick lauerte er. Auf Beute.

Ulrich schüttelte das unangenehme Gefühl von seinen Schultern. »Ihr müsst handeln«, setzte er noch einmal an. Der Wind wagte sich zu den Fenstern herein, fuhr durch sein dunkles Haar, die Kerzen im Ratssaal flackerten unter dem Hauch. »Die Sicherheit in Euren eigenen Ländereien, Eure Einnahmen stehen auf dem Spiel. Der Räuberbaron greift sich Zölle und Pacht.« Ulrich streckte seine Hand vor, seine Finger packten die Luft. »Er schnappt die Beutel mit den Münzen, ehe sie Euren Toren auch nur nahe kommen. Dieser räudige Dieb untergräbt das Fundament Eurer Herrschaft.«

»Dafür kommt Ihr aus Eurem Loch in Mering gekrochen, nur um mir dies zu sagen? Habt Ihr nichts Besseres zu tun, Vasall?« Der Märzwind zupfte am Mantel des Mannes mit den eisengrauen Haaren. »Dies hat nicht bis zur nächsten Ratsversammlung Zeit?« Der Herrscher winkte ab und gähnte.

Ein Funken Wut zündete sich in Ulrichs Mitte. Er rang ihn nieder, schluckte und überging die Herausforderung des Herzogs. Sein Blick schweifte ab. Auf dem Holzschränkchen vor dem Wandbehang standen mehrere Krüge und zwei benutzte Becher. Er legte den Kopf schief und seine Finger berührten die alte Narbe auf seiner Stirn. Er hatte niemanden den Ratssaal verlassen sehen. Auch der Hauptmann vor der Tür hatte nichts von einer anderen Audienz des Herrn gewusst. Ulrichs Gedanken wanderten weiter, sein Blick verfing sich am Wandteppich. Er konnte nirgends eine Seitentür erkennen, nirgends eine Naht in der Wand, die einen möglichen Zuhörer verbarg. Das Gefühl beobachtet zu werden, konnte er nicht so leicht

14

fortwischen. Seine Hand fuhr über den Oberarm, und er zwang seinen Blick zurück in die Mitte des Raums zu seinem Lehnsherrn. Mit geballten Fäusten schob Ulrich sein Kinn vor. »Euer Geld, das Geld Eurer Vasallen, und meines – er greift es sich. Statt zu warten und Unruhe in die Versammlung zu tragen, lasst uns gemeinsam handeln.«

»Ich werde tun, was ich im Falle eines jämmerlichen Diebes für gemessen erachte.« Der Herzog schritt zu dem Schränkchen und füllte einen Becher. »Ihr seid Ratgeber«, Ludwig räusperte sich, »Ihr seid Vasall, nicht der Herr dieser Lande.« Er leerte in einem Zug das Gefäß. »Auch wenn Euer Vorfahr dies einst war.«

Ein Zucken huschte über seine Miene; Ulrich konnte es nicht verhindern.

Murmelnd füllte der Lehnsherr den Becher erneut. »Weshalb habt Ihr denn diesen Nichtsnutz nicht längst gefasst mit Euren Mannen und all Eurem strategischen Geschick? Ein Raubritter steht kaum über den Bauern – vielleicht ist es sogar einer von ihnen, der sich zu Höherem berufen glaubt. Weshalb benötigt Ihr meine Unterstützung?«, schnappte der Wittelsbacher. In der Mitte des Podests ragte die Klinge empor. Sie schwankte. »Zur Hölle damit. Es gibt Wichtigeres zu tun.«

Ein Knall.

Ton splitterte, Wein verteilte sich über den Boden und sprenkelten seine Schuhe. Ulrich kettete das antwortende Schnauben in seiner Brust fest. Er trat zur Seite und streifte die Wellen seines Haars hinters Ohr. »Im Dezember habt Ihr den Zins erhöht. Seither mehren sich die Überfälle – rund um Eure Burg hier in Friedberg und in meiner Grafschaft.« Er rieb die Narbe seiner Stirn. »Der Winter war hart, und das einfache Volk murrt unter den höheren Steuern. Sie leiden unter dem Räuber, und sie begreifen die Erhöhung nicht.«

»Herrgottnocheins!« Der Lehnsherr fluchte. »Lang genug seid Ihr mein Vasall, ich weiß, worauf Ihr hinauswollt. Ihr wollt Euch das Geld doch nur selbst in die Truhen scheffeln.« Der Finger des Herzogs stach in die Luft. »Denkt gar nicht erst daran! Ihr wisst genau, es ist für

15

Konradin. Er ist der rechtmäßige Thronerbe der Staufer in Italien – und …«

»Und er hat auch hier noch ein Recht auf den Thron, nicht wahr?« Ulrich ergänzte den Satz und kniff die Lippen zusammen. Er begann zu verstehen. »Das ist es, worauf Ihr eigentlich hinauswollt.« Er bemerkte das Blitzen in den Augen des Herzogs.

»Ja, auch hier.« Ludwig knurrte, er marschierte zurück zu seinem Zweihänder. »Der Papst erkennt ihn als König in Italien nicht an. Clemens unterstützt stattdessen diesen Karl von Anjou. Und weswegen?« Er dehnte seine Finger, bis sie knackten. »Weil dieser Pharisäer-Papst mehr Einfluss will, dieser machtgierige Pfaffe.

Bleibe ich hier, verliert mein Neffe Italien.«

»Und womöglich den Thronanspruch in den gesamten deutschen Landen.«

»Euer Einfall hat uns beim ersten Feldzug einen Vorteil verschafft, und wir haben in der Schlacht gesiegt.« Der Herzog drückte die Faust in die andere Handfläche.

Ulrich vermied zu zeigen, wie sehr ihn die Worte der Anerkennung überraschten. Er nickte. »Die erste Schlacht brachte Konradin einen Sieg. Der nächste Zug kann alles entscheiden.« Er verlagerte seinen Stand und legte seinen Kopf schief. »Wir sollten uns ausreichend Zeit nehmen für den nächsten Schlag gegen Karl von Anjou und den Papst.« Er bohrte seinen Blick in das Profil seines Lehnsherrn, und erntete zuwenigst ein Wimpernzucken. »Hetze ist ein schlechter Ratgeber. Und bedenkt: Ihr erhöht die Abgaben, könnt aber nicht die Sicherheit gewährleisten. Damit bringt Ihr das Volk gegen Euch auf – und Eure Vasallen ebenso.«

»Dann erklärt es diesen Bauern und stellt sie ruhig!« Der Blick des Herzogs richtete sich hinaus zum Fenster. »Ist es nicht das, was Ihr so gerne tut – dem einfachen Volk das Händchen halten.«

Ulrich schüttelte mit dem Kopf und verdrehte die Augen. »Ihr Geld ist es, das sich in unseren Taschen sammelt. Herzog, Ihr wisst selbst: Das Land im Süden ist ihnen nicht näher als der Mond, sie kennen nicht einmal dessen Namen. Die Politik und die Thronansprüche kümmern das gemeine

Volk nicht. Die Leute wollen wissen, was vor ihren Türen geschieht und ob genug Essen ist auf ihrem Tisch. Was sollen sie dem Raubritter entgegensetzen?« Ulrich räusperte sich. Er wusste gut genug: Die Rücken der Bauern krümmten sich unter dem Tagwerk und den Sorgen über die nächste Ernte. Sie kämpften gegen Unwetter und den Hunger ihrer Kinder. Das war genug. »Ihr solltet ...« Seine Handflächen öffneten sich, seine Worte entluden sich in den Gesten seines Körpers. Er gab die Zurückhaltung auf, in die er sich geknebelt hatte. »Wir müssen uns um diesen Räuber kümmern. Gemeinsam. Meine Truppen reichen dafür nicht aus. Wir müssen ihn festsetzen, ehe er noch mehr Schaden anrichtet – bei uns und beim Volk.« Er verengte die Augen. »Ehe der Kriegszug beginnt.«

»Ihr mit Eurem weichen Herzen.« Die Worte tropften vom Podest herab. Wieder schluckte Ulrich den Wutfunken hinunter und überhörte die Verachtung.

»Glaubt Ihr vielleicht, die Bauern werden zu Euch halten, wenn die Zeit kommt, sich zu entscheiden?« Sein Lehnsherr baute sich hinter seinem Schwert auf und verschränkte die Arme. Er blinzelte kein einziges Mal unter seinen zusammengekniffenen Lidern.

»Verschiebt den Aufbruch nach Italien!« Ulrich hatte aufgehört zu zählen, wie oft er diesen Vorschlag bereits unterbreitet hatte.

Ludwigs Hand schoss nach oben und dann an die Brust. »Konradin ist mein Mündel. Es ist meine Pflicht, für ihn einzustehen. Ich habe einen Eid geschworen.«

»Wem?«

Der Zornesblick seines Herrn schoss auf ihn.

Ulrich verfluchte sich für das entfleuchte Wort und fuhr sich übers Gesicht. »Es geht Euch nicht nur um Italien, nicht nur um Konradin.«

Sein Lehnsherr runzelte die Stirn. Er fuhr fort: »Konradin war zu jung, als sein Vater starb, er hatte zu wenig Unterstützung, um selbst König zu werden.«

Ulrich erinnerte sich an das, was sein Vater ihm damals berichtet hatte. »Die Fürsten und Bischöfe wollten kein Kind aus dem Haus der Staufer. Sie wollten keinen mächtigen König, der ihnen ihre Macht hätte beschneiden können.«

»Sie zogen es vor, zwei Könige zu wählen, die sich gegenseitig bekämpfen. Seit elf Jahren spalten Richard von Cornwall und Alfons von Kastilien das Reich«, fasste der Herzog zusammen. »Doch wenn Konradin den Thron im Süden halten kann, dann ist es Zeit. Dann können wir das Recht seiner Familie einfordern.«

Ulrich las in Ludwigs Miene. Er nickte und schritt unterhalb des Podests entlang bis zu den Fenstern. Am Vorsprung stützte er sich auf und sprach halb zu seinem Herrn, halb zu sich. »Konradin ist erst sechzehn. Er vertraut Euch und hört auf Euch.« Er holte kurz Luft und stieß sie zischend zwischen seinen Zähnen aus. »Da Ihr selbst nicht König werden konntet, regiert Ihr durch ihn, und bleibt im Hintergrund.« Er vernahm am Rascheln von Stoff, als Ludwig sich auf der Erhöhung aufbaute. Ulrich seufzte in die Aussicht vor dem Fenster. »Ihr seid bereits der mächtigste der Fürsten im Reiche. Durch Konradins Aufstieg wächst Euer Einfluss. Umso mehr werdet Ihr damit ein Dorn sein im Auge der anderen Fürsten. Sie werden Euch nicht einfach das Feld überlassen.«

Ludwig tat seine Worte mit einer Handbewegung ab. »Ich will Eure Unterstützung, Meringer, und Euer Wort. Ich bin sicher, der Plan wird gelingen. Es ist keine Schande, wenn ich durch meinen Neffen herrsche. Ihr seht selbst …« der Herzog räusperte sich. »Der Kriegszug ist eine Bürde. Glaubt mir, ich empfinde dies ebenso. Dennoch sind dieses Bayern und die Pfalz besser bestellt als unter meinem Vater«, erinnerte er. »Erkennt, was für das ganze Land möglich ist. Das müsst Ihr doch sehen.« Ludwig tippte mit seinem Fuß auf das Holz. »Bei dem Fest hier in Friedberg in wenigen Wochen versammele ich meine Vasallen. Sie müssen meinen Befehlen Folge leisten, wenn ich sie ins Feld rufe, selbst wenn sie murren und erschöpft sind und zweifeln.

Aber ich will mehr als Gehorsam: Ich will, dass sie erkennen, was der beste Weg ist: Konradin als König über die gesamten Lande. Ein vereintes Reich schafft mehr als einzelne Fürsten, die ständig im Zwist liegen.« Der Wittelsbacher hielt inne. »Zum Wohle aller.«

Ulrich nickte, seine Faust ballte sich an seiner Brust. »Mein Herr, ich bin mit Euch! Euch gehört mein Schwert. Doch Ihr wisst, wenn Euer Vorhaben an die falschen Ohren dringt, seid Ihr in Gefahr. Ihr plant nicht weniger, als die Doppelkönige abzusetzen.« Das triste Märzbraun, der fahle Himmel lenkte Ulrichs Gedanken kurz ab. »Es ist zu früh«, beharrte er.

Er hörte Ludwigs Zischen.

»Mein Plan wird gelingen, wenn meine Vasallen geschlossen zu mir stehen. Und diese hören auf Euch, Meringer. Wenn wir Stärke beweisen, bleibt den übrigen Fürsten in diesem Land keine Ausrede mehr, sich hinter den beiden Monarchen zu verstecken, die ohnehin nie im Reich verweilen.« Am Bärenfell streifte er seine Hand ab.

Ulrich kehrte zurück in die Mitte des Saals. Sein Blick fing sich erneut an dem Wandbehang und suchte die Holzverkleidung ab, die daneben und darunter hervorlugte, ehe er sich seinem Lehnsherrn wieder zuwandte. Wieder kroch ein seltsames Gefühl sein Rückgrat hinab. Er schob es weg und fasste sein Gegenüber ins Auge. »Dennoch – oder gerade deswegen: Es ist zu früh! Ihr seid gerade im November zurückgekehrt – vor weniger als einem halben Jahr. Eure Gefolgsleute brauchen mehr Zeit und Mittel, sich von den Verlusten zu erholen und Männer auszuheben. Konradin muss ebenso neue Kräfte um sich versammeln.«

»Es ist genug Geld in ihren Taschen.« Ludwig winkte ab. »Nehmt diesen Hardenberg mit seinem Gestüt. Beim ersten Feldzug hat er widerwillig und nur das Nötigste gegeben. In der Zwischenzeit hat er mit seinen Rössern gut verdient. Ist seine Tochter erst einmal das Eheweib in einem Haus mit altem Namen – Eurem ...« Ulrich spürte den Finger, mit dem sein Herzog auf ihn deutete, als würde dieser direkt in sein Herz bohren. »... und somit noch stärker an meinen Hof gebunden, wird er seine Truhe noch weiter öffnen.«

»Er gab bereits seine Söhne in Euren Dienst«, erinnerte Ulrich. Er deutete auf das Kreuz, das hinten an der Wand hing, den mahnenden Tonfall zu verbergen, gelang ihm nicht. »Ihr zieht nicht einfach gegen einen Usurpator. Ihr zieht gegen den Papst.« Seine Hände glitten zum Schwertgriff an seiner Hüfte. Er zog seine Klinge, ging in die Knie. Er bettete sie vor sich auf dem Boden und schlug das Kreuzzeichen auf seine Brust. »Konradin hat den Kirchenbann über sich gebracht. Wollt Ihr dasselbe?« Ulrich kniff die Augen zusammen und erhob sich. »Die Waffe der Worte ist nicht zu unterschätzen. Wartet ab! Verhandelt!«

Der Raubvogelblick bohrte sich in einen Punkt an der Wand hinter Ulrich. »Er steht im Bann – aber als Sieger.«

»Er steht allein – ohne Verbündete. Er ist vogelfrei.« Ulrich öffnete die Arme zu einer fragenden Geste. »Ihr wisst selbst: Im Bann gilt die Seele als verloren; ein Freischein für jeden, der Euer Gebiet will, oder Euer Leben.«

»Glaubt Ihr, ich bin mir dessen nicht bewusst? Gerade deswegen braucht er meine Unterstützung.«

Der Wittelsbacher hatte seinen Blick in ihn geschlagen. Ulrich stemmte die Arme in die Hüften und hielt dem Herzog stand.

Ludwig schnaubte. »Wollt Ihr herausfinden, wie es um Eure Seele steht? Ist sie verloren und flieht direkt in die Arme des Beelzebub, was meint Ihr?« Er umfasste den Griff des Langschwerts. Er zog die Klinge ein Stück aus dem Boden, stieß sie zurück. Tiefer. Er zerrte sie heraus, rammte sie erneut in die Bohlen.

Ulrich trat hinweg über das Schwert am Boden. Er legte den Kopf in den Nacken. »Für die Seelen: Verhandelt mit dem Papst, nutzt diese Macht, ehe Ihr losstürmt. Verschafft uns die Zeit, die wir brauchen. Und nutzt die Zeit hier: Hände, die sich nicht um den Kampf gegen den Räuber kümmern müssen, arbeiten mehr. Mit zwei Dutzend Männern mehr sorge ich für die Sicherheit auf den Wegen und setze diesen Räuber fest. Lasst uns dies zuerst zu Ende bringen!«

Ludwig hob die Hand. Ein Zeichen, das Bittsteller, Adlige, Ludwigs Rat, selbst Fürsten für gewöhnlich verstummen ließ. Ulrich starrte daran vorbei. »Gebt mir Männer, gebt mir Zeit! Schiebt den Feldzug auf!« Nach einer kleinen Pause ergänzte er: »Und diese Hochzeit.« Die Wände warfen seine Stimme zurück, dann antwortete ihm ein Fluch; dann war es eine Weile still. Selbst wenn er blind gewesen wäre – er wusste, das Gesicht seines Lehnsherrn hatte beinahe denselben Farbton angenommen wie der Wandteppich.

»Was wollt Ihr von mir, Welfe?« Ludwig stemmte eine Hand in die Hüfte. »Soll ich Eure Lande befrieden – und Euch vor Eurer Braut beschützen?«

Er bemerkte, wie der Blick des Wittelsbachers kurz zur Seite aus dem Fenster in die Ferne glitt und wieder zurück zu ihm. Ulrich räusperte sich und senkte seine Lider einen Moment länger. Er wusste, dass es besser war, nicht der Versuchung zu erliegen, dieses Seufzen in seiner Brust zu befreien.

»Mering, Ihr seid der Letzte dieses Hauses, Euer Stammsitz – die Veste am einstigen Königsstuhl – hat seine Bedeutung verloren. Ihr seid mein Ratgeber. Vergesst nicht, wo Euer Platz ist als mein Vasall. Ihr habt dem Hause Wittelsbach nicht zu befehlen.« Ludwig trat noch einen Schritt vor und blickte herab auf ihn.

»Ich weiß um meine Stellung.« Ulrich stierte gegen die Brust seines Herrn. »Ich will diesen Raubritter.« Er ballte seine Fäuste. »Ich will ihn, ehe wir ins Feld aufbrechen, am besten ehe Euer Fest stattfindet; vor allem ehe ich Hochzeit halten muss mit dieser Agnes.«

»Meringer.« Des Herzogs Flüstern bändigte jedes andere Geräusch. »Ihr fordert viel. Ihr werdet zufrieden sein mit dem, was ich Euch zugestehe.« Ludwig schlug sich mit der Faust gegen die Brust. »Hört mich: Ich will die Vasallen geschlossen an meiner Seite, wenn ich sie ins Feld rufe, und ich will, dass sie ihre Truhen öffnen. Und ich will Eure Unterstützung dafür. Ich weiß um das Gewicht Eurer Stimme, und dass sie Eurem Rat folgen werden.« Der Wittelsbacher pochte das Schwert auf die Dielen. »Bei der Versammlung werdet Ihr Eure Treue beweisen. Und Ihr werdet endlich wieder Hochzeit halten, wie ich es angesetzt habe. Ihr beendet damit das Gerede um diese Agnes und diesen unsäglichen Fluch«, bestimmte er, »und Euren eigenen gleichfalls.«

Ulrich zuckte mit den Schultern und deutete ein Kopfschütteln an. »Ihr Haus kann sich nicht mit dem Namen der Welfen messen. Es spielt keine Rolle, ob ich sie zu dem festgesetzten Tag eheliche oder später.« Er drehte seinen Kopf zum Fenster. »Am Ende wird es nur ein weiteres Leben sein, das in meiner Nähe erlischt.«

»Herrgott!« Sein Lehnsherr drehte sich ab, knallte das Schwert auf den Tisch. »Menschen sterben, doch das Leben dauert an.« Ludwigs Finger zielte auf das Welfenwappen, die Löwenjungen, auf Ulrichs Cotta. »Die Hochzeit findet statt! Mit wem ich Euch befehle und wann ich befehle!« Die Pranken in die Hüften gestützt beugte er sich zu Ulrich hinab, seine Stimme veränderte sich. »Wenn nicht durch Euren Tod, so gibt es keine Ausreden dafür.«

Ulrich stieß die Luft aus, als könne er diese Enge wegstoßen, die seine Brust umklammerte. Unruhe wirbelte in der Luft, und er blinzelte dagegen an. Er beobachtete, was sich in der Miene seines Gegenübers spiegelte, und schauderte. Die Kiefer zusammengepresst ballte er die Fäuste und tat einen Schritt auf seinen Herzog zu. »Die Wege sind noch nicht einmal sicher genug, damit diese Agnes gefahrlos anreisen kann. Gebt mir mehr Männer! Oder gebt mir mehr Zeit.«

»Ihr wiederholt Euch. Glaubt Ihr, dass Euch das hilft?«, ätzte der Herzog. »Nicht einmal jetzt, wenn Ihr mich um etwas bittet, geschieht es, dass Ihr Demut zeigt.« Ludwig trat zum Schränkchen an der Wand. Für einen Augenblick stützte er sich mit beiden Armen daran ab. Er hob den Becher und sog Wein in seine Kehle, schnaubte.

Ulrichs Stimme antwortete aus weiter Ferne. »Enteignet mich, schließt mich aus Eurem Rat – oder gewährt mir Eure Unterstützung und mehr Zeit.«

»Meinetwegen …« Mit einem Mal änderte sich die Haltung des Herzogs. Ulrich spürte wieder den Blick auf sich. Der Wittelsbacher füllte seinen Becher mit einem neuen Schwall roten Saftes. »Wann kniet Ihr vor mir, wie es sich ziemt? Wann bittet Ihr, anstatt zu fordern?«, schnaubte er.

Ulrich schloss für einen Moment die Augen und überlegte, wie oft er diese Frage noch hören würde, wie oft er sie noch hören wollte. »Ihr verliert nichts. Ihr gewinnt Sicherheit auf Euren Wegen. Sobald dies geschehen ist, füge ich mich Eurem Befehl: Ich nehme Agnes von Hardenberg zur Frau. Ich bringe die Vasallen auf Eure Seite, und die Vorbereitungen für den Feldzug können beginnen.«

Sein Lehnsherr fuhr sich durchs Haar, er baute sich vor Ulrich auf. Seine Handbewegungen markierten das nahende Ende des Gesprächs. »Ihr erhaltet anderthalb Dutzend aus meinen Reihen. Binnen der nächsten fünf Tage sind die Leute bei Euch. Und Ihr fasst diesen Räuber.«

Furchen bildeten sich auf Ulrichs Stirn. »Achtzehn Mann? Was ...« Er verstummte und kaute auf seiner Unterlippe.

»Lernt, zufrieden zu sein. Und vergesst das Fest nicht! Danach beginnen die Vorbereitungen, und wir brechen auf, um Konradin auf seinen Thron zu setzen«, erklärte der Kriegsherr. »Das ist die Zeit, die Ihr habt. Nicht mehr.«

Ulrich sah von seinem Schwert zu seinem Herzog und suchte dessen Miene ab. »Die Entscheidung ist Eure.«

Der Herzog rollte seine Finger am Gürtel entlang. »Gehabt Euch wohl, Meringer.«

Ulrich ballte seine Rechte hinter seinem Rücken und hob sein Schwert auf. Auf dem Weg schweifte sein Blick noch einmal durch den Raum, hängte sich an jedes Detail, als wolle er es in seine Gedanken brennen. Hinter ihm schlug die Tür ins Schloss.

LUDWIG †Kapitel 2
BURG FRIEDBERG, MITTE MÄRZ 1268

Ein Rascheln weckte Ludwigs Blick und zog diesen zum Wandteppich, das Holzschränkchen knarzte leicht, als es beseitegeschoben wurde. Für einen Moment gab der Teppich die Sicht frei auf den schmalen Schlitz der verborgenen Tür. Cäcilia tauchte hinter den Wellen des Webwerks auf. Der lose geflochtene Zopf ihres Feuerhaars wand sich von ihren Schultern hinab über ihr Dekolleté, floss zu den dunklen Stoffbahnen ihres Gewandes bis zu ihrer Hüfte und schien mit den Bändern ihres Gürtels bis zum Boden zu verschmelzen. Vor dem Rot des Wandbehangs stand ihre schneegleiche Haut in Flammen, in ihren goldbraunen Augen entdeckte er ein anderes Feuer, eines, das kalt brannte. Sie versuchte nicht einmal mehr, dies zu verbergen.

Für die Dauer eines Wimpernschlags war es eine andere, die vor ihm stand. Vor zwölf Jahren hatte er geglaubt, sie zu verbannen, um sie nur noch mehr an sein Herz zu binden. So sehr er versuchte, die Erinnerung an Maria zu verdrängen, es misslang. Jede Wunde, jeder Schmerz verblasste irgendwann. Dieser nicht. Nicht für ihn. Immer noch vermisste er sie.

Er trat hinter seinen Stuhl und lehnte sich dagegen. Sein Blick bohrte sich in die Dielen des leeren Saales vor ihm, seine Hände krallten sich in die Lehne, bis der Widerstand des Eschenholzes zu Schmerz in seinen Fingern wurde. Erst dann drehte er ihr sein Gesicht wieder zu. »Sprecht.«

Für einen Moment schob die Hofdame ihre Augenbraue in die Höhe, legte einen Anflug von Missmut auf die Maske ihrer Miene. »Ich hätte nicht in der Kammer verweilen müssen, um Euch zu hören.« Rau klang ihre Stimme, ein Flüstern, das einen Nachtwald durchzog. Ihr Zeigefinger bohrte in seine Richtung. »Er setzt Euch zu.«

Im Fluss ihrer Schritte nestelte sie an ihrem Kleid, zog seine Aufmerksamkeit an, wie stets die Blicke vieler seiner Höflinge. Er verbannte die Vorstellung, die in ihm aufkeimte, zwang seine Gedanken stattdessen zurück zu dem eben beendeten Gespräch mit seinem Vasallen. Er trat neben den Stuhl. Seinen Arm auf das dunkle Eichenholz gelehnt ballte sich seine Hand zur Faust. »Dieser Hund von einem Welfen. Er wagt es, mir auf diese Weise unter die Augen zu kommen.«

»Und er hat recht.« Auf dem Weg zum Schränkchen warf sie den Satz in den Raum. »Das Volk hungert, es fürchtet den Räuber und den Kirchenbann.« Wein ergoss sich in ihren Becher, rann in ihre Kehle. »Es glaubt, der Bann nimmt die Kampfkraft fort. Und einem Herrscher ohne Kampfkraft folgt es nicht.« Sie stellte den Becher ab.

»Hütet Euch, Cäcilia!«

Unter geschlossenen Lider überging sie den Blick, den er in ihre Richtung feuerte. Sie zuckte mit den Schultern.

»Er spielt dieses Spiel, als könnte er gewinnen.«

»Welches?« Den Tropfen Rebensaft im Mundwinkel tupfte der kleine Finger auf. »Was meint Ihr?«

»Der Meringer fordert von mir den Aufschub des Feldzugs nur aus einem Grund.«

Sie warf ihm mit ihrem Blick die Frage zu, seufzte. »Ich verstehe nicht, Herzog. Er hat gesagt, was er will. Ich sehe nichts Falsches daran.«

Er bellte sein Lachen und löste sich vom Stuhl. Die Planken des Podests zitterten unter seinen Schritten.

»Er will den Räuber fassen, das ist das eine. Und zum anderen will er Zeit für sich und die anderen Gefolgsleute. So können alle neue Kräfte und Vorräte sammeln«, zählte sie auf.

Ludwig hielt inne für ein grimmiges Lächeln, das er mit der nächsten Geste davonscheuchte. »Das sind die Worte, die er von sich gibt.«

Sie runzelte die Stirn. »Ihr glaubt ihm nicht?« Sie schüttelte den Kopf, ohne den Blick abzuwenden. »Ihr habt in vielen Schlachten mit seiner Unterstützung gesiegt,

Herzog. Bei Euren Siegen hattet Ihr ausreichend Männer, und Ihr hattet ausreichend Zeit zur Planung. Und Eure Lande waren stets gesichert«, fasste sie zusammen. »Er fordert nichts anderes als das von Euch.«

Ihre Hände glitten am Becher entlang, über das Holz, ihre Gesten flogen auf den Stoff ihres Kleides. Es war einer der wenigen Momente, in denen ihr Haupt sich leicht neigte. Sie erforschte die Maserungen des Bodens, nur um ihn mit dem nächsten Wimpernschlag zu verbrennen.

Ludwig räusperte sich, verneinte. »Er will Zeit, ja«, stimmte er zu. »Er will die Zeit für Anjou.«

Cäcilia lehnte sich zurück, ihre Augen verengten sich. »Für Karl von Anjou? Weshalb sollte er? Er hat nichts mit diesem Haus zu schaffen, und er gewinnt keinen Vorteil dadurch.« Sie legte den Kopf schief.

Er musterte sie, prüfte ihre Mienenmaske auf das kleinste Zeichen. Sie gönnte ihm keinen Hinweis, welche Überlegungen sie antrieben. »Der Meringer entstammt dem Haus der Welfen. Sie waren seit jeher die Verbündeten von Anjou. Ulrichs Vorfahr, Heinrich der Löwe, der Gründer der Stadt München, war selbst mit einer Anjou verheiratet«, erklärte er.

»Das war vor langer Zeit.« Sie starrte ihn an und krauste ihre Nase. »Vielleicht gilt das noch für die Welfen des Nordens, im Stammland des Hauses. Doch Mering ist nur ein kleiner Reisig, und Ulrich ist der Letzte der Linie. Sein Haus stand stets in Eurem Dienst. Es hält den Wittelsbachern die Treue – und damit den Staufern. Konradin – und Euch.«

»Welfe ist Welfe. Und Welfe ist Anjou.« Er widersprach. »Und Heinrich hungerte schon vor achtzig Jahren nach Macht. Er lehnte sich sogar gegen den Kaiser auf.«

»Dadurch verlor er sein Lehen an das Hause Wittelsbach. Ihr profitiert davon.

Ich erkenne nicht, was Ihr darin seht, Ludwig. Ulrich hat nicht die geringsten Absichten dazu erkennen lassen.« Sie hob die Arme und rollte die Augen. »Was wollt Ihr mit diesen Geschichten aus der Vergangenheit?«

»Spottet Ihr?«, bellte er. »Weib, was fällt Euch ein? Der Meringer hat schon die Hand ausgestreckt nach meinem Herzogtum. Könnt Ihr so blind sein?«

Cäcilia zog kopfschüttelnd die Augenbrauen hoch. »Ulrich ist Euer Vasall.« Ein Schwall Wein füllte neuerlich ihren Becher und ebenso seinen, der daneben stand. »Es ist bekannt, wie er seine Pflicht gegenüber Euch lebt. Darüber hinaus: Viele Eurer Entscheidungen tragen sein Siegel, Entscheidungen, die Euch zu Siegen führten. Die Mitglieder Eures Rates wissen dies.«

»Der Meringer«, spuckte er aus. »Er hat sie gegen mich aufgehetzt.«

»Ihr seht Gespenster!« Ihre Hand kehrte ein paar Krümel davon und sah an ihm vorbei. »Er kümmert sich nicht um die anderen.« Sie zuckte mit den Schultern. »Die Ratsmitglieder wie die anderen Eurer Vasallen ächzen unter der Last des Feldzugs im vergangenen Jahr. Natürlich entgeht ihnen nicht, was Ulrich von einem neuerlichen Zug nach Italien hält.«

Die Kerzen im Saal flackerten unter dem Atem des Windes. Ludwigs Wangen fingen die Hitze, ein Brennen durchzog seinen Körper. »Ulrich hält meinen kleinen Finger und wütet, weil er meine Hand nicht zu fassen bekommt. Darin liegt der Grund.« Die Wände warfen seine Stimme zurück. »Er glaubt, ihm steht mehr zu. Was ich ihm verweigere, sucht er anderswo, und nun will er den alten Bund zwischen den Welfen und Anjou erneuern. Er stärkt meinen Feind.«

Cäcilia ruckte ihr Haupt. »Konradins Feind«, verbesserte sie und streckte ihm seinen Weinbecher hin. Er lehnte ab. »Ihr irrt, Herzog.« Sie ordnete ihr Haar. Die Flammen der Kerzen färbten ihre Augen zu glühendem Gold, sie tanzten in der Iris ihrer Augen, wenn sie sich ihm zuwandte. »Und Eurem Neffen käme zugute ausreichend Kräfte zu sammeln und erst dann loszuschlagen. Im Moment befindet er sich doch in Sicherheit auf einer Burg außerhalb des päpstlichen Einflusses, wenn ich mich nicht irre.

Ein paar Monate mehr nutzen ihm mehr, als sie schaden.«

»Selbst wenn es so wäre«, grollte er. »Was für ein Zeichen ist das gegenüber den Verbündeten?«, schnappte er. »Schwäche.« Im nächsten Moment teilte seine Hand die Luft. »Es tut nichts zur Sache.« Sein Blick fing sich an ihrem Feuerhaar und harrte einem Zucken ihrer Miene. Einzig den Becher in ihrer Hand bewegte sie. »Weswegen verteidigt Ihr ihn, Cäcilia? Hat er Euch nicht schon einmal verschmäht?«

Die Hofdame warf den Kopf in den Nacken, die Eissplitter ihres Lachens brachen sich an der Decke. »Weder verteidige ich ihn, noch spielt dies eine Rolle.« Die Stoffbahnen ihrer Ärmel rauschten, als sie die Hand hob und mit dem Finger auf ihn zielte. »Ihr selbst hattet den Gedanken zu warten, und dann konntet Ihr Euch nicht entscheiden, nicht wahr? Ist es nicht so? Und nun ärgert Ihr Euch über Ulrichs klaren Blick und seine Hartnäckigkeit.« Sie tippte sich an die Nase. »Wollt ihr nicht warten, weil er genau das vorgeschlagen hat?«

»Dies hat Euch nicht zu interessieren«, knurrte er und musterte sie weiter.

»Eure Eitelkeit macht Euch zornig gegen ihn.«

Er umschloss den Griff seines Schwertes. Sie war … Sie war weder ein Ratgeber, noch … Er blinzelte … noch jene Frau, mit der er dies diskutieren würde. Er schüttelte den Gedanken ab, der Schmerz blieb, der in der Erinnerung an Maria lag. »Es wird nach all der Zeit keinen weiteren Verräter geben.« Er sandte einen Blick zur Decke und fluchte innerlich. Beinahe wäre ihm das Glück hold gewesen, und seine Worte im Rascheln der Stoffbahnen untergegangen. Er erkannte an ihrer Miene, dass die Worte laut genug gewesen waren, um den Weg an ihr Ohr zu finden. Ein Zurück gab es nicht.

»Es ist also wahr«, stieß sie hervor. Im Wirbel einer Bewegung hatte sie ihren Becher erneut gefüllt.

»Cäcilia.« Er schüttelte den Kopf.

»Das, was vor zwölf Jahren geschehen ist.« Ihre Augen verengten sich, und beinahe konnte er hören, wie ihre Gedanken kreisten. »Es geschah aufgrund von Verrat.«

»Lasst diese Geschichte ruhen, Cäcilia. Das rate ich

Euch.« Er furchte die Stirn und stieß das Schwert zurück, das aus der Scheide gewandert war. »Was wollt Ihr, Cäcilia?« Er musterte sie. »Weshalb seid Ihr hier?«

Als sie ihm ihr Gesicht nach einer Weile frostiger Stille wieder zuwandte, forderte er sie mit einer Geste zum Sprechen.

»Ihr habt mir versichert, einen angemessenen Gemahl für mich zu finden für meine Dienste.« Ihre Finger rollten in einer Endlosübung über das Holz des Kästchens. »An Ulrichs Tür hat der Tod geklopft. Er war frei und Witwer. Und an meiner statt verheiratet Ihr ihn nun mit der Tochter dieses Pferdebarons?« Ihr Fauchen hätte jeden einzelnen Faden des Teppichs in zwei gleiche Hälften zu teilen vermocht. »Ich werde nächsten Monat neunundzwanzig; der Name meines Hauses trägt mehr Gewicht als der dieser Pferdebauern.«

»Es liegt nicht am Namen.« Er biss sich auf die Zunge, kaum dass die Worte seinen Mund verlassen hatten. Er verfluchte sich.

»Ihr wagt es?« Cäcilias Augen funkelten. Wie eine Katze, die sich zum Sprung bereit macht, grub sie ihre Fingernägel in das Holz des Kästchens.

Er stellte sich ihr gegenüber. »Cäcilia, ich bitte Euch.« Die Stimme senkend hängte er seine Hände an seinem Gürtel ein, sah zu ihr hinab. »Ihr seid im September zurückgekehrt an meinen Hof – nach sechs Jahren Abwesenheit. In den wenigen Monden wurdet Ihr zur engsten Vertrauten meiner Frau. Die übrigen Hofdamen zollen Euch Respekt, doch ihre Sympathie gehört Euch nicht. Bei aller Diskretion … Ihnen genügt die kleinste Kleinigkeit, und sie zerreißen sich ihre Mäuler über Euch.«

»Diese Hühner sind eifersüchtig. Ich nehme mir, was sie gerne wollen und doch nicht erreichen können.«

»Ist dies ein Wettkampf? Das ist doch lächerlich.« Er schüttelte den Kopf und beobachtete ihr Mienenspiel, seine Augenbrauen zogen sich zusammen.

»Sagt mir, was kein Wettkampf ist?« Ihre Augen funkelten, ihre Lippen bewegten sich kaum. »… oder kein Wettlauf gegen die Zeit?«

»Cäcilia, Ihr seid kein verschrumpeltes Mütterchen, über das man hinwegsieht und das man vergisst – weder die Höflinge, noch die Damen, noch die Ritter, noch die Fürsten.« Ludwig schnaubte und schwemmte mit einem weiteren Schluck seine Kehle. »Euch mag das Gerede nicht kümmern – und meinetwegen führt Ihr Euren Wettstreit mit den Hofdamen. Doch vergesst nicht, Ihr seid nun mal kein Mann.« Er fluchte und unterbrach sich und fuhr sich mit dem Handrücken über den Mund. »Dennoch: Ihr erlaubt Euch, Avancen anzunehmen und Anträge abzulehnen, wie es Euch gefällt. Wollt Ihr einen Gemahl, überdenkt, was Ihr tut und mit wem.« Er beugte sich ein wenig vor und ärgerte sich über den Trotz in ihrer Miene. »Vieles von dem, was Ihr tut, bleibt im Dämmer, Cäcilia. Aber längst nicht alles.« Eine Geste seiner Linken warf ihr die Frage zu. »Und erzählt mir nicht, Euch entgeht dieses Getuschel. Dieses Versteckspiel liegt längst hinter uns.« Ein Schritt schmolz den Abstand, der Duft von Rosen und Lavendel lag zwischen ihm und ihr. »Ihr genießt an meinem Hofe Freiheiten, die Euch nirgends sonst zustehen.« Er nahm ihr den Becher aus der Hand und donnerte ihn neben seinem Trinkgefäß aufs Holz. Ihre Brauen wanderten auf diese eine typische, ihr eigene Art nach oben, Blut schoss in seine Wangen. Er wandte sein Gesicht ab und trat einen Schritt zurück.

»Dafür habe ich meinen Preis gezahlt«, zischte sie. Ihr Kinn ruckte ein Stück höher. »Es ist Zeit für meinen Lohn.«

Er räusperte sich und floh vor der Hitze ihres Duftes in die Nähe der Fenster.

»Weshalb befehlt Ihr die Verbindung zwischen Mering und Hardenberg? Beide Häuser dienen Euch bereits.«

»Was?« Er runzelte die Stirn. »Mischt Ihr Euch nach der Kriegspolitik nun in die Allianzen der Häuser?« Ihr Blick funkelte eisig und zwang ein Siegel über seine Lippen. Er wusste, es war besser, ihr das Wort zu lassen. Er kannte sie lange genug. Gut genug. Beinah übertönte der Wind vor den Fenstern ihre Stimme. Er musste sich anstrengen, sie zu verstehen. »Nach zehn Jahren kinderloser Ehe hat mein

Bruder seine Frau zu Grabe getragen. Wenn ihm etwas zustößt, wenn ich die Frau eines Eurer Männer bin, fallen diese Ländereien in Euer Gebiet.«

»Wenn.«

Unter ihrem Feuerhaar starrte sie ihn an. »Durch mich bindet Ihr einen jeden Eurer Vasallen noch stärker an das Haus der Wittelsbacher. Das solltet Ihr tun.

Verheiratet Ulrich mit mir.« Der Wein färbte ihre Lippen noch roter, sie presste sie zu schmalen Linien. »Und verhandelt mit meinem Bruder. Gebt ihm die Hardenberg zur Frau.«

»Mering?«, spuckte er aus. »Ihr wollt ihn?«

»Mering!«

Ludwig packte sein Schwert, er schnaubte, zog die Augenbrauen nach oben. Sein Blick glitt in die Ferne. »Es gibt immer Möglichkeiten«, murmelte er. »Cäcilia, ich schätze Eure Dienste. Und Ihr werdet Euren Lohn dafür erhalten.«

»Euer Wort.« Nach einer Pause schüttelte sie den Kopf, die Arme in die Hüften gestemmt. »Euer Wort ist nicht genug.«

Er pochte auf den Tisch. »Was ist mit diesem Hardenberg – dem Jüngeren? Dieser Georg wäre doch ein Gemahl für Euch.«

»Ihr scherzt.«

Er zog sein Schwert ein Stück aus der Scheide und stieß es wieder zurück. Den Frost, der in ihrer Stimme lag, zerschmetterte er dadurch nicht.

Ihr Lachen klirrte gegen die Wände. »Dieser grüne Bengel?«

Ludwig beobachtete ihre Miene. »Er schien gut genug für Euch zu sein, solange Ulrich verheiratet war.« Er wusste, was er wissen wollte. Die Art, wie sie ihre Augen zusammenkniff, verriet sie. »Und solange ich noch nicht die Hochzeit zwischen Mering und Hardenberg bestimmt hatte.«

»Er ist der mittlere Sohn eines unbedeutenden Hauses. Gut Hardenberg liegt fernab von Eurem Hofe. Was soll ich auf seiner Burg? Die Sterne zählen oder die Tannenzapfen oder die Hufe der Pferde?

Selbst wenn er der Ältere wäre und Erbe des Hauses – das ist meiner nicht würdig. Ludwig, das solltet Ihr nicht im Traum in Erwägung ziehen.«

»War dieser Georg nicht sogar dabei, seine eigene Verlobung für Euch zu lösen.«

»Ich weiß es nicht. Und es hat keine Bedeutung.« Die Antwort schoss aus ihrem Mund.

»Bis November hat man ihn oft in Eurer Gesellschaft gesehen. Doch seither scheint, weder er noch Ihr könnt zur selben Zeit im selben Raum sein wie der jeweils andere. Was ist geschehen zwischen meinem Ritter und Euch, Cäcilia?«

»Es ist nichts«, schnappte sie. »Und es ist nicht der Gemahl, den ich verdiene.

Weshalb gewährt Ihr Eurem Berater nicht den Aufschub, den er verlangt – zumindest eine Gnadenfrist für seine Hochzeit?« Cäcilias Augen wurden schmal. »Lasst ihm die Zeit, die er braucht, diesen Raubritter zu jagen und sein Blut zu kühlen – und den Verlust seiner verstorbenen Gemahlin zu betrauern. Die Jagd wird ihn fernhalten vom Hof und fern von der Aufmerksamkeit der übrigen Ratsherren.« Ihr Schritt schmolz die Distanz zwischen ihnen. »Und Ihr habt Zeit abzuwägen, wie viel mehr Euch die Verbindung dient zwischen Ulrich und mir.«

»Wollt Ihr wohl …«, knurrte er.

»Schmiedet das Band zwischen den Häusern neu.«

»Weib: Das ist nichts, was Euch zu kümmern hat.« Er wischte ihre Worte mit einer Geste weg.

»Dann fragt mich nicht!«

»Ihr wollt zu viel.«

»Viel. Nicht zu viel.« Der Stoff ihres Kleides raschelte. »Und: zu Recht.« Die Dielen murrten, als sie sich zum Wandteppich zurückzog. »Wo liegt der Grund für Euren Argwohn und Eure Wut gegen den Meringer?« Sie seufzte. »Mering war einst Königsstuhl, doch das ist viel zu lange her. Und Ulrich trägt zu wenig Ehrgeiz in sich, als dass er dies ändern wollte.«

»Wollt Ihr ihn deswegen als Gemahl? Um dies zu

ändern? Seinen Ehrgeiz zu entfachen« Sein Kopf wandte sich ihr zu. »Was wollt Ihr denn mit Eurer ewigen Neugier und Euren Ränken, Cäcilia!«

Cäcilia verdrehte die Augen und hielt sich an ihrem Schweigen fest.

Er drehte sich ab, starrte aus dem Fenster.

»Wo liegt der Grund für Euer Misstrauen gegen diesen Berater – und gegen alle Welt?« Er hörte Cäcilias Schritte in seinem Rücken und das Rascheln von Stoffbahnen. »Es ist etwas, das weit zurückliegt und seine Finger bis hierher ausstreckt, nicht wahr?«

Er schnaubte. „Ich muss mich bereit machen für den Aufbruch nach Augsburg. Geht!

Wir sehen uns, Cäcilia. Vergesst das nicht."

»Ich habe Gerüchte gehört.« Sie wisperte. »Mir ist nicht wohl dabei.«

»Lasst die Vergangenheit ruhen!« Er schreckte auf mit dem Klicken des Türschlosses. Er war allein. Nur ihre Worte blieben zurück.

Er schickte ihr einen Fluch hinterher.

S PLITTER IM FLEISCH †Kapitel 3

BURG FRIEDBERG, MITTE MÄRZ 1268

»Wie viele sind's, die vor meiner Tür noch warten?« Der Kämmerer hob den Blick. Die Kerzen, die im Raum brannten, ließen sein Lächeln halb im Dunkel. Der Stuhl schepperte über den Boden, der Alte umrundete den Tisch. Ulrich fasste die ausgestreckte Hand und erwiderte die kurze Umarmung. Er musste nicht erklären, dass er noch kurz zuvor beim Herzog gewesen war.

»Wieder einmal?«, fragte Barthel.

»Einmal mehr.« Der Graf nickte.

»Es häuft sich in jüngster Zeit. Glich euer Umgang seit jeher dem Herbstwind, der Eichen und Birken ihr Laub raubt, so scheint mir, seit der Rückkehr vom Feldzug fegt ein Sturm durch die Lande.« Der hagere Mann zupfte sich am Ohr.

Ulrich senkte seinen Blick, seine Hände stützte er auf dem Eichentisch auf. »Seit Jahrzehnten dient ihm meine Familie.«

Der Burgvogt klopfte auf die Tischplatte. »Seit dem Beschluss des Kaisers.«

»Der Beschluss liegt beinahe hundert Jahre zurück.« Ulrich knurrte.

»Davor standen die Wittelsbacher als Truchsess unter dem Haus der Welfen. Die Macht von Ludwigs Familie ist noch jung, ihr Stand nicht so gefestigt wie der eines so alten Geschlechts wie dem Euren.«

Ulrichs winkte ab, seine Augenbraue wanderte nach oben. »Er sollte nicht vergessen, was erst zwölf Jahre zurückliegt. Mein Vater war es, der damals den Verrat aufdeckte.« Er wischte seine braunen Locken von den Schultern. »In all den Jahren haben weder mein Vater noch ich ihm je einen Grund gegeben, an unserer Treue zu zweifeln.« Er krempelte seine Ärmel hoch. »Und wenn ich ihn um mehr Zeit bitte, diesen Raubritter festzusetzen, verweigert er dies. Auf meinen Weg wirft er nur Steine, wo ich Schwerter brauche.« Dumpf vibrierte das Holz vom Schlag seiner Hand. »Barthel, ich frage dich: Was soll ich denn tun?«

Barthel nahm seine Feder wieder auf, tauchte sie ins Tintenfass und runzelte die Stirn. »Die Hochzeit ist kein Stein, den er in deinen Weg geworfen hat. Dass er auf die Verbindung zweier seiner Vasallen besteht, ist so ungewöhnlich nicht.« Die Feder kratzte über Papier und als Schauer über Ulrichs Rücken. »Dass du dich derart dagegen sträubst ...« Er nieste und schnäuzte sich. »Sie muss schön sein, sagt man.« Der Alte stopfte sein Tuch zurück und hob den Kopf.

»Davon hörte ich.« Ulrich tat einen Schritt auf den Tisch zu. »Doch die Leute reden viel und Schönheit vergeht.«

»Du bist kein bisschen neugierig auf sie?« Barthel musterte ihn, die Augenbrauen hochgezogen. Ulrich war, als huschte ein Lächeln über das Gesicht des Alten. »Hardenberg steht treu zum Herzog in seinen Pfälzer Landen. Sie haben keinen großen Namen, doch ihre Taschen sind voll. Darüber hinaus: Schon dein Vater hielt das Band der Freundschaft mit dem Hardenberger, und mit deiner Braut hätte es dich schlechter erwischen können.« Der Kämmerer zuckte mit den Schultern. »Wäre Ludwig weniger misstrauisch, würde er dein Haus vielleicht mit einem der anderen großen Namen verbinden.«

Ulrich betrachtete sein Gegenüber einige Augenblicke, schnappte nach Luft. »Ihr letzter Bräutigam starb am Morgen der Hochzeit. Das ist kein gutes Omen.«

»Du glaubst doch nicht an derartige Zeichen.« Der alte Vogt zog die Augenbrauen zusammen.

»Und Katharina ...«, Ulrich verstummte. Er bemerkte Barthels Blick und unterbrach sich. »Vor deiner Tür sind's noch gut ein halbes Dutzend, die dich noch eine Zeitlang an die Bücher fesseln werden«, wechselte er das Thema.

Der Kämmerer schritt zurück hinter den Tisch. »Ach, so schlimm wird's nicht. Die meisten haben ihre Waren angeliefert zum Fest des Herzogs. Nun holen sie ihr Geld. Ein paar säumige Schuldner sollten bald mit vollen Beuteln an diesem Tisch erscheinen – in ihrem eigenem Interesse.« Barthel warf seinem Gast einen vielsagenden Blick zu und nahm wieder Platz.

»Ach?« Ulrich drehte das Buch auf dem Tisch zu sich und blätterte darin. Die Seiten raschelten, als er eine nach der nächsten umwandte. »Der Eurasburger ist wieder einmal überfällig mit seinem Zins.« Er tippte auf das Konto mit den Einträgen. »Ich verstehe es einfach nicht. Bei jeder Gelegenheit beweist Ludwig, mit welchem Recht er seinen Namen trägt: der Strenge. Weshalb nimmt er sich nicht endgültig allen Besitz der Eurasburger? Dieses Haus ist eine Schande für den Stand des Adels.«

»Jede weitere Verspätung vertieft die Bekanntschaft mit dem Ochsenziemer. Gut angefeuchtet beißt sich der Kamerad durch die Haut.« Barthel rollte seinen Kopf zwischen den Schultern, sein Handrücken klatschte in die Fläche seiner anderen Hand. »Zwei Rutenschläge sind pro Tag Verspätung zu erdulden. Das ist kein Geschenk der Milde«, erklärte der Alte und legte das Buch zurück an seinen Platz, die Feder in gleichlaufender Linie. Er seufzte. »Junge, als ich in deinem Alter war, gab es nur schwarz oder weiß. Weder mit neunundzwanzig Lenzen, noch jetzt – mit beinahe sechzig – stand ich als Ratgeber im Dienste eines ehrgeizigen Herrn. Ich war Diener, war Schreiber. Ich kenne ihn nun lange genug. Du weißt nicht, welche Dämonen ihn treiben. Du kannst nicht ahnen, wo er glaubt, Linderung für seine Seele zu finden.« Barthel zog das Buch wieder zu sich, schob eine Kerze näher und tippte auf eine Zeile. Tiefschwarz glänzte die Spitze, als sie die Buchstaben und Ziffern auf das Papier schwang.

»Ich kann ihn nicht leiden, den Eurasburger, diesen stolzen Taugenichts«, sagte der Alte. »Nicht ein bisschen, weißt du? Sein Vater hat unserem Herzog übel mitgespielt.« Die Feder auf dem Papier malte den Takt unter seine Worte. Sein Haupt hielt er über das Blatt gebeugt, die Augen gekniffen. »Doch dieser Nichtsnutz spielt den Ahnungslosen, gerade so als würde die ganze

Welt Unrecht ihm tun – nicht umgekehrt.«

»Er war noch jung damals, als das geschah, doch gerade er muss die Wahrheit kennen. Anders kann es nicht sein.« Ulrich legte den Kopf schief. »Weshalb der Herzog das Haus Eurasburg duldet, verstehe ich nicht.«

»Weißt du, es ist so: Ich halte es sehr genau mit meinen Büchern. Ein Fehler kommt nicht vor. Eigentlich. Ich prüfe stets jeden Eintrag nach, und sollte ich etwas übersehen haben, fällt es mir als Erstem auf. Bevor die Bücher zum Herzog gehen, prüft sie mein Helfer, und beim Herzog ist, seit ich hier bin, noch nie etwas angelangt, das nicht rechtens gewesen wäre.« Der Alte richtete sich hinter seinen Büchern auf.

»Doch eines Tages wird es mich wohl ereilen, mein Gehilfe stünde vor mir und zeigte mir meine Nachlässigkeit. Natürlich bewahrte mich dies vor dem Zorn des Herzogs, doch ob ich ihm wirklich dankbar wäre? Ich wüsste es nicht zu sagen. Schließlich wäre er derjenige, der den Fehler gefunden hätte, nicht ich selbst. Und ich stellte fest, dass ein anderer vielleicht besser wäre denn ich in meiner Aufgabe. Vielleicht würde ich mir dann die Seite aus dem Buch reißen und bewahrte sie auf, hier auf meinem Schreibtisch, damit sie mich immer daran erinnerte, genauer zu arbeiten und mir keinen weiteren Fehler zu leisten.«

»Du meinst also, wenn du dir einen Splitter ins Fleisch jagtest, würdest du ihn dort belassen. Damit dieser dich daran erinnert, beim nächsten Mal vorsichtiger zu sein?« Ulrich schüttelte den Kopf. »Und würdest den verwünschen, der dir hilft, den Splitter zu entfernen?«

Das Kratzen der Feder über Papier endete, Barthel blickte auf und maß ihn, dann senkte er den Kopf erneut. »Ich sage nicht, dass ich das gutheiße. Aber: Nicht oft handeln die Menschen der Logik gemäß. Wir tun etwas, obwohl wir bereits zuvor wissen, dass es mehr schadet, denn nützt. Und …«

»Und dennoch tun wir es.« Ulrich nickte.

»Menschen handeln selten vernünftig.« Barthel seufzte. »Ich will nicht sagen nie, doch sicherlich nicht oft.«

Ulrich zögerte kurz, sein Blick fiel zu Boden, seine Schultern sanken, dann nickte er. Er räusperte sich. »Mein Vater war es, der die Verschwörung damals aufdeckte.« Sein Finger wanderte über die Narbe.

Barthel musterte ihn und blinzelte. »Unser Herr verlor sehr viel durch diese Geschichte.« Barthel tippte sich mit dem Finger an die Nase. »Oft genug nennt er Herzogin Anna beim Namen seiner ersten Frau: Maria.«

Ulrich richtete sich auf und fuhr sich mit der Hand übers Gesicht. »Die Dinge gehen ihren Gang. Ich wünschte, Ludwig würde sich in Geduld üben mit seinem Feldzug. Ich wünschte, mein Vater wäre nicht von uns gegangen. Ich wünschte, Katharina wäre nicht in meinen Armen gestorben vergangenes Jahr – mir würde diese Hochzeit erspart bleiben.«

»Ludwigs Feldzug«, ergänzte Barthel, »hat dich schon einmal bis Verona geführt. Wer weiß – vielleicht geht es bald nach Rom.«

Für eine Spanne flackerten die Kerzen im Zimmer heller. »Rom?« Sein Blick suchte die Ferne. »Rom. Stell dir vor, Barthel: An jenen Stätten wandeln, an denen Parlament gehalten wurde, an denen Kultur und Gesellschaft wuchs. Rom bietet viel mehr, als Kirche – und viel mehr, als die Kirche uns glauben macht …« Ulrich blinzelte, die Flamme erlosch. Er drehte sich kurz zur Tür, prüfte, ob sie geschlossen war. Er neigte sich vor und senkte die Stimme. „Doch Rom zu sehen – auf diese Weise?"

»Der Herzog sieht sein Ziel zum Greifen nah«, erinnerte der Alte. »Glaubst du, er lässt sich so einfach umstimmen?«

Ulrich warf die Arme in die Luft. »Darum geht es nicht. Nur seine Hast muss er zügeln. Seine Vasallen müssen verschnaufen, er braucht Verbündete in Italien.«

»Oder er verliert sie, wenn er zu lange wartet.« Barthel stand auf und suchte Ulrichs Blick. »Keiner folgt einem schwachen, unentschlossenen Herrscher.« Er räusperte sich und zog die Augenbrauen nach oben. »So ist das oft, wenn man zu lange wartet, wenn man sich mehr um die Dinge anderer kümmert denn um die eigenen.«

Ulrich lehnte sich gegen den Vorwurf in der Stimme

seines Gegenübers ins Kreuz und drehte die Handflächen nach oben. »Was meinst du damit? Meinst du mich?«

Die Spitze der Schreibfeder deutete auf ihn. »Mering braucht einen Erben. Du bist …«

»… der Letzte meines Geschlechts.« Er warf die Hände in die Höhe. »Ich habe mich in den Bund der Ehe gefügt, Katharina trug unser Kind. Meinen Teil dieser Pflicht habe ich erfüllt. Gott nicht. Er hat sie mir beide genommen. Wie er mir meinen Vater nahm, meine Mutter, Ottilia. Er raubt mir die, die mir nahe sind, und lässt mir einen Haufen Steine. Was mir bleibt, ist der große Name eines alten Hauses. Was nutzt mir all dies?

Beides wird ebenso im Staub der Geschichte versinken wie die Bedeutung des Königsstuhls.« Er berührte die Narbe. »Lieber wäre ich frei, lieber folgte ich dem Wind, wie das Blatt, das hierhin, mal dorthin schwebt.« Seine Arme kreuzten sich vor seiner Brust. »Doch weder die Menschen, die mir anvertraut sind, noch den Herzog will und kann und darf ich im Stich lassen.« Er schloss die Augen. »Selbst wenn ich keinen von ihnen schützen kann.«

»Kümmere dich um die Lebenden, nicht um die Toten.«

Ulrich zuckte zusammen. Mit blinzelndem Blick hoffte er, es wäre Barthel entgangen.

»Du kannst fortfahren, dich zu geißeln. Lebendig machst zu keinen damit.

Fang an, etwas Neues zu bauen! Das Vergangene kommt ohnehin nicht zurück, und dich bindet nichts. Es gibt nichts, was du opfern musst.« Die Schreibfeder des Kämmerers kreiste in der Luft und zielte auf Ulrich. »Oder siehst du das anders?« Dann steckte der Alte die Feder ins Tintenfass. Rieb seine Finger, und sein Ausdruck bekam etwas Verwegenes. Er klatschte in die Hände. »Bravo, sag ich! Bravo, für den, der sich selbst dahingibt! Besonders die Ehe mit Agnes stelle ich mir als großes Opfer vor – eine Schönheit an der eigenen Seite zu dulden – Gott erbarme sich deiner, nun, nachdem der Herzog dir das Messer an die Kehle setzt.«

Ulrich fasste sich an die Brust und schmunzelte mit dem Blick auf Barthel. »Ach, alter Mann, spotte ruhig! Doch gesehen hat sie noch niemand von uns. Stell dir nur vor, wenn ihre Schönheit eine Lüge ist. Oder noch schlimmer: Wie man hört, soll sie furchtbar eigensinnig sein.

Ihre Brüder zählen zu Herzog Ludwigs Rittern. Du selbst kennst doch die beiden Kindsköpfe gut genug. Und ich kenne die Geschichte der Brüder über ihre Schwester. Wenn das stimmt, habe ich eine Braut, die möglicherweise schön ist, andererseits aber genau das Gegenteil von dem tut, was man von ihr verlangt. Da ist es doch besser, allein zu bleiben.«

»Ein tumbes Geschöpf mit der Anmut einer Kröte ist stets die beste aller Frauen«, versetzte Barthel. »Die Blicke und Begehrlichkeiten anderer Männer bräuchtest du nicht zu fürchten. Kleider und Schmuck benötigt solch eine nicht. Weder wird sich deine Habe verringern, noch mehren. Du könntest deinen Lebensabend damit verbringen, dich von ihrem Anblick abschrecken und von ihrem Wesen zu Tode langweilen zu lassen.« Der Alte lachte hustend, dann winkte er ab. »Oder du versuchst zur Abwechslung, ihr Herz zu erobern, statt deines zu versiegeln. Man munkelt, auf solchen Verbindungen liegt besonderer Segen.« Barthels Stimme war kaum mehr als ein Flüstern. »Nicht immer fällt einem die Liebe einfach auf den Weg. Für eine Liebe, die größer sein soll, muss man kämpfen.«

Erst das Hüsteln seines Gegenübers brachte Ulrichs Gedanken zurück. Er zuckte und blinzelte. Ulrichs studierte der Feder, die quer über das Papier lag. Er rollte seine Finger gegen seine Handfläche, dann runzelte er die Stirn. »Wer weiß, wie lange sie an meiner Seite weilen wird«, entfuhr es ihm. Ulrich zog eine Grimasse und versuchte sich an einem Lachen. Es misslang.

Schweigen füllte den Raum zwischen ihnen und Ulrich wusste zu gut, was das hieß. Barthel schüttelte das Haupt. Ulrichs Blick folgte den Bewegungen des Alten. Dessen Finger schlossen sich um den ausgefransten Kiel. Er tauchte die Feder in öligschwarze Tinte, streifte ihn ab, mit der anderen Hand blätterte er zu seinem letzten Eintrag. Kratzend fügte die Feder Buchstabe an Buchstabe, Ziffer an

Ziffer.

»Du kennst mich zu lange, alter Mann.« Er klopfte auf den Tisch. »Ich muss auf, ich muss zurück in meinen Ländern, in Mering nach dem Rechten sehen.

Die letzten Tage war es still. Ich hoffe, noch ein wenig Ruhe zu haben vor dem Räuber und seiner nächsten Tat.« Ulrich nickte dem Kämmerer zu. »Bete zu Gott, alter Freund. Zu welchem auch immer.«

AGNES †Kapitel 4
HARDENBERG, MITTE MÄRZ 1268

»Vorwärts!« Sie trieb ihren Schwarzen an, und ihr Lachen perlte durch die Reihen der Bäume, als würde ihr dies für immer gestattet sein. Agnes füllte ihre Lungen und atmete Wald und Wind.

Die Frische auf ihrem Gesicht färbte ihre Wangen rot; sie spürte die Kälte nicht, die ihr Fellwams und das Leder ihrer Reithose durchdrang. Die braunen Locken flatterten hinter ihr her. Immer schneller trommelten die Hufe ihres Pferdes über den Boden, hinweg über Äste und Zweige, die der Vorfrühlingssturm in der vergangenen Nacht abgerissen hatte. Ein leichter Druck auf die Flanken des Schwarzen, sie lockerte den Griff in die Mähne, und Reiter und Ross glitten über den abgerissenen Stamm eines morschen Baumes hinweg. Der Sturm hatte in der Nacht gewütet. Auf der Burg ihrer Eltern waren alle damit beschäftigt umherliegende Leitern und Gerätschaften, umgeworfene Getreidesäcke und Karren – die Ordnung halbwegs wieder herzustellen, ehe sie sich den beiden fohlenden Stuten widmen mussten. Dass die Tochter des Hauses samt Reittier durch die kleine Pforte verschwand, hatte des Morgens niemand beachtet. Auf Agnes Lippen stahl sich ein kleines Schmunzeln.

Ihre Schenkel und ihre Füße in den dünnen Lederschuhen presste sie fest gegen den Rumpf des Pferdes. Mit ihren Fingern forschte sie, ob sich in der Innentasche ihres Wamses noch die ersten Zeichen des Frühlings fanden, die sie entdeckt hatte. Sie lächelte, als ihre Fingerspitzen die Blüten berührten. Agnes richtete ihren Oberkörper auf, breitete die Arme aus, Nieselregen benetzte ihr Gesicht. Blattlose Birken und Linden, Eichen, Tannen und Föhren rauschten an ihr vorbei. Ihr Blick richtete sich nach vorne. Über den Wipfeln der Bäume erkannte sie die Spitze der Hardenburg. Der Bergfried wachte über die Wege und Wälder, das nahe Dorf und über den Fluss *Isenach*. An gewöhnlichen Tagen erledigten Knechte und Mägde Botengänge oder kehrten davon zurück; Händler und Bauern gingen ein und aus. Nur wenige Pfade blieben dem Blick des Steinriesen hoch über dem Palas und den Gesindehäusern verborgen.

Agnes griff die Mähne wieder fester, zügelte das Tempo und lenkte ihr Pferd tiefer in den Wald. »Sie müssen nichts von unserem Ausflug wissen, mein Guter. Und du verrätst mich nicht.« Sie zog eine Grimasse, kraulte sein Fell.

Zurück auf der Burg würde sie wieder in eines dieser Gewänder schlüpfen müssen, die das Weibsvolk zu tragen hatte. Schon seit vor dem Fest in Heidelberg vor wenigen Wochen zog es Belehrungen ihres Vaters Wernher von Hardenberg nach sich, wenn sie ihm in unstandesgemäßer Gewandung unter die Augen kam.

Auf dem Fest selbst war sie sein ganzer Stolz gewesen; seine Tochter im Kleid eines italienischen Händlers aus Augsburg. Nach dem Tanz mit dem Vater und ihren Brüdern und wohlgekleideten Edelleuten war Agnes geradewegs aus dem Saal an die frische Februarluft geschwebt. Zimmer und Räume, Lachen und Musik zogen an ihr vorbei. Vor einem der Räume erhellte der mannshohe Ständer mit einem Kranz aus fünf Kerzen den Gang. Das Licht, das aus dem Türspalt dahinter auf die Steinfliesen fiel, leuchtete ruhiger, dunkler. Agnes schlenderte darauf zu. Ihre Hand drückte schon die Klinke, als sie eine bekannte Stimme hörte.

Sie sei zu alt mit ihren neunzehn Jahren, rollten Worte an Agnes Ohr. Verflucht, hatte sie noch gedacht. Armreifen klimperten hinter der Tür beinahe lauter als alles andere. Der erste Bräutigam am Morgen vor der Hochzeit verstorben, man hätte gehört, ihr zweiter Bräutigam – der Ratgeber des Herzogs – wolle sie nicht. Ihr Schicksal stunde unter einem dunklen Stern. Dass sie die Nase in Bücher zu stecken pflegte, würde es nicht besser machen. Zu viele Gedanken hätte dies in diesen Kopf gesetzt.

Eigene Gedanken schadeten keiner Frau, hatte eine Luchsin zur Antwort gefaucht, ein Schmunzeln war über Agnes Gesicht geblitzt und sie war näher getreten.

Das Bellen hatte nicht geendet. Der Graf von Mering wollte an seiner Seite am Hofe keine Gemahlin, die mit den Mannsbildern reite und ihnen in Hosen gegenüberträte. Sowas gehörte in ein Kloster.

Agnes' Mutter hatte nachgesetzt. Ihre Tochter reite vielleicht mit den Männern, doch ebenso zierte sie den Hof, wie es sich ziemte. Und schließlich zählte der Befehl des Herzogs.

Sie würden schon sehen, hatte eine andere weiter geblafft. Der Welfengraf bräuchte eine Frau nach dem Unglück mit seiner ersten. Niemand wollte ein Halbwesen, halb Kind, halb Gelehrte – noch dazu wo das Verderben an ihr hinge. Am Hofe Ludwigs, in seiner Grafschaft, fänden sich genug andere, gleichgültig ob mit Geist oder ohne.

Die Stimmen hatten sich der Tür genähert.

Agnes hatte geflucht. Sie trat ein paar Schritte zurück und stieß gegen Kaltes, Schweres. Donner erschütterte den Flur. Der Steinboden verstärkte den Hall und betäubte ihre Ohren. Sie schrak zusammen, ihr Blick war vom riesigen Kerzenständer zur angelehnten Tür gezuckt und wieder zurück dorthin, wo das Wachs über den Boden gerann und die Flammen erstarben. Sie erbleichte. Das Schweigen auf den zusammengepressten Lippen ihrer Mutter dröhnte lauter als der Knall. Ein Zeigefinger wies sie nach draußen. Agnes' Wangen glühten, selbst als ihre Finger sich allmählich wie Eis anfühlten, als ihr Vater erschien. Agnes, ihr Name, war das erste der fünf Wörter, die er gesprochen hatte und er dehnte es bis einer der Sterne am Himmel verlosch. Am nächsten Tag war ihr Sattel und Zaumzeug verschwunden gewesen, eine Woche lang. Doch das hatte Agnes nicht gehindert.

Ihr Pferd wieherte, die Baumreihen lichteten sich. Sträucher kratzten an Agnes' Beinen, bis sie die kleine Koppel erreichte.

»Keiner zu sehen«, murmelte sie in die Mähne. Noch einmal schmiegte sie sich ganz eng an das Fell. »Glück gehabt, Schwarzer. Wahrscheinlich haben sie noch immer alle Hände voll zu tun. Ich reibe dich ab. Hoffentlich schaffe ich es hinein, ohne entdeckt zu werden.«

Agnes sprang wenige Schritte vor dem Gatter ab. Am Einlass hatte sie ein Päckchen verstaut. Sie schnappte es, warf das andere Gewand über und band ihr Haar zusammen. Kaum war ihr Gefährte trocken, schlüpfte sie durch die Pforte in den Burghof. Dem alten Wächter legte sie zwinkernd den Strauß Schneeglöckchen auf den Tisch.

Er nickte ihr zu, seine Augen blitzten auf. »Alle sind noch im Stall. Das Erste ist schon da; ein Stütlein. Lang dauert's nimmer, Kind. Schau, dass du g'schwind über den Hof kommst!« Der Alte legte seinen Zeigefinger auf den Mund und grinste; mit der anderen Hand scheuchte er sie davon.

Rufe, Anweisungen im Basston des Grafen von Hardenberg und aufgeregtes Geklapper aus den Stallungen ließ Agnes hinter sich, mehr im Flug huschte sie die hintere Stiege hoch.

»Ach, Mathild, ich danke dir!« Die Tür ihrer Kammer im ersten Stock krachte ins Schloss.

Das Mädchen auf dem Schemel ließ für einen Moment die Nadel sinken und starrte Stoffbahnen ordnend ihre ältere Base an.

Agnes schob das letzte der Fenster weiter auf und entzündete eine Kerze auf dem Tisch in der Mitte des Raumes. Schatten schwankten auf den Lammfellen ihrer Bettstatt. »Wird es dir nicht allmählich zu dunkel, oder liebst du die Näharbeit so sehr?«, tadelte sie. »Du verdirbst dir noch die Augen, und das mit deinen kaum zwölf Lenzen.« Sie kniff das Mädchen in die Stupsnase und zupfte an einer kastanienroten Haarsträhne, die unter der Haube hervorlugte.

Mathild errötete. »Die Stiche kann ich beinahe mit geschlossenen Augen setzen.«

»Das stimmt, und ich bin froh über deine Hilfe. Die Aufgabe hatte Mutter mir anvertraut, doch dank deiner wird das Kleid viel schöner – und wohl auch rechtzeitig fertig.

Ich glaube ohnehin, du kommst besser voran ohne mich.

Und«, neckte Agnes, »stets sieht es aus, als ob du vollständig vergisst, was um dich herum geschieht, sobald die Nadel in deiner Hand liegt.« Agnes deutete auf den Nachttisch. Zwischen seinen Holzbrettern steckte der Stumpen einer erloschenen Bienenwachskerze.

Mathilds Blick heftete sich auf den Boden. »Und wenn Ihr zurückkommt, seht Ihr immer aus wie ein Elfling, Eure Locken zerzaust und die Lippen fast blau, dafür sind Eure Ohren und Wangen feuerrot, und Eure Augen leuchten wie Gold und nicht grün, wie's eigentlich wär. Und in diesem Kleid werdet Ihr wunderschön aussehen, wenn Ihr an den Altar tretet. So schön will ich auch einmal sein.« Je mehr Mathild strahlte, desto dunkler wurden Agnes Augen. Noch etwas fiel dem Mädchen ein: »Und Ihr habt mir versprochen, es mir beizubringen, wenn ich Euch mit der Arbeit am Kleid helfe«, erinnerte sie. »Ich möchte ebenso gut reiten wie Ihr.«

Agnes nickte. »Keine Sorge! Auch wenn Muhme Katherin mich dafür verwünschen wird. Du bist bereits eine sehr geschickte Reiterin und wirst nicht lange brauchen, um mit den Männern mithalten zu können.«

Mathild zog eine Schnute. »Mit Euch will ich doch mithalten! Und viel Zeit zum Üben bleibt nicht mehr.«

Schatten legten sich auf das Gesicht der Grafentochter. »Stimmt, ein paar Tage noch, ehe wir nach Friedberg aufbrechen, zur Burg des Herzogs.«

»Und dort auf dem Fest steht Ihr endlich Eurem Bräutigam gegenüber«, plapperte die Zwölfjährige. »Freut Ihr …«, Mathild sah ihre Cousine an und runzelte die Stirn.

Die Ältere setzte ein Lächeln auf und nahm der Base die Näharbeit aus der Hand. Ihre Finger fuhren über die Muster. »Wunderschön!«, lobte sie.

»Mit dem Gürtelband in Eurer Hand bin ich fast fertig. Nur hier, seht Ihr, die letzte Blume fehlt noch. Dann können wir am Kleid weiternähen.«

Agnes fasste nach der Nadel. »Komm, dann hol die Schere aus der Kammer nebenan. Das hier beende ich. So ist zuwenigst die Rose mit ihren Dornen durch mich gesetzt.«

Mathild nickte und sprang auf. Agnes begann mit den ersten Stichen am Gürtelband ihres Hochzeitskleides. Nicht lange und ihr Blick schweifte ab. Im nächsten Moment geschah es: Die Nadel biss in die Kuppe ihres Zeigefingers. Der Tropfen Blut verfehlte zum Glück das Kleid, zerplatzte stattdessen auf dem Boden.

Agnes schnaubte. »Wieder ist es nun so weit, dass ich ein solches Kleid tragen werde, und beinahe ist es fertiggestellt. Wird es diesmal ebenso enden?« Die Figuren auf dem Wandteppich über ihrem Bett antworteten nicht.

»Ein zweiter Bräutigam«, dachte sie. »Einer, der mich nicht will, der nur dem Befehl seines Herrn folgt. Keinen Hehl macht er daraus. Als Gespött komme ich an den Hof und vor den Adel.« Ihr Blick wanderte zur Tür. »Mathild?« Sie versuchte es gleich noch einmal. »Mathild, wo bleibst du denn?« Ein Windstoß fuhr herein und stellte die feinen Härchen an ihren Armen auf.

»Wenn erneut vor der Hochzeit ein Unglück geschieht«, kehrte der Gedanke zurück. Sie gönnte sich einen Fluch. »Heißt das dann, ich bin frei?«

»Die Schere ist verschwunden.« Die Tür knarzte. »Nur ein Messer konnt ich finden.«

»Nun denn, sei's drum. Ich denke, es ist klüger, die Näharbeit für heute zu beenden.« Agnes hielt Mathild ihren Finger hin.

»Nähen ist wohl wirklich nicht Euer Talent.« Das rothaarige Mädchen biss sich auf die Lippen. »Aber das Kleid muss fertig werden. Ihr trefft Ulrich doch schon bald.« Die Jüngere zog die Augenbraue hoch und kramte einen Stoffstreifen hervor aus den Taschen unter ihrer braunen Schürze.

Agnes deutete auf ihr Hochzeitsgewand. »Diese wenigen Stellen werden wir rechtzeitig versäumen und besticken, selbst auf der Reise ist noch Gelegenheit dazu.« Mit der unverletzten Hand berührte sie das Tuch. »Wie dem auch sei, kleine Base. Für heute muss die Nadel ruhen. Wir finden andere, weniger gefährliche Arbeit für uns«, beschloss Agnes. »Komm, knote mir den Stoff um den Finger.«

Die Jüngere zögerte kurz, ehe sie zu ihr trat. »Aber Eure Mutter meinte doch, wenn das Kleid nicht fertig wird, müsst Ihr Eurem Zukünftigen auf dem Fest des Herzogs in einem alten Gewand gegenübertreten.« Mathild zog den Knoten fest. »Nun, da Ihr so lange schon wartet – auf eine Hochzeit – wollt Ihr Eurem Gemahl doch gefallen oder nicht?«

»Er kennt keines meiner Gewänder. Und selbst mich hat er noch nie gesehen. Ob ich ihm gefalle oder nicht? Es spielt keine Rolle«, schnappte sie. »Und wann ich ihn nun treffe oder nicht, ist mir gleich. Am liebsten gar nicht. Es wäre besser für ihn. Besser für sein Leben.« Schon im nächsten Moment blitzten ihre Augen auf. »Vielleicht sollten wir Elsbeth in eines meiner Kleider schnüren, und sie zu ihm schicken an meiner statt.«

Mathilds Mund klappte auf. »Elsbeth? Eure Elsbeth? Die Köchin? Aber…. Aber … das geht doch nicht!«, stammelte sie. »Es ist doch der Befehl vom Herzog.«

»Hätte Herzog Ludwig diese Verbindung nicht befohlen, so wäre ich frei. Und ich könnte hierbleiben.« Agnes breitete die Arme aus, als wollte sie alles umfassen.

»Frei wäret Ihr nicht. Das wisst Ihr.« Mathild senkte den Kopf. »Eure Eltern werden einen anderen wählen. Oder der Herzog befiehlt es, dass es ein anderer ist. Oder das Kloster müsstet Ihr wählen. Aber ein Kloster wäre nichts für Euch, und unverheiratet darf ein Weib nicht bleiben.

Und Eure Eltern haben es auch dem Herzog versprochen.«

»Mein Versprechen ist es nicht. Und sieh doch nur, was ich meinem letzten Bräutigam gebracht habe.« Agnes stemmte ihre Hände in die Hüften und musterte ihre Base. »Den Tod.«

»Das wisst Ihr nicht«, murmelte Mathild. »Das ist nicht Euer Werk, und es wird nicht zweimal geschehen.« Das Mädchen runzelte die Stirn. »Es ist Bestimmung. Der Erste hatte Euch nicht verdient.« Mathilds träumerischem Blick entging Agnes zweifelnder. »Es braucht einen Besonderen, der Euch als Frau an seiner Seite haben darf.«

Sie wünschte, sie könnte dies glauben. Ein mildes

Lächeln huschte über Agnes Gesicht, nur um sich im nächsten Moment unter dunklen Gedankenwolken zu zersetzen. »Ach Mathild, dies ist nun mal die Welt, in der wir leben. Das ist keine der Geschichten unserer Ammen. Ein besonderer Mann, ein Prinz wohl noch, der mich am Ende rettet?« Ihr Lachen verglomm auf halber Strecke, wo ein anderer Gedanke sich entzündete. »Doch vielleicht ist da ohnehin noch etwas anderes«, murmelte sie.

»Was meint Ihr?«

»Ulrich musste im Winter seine Frau begraben und sein Kind«, erinnerte sich Agnes. »Vielleicht will er ebenso wenig heiraten wie ich.«

Ihre junge Base sah sie mit großen Augen an. »Aber … aber zwei, die nicht heiraten wollen?« Mathild schüttelte den Kopf. »Das ändert aber doch nichts an dem Befehl des Herzogs.«

Agnes tippte sich an die Stirn und begann auf und ab zu gehen. »Ich muss mich ihm mitteilen«, überlegte sie und vergaß, dass sie nicht allein war. »Ich muss ihm ein Schreiben zukommen lassen«, murmelte sie. »Vielleicht können wir wenigstens einen Aufschub erwirken.«

»Viel Zeit bleibt Euch nicht«, sagte die Kleine. »Noch nicht einmal seine Antwort könnt Ihr abwarten. Schon in wenigen Tagen brechen wir auf.«

»Du hast recht. Dennoch muss ich es versuchen.« Ihr Blick fiel auf Hildis verwirrtes Gesicht. »Und wenn es nicht klappt, schicken wir vielleicht doch Elsbeth als Braut.« Sie gluckste ein Lachen ins Zimmer.

Ein Grinsen breitete sich auf Mathilds Miene aus. »Aber wenn Ihr Elsbeth schickt, dann müsst ja Ihr kochen und mit Eurer Frau Mutter die Ausgaben durchgehen. Und Euch bleibt keine Zeit mehr, auszureiten und bei den Pferden zu sein und Eure Bücher zu lesen. Und das Kleid für Elsbeth müsst Ihr dann auch um einiges weiter machen.«

Agnes kniff die Kleine in den Oberarm. »Ist ja schon gut, Hildi. Dieses Gewand ist doch beinahe fertig. So, und nun gib mir das Messer, damit ich das Garn durchtrennen kann.«

Mathild grinste spitzbübisch. »Und Ihr könntet Eure

Mutter mit dem jüngsten Beweis Eurer Nähkünste erfreuen.«

Agnes zog die Augenbraue hoch und warf ihrer Base einen erstaunten Blick zu. »Ich glaube, du vergisst, was dir in deinem Alter zusteht. Du wirst wohl allmählich vorlaut.« Sie grinste. »Sollen wir dich wohl früher zu deiner Mutter zurückschicken.« Sie zog das Mädchen am Ohr. »Und nun …«

»Soll nicht doch lieber ich den Faden durchtrennen? Nicht dass Ihr abrutscht?«

»Du Plappermäulchen, das geht schon.« Agnes fasste das Messer fest. »Meine Verletzung war nur ein kleiner Stich, was soll da schon …« Sie spannte den Faden ein wenig fester, sie zuckte. Die Klinge glitt ab. Agnes erstarrte und riss die Augen auf. Ein Schnitt. Pochen, Beißen, Brennen jagte durch ihren Arm. Über ihre Handfläche zog sich ein rotes Band.

»Jesses, nein!«, entfuhr es Mathild, »Seht doch nur! Das ganze Blut.«

Agnes presste die Kiefer aufeinander und die Worte zwischen ihren Zähnen hindurch. »Ja, doch. Komm, binde die Streifen darum!« Sie streckte ihre Hand hin. »Fester, Mathild! Noch ein bisschen. Es muss halten, bis wir Hilfe finden.« Das Mädchen zog den Knoten fest, Agnes sog hörbar Luft ein. »Auf, zu Elsbeth in die Küche!«

Ihre Base ließ die Schultern sinken und fasste sie prüfend in ihren Blick. »Ich glaube, diesmal braucht es einen größeren Verband.«

Schritte stolperten durch die Gänge im ersten Stock der Burg, vorbei an Wänden aus zurecht gehauenem hellem Stein und all den Türen und leeren Zimmern auf dem Weg zur Treppe. Mathild packte den Saum von Agnes Kleid. »Oh, seht doch nur! Seht!«

Agnes wandte den Kopf und streckte die Hand weiter von sich. Blut kroch aus dem Verband an ihrem Arm entlang. Blutstropfen waren auf dem Kleid und in einer Spur an Sprenkeln hinter ihnen. Sie runzelte die Stirn. »Schneller!« Mathild überholte sie und holperte vor ihr die Stufen hinab. Am Fuß der Treppe nahm sie dankbar den gereichten Stoffstreifen und presste ihn auf ihre Hand. Das Mädchen musterte erst ihre Hand, dann ihr Gesicht.

»Auf! Worauf wartest du, Hildi? Zur Küche ist es nicht mehr weit.« Sie passierte den schmalen Gang mit den Fensterspalten und schauderte im Zerren des Windes.

Mathilds Hand drückte den Türgriff herab. »Warum sucht Ihr nicht Hilfe bei Eurer Mutter? Sie kennt sich doch am besten aus mit den Schnitten?«

Im nächsten Moment quietschte die Tür und erlöste Agnes von einer Antwort.

BEGEGNUNG †Kapitel 5

BURG FRIEDBERG, MITTE MÄRZ 1268

Sie stand vor ihm. Einfach so. Als wäre Cäcilia in jenem Moment aus dem Boden gewachsen, inmitten der Steinplatten des Arkadengangs, der den Burghof umgab. Als wäre sie schon immer da gewesen, wie der wintertrockene Efeu, der sich entlang der Holzsäulen hinauf zu den Holzbögen rankte. Die geflochtenen Feuersträhnen ihres Haares schlangen sich um ihre Schultern. Der suchende Blick ihrer Augen wollte nicht recht zur Maske der Gleichgültigkeit passen.

»Gott zum Gruße, werte Dame.« Ulrich verbeugte sich einen Hauch weniger förmlich, als die Etikette dies vorgab. »Wie kann ich Euch zu Diensten sein?«

»Zu Diensten sind mir viele, Graf Ulrich«, entgegnete sie, »was soll ich da auch noch mit den Euren?« Cäcilia zog einen Mundwinkel nach oben, als würde sie erwägen zu lächeln. »Erweist mir die Ehre, und erspart mir die leeren Hülsen.

Auf ein Wort.« Sie wartete auf seinen Arm. »Und beleidigt nicht meinen Verstand.« Ihre Stirn furchte sich und sie rollte mit den Augen. »In die Gemächer der Herzogin und zu den übrigen Damen muss ich früh genug zurück.«

Seine Augenbraue war versucht zu zucken, sein Schmunzeln hielt er in seinen Mundwinkeln fest. »Was verschafft mir das Vergnügen?« Mit einer Geste seiner Hand forderte er Annas Hofdame zu weiteren Ausführungen auf, und nur weniger Schritte bedurfte es, ehe sie begann.

Sie wandte ihm ihr Gesicht zu. „Wieder einmal seid Ihr mit dem Herzog aneinandergeraten." Cäcilia kam seiner Erwiderung zuvor. »Versucht erst gar nicht zu leugnen. Ich kenne Euch. Ich kenne ihn. Ich wäre nicht, wo ich bin, andernfalls.«

Ulrich starrte zwischen den Bögen hindurch. Er gönnte sich den Moment, zauderte, ob er dieses Gespräch führen wollte. Eine Böe blies ihm Kälte in den Nacken. »Worauf wollt Ihr hinaus?« Seine Augen verengten sich mit dem Blick auf sie. Einzelne Haarsträhnen hatten sich aus dem Flechtwerk gelöst und tanzten um ihre Wangen, züngelten um ihre Lippen. Mehr als bei ihrer ersten Begegnung vor acht Jahren. Schon bei ihrem ersten Aufenthalt an Ludwigs Hof glich sie einer Eisskulptur, im Licht der Sonne funkelten die Kanten, Dunkelheit zeichnete die Härte trügerisch weich. Ihre Schönheit lud ein, doch wer ihr zu nahe kam, den verbrannte die Kälte. Er tat gut daran und hatte gut daran getan, ihr nicht zu nahe zu kommen. Cäcilias Wissen hatte stets einen Preis, ihre Hilfe konnte ein Pfad über einen Eissee sein – einen Eissee im anbrechenden Frühjahr. Der Wind zupfte an seiner Cotta und drängte gegen seinen Rücken. Seine Neugier reckte sich und schob die Decken und Gitter der Vorsicht beiseite. Er folgte ihr.

Auf dem Weg zum Burggarten hatte der Matsch die Pflastersteine verschlungen, nun sog er die Schritte an und gab sie nur widerwillig frei.

»Spracht Ihr mit ihm über den Feldzug seines Neffen in Italien?«, wollte die Hofdame wissen.

»Ihr meint, wie bei jedem Treffen, bei jeder Ratsversammlung, bei jedem Gespräch mit den übrigen Ratsherren in den vergangenen Wochen, seit er die Steuererhöhung beschlossen hat?« Ulrich entzog ihr den Arm und runzelte die Stirn. »Cäcilia, ich halte mich schon zu lange hier auf. Auf meiner Burg wartet Dringliches.«

Sie blieb an Ort und Stelle stehen, ihr Gesicht wandte sich ihm zu. »Ihr habt erhalten, was Ihr gefordert habt.« Die Augen der Hofdame blitzten. »Einen Teil – nicht wenig, in diesen Zeiten.«

Mit wenigen Worten hatte sie ihm einen Brocken Wissen hingeworfen, ein Bissen hinein brachte einen grimmigen Zug um seinen Mund. Er nickte langsam. »Allein zwischen

Friedberg und Mering sind es sechstausend Morgen, das Gebiet, in dem er sich umtreibt, streckt sich noch viel weiter. Was denkt Ihr, richten ein paar Männer hier aus? Wir jagen einen Kieselstein, der durch eine Ladung Geröll rollt.«

»Der Strenge hat Euch eine ganze Menge zugestanden«, beharrte sie. »Ihr habt Grund genug, zufrieden zu sein, wenn es das ist, was Ihr von ihm wolltet.«

Ulrich musterte die Maske ihres Gesichts. Er spürte, wie der Boden sich veränderte, schlitternd setzte er den nächsten Schritt und wählte weitere mit mehr Bedacht. »Der Raubritter kann überall sein«, brummte er. »Die Wege bis zum Fest des Herzogs zu sichern, ist schwierig.« Ulrich schwieg kurz. »Noch ist Zeit, das Fest abzusagen.«

Gegen die Kälte raffte sie ihren Schal enger um ihre Schultern und strich mit der Hand wie zufällig vom Ausschnitt zu ihrem Kinn. »Eure Hochzeit meint Ihr.«

Er spürte, sie beobachtete ihn.

»Eure Braut reist mit ihrer Familie ebenfalls an, hörte ich. Die Hochzeit soll nach dem Fest stattfinden, hörte ich.«

»Meine Hochzeit …«

Ihre Hand fand sich erneut auf seinem Arm und lenkte ihn weiter. »Auf Eure Ergebenheit und Eure Dienste konnte Ludwig stets vertrauen; beim letzten Feldzug, als sein Statthalter rund um Friedberg, als Ratgeber, der hoch im Ansehen der anderen Edelleute steht«, zählte sie auf.

Ulrich presste die Lippen aufeinander, er zögerte, sah sich um. Hinter der kleinen Pforte fand sich der Burggarten im Halbschlaf nach dem Winter. Die Rosensträucher verteidigten ihre Nacktheit mit braunen Stacheln. An trockenen Stellen wagte das erste Grün bereits einen erneuten Vorstoß, Krokusse und Schneeglöckchen streckten am Rande der Pfade ihre Köpfe aus der Erde.

»In seinem eigenen Sinne sollte er vor allem den Feldzug verschieben. Und das Fest.« Er holte Luft. »Und die Hochzeit. Natürlich.« Nach einer Weile fuhr er fort. »Ihr Haus ist bedeutungslos, Ihr Name hat keinerlei Gewicht. Doch es ist meine Pflicht.«

»Ihr klingt beinahe wie jemand, der lediglich einen

Grund sucht, einer anbefohlenen Ehe zu entgehen. Nur damit Ihr am Ende doch noch die wahre Liebe findet.

Vielleicht seid Ihr Eurer wahren Liebe ja längst begegnet?«

Ulrich zuckte unter ihren Worten und ihrem Blick, und hoffte, es wäre ihr entgangen. In ihrer Miene las er das Gegenteil.

»Ihr werdet auch diese Pflicht erfüllen. Der Fortbestand des Geschlechts ist Eure Aufgabe. Ihr braucht eine Frau – und Söhne. Der Herzog hat Verbindung mit diesem Haus bestimmt«, fuhr sie mit gesenkter Stimme fort. »Und Liebe – das bleibt ein Lied für die Minne – unsere Leben sind die Spielsteine der Politik. Wenn wir uns nicht greifen, was wir wollen, bleiben uns nur die abgenagten Knochen, die Reste.« Sie senkte die Stimme. »Noch habt Ihr selbst in der Hand, wer an Eurer Seite ist.«

»Wisst Ihr mehr über diese Agnes?« Der Meringer presste seine Kiefer fest aufeinander. »Was wisst Ihr über sie?« Er zog sie zu der Bank. Die Sträucher und jungen Bäumchen gaben sich vor der Gartenmauer ein Stelldichein. Er sah ihr Kopfschütteln.

Ein Spatz landete vor der Bank und hüpfte näher. Sein Köpfchen ruckte ein paar mal hin und her, bevor er sich zwitschernd erhob. Er flatterte zwischen ihnen, und sein Flügelschlag fächerte kleine Windstöße in ihre Richtung. Ein Wink ihres Schals streifte das Vögelchen, brachte es ins Trudeln und jagte es schließlich davon.

Ulrich seufzte. »Was führt Ludwig im Schilde?«

»Euch wird die Raubtiermähne geschoren, in Ketten schnürt er Euch an dieses Lamm und an das Haus Wittelsbach.« Sie zuckte mit den Schultern. »Aus der Löwenbrut werden bedeutungslose Schafe, die keine Gefahr für den Hirten sind. Es wird leicht, diese zu lenken.« Unter halbgeschlossenen Lidern flüsterte sie: »Seid froh, dass er Euch eine Frau zugesteht. Er traut Euch nicht. Er könnte auch warten, bis Euer Haus ausstirbt. Dann fielen ihm Eure Lande wie reife Äpfel in den Schoß.«

»Ihr seht Gespenster, Cäcilia«, tat er ihre Worte ab. Er wunderte sich über ihr seltsam-schiefes Lächeln und schüttelte sich zugleich unter dem Schauer, der seinen Rücken hinabrieselte. »Es liegt kein Vorteil darin, mein Haus zu schwächen. Und es gibt keinen Grund dafür. Mein Vater hat ihm treu gedient, und Ludwig verdankt uns viel.«

»Vielleicht ist er der Dankbarkeit über und der Erinnerung«, versetzte sie. Sie richtete sich auf und verschränkte die Hände vor der Brust. »Mit Hardenberg gewinnt Ihr vielleicht an Vermögen, doch als Verbündete nützen sie Euch nichts. Noch nicht einmal, um andere Bündnispartner zu gewinnen.«

»Ich sehe keine Notwendigkeit dafür.«

»Das wird Ludwig in jedem Fall erfreuen.« Sie stand von einem Augenblick auf den nächsten vor ihm. »Einer Hochzeit entkommt Ihr ohnehin nicht. Mit wem auch immer.« Der neu geordnete Schal umschlang ihre Schultern, das gestickte Wappen ihres Hauses lag über ihrer Brust. Sie sah zu ihm herab. »Lasst uns zurückgehen. Ich weiß, dass es viel zu tun gibt für Euch an Eurem eigenen Hofe.«

DUNKLE WORTE †Kapitel 6

Er wartete, dann lockerte er den Griff und hielt die zappelnde, rothaarige Puppe eine Armeslänge von sich entfernt. Erst mit der Spitze der Klinge unter ihrem Kinn hielt sie still und folgte seiner Aufforderung, ihn anzusehen. Aus dem Augenwinkel sah er das gierige Grinsen seines Kumpans, und sein Blick wanderte von ihr hinab zu dem Knieenden. »Ihr wisst, wer ich bin.«

Der Bauernbursche glotzte ihn an. Und schluckte. Und nickte. Er hatte Mühe seine dunklen Haare aus dem Gesicht zu wischen.

»Der Teufel.« Die Rothaarige zischte und zuckte im Novemberwind seines Lachens. Sie schlug mit ihren Ärmchen nach ihm, bis er sie wieder zu sich riss und unter seinen Griff zwang.

»Der Räuberbaron.« Die Stimme des Burschen war kaum lauter als das Rascheln im Unterholz.

»So nennt man mich.«

Die Rothaarige wand sich in seinem Arm, um einen Blick auf ihn zu erhaschen. »Lasst uns gehen! Wir bringen unserem Grafen die Botschaft.« Sie riss ihre Augen auf und presste die Worte durch ihre vollen Lippen. »Wir eilen uns. Lasst uns nur gehen! Wir gehen schnell, ganz gewiss.«

»Ihr werdet noch schneller sein.«

Der Dunkelhaarige hob den Kopf noch ein Stück mehr. »Was wollt Ihr von uns? Wir haben nichts.«

»Nichts?« Der Räuberbaron gab seinem Gehilfen ein Zeichen. »Ihr wisst, dass es eine Sünde ist zu lügen. Gott straft die Sünder.« Er drückte auf den Schnitt an ihrem Arm und zwängte weitere Blutperlen hervor. Und ihr Stöhnen. »Ich will, was ihr bei euch tragt.«

»Unsere Waffen?« Im nächsten Moment krümmte der Bursche sich stöhnend. Ein zweites Mal schmetterte die

Keule gegen seine Schulter. Diesmal waren es keine Äste, die knackten, und er sackte noch weiter in sich zusammen.

»Versuch es noch einmal.« Seine Klinge glitt über die Haut des Mädchens, sein Blick galt dem Burschen.

»Wir haben nichts«, beharrte er.

»Vielleicht frage ich besser dein Weib. Hübscher anzusehen ist sie allemal, und ihr Gesicht gefällt mir besser als deines.«

»Lasst meine Schwester!«

Der Blick des Räuberbarons fiel auf die Miene seines Gehilfen. Die Zunge schob sich über die Zahnstummel und leckte die Lippen, seine Augen waren auf das Mädchen gerichtet. Auf eine ganz bestimmte Stelle.

Sie hechelte und zitterte die Worte, als sie den Blick seines Kumpans bemerkte. »Aber es ist nicht unser Geld, es gehört nicht uns. Wir bringens nur. Das Geld ist das, damit unser Dorf die Pacht beim Grafen zahlt.« Sie schauderte.

Er presste sie enger an sich, sein Blut erhitzte sich an ihrer Hitze. Er rieb sich an ihr und spürte ihr Beben, wenn sein Atem ihren Hals oder ihr Ohr streifte. Jedes Mal, wenn sie sich wand, wusste er, sie spürte ihn gleichsam – dass sie jedes seiner Messer wahrnahm.

»Ist dem so.« Seine Hand taste sich entlang bis zum Ansatz ihrer Brust. »Und was glaubst du: Wie soll wohl das Geld zu eurem Herrn kommen, wenn ihr tot seid?«

Ihr Kopf zuckte. Seine Hand strich über den rauen Stoff, fühlte ihre knochigen Rippen, den Brustkorb, der sich leicht und stoßweise hob und senkte, ihr weiches Fleisch. Seinen Daumen und die Finger schob er entlang zur Mitte. Sie erstarrte.

»Lass sie in ruh!« Der Bursche fletschte die Zähne.

Die Schnürung ihres Mieders ließ sich einfach lösen, schon lag der Stoff ihres wollenen Hemdes frei. »Was ist mit dem Geld?«, forderte er. »Wo ist es?«

»Wir können nicht noch einmal so viel aufbringen.« Sie schluchzte. »Bitte! Habt Mitleid mit uns. Der Herrgott vergilt's. Bitte!«

»Was glaubst du, was mich der Herrgott schert?« Das kalte Metall seiner Klinge zwang ihr Kinn in die Richtung ihres Begleiters. »Sieh hin! Dein Bruder ist verletzt, dein anderer Begleiter wird so schnell nicht aufstehen. Vielleicht gar nicht mehr.

Besser, ihr lasst die Münzen hier, und zieht eures Weges. Oder ihr liegt bald neben dem andern.« Das Grinsen im Gesicht seines Kumpanen sah nur er, als er den Dolch von der Seite des Mädchens nahm und hochhielt. Zehn Atemzüge lang genoss er ihren rasenden Herzschlag und den Zorn auf der Miene des Burschen. Dann schob er den Ärmel ihres Gewandes nach oben, drückte den Dolch fest auf die Haut. Die Spitze schenkte ihr ein weiteres Band aus dunkelroten Perlen.

»Hört auf!« Der Bursche hustete. »Nehmt das Geld. Lasst sie!« Ein Arm an seiner Seite schlenkerte, mit dem anderen krempelte er seinen Hosenbund nach unten und legte einen dicken Ring aus Stoff um seine Hüften frei. Schnell waren die verbundenen Enden durchtrennt, seine Last plumpste zu Boden.

»Der Rest?«

Den Dolch an seinem Hals saugte der Bursche hörbar die Luft ein. Der Bursche deutete auf den Hosenbund seines Gefährten, auf den Rock des Mädchens.

Der Räuberbaron nickte. Seine Hände glitten über ihren Oberkörper, ihre Mitte, die Schenkel. »Heb deinen Rock.« Seine Zunge fuhr über seine Lippen, den Hals des Mädchens, bis sie schluchzte. »Langsam!« Er trat zurück. An ihren entblößten Beinen sah er die Säckchen mit dem Zins. Festgeschnürt. Er fuhr sich mit der Hand über den Mund, näherte sich ihr, berührte ihre Haut. Sie zuckte. Schnell war die Klinge erneut an ihrer Seite.

»Stillhalten. Hast du es noch nicht gelernt?« Seine Rechte wanderte nach oben. Er gönnte sich einen Blick auf seine Zuschauer. Zorn starrte ihm vom Burschen entgegen; das Gesicht seines Kumpanen zeichnete dunkle Gier.

Sein eigenes Verlangen wuchs; mehr noch, als seine Hand ihren festen Hintern umfasste. Sie wimmerte. Er rieb sich an ihr, spürte ihr Beben, die Wärme ihres Körpers, ihren Duft. Sie war in seiner Hand. Alles war in seiner Hand.

Ein Fluchen, Wimmern, Stöhnen.

»Stillhalten!« Er packte ihre Brust. »Oder du erhältst eine weitere Lektion von mir.« Ein Schnitt durchtrennte die Wollfasern ihres Hemds. Die Haut darunter fühlte sich warm an unter seinen Fingern, zart, fest. Sie bebte, wenn die kalte Klinge auf dem Weg über ihre Haut kratzend an einer Stelle hängen blieb. Jedes Mal. Er griff zum Bund seiner Hose, öffnete die Knöpfe. Sein Blick streifte die Runde, und er nahm einen tiefen, vollen Schluck seiner Macht.

»Lass sie!« Der Bursche kreischte. Seine Augen waren schmal, wurden noch schmaler, als der Dolch stärker gegen seine Kehle drückte, als das Schluchzen des Mädchens die Lichtung füllte.

Noch ein Moment, und es war vorbei. Der Räuberbaron schnitt die Beutel von den Beinen der Rothaarigen. Er atmete ruhiger. Er bedeutete ihr, die Röcke herabzulassen. Die Klinge fand sich erneut an ihrer Seite. »Das Geld ist unser. Ihr seid frei, zur Burg zu ziehen.«

»Ohne die Münzen, um unsere Schuld zu begleichen? Was sollen wir denn dort?«, schluchzte die Rothaarige.

»Ihr wollt euch lieber aufmachen zurück in euer Dorf?«, fragte er. Er gab sich nicht die Mühe, seinen Spott zu verbergen. »Dies steht euch frei. Ob euer Graf allerdings auf den Gedanken kommt, ihr wolltet euch um die Zahlung drücken, werdet ihr sicher bald herausfinden.« Er spuckte sein Lachen aus.

»Gleich wie ihr euch entscheidet, euren Freund könnt Ihr hier durchaus eine Weile liegen lassen. Viel Getier treibt sich in diesen kalten Tagen nicht herum.

Auf eure Bitten wird sicher bald die Hilfe eures Grafen folgen.

Nur vergesst eines nicht: Meine Worte.« Der Räuberbaron suchte den Blick des Verletzten, er packte das Mädchen noch einmal fester. »Sagt ihm: Dies ist erst der Beginn. Jetzt ist die Zeit. Jetzt erntet seine Familie den gerechten Lohn.«

Der Bursche starrte ihn an. »Was heißt das, was meint Ihr damit?«

»Bauer.« Der Junge schwieg. »Kannst du die Worte bei dir behalten?«, bellte der Anführer. »Wiederhol es!« Nach dem Versuch des Burschen nickte er zufrieden. »Steh auf! Und mach, dass du davonkommst! Hier gibt es nichts weiter für dich.«

Der Verletzte quälte sich von seinen Knien auf.

»Pass auf!« Ein kurzer Blick und er setzte noch etwas hinzu. Der Raubritter hob den Dolch in die Luft. »Ich werde dir den Weg zur Burg erleichtern.«

»Überlasst Ihr wohl eines der Pferde an uns?«, erwiderte der Tropf.

»Du hast Glück, dass ich dir deine Füße lasse.« Er schubste die Rothaarige. »Ich mache dir ein anderes Geschenk. Sieh her!«, forderte der Räuberbaron. Sie stolperte in Richtung ihres Bruders. »Du wirst viel schneller sein.«

Mit einem Satz war er hinter ihr. »Allein.« Sein Dolch drang durch Kleidung und Haut. Die Klinge bohrte sich durch den Stoff zwischen die Rippen. Ihr Körper wand sich, zuckte, drehte sich in seinen Armen, wurde erst fest, dann weich. Jemand schrie. Ein Schlag traf einen Körper. Ihre braunen Augen wurden groß, von ihren Lippen stahl sich ein Hauch. Sie atmete das Licht ihres Lebens aus.

»Ihr wart unvorsichtig«, murmelte der Räuberbaron. »Unverzeihlich unvorsichtig, nicht wahr?« Er deutete auf den Burschen, der sich auf dem Boden krümmte. Er schüttelte den Kopf. »Lauf!«

Als der Bauer außer Sichtweite war, nickte er seinem Kumpan zu. Sein Schatten fiel auf die zerbrochene Puppe. Sein Blick glitt über den Hals zum Ausschnitt zu den Brüsten. Seine Finger strichen die Locke aus ihrer Stirn, streiften ihre Wange, zeichneten sie mit erdbraunen Striemen. Den Stoff ihres Ausschnitts schob er ein wenig zurück mit seiner Messerspitze. Auf ihrem Bett aus niedergetretenen winterbraunen Grashalmen sah sie schön aus, wie sie da lag. Er betrachtete seine Beute.

Hatte sie gelitten? Vielleicht in ihrem Leben, bei ihrer Arbeit, er wusste es nicht. Bei ihrem Tod? Wohl nicht. Sein Stich kam unerwartet. Nein, er glaubte es wirklich nicht.

Als er seinen Dolch aus der Wunde gezogen hatte, als das rote Leben herauspulsierte und über seine Hand rann, war sie bereits tot gewesen. Nicht einmal ein letzter Schrei war ihr geblieben.

Tat es ihm leid? In ihre Augen hätte er gerne geblickt, als der Funke des Lebens erlosch. Vielleicht.

Zuletzt berührte er die Schneelandschaft ihres Ausschnitts, bevor er die Klinge an ihrem Kleid abwischte und sich erhob mit den Münzbeuteln.

Der Räuberbaron kratzte sich an der Wange. Den Matsch wischte er an ihrem Mieder ab.

Mit einem letzten Blick bedauerte er beinah die Verschwendung. Dann spuckte er aus, wischte über seinen Mund und stieg über ihren Körper. Sein Gehilfe grunzte und schulterte die zwei Säcke der Burschen. Als sie sich dem Waldrand näherten, schnaubten ihre Pferde, noch mehr beim Aufsitzen ihrer Reiter.

Flussabwärts, flussaufwärts kreuzte der Menschenstrom den Wasserlauf. Sie wählten den anderen Weg, querfeldein, diese eine, schmale Stelle. Das Gestrüpp am Flusslauf bot kaum Schutz, doch hier gab es keine neugierigen Augen, die sich um zwei wilde Gestalten geschert hätten. Sie wuschen mit Eiswasser die schmutzigen Verkrustungen ab und wechselten die dunklen Fetzen gegen hellere Tuche. Fast gleichzeitig saßen sie auf. Ein letztes Zunicken. Noch eine Weile folgten ihre Pferde auf Schritt dem Fluss, dann trennten sich die Wege.

ULRICH †Kapitel 7

BURG FRIEDBERG, MITTE MÄRZ 1268

Er hätte toben können. Er hätte seinen Ärger auf den Weg feuern können, schimpfen können, dass eine weitere elende Verzögerung ihn hier hielt. Doch Ulrich schmunzelte. Als er von seinem Pferd auf den Weg blickte, wusste er nichts anderes, als zu schmunzeln. Die Ladung eines ganzen Karrens verteilte sich auf dem Boden, das umgekippte Gefährt krönte das Durcheinander und versperrte den Durchgang.

Er gab seinen Begleitern ein Zeichen. Gleichzeitig mit ihm saßen sie ab. Ein Blick zu Lennart genügte. Der graue Bär nickte und grinste breit über einen weiteren Fluch, der zu ihrem kleinen Trupp drang. Jakob gluckste von weiter hinten. Er winkte den Waffenträger zu sich, der gleich darauf hinter der anderen Seite dieses vormals fahrenden Gerümpels aus Holz und Säcken und ruckelnden Kisten verschwand.

Mit zwei Schritten war Ulrich vorbei an dem gackernden Haufen Federn und stand vor einem hüpfenden Käfig, balanciert von abgenutzten Fellschühchen, die Strähnen eines dunkelblonden Wuschelkopfes spitzten hervor. Ulrich zupfte eines der Ärmchen. Erst zerrte der Kleine sich los, doch dann sank der Holzkäfig zu Boden; ein Gesichtchen mit glühenden Wangen erschien.

»Keine Angst.« Ulrich sprach dem Büblein zu und sah ihm in die Augen. »Hörst du mich?« Er zeigte auf Lennart. »Der mit dem vielen grauen Haar im Gesicht ist ein Jäger. Er hilft dir. Halt den Käfig und öffne die Tür. Der da fängt das Huhn.« Er nickte, bis der Kleine selbst anfing zu nicken, sein Mündchen ein wenig zuklappte und sein Gesichtchen sich zu Lennart drehte.

»Jakob, weiter links!« Ein paar Schritte von dem Buben

entfernt leitete er seinen Waffenträger an die richtige Stelle und wartete.

Ulrichs Räuspern blieb ungehört. Ein Hungerhaken von einem Bauern schob und stemmte sich gegen die Schieflage seines Karrens. Bänder an Armen, Beinen, um den Bauch verhinderten, dass bei seinen Bewegungen die Fetzen davonrutschten, die er am Leibe trug,. Ein Fluch folgte jedes Mal, wenn die Ladung verrutschte, oder eines der Säckchen, Körbchen, Kistchen fiel. In einem unmöglichen Winkel versuchte er, das fehlende Rad auf die Achse zu zwingen. Ulrich ließ ihm noch einen Fluch, dann stemmte er sich gegen die Planken, Jakob zog, und im Rumpeln von Kisten, im Geschrei gackernder Hühner plumpste der Bauersmann beinah gegen die Seitenwand. Er verstummte mitten im Wort, bevor der aufgeschreckte Blick von einem zum anderen, zum Wagen und zu dem kleinen Sohn hetzte.

»Gott zum Gruße.« Auf Ulrichs Worte hin klappte der Mund auf, dann zu, dann wieder auf. Von rot zu bleich wechselte die Gesichtsfarbe des Mannes und wieder zurück. Er starrte, japste, fand sein Gleichgewicht, und als er sich wieder seiner Bewegungsfähigkeit erinnerte, schnappte er das Holzrad und zwang die Nabe zurück auf ihren Platz. Ulrich hielt und stützte die Scheibe, zitternde Hände befestigten schließlich das Rad.

Blinzelnd fiel der Bauer auf den Hosenboden. »Herr, danke Herr. Habt's Dank. Der liebe Gott vergelt's.« Er schob die Gugel tiefer ins Gesicht, das Kinn fester an die Brust. Wie es dem Knieenden gelang, dabei noch den Kopf beständig zu schütteln, war ihm ein Rätsel.

»'s war eins Stein, eins großer Brocken, 's muss eins g'west sein. Mit einmal ist der Wagen gesprungen, und dann dahin gedallert mit dem Rad. Verzeiht's es mir, Herr. Ich wollt nicht Euren Weg verstellen. Bitte.«

Er ärgerte sich über sich selbst, Ulrich erkannte die Sprechweise. Zwischen dem Stottern und Gemurmel brauchte er einen Moment länger, die Worte der Leute aus dieser Gegend zu verstehen. »Im Käfig Eures Sohnes flattert die ausgebüxte Henne und Euer Wagen rollt jetzt wieder.« Er reckte dem Landwirt die Hand hin und zog ihn hoch. »Schon gut. Es ist ja nichts Schlimmes geschehen, guter Mann. Ihr könnt Eures Weges weiter zur Burg und wir gleichfalls.« Aus dem Augenwinkel sah er Jakob zu den Pferden stiefeln. Lennart setzte Käfig und Kind auf den Wagen und strubbelte zum Abschied über den Wuschelschopf. Ulrich schob den Mann zu seinem Karren, ehe dieser in eine weitere Verbeugung fallen konnte. »Zieht die Nabe nochmal fester. Am besten bei allen Rädern.«

Sie setzten ihren Weg fort. Ihr Atem dampfte im Schatten des Waldes in der Märzluft, vermischte sich mit dem der Pferde, wann immer er entschied, den Schritt zu verlangsamen, wenn sie anderen Reisenden begegneten. Er wusste Lennart und Jakob hinter sich, ihr Tempo folgte seinem. Sein Blick richtete sich zwischen dem Gehölz nach vorne.

Er freute sich darauf, die Zügel Dämmers, seines treuen Grauen, schießen zu lassen auf dem letzten Wegesabschnitt zur Burg Mering, auf den Wind, der bei einem Galopp über die Haut fuhr und seine Frische gegen die Gedanken blies. Bei der Abkürzung über die Felder mussten sie auf niemanden achten.

Er trank einen Atemzug Vorfreude und genoss für den Moment die Waldluft. Sein Ross zuckte. Es hielt das Tempo, doch Ulrich spürte eine Veränderung im Körper des Tieres. Auf der Lichtung vor sich erahnte er den Grund.

Noch ehe sein Pferd stand, landete er neben der Lache von Blut. Er klopfte gegen Dämmers Flanken und schickte seinen Grauen ein wenig zur Seite. Diese roten Locken hatte er schon einmal gesehen. Nun war der Blick des Mädchens leer, ihr Kopftuch verrutscht. Seine Hand an ihrem Hals ertastete das Offensichtliche. Was er fühlte, jagte ihm Schauer über den Rücken und Wut in seine Knochen. Er schloss ihre Lider und bedeckte mit ihrem Mantel die Blöße. »Herrgottnochmal!« Er biss sich auf die Zunge und schnellte hoch, starrte zu seinem Jäger. »Lennart, bei Jesu Blut: Ihr Körper ist noch warm.«

»Heiliger …«

»Du weißt, was das heißt.« Ulrich warf seine Handschuhe zu Boden. »Verflucht.« Sein Blick glitt zum Himmel. »Ist das dein gerechter Lohn für uns? Ist dies dafür, wenn wir anderen helfen?«

Jakob riss seinen Kopf erst hoch, hustete, dann zuckte er mit den Schultern. Er marschierte zu dem Körper des Burschen mit den verdrehten Gliedmaßen und ohne hochzusehen, grunzte er: »Kalt. Ist wie Eis. Blau, so langsam.«

»Ulrich«, mahnte der Jäger kopfschüttelnd und ging neben ihm in die Knie. Er drehte die Tote zur Seite und legte die Wunde frei. »Sauber und schmal. Die Ränder: glatt. Die Klinge wurde dafür geschmiedet. Er hat nur einen Stich gebraucht.« Sein einstiger Lehrer deutete zwischen dem Burschen und dem Mädchen hin und her, ohne Ulrich aus den Augen zu lassen. »Sag mir, was das meint. Du weißt es genau.«

»Ja«, antwortete er tonlos und bemerkte, wie seine Züge sich verfinsterten.

Lennart nickte noch einmal und forderte mit dem Wirbeln seiner Hand weitere Worte.

»Es spielt keine Rolle.« Ulrich fletschte die Zähne. »Gleichgültig, ob wir schneller eingetroffen wären. Wir hätten sie nicht gerettet.«

»So ist es.«

Ulrich kreuzte die Arme vor seiner Brust. »Vielleicht irrst du, Graubär. Vielleicht hätten wir …«

»Ach, hör doch auf!« Lennart winkte ab. »Das glaubst du doch selbst nicht. Hier war einer, der Freude hat am Töten. Das ist nicht zufällig geschehen. Wer Waffen mit sich führt für die Jagd, ist auf Jagd.« Er fischte nach den Handschuhen und warf sie ihm zu. »Wann schickst du deinen Hochmut zum Teufel? Es liegt nicht alles bei dir. Wann hörst auf das zu glauben? Du hättest weder ihren Tod verhindert noch den des Burschen.«

Er rieb die Narbe auf seiner Stirn. »Zum Teufel! Vielleicht hätten wir ihn geschnappt, Lennart. Er war vor unserer Nase.«

»Vielleicht.« Lennart runzelte die Stirn. »Er war nicht allein. Und wir sind zu dritt. Vielleicht auch nicht.«

Ulrich winkte ab. »Das ist nicht deine Sache.« Mit seiner anderen Hand packte er die Pranke und zog Lennart hoch.

»Sieh zu, was du hier findest.«

»Jakob reitet mit dir?«

Ulrich brummte Zustimmung. »Ich kehre mit mehr Leuten zurück – und mit einem Karren. Ich will, dass das Dorf seine Toten zurückhat.« Der Jäger nickte, sein Blick schweifte über den Ort.

Es brauchte nur wenige Ellen, und die Hufe Dämmers flogen über den Weg. Der Wind klapperte mit den Zweigen des Waldes, er biss sich in Ulrichs Kleidung und Haut und riss seine Gedanken für eine Weile davon, nur um sie noch kräftiger zu ihm zurückzuwerfen. Erneut spürte Ulrich die Veränderung in seinem Reittier, und er fluchte und kurz darauf lag der Grund dafür vor ihm. Wieder tastete seine Hand entlang kalter Haut. Er prüfte mit der anderen, nur um sicherzugehen, und erschrak. Der Bursche schlug die Augen auf, schloss sie unmittelbar. Die gemurmelten Worte frosteten Ulrichs Blut mehr, als der Märzwind.

Auf seinen Ruf sprang Jakob vom Pferd. Gemeinsam hievten sie den Burschen auf den Rist des Grauen. Mit seinen Anweisungen ritt der Waffenträger voraus zur Burg. Seine Ungeduld zügelnd, seinen Hengst treibend, folgte Ulrich mit der zusätzlichen Last der gefühlten Endlosigkeit des Weges bis zu seiner Burg.

Hufe und Schritte schwerer Stiefel und Stampfen von Klingen und Keulen und Schnauben erwarteten ihn im Hof. Über den einstigen Königsstuhl Mering brandeten wütende, erschütterte, ungläubige Worte. Der Schmied und die Knechte warteten mit den Stallburschen auf dem Platz hinter dem Tor. Die Waffenträger rotteten sich zusammen vor den Ställen. Sie ereiferten sich und übertönten beinah Jakobs Stimme. Der Trupp bemerkte und grüßte ihn und er warf ihnen den üblichen Gruß zurück. Sie senkten ihre Stimmen.

Mägde huschten vom Rand des Burghofs heran, helfende Hände nahmen sich des Verletzten an. Ein Stallbursche griff Dämmers Zügel und verschwand hinter dem Stalltor.

Gesattelt, aufgezäumt, den Jagdbogen eingehängt an der Seite trabte Fuchs, sein Jagdpferd, an der Hand seines Knechts Martl in den Hof. Der blonde Bursche grüßte ihn, sein Roter wieherte und beschleunigte den Schritt. Martl hielt die Zügel, damit sie sich nicht zwischen den Flanken verfingen. Eng an eng steckten die Pfeile in dem Köcher, den er ihm entgegenreckte.

»Los!« Ulrichs dröhnenden Befehl antworteten grimmige Blicke, grimmige Wünsche. Hinter ihm donnerten fünf Bewaffnete und sieben Pferde aus dem Tor.

AGNES †Kapitel 8

HARDENBERG, MITTE MÄRZ 1268

Zu schnell gab die Tür nach, und sie stolperte in das Abendkonzert scheppernder Töpfe und prasselnden Feuers. »Elsbeth!« Agnes pustete sich ein paar Locken aus dem Gesicht und spähte vorbei an den Pfannen, die von den Haken um die Feuerstelle baumelten.

»Agneskind, was machst du hier?«, blubberte die Köchin. Sie zog einen schweren Topf zur Seite und quittierte das Quietschen der Platten mit einem Nasenwackeln. Der Stoff des Gewandes spannte, unterhalb ihrer Achseln glänzte er dunkel, obwohl es keine Ärmel besaß. Die Blechtöpfe und große Schöpflöffel aus Holz und Zinn, Rührbesen, Pfannen an den Haken klapperten, als die Herrin der Küche daran vorbei wogte. Agnes spürte den Blick, der an ihrer Hand und dem Verband hängenblieb. Ihre sehnigen Hände kneteten die ausgeblichene grüne Schürze. Ihre Apfelbacken flammten, mehr noch als die Köchin die Stirn runzelte. »Was ist geschehen?«

»Agnes wollte nur ...«, setzte Hildi an.

»Ich wollte nur zu den Ställen«, beeilte sich Agnes. Schon schob die Köchin beide zur Seite und drängte Agnes zur nächsten Bank.

»Nun?«, forderte Elsbeth.

»Das sind nur ein paar Tropfen. Nur ein Missgeschick bei den ...«

»Mit dem Messer«, flüsterte Mathild.

»... Näharbeiten.« Mehr ist es nicht«, erklärte Agnes. »Elsbeth, sieh her: Die Wunde blutet kaum noch.«

»Mit dem Messer?« Die gute Seele der Burg zog die Augenbrauen nach oben und beugte sich über den Schnitt.

Agnes schob ihr Kinn nach vorne zur Antwort und presste die Lippen zu schmalen Linien, dann die Zähne aufeinander. An den Wundrändern jagten Elsbeths tastende Finger neue Messerstiche ihren Arm hinauf.

Kopfschüttelnd reichte die Küchenmeisterin ein sauberes Tuch an die Jüngere weiter. »Drück es fest auf Agnes' Wunde! Und du«, die Köchin deutete auf sie, »setzt dich auf die Bank, und nacherd hältst dich daran fest, und nacherd bleibst still, bloß dafür, dass deine Mutter nicht auch noch einmals drauf lugen soll.«

Agnes rollte die Augen.

»Entgehen wird es ihr kaum«, kam Elsbeth einer Erwiderung zuvor und rollte davon. »Ts! Mit einem Messer …«, hörte Agnes das Murmeln. »…dem Messer. Sowas geht doch nicht gut, nicht.«

Beladen mit einem Kännchen Jod, Leinenquadraten, Stoffstreifen und einem Tiegel nicht erkennbaren Inhalts kehrte sie murmelnd zurück. »Ich weiß noch, wie es früher war: Da warst du immer plötzlich da mit deinen Knien wund oder blauen Malen oder blutig.«

»Elsbeth.«

»Und das Munderl rotverschmiert.«

»Das ist lange her.« Agnes erhob sich von der Bank, drückte selbst das Tuch gegen die Wunde und wandte sich von der Köchin ab. »Das tut nichts zur Sache.«

Elsbeth klapperte hinter ihr mit Tiegeln. »Und gesagt hast nie was. Keinen Ton. Kein Jammern.« Agnes hörte das Watscheln und schon war an ihrem Arm die Hand, die sie zurück zur Bank führte.

»Wie 's letzte Mal als ich ihr die Hände verbinden musste. Ich weiß' noch genau.« Die Köchin tunkte einen schmalen Leinenstreifen in die Jod-Tinktur.

»Elsbeth!« Sie rutschte auf der Bank vor und zurück. »Das muss Hildi nicht wissen.«

»Was war denn damals?« Mathild rückte ein Stück näher an die Köchin heran. Ihre Augen wurden riesig. »Hat Agnes deswegen die Striemen auf dem Handrücken?«

Mit einem Mal riss Agnes die Augen auf und schnappte nach Luft. Sie strampelte und zerrte, um die verletzte Hand dem Griff der Köchin und dem Jod zu entziehen.

Elsbeth packte sie fest und drückte das getränkte Tuch

weiter auf die Wunde. »Ruhig! Das wird gleich wieder, Kind.« Die Köchin nickte Mathild zu. »Damals, das war ziemlich arg. Ich erzähl's dir sogleich, doch zuerst …« Sie wandte sich Agnes zu, griff sie am Ellbogen. »Jetzt werden wir das ganze Blut erst einmal abwaschen, und nacherd tun wir das Jod noch einmals auf die Wunde und nacherd die Kräuter, damit's wieder heil wird.« Am Waschzuber spülte sie die Wunde aus. »Mathild, komm heran und hilf mir. Gib mir die Leinenstreifen. Und siehst du, wo sie sich kreuzen? Drück fest darauf.«

Agnes zischte durch zusammengebissene Zähne. »Genug!« Sie schob die Hand ihrer Base zur Seite. »Das ist genug, und fest genug sitzt es ebenso.«

»Lass, Kind, und gib Ruh! Ich hab schon so viele deiner Wunden versorgt. Vielleicht denkst du, ich bin zu alt und aus der Übung, nur weil dir in letzter Zeit keine Dummheit mehr eingefallen ist. Aber ich sag, wann es genug ist.« Der Blick der Köchin brachte die Patientin zum Schweigen, ehe sie sich Mathild wieder zuwandte. »Wie damals, weißt du? Damals, da war Agnes viel jünger als du, Mathild, acht oder neun vielleicht. Und alles war rot, voller Blut. Und sie wollte sich die Hände nicht verbinden lassen. Aber Georg und Conrad ließen sie nicht aus. Und diese Wunde hat sie sich nicht selbst beigebracht.«

»Elsbeth, was erzählst du da? So war das doch nicht«, mischte sich Agnes ein. Sie tippte sich an die Nase an und umarmte die Köchin. »Vergelt's dir Gott!« Ihre verletzte Hand erhoben, grinste sie verschmitzt. »Hast du nicht vor dem Abendessen noch eine Kleinigkeit für uns? Zur Stärkung«

Die Köchin winkte ab. »Du willst nur nicht, dass Mathild das weiß«, plapperte sie weiter. »Aber jetzt musst du erst einmal Ruhe geben, und vielleicht findet sich noch was für euch.« Schon drehte sie sich dem Mädchen wieder zu. »Weißt: Unser Herr und die Herrin haben immer Lehrer gehabt für die Agnes und seine Brüder. Priester, von die Kloster hier, oder nacherd Wanderpfaffen. Seinerzeit war es so einer, so ein Wanderpfaff. Einer, der sich nur mit Engelszungen hat zureden lassen, eine aus dem Weibsvolk was zu lernen. Und gemocht hat er es nicht, schon gar nicht, weil Agnes gescheiter war wie seine Brüdern.«

Agnes Schnauben ließ die Köchin ungerührt in ihrem Redefluss fortfahren. »Ständig fielen ihr Fragen ein.« Elsbeths kurze Pause nutzte Agnes nichts. Sie warf die Hände in die Luft und zuckte mit den Schultern. Mathild hing ihr an den Lippen. »Eines Tages hat der Pfaffe Conrad und Georg zum Spielen g'schickt nach dem Lernen. Agnes nicht.« Agnes riss die Augen auf. Elsbeth packte sich ihre Hand, zerrte sie zu sich und drehte sie, bis Mathild die silbernen Narben sah. »Und dann hat er drüberzogen mit sein Stock. Bis es blutet hat.«

Mathild schlug sich die Hand vor den Mund und die Augen waren noch größer als zuvor.

»Und ich weiß es noch gewiss, nacherd war er einfach weg, all sein Zeugs war weg. Keiner hat ihn mehr gesehen.«

Mathilds Mund stand offen. »Was ist mit ihm geschehen? Kam er jemals zurück?« Ihr fiel noch etwas ein, als die Köchin verneinte. »Heißt es nicht: Die Kindlein sollen kommen? Das gilt doch für Mädchen auch.«

»Ja, Mathild«, meinte Elsbeth, »Der Jesus, der Sohn von unserens lieben Herrgott, hat das so gesagt.«

Das Mädchen knetete seine Hände. »Ach, Agnes«, schnaufte sie. »Ich bin froh, dass Euch meine Fragen nie zu viel werden.«

Elsbeth wandte sich Agnes wieder zu. »Und so bist wieder hier, mit blutige Hände.« Die Köchin zog ihre Augenbrauen zusammen. »Nun jetz erzähl einmals: Wie weit ist des Kleids für das Fest vom Herzogs?«

Agnes räusperte sich. »Elsbeth, es ist besser für meine Gesundheit, wenn ich bei den Pferden bin, die Hauspflichten sind nichts für mich. Als Eheweib tauge ich nicht. Besser wäre, die Hochzeit findet nicht statt.« Agnes biss sich auf die Lippen, als die Köchin ihr gegen den heilen Arm stupste.

»Sturkopf!« Elsbeth schüttelte den Kopf. »Weißt du's, 's ist bestimmt kein Schaden, wenn du dich an den Umgang mit Nadel und Faden gewöhnst. Viel Zeit bleibt nicht mehr.« Sie seufzte.

»Ach, ich will gar nicht dran denken, wie es sein wird, wenn du dann weg bist; da in diesem Bauernland – wie heißt das nochmal? Bayern? Da wird mir ja richtig langweilig werden, wenn ich niemanden mehr hab, dessen Wehwehchen ich versorgen muss.«

Mathild nahm den Faden auf. »Mering heißt die Burg oder der Ort– was auch immer. Und es ist nicht weit weg von der Burg von Ludwig, dem Herzog, in Friedberg. Dort findet auch dieses Fest statt. Und da muss Agnes Ulrich treffen. Conrad und Georg sind angekommen und haben ein Schreiben vom Herzog deswegen mitgebracht. Sogar heiraten soll sie ihn dort auf Burg Friedberg in ihrem neuen Gewand«, sprudelte es aus dem Mädchen. »Nur: Das Gürtelband des Kleides ist gar wirklich nicht mehr zu retten.«

»Das einzige Stück, das ich selbst gewirkt habe, und dann …«, nuschelte Agnes. »Ich hätte bei den Pferden bleiben sollen.«

»Ach, Jesses, ärgere dich nicht. Mathild hilft dir sicher auch mit dem Band. Solche Dinge geschehen nun mal, und du weißt nie, wofür sie gut sind. Das wird schon wieder.« Sie drückte die unverletzte Hand. »Ich geh zurück zu meine Töpfens jetzt, und Mathild kriegt einen Eimer und einen Lappen.« Sie wandte sich der Jüngeren zu. »Komm, such alles zusammen! Dann macht ihr das Blut alles weg, bevor noch eins den Gedanken hat, die Hühner fürs Essen hätten wir in deinem Zimmer geschlachtet. Eine Magd kann ich euch nicht schicken, es sind ja alle bei den Pferden.«

Elsbeths Ratschläge, eine Kostprobe aus Elsbeths Reich, Eimer und Lappen begleitete die beiden auf dem Rückweg.

»Agnes?«

»Mmh.« Sie streckte ihre verletzte Hand in die Höhe und nestelte mit der anderen an ihrem Rock.

»Ihr könntet mich auch bitten, Euch den Rock hochzubinden.«

Agnes grinste, ließ ihre Rocksäume zu Boden fallen und verschränkte ihre Arme.

Mathild verdrehte die Augen. »Ihr seid mindestens so

stur wie der Rest der Familie zusammen.« Sie verknotete die Enden des Rockes so, dass er Agnes nicht behinderte. »Wollt Ihr vielleicht mir besser die Arbeit überlassen? Eine große Hilfe werdet Ihr ohnehin nicht sein.«

»Du Naseweis!« Agnes tauchte ihre unverletzte Hand in den Eimer und wässerte mit ihrem Lappen den Boden. Mathild seufzte und tat es ihr nach.

Ein Räuspern kam aus der Richtung des Türrahmens. Schon stand ihr Bruder mitten im Raum, der Bergfried, der herunterblicke auf alles um ihn. Er war dreiundzwanzig und vor kurzem, ebenso wie Georg, der einundzwanzigjährige Bruder, zum Ritter geschlagen worden. Ab und an war es ihnen erlaubt, das heimische Gut zu besuchen, doch stets für zu kurze Zeit. Er strich eine Strähne schwarzen Haares aus dem Gesicht, verschränkte die Arme vor seinem Leinenhemd. Er besaß einen Stall voll Hemden, doch dies war sein liebstes. Das Grau war ausgeblichen, die Bänder ausgefranst. Der Kragen war ein wenig weiter, wie die weiten Ärmel, die er so gern nach oben krempelte. Der Stoff engte ihn auch nicht ein, wenn er das Hemd locker in den Bund seiner Hose steckte.

»Agnes, da bist …« Conrads blaue Augen flackerten unter seinem Wimpernschlag. »Agnes, was hast du angestellt?« Mit beiden Händen deutete er auf den Verband und schüttelte den Kopf. Strähnen seines dunkelblonden Haars fielen ihm ins Gesicht.

Agnes Blick verwuchs mit dem Boden. »Conrad, ich freue mich ebenfalls, dich zu sehen.«

»Schwesterchen, nein, nein! So kommst du mir nicht davon.

Was hast du angestellt?« Missbilligend räusperte er sich erneut und verengte die Augen zu Schlitzen von Nachthimmelblau.

Agnes spülte ihren Lappen aus und putzte weiter.

»Mathild?«, forderte er seine Base auf.

»Wag' es nicht!« Der nasse Lappen klatschte vor der jungen Base auf den Boden. Agnes legte ihren Finger an den Mund.

»Ich denke, es ist Zeit, frisches Wasser zu holen.«

Mathild schnappte sich den Wassereimer und beide Lappen dazu. Das Mädchen huschte aus dem Zimmer. »Wie Ihr Euch beim Nähen mit dem Messer geschnitten habt, dürft Ihr selbst berichten.«

»Mathild!« Agnes zuckte mit den Schultern, grinste, dann erhob sie sich. Sie legte den Kopf ein wenig in den Nacken, stemmte die Hände in die Hüften – die eine Hand – und funkelte ihren Bruder an. »Conrad, glaub ja nicht, weil du nun seit einer Woche zu Hause bist, dass ...«

Er fiel ihr ins Wort. »Ach so. Hausarbeiten sind wohl einfach zu gefährlich für dich.« Grinsend nahm er auf der Fensterbank Platz, schlug seine Beine, die in einer braunen Alltagshose steckten, übereinander. »Wie gut, dass als Frau des Grafen von Mering deine Brüder nicht allzuweit entfernt von dir leben werden, um auf dich aufzupassen.« Er deutete auf den Stuhl, der neben seiner Schwester stand. »Setz dich! Du siehst blass aus.«

»Ich bin immer blass, und ich muss mich nicht setzen. Und du magst zwar vier Jahre älter sein, aber zu sagen hast du mir noch lange nichts.« Sie streckte ihm die Zunge heraus und wanderte vor ihm auf und ab. Ein Schmunzeln überwältigte ihre Mundwinkel. Ihre Miene schnellte zur Seite, und sie zwang das Grinsen zurück in ihr Innerstes, fluchte und ballte die Faust. Sie balancierte ihre Stimme zwischen Ernst und Albern. »Hier tanzt nicht alles nach deiner Pfeife, großer Bruder, auch wenn dies an Ludwigs Hofe vielleicht der Fall ist. Bald genug musst du mit Georg wieder zurück. Die Einladung habt ihr schließlich überbracht. Was wollt ihr also noch hier? Wieso reitet ihr nicht einfach schon mal voraus?«

»Meinetwegen kannst du mir auch im Stehen erklären, wie du das angestellt hast.«

Sie zog eine Schnute und wischte mit einer Geste des Bruders Worte beiseite. »Wie ging es bei den Fohlen?«

Er zuckte mit den Schultern und legte den Kopf schief »Also?«

»Conrad!«, grummelte sie und presste die Lippen zusammen.

»Ich warte.«

Agnes schnaubte. »Mmh.«

Er stand auf und strubbelte ihr durchs Haar. Einige Locken lösten sich aus ihrem Zopf. »Wer hat die Wunde versorgt? Hoffentlich nicht du selbst? Oder Mathild?«

»Elsbeth. Elsbeth hat sich den Schnitt angesehen, gesäubert, verbunden. Zufrieden?«, versetzte sie.

»Wirst du Mutter die Wunde noch ansehen lassen?«

»Conrad, du bist furchtbar!«

»Wofür hat man denn Brüder?«, feixte er. »Komm, setz dich. Mathild kehrt so schnell nicht zurück.«

Agnes gab nach, ließ sich auf den Stuhl fallen.

Conrad suchte ihren Blick. »Du kannst den Dingen nicht aus dem Weg gehen.«

»Kaum ein Ritter, schon große Worte." Agnes lehnte sich auf ihrem Stuhl zurück, kurz schloss sie die Augen. Sie seufzte. »Mein Weg liegt wohl kaum mehr in meiner Hand. Wo führt mich das in ein paar Wochen hin?« Gedankenverloren zupfte Agnes an ihren Haarsträhnen.

»Halt!« Der ältere Bruder runzelte die Stirn.

Agnes blinzelte ihn an. »Was?« Sie errötete.

»Weswegen sorgst du dich?«

Sie presste die Lippen aufeinander. »Ja?« Conrad forderte sie mit einer Geste.

»Nichts«, wiegelte sie ab, »es ist nichts.«

»Agnes.« Er baute sich vor ihr auf. »Agnes?« Mit seinem Finger unter ihrem Kinn blieb ihr nichts übrig, als ihn anzusehen. Sie schüttelte den Kopf, doch der Ausdruck auf seiner Miene war eindeutig.

Sie schluckte. »Ich soll auf Ludwigs Befehl die Frau dieses Grafen werden. Auf einen Befehl hin. Nicht einmal unsere Eltern waren an den Verhandlungen beteiligt.«

Sie biss sich auf die Unterlippe. »Eure Berichte über ihn sind mir genug. Dass er keine Frau mehr will nach dem Tode seiner ersten, hab ich oft genug gehört.«

Conrad ließ sie los und zuckte mit den Schultern. »Ach Agnes. Was willst du nun? Dass man dich deswegen von der Hochzeit losspricht? Dass dein Bräutigam starb, ist nun nicht länger eine Ausflucht davor, verheiratet zu werden.«

»Was weiß denn ich«, schnappte sie. Sie kniff ihre

Augen zusammen und musterte ihren Bruder.

»Ich werde dazu nichts sagen. Und dir ein Bild von Ulrich zu machen, ist deine eigene Aufgabe. Doch glaub mir: Er steht nicht umsonst hoch im Ansehen bei Hofe – abgesehen von den Meinungsverschiedenheiten mit dem Herzog.«

Agnes runzelte die Stirn.

Conrad erhob sich. »Im Übrigen: Weshalb steht dein Schwarzer ganz allein auf der hinteren Koppel?«

Sie wich seinem Blick aus. Ihr Bruder grinste. Mit wenigen Schritten erreichte er die Tür. »Du solltest dich beeilen. Ich bin mir nicht sicher, ob die Zeit ausreichen wird, das Zimmer und dich wieder in Ordnung zu bringen bis zum Abendessen«, warf er ihr über die Schulter grinsend zu. »Für das Zimmer genügt die Zeit womöglich. Aber bei deiner Erscheinung bin ich mir nicht so sicher!«

»Conrad!«

»Ich werde Mathild in Kenntnis setzen«, schallte es vom Flur.

LUDWIG †Kapitel 9
BURG FRIEDBERG, MITTE MÄRZ 1268

Ein Luftzug raschelte in den Schriftrollen in den Regalen, hob das Papier auf dem Tisch und fuhr dem Kämmerer ins Gesicht. Barthel murmelte den Gruß, den Blick hielt er auf die Bücher und die Feder im Fluss.

Ludwig rollte die Schultern und überlegte, die Tür erneut zu öffnen, um die Enge aus der Kammer zu lassen.

Der Alte legte den Kiel zur Seite und hievte sich mit den Händen vom Schreibtisch empor. »Herzog.« Er grüßte mit einem Kopfnicken und fiel zurück auf seinen Stuhl. «Ihr seht meine Kammer bald öfter, als die Eurer Gemahlin, Herr.« Barthel drehte das Haushaltsbuch und schob es ihm hin. »Oder seid Ihr Eures Rates einmal mehr überdrüssig?«

Über den Tonfall seines Dieners am heutigen Tage runzelte Ludwig mit hochgezogenen Augenbrauen die Stirn. »Barthel?«

Und nicht mehr als eine hochgezogene Braue antwortete ihm.

»Wie geht es voran?" Er trat an den Tisch und griff sich das Buch.

»Die Lieferungen für Euer Fest erreichen uns zur rechten Zeit, und wie verlangt. Um die wenigen, die zu beanstanden waren, habe ich mich gekümmert.« Er hielt inne. »Und ich denke, mit diesen Tunichtguten werden wir keine Probleme mehr haben.«

Stille. »Wie geht es Herzogin Anna?«, erkundigte sich Barthel.

Ludwig hielt einen kleinen Moment über seiner Prüfung inne. »Mmh. Ihr wisst ja, wie das ist. Das Fest – und das schönste Kleid, das neueste Modell, und die Kleider der übrigen Damen stehen im Mittelpunkt bei Anna.«

Seiten raschelten, Finger strichen über Papier.

Von draußen drang das Läuten der Kirchenglocken an sein Ohr, der Bienenstock der Dienerschaft summte, ein paar Pferde wieherten. Ludwig beobachtete Barthel über die Seiten hinweg. Der Alte schloss seine Augen, seine Finger drückten die Schläfen. Für einen Moment erinnerte Ludwig sich der Hektik seiner Münchner Residenz und lächelte über das Geräusch der nächsten Seite, die umklappte. In der neuen Burg in Friedberg hatte er für Barthel einen guten Platz gefunden. Der altgediente Getreue vertrat seine Aufgaben hier gut, und in Zukunft brauchte er selbst nicht so häufig anwesend sein. Barthels Rat jedoch würde ihm in München fehlen, und auf seinem Weg durch die Pfalzen. Aber er wusste, damit wartete der Alte auf ihn, wann immer er hierher nach Friedberg finden würde.

»Sauber«, brummte er, »wie stets.

Ich sehe, dass lediglich, der Eurasburger bemüht sich um weitere Bekanntschaft mit dem Ochsenziemer.« Ludwig legte das Buch zurück.

»Weshalb…« Barthel räusperte sich, ehe er fortfuhr. »Weshalb lasst Ihr dies durchgehen? Vor allem bei ihm?« Kopfschütteln. »Selten genug kennt Ihr Gnade. Nur über ihn und seine Sippschaft haltet Ihr Eure Hand. Nach allem, was sein Vater Euch angetan hat – nach dem, was man von ihm hört.«

Die Ruhe bekam Risse. »Ihr redet kaum, doch Ihr hört zu viel, alter Mann«, knurrte der Herzog. »Ist das alles, was Euch kümmert?

Dieser Sohn eines Wurms kratzt nicht einmal meine Fußsohle.« Ludwig stemmte die Hände in die Hüften. Er schnaubte. »Ihr denkt also, es ist Milde?«

Das Gesicht des Burgvogts wurde zu einem einzigen Faltenwurf, er kniff die Augen zusammen.

»Für Eurasburg ist es gerade noch genug, um sich über die Runden zu bringen. Durch seine Lügen und Machenschaften wollte Hans' Vater Reichtum und Ansehen erlangen.«

Sein Gegenüber zog die Augenbraue hoch und neigte sein graues Haupt. »Es gab noch einen weiteren Grund. Ich entsinne mich gut genug daran.«

Ludwig spürte, wie seine Wangen brannten, Kälte schlang sich um sein Herz. Enger und enger. »Er …« Seine Stimme versagte.

»Ihr kennt den Grund.« Barthel gönnte sich die Andeutung eines Nickens. »Ihr wisst, dass Johann von Eurasburg sich gleichfalls rächen wollte an Maria. Das zusätzliche Geld nahm er dabei nur zu gern. Nur ereignete sich dann mit einem Mal alles schneller und anders als erwartet.«

Ein Frösteln schüttelte Ludwig. Die Dunkelheit in seinem Inneren eroberte den gesamten Raum, er blinzelte, doch die Schatten blieben. Barthel musterte ihn. »Wer wüsste das besser als Ihr.« Der Alte räusperte sich. »Ihr hättet Euren früheren Hofmarschall an den Pranger stellen können. Oder hinrichten.«

»Ein paar Stunden, vielleicht ein paar Tage am Pranger? Ein paar Augenblicke Schmerz und Scham? Glaubt Ihr, das genügt?« Ludwig drehte sich zur Seite. »Das ist nicht genug!« Er ballte beide Hände und senkte sein Haupt. »Für mich waren – und sind – es zwölf Jahre, nicht nur ein paar Augenblicke. Und der Schmerz dauert an«, murmelte er, bevor er sich Barthel wieder zuwandte.

»Was seht Ihr, Kämmerer, wenn Ihr nach Eurasburg blickt?« Mit einer Geste holte Ludwig aus. »Jeder kann sehen, wie Stein für Stein aus der Burg bricht, wie das Gebälk verrottet, die letzten Äcker um die Burg dem Wild für die Notdurft dienen und das Haus zugrunde geht.« Ludwig beugte sich vor. »Das ist die Ernte für Verrat! Mein einstiger Hofmarschall verfault in den Überresten seiner Ländereien, er darbt dahin in der Hülle seines Körpers. Das ist zumindest eine Anzahlung eines Ausgleichs für seine Tat. Findet Ihr nicht? Was glaubt Ihr, schütze ich?«

Barthel blinzelte und kratzte sich am Kopf. »Und sein Sohn?«

»Sein Sohn.« Der Herzog schwieg eine Weile. Er trommelte am Griff seines Schwertes. »Er kann mir ein paar Taler sammeln. Das dürfte ihm gelingen, trotz des kargen Landes.«

»Ihr beobachtet den Niedergang Eures einstigen

Vertrauten, und die paar Taler versüßen Euch dies?«
Barthels zupfte sich mehrfach am Ohr und senkte den
Blick. »Und die ständigen Verspätungen?« Er schüttelte
den Kopf. »Birgt dies nicht noch eine andere Gefahr,
Herzog? Was, wenn sich der junge Eurasburger gegen Euch
wendet in all seiner Unzufriedenheit?«

Ludwig räusperte sich. »Genug.« Er scheuchte mit einer
Geste der Hand das Thema davon. »War der Bote des
Bischofs schon da?«

Der Kämmerer zog das verschlissene Buch zurück zu
sich. »Nein. Das wisst Ihr. Ihr habt das Buch gesehen.«

»Nichts gibt es von diesen vermaledeiten Pfaffen, wenn
ich ihrer Hilfe bedarf. Immer heißt es warten.« Ludwig
fasste das Schwert an seiner Seite. »Will dieser Bischof,
dass ich ein weiteres Mal zu Kreuze krieche?« Er spürte,
wie sich der Griff in seine Handfläche grub. »Der Bischof
von Augsburg zögert mit dem Kredit, der Meringer versinkt
in seinen Bedenken und schiebt es hinaus, mich zu
unterstützen. Herrgott«, fluchte er. »Wer nicht in der Lage
ist das Heft des Handelns zu ergreifen, der verschenkt sein
Leben.« Er schüttelte den Kopf. »Und ich? Nichts kann ich
tun. Sie stellen sich gegen mich.«

Er drehte sich auf dem Absatz um, und die Tür donnerte
hinter ihm ins Schloss. Er rauschte durch die Gänge seiner
Burg, erreichte den Saal, stieß die Tür auf und drehte
wieder um. »Verflucht!« Er eilte die halbe Strecke zurück.
Die kleinen Fenster und Holzvertäfelungen zogen an ihm
vorbei. Er hatte kein Auge für jene kunstfertigen
Ausführungen, die sich hier und dort fanden.

Es drängte ihn nach draußen, und endlich fand er die
richtige Tür und die Stiege. Er erklomm die Stufen des
Wehrturms. Sein Herz pumpte, ein Stechen fuhr ihm in die
Seite. Er musste nach draußen, die Enge in den Räumen
erdrückte ihn.

Die letzte Tür riss er auf und lenkte seine Schritte zu den
Zinnen. Der Abend warf seine Schatten über die Burg, im
Hof zerrte eine Windböe am rankenden Efeu. Wie der
abgerissene Fetzen eines Kleides wehte er im Luftzug.
Ludwig schauderte, seine Hand fuhr zur Brust. Das ver-

traute Rascheln erklang, und zwei vergilbte Seiten Papier kamen zum Vorschein. Als Mahnung trug er die Briefe noch immer bei sich, und als Erinnerung an eine Nacht, die sein Schicksal verändert hatte. Kurz senkte er seine Lider und sandte einen Fluch gegen den Horizont auf den verräterischen Ratgeber; einen Fluch auf Barthel sandte er gleich hinterher. Vielleicht hätte er den Hofmarschall einfach henken sollen – damals vor zwölf Jahren. Doch damals war es ohnehin so viel Blut gewesen, das an seinen Händen klebte. Er seufzte und wünschte, er könnte die Zeit zurückdrehen.

Wieder sah er sie vor sich wie in jener Nacht vor zwölf Jahren. Mondlicht fiel auf ihre Gestalt, wie der Vorhang ihres blonden Haares über den Riss in ihrem Nachtkleid. Auf Knien hatte sie ihn lediglich um eines gebeten: seinem Gewissen zu folgen und seinem Herzen.

Doch in seinem Blut brüllte Wut. Und diese Wut war das Einzige, das er gehört hatte nach all den Lügen, die sein Hofmarschall ihm in die Ohren geträufelt hatte.

Er barg sein Gesicht in seinen Händen.

Er hatte ihre Liebe verraten. Eine falsche Entscheidung, ein Hieb seines Schwertes war genug. Er hatte alles verloren, seine Gefährtin, seine Ratgeberin, die Liebe seines Lebens. Er vermisste sie noch immer. Und er hatte damals die Möglichkeit vertan, die Krone des Reiches zu tragen.

All dies nur, weil er dem Falschen vertraut hatte. Dies durfte kein weiteres Mal geschehen. Seine Hand presste gegen seine Brust, als ob er dadurch das Scheuern seines Herzens lindern könnte.

Er stopfte die Briefe zurück in sein Wams. Sein Herzschlag beruhigte sich. Das Läuten der Glocken drang an sein Ohr. Es war Zeit. Anna, seine zweite Gemahlin, wartete.

JAGD †Kapitel 10

BURG FRIEDBERG, MITTE MÄRZ 1268

Lennart schüttelte den Kopf. »Es ist an der Zeit, diesen Hund endlich zu fassen.« Dieser Graubär von einem Mann drehte sich um, Ulrich folgte dem Blick. Auf der kleinen Lichtung hielt Christan, einer der Waffenträger, die Trensen und redete auf die Packpferde ein, Jakob und Lorenz hievten mit Hilfe der anderen beiden Wachen die Toten auf die zwei Pferde. Sie schlangen dicke Seile um die Körper und die Bäuche der Pferde. Zuletzt banden sie Decken darüber und halfen Christan aufsitzen. Er würde das Dorf schnell erreichen. Ulrich wusste, er konnte dem Burschen diese Aufgabe anvertrauen. Jakob drückte ihm die Zügelbänder und einen Beutel in die Hand und schickte ihn mit Anweisungen auf den Weg.

Ulrich nickte seinem Jäger zu und bemerkte den Blick des einstigen Lehrers. »All die Macht hat er als Herzog. Weshalb zögert er, diesem Räuber das Handwerk zu legen?«

»Er schickt uns achtzehn Männer«, erinnerte Ulrich.

»In den nächsten Tagen schickt er sie. Noch haben wir sie nicht«, brummte Lennart. »Und achtzehn sind längst nicht genug. Dieser Teufel hat gemordet. Und er wird es wieder tun.«

»Besser denn nichts. Achtzehn Männer bedeuten immerhin eine gewisse Verstärkung.« Ulrich hielt seine Handflächen nach oben. »Ludwig spürt den Schaden noch nicht, den dieser Raubritter schlägt. Er verfolgt ein Ziel.« Lennarts fragenden Blick schenkte er ein Mehr an Erklärung. »Du müsstest dies sogar besser wissen, als ich – oder dich zumindest besser daran erinnern. Unser Herr will die Macht in diesem Land, nicht nur im Herzogtum – zumindest will er so viel Einfluss als möglich. Diesem Ziel war er vor zwölf Jahren schon einmal so nahe. Und nun bietet sich nach all der Zeit noch einmal eine Gelegenheit. Bei den vielen Stufen, die er nimmt, kümmert ihn ein Kieselsteinchen in seinem Schuh kaum. Sein Blick liegt auf der nächsten Hürde. Weshalb sollte er da seine Zeit mit etwas derart Unwichtigem verschwenden wie einem Raubritter, der das einfache Volk behelligt?«

»Er hat gemordet«, knurrte der Bär erneut. »Ist das nicht Grund genug?«

Ulrich drehte sich ab. Er hob die Handflächen und zuckte mit den Schultern. »Wir erhalten Verstärkung – immerhin.«

»Und du verteidigst ihn. Das Geld war für die Wege und für weitere Waffenträger, damit deine Braut sicher ankommt.« Lennart warf seinem Herrn einen Blick zu und schob seine Wollhaube tiefer ins Gesicht. »Achtzehn sind zu wenig. Mit achtzehn Mann kannst du es dir nicht leisten, einen Trupp für ihre Reise abzustellen.«

»Jäger, seit wann kümmern dich die Taler und meine Pläne damit?« Ulrich kniff die Augen zusammen. »Vielleicht wäre es besser, Agnes bliebe in ihrer Burg, in ihrem Heim, wo sie sicher ist.« Er fluchte.

»Wahrlich, du bist der Sohn deines Vaters – nicht nur der Erbe des alten Königsstuhls hier in Mering. Du bist der Letzte dieser Welfen mit ihrer Sturheit und ihrem Eigensinn. Du bietest Ludwig und seinen Launen die Stirn, ringst ihm Hilfe ab, doch die Hochzeit versetzt dich in Angst und Bang.« Der Jäger hustete.

»Ihr letzter Bräutigam starb am Tag der Hochzeit.« Die Brotkrumen von Ulrichs Worten fielen in den Wind.

»Als ob dich so etwas kümmert.«

»Katharina …«, setzte Ulrich an.

»Ach, hör doch auf.«

Er setzte erneut an. »Katharina …«

»Hast du nicht als Frau gewollt«, fiel der Bär ihm ins Wort. »Sie war sanft und still und zerbrechlich. Und du bist ihr aus dem Weg gegangen, so es nicht anders ging.«

»Genug!«

Lennart blickte ihn an, den Mund in Schieflage, die Augen mit diesem Ausdruck, der Ulrich an seine Tage als

Bursche erinnerte, und daran, wie er dem Jäger hinterhergekreucht war. Die Missbilligung in der Miene des Jägers trieb Risse in Ulrichs Maske und Schild. Er trat ein paar Schritte zurück, und seine Hand fuhr in die Mähne des Fuchses, bis das Fell seine Haut wärmte. Seine Gedanken trieben davon, trieben zurück auf einem Fluss in die Vergangenheit. Er suchte nach dem Bild. Sie war seine Frau gewesen. Er sah langes, dunkles Haar, sah Kleider an einem durchscheinenden Geschöpf, sah Katharina mit gewölbtem Bauch. Er wusste um ihr Lächeln. Ihr Gesicht war Schatten und Nebel, ihre Stimme Wind, der Hauch von Morgenluft. Seine Erinnerung hielt keine Worte und kein Sehnen. Er dachte an sie. Hin und wieder. Er besuchte ihr Grab, wenn es Zeit war und angemessen. Beim Gedanken an Katharina quetschte kein Schmerz sein Herz, über sein Gesicht huschte kein bittersüßes Lächeln, keine Tränen, die er nicht zurückhalten konnte; keine Hitze in seinem Blut, wenn er an sie dachte.

Hatte er ihre Hand gehalten, die Wärme des Kaminfeuers geteilt, ihren Duft gerochen, ihre Haut geschmeckt? Er erinnerte sich nicht. Er spürte nur Leere und Dunkelheit.

In der Nacht ihres Todes war das Zweiglein ihres Körpers in seinen Armen gewesen, der Schweiß hatte sein Hemd getränkt und das viele Blut. Es war überall. Das Leben war aus ihr geflohen, ehe ihr Körper zerbrochen war. Auch ihr Kind erlosch. Er hatte nicht schnell genug nach Hilfe gesucht, und er konnte ihren Tod nicht verhindern, konnte sie nicht retten und nicht das Kind. Er hatte nur gewusst, es war seine Pflicht zu trauern.

Er rieb die Narbe auf seiner Stirn. »Es ist genug darüber geredet«, zischte er und klopfte die Flanken seines Reittiers.

»Mag es sein, wie es ist.« Lennart holte sein Pferd heran und drückte Ulrich die Zügel in die Hand. Der Alte spuckte aus, dann deutete er ins Unterholz, ging ein paar Schritte, drückte einen Strauch zur Seite. »Die Spur führt aus dem Wald, in Richtung der Paar.« Ulrich trat näher. Ästchen waren geknickt, Zweige auf dem Winterboden zertreten und zeichneten einen schmalen Pfad.

»Verflucht.« Der Steinbrocken kullerte nach seinem Tritt über den Weg. »Mit viel Glück waren sie unvorsichtig, und wir finden etwas, ehe ihre Spur im Fluss verschwindet.«

»Ulrich«, mahnte Lennart, »erhoff nicht zu viel!«

Den Blick, den Ulrich seinem Jäger zuwarf, wandte er im nächsten Moment ab. Er presste die Lippen aufeinander und zerstarrte die Farne und Büsche entlang des Pfades durch das Gehölz.

Das Buschwerk schnalzte zurück.

Sein Jäger drehte sich zu den Waffenträgern und winkte diese heran. »Wir sollten …« Die weiteren Worte verklangen beinahe unter dem Tritt der Hufe und dem Schritt der Männer auf dem Waldweg. »Was ist mit der Botschaft gemeint?«

»Die Worte des Burschen?« Ulrich zuckte mit den Schultern. »Der Kerl war kaum bei sich. Ein Irrtum sicher.«

»Der gerechte Lohn für Eure Familie?«, wiederholte Lennart. »Das gefällt mir nicht.«

»Ich bin der Letzte von meinem Haus.« Ulrich zuckte mit den Schultern. »Was soll ich fürchten? Der Tod hat jeden dahingerafft, der mir nahe stand. Es gibt keine Familie mehr.«

»Herrgott, Ulrich!« Der Ältere schüttelte den Kopf. »Du glaubst im Ernst, dieses Gesindel hat die falsche Familie erwischt?«

»Es ist, wie es ist. Ich sage, er hat sich geirrt.« Ulrich ließ seinen Jäger stehen.

»Jakob, hast du's ihm gegeben, hat er es mit?«

Der älteste Waffenträger nickte. »Die Taler für die Messen und für die Eltern der Toten im Dorf. Christan weiß was zu tun ist. Er gibt darauf acht.«

Ulrich legte ihm seine Hand auf die Schultern und sah ihm ins Gesicht. Er gab seinen Männern das Zeichen und saß auf.

»Teufel nocheins.« Lennart spuckte aus, er drängte die Äste des Busches für die Reiter zur Seite. Zurück an der Spitze des Zuges führte er den Trupp. Die Spur querte durch Farne, durch Gestrüpp, Bodengewächse schlugen ihre Stacheln in die Beinlinge bis zu der Brache, die das

Ende des Waldes markierte, bis der Wald sich lichtete und Ulrich wieder neben ihm war. Seine Linke wies auf den Boden. »Das Feld hier ist weicher, die Spuren deutlicher, doch dafür muss ich kein Jäger sein. Es ist leicht zu erraten, wohin das führt.« Sein Finger zielte in Richtung des Flusses. »Gib die Zügel frei. Die *Paar* entscheidet über unser Waidmannsglück. Es ist an der Zeit, diesen Hund endlich zu fassen.« Der Bär drehte sich um.

Ulrich schnaubte. Er trieb sein Pferd an, bis zu einer schmalen Stelle am Fluss, bis vor eine Unzahl an Huf – und Fußspuren. Die leeren Zweige der Büsche am Ufer platschten auf das Wasser. Sie zappelten im Wind.

Die Spuren waren verloren, Ulrich erkannte es vom Rücken seines Pferdes aus. Er sprang mit Lennart ab und musste nicht erst auf die Bestätigung durch seinen Jäger warten. Er fluchte, drehte sich den anderen zu und rollte die Schultern. Er wollte das Kribbeln loswerden, das seinen Rücken auf – und abwanderte. Er drehte sich wieder um und spähte zu den Sträuchern und Büschen auf der Anhöhe. Er fragte sich, ob sich dort jemand vor ihren Augen verbergen könnte.

»Wie ich es befürchtet hatte«, hörte er Lennart hinter sich zu den anderen sprechen.

Ihm war, als hätte er ein Geräusch aus Richtung des Hügels gehört. Er starrte. Doch nichts, nichteinmal der Wind bewegte die Zweige dort. Nur etwas Dunkles – einen Steinbrocken vielleicht – konnte er hinter dem Gebüsch ausmachen.

»Soll's der Teufel hol'n!« Auf Lorenz' Fluch folgte ein dumpfer Aufprall auf dem Boden. Ulrich sah noch, wie Lennart dem anderen die Lederhaube zurückreichte.

»Umsonst.« Ulrich gab die Fährte mit tonloser Stimme auf.

Sie wendeten ihre Tiere.

»Verflucht!« Der Wald schmiss Ulrichs Worte zurück.

»Jakob und ich. Sollen wir weitersuchen?« Lorenz' Worte beendeten einen schwarzen Gedankenstrom. »Vielleicht, wenn wir uns aufteilen?«, schlug der Waffenträger vor. »Vielleicht fassen wir ihn.«

»Unnütz.« Ulrichs Ton sägte durch die Bäume. Er bemerkte, wie Lorenz zurückzuckte vor seinem Blick. Er lenkte den Fuchs weiter. »Alter Mann! Glaube nicht, mich zu kennen. Hast du gesehen, wie er sie zugerichtet hat?«

»Jeder hat die beiden gesehen.«

»Ist es denn nicht meine Schuld?«

»Was …?«

Er lenkte Fuchs weiter und gab vor, Lennarts Worte nicht zu hören.

Irgendwann knurrte der Jäger. »Es gibt keinen Grund, die Tiere derart zu schinden. Die Burg wird auch noch stehen, wenn wir eine halbe Spanne später eintreffen.« Der Jäger trieb das Pferd näher zu ihm. »Was ist in dich gefahren?«

»Nichts.« Seine Füße gegen die Flanke gepresst lockerte er die Zügel, doch er entkam dem Getreuen nicht. Lennart war kaum ein paar Wimpernschläge später erneut neben ihm. »Wag es nicht, mich zu belehren.«

»Dafür brauchst du mich nicht.«

»Die zwei aus dem Dorf. Ermordet auf meinen Wegen. Ich muss etwas tun«, stieß Ulrich hervor. »Für Agnes sind die Wege nicht sicher. Sie sollte nicht hier sein, bis dieses Tier gefasst ist.«

Lennart wischte in die Luft. »Fürchtest du den Räuber, oder fürchtest du, dass das Schicksal Schaden über deine Braut bringt, weil du sie nicht hier haben willst?«

Das Grau von Ulrichs Augen verdunkelte sich. »Wir waren einen Schritt zu spät. Immer ist es zu spät.«

»Ulrich.« Der Bär hustete. »Hör auf. Viel Hoffnung war nicht, dass wir sie fassen, und das wusste jeder. Dein Feind hat gut geplant.«

»Zum Teufel!« Er musterte Lennart, zügelte Fuchs, bis er schließlich zum Stehen kam und die Waffenträger nach und nach eintrafen. »Jakob reitet noch heute zur Burg Friedberg.« Er prüfte das dunkler werdende Grau des Himmels und focht mit der Wut in seiner Miene gegen den heraufziehenden Abend. »Ich will die Waffenträger Ludwigs sofort – nicht erst in fünf Tagen!

Jakob: Wende dich an Barthel für ein Quartier in der

Nacht. Der Kämmerer wird die richtigen Männer finden. Und morgen früh bringst du sie nach Mering.« Er drehte sich zu Lennart. »Reite nach Hause mit den anderen.«

Seine Geste sandte sie davon. »Wartet nicht auf mich. Meine Aufgabe ist hier.« Er übersah die Missbilligung im Gesicht seines alten Lehrers, knallte seinem Pferd die Fersen in den Bauch und vernahm das Wiehern. Sein Jäger schrumpfte hinter ihm und seine Männer erst recht. Die Worte, die ihm folgten, brachen an der Mauer seiner Sturheit, das Donnern der Hufe verklang, bis es nicht mehr war als ein Rauschen im Wald, bis der Wind andere Töne an sein Ohr trug und seine Wut kühlte, wie seine Wangen, bis sein Puls im Takt trommelte zum Galopp. Er atmete die Würze des Waldes, die Tannen und Föhren, die Borke, die von der Märzluft feucht war. Farne entrollten ihre Blätter und eroberten sich das Unterholz zurück. Ulrich lehnte sich vor und wärmte sich an Fuchs' Hals.

Schon aus einiger Entfernung entdeckte er das Tier auf dem Weg vor ihm. Binnen eines Wimpernschlags lag der Bogen in seiner Hand. Er lenkte das Ross mit den Beinen, seine Arme öffnete wie Flügel und spannte die Sehne des Bogens. Im Stand in seinen Steigbügeln atmete er den Wald und seinen Pulsschlag, schloss die Lider und spürte im Dunkel vor sich sein Ziel. Sein Bogen spannte zugleich seinen Körper. Er gab die Sehne frei, und der Pfeil schnitt seine Spur durch den Wald.

Ulrich landete neben dem Pfad auf dem Boden, ehe sein Pferd zum Stehen kam, er hängte den Bogen am Sattel ein. Die Schneide eines Dolchs blitzte, kaum dass er sich seiner Beute zuwandte.

Den Räuber hatte er nicht erwischt. Der Brustkorb des jungen Hirsches zu seinen Füßen aber bebte, Blut rann aus der Wunde, die Lider des Tieres senkten sich, ein roter Faden troff aus seinem Mund.

Die Hand packte den Griff des Messers fester, eine Schneide stieß durchs Fell durch die Haut, spießte sich ins Fleisch. Warme Flüssigkeit rann über Ulrichs Hände. Er spürte etwas Feuchtes auf seinem Gesicht. Er zerrte sein Messer aus dem Körper und riss den Arm nach oben, senkte ihn. Einmal. Und wieder. Und wieder. Und irgendwann leckte Kälte an seiner Haut, kroch seine Arme hinauf und in sein Herz. Er blinzelte und sah sich um. Der Nachmittag war erloschen, verglüht, verschwunden. Er fuhr sich über die Augen und schüttelte den Kopf. Wie lange war er hier gewesen? Was hatte er getan?

Gänsehaut hatte die Haare seiner Arme in die Höhe getrieben, den Eisklötzen seiner Füße fiel die Bewegung schwer, Schmerzen tobten in seinen Arm, wie durch seinen Körper. Blut dunkelte seine Kleider.

Auf dem Pferd hinter ihm, hinter seinem Sattel, lag seine Beute. Er spürte das zusätzliche Gewicht und die Schwere, die ständig gegen ihn stieß, er fühlte es, wenn sich seine Hand nach hinten verirrte.

Vor seiner Burg lenkte er Fuchs zu dem kleinen Pfad. Er öffnete die Pforte mit dem Schlüssel und führte sein Reittier am Zügel entlang der inneren Burgmauer. Niemand hielt sich im Moment auf dem Burghof auf. Er schickte ein Dankgebet gen Himmel. Die Tür zitterte unter Ulrichs Hand, er biss auf seinen Mundwinkel und senkte die Augen. Der Ausdruck auf Lennarts Gesicht brauchte alle Worte auf.

Der Jäger packte kopfschüttelnd die Zügel. Am Schlachthaus luden sie den jungen Hirsch ab.

Der Häuter fuhr zwischen Fell und Fleisch. »Nein.« Ulrich kam seinem Getreuen zuvor. »Es ist kein bisschen besser.

Doch für die nächsten Tage haben wir genug Fleisch.«

HANS †Kapitel 11
FRIEDBERG, MITTE MÄRZ 1268

»Dreckiger Haderlump!«, polterte Hans. Er musste erneut einem Ochsengespann ausweichen auf seinem Weg zur Burg Herzog Ludwigs in Friedberg. Im Schritttempo lenkte er sein Pferd am Hindernis vorbei und trat mit seinem Stiefel gegen das Holz des Karrens. »Macht Platz, Gesindel! Geht das denn nicht schneller?«

Hans von Eurasburg überhörte das Gezeter der Bauern und Marketender. Die Burg war so nah, doch er kam an diesem Tag nicht voran.

Ein Schatten legte sich auf sein Gesicht, und in seiner Mitte breitete sich jenes Gefühl aus, das ihm üblicherweise zur Flucht riet. Doch in diesem Fall würde er nicht entkommen. Die Narben auf seinem Rücken juckten. Drei Tage, die er zu spät war, drei Tage nach Ablauf der Zahlungsfrist.

Wie mag es wohl heute bestellt sein um die Laune des Herzogs– oder um seine Geduld?, dachte er. Das letzte Mal war er eine Woche zu spät gewesen.

Wind kam auf und wirbelte durch sein Haar, dessen Farbe an Weizen in der Spätsommersonne erinnerte. Sein Fuchs schwitzte und schnaubte. An dem, was es für seinen Reiter mit sich führte, lag es nicht; der Sattel und der Stolz des Reiters wogen deutlich mehr als die Abgaben für den Herzog in den Taschen.

In seinem Sattel rutschte er hin und her, als würde er dadurch schneller sein Ziel erreichen. Hans' Finger fuhren über den Ärmel seines Hemdes und entdeckten eine Stelle, die geflickt werden musste. Er spuckte aus. Der Stoff trug noch die Erinnerung daran, wie fein und fest sich das Leinen einst angefühlt hatte. In jenen Zeiten hatte sich das Haus von Eurasburg nichts Geringeres geleistet denn Stoffe mindestens dieser Qualität.

Bald wird es wieder so sein. Die Flicken landen beim Gesindel und mich kleidet fein gewebtes Leinen. Der Name meines Hauses wird wieder etwas gelten. Ich werde zurückkehren in den Rat des Herzogs, dorthin wo mein Vater einst Ratgeber und geachtet war, und das Haus Mering wird ein für alle Mal an den Platz verwiesen, der ihm gebührt.

Ulrich wird fallen. Ich werde seiner Familie heimzahlen, was sein Vater einst meinem Vater angetan hat. Lange genug hat sich die Welfen-Brut gesonnt und die Brust stolz präsentiert. Doch Hochmut bringt selbst Löwen zu Fall.

Hans sah hinab auf das Volk um sich. Gackerndes, blökendes, muhendes Vieh – gepfercht in Käfige oder zusammengedrängt auf Karren, schnatterndes, stinkendes Bauernvolk verstellte seinen Weg. »Die Blattern sollen euch entstellen und euch die Haut von euren Fratzen fressen!« An Wagen mit Wein und Bierfässern zwängte er sich vorbei.

»Zum Teufel!« Seine Stimme übertönte, was an Geschäftigkeit um ihn war. »Was wollt ihr denn alle hier? Lasst mich durch, Bauerngesindel!« Er schätzte die Strecke ab, die noch vor ihm lag. Weder rechts noch links konnte er aus, er musste auf dem Weg bleiben. Am Rand drängten sich die Bäume zu dicht, der Graben weiter vorne war zu breit. Nur die einzige schmale Brücke führte darüber zur Burg. Hans presste die Kiefer gegeneinander und schlang die Zügel enger um seine Hände.

»Mein Reich wirft kaum genug ab, um selbst satt zu werden, und der Herzog protzt hier mit dieser Burg, als ob seine Residenzen in München und Heidelberg nicht groß genug wären«, zischte er vor sich hin.

Mit gebleckten Zähnen schüttelte er den Kopf. »Der Teufel soll ihn holen!« Seinem Ross rammte er die Hacken in die Seite, trieb ihm die Trense ins Maul. Die Muskeln seiner Arme waren gespannt, die Beine fest gegen den Bauch des Tieres gedrückt. Wiehernd stieg es. Der Menschenwirbel um ihn erstarrte. Einen Moment später wirbelte alles gleichzeitig aufeinander, ineinander. Gesichter schnellten in seine Richtung. Mägde rafften ihre Schürzen und Röcke. Kreischend wichen sie zur Seite, Knechte und Boten schoben und zerrten jene vom Weg, die langsamer waren. Die Bauern rissen ihr Vieh zur Seite, Händler drängten schützend gegen ihre Karren oder schafften die kleineren Wagen vom Weg. Er spürte das Grinsen in seinem Gesicht. Ganz leicht nur ließ er die Zügel schießen und erntete Verwünschungen. Am Durchgang des Torhauses über der Brücke ließ er das Geschrei hinter sich. Wieder war es zu viel Gewusel auf zu wenig Platz in der Torhalle. Er wog die Zügel in seiner Hand. Begleitet von den Flüchen derjeniger, die sein Hanftau traf, fand er seinen Weg zu den Ställen, vorbei am Wirtschaftsflügel, der sich an die Nordwand des Innenhofs duckte. »Seid froh, dass ich die lederne Reitgerte vor einiger Zeit verkaufen musste«, zischte er, schwang sich vom Pferd und wuchtete die Satteltaschen über seine Schulter. Im Vorbeigehen packte er einen Stalljungen am Ärmel und riss ihn mit sich.

»Kümmere dich darum!« Er schnauzte den Bengel an. Eine Hand packte ihn am Oberarm, hielt ihn zurück.

»Der Graf der Bettelleut! Ihr Habenichts habt hier nichts anzuschaffen!«

Hans ballte die Fäuste. Er kannte die Stimme und fuhr herum. »Burgvogt Barthel.« Sein Kiefer knirschte, die Adern an seinem Hals spannten sich. Er senkte seinen Blick und nahm wahr, dass der Bursche sich hinter die hagere Gestalt des Vogts duckte.

»Gott zum Gruße, meint Ihr wohl. Oder habt Ihr gänzlich vergessen, was sich ziemt?« Die Hand gab ihn frei, nicht ohne ihm einen Schubs zu versetzen. Für eine Sekunde schwankte Hans. Sein Blick flackerte, krallte sich in das Gesicht seines Gegenübers. Seine Fingernägel hinterließen Halbmonde in den Handballen. Dann heftete er die Augen wieder fest auf den Boden, sein Knurren ging im Lärm unter und in den Worten seines Gegenübers, obgleich der Kämmerer die Stimme senkte.

»Seht zu, dass Ihr Euren Gaul selbst versorgt. Und behelligt mir nicht die Burschen, die Wichtigeres zur Aufgabe haben.« Hans hörte ein Schmatzen. »Und dann eilt Euch, Sohn eines räudigen Verräters. Ihr seid spät. Wieder zu spät. Ihr habt Euch oben einzufinden – in Bälde.«

Ein Klumpen Speichel landete neben Hans Füßen. Und kaum, dass er diesen noch betrachtete, fand er sich schon allein mit dem Stallburschen wieder.

Eine Faust schoss nach oben, es knackte. Der Bursche mühte sich um sein Gleichgewicht, Blut lief aus seiner Nase. Seine Hände schnellten vor sein Gesicht, er japste. »Dreckshund!«

Der nächste Hieb schickte den Burschen zu Boden. Ein Tritt in seinen Magen verhinderte jegliches Wort, abgesehen von Schmerzenslauten.

»Halts Maul! Dir steht nicht zu, Wort zu führen. Und keinem steht es zu, über mich und die Meinen zu richten. Keinem!«, zischte Hans. Er spuckte neben dem Burschen aus, kehrte sich ab. »Ich merke mir dein Gesicht!«

Der Graf packte sein Pferd am Zaumzeug und machte sich ans Werk. Auf seinem Hemd bildeten sich dunkle Flecken unter den Achseln und am Rücken, ehe er mit seinem Pferd fertig war. Er rempelte sich durch die Menge zur gegenüberliegenden Seite des Innenhofs. Niemand machte ihm Platz. Er musste die enge, steile Treppe hoch und noch weiter bis in den Vorraum zum Zimmer des Kämmerers.

»Der Tag kann kaum besser werden«, brummte er. Die Holzbänke an den Wänden quollen über mit Wartenden. »Kruzifix«, entfuhr es ihm, »wie im Taubenschlag.«

»Riecht auch so«, meinte ein Dickwanst neben ihm. Der knetete seine nackten Oberarme und verrieb den Schweiß auf seiner Haut.

Hans trat zur Seite und überlegte einen Moment, fuhr sich mit der Zunge über die Lippen. »Nur Küken gibt es keine hier«, ergänzte er, dröhnendes Lachen erntend. »Scheint, heut gibts mehr Leutvolk, das Geschäfte zu erledigen hat. Welch …«, er holte kurz Luft, »angenehme Gesellschaft. Wisst Ihr, was die Stunde schlägt?«

Der Dicke zog die Augenbrauen hoch. »Sagt bloß, Ihr habt davon nichts gehört? Seid Ihr mit Euren Rossmucken zu lang in der Sonne gewesen?« Eine Tür ging auf, ein Name wurde gebrüllt. Der Fette hielt inne und hievte sich hoch. »Ich komm dran. Gehabt Euch wohl!«, sprach er und wogte durch die Tür zum Kämmerer.

Hans sah sich um. Die anderen maßen jeden Spreiz des Bodens mit ihren Blicken oder unterhielten sich bereits mit den jeweiligen Sitznachbarn. Diejenigen, die vor ihm den Kämmerer aufsuchten, erledigten ihre Angelegenheiten schneller als ein Gesetz des heiligen Rosenkranzes gesprochen war. Der Tratsch über die Kranken und Toten in den Dörfern, die Wucherpreise und die Sicherheit – oder vielmehr Unsicherheit – auf den Wegen im Herzogtum unterhielt die Bauern und Händlern. Jene, die er hinter sich gelassen glaubte. Sie holten sich ihre Bezahlung. Nur auf eins fiel deren Unterhaltung nicht: Den Grund für den Aufruhr auf der sonst so ruhigen Burg.

Sein Name wurde gerufen. Dass er sich nur widerwillig von den Gesprächen löste, war sicher nicht deren Inhalt geschuldet. Er schlurfte in die Stube des Kämmerers und schloss die Tür.

Das Tageslicht schwand, doch selbst der Rest Helligkeit genügte Hans. Er drehte sich um. Ja, an dieser Tür befanden sich immer noch die Haken, aber diesmal keine Eisenfesseln für die Hände. Regale klammerten sich an die Wand rechts und links des Fensterauslasses, vollgestopft mit zusammengezurrten Blättern, Schriftrollen und losen Blättern. Gegenüber der Tür beanspruchte der Schreibtisch den Raum und quoll über von Papieren und Schriften. Barthel, Burgvogt und Kämmerer, drückte seine Nase gegen die Tischplatte, murmelte Worte und Zahlenfolgen.

Hans von Eurasburg verlagerte sein Gewicht von einem Fuß auf den anderen, zählte die Papierrollen, räusperte sich, dann zählte er seine Atemzüge, dann die Nägel in der Wand, dann die Papiere auf dem Tisch. Hans beobachtete, wie die Hand des Alten die Muster auf dem Papier ordnete. Bestimmte Linien ordnete der Kämmerer immer auf die exakt gleiche Weise an, als könnte nichts diese Form zerstören. Hans zog Nase und Oberlippe nach oben. Ihm widerstrebte diese Anordnung. Der Alte ließ keinen Platz für Abweichungen.

Hans war gewiss, dieser Kämmerer bräuchte noch nicht einmal hinzusehen, um die Striche zu setzen. Doch nicht einmal hob der Zeichenstreichler die Augen. Die Zeit schien stillzustehen. Er fletschte die Zähne. Hans würde dem anderen seine Aufmerksamkeit ebenfalls verweigert haben, wenn die Wahl bei ihm läge. Sein Gegenüber machte keine Anstalten, ihm auch nur das kleinste bisschen Aufmerksamkeit zu gönnen.

Hans' fingerte an den Satteltaschen, die er über der Schulter trug und kramte einen Beutel hervor. Münzen klimperten. Endlich hob der Burgvogt den Kopf und wandte sich dem Schuldner zu.

Hans' Augen verengten sich. »Sieh an! Scheint, als wäre das Metall Eurer Aufmerksamkeit würdiger als ich«, schnappte er.

»Eurasburg«, knurrte der Kämmerer, »da schau her. Ihr habt hergefunden.« Mit schiefgezogenem Mund schätzte ihn der Verwalter mit dem hageren Gesicht ab. Er kniff die Augen zusammen und krümmte den Zeigefinger in seiner bestimmenden Art.

Hans schluckte und trat an den Schreibtisch. Er hätte seine Augen abwenden können oder schließen, doch allein schon die Luft in diesem Raum roch nach Beleidigung. »Burgvogt Barthel, noch einmal Gott zum Gruße!«, presste er hervor. »Ich bin spät. Ich hoffe, Ihr verschmäht mein Geld deswegen nicht.«

Der Beutel mit den Münzen plumpste vor dem anderen auf die Tischplatte, klimpernd kullerten Münzen heraus.

»Leider dauert es etwas länger bei dem Wenigen, das ich mein Eigen nennen darf, bis die geschuldeten Abgaben erwirtschaftet sind.«

Der Kämmerer erhob sich. Weder ließ er sein Gegenüber aus den Augen, noch blinzelte er. »Nun, Hans von Eurasburg«, zerkaute er jede Silbe, »für die Größe Eures Landes solltet Ihr Eurem werten Vater Euren überschwänglichen Dank ausdrücken– oder ihn zur Verantwortung ziehen, wenn Ihr die Wahrheit denn ertragen könnt. Oder schlichtweg lernen, das Land besser zu bewirtschaften– ganz, wie es Euch beliebt. Und am besten lernt Ihr dies besser schnell. Wer weiß, wie lang der Herzog noch hinwegsieht über Euer Treiben.«

»Der Herzog sollte mir das Land zurückgeben, das meiner Familie zusteht und dieses Unrecht beenden.«

»Unrecht?« Der Kämmerer runzelte mit spöttischer Miene die Stirn und schüttelte den Kopf. »Euer Alter Herr hat es verdient.«

»Lüge!« Das Wort hallte von den Wänden. »Das ist eine Lüge, und das wisst Ihr.« Seine Halsadern schnürten ihn, er spürte Rauschen und den Druck in seinem Kopf.

»Ulrichs Vater hat betrogen. Der Alte war das. Er hat meinem Vater übel mitgespielt und sich mein Land gestohlen.«

»Ich weiß nicht, wo Ihr diesen Unsinn aufgeschnappt habt.« Mittlerweile hatte Barthel sich zu voller Größe aufgerichtet. »Eins kann ich Euch versichern: Durch Eure ständigen Versäumnisse wird Euer Land sicherlich nicht größer, Eurasburg. Ihr solltet dem Herzog Eure Treue beweisen, vielleicht denkt er dann nicht über eine weitere Bestrafung für Euch nach.« Barthel machte sich nicht die Mühe, die Häme auf seinem Gesicht zu verbergen. »Bis dahin solltet Ihr mindestens Pünktlichkeit unter Beweis stellen, und Euch dankbar zeigen für seine Gnade.«

»Mmh. Lasst mich kurz nachdenken.« Der junge Freiherr verbeugte sich beinahe bis zum Boden. »Leider ist mir soeben entfallen, für welchen Großmut ich – diesmal oder grundsätzlich – dankbar sein muss.« Hans' Blick blieb am Schabmesser hängen, das auf dem Schreibtisch lag. Normalerweise wurde das Papier damit gereinigt.

Barthel stützte die Arme in die Hüften und fixierte den Schuldner aus kalten Augen. »Nun, beispielsweise dafür, dass ich Euch in seinem Namen nicht die Zunge herausreißen lasse für Eure Frechheit und eine derartige Bemerkung– nicht sofort jedenfalls.« Dann drehte er ihm den Rücken zu und nestelte in einem der Regale. »Nach all dem, was geschehen ist, hat er Eurem Haus die Gelegenheit gelassen, sich zu beweisen. Ich sehe nicht, dass Ihr einen Beweis Eurer Treue bislang geliefert hättet.«

Hans' Fäuste ballten sich. »Als Dank für diese Ungerechtigkeit?«

»Passt gut auf«, fauchte Barthel über seine Schulter.

»Und denkt gut darüber nach, welche Märchen Ihr glaubt. Vielleicht solltet Ihr den Märchenerzähler wechseln und Eure Zeit damit verbringen die Wahrheit zu finden.«

»Ich kenne die Wahrheit.«

Der Kämmerer winkte ab.

Das Schabmesser auf dem Tisch fesselte Hans Blick. So gedankenlos war es dort abgelegt. Er öffnete seine Hand und ballte sie erneut. Ihm fiel der Gang auf der anderen Seite der Tür ein. Übervoll mit Menschen.

Was zur Hölle sucht der Alte, und weshalb entlässt er mich nicht einfach? Ich habe meine Schuld beglichen. Fürs Erste.

Hans starrte auf den Rücken des Alten, bevor sein Blick zur Tür wanderte und wieder zurück. Er schnaubte. Der Vogt war des Herzogs verlängerter Arm. Ein Bittsteller durfte den Raum erst verlassen, wenn Barthel dies gestattete. Ohne dessen Erlaubnis zu gehen, bedeutete, die Befehle Ludwigs II. zu missachten.

Endlich wandte der Burgvogt sich ihm zu, eine verbeulte Schriftrolle schwenkend. »Ein weiteres Beispiel für die Großzügigkeit unseres Herzogs«, brummte er und musterte ihn. »Was ist das für ein Lied, das Ihr summt?«

»Was?« Hans schreckte auf, blinzelte. Seine Wangen wurden heiß. »Was ist das?« Er deutete auf das Schriftstück in der Hand des Kämmerers.

Barthel sah ihn unter halb geöffneten Lidern an. »Für Zurückhaltung seid Ihr nicht gerade bekannt, werter Freiherr. Und wie man hört, greift Ihr üblicherweise nach allem, was sich Euch bietet.« Er stach mit der Rolle noch einmal in die Richtung des anderen. »Das Lied?«

Hans neigte sein Haupt und starrte auf den Boden, stippte mit seinem Schuh gegen die Dielen. »Meine Mutter hat es mich gelehrt.«

Barthel legte die Stirn in Falten, dann blitzte etwas in seinen Augen. »Die Hexe, die sich selbst in den Tod gestürzt hat?« Er warf ihm die Papierrolle vor die Füße.

Ein Wimpernschlag und Hans konnte die Äderchen in den Augäpfeln des Vogts erkennen, konnte den Atem riechen, ja, sogar dessen Herz hörte er schlagen. Auf den

Tisch gestützt drängte er gegen ihn. »Sagt es noch einmal«, zischte er. »Sagt noch einmal, was meine Mutter war, und es ist das letzte Wort, an dem Ihr erstickt! Nichts wisst Ihr. Ihr und Euresgleichen tragt Schuld daran.«

Dieser Kämmerer zuckte nicht. Einmal, zweimal, dreimal schnaubte er, stemmte seine Hände in die Hüften und kniff die Augen zusammen und lehnte sich zurück. »War's das, Nichtsnutz, oder kommt noch was?« Er gab ihm einen Stoß gegen das Brustbein. Seine Mundwinkel bebten, als er beobachtete, wie sein Gegenüber mit den Armen rudernd das Gleichgewicht hielt.

»Ich glaube, Ihr haltet nun besser den Mund.« Der Alte deutete auf das Schriftstück, und kurz bevor er einzuschlafen schien, setzte er endlich zur Erklärung an. »Der Herzog beurkundet Eure Burg als das Lehen, das er Euch überlässt. Eurer Zuverlässigkeit, geschweige denn Eurem Ruf, verdankt Ihr es jedenfalls nicht.«

»Was soll mir dies?«, schnappte Hans, »dass von all unseren Ländereien nur noch die Burg geblieben ist, weiß ich selbst. Mit dem Gekritzel auf dem Papier können die Pfaffen sich herumschlagen. Mein Land jedenfalls wird damit nicht mehr.«

»Ihr solltet es zu würdigen wissen. Zuwenigst ist Eure Habe damit verbrieft, auch vor anderen. Vielleicht leistet Ihr Euch zur Feier des Tages ein neues Hemd.« Der Diener hustete. »Bedauerlich, dass es niemanden gibt, der Stolz in Münzen wandeln kann. Vielleicht solltet Ihr Euch selbst vor den Pflug spannen, um aus Eurem Land den Zins und genug Mittel für Stoff und Näharbeit zu pressen«, zischte der. »Nehmt es und stehlt mir nicht länger meine Zeit.«

Hans zuckte zusammen, blinzelte kurz. Spucke troff von seiner Wange auf sein Hemd, Speichelfäden hingen in seinem Haar. Er ballte die Fäuste vor seinem Körper; er zitterte, und jeder seiner Muskeln war angespannt. Wieder fand sich sein Blick an dem Messer.

»Schert Euch zur Hölle, Eurasburg, oder dahin, wo Ihr herkommt; es dürfte das Gleiche sein. Stellt meine Geduld nicht länger auf die Probe, Ihr würdet nicht wissen wollen, was geschieht.« Die Stimme dieses Mannes war kaum lauter als das Rascheln von Blättern, aber jedes Wort stand so deutlich im Raum wie das Glaubensbekenntnis in der Kirche.

Hans machte einen Schritt nach vorne, doch der Blick des Kämmerers genügte. Er bückte sich, packte die Rolle. »Bin ich damit entlassen oder habt Ihr – oder gar der Herzog selbst –vertreten durch Eure Weisheit und Güte – noch weitere Vorwürfe gegen mich? Vielleicht sogar Aufgaben?«

»Schert Euch davon!«, schnauzte der Barthel. »Seht zu, dass Ihr beim nächsten Mal pünktlich abliefert.«

Die Tür krachte ins Schloss, die Bretter vibrierten.

Hans von Eurasburg stampfte durch die Gänge der Burg. Er wischte seine Wange ab, wieder und wieder. »Wie kann er es wagen?« Einen Fluch reihte er an den nächsten, bis er im Burghof anlangte.

Droben auf der Galerie des Arkadengangs herrschte dasselbe Durcheinander von Stimmen und trampelnden Schritten wie unter den Torbögen; Geschrei und Geschwätz brandete durch das Rund. Mägde mit ihren braunen Hauben huschten über den Hof, Knechte stapften in ihren grauen Kitteln an ihm vorbei und an Bauern, denen das Stroh, getrocknete Halme und welke Zweiglein noch am Wams hingen.

Er konnte den Blick nicht vom Treiben abwenden, bis etwas – jemand – anderes seine Aufmerksamkeit auf sich zog.

Feuerfarben flocht sich ihr Haar als Kranz um ihr Haupt, aus Wolken in der Farbe dunkler Steine schien ihr Kleid gewebt, ihre Haut wie frisch gefallener Schnee, die Silberglieder der Kette rankten um ihren Hals und floßen in das Tal ihres Ausschnitts. Bei jedem ihrer Schritte wiegte sich der kleine Lederbeutel, der seitlich an ihrem Gürtel festgebunden war. Ihre schmalen Lippen verschenkten Lächeln und antworten auf jeden Gruß, ohne dass ihr Blick sich senkte. Jedermann neigte sich ein wenig zu ihr. Offensichtlich war sie eine der Hofdamen der Herzogin Anna, und ihr Ziel lag in der Richtung, aus der er eben gekommen war.

In Hans' Fingern kribbelte es. Überall im Burghof hatten Regen und die Tritte zu vieler Menschen den Boden aufgeweicht. Der Spieler in ihm fasste einen Entschluss. Nur für einen Augenblick wandte sie ihren Kopf ab, im nächsten war er in ihrem Weg, war einfach da. Sie schrak auf, sie versuchte auszuweichen und rutschte genau dabei aus mit einem kleinen Schrei, der sich von ihren Kirschlippen stahl.

Er glitt hinter sie, fing sie mit ihren rudernden Armen. Mit der Hand an ihrer Hüfte hielt er sie. Er genoss das Erstaunen, als sie ihm ihr Gesicht zuwandte, mit weit aufgerissenen Augen und offenem Mund. Das Gesinde in den zerschlissenen Kleidern lugte in ihre Richtung, aber als weiter nichts Aufsehenerregendes geschah, folgten sie wieder ihrem Takt.

»Verzeiht, meine edle Dame«, kam er ihr zuvor. »Eure Schönheit hat mich gebannt, und es gelang mir nicht, Euch auszuweichen. Sagt mir, wie ich mein Missgeschick ungeschehen machen kann.« Er wusste, wie sein Lächeln die Grübchen um seinen Mund offenbarte. Die Katze sprang aus seinen Armen und blickte auf ihn herab.

Ihre Augen maßen ihn, wie ein erfahrener Krämer die Ware, die ihm zum Kauf angeboten wird. »Ihr scheint mir neu zu sein am Hofe«, stellte sie fest, und ihr kurzes Lächeln war wie ein Dezemberwind, er den eigenartigen Ausdruck auf ihrer Miene sogleich davontrug.

Er klammerte sich an sein Schweigen und eine weitere kleine Verbeugung und grübelte. Es war keine Frage, es klang, als wolle sie ihn prüfen. Er erinnerte sich nicht, ihr schon früher begegnet zu sein. Unruhe schob sich ihm unter die Haut.

»Besitzt Ihr auch ein anderes Hemd?«

Hans Wangen glühten und sein Blick flog an sich hinab. Er stopfte sein Hemd hinten mit beiden Händen in die Hose und streifte es glatt. Die Grübchen in seinem Gesicht waren verschwunden, auch wenn das Lächeln noch darin klebte. »Nicht nur eines«, gab er zurück. Seine Augen flohen zu einem Punkt rechts oben am Arkadengang, bevor sie die Hofdame wieder fixierten und ihren Blick auffingen.

Weder ihr Schweigen wusste er zu deuten, noch welche Überlegung ihre Miene zeichneten.

Sie bemerkte sein Mustern und zauberte ein Lächeln hervor. »Was haltet Ihr davon, mich heute beim abendlichen Mahl als Eure Tischdame zu unterhalten«, schlug sie einen Moment später vor. »Nachdem Ihr Euch mir vorgestellt habt?« Die Hofdame trat einen Schritt zurück. »Und Euch umgekleidet habt«, ergänzte sie.

Hans verbeugte sich vor ihr, räusperte sich. Er zögerte. »Wollt Ihr mir nicht verraten, wer Ihr seid?«, fragte er. In seinem Kopf überschlugen sich die Gedanken. *Welchen Namen nenne ich? Meinen? Oder besser einen falschen Namen? Was geschieht, wenn ich bei einem gemeinsamen Mahl dem Herzog begegne?*

Die Wolken zogen näher, ihre Stimme glich ersten Regentropfen. »Ich meine es ziemt sich, Euren Namen zuerst zu erfahren.«

»Ja, ich denke, Ihr habt recht«, entgegnete er und verbeugte sich noch einmal. »Hans von Eurasburg, mein Name. Zu Euren Diensten.« Er blickte in ihre grünen Augen. Wartend. Prüfend. Er stutzte, nichts geschah. Die Schleier am Horizont verzogen sich. »Gehört Ihr den Damen der Herzogin erst seit kurzem an?«

»Oh, das werde ich Euch des Abends erzählen, Ihr werdet schon sehen«, säuselte sie und veranlasste seine Augenbraue, nach oben zu wandern. Sie hielt ihm ihre Hand hin. Mit seinem Kuss zahlte er für ihren Namen. »Cäcilia.« Sie räusperte sich und fuhr fort, als er ihr wieder in die Augen sah. »Zu meinem Bedauern ist es ein Essen ohne den Herzog und seine Hohe Gemahlin.«

»Es wird mir eine Ehre sein, Euch zu begleiten.« Zum Abschied grüßte er sie noch einmal. Einem wachsamen Beobachter wäre aufgefallen, dass ihr Name ihm ein kleines Zucken sandte, dass seine Verbeugung deutlich weniger tief ausfiel als zuvor. Nach ein paar Schritten schielte er zurück. »Ihr seid also jene Cäcilia.« Gier blitzte auf seiner Miene, seine Zunge fuhr über die Lippen.

✝

CÄCILIA †Kapitel 12

BURG FRIEDBERG, MITTE MÄRZ 1268

Noch eine Weile folgte Cäcilias Blick dem Mann mit dem jungenhaften Gesicht auf seinem Marsch zu den Stallungen. Eine Katze schoss aus dem Gesindehaus und verfehlte knapp den Tritt seiner Füße, er zögerte und blickte dem Tier hinterher. Ein Bäckersbursche kreuzte seinen Weg, den er samt dessen Wagenbrett dampfender Brote zum Wanken brachte. Im letzten Moment glitt er unter dem Brett hinweg und verschwand.

»Hans von Eurasburg, so begegnen wir uns also.« Eine Böe raschelte mit dem Efeu zwischen den Arkadengängen und übertönte ihr Flüstern. »Ich verstehe, weshalb den Damen ein Spaziergang im Mondschein mit Euch nicht genügt, und nun sehe ich auch den Grund, weshalb sie euch verfluchen, wenn ihr dieser Mondscheinnacht überdrüssig werdet, und lieber neue Sterne sucht.« Sie schüttelte kaum merklich den Kopf und richtete ihr Kleid. »Wir werden sehen, wie viele Sterne ich euch zeigen kann – wie viele mehr als die anderen Damen.«

Ein kurzer Wink. Drei ihrer Dienstboten erschienen. Sie deutete kurz auf die Pforten in der Torhalle, dann entsandte sie jeden von ihnen. Sie selbst wandte sich um und ging in den leeren Arkadengängen zurück in die Richtung, aus der sie gekommen war.

Die Faust des Hauptmanns der Wache donnerte gegen die Tür zum Ratssaal. Sie hievte ihre Mundwinkel nach oben, streute Zucker in die Melodie ihrer Worte und erwiderte das Lächeln des Ritters vor der Tür. Sie maskierte ihre Miene mit Dankbarkeit über seine Schmeicheleien, und Ihr gelang stets rechtzeitig, Ihre Aufmerksamkeit von der Holzmaserung der Tür zu ihm zu wenden und seine Fragen wahrzunehmen. Mit jeder ihrer

Antworten schwoll seine Brust ein Stückchen breiter, bis schließlich ihre Geduld floh. Wenige Worte erinnerten ihn seiner Pflicht. Er schnellte um seine Achse und pochte erneut gegen das Holz. Diesmal fand seine Hand den Türgriff sofort, den Abschiedsgruß suchte er einen Augenblick, ein Grinsen und ein Seufzen länger.

Kein Rascheln, kein Horchen, kein leises Hereinstehlen. Ihr Blick flog zum Wandteppich und weiter. Der Herzog stand gebeugt über ein Dutzend Papieren, und sie runzelte die Stirn, weil sie mehr zu ihm aufsehen musste, als sie gewohnt war. Fünf weitere Schritte änderten das beinahe, ehe sie sich wie ein Turmfalke im Fokus eines Habichts fand und innehielt.

Ludwig runzelte die Stirn. Er brummte und heftete seine Aufmerksamkeit wieder auf die Papiere. »Was will Anna?«

Cäcilia nickte. »Eure Hohe Gemahlin lässt Euch mitteilen, dass sie wünscht, der Messe im Augsburger Dom beizuwohnen. Und sie wünscht dabei Eure Gesellschaft, ehe sie die Stoffhändler aufsucht.«

Er verdrehte die Augen. »Diese Nachricht zu überbringen, sendet Anna Euch, Cäcilia?«

Sie zuckte mit den Schultern. »Die übrigen Hofdamen sind mit Stickarbeiten zugange. Bei diesen Arbeiten bin ich entbehrlich. Meine Talente liegen anderswo.« Sie suchte seinen Blick. »Wie Ihr wisst.«

Ludwig richtete sich auf und stemmte die Hände in die Hüften. »Was …«

Das Pochen unterbrach seine Worte weniger, als die Tür, die aufgerissen wurde und gegen die Wand knallte. Der alte Kämmerer erschien bereits neben Ludwig, als seine Schritte noch im Raum hallten. Sein Buch beanspruchte den Tisch. Für Cäcilia hatte er ein halbes Nicken übrig unter hochgezogenen Augenbrauen, bis er ihre Anwesenheit vergaß dank der lächelnden Leere ihrer Maske. Sie glitt zum Rand des Podests, lauschte unbeachtet.

»Ludwig, auf ein Wort!« Papier stob auf, der Buchdeckel knallte auf den Tisch und begrub unter seinem Gewicht die Blätter, die zu fliehen versuchten.

»Barthel.« Die Hand des Herzogs zeichnete die

Erlaubnis in die Luft, seine Augen flogen über die Einträge.

»Wollt Ihr ein Lob für die fehlerfreien Aufzeichnungen?« Ludwigs Finger trommelten auf den Holzplanken des Tisches.

»Ulrichs Hauptmann erreichte gestern die Burg. Er forderte die zusätzlichen Waffenträger sofort an.«

»Er hat was?« Das Trommeln endete.

»Dem Befehl zum Aufbruch folgten Eure Männer in den Morgenstunden.« Barthel blieb vor dem Herzog stehen und sah in an. »Ich gab die Anweisung.«

»Ihr habt was?«

Sie hörte den Herzog schnauben. Seine Halsader trat hervor, Rot flammten seine Wangen. Die Miene des Kämmerers änderte sich nicht einen Hauch. Cäcilia wagte nicht, sich zu bewegen.

»Ihr kanntet meine Verfügung.« Der Herzog knurrte und richtete sich auf. »Und Ihr habt sie missachtet.« Er blickte zurück auf die beschriebenen Seiten und kniff die Augen zusammen. »Und dann platzt Ihr hier herein und legt mir Euer Haushaltsbuch hin.« Das Trommeln wurde wieder lauter. »Was zur Hölle wollt Ihr, Kämmerer?«

»Gestern war es. Ein Raub in der Grafschaft Mering«, begann er.

»Überfälle gab es zu jeder Zeit.« Ludwig wiegelte ab.

»Nicht so«, brummte Barthel. »Nicht auf diese Art. Ein ganzes Quartal an Pacht für ein gesamtes Dorf ist dahin. Und diesmal hat er gemordet. Der Hundesohn.« Der Alte räusperte sich. »Dieser Raubritter. Zwei aus der Ansiedlung zwischen Friedberg und Mering. Er schreckt vor nichts mehr zurück.«

Cäcilias Augen wurden groß. Sie runzelte die Stirn und sog die Luft hörbar ein. »Was wollt Ihr damit sagen?«

»Weib!«

Das Knurren des Wittelsbachers genügte. Barthel kniff die Augen zusammen und schoss mit schiefgezogenen Mund seinen Blick gegen sie. Sie biss sich auf die Lippen, senkte ihr Haupt und die Lider, und unter dem Flügelschlag ihrer Wimpern beobachtete sie den Herzog und den Kämmerer.

105

»Zuvor war es nur das Geld, jetzt reißt er ihre Leben wie ein tollwütiger Hund.« Der Alte richtete seine Schultern, wartete. Der Stoff des Hemdes wogte an den Ärmeln, die mit fein gesticktem Saum an den Handgelenken abschlossen. Seine Augen verschwanden beinah unter den Falten seiner Stirn.

»Es waren deutlich mehr Übergriffe in den letzten Wochen.« Der Kämmerer umklammerte das Buch. »Mehr und mehr. Ihr müsst etwas …«

»Schweigt.« Ludwig brummte, er stemmte die Hände in die Hüften und kratzte sich am Bart. »Mein Herzogtum ist nicht das einzige, in dem Räuber ihr Unwesen treiben und dieser Raubritter ist nicht der einzige Dieb in meinem Herzogtum. Ich erkenne nicht, worauf ihr hinauswollt.«

»Er ist weit mehr als ein Dieb.« Der Kämmerer schüttelte den Kopf. »In den anderen Gebieten mag es andere Räuber geben. Und jedem einzelnen dieser Tunichtgute sollten wir das Handwerk legen. Bedenkt, Herr: Euer Volk fühlt sich in Gefahr, es fühlt sich nicht von Euch geschützt, gleichzeitig soll es mehr zahlen. Das schürt Unfrieden.« Der Altgediente stand wie ein Fels im Fluss seiner Worte.

Cäcilia las in der Miene des Herzogs, wie seine Überlegungen an ihm rissen. Ludwig wanderte auf dem Podest auf und ab. Seine Stirn lag in Falten, die Adern am Hals traten nicht mehr hervor. Vor Barthel hielt er wieder inne. »Wisst Ihr mehr darüber? Haben wir eine Spur zu diesem Raubritter?«

»Die Reisenden erzählen in den Tavernen von ihm. Sie beschreiben einen großen Kerl, schlank, stets ist sein Gesicht mit Matsch verschmiert. Sie dichten ihm eine Glatze ebenso an wie eine wallende Mähne, selten dunkelhaarig, meist blond, und er gebare sich wie einer, der was Besseres sei. Sein wüster Helfershelfer strotzt vor Dreck und Gestank und gibt nur Grunzlaute von sich. In den Tavernen der Stadt gehen die Worte, in Augsburg und selbst in Friedberg in gleicher Weise. Die Reisenden tragen die Gerüchte zu den Wirtshäusern hinein, denn die meiste Zeit ist dies die einzige Münze, die ihnen bleibt. Die Beutel mit ihren Talern hängen am Schwert dieses Räubers.

Und er hat es nur auf Münzen abgesehen.« Barthel verdrehte seine Hand in der Luft. »Was er ihnen lässt? Schmuck und Stoffe, Leben – bislang jedenfalls.«

»Wo überfällt er die Reisenden?«

»Reisende und Leutvolk auf den Wegen, Händler und einfache Bauern am Rande der Dörfer.«

»Wo?«

Barthel trat einen Schritt zurück. Sein Haupt neigte sich. »Wo?« Er blinzelte.

»In welchen Gebieten wildert er am häufigsten?«

»Ihr wisst, wo.« Der Kämmerer stemmte die Hände in die Hüften. »Für den Meringer sind es achtzehn Mann aus Euren Reihen. Nicht ohne Grund hat Ulrich sie geholt«, erinnerte er. »Es sind die Gebiete, um Eure Burg in Friedberg und die um Mering in Richtung München, er nimmt sich auch die Ländereien im Norden – wenige, doch er weiß gut genug, wann es sich lohnt. Gelegentlich im Westen.«

»Wie viele Überfälle sind es in den Lehen des Welfen?«

»Mehr.« Barthel neigte das Haupt.

»Und er weiß, wo er zu sein hat«, stellte Ludwig fest. Unter seinen Schritten bebten die Dielen. »Der Dieb schlägt sein Messer in die Schilder meiner Vasallen. Ich sehe …«

»Ich habe kein gutes Gefühl dabei, mein Herr. Der Meringer fordert zu Recht mehr Waffenträger. Ich sage: Gebt sie ihm und setzt den Räuber fest, ehe noch Schlimmeres geschieht.«

»Ihr seid mein Kämmerer, nicht mein Ratgeber.«

Cäcilias Augenbraue zuckte nach oben, als der Herzog den Vogt nicht stärker zurechtwies. Das Profil Barthels blieb starr, der Wittelsbacher schnaubte.

»Gibt es noch etwas, Barthel?

Barthel klappte das Buch auf. Unter seinem Finger zitterte das Papier, jedem Tippen antwortete ein Rascheln. »Der Eurasburger hat gezahlt – mit zwei Tagen Verspätung«.

»Dieser Kieselstein, der sich eines Zufalls wegen daran erinnert, wo sein Pferd angebunden ist, hat heute also seine Pflicht erfüllt und gezahlt.«

»Ihr solltet ihn endgültig zurechtstutzen, diesen Taugenichts. Er stolziert herum wie ein Gockel und glaubt dabei auch noch, seiner Familie wäre Unrecht widerfahren.« Er verschränkte die Arme vor seiner Brust, blickte vom Buch zu Ludwig. »Nehmt ihm doch einfach gänzlich seine Burg, vielleicht macht das seinen Kopf klar.«

»Barthel.« Ludwig schmunzelte. »Ihr lasst Euch von so einem aufbringen?

Vergesst ihn, kümmert Euch besser um die Bücher.«

Barthel kniff die Augen zusammen, ebenso die Lippen. Er griff das schwarze Leder und nickte. Ein Rauschen blieb im Raum und der Laut, als die Tür ins Schloss fiel.

Der Herzog räusperte sich und trat einen Schritt zurück. »Cäcilia?«

Sie glitt zu den Krügen, mit Wasser, mit Wein. Bis zur Hälfte füllte sie den Becher mit rotem Traubensaft. »Vor zwölf Jahren ließet Ihr den Eurasburgern lediglich deren Burg – kaum genug, um Erträge zu erwirtschaften. Und nun schlendert er durch Eure Festung, liefert den Zins stets zu spät ab und trollt sich wieder.« Mit ihrem Finger wischte sie einen Tropfen von ihren Lippen. »Wofür ist dies gut?« Sie führte den Becher erneut an ihren Mund, und blickte ihn an.

»Wofür?« Er musterte sie von den Haarspitzen zum Rocksaum.

»Weshalb tut Ihr nicht, was Barthel vorschlägt und nehmt dem Eurasburger nicht einfach seinen Sitz und steckt in als Ritter bei Hofe in Euren Dienst – oder in Gottes Namen bei einem der anderen Eurer Verbündeten?« Sie beobachtete jedes Zucken in seiner Miene und bohrte die Spitze ihrer Neugier weiter. »Ein derart armseliger Vasall mehrt weder Euren Ruhm noch ist er Euch von Nutzen und mit seinen Verspätungen tanzt er Euch auf der Nase herum.«

»Ich habe meine Gründe.« An ihr vorbei griff der Herzog nach seinem eigenen Becher. »Weshalb interessiert Euch dieser Kieselstein?« Der Schwung seiner Bewegung stellte die feinen Härchen an ihren Armen auf.

»Die Damen reden über ihn.« Sie sah ihn seinen Becher mustern. »Als Gemahl ist er nicht zu gebrauchen.« Ihre Finger schwebten über ihre Lippen, die Reifen klimperten an ihrem Arm. Sie suchte Ludwigs Blick unter dem Kranz ihrer Wimpern. »Doch als Zeitvertreib scheint er wohl recht zu sein und gefällig in seinem Aussehen.« Ludwigs Wangen röteten sich. »Bis sie einen angemessenen Gatten gefunden haben, streiten sie sich um sein hübsches Gesicht und wer seine Aufmerksamkeit am längsten hält. Keine muss die Ehe mit ihm fürchten, im schlimmsten Fall droht ein wenig Herzeleid und zerkratzter Stolz, wenn er seiner neuen Favoritin länger im Netz zappelt als bei derjenigen zuvor.«

»Hofklatsch und Eitelkeiten.« Er winkte ab. »Solang er den Zins zahlt …«

Sie krallte sich in seinen Blick, bis er die Augen niederschlug. »Ihr tragt einen weiteren Namen, Ludwig. Weshalb nennt man Euch ’der Strenge’, und weshalb handelt Ihr nicht, wie es diesem Namen entspricht?«

»Was wollt Ihr denn?« Der Herzog donnerte seinen Becher auf den Tisch. »Fragt Barthel meinetwegen.« Er schnaubte. »Oder fragt ihn nicht. Tut, was Ihr wollt.« Seine Stimme erinnerte sie an das Rauschen in der Krone eines weit entfernten Baumes. »Nicht alles, was als Milde erscheint, ist Milde. Und es gibt Gründe, und diese braucht Ihr nicht zu wissen, Weib.« Ein Rest von Rotwein blieb in seinem Mundwinkel zurück.

»Wieso glaubt der Eurasburger, im geschähe Unrecht?«

»Herrgottnochmal, Weib! Was weiß denn ich über die Hirngespinste dieses Sohnes eines räudigen Hundes.

Findet es heraus oder findet einen anderen Zeitvertreib. Geht endlich! Ich habe Wichtigeres zu tun.«

VERLETZUNGEN †Kapitel 13

Ulrich beobachtete den Burschen halb aus dem Schatten, halb im Kerzenschein von der Seite des Lagers aus. Die dunklen Strähnen klebten sich an das bleiche Gesicht, die Züge erinnerten an die Rothaarige – vor einer Ewigkeit an diesem Brunnen in jenem Dorf, zur Unzeit im Wald. Siebzehn Winter mochte er zählen, achtzehn vielleicht; eingesunken in die Laken wirkte er wie ein Kind.

Gegen einen der Holzbalken gelehnt rieb Ulrich die Narbe auf seiner Stirn und hielt sich mit der anderen Hand an dem Langbogen fest. Irgendwo hinter ihm schabte Lennart, der treue Graubär mit seinen Füßen über den Boden.

Der Bursche schlug die Augen auf und blinzelte. Er stemmte sich gegen sein Lager. »Herr«, krächzte er.

»Bleib. Und halt dich ruhig!« Seine Hand auf der Schulter des Verletzten war genug. »Wie ist dein Name, Bursche?«

»Xaver«, murmelte er.

»Was war auf deinem Weg, Xaver? Erzähl, was geschehen ist.«

Hinten im Raum raschelte es. »Ulrich, Ihr seht, in welchem Zustand er ist«, tadelte eine Stimme. »Lass ihm seine Ruhe.« Sie drängte sich vor ihn und beugte sich über die Verbände, während sie die Strähnen ihres Grauhaars unter ihre Haube schob. »Hier ist ein Brief für dich. Grad ebens hat ein Bote ihn gebrucht, von weiter her.« Sie wedelte mit einem Papier vor seiner Nase.

»Theres!« Ulrich nahm das Schreiben entgegen und blickte von der Amme zum Burschen, zu dessen Schaufeln von Händen und wieder zu ihr zurück. Er schob sie zur Seite, doch sie ließ sich nicht aus der Ruhe bringen: Sie drängte sich mit ihren Ellbogen an ihm vorbei und setzte ihre Arbeit fort.

Trotz des Briefes in seiner Hand hob er sie hoch und setzte sie auf seiner anderen Seite ein paar Schritte entfernt ab. »Halt ein!« Er räusperte sich. »Ich muss es wissen. Zwei Tote sind es. Und wer einmal mordet, den hält nichts zurück.«

Theres sandte ihm einen eigenartigen Blick. »Der Bursche braucht Hilfe. Wann haben dich die Jahre so hart gemacht, Ulrich? Sind neunundzwanzig Jahre zu alt, als dass deine Amme dir nichts mehr zu sagen hat?« Sie seufzte.

Ulrich legte ihr seine Hände auf die Schultern und seine Mundwinkel hoben sich. Er drückte ihre Hand. »Du hast ja recht. Nur frage ich mich: Ist uns allen nicht mehr geholfen, wenn es gelingt, diesen tollwütigen Hund zu fassen?« Die Art, wie sie die Lippen zusammenpresste, war ihm Antwort genug. Er nickte, er seufzte und deutete auf den Burschen. »Theres, sag: Können wir ihn den von diesem Lager umbetten in eines der Zimmer der Burg? Wir haben es nicht gewagt, doch du kennst seine Verletzungen am besten – und auch seinen Zustand.«

»Er hält sich tapfer, doch für heute sollte er ruhig liegen«, antwortete die Amme. »Gescheiter ist's, du bettest ihn erst morgen um.« Sie nickte, und wieder löste sich eine Strähne ihres Haares. »Deine Fragen … stell sie heute wohl. Doch hab ein Einsehen mit ihm! Er hat nicht wenig durchgestanden.« Ihr erhobener Zeigefinger machte ihn schmunzeln, und ihr Schmunzeln umso mehr, als sie seinen Dank annahm. »Ach, Theres!« Und zum Burschen gewandt: »Berichte!«

Xaver stierte vor sich hin; er blinzelte und schluckte und wurde schier von seinem Lager verschlungen. Der Bursche befreite seine Hand aus den Decken, wischte den Schweiß von den Zügen; er zitterte. Die Augen huschten durch den Raum und fanden hinter Ulrich einen Punkt in der Ferne. Die Stimme schlingerte und rang um jedes einzelne Wort. »Zwei waren's. Gesichter haben sie ganz schwarz sich gemacht. Der eine war fest und kleiner als der Anführer, nicht mit ein Bauch, aber die Arme dick und den Kopf immer genickt. Und geredet hat er nichts, bloß grunzt mit schlimme Zähnen und böse Augen und borstiges, schwarzes Haar. Der andere …« Seine Fäuste krampften sich in die Laken, er schob sein Kiefer vor.

Ulrich sah den Kampf. Er sah auch den rötlichen Schimmer in den kurzen braunen Stoppeln auf seinem Kopf und er erinnerte sich, dass er den Burschen damals gemeinsam mit dem Mädchen am Brunnen gesehen hatte. Er rutschte in seinen Decken hin und her, seine Lider geschlossen. »Er war mit helle Haare, zusammenbunden, und Erde hat er darein geschmiert, aber nicht überall. Und sein Gesicht das war kein so gemeines Gesicht wie bei seinem Gehilfen. Das passte gar nicht, auch wenn es ein wenig voll war mit Dreck. Und größer war er, bald wie Ihr so beinah, und wie ein Buchenbaum mehr, dürr und hart, und da gestanden ist er, als wär er der Herr, dem alles gehört, und nicht ein Räuber.«

Ulrichs Augenbraue wanderte nach oben und beobachtete den Burschen noch genauer.

Der Zug um Xavers Mund wurde bitter, er senkte die Schutzschilde seiner Augenlider. »Und geredet hat er, als ob er was besser wär, mit solche Sätze und Wörter … Und wie er die Lina hat angefasst.« Das Laken zerriss. »Teufel. Teufeleins.« Xaver schluchzte die Finger in die Stofffetzen gekrallt. Doch als erinnerte er sich plötzlich wieder, wo er war, richtete er sich ein wenig auf. »Er hat gesagt«, begann er, »ich finde Euch, Meringer, in Eurer Burg. Und ich tilge das Versäumnis meines Vaters. Ich werde allen die Verderbtheit Eures Hauses zeigen. Was Euer Vater meiner Familie genommen hat, hole ich zurück. Und Eure Braut gehört mir.« Die Haut des Burschen hatte die Farbe eines Leichentuchs, und er zitterte, dass sich das Beben über das Laken fortsetzte. Die alte Amme tauchte neben der Bettstatt auf. Sie tätschelte die Wange und sagte irgendwas, und in diesen Xaver schien ein wenig Leben zurückzukehren. Sie schob den Patienten zurück zwischen die Kissen und flößte ihm dunklen, zähen Saft ein. Als der dritte Löffel geleert war und der Atem des Burschen wieder gleichmäßig ging, tauschte sie mit wenigen Handgriffen die Verbände, bei denen es erforderlich war.

Das Werkeln seiner Amme machte die Stille im Raum noch lauter, und die Gedanken beinahe hörbar, die in Ulrichs Kopf ratterten. In ihm rannten tausend Ameisenfüße und abertausend Überlegungen, wie er den Räuber finden sollte … könnte, müsste. In seinen Fingern, über seinen Rücken und ganz besonders hinter seinen Augen kribbelte die Unruhe wie neulich, als er die Spur an der *Paar* verloren gegeben hatte. Seine Faust ballte sich. So nahe war er diesem Tier gewesen und hatte es doch erneut verloren.

Ulrich blinzelte. Theres Gewand raschelte und störte sein Grübeln. Sie zog unter ihrer Schürze ein Büchlein hervor und kritzelte etwas hinein, dann beugte sie sich erneut über den Verwundeten. Im Nebel seiner Gedanken tauchte ein Schatten auf, ein Fingerzeig. Der Schatten eines Schmunzelns huschte über sein Gesicht. Er musste baldmöglichst nach Friedberg zurückkehren. Er musste Barthel sprechen, er musste dessen Bücher sichten, und er musste Antworten finden auf seine Fragen.

Theres trat einen Schritt zurück. Noch halb in Gedanken nahm er ihr Nicken wahr. Er ballte die Faust und stellte seine Überlegungen zurück. Er schritt auf den Burschen zu, legte diesem die Hand auf die Schulter und beugte sich hinab. »Wir fassen ihn, Xaver. Er erhält die Strafe dafür, was er deiner Schwester getan hat.« Er nickte dem Verletzten zu. »Hab Dank! Schlaf! Ruh dich aus! Meine gute Theres kümmert sich.«

»Vergelt's Gott, Herr«, stammelte der Bursche, den die Kissen und Decken nun bargen. Dessen Lidschlag hob sich schwer und schwerer und senkte sich wie Blei, bis er eingeschlafen war.

Er atmete Theres' Kräuterduft und spürte ihre Hand an seinem Arm und wunderte sich. Wie schaffte es dieses Weiblein, ihren Patienten in den Schlaf zu wiegen, und gleichzeitig ihn durch den Raum zu zerren, einem sperrigen Möbelstück gleich, bis er außerhalb der Reich – und Hörweite des Burschen stand.

Die Adern zeichneten blaue Flüsschen über ihre

Handrücken, die Knochen, Sehnen und Muskeln ließen den Falten keinen Platz, das eigentliche Alter der Amme zu verraten. Ihre Hände krabbelten unter die Schürze und kramten in den Taschen darunter, ihr Kopf drehte sich zwischen dem Schlafenden und ihm. »Dieser Räuber …«

Aus dem Hintergrund brummte die Stimme des Bären, der Raum bebte. »Verfluchter Mörder.«

Seine Amme zog eine weitere Mullbinde hervor, und er wünschte sich, dass man damit nicht nur die sichtbaren Wunden des Burschen verbinden könnte. »Und immer näher an der Burg. Es war doch immer alles sicher – unsere Wege. Und jetzt will er Eure Braut.« Sie murmelte ein kurzes Gebet. »Jetzt, wo endlich der Tag Eurer Hochzeit näherrückt. Der Tag, auf den wir alle schon so lange warten.«

Ulrich blinzelte. »Ihr«, versetzte er, und bedauerte es sogleich. Er biss sich auf die Zunge. Theres Augen wurden groß und Enttäuschung überschattete ihre Miene, um im nächsten Moment von so etwas wie Mitleid abgelöst zu werden. Ihre Hand fasste seine. »Du kannst versuchen, dein Herz zu verschließen. Du kannst eine Mauer um dich ziehen. Du kannst versuchen den Schmerz zu vermeiden.« Sie zog an seiner Hand, bis er ihr in die Augen sah. »Doch nur für einen Moment alles zu wagen und die Liebe für einen Lidschlag zu erfahren, ist das, was dein Herz und deine Seele lebendig macht. Alle Pein wiegt es auf.«

Er senkte das Haupt. Für einen Moment hörte er das Pochen in seiner Brust lauter als alles andere; der Schmerz in seinem Inneren flammte auf. Er schluckte. Ulrich drängte die Bilder in seinem Kopf zurück; all die Menschen, die er verloren hatte. »Mein Herz und meine Seele? Hat der Tod sie nicht längst davongerissen? Habe ich nicht bereits jene verraten, die ich zu Grabe getragen habe? Ich lebe einfach weiter, doch dorthin wo mein Schatten fällt, zieht der Tod seine Schneise und straft jeden, der mir nahe ist.«

Ein dumpfer Schlag erschütterte die Wand hinter ihm. Der Graubart räusperte sich. Ulrich konnte dessen Blick auf sich spüren, ebenso wie er die Missbilligung seiner Amme für seine Worte sah. Den Mund kniff sie zusammen, die Stirn runzelte sie und tadelte ihn mit ihrem Kopfschütteln heute wie schon damals, als seine Streiche ans Licht gekommen waren.

Theres stach ihren Finger in Richtung seines Wamses. »Vergiss das Schreiben nicht!« Ulrich schob sein Kinn nach vorne, sie spießte ihren Blick in ihn. »Und vor allem: Vergiss nicht deine Braut.«

Er nickte. Er gönnte sich einen leisen Fluch. »Sie wird nicht in seine Hände fallen. Und wenn es das Letzte ist, das mir zu tun bleibt. Das wird nicht geschehen.« Einen Augenblick verharrte er noch, rieb sich die Stirn und nickte Lennart zu. Bevor er seinem Jäger folgte, wandte er sich an Theres. »Achte auf ihn!« Er drückte ihre Hand. Im Gehen brach er das Siegel. Hardenberg. Er entfaltete die Seiten und begann zu lesen. Die Tür zum Lager fiel hinter ihm ins Schloss, und schon zerrte der Märzwind am Papier, kaum dass ihm die ersten Worte unter die Augen kamen. Er stutzte und zog die Brauen nach oben, gleich darauf schmunzelte er, und wenn auch widerwillig, so hielt er doch inne und faltete das Schreiben wieder zusammen. Seinen Jäger ließ er ziehen und lenkte seine Schritte auf einen anderen Weg. Er schnappte seinen Überwurf und fand schließlich im Burggarten Ruhe.

Auf dem Mäuerchen des Gartens umgeben von Gebüsch und Pflanzen im Winterschlaf begann er erneut zu lesen. Seine Augen folgten den Linien, die ihre Hand zu Buchstaben verwandelt und zu Worten geknüpft hatte. Ihre Brüder hatten ihm erzählt, Agnes sei des Schreibens mächtig. Ihm gefiel der Gedanke, dass sie selbst die Feder über das Papier geführt hatte. Der Schwung ihrer Schrift zeichnete ein Bild und entzündete die Idee eines Lächelns in seinen Mundwinkeln.

Ulrich:

Wie ich meine Worte an Euch richten soll? Ich weiß es nicht. Noch sind wir uns nicht begegnet, unsere Schritte tragen uns auf Wegen, getrennt durch Lande, getrennt durch unsere bisherigen Leben.

Und ich weiß, dass mein Haus dem Namen und dem Stand Eures Hauses nicht ebenbürtig ist.

Euren Weg verdunkelte zum Ende des vergangenen Jahres nicht nur der Winter. Der Tod raubte Eure Gemahlin. Und nun bleibt Euch kaum genug Zeit, diesen Verlust zu betrauern.

Er hielt inne und kniff die Augen ein wenig zusammen. Sein Blick schweifte über die Kahlheit des Gärtchens zum Horizont, und seine Gedanken flogen davon. Unter den Fingerkuppen spürte er, wo sich die Tinte auf dem Papier erhob. Er las die restlichen Zeilen ihres Briefes und ein kleines Licht wärmte seine Brust. Ihm schien, sie erriet seine Gedanken. War so etwas möglich? Er schüttelte die Überlegung ab. Wohin sollte dies auch letztlich führen? Es hatte Menschen an seiner Seite gegeben und in seinem Herzen, sie hatten versprochen bei ihm zu sein und ihn zu begleiten. Und am Ende waren sie tot und er blieb allein zurück. Kälte sandte einen Luftzug in seinen Nacken und machte ihn frösteln.

Noch eine Weile hing er den Linien ihrer Handschrift nach, die sich an Kanten einzelner Buchstaben brachen, um darüber hinwegzufließen und ihn mitzureißen. Ein weiteres Mal fuhren seine Finger über jede Zeile. Dann legte er die Kanten des Papiers aufeinander, wie sie zuvor gefaltet waren. Ulrich schob den Brief in sein Hemd, auf die Seite nahe seinem Herzen. Er schüttelte den Kopf und fuhr sich übers Gesicht und wünschte, es bliebe Zeit, ihr zu antworten. Doch ihm schien Zeit war sein größter Feind.

Hans †Kapitel 14

Burg Friedberg, Mitte März 1268

Ein Ritter mit glattem Bart am Rande der Bank schlürfte aus seiner Suppenschale, spießte einen Dolch in das Brot vor Hans und zog den Laib zu sich. Mehr Rauch als Wärme waberte aus dem Kamin über die gedeckte Tafel, nebelte das Gewirr aus Stimmen und feinen Gewandungen ein.

Löffel tauchten und kratzten in den Suppenschalen, Köpfe wandten sich einander zu, Neuigkeiten und Tratsch würzten den ersten Gang des Mahls. Hans stellte seinen Becher zum Auffüllen bereit und riss ein Stück Brot ab, drückte es gegen den Rest in seiner Schüssel und verschlang es. Der Becher wurde gefüllt. Ein Weintropfen landete auf dem neuen Hemd. Seine Rechte versetzte dem Mundschenk einen Schlag gegen das Knie, seine Linke quetschte unter seiner neuen Cotta den beinahe leeren Beutel aus außergewöhnlich feinem Leder. Er schwemmte einen Fluch mit einem Schluck Rotwein seine Kehle hinab, als er an die Münzen dachte, die heute Nachmittag über den Tresen des Krämers gewandert waren.

Seine Blicke huschten zu den anderen Gästen am Tisch und durch den Raum. Er wünschte, er könnte ihre Windungen und Drehungen alle gleichzeitig beobachten, jedes Wort hören – jedem Tanzschritt im Tanz ihrer Unterhaltungen folgen. Er wünschte, er könnte Teil davon sein, nicht nur außen vor.

Hans prostete den beiden Damen ihm gegenüber zu. In seiner Erinnerung fühlte sich deren Haut glatt und kühl an und die Lippen heiß, Küsse auf die beiden Muttermale neben dem Bauchnabel hatten die Dunkelhaarige zum Kichern gebracht kurz vor Weihnachten. Die Stimme der Brünetten war leiser, dunkler, manchmal war sie rau. Sie lachte selten und sie brauchte wenig Schlaf. Seit Januar blieben die beiden ihm gegenüber stumm. Ihre Mienen vereisten, ihre Augen verbrannten erst ihn mit Höllenfeuer, dann glitt der Blick weiter zu Cäcilia. Sie bemerkte nichts davon.

»Wie großartig, dass der Herzog seine neueste Burg mit diesem Fest ehrt. Ist es nicht so?« Er hob seinen Becher und entblößte seine Zähne. Die Damen blickten zur Seite, die Herren machten sich nicht erst die Mühe, den Kopf zu heben. Niemand antwortete, abgesehen von Cäcilia.

Er rieb seine Stirn, die Umrisse und Gesichtszüge des Ritters gegenüber und die der Hofdamen verschwammen und verwandelten sich. Eine Erinnerung trieb ihn von der Tafel in Ludwigs Burg zu einer ganz anderen Tafel, einem ganz anderen Mahl vor langer Zeit.

Hans erinnerte sich nicht mehr an die Frage, die er gestellt hatte, nur daran, wie der Vater den Becher ein weiteres Mal geleert hatte, wie der Schrei seiner Mutter klang und der Tonbecher, der gegen seinen Kopf knallte, und die Scham, die in seinen Wangen brannte, als ihn die Kinder für seine Wunde auslachten.

Gekicher brachte seine Gedanken zurück. Cäcilia schwenkte ihren Kelch in seine Richtung und ihre Mundwinkel wanderten bis zu ihren Ohren. Ihr Trinkspruch ließ den Herzog hochleben und die Anwesenden die Becher heben. Einige der Blicke wären imstande, den Wein in brodelnden Würzwein zu verwandeln. Er verschluckte sich, setzte ein Lächeln in sein Gesicht. Die Klinge tief ins Brett gerammt, schwang ein Messer hin und her. Er kehrte die Brotkrumen von seinem Brett.

»Brot!« Er winkte einem der Küchenjungen, dann einem anderen und einem dritten. Seine Tischdame hob die Hand, und ein Korb mit würzig duftenden Scheiben war auf dem Tisch. Hitze glühte Hans in den Wangen und in seinem Blut. Er biss die Zähne zusammen.

Cäcilias Finger spielten mit den Stickereien an ihrem Ausschnitt. Sie heftete ihren Blick auf ihn und schob Sätze in seine Richtung. Die letzten Silben ihrer Worte verirrten sich auf dem Weg zu den Lippen. Er wünschte, die Stimme seiner Tischdame wäre weniger laut, er wünschte, ihre

Worte würden die Gespräche der Nachbarn weit weniger übermalen. Nur sein Blick blieb immer wieder an ihren Lippen hängen und an der hellen Haut.

Die Tür schwang auf. Knechte und Mägde schleppten Platten herein, die Gerüche und Gewürze schleiften sie hinter sich her. Hans gönnte sich einen tiefen Atemzug. Feuer und Salz. Sein Messer fuhr durch Haut, trennte Fleisch von Gräten, schneller als bei den anderen am Tisch. Sein Magen knurrte nicht laut genug, um die Stimme seiner Tischdame zu übertönen. Er gähnte. Cäcilia vermisste die Winterabende und die Berge in Tirol, die sie im Gefolge von Herzogin Annas Schwester gesehen hatte.

Hans Finger kneteten Falten in den braunen Stoff seiner Cotta. Er zog seine Lippen in die Breite und nickte nach jedem ihrer Sätze, bis sie die Damen gegenüber mit ihren Erzählungen quälten.

Ihr Gekicher schreckte ihn auf. »Nein, aber nein, Dame Brigitta«, hörte er das zähe Rinnsaal ihrer Worte. Ihre Zunge plagte sich an den Silben. »In Tirol lässt man die Türen zu den Schlafgemächern doch nachts nicht einfach offenstehen. Wo habt Ihr das nur her?«, gluckste sie. Die Angesprochene stieß mit dem Arm ihre Nachbarin an, beide zwinkerten sich zu und schüttelten die Köpfe. Hans widmete seine Aufmerksamkeit den Krümeln auf dem Tisch.

»Und wenn dem so wäre, so sind offene Türen das beste Blendwerk. Den tödlichen Abgrund erwartet man dort ebenso wenig wie das Wissen um dunkle Geheimnisse …« Das Flüstern war kaum lauter als das Prasseln des Kaminfeuers.

Sein Kopf ruckte zu ihr. Ihre Augen glühten wie zwei Kohlen in einer Feuerschale. Der Küchenjunge knallte neben ihr einen Korb Brot auf die Holzplanken. Das Glühen erlosch.

»Und Ihr, mein Ritter, habe ich Euch schon berichtet, wem ich bisher diente?« Ihr Blick flackerte, ohne zur Ruhe zu kommen.

Hans stützte sein Kinn mit seiner Hand und seinen Ellbogen gegen den Tisch. »Nur ein, zwei Mal, meine

Teuerste. Aber wiederholt es gerne, falls es Euch dann selbst besser im Gedächtnis bleibt.«

Ihre Wimpern senkten sich wie Vorhänge über einem Bett, und ihre Hand flatterte vor ihrem Mund. Ein Finger glitt über jeden Zoll Rot zu der Borte ihres Ausschnitts, auf dessen weiße Haut der Schatten seines Umrisses fiel. Hans spürte ein Kribbeln in seinem Nacken, als würde er beobachtet. Das Schweigen an seinem Tisch war ebenso laut wie die Gespräche der Nebentische, bis er reihum jedem ein Lächeln schenkte.

Cäcilia griff nach seinem Weinbecher, leerte ihn und neigte sich vor. »Der Abend ist zu Ende.«

Schwankend erhob sie sich von der Bank, fand zur Tür hinaus in den Flur, wartete und griff seinen Arm. Durch die Talglichter in den Halterungen zitterte das Schattenspiel ihrer Bewegungen durch den Gang.

»Wohin?« Die Steinwände warfen seine Stimme zurück.

»Was ist dies für eine Melodie, die Ihr hier summt?« Sie kicherte.

Er räusperte sich. »Nichts.«

»Nichts?« Ihre Zunge zog an dem Wort, sie selbst an seinem Arm.

Er räusperte sich. »Ihr habt Euch verhört. Es ist nichts.«

»Ich höre die Melodie. Fremd und doch vertraut. Sie klingt schön.« Ihre Schritte wurden langsamer. »Das ist nicht nichts, und es kommt von hier, nicht von draußen.«

»Wo liegt Eure Kammer? Welchem Weg folgen wir?« Er wandte sich im Gehen zu ihr.

»Das Lied?« Cäcilia richtete sich starr geradeaus, ihre Haltung war, als würde ein Faden sie an die Decke nach oben ziehen.

»Der Weg?«

Er hörte einen Laut, wie ein Zischen, dann ein Seufzen. An seinem Arm spürte er ihren Kopf. Sie flüsterte. »Dort vorne rechts, dann ein weiteres Mal rechts, dann links und dann eine der Türen. Das Lied?«

Er zählte ihre Wimpern und jedes Fältchen, das sich um ihre Lippen kräuselte. »Nur ein Lied, das meine Mutter mich lehrte vor langer Zeit.« Seine Mundwinkel zuckten.

»Nicht der Rede wert.«

Ihre Miene bewegte sich wie ein See unter dem Hauch des Windes, und wie eine schläfrige Katze schmiegte die Hofdame sich an ihn. »Nun, mein edler Ritter, Ihr wisst: Ihr müsst mich auf dem Weg zu meinen Räumen beschützen, damit mir niemand ein Leid zufügt.« Er spürte ihre Wärme durch den Stoff seines Hemdes. »Damit ich nicht stolpere und unsanft falle.«

»Was ist, wenn ich es bin, der zur Gefahr für Euch wird?« Seine Finger streiften über die Haut ihrer Schulter.

»Ihr seid doch ein …«, sie saugte hörbar an ihrer Zunge, als würde sie nach dem Wort suchen, »… Ritter, nicht wahr? Und ein paar der Damen scheinen bereits Eure Bekanntschaft gemacht zu haben.«

Er packte sie an den Schultern. »Cäcilia, was wollt Ihr von mir? Keine der Damen wechselt ein Wort mit mir in Gesellschaft anderer. Und Ihr schlendert allein mit mir durch die Festung in Richtung Eures Zimmers?«

Sie drehte sich aus seinem Griff und mit einer fließenden Bewegung gelangte sie außerhalb seiner Reichweite. Die Fackeln hinter ihr warfen verzerrte Schemen auf die Wände, der Gang um ihn schrumpfte. In ihrem Gesicht erkannte Hans nur die Augen, und ihn fröstelte.

Sie straffte ihren Rücken, streckte ihr Kinn nach oben und versengte ihn mit ihrem Blick. »Hans von Eurasburg.« Mit einem Satz war sie ihm so nahe, dass ihre Wärme seine Haut verglühte, zwei Gesten und die Gedanken steckten in den Windungen seines Hirns fest. Sein Körper reagierte. Sie funkelte ihn an. »Mag sein, dass ich wenig von Euch weiß. Doch ich lausche gerne Geschichten, besonders den Geschichten der Damen und denen der Krämer«, erklärte sie. »Mir ist gleichgültig, was man über Euch spricht, solange Ihr für mich keine Gefahr darstellt.« Sie löste ihren Zopf, und Welle um Welle fiel über ihre Schultern. Sie hob mit ihrer Hand sein Kinn, und seine Augen wanderten von ihrem Ausschnitt zu ihren Augen. »Ich bin noch nicht lange hier, und dennoch erfahre ich von Herzogin Anna mehr Gunst als die anderen. Sie sind beschäftigt mit ihrem Tratsch.«

»Glaubt Ihr, das ist von Bedeutung für mich?«, zischte er. »Wer Ihr seid, in wessen Gunst Ihr steht, und wer über Euch spricht?« Er baute sich vor ihr auf. »Glaubt Ihr, ich kann Euch nichts anhaben?«

Sie wich nicht zurück, sie zuckte nicht einmal. Als er sie an ihrer Hüfte packte und gegen die Wand des Flurs drückte, war das Ächzen, das ihr entwich, süßer als Harfenklänge für ihn. Das Blut in seinen Ohren begann wie Trommeln zu pochen, über seinen ganzen Körper breitete sich ein Pulsieren aus. Er presste sie fester gegen die Steine. Die Wärme ihres Körpers entflammte ihn, und ein weiteres Stöhnen war der Funke, der seine Mitte entzündete. Selbst ihre Haut roch nach Hitze, nach dem Rauch der Bienenwachskerzen, nach Rosen und etwas anderem. Sein Gesicht verweilte um Haaresbreite vor ihrem. Er spürte ihren Atem warm und keuchend an seinem Ohr. »Seid Ihr sicher, dass Ihr den richtigen Begleiter für diesen Abend gewählt habt?«, flüsterte er.

Sie reckte ihr Kinn empor und ihre Augen funkelten wie polierte Messerklingen. Er presste seinen Mund auf ihren, seinen Körper gegen sie, bemerkte, wie sie sich sperrte, nur um im nächsten Moment nachzugeben und ihre Lippen zu öffnen.

Sie schmeckte nach Wein. Fordernd erwiderte sie seinen Kuss. Er drängte sich näher, seine Hände wanderten an ihren Konturen hinab und erfühlten die feste Weichheit ihrer Formen.

Mit einem Mal tauchte sie unter seinen Armen hinweg und ließ ihn an der Wand zurück. Bevor sie sich weiter von ihm entfernte, bekam er ihre Hand zu fassen. »So einfach kommt Ihr nicht davon.«

Sie riss ihre Hand los und huschte den Gang entlang. Die Art, wie sie sich an der Ecke zu ihm drehte, war Zeichen genug.

Die Tür knallte erst hinter ihm ins Schloss.

Ihr Kleid glitt vom Bett zu Boden, seine Augen flogen über die Schneelandschaft ihres Körpers, hingen an der Dunkelheit zwischen ihren Schenkeln fest und an ihren Brüsten, seine Hände an den Kurven ihrer Hüfte, sein

Mund auf ihrem. Das Ziehen in seinen Lenden wurde zum Feuer in seinen Adern und in seiner Mitte war die Hitze am größten. Er drückte sie auf das Laken. Ihre Finger drängten seine Hand beiseite, lösten die Brouche. Er zwang ihre Hand gegen das Betttuch, erst sanft, dann fester. Ihre Hitze, drängte sich stärker gegen ihn. Ihren schimmernden Lippen gaben ihren Atem frei, und jeder weitere Zug klang lauter und tiefer aus ihrer Kehle. Ihr Arm bewegte sich kaum noch, an seinen Handballen spürte er ein fliehendes Pulsieren wie bei einem Hasen, der zwischen dem Wolf und der Felswand gefangen ist. Das Feuer in ihren Augen ließ ihn beinahe in ihr Inneres blicken, die Knospen ihrer Brüste drückten gegen seinen Oberkörper. Cäcilia biss mit ihren Zähnen auf leuchtendes Rot. Er packte ihren zweiten Arm, und ihr Köper versank tiefer im Laken. Ihr Keuchen wurde lauter in seinen Ohren.

Jedes einzelne seiner Haare stellte sich auf, als er den Lufthauch spürte . Ihre Arme kamen frei. Mit einem Schwung war es nun ihr Körper, der den Takt vorgab. In seinem Rücken spürte er das feine Leinen; seine Schultern gruben sich tiefer in die Matratze durch den Druck ihrer Hände. Ihre Konturen vor seinen Augen, ihr Gewicht auf seinen Schenkeln, zog er sie gegen seine Mitte. Der Vorhang ihres Haars fiel in sein Gesicht und über seine Gedanken. Mit beiden Händen zerrte er ihr Becken näher, spürte an den Oberschenkeln ihr Glühen. Sie stöhnte, versuchte, sich zu befreien, doch er brachte sie zurück aufs Laken, packte eine ihrer Hände und presste sie neben ihren Kopf. Noch gab er ihr Becken nicht frei. Erst als sie still lag, nahm er seine Hand fort, fuhr an ihrer Seite entlang nach oben und knetete ihre Brust.

Salziger Tau benetzte ihre Haut. Seine Zunge kreiste um ihre Knospen, sog daran, leckte den heißen Tau von ihrem Körper. Sie umfing ihn mit den Beinen, zog ihn näher, hob ihr Becken. Sein Biss in die empfindliche Haut ihrer Brüste lockte einen Laut aus ihrer Kehle, noch enger klammerten ihre Beine sich um ihn.

Mit einem Stoß drang er in sie. Ihr Atem streifte sein Ohr, ihr Stöhnen wurde sein Tempo. Ihre Nägel trieben

Furchen in seinen Rücken und süßen Schmerz durch seinen Körper. Seine Haut rieb sich an der blassen Seide ihrer Schenkel, mit jeder Bewegung drang seine Mitte tiefer und tiefer in ihre Hitze, ihre Feuchte. Die schlanken Glieder ihrer Schenkel, ihrer Arme umwanden ihn, er schmeckte ihren Duft, kostete die Würze und verlor sich darin. Ihre Körper pressten sich aneinander, Haut glitt über brennende Perlen von süßer Feuchtigkeit, entfachte sich mehr und mehr. Feuer pulsierte in seinen Adern, flammte zwischen ihnen, brannte unter seiner Haut in jeder Faser, bis die Hitze ihn vollkommen verschlang; bis nichts blieb als Duft und Sehnen und Brennen und Drängen, bis die Welle ihn überrollte und sich verlor in seinem Aufbäumen.

Eine der Kerzen verkündete zischend ihr Erlöschen und verströmte den rauchigen Hauch in ihrer Kammer. Ihr Körper wärmte ihn, ihre Hand glitt über die feuchte Hitze seines Rückens. Schlaf näherte sich mit warmen Küssen, und er glitt davon.

LUDWIG †Kapitel 15

BURG FRIEDBERG, MITTE MÄRZ 1268

Unter ihm breitete sich die Landschaft aus, vom Fuße des Turms bis zum Lech, bis zum Horizont, an dem sich Augsburgs Zinnen erhoben. Ludwig liebte diesen Ort, den höchsten seiner Burg Friedberg, der den Blick in fast alle Richtungen freigab. Hier fand er Ruhe. Kaum einer seiner Untertanen wagte sich hierher.

Sonnenstrahlen tanzten über die Felder, der Wind verjagte ihre schüchterne Wärme. Ludwig blinzelte gegen das Licht und reckte sein Gesicht in die Höhe. Der kalte Hauch betäubte ein wenig von diesem alten Schmerz, der seit zwölf Jahren kaum leichter wurde. Die Pein war ein Teil von ihm, wie Maria einst ein Teil von ihm gewesen war. Er wünschte, sie wäre hier. Sie würde an ihrem langen Blondzopf zupfen und ihn nicht aus den Augen oder ihren Fängen lassen, sie würde ihn mit ihren Fragen in die Enge treiben und gleichzeitig voran, und sie würde ihm das Gefühl geben, er selbst hätte die Lücken in seinen Plänen aufgedeckt. Der Schmerz setzte einen weiteren Stich in seine Brust. Ludwig scheuchte das Bild davon.

»Kreuzkruzifix.« Er hatte Entscheidungen zu treffen, und Anna, seine zweite Frau, war ihm keine Hilfe dabei. Ebenso wenig wie Cäcilia. Sie war klug, die Hofdame dachte wie ein Feldherr. Doch zu oft wanderte sie in den Schatten der Gänge und Zimmer und duckte sich vor seinem Blick, zu oft stieß sie einen seiner Männer vor den Kopf. Was ihm blieb, war die Meinung seiner Berater; allen voran jene dieses widerspenstigen Welfen, dem weder mit Drohungen beizukommen war, noch mit Zugeständnissen.

Ludwig fasste sich an die Brust und vernahm das vertraute Rascheln der Briefe. Er verzog seine Miene. Bislang war ihm mit dem Rat des Meringers gut gedient –

und das wussten auch die übrigen Ratgeber.

Ludwig schloss für einen Moment die Augen. Als er sie wieder aufschlug, sah er den einzelnen Reiter auf dem Silbergrauen auf dem Weg zu seiner Burg. Die schwarze Flagge eines Fellmantels wehte im Galopp. Kein Waffenträger begleitete ihn, noch nicht einmal dieser alte Jäger. Er ritt, als fürchte er weder Teufel noch Tod. Er ritt allein.

Ludwig schnaubte. Aufgestützt auf die Zinnen kühlte er seine Handflächen. Er konnte noch spüren, wo der grobe Stein behauen war, die Witterung hatte die Kanten noch nicht geschliffen. Die Burg war jung, wie die Herrschaft der Wittelsbacher jung war im Vergleich mit den Häusern der übrigen Adligen. Noch kein Jahrhundert hatte sein Haus in dieser Stellung überstanden. Noch kein Jahrhundert war vergangen, da die Wittelsbacher in den Diensten der Welfen gestanden hatten. Barbarossa, der Kaiser Friedrich, hatte die Welfen gestutzt. Der Staufer hatte Ulrichs Ahnen in den Staub getreten und ihnen das Herzogtum Bayern wieder entrissen.

Er starrte in die Ferne und rieb sich über die Stirn. Nun sollte ein Welfe ihm die Unterstützung der Gefolgsleute sichern, um den Letzen der Staufer auf den Königsthron heben.

Ludwigs Blick folgte dem Galopp, bis der Schatten der Burg den Reiter und seinen Hengst verschluckte. Ludwig fluchte. Er wandte der Landschaft den Rücken zu, halb gegen die Zinnen gelehnt. Lange würde er nicht warten müssen. Als er die Gänsehaut von seinen Armen zu reiben versuchte, fluchte er erneut.

Die Tür am Fuß der Treppen knarzte und sandte das Geräusch bis nach oben zu der Aussichtsplattform. Ludwig wandte sich zur Pforte und lauschte den Tritten. Zwei Stufen auf einmal. Die Tür schwang auf. Nach einem Gruß nahm der Welfe die Zinnen neben ihm ein.

»Was wollt Ihr«, bellte Ludwig zur Begrüßung. Die Arme vor der Brust verschränkt musterte er seinen Vasall. »Seid Ihr gekommen, mich milde zu stimmen?«

Der zögerte vor dem nächsten Schritt und kniff die

Augen zusammen. »Einen weiteren Tag verschenken konnte ich nicht. Zwei Morde, die Pacht geraubt«, zählte er auf. »Wie hättet Ihr entschieden?« Im Fluss der Worte tauchte er in eine Verbeugung, und kam mit der Hand auf den Zinnen neben Ludwig zu stehen.

Ludwig zog die Augenbrauen hoch. »Blut tränkt die Wege, das Blut Unschuldiger. Schlimm genug.

Ihr habt jedes Recht, die Männer zu fordern, Meringer.« Ludwig musterte seinen Vasallen. Mit dem unerwarteten Tod des Vaters vor fünf Jahren hatte Ulrich dessen Platz eingenommen. Wo der Alte ruhig und besonnen war, war der Junge flink. Er schoss seine Entscheidungen und seine Worte, als könne er sich von Ballast befreien, sobald er sie losließ. Seine Haltung war heute die eines Kriegers.

Ludwig sog Luft in seine Lungen. Er wusste, der Graf hatte richtig gehandelt. »Schlimm.« Er fuhr sich durch den Bart, er fühlte sich müde und zornig zugleich und jeden Satz musste er einzeln über seine Lippen schieben. »Ihr konntet nicht warten, bis ich die Männer zu Euch gesandt hätte. Das verstehe ich. Doch weshalb enthaltet Ihr mir die Gründe vor? Weshalb habt Ihr Eurem Boten, diesem Waffenträger, kein Schreiben zur Erklärung gegeben.«

»Jakob …« Ulrich räusperte sich. »Wir haben die Toten im Wald gefunden. Von dort sandte ich ihn direkt zu Euch. Womit hätte ich Schreiben sollen?« Sein Vasall warf eine Geste in die Luft. »Mit Blut – geschrieben auf die Mänteln der Toten?«

»Was?« Ludwig stemmte die Arme in die Hüften. »Herrgottnochmal! Weshalb, Ulrich? Weshalb liegt Euch so viel daran, meinen Zorn zu fordern?«

Der Edelmann stutzte, und der Blick flog über die Zinnen, über die Landschaft bis zum Horizont. »Ihr glaubt, das sei mein Begehr?« Die Stimme kam aus weiter Ferne. »Wir waren dem Mörder auf den Fersen, und er ist uns entwischt. Durch die Finger ist er mir geschlüpft, und ich habe zu wenig Männer, um allen Spuren zu folgen und die Wege zu sichern.« Ulrich schüttelte den Kopf. »Mein Herzog: Ich will diesen Bastard!« Der dunkelhaarige Graf hielt inne, er ballte die Faust. »Nach den Morden umso mehr.«

»Was hindert Euch, ihn zu fassen?«

Er hörte Ulrichs Schnauben. »Ich habe zu wenig Männer.« Der Meringer räusperte sich. »Ein Bursche überlebte den Überfall. Er überbrachte mir eine Botschaft«, berichtete Ulrich.

»Ihr hab einen Verdacht, wer hinter den Überfällen steckt?«

Der Berater blickte zur Seite, dann blickte er ihm direkt ins Gesicht. »Nicht mehr als eine sehr vage Vermutung.«

»Ihr seid nicht gewiss, Meringer?« Eine Pause schob sich zwischen sie. Ludwig drehte sich um und stützte sich auf die Zinnen. »Ihr stehlt mir meine Zeit.«

Er hörte Ulrichs Schritte auf den Planken des Turms und dessen Stimme in seinem Rücken. »Herzog, ich brauche noch einmal mehr Waffenträger. Ich will finden, wer und was dahinter steckt.«

»Herrgott, Ulrich, Ihr habt genug Männer.«

»Zu Eurem Fest sind mehr Reisende unterwegs auf mehr Wegen, meine Männer und Eure Verstärkung genügen dafür nicht. Und Agnes ist auf dem Weg von Hardenberg hierher. Sie soll keinen Schaden nehmen.«

»Der Retter der Jungfrau in Not«, mokierte er sich. Ludwig hob seinen Arm zur Seite und forderte weitere Worte von seinem Vasallen. »Sagt mir: Habt Ihr am Ende doch noch Euer Interesse an Eurer Braut entdeckt.«

Ulrich verdrehte die Augen und wischte sich eine Strähne aus der Stirn. »In die Hände dieses Mörders darf sie nicht geraten.«

Die Miene seines Vasallen irritierte ihn. Ein eigenartiger Ausdruck lag darauf, als würden seine Gedanken für einen Moment woanders sein. »Sagt, habt Ihr der Botschaft dieses Bauern entnommen, dass er der Räuber Eure Braut stehlen will?«

»Der Bursche reimt sich so etwas nicht zusammen.« Ulrich umfasste den Griff seines Schwertes. »Es gibt eine Spur, die zu dem Räuber führen könnte.«

»Ihr habt Hinweise, wer dahinter steckt?«

»Oder wo derjenige zu finden ist.« Der Meringer nickte.

»Sie führen in das Gebiet des Eurasburgers.«

Ludwig kniff die Augen zusammen. Er musterte jeden Zoll in der Miene seines Vasallen.

Ihm fiel etwas ein. »Diese Grafschaft grenzt an Eure, ein Teil der Ländereien ging bereits vor zwölf Jahren in den Besitz Eures Hauses. Es ist ein Stück Land, ein paar Weiler. Habt Ihr es darauf abgesehen, auch den Rest zu Eurem Land machen?«

Der Meringer legte die Stirn in Falten. »Das Land kümmert mich nicht. Was mit den Leuten darauf geschieht allerdings sehr wohl.«

»Lügt doch nicht! Der Habenichts ist Euch schon lange ein Dorn im Auge, und nun seht Ihr die Gelegenheit diesen zu entfernen«, folgerte Ludwig. »Ich soll mir die Finger für Euch beschmutzen, und Eure Länder vergrößern.«

Ulrich fuhr sich mit der Hand übers Gesicht und trat einen Schritt zurück. »Diese lächerlichen Ländereien sind mir gleichgültig. Für mich zählt, diesen Raubritter zu fassen.« Er reckte die Hand in seine Richtung. »Ich will ein Ende, ehe er noch weiter das Blut von Unschuldigen vergießt. Wenn der Eurasburger dem Räuber Schutz gewährt, dann müssen wir das beenden.«

Ludwig knurrte. Er drehte sich ab und stierte in die Landschaft. »Dieses Jüngelchen kann sich kaum auf seinem klapprigen Gerippe von einem Gaul halten. Und Ihr könnt Eure Lügen nicht gut genug verbergen. Ihr hungert nach Macht. Es käme Euch gelegen, wenn er gar der Raubritter wäre, nicht wahr?« Wieder und wieder schlug er seine Pranke auf die Zinnen. Nach einer Weile erinnerte er sich, dass der andere noch neben ihm stand. »Lasst mich allein, Mering.«

»Ihr glaubt mir nicht?« Er hörte, wie Ulrich die Luft durch die Zähne stieß. »Der Eurasburger ist längst kein Jüngelchen mehr. Vielleicht hättet Ihr damals dem Ganzen ein Ende machen sollen, vielleicht wäre uns besser gedient mit den Eurasburgern als einfache, landlose Ritter an einem weit entfernten Hof.«

»Erdreistet Euch nicht ...«, bellte er. »Ich habe richtig entschieden. Damals wie heute.« Ludwig stemmte die

Hände in die Hüften, dann wies er zur Tür. »Geht. Dieses Gespräch ist zu Ende.« Der Stein der Zinne schluckte den Schlag seiner Hand, doch nicht seinen Fluch. »Überlegt Euch gut, wie Ihr mir beim nächsten Mal unter die Augen kommt.«

Schritte entfernten sich. Ein kalter Windhauch fuhr ihm bis auf die Knochen. Die Hitze, die er eben noch verspürt hatte, war dahin.

Ludwig rieb den Rist seiner Nase. Der Räuberbaron beanspruchte die Herrschaft über die Wege in seinem Herzogtum, seine Männer und die Aufmerksamkeit seines Beraters. Wenn dieser Räuberbaron nicht gefasst würde, und die Kunde sich weitertrüge, dass ihm, dem mächtigen Herzog, dies nicht gelang …

Erneut schlug seine Hand gegen den Stein. Er brauchte einen Boten. Er brauchte Papier.

AGNES †Kapitel 16

HARDENBERG, MITTE MÄRZ 1268

»Euer Schwarzer hat bestimmt auch Hunger«, sagte Mathild und drehte sich wieder vom Fenster ab. »Euren Ausflug scheint noch keiner bemerkt zu haben.«

»Mein Gott. Ich habe ihn ganz vergessen.« Agnes schlug sich mit der Hand auf den Mund, nur um es bereits im nächsten Moment zu bereuen. Schmerz jagte ihren Arm hinauf, sie verzog ihre Miene.

Ihre Base konnte sich ein Glucksen nicht verkneifen. »Das ist wohl bereits die Strafe für Eure Vergesslichkeit in zweierlei Hinsicht.«

Sie streckte ihrer jungen Begleiterin grinsend die Zunge heraus. »Deine Strafe, meine Liebe, folgt auch gleich: Hildi, lauf zu den Stallburschen. Sie sollen ihn holen und versorgen.« Sie sann einen Moment nach. »Meine Eltern sind bestimmt schon beim Abendessen. Da wird es keinem auffallen, dass er von der kleinen Koppel kommt und nicht bei den anderen Pferden war.

Beeil dich und gib acht, dass du meinen Eltern nicht über den Weg läufst, oder meinen Brüdern.«

Mathild sah sie fragend an.

»Sie würden sicher fragen, weshalb du hinaus läufst und nicht zum gemeinsamen Abendmahl«, erklärte Agnes. »Und denk daran: Zurück musst du ebenso über die hintere Treppe hoch und dann erst über die vordere in den Speisesaal.

Verstehst du weshalb?« Die Ältere warf dem nickenden Mädchen einen prüfenden Blick zu. »Dann los!«, forderte Agnes. »Ich werde deine Verspätung erklären.«

An der obersten Stufe suchte Agnes die Sicherheit des Geländers. Das Holz glänzte von den vielen Händen, die es im Laufe der Jahre glattpoliert hatten. Die Standarte ihrer verbundenen Hand nach oben gestreckt wagte sie sich Stufe um Stufe nach unten, begleitet von den Flammen der Talglichter, die über die Sandsteinwände und die Anwesenden am alten Eichentisch im Speisesaal tanzten. Vermutlich waren Georg und Conrad die Ersten am Tisch gewesen, wie früher. Agnes hörte das tiefe Lachen ihrer Brüder und den Schalk in deren Geschichten, wenn sie vom Hofe Herzog Ludwigs berichteten.

Von seinem Platz am Kopf der Tafel befragte ihr Vater die beiden, als säßen dort statt der zwei Mannsbilder nur zwei Burschen, die Streiche ausgeheckt hatten und denen er auf die Schliche gekommen war. Das Lachen ihrer Mutter und ihre Hand auf seinem Arm unterbrachen ihn. Kurz darauf stimmte er selbst und auch die anderen am Tisch, Albert, der verwitwete Gutsverwalter, sowie Elsbeth und Clara, die alte Amme glucksend ein. Agnes selbst lachte mit, und ihr Lachen perlte vom Fuße der Treppe zum Tisch, bis Gräfin Adlhaydt sich erhob. Alle wandten sich der Treppe zu. Agnes zögerte. Sie warf Conrad einen Blick zu, er bemerkte ihn nicht. Die Talglichter, die hinter dem Rücken der Gräfin flackerten, machten es unmöglich die Miene ihrer Mutter zu deuten. Agnes Finger gruben sich in das Holzgeländer.

»Ach, Kind.« Die Mutter berührte ihre Wange und die unverletzte Hand und geleitete sie zu ihrem Platz.

Georg rutschte auf der Bank nach rechts, schüttelte den Kopf und zuckte mit den Schultern, die Handflächen nach oben gestreckt.

»Dem Umgang mit Nadel und Faden bist du nicht gewachsen, was, Schwesterchen? Vielleicht sollten unsere Eltern dich doch besser wieder aufs Pferd lassen«, neckte Conrad. Agnes zuckte kurz und sah ihre Eltern an, die sich ein paar Worte zuflüsterten und die Geschwister nicht beachteten. Im nächsten Moment schnitt sie dem Ältesten eine Grimasse und legte den Finger ihrer unverletzten Hand auf ihre Lippen. Mit einem Zwinkern antwortete er.

Georg, der Mittlere, drehte sich noch einmal zur Treppe, dann seiner Schwester zu. »Fehlt da nicht jemand? Diese Kleine, die immer hinter dir her stolpert? Wie heißt sie noch?«

Agnes gab ihm einen Klaps auf den Arm und zog die Augenbrauen zusammen. »Georg«, tadelte sie, »nun bist du bald eine Woche zurück vom Hofe des Herzogs und kennst den Namen unserer Base immer noch …«

»Sie heißt nicht ›Cäcilia‹«, mischte Conrad sich ein, einen Stoß auf dem Oberarm erntend, »das ist der einzige Grund.«

Agnes beachtete das Necken der beiden nicht. »Du solltest dich was schämen.« Sie nahm das Stofftuch vom Tisch und legte es über ihren Rock. »Verrate mir doch: Wie hast du es mit deiner Vergesslichkeit angestellt, als Ritter unseres Herzogs Ludwig aufgenommen zu werden? Hat dich der strenge Herr zurück nach Hardenberg geschickt, damit er wenigstens eine Zeitlang Ruhe vor deinem Kindskopf hat?« Sie grinste ihn an.

»Nun, Schwesterlein, im Gegensatz zu deinen erfolglosen Bemühungen, dich wie eine Dame zu benehmen …« Er deutete auf ihre verbundene Hand, und auch diesmal erntete er einen Knuff dafür. »Nun denn«, sein Grinsen wurde breiter, »also, im Gegensatz zu dir …« Agnes holte für den nächsten kleinen Hieb gegen ihren Bruder aus. »… erkannte unser Herzog von Beginn an, welch treffliche Recken er mit uns in seinem Dienste hat.«

»Also, dass er gar keine besseren Ritter als uns in seiner gesamten Ritterschaft – in seinem gesamten Gebiet finden könnte, …«, ergänzte Conrad, seinem Bruder ins Wort fallend.

»Eben«, fuhr Georg fort, »dass wir genau die Richtigen sind, um ihm zur Seite zu stehen – an seinem Hofe und im Feld.«

»Ihr meint also, unser Herzog,« Agnes räusperte sich, »also, Ludwig, den man vermutlich nicht umsonst, ›den Strengen‹ nennt, er also hat darauf gewartet, dass zwei Plagegeister, die nichts als Unsinn und Flausen im Kopf haben, die Ritterschaft in diesem Lande retten?« Sie musterte ihre Bruder. »Oh, nein, wartet!« Sie hob die Hand, ihre Miene wurde ernst. »Ihr habt recht. Ich kann es sehen. Eure Augen leuchten besonders hell seit eurer Erhebung in den Ritterstand. Stolz und Ehrgefühl; ja, jetzt kann ich es gleichfalls erkennen.« Ihre Augen blitzten. »Oder ist dies das Licht der Fackeln, das durch eure Köpfe hindurch scheint?« Conrad setzte zu einer Erwiderung an, doch sie kam ihm zuvor. »Vergesst nicht: Ihr wollt schließlich Ritter sein, in dem Fall sollte man sich gegenüber einer Dame zu benehmen wissen.«

Georg tippte an ihre Schulter. »Einer Dame gegenüber wissen wir uns durchaus zu benehmen, und als Ritter legen wir in unserem Großmut Wert darauf, sogar die Unbeholfensten unter uns wie Damen zu behandeln.« Agnes Wangen erglühten feuerrot. Stück um Stück – der eine rechts, der andere links – rutschten, rückten, drängten Conrad und Georg zusammen und quetschten ihre Schwester ein. Sie japste und versuchte sich mit ausgefahrenen Ellbogen gegen die Brüder zur Wehr zu setzen. Das Lachen des alten Gutsverwalters dröhnte zu ihnen und bald füllte das Lachen aller den Saal.

Wernher von Hardenberg klopfte mit dem Griff seines Dolchs auf den Tisch. Die Mutter räusperte sich. »Genug.« Sie fasste ihr Messer, legte es kerzengerade neben ihr Essbrett und sah ihre Tochter an. »Wo steckt sie? Hinter uns liegt ein anstrengender Tag. Wir wollen mit dem Essen beginnen.«

Agnes deutete zur Treppe. »Mathild ist gleich da. Mit der Verletzung war es schwierig, mich zu kleiden. Sie hat mir geholfen, und nun wird sie gleich hier sein.«

»Ein wenig mehr hättet ihr beiden Euch eilen können«, murmelte der Vater in seinem Bass, die Falten seiner Stirn vertieften sich. Er hob den Arm und gab der Köchin einen Wink. »Elsbeth, lasst auftragen. Für das Kind wird noch genug zum Essen bleiben. Wir beginnen.«

Wenig später bedeckten die dampfenden Platten die Furchen und Narben im Holz des Tisches. Elsbeth schaufelte Rüben und Schwarzwurzeln auf die Essbretter. Die goldene Haut des Hühnchens knackte, als der Vater sein Messer hineinbohrte und damit begann, das Fleisch zu durchtrennen. Er legte sich sein Stück zurecht, als mit einem Mal ein Lied die Verteilung der Speisen begleitete.

Immer lauter wurde die Melodie, und Agnes Wangen nahmen die Farbe von Bratäpfeln an. Sie sah von der Treppe zu der Tür am anderen Ende des Saals, zu ihren Eltern und auf jede einzelne Faser des Fleisches auf ihrem Teller. Mathild trat ein, hopste an ihren Platz und streifte sich ein paar Strohhalme vom Kleid und aus dem Haar. Das Mädchen strahlte sie an, und für einen Moment vergaß Agnes, wie man atmet. Ihr Blick huschte zwischen Mathild und den Eltern hin und her, ihre Hand tappte, tastete nach dem Messer. Das Fleisch, das sie damit aufspießte, rutschte ihr zweimal von der Klinge, ehe sie es an den offenstehenden Mund führte.

Werner und Adlhaydt teilten Keule und Flügel des Hühnchens unter sich auf; Agnes begann zu kauen. Sie kippte den gesamten Inhalt ihres Wasserbechers in einem Zug. Mit ihrem Blick versuchte sie, das Mädchen gegenüber zu bannen, das einzeln die Gemüsestreifen aus dem Topf auf ihr Brett fischte und sich über das weiße, dampfende Fleisch freute, das Albrecht ihr anbot. Es löste die knusprige Haut vom Fleisch und verschlang diese sofort.

Agnes nestelte an ihrem Stofftuch.

»Weshalb feiert der Herzog sein Fest eigentlich nicht in Heidelberg?«, fragte Hildi ihre Eltern mit vollem Mund.

»Mathild?« Ihre Mutter hob nur kurz den Blick und noch mehr die Augenbrauen, dann wandte sie sich wieder den Speisen auf ihrem Teller zu.

Die Tochter des Hauses verschluckte sich hustend. Wieder sah sie das Mädchen sich Strohhalme vom Arm ihres Gewandes streifen. Agnes sandte ein Stoßgebet zum Himmel.

»Frau Adlhaydt, die Residenz in Heidelberg ist so nah. Weshalb ist das Fest nicht dort? Nach Friedberg müssen wir beinahe sieben Tage reisen. Hat er dort überhaupt Platz für so ein Fest?« Die Zwölfjährige rutschte auf der Bank hin und her.

»Ob sich genug Platz findet auf dieser Burg und ob du dir darum Gedanken machen musst, wissen unsere beiden Ritter sicher am besten«, mischte sich Wernher von

Hardenberg ein, er legte die Hähnchenkeule zurück auf sein Brett und nickte in Richtung von Agnes Brüdern.

»Phhhh.« Georg zuckte die Schultern. »Mir sind nur ständig die ganzen Bauern und Boten im Weg, wenn wir mit unserem Herrn von München zurückkehren oder von Augsburg oder von der Jagd. Neben der Burg findet sich auch in Friedberg noch genug Platz.« Er winkte ab. »Einerlei. Wenn es genug Hofdamen gibt, die sich für das Fest einfinden, so kann Ludwig jederzeit an diesem Ort feiern oder an jenem.« Er runzelte die Stirn und musterte Mathild. »Mach dir keine Sorgen, Kleine. Die Reise dorthin schadet dir sicher nicht.«

Conrad klopfte seinem jüngeren Bruder auf den Rücken und lachte. »Wir haben schon verstanden, wofür du dich interessierst – vor allem, wenn die Namen der Hofdamen Cäcilia lauten.«

Ihre Mutter zog die Augenbrauen hoch und warf dem mittleren einen tadelnden Blick zu, den Georg ignorierte. Der Ältere drehte sich zu dem Mädchen und zu Agnes. Conrad verpasste die Grimasse, die Georg ihm schnitt, den Stoß in seine Seite spürte er dagegen wohl und verkniff sich mit Blick auf Mathild im letzten Moment seinen Fluch. Er neigte sich seinem Bruder zu, und Agnes spitzte die Ohren. »Tröste dich, mein Lieber, ein Ersatz für dich scheint wohl vor Kurzem gefunden.«

Agnes rutschte ein Stück näher und schnappte mit Mühe die Fetzen der Unterhaltung auf.

»Was?« Georg wurde erst blass, dann glühten seine Wangen. »Wer?«

»Conrad, wir sitzen alle hier am Tisch. Lasst uns gerne an Eurer Unterhaltung teilhaben.« Ihr Vater zertrommelte mit den Fingern die Tischplatte. Agnes musterte das Eichenholz.

Der Älteste der Hardenbergs zuckte mit einer Schulter und senkte die Stimme. »Ich weiß nicht wer, ich hörte lediglich Gerüchte.« Er räusperte sich und richtete sich auf. Agnes hörte Georg fluchen, während Conrad fortfuhr. »Die Wahl der Burg, meine kleine Base und meine liebe Schwester, hat sehr praktische Gründe.« Zu seinen Eltern gewandt fuhr er fort: »Der Herzog ist zur Zeit oft mit dem Kämmerer in Augsburg, sogar beim Bischof, so unglaublich das klingt. Friedberg ist nicht weit von Augsburg und seiner Residenz in München entfernt. Er kann feiern und seinen Geschäften nachgehen.« Conrad warf einen Blick in die Runde, ein Schmunzeln huschte über sein Gesicht. »Er dreht alles von oben nach unten für den Feldzug in Italien. Sein Neffe kämpft dort um die Thronansprüche. Wenn dies gelingt, hat Konradin, als Letzter der Staufer, einen starken Stand gegen den Papst, und wer weiß, was er mit seinen Thronansprüchen hierzulande macht.«

»Das dürfte weder dem Papst noch den beiden Königen gefallen.« Agnes erntete einen anerkennenden Blick ihres Vaters. »Richard von Cornwall und Alfons von Kastillien haben ohnehin einen schweren Stand. Keiner hat die Mehrheit, die Fürsten haben leichtes Spiel, ihre eigenen Anliegen zu verfolgen.«

Conrad zuckt mit den Schultern. »Ludwig, als Konradins Oheim, steht an der Spitze der Ratgeber um den jungen Staufer. Er hat die Aufgabe, sich um diesen und seine Ansprüche zu kümmern. Und dafür tut er alles.«

»Sicher nicht, ohne seine eigenen Ziele zu verfolgen«, erinnerte der Vater. »Schon in jungen Jahren war er ein kluger Stratege und wurde zum mächtigsten Fürsten im Reich. Wäre seine unberechenbare Wut nicht …«, der Graf von Hardenberg zupfte sich am Ohr. »… vielleicht säße die Krone längst auf seinem Haupt.« Wernher schüttelte den Kopf. »Ein Fehler, ein untreuer Diener hat ihn eine Menge gekostet.«

Conrad rollte sein Messer auf dem Tisch. »Aber das ist kein Grund für ihn, aufzugeben. Es war ein Rückschlag. Doch seither hat er sein Herzogtum erweitert. Nun ist es soweit, und er kommt der Krone wieder ein Stück näher.« Conrad legte den Kopf schief, dann fuhr er fort. »Vermutlich wirst du, Mathild, sogar deine Eltern dort wiedersehen. Vor allem aber wird Agnes ihren Verlobten treffen und heiraten.«

»Ich habe es nicht vergessen, lieber Bruder.« Sie spießte

ihr Messer in eine der Rüben, ohne ihren ältesten Bruder aus dem Blick zu lassen.

Georg verdrehte die Augen und wandte sich der Platte mit gebratenen Fasanenschenkeln zu.

»Georg«, tadelte die Mutter. Wernher schaltete sich ein. »Wann beginnst du dich für die Dinge zu interessieren, die um dich geschehen, mein Lieber?«

Georg zuckte mit den Schultern. »Langweilig.« Er drehte sich der jüngeren Schwester zu und zog die Augenbrauen zusammen. »Agnes, seit wann sind die Belange am Hof und des Reiches für dich von Interesse?«

Wernher trommelte mit seinen Fingern auf den Tisch. »Im Gegensatz zu dir, Georg, der du an Ludwigs Hofe lebst und dein Interesse auf alles jenseits der Politik lenkst, hat Agnes erkannt, dass es als Zukünftige des Grafen von Mering besser ist, die Strömungen in dem Gewässer zu kennen, in dem sie schwimmen muss.«

»Ich treibe ganz gut auf den Wellen«, antwortete Georg, »weshalb sollte ich schwimmen, wenn es auch so geht.« Er grinste.

»Kindskopf.« Ihr Vater schüttelte den Kopf und warf einen Blick in die Runde. »Einst hatte Ludwig selbst die Gelegenheit die Krone zu erreichen. Er scheiterte. Nun hat sein Ehrgeiz einen neuen Antrieb mit und durch Konradin. Wenn sich der Staufer in Italien behauptet, ist Ludwig der Macht wieder sehr nahe.«

»Und uns lässt er dafür bluten«, zischte ihre Mutter, die Miene verdüsterte sich. »Das Geld für das Fest hätte er besser in seine Kriegskasse gesteckt und uns vor der weiteren Erhöhung verschont.«

»Mit und ohne Fest, Mutter, der Herzog würde niemals auf eine Erhöhung verzichten.« Agnes runzelte die Stirn. »Und diese Reise nach Friedberg bliebe uns ja ohnehin nicht erspart.« Sie kaute auf ihrer Lippe und bohrte mit dem Messer in der Tischplatte.

»Ha, dir jedenfalls nicht«, grinste Georg.

»Das weiß ich«, schnappte sie und versengte ihn mit ihrem Blick.

»Na, solang er nicht dasselbe Unglück über sich bringt

und über alle, wie damals …«, entfuhr es Conrad.

Agnes ruckte ihr Gesicht ihm zu, sie sah den Schatten, der sich über das Gesicht ihres Vaters legte, als er ihren Bruder musterte. Der Blick gefiel ihr nicht. Conrad senkte den Kopf und begann, sich für die Maserung des Tisches zu interessieren. »Conrad, was genau meinst du damit?«

Der Älteste winkte ab. Er stocherte mit dem Messer in den Resten. »Nichts, gar nichts. Das war nur so dahingesagt.« Die Miene ihres Vaters verdüsterte sich weiter, er ließ Conrad nicht aus den Augen, doch er sagte nichts.

»Ludwig hat damit also immer noch abgeschlossen. Diese alte Geschichte rumort also weiter in ihm und an seinem Hof, selbst seine Ritterschaft beschäftigt sie.« Das Familienoberhaupt schüttelte den Kopf. »Zwölf Jahre sind seit diesem Unglück vergangen, und der Herzog kann sich einfach nicht davon lösen.«

»Was geschah damals?« Agnes ließ ihren Vater nicht aus den Augen.

»Sein engster Vertrauter hat ihn seinerzeit verraten. Gefangen in einem Netz aus Lügen entbrannte Ludwigs Wut. Seinem Zorn folgte eine furchtbare Tat.« Wernher seufzte, eine Gelegenheit für die Frage auf ihrer Zunge blieb ihr nicht. »Der Ratgeber war das Werkzeug in diesen Machenschaften, doch wer im Hintergrund die Fäden zog, konnte der Herzog nie aufdecken.« Er musterte Conrad und Georg. »Ich hatte geglaubt, die Geschichte würde ruhen, nachdem er seinen einstigen Hofmarschall bestraft hatte.«

»Wernher, wir sind zu weit weg vom Hofe«, warf ihre Mutter ein. »Was dort vor sich geht, schlägt keine Wellen bis zu uns.«

Er nickte, dann runzelte er die Stirn und wandte sich erneut an den Ältesten. »Im Haus Mering hat er doch Ratgeber gefunden, denen er vertrauen kann.«

Conrad stippte mit seinem Messer in den Tisch, dann blickte er auf. »Er hat Ulrich als Berater an seiner Seite. Jeder weiß: Der Meringer hat ihn stets zur rechten Zeit in die richtige Richtung geredet. Und selbst wenn sich die beiden im Moment zanken, so wird es schon wieder gut gehen.« Er schnaufte und setzte sich ein Lächeln ins Gesicht, das seine Augen nicht erreichte. »Alles wird gut, am Ende feiern wir Hochzeit und Agnes wird Ulrichs Frau.«

Agnes kniff ihre Augenbrauen zusammen. Sie hatte etwas fragen wollen und versuchte sich zu erinnern. Eine vorwitzige Haarsträhne rutschte in diesem Moment hinter ihrem Ohr hervor und brachte sie zum Blinzeln. Ein eigenartiges Gefühl kribbelte ihren Rücken hinab, ihr Arm war mit einem Mal kalt, und die Kälte und ein Schmerz stach bis in ihre Brust. Durch das Weiß der Verbände drang Rot, ein Rinnsal kroch daraus hervor und über ihren Unterarm. »Verflucht!«

CÄCILIA †Kapitel 17

BURG FRIEDBERG, MITTE MÄRZ 1268

Den Kopf aufgestützt lag sie da und betrachtete ihn unter halb geschlossenen Lidern.

Seine Augenbrauen waren gleichmäßig und gerade. Der dichte Wimpernkranz um seine Augen erstaunte sie, ebenso die Lippen. Fülle lag in den weichen Linien und machte sie hungrig. Betrachtete sie sein Gesicht, so glaubte sie, er träumte von Wiesen unter dem Hauch von Sommerwind, klaren Bächen, weitem Himmel, Sonnenschein auf der Haut.

Träge döste er neben ihr. Er schien ein anderer als jener, der ihr Zeitvertreib während der letzten Stunden gewesen war.

Sie streckte sich und weckte ihn mit ihren Katzenbewegungen. Er blinzelte und bemerkte ihren Blick.

»Was?« Schlaf ummantelte seine Stimme.

»Ihr scheint erschöpft?«, forderte sie ihn neckend heraus.

Er runzelte die Stirn, rieb die Müdigkeit aus seinem Blick. »Glaubst du das?«

Sie lächelte und spielte Erstaunen. »Oh.« Ihre Finger fuhren die Konturen seiner Brust mit festem Druck nach.

Schneller als sie reagieren konnte, hatte er sie gepackt und zu sich gezerrt. Nur wenige Fingerbreit trennten ihre Gesichter. Der Eurasburger fasste ihren zweiten Arm und zog sie auf sich. Ihr Grinsen entwaffnete ihn wider Willen, bis sie atemlos nebeneinanderlagen, und sie merkte, wie der Schlaf seine Finger nach ihr streckte.

»Erzähl mir, was vorgefallen ist!«

Seine Worte vertrieben das weiche Dunkel der Müdigkeit. »Was? Was meinst du?« Sie blinzelte. »Glaubst du nicht, auf dieser Burg trägt sich mehr zu, als nur eine Begebenheit?« Ihre Augenbraue wanderte nach oben. »Du könntest zuwenigst die Höflichkeit besitzen, dich deutlich auszudrücken.« Sie bemerkte das Zucken um seine Mundwinkel, das Flackern in seiner Miene, wie sich seine Augen verengten für einen Moment. Sie wusste genug, um die Zeichen zu deuten.

»Bei jenem Abendmahl vor wenigen Tagen hat es genug Andeutungen gegeben, die sich nur um eines drehten.«

»Was meinst du?« Ihre Augenbraue wanderte nach oben.

»Den letzten Besuch des Meringers beim Herzog«, knurrte er. »Du weißt, wovon ich spreche.« Sein Schnauben entging ihr nicht, und kurz musste sie ihr Gesicht abwenden, damit er das Lächeln nicht sah, das ihre Züge streifte.

»Woher sollte ich wissen, was die beiden bewegt, ich armes Weib?« Sie stützte ihren Kopf auf den Arm und blickte ihn herausfordernd an. Seine Hände waren an ihrem Körper, rissen sie aus der Wärme. Ein Ruck zerrte ihren Kopf fester gegen das Bett und raubte ihr die Möglichkeit, sich zu bewegen. Sie spürte den Griff seiner Hand in ihrem Haar und um ihr Handgelenk, zuckte, als er sie fester umklammerte, schrie.

»Du spielst gern. Vielleicht mit mir.« Sie wand sich unter dem Blick gletscherkalter Augen. »Das solltest du nicht tun.« Dann war sie wieder frei.

»Erzähl mir, was vorgefallen ist!«, beharrte er.

Sie glitt aus dem Bett und aus seiner Reichweite. »Bist du von Sinnen?«, zischte sie und ließ ihn nicht aus den Augen. Die Kerzen auf dem Nachttisch warfen Schatten und ihre Konturen flackerten auf den schweren Samtvorhängen und über seinen Körper und weiter bis auf die gekalkte Steinwand.

»Du weißt gut genug, was ich meine.« Die Stimme schnitt und weckte die feinen Härchen auf ihrer Haut. Die Gesichtszüge verdunkelten sich, und sie las Grimm darin. »Der Meringer war dieser Tage beim Herzog. Was wollte er?«

»Viele gehen beim Herzog aus und ein«, entgegnete sie. Sie pickte die Kleidungsstücke auf, die verstreut im Raum lagen, beugte sich nach vorne und ließ die Gewänder auf die Kleidertruhe fallen.

Seine Augen wurden schmal. Er war mit einem Schritt bei ihr, packte erneut ihr Handgelenk. »Weib, stell meine Geduld nicht auf die Probe!«

Cäcilia blinzelte bis sie spürte, wie ihre Augen feucht wurden. Sie ließ ihn Tränen sehen, ihre Mundwinkel zuckten, und sie spürte wieder, wie das Blut in ihre Hand floss. Sanft zog er sie auf die Bettstatt neben sich. Seine Finger berührten im Flügelschlag eines Schmetterlings ihre Wange. Unter halbgeschlossenen Lidern entging ihr nicht, dass er auf seiner Unterlippe kaute.

»Verzeiht.« Die Worte klangen wie die Berührung, kaum verklangen sie, veränderte sich der Ausdruck seiner Augen, zerbrach der Moment. Er rückte ein Stück von ihr ab. »Ich muss es wissen, Cäcilia.« Er schluckte. »Sag mir, was du über ihn weißt – über diesen Meringer.«

»Was kümmert dich das?«, verlangte sie und wandte sich ihm zu.

»Ich muss es wissen.« Er packte sie erneut, ehe sein Blick sich ablenken ließ, und begann über ihren Unterarm zu streichen. Seine rauen Finger tasteten sich von ihren Schultern zum Hals, folgten dem Lauf zu ihrem Schlüsselbein, scheuerten über die Feinheit ihres Dekolletés. Umgeben von flackernden Schatten, die die Kerzen warfen, sah sie, dass er sie begehrte. Sein Atem wurde lauter, er näherte sich, schloss die Augen. Sie kostete noch die Hitze der letzten Vereinigung, nahm seinen Duft wahr, den Schweiß, den Hauch seiner Lippen an ihren Wangen, an ihrem Mund – und wich ihm aus. Die kastanienbraunen Augen wurden groß, er verzog die Miene, wandte sich ab von ihr. Seine Hand streckte sich nach einem der schimmernden Vorhänge, die vom Himmel des Bettes fielen und spielte mit dem Stoff. Sein Blick glitt in die Ferne.

Sie zog ihre Braue hoch. Außerhalb dieses Raumes kannte sie diesen Mann kaum; Gerüchte gab es genug, die mehr Nebel um seine Person woben, als Konturen zu schärfen. Eine ganze Weile ruhten ihre Augen auf ihm, ehe sie sich zurück in ihr Bett begab und sich gegen das

Kopfteil lehnte. Sie verschränkte die Arme. »Weshalb?«

Er drehte seinen Kopf zur anderen Seite, und sie wusste im gleichen Moment, was sie davon zu halten hatte. Sie schnaubte. »Scher dich zum Teufel!« Die Decke hüllte sie ein und verbarg sie vor ihm. Obgleich sich die Härchen auf seinem Körper aufrichteten, machte er keine Anstalten, sich zu bewegen. Eine Statue harrte am Fußende ihres Bettes.

»Es ist wichtig für mich.« Sein Blick brannte auf ihr.

»Alles hat seinen Preis.« Cäcilia zuckte mit den Schultern. »Geh. Bleib. Was immer dir beliebt. Nur gebärde dich anständig und raube mir nicht meine Zeit.«

»Deine Zeit?« Er dehnte die Worte auf eine Art, die einen kalten Schauer über ihren Rücken jagte. »Gibt es noch etwas, das heute Nacht auf dich wartet?«

»Selbst wenn es so wäre, was geht es dich an?«, warf sie ihm die Antwort hin.

Die Decken raschelten, als er die Stoffe zur Seite schob und sich ihr näherte. Das Kerzenlicht teilte sein Gesicht in kühnes Licht und ungewisse dunkel. »Was ist dein Preis?«, raunte er.

Seine Finger brannten auf ihrer Haut, und sie schob sie davon. »Zügele dein Temperament.« Ihr Blick forschte in seinen Augen, bis er seine Lider senkte. »Ich will deine Dienste.«

Auf seinem Gesicht spiegelte sich ein Lächeln, in seinen Augen blitzte die Vorahnung von Lust. »Was immer du willst – bei Nacht und bei Tage.« Hans schob sich ein weiteres Stück näher, bis nur wenige Handbreit ihre Gesichter trennten. Die Wärme seiner Haut strahlte auf sie ab.

»Was ich will?« Cäcilia forschte in seinen Augen und genoss den Hunger darin. »Ich nehme dich beim Wort.« Mit einer Drehung glitt sie erneut an ihm vorbei. Im nächsten Moment richtete sie sich auf neben dem Bett und streifte ein Tuch über ihre Nacktheit.

Der Eurasburger ließ sich zurück in die Kissen fallen. »Hat Ludwig diesen Emporkömmling verstoßen?«

Sie runzelte die Stirn. »Aufgrund einer Meinungsverschiedenheit?« Cäcilia rang sich ein mitleidiges Lächeln ab und schüttelte mit hochgezogenen Brauen den Kopf. »Du hast nicht die geringste Ahnung, was am Hofe vorgeht, nicht wahr?«

Sie spürte den Druck, dann Schmerz. Ihr Hinterkopf, ihre Handgelenke pochten und brannten wie Feuer, das seinem Käfig nicht entfliehen konnte. Wieder war sein Gesicht dem ihren nahe. Sie roch seinen Atem. Im Weiß seiner Augen stand Zorn, und in seinem Gesicht, dass er ihren Körper ebenso gebannt wähnte wie ihre Hände. Für einen Moment ließ sie ihm den Glauben, zog ihre innere Rüstung hoch, und im nächsten krümmte er sich vor ihr. Sie kostete den kurzen Schmerzenslaut, auch wenn ihr Knie selbst ein wenig schmerzte.

Ihr Lachen tropfte auf ihn herab, wie ihr Blick, wie ihre Worte, als sie wieder auf ihrem Bett thronte. »Was glaubst du, tust du hier?«, zischte sie. »Bettelritter, der du bist?« Sie griff hinter sich und schmiss ihm Kleidungsstücke vor die Füße. »Das war das zweite Mal, dass du mir Schmerz zufügst. Willst du deinen hübschen Kopf zum Denken nutzen, und deine Augen, um zu sehen?« Sie las in seinem Gesicht, wie sich ihre Worte in ihn bohrten. »Was glaubst du, was geschieht, wenn du fortfährst mich derart zu behandeln?«, flüsterte sie. »Was siehst du, wenn du durch die Gänge dieser Burg schleichst bis zu meinem Gemach? Wer hält all die Piken und die Schwerter? Erinnerst du dich vielleicht gar des Burgherrn?« Sie nickte und schmiss ihre Worte mit einer Handbewegung gegen ihn, ehe sein Kopf sich neigte. Dann drehte er sich ab und schlüpfte unter ihrer Aufsicht in seine Kleider. »Vor bald dreißig Jahren war unser Herzog Jüngster unter den Fürsten des Reiches, und er war ebenso geachtet wie die übrigen. Das war nicht ohne Grund so, und nicht ohne Grund war er siegreich in vielen Schlachten. Seine Vergangenheit hat ihn gelehrt, mit wem er sich umgeben sollte, und so weiß Ludwig durchaus, was er an seinem Berater Ulrich hat«, belehrte sie ihn. Dann senkte sie die Stimme. »Die meiste Zeit jedenfalls.« Eine Kerze erlosch, die Schatten ihm Raum wuchsen, wie die Kälte. Hans trat einen weiteren Schritt zurück, doch seinen Blick spürte sie schneidender und kälter denn je auf sich.

Sie zog die Decke höher. »Ludwig zwingt den Meringer in die Ehe mit dieser Agnes von Hardenberg, und Ulrich versucht alles, dem zu entgehen. Doch das ist kein Grund, den Meringer zu verstoßen«, erklärte sie. »Dafür müsste bei weitem Schlimmeres geschehen. Und was sollte das schon sein?« Sie schnaubte ihr Lachen durch die Nüstern.

Die Züge seines Gesichts veränderten sich, und sie bemerkte, wie sein Blick in die Ferne wanderte. »Es wird sich schon etwas finden«, murmelte er. »Überall findet sich etwas.«

Sie runzelte die Stirn und beobachtete das Spiel seiner Miene. »Diese Agnes«, lenkte er ab. »Die Mitgift ist ordentlich, und Gerüchte über ihre Schönheit tragen die Spielleute schon lange von Burg zu Burg.«

»Ist dem so?« Sie dehnte das Wort und wartete vergeblich auf eine weitere Regung ihres Gegenübers. Sie schloss kurz die Augen, krauste die Nase. »Nun.« Ihre Stimme lotete die Tiefe aus, als sie begann. »Er ist ebenso ein anziehender Mann. Sein Gesicht ist kantig und edel. Die Narbe an seiner Stirn gefällt mir.« Zufrieden stellte sie fest, wie er schnaubte. »Er besitzt Land und Einfluss. Alles in allem … Und vielleicht wird es am Ende doch noch eine andere Braut, die an seiner Seite steht«, flüsterte sie.

»Ich weiß selbst, wie er aussieht, und ich will ihn nicht ehelichen. Was wollte er beim Herzog?«

»Agnes von Hardenberg ist ihm versprochen«, überging sie seine Frage. »Doch noch sind sie nicht Mann und Frau.« Im nächsten Moment fand sie sich von seinen Armen gehalten. Sein Atem streifte über ihren Hals zum Ohr. Seine Lippen hauchten Küsse über die empfindliche Haut und jagten Gänsehaut von ihren Zehen bis in die Haarspitzen. Seine Wärme glomm an ihrem Körper.

»Vielleicht braucht diese Agnes einen Mann mit mehr Schneid, und ich sollte mich um ihre Hand bemühen? Schließlich ist sie noch jung.«

Sie ruckte, doch blieb sie in seinem Arm. »Nun, so jung ist sie nun nicht mehr. Mit ihren neunzehn Jahren ist sie beinah eine alte Jungfer, und Euch wird sie bestimmt nicht heiraten«, spottete sie. Zu spät bemerkte sie den Schatten auf seinem Gesicht. Ihre Hand suchte den Weg zu ihm. »Ich habe nicht vor, meinen Liebhaber mit diesem unerfahrenen Ding zu teilen.« Ihre Hände wanderten über seinen Körper, forderten, erfühlten die Konturen seiner Brust, bevor sie tiefer glitten, seine Rippenbögen streiften. Sie zog ihn mit sich auf ihr Bett. Ihre Hände wanderten weiter. Eine Erhebung – eine Narbe – fiel ihr an seiner Seite auf. Sie verstärkte den Druck ihrer Berührung, wanderte über die Landkarte seines Körpers, bis seine Hand sie packte.

»Hör auf damit!« Er knurrte, er starrte in ihre Augen. »Was war an jenem Abend?«.

Mit einem kleinen Seufzen zerrte sie, um ihre Hand frei zu bekommen. Ohne Erfolg. »Er hatte Streit mit dem Herzog. Wegen des Feldzugs, so munkelt man, und wegen des Raubritters. Erneut.« Sie erkannte ein Blitzen in seinen Augen und biss sich auf die Lippen, beobachtete ihn. Seine Augen wurden schmal. »Hast du von diesem Raubritter gehört?«

Schatten fielen auf sein Gesicht, seine Züge wurden hart. Ihre Bemerkung quittierte er mit einem Achselzucken und knurrte ein Nein. Er rollte sich zur Seite. Ein Schauer überlief seinen Körper und stellte die goldenen Härchen auf. »Was forderst du von mir?« Er blickte zur Seite. »Für deinen Bericht und dein Wissen,« half er nach einer kurzen Pause nach.

»Für meinen Bericht,« stimmte sie ihm zu. Sie setzte sich auf, musterte ihn, und erst nach einer Pause flüsterte sie ihren Wunsch in sein Ohr. »Ich brauche deine Dienste, ich brauche einen Boten, auf den ich mich verlassen kann. Nicht jetzt, aber sehr bald. Kann ich auf dich zählen?«

»Als Bote?« Er lachte auf. »Ich bin ein Freiherr und du willst mich als Botenjungen?« Hans war mit einem Mal wieder über ihr und hatte ihre Handgelenke gepackt. Sie spürte die Wärme seines Atems an ihren Wangen. »Du überschätzt dich, wenn du denkst, du machst mich zu deinem Laufburschen.«

Ihre Beine umschlossen seine Mitte und zogen ihn zu sich. Sie hob ihren Kopf, ihre Lippen berührte sein Ohr.

»Es ist mehr, als ein Laufbursche zu sein, und du kannst deine Taschen auffüllen für die nächste Zinszahlung an den Herzog.« Er zuckte erst zusammen, dann spannte sein Körper sich unter ihren Worten. Für einen Wimpernschlag war ihr, als huschte Verachtung über seine Züge. So gerade als verliefe ein Docht durch seinen Körper setzte er sich neben sie. Er lauschte und beobachtete jedes Blinzeln, jede einzelne ihrer Haarsträhnen, die an einen anderen Platz rutschte. »Womit?«

Cäcilia verkniff sich ein Schmunzeln. »Eine der Hofdamen hat bei einem Schneider in Augsburg in der Nähe der Stadtmauer am Jakobertor ein Kleid für Herzogin Anna in Auftrag gegeben. Rechtzeitig zum Fest soll es fertig sein.

Ich will, dass du dich als Bote des Hofes ausgibst und das Kleid vom Schneider abholst. Und ich will, dass dieses Kleid niemals in die Hände der Hofdame oder der Herzogin gelangt.«

»Ich verstehe nicht.« Er runzelte die Stirn. »Was wollt Ihr damit?«

»Dieses Kleid soll ein Geschenk für Herzogin Anna werden. Hofdame Brigitta gab es in Auftrag. Damit will sie die Gunst der Herzogin gewinnen. Wenn das Kleid nicht zur rechten Zeit geliefert wird – oder eben gar nicht, geht dieser Plan nicht auf.« Cäcilia suchte in seinem Gesicht ein Zeichen, ob er ahnte, worauf sie hinauswollte.

»Du willst dir die Konkurrenz vom Leibe halten?« Er schüttelte den Kopf und winkte ab. »Verschone mich mit diesem Weiberkram.« Er stützte sich auf das Bett und sah ihr in die Augen. »Ist das nicht albern?«

»Dir mag es albern scheinen, für mich ist entscheidend, den anderen einen Schritt voraus zu sein.«

Er kratzte sich am Kopf und zuckte. »Was soll ich mit diesem Gewand?«

Sie blinzelte unter dem dichten Wimpernkranz. »Tu damit, wonach es dich auch immer verlangt: Verkaufe es, verstecke es, verbrenne es. Was du willst.«

Seit dem ersten Licht des Morgens war sie wieder allein.

Sie streckte sich über die Breite des Bettes, spürte das Ziehen in ihren Gliedern und genoss es. Den Geruch auf ihrer Haut, die Hitze leckte sie sich von den Lippen. Sie fühlte sich wie eine Katze, die die ganze Nacht gejagt und am Ende der Jagd viele Mäuse verschlungen hatte.

Der Schlaf hielt sich fern von ihr, weder ihr Körper noch ihre Gedanken kamen zur Ruhe. Die Unterhaltung der letzten Stunden hing noch im Raum. Sie spürte diese Unruhe in ihrem Inneren. Ihre Gedanken trieben in einen endlosen Wirbel und scheuerten sich an Kanten, an Ecken, an dem, den sie vor ein paar Stunden wieder aus ihrem Zimmer geschickt hatte.

Er vertrieb ihr die kalten Stunden der Nacht, er besaß ein hübsches Gesicht und einen Titel. Er hatte Ehrgeiz, aber kein Vermögen, er hegte einen seltsamen Hass auf den Meringer und er musste jedes Mittel nutzen Ludwigs Zins zahlen zu können.

Doch: Wie groß war dieser Ehrgeiz?

Cäcilia drehte sich zur Seite und zog das Laken über den Kopf. Ihre Gedanken flogen für einen Moment davon. Sie griff in den Schub des Nachtkästchens. Sie drückte die Kette mit der Brosche an ihr Herz, und ihre Finger erfühlten die Konturen des Hengstes, der stolz vor dem goldenen Berg in die Höhe stieg.

War es ein Fehler, den anderen fortzuschicken? Sie seufzte. Andererseits – er hatte sie festbinden wollen, an diese Ödnis weitab von einem Hof mit einer Zukunft als Pferdezüchterin – noch nicht einmal als Herrin des Hauses.

Die Brosche verschwand wieder im Schub. Sie neigte den Kopf und schloss die Augen.

Sie hatte ihre Pläne und ihre Mittel diese Ziele zu erreichen. Was kümmerte sie, wie die anderen ihre Eisen schmiedeten.

†

LUDWIG †Kapitel 18
BURG FRIEDBERG, MITTE MÄRZ 1268

Er lauschte. Die Gleichtritte donnerten näher und näher, das Donnern schwoll, schwand die Stimme. Schatten wuchsen zur Tür seines Ratssaales herein, dann ein Umriss und kurz darauf erschien der Hauptmann seiner Wache im Türrahmen. Ludwig gab ihm Zeichen, und die Tür knallte ins Schloss. Auf den abgesenkten Dielen unterhalb seines Podests kauerte der blonde Fuchs mit zerrupftem Fell, bewacht von zwei Soldaten.

Ludwig umrundete den Eichentisch und platzierte sich auf der Kante. Er wartete. Sein Gesicht drehte er zum Fenster, zur Morgensonne, die ein paar der Wolken zur Seite schob, ehe sie sich zurücklehnte und dem Grau den Himmel überließ. Aus dem Augenwinkel beobachtete er, was da vor ihm zappelte, in einem Käfig von unsichtbaren Stäben. Der Blick des Freiherrn von Eurasburg flüchtete von einer Ecke des Raums in die nächste, verfing sich an ihm auf seinem Podest nur um sich im nächsten Moment davonzustehlen und in die Dielen zu verbeißen. Mit einer Hand zupfte sein Gegenüber an den Beinlingen, mit der anderen drehte er den Hemdsaum. Dann richtete der sich auf, schüttelte sich, hustete unter halb gesenkten Augenlidern und versuchte sich an einer Verbeugung. Die Sommersprossen krausten sich um die Nase. »Wie kann ich Euch zu Diensten sein, mein Herzog?«

Ludwig zögerte die Antwort hinaus. Der Blick des Mannes huschte nach hinten, dann wieder zurück. »Was verschafft mir die Ehre, vor Euch geführt zu werden?« Er verneigte sich ein weiteres Mal, wechselte von einem Standbein auf das andere, dann wieder zurück, und wieder.

Weil er wusste, seine Miene sahen in dem Moment lediglich die Waffenträger am Ende des Raumes, glomm ein Schmunzeln ebensoschnell auf, wie es erlosch.

»Ihr habt mich hierherführen lassen?«, versuchte es der Blondfuchs erneut, und wieder wechselte er den Stand.

Ludwig richtete sich auf. Auf sein Nicken donnerten die Piken der Wachen gegen den Holzboden, und er genoß, wie sein Gegenüber zuckte. »Hans von Eurasburg, Ihr geht in letzter Zeit oft ein und aus in meiner Burg.«

Der Freiherr knetete seine Finger. »Ich werde den Namen meiner Familie reinwaschen, mein Herzog. Daher führt mein Weg mich hierher.«

Wieder rumsten die Piken auf die Dielen, wieder schrak der Blonde zusammen. »Ihr wagt es?« Seine Stimme bändigte jeden anderen Laut, selbst ohne dass er sie erhob. »Ihr erscheint hier in Unwissenheit, wenn nicht gar Dummheit.

Vasall: An meinem Hof solltet Ihr Euch daran halten, was sich geziemt!« Ein verräterisches Rot zeichnete dessen Wangen. »In den Schatten und am Rand der Wege ist Euer Platz – und sicherlich nicht in den Gängen und Zimmern meiner Burg.« Er stemmte die Hände in die Hüften. »Der einzige Grund, Euer Maul aufzutun, ist: Wenn ich Euch das Wort erteile«, blaffte er. »Der einzige Grund hier zu sein: Wenn Ihr Eure Schulden begleicht.« Die Wachen donnerten ihre Piken auf den Boden, sein Gegenüber schrak zusammen. Er hob den Kopf gerade rechtzeitig und bemerkte das Zeichen. Ludwig gewährte ihm Wort. »Was wollt Ihr damit sagen, mein Herzog? Mir ist erlaubt, mich nur dann auf Eurer Burg aufzuhalten, um meinen Zins abzuliefern?« Der Eurasburger riss die Augen auf und senkte den Kopf. »Was sollte ich hier sonst?«

»Ich hörte Gerüchte, Eurasburger.« Seine Finger trommelten am Schwertgriff entlang.

Der Freiherr kniff die Augen zusammen, noch immer hielt er den Kopf gesenkt. Er rieb die Hände an der Cotta ab und kaute auf der Unterlippe, dann straffte er den Rücken. »Ich diene Euch, mein Herzog. Ich tue alles, um meine Pflicht zu erfüllen und Euch zu bringen, was Euch zusteht. Mein Vater war bereits in Euren Diensten.«

»Euer Vater.« Ludwig spuckte die Worte aus, wie ein

verdorbenes Fleisch, dann hielt er inne. »Ihr bringt Unruhe an meinen Hof und stellt den Damen nach.«

»Den Damen? Es ist nicht so, dass ich ihnen auflauere.«

Wieder krachten die Männer neben der Tür die Piken auf das Holz.

»Haltet Ihr wohl Euer Maul!

Ihr habt Glück, Eurasburger, dass ich Eurer Familie nicht Titel und sämtliche Güter genommen habe. Glück ist der einzige Verdienst Eures Vaters. Ihr glaubt, es ist klug, in diese Fußstapfen treten zu wollen?« Er hustete ein kaltes Lachen.

Der junge Freiherr verbarg das Funkeln in seinen Augen zu spät. »Mein Vater wollte nichts anderes als Euch dienen. Er wollte das Beste für Euch.«

»Für sich selbst«, korrigierte Ludwig.

Der Bursche trat vor. »Ihr …«

Ludwigs hochgezogene Augenbraue brachte den Eurasburger zum Verstummen. »Wolltet Ihr etwas anmerken?« Selbst von seinem Podest aus konnte er sehen, wie die Knöchel an der Faust des anderen hervortraten.

Er schüttelte hastig den Kopf. »Ein Irrtum. Meinem Haus ist Unrecht widerfahren. Ich werde es beweisen, mein Herzog.« Die Wangen des Eurasburgers brannten, befeuert von wildem Zorn. »Ich werde aufdecken, was wirklich geschah, und Ihr werdet erkennen, wie verderbt das Haus der Meringer ist. Die ganze Welt wird es sehen.«

»Ein Irrtum?« Ludwig lachte kurz auf, dann er runzelte die Stirn. »Was ist nur in Euch gefahren, Eurasburger? Seid Ihr zu heiß gebadet, oder hat Euer Vater Euch eines seiner Märchen erzählt? Was denkt Ihr Euch nur?« In der Miene seines Gegenübers las er kalten Zorn, die Fragen glitten an ihm ab, wie Regen an einem Öltuch.

»Vor zwölf Jahren lagen die Beweise klar; ohne Zweifel, ohne Fragen – weder was das Haus Eurasburg betrifft, noch Mering. Und Euer Vater war der Verräter.« Seine Worte prasselten nieder.

»Nein!« Hans tat einen Schritt nach vorne. »Eine Lüge! Das ist eine elende Lüge dieses Meringers.«

»Wacht auf! Fragt Euren alten Herrn nach der wahren

Geschichte.«

»Er hat auf Gott geschworen. Meine Mutter ist dafür in den Tod gegangen.«

Ludwig verdrehte die Augen. Sein Zeigefinger zielte in Richtung des Untertanen mit der unverständigen Miene. »Findet die Wahrheit heraus und lasst ab von Eurer Verblendung. Richtet Euer Bemühen auf die Zukunft, und wie Ihr diese als aufrechter Lehnsmann gestalten könnt. Euer Vater hat Euer Haus zu Fall gebracht. Mit Aufrichtigkeit und Demut mag Euch gelingen, das Ansehen Eurasburgs wiederherzustellen.« Die Hand auf sein Schwert gestützt trat er an den Rand des Podests. »Ihr wollt doch nicht denselben Dummheiten folgen wie er.«

Der Freiherr duckte sich in seinen Schatten und verbarg die Hände hinter dem Rücken. Den Wandel auf dessen Miene wusste er beim besten Willen nicht zu deuten. Sein Blick ging zu seinem Hauptmann und wieder zurück. »Eines will ich noch wissen – und wagt es nicht, die Wahrheit vor mir zu verstecken:

Habt Ihr mit diesen Überfällen etwas zu schaffen? Habt Ihr mit dem Raubritter zu tun?«, knurrte er, den Blick auf das hastige Kopfschütteln des Eurasburgers gerichtet. »Seid Ihr es gar selbst?« Wieder zuckte dieser Abklatsch eines Edelmannes zusammen und vergrub seinen Blick in den Dielen. »Seht mich an.«

Der Kopf ruckte hoch, zuckte ein Nein in die Luft und senkte sich erneut. Eine echte Antwort blieb dieser Schatten von einem Ritter schuldig. Ludwig kniff die Augen zusammen. War dieser Niemand wirklich seiner Zeit Aufmerksamkeit wert? Sollte doch der Meringer herausfinden, was und wer sich wirklich hinter dem Räuber verbarg. Ein Rascheln brachte Ludwigs Gedanken zurück. Er räusperte sich. »Mir gefällt nicht, wie und wie oft Ihr hier ein und ausgeht. Und mir gefällt nicht, was ich von Euch höre.«

»Ich tue meine Pflicht«, setzte der Eurasburger an.

»Kruzifix nochmal! Haltet den Mund, Ihr Taugenichts! Einen Teufel tut Ihr.« Ludwig forderte knurrend Stille ein. »Findet die Wahrheit heraus über Eure Familie. Lernt die

Regeln an meinem Hofe; zumindest das, wenn Ihr Euch schon in diesen Kreis drängen wollt. Und lasst die Finger von den Damen. Vor dem nächsten Zahltag will ich Euch nicht mehr hier sehen. Andernfalls erneuert sich Eure Bekanntschaft mit dem Ochsenziemer.« Ludwig stemmte seine Hände in die Hüften. »Kümmert Euch darum, Euer Gut aufzubauen und Euren Namen reinzuwaschen, und stellt Euren Wert unter Beweis – mit aufrechten Mitteln. Vielleicht gelingt es Euch dann, Euren Stand zu verbessern.« Er wies zur Tür. Ein Blick, ein Hochziehen seiner Augenbrauen genügte, und der Eurasburger war nach kurzem Zögern durch das Portal hinausgeschlichen.

Der Hauptmann der Wache trat vor. Er kratzte sich an der Narbe, die seine Wange zeichnete und fasste die Pike mit der anderen Hand noch fester. »Herr?«, begann er und wartete auf die Erlaubnis. »Habt Ihr weitere Befehle für uns, oder lasst Ihr diesen Unruhestifter einfach ziehen?«

»Er wird sich trollen«, überlegte Ludwig laut. Er zupfte sich den Bart. »Er ist nicht viel mehr als eine Ameise auf meinem Weg. Doch ich will Folgendes: Schickt ihm zwei der Berittenen hinterher, bis zum Ende des Waldes und mit genau so viel Abstand, dass er meine Soldaten bemerkt.«

Die Spanne einer Kerze später hallten seine Schritte durch die Gänge – vorbei an Bittstellern und Wartenden, bis er an der schmalen Tür angelangt war. Papier raschelte im Luftzug, dem Bauern in der Kammer seines Burgvogts blieb das Maul mitten im Wort offen stehen. Er ruckte zur Seite, zuckte nach seinen Habseligkeiten, warf einen letzten Blick auf die Rollen und Bücher in den Regalen und verschwand, ohne dass Ludwig eine Silbe äußern brauchte.

»Zeigt mir Euer Buch«, grollte er. Er nahm es sich und riss an den Seiten. »Hier sind die Abgaben verzeichnet, die der Eurasburger bringt. Habt Ihr auch die von Mering?« Barthel stutzte kurz, ehe er im nächsten Moment einen Schub ganz unten öffnete. »Habt Ihr noch mehr?«

»Die Überfälle, wann und wo.« Ein zusammengeknotetes Blätterbündel flog auf den Tisch, begleitet von Fragen, die nicht ausgesprochen werden brauchten. Ludwig presste seine Lippen aufeinander und sog die Zeichen und Daten in sich auf.

Barthels Finger trommelten nicht lange auf dem Schreibtisch. »Was sucht Ihr, Ludwig?«

Sein Schweigen brachte den Kämmerer zum Nicken, und Ludwig verfluchte für einen Moment den Umstand, wie lange der Alte ihn schon kannte.

»Ich will nur etwas prüfen.«

Barthels darauffolgendes Gemurmel ließ ihn von den Aufzeichnungen aufblicken. »Etwas, das mit den Zahlungen des Eurasburgers zu tun hat …«

»Und Mering.« Er hob seine Augenbraue. »Ich muss …«

»Rechenschaft müsst Ihr mir freilich keine ablegen, mein Herr und Herzog«, riss der Kämmerer das Wort an sich. »Mir nicht.«

»Herrgottnocheins, Barthel! Ihr haltet die Bücher für mich nach. Es ist mein Recht die Aufzeichnungen zu prüfen.«

Der Kämmerer entfernte sich von ihm. Der Stuhl knarzte, als er darauf zurückfiel. Er rieb und barg und rieb wieder sein Gesicht in Händen. »Warum sendet Ihr nicht einfach mehr Männer aus und schafft Sicherheit in Eurem Gebiet?«

»Verflucht. Ich kann die Männer nicht aufs Geratewohl aussenden. Das muss Euch doch einleuchten.«

»Ihr habt einen Verdacht?«

»Ich habe ein ungutes Gefühl, aber ich kann es nicht festmachen.« Der Herzog warf das Bündel wieder auf den Tisch. »Vielleicht habt Ihr recht. Vielleicht sollte ich einfach Ulrich mehr Männer geben und ihn mit der Suche beauftragen. Immerhin ist er dann beschäftigt und abgelenkt von seinem Ehrgeiz?«

»Das ist es, was Ihr wollt? Ulrich beschäftigen. Ihr kennt ihn so lange, und Ihr einen Ehrgeiz, den kein anderer sieht? Ulrich hängt noch nicht einmal an seinen eigenen Ländereien. Glaubt Ihr wirklich, er will Eure?

Weshalb hegt Ihr nur so viel Misstrauen gegen diesen Ratgeber?« Der Alte schüttelte den Kopf, und Ludwig ärgerte sich über das Funkeln und den Grimm auf dessen Miene. Barthels Hand klatschte auf die Platte, dann schoss ein Blick auf ihn.

Der Kämmerer stützte sich mit beiden Händen auf. »Ihr habt vor zwölf Jahren dem Falschen vertraut und einen schlimmen Fehler gemacht.«

»Das soll nicht erneut geschehen«, knurrte er.

»Mering ist nicht Eurasburg«, murmelte Barthel.

JÄGER, LEHRER †Kapitel 19
MERING MITTE/ENDE MÄRZ 1268

Er wusste, er würde Ulrich hier finden. Er hielt inne, wartete bis sich seine Augen langsam an den Raum gewöhnten.

Der altersschwache Stall war seit jeher der Lieblingsort des jungen Grafen gewesen. Schon als Junge hatte er sich irgendwo in die Ecken des dunklen Holzes geduckt, zwischen die Balken des Dachstuhls, den hereinwuchernden Efeuranken und alten Strohsäcken, um den suchenden Blicken seiner Amme zu entgehen. Nun musste er sich vor niemandem mehr verstecken, außer vor sich selbst.

Lennart seufzte. Fackeln erhellten die drei Zielscheiben auf den dürren Strohballen am gegenüberliegenden Ende der Halle. Ein Pfeil surrte, Schatten jagten einander und tanzten auf den anderen Pfeilen. Der Schuss zerbrach die anderen Stäbe im schwarzen Ring.

Ulrichs Rücken war durchgestreckt, und die Anspannung war ebenso deutlich wie der Zorn. Schon lag ein weiterer Pfeil bereit. Lennart schlich zur Seite, doch der Boden vereitelte sein Vorhaben, trotz der vielen Strohhalme schmatzte jeder Schritt, und schon blinzelte er gegen einen Pfeil vor seiner Nase.

»Was?«

Falten zerfurchten Ulrichs Stirn. Seine Augen funkelten, seine Lippen waren kaum mehr als ein schmaler Strich. Ein Raubtier, das sich für den Sprung, für den letzten Hieb bereithielt.

»Entweder du schießt jetzt, oder du nimmst das Ding endlich weg da vor meinem Gesicht!« Lennart suchte den Blick des Mannes, der einst sein Schüler gewesen war. „Ich hab heute noch Besseres zu tun. Und falls das nichts mehr werden sollte, dann hab ich keine Lust, ewig zu warten. Bringen wir's hinter uns!" Lennart hörte die Sehne surren. Der Pfeil zischte. Donnernd schlug er ein.

Lennart schnaubte. »Eine Tracht Prügel – das wär' das Richtige für dich!« Er trat zu Ulrich. »Was soll das hier?« Er umfasste den Raum mit seiner Geste und stach mit seinem Finger in Ulrichs Richtung. »Und nimm endlich dieses Ding weg!«

»Was willst du?«, schoss es aus dem Mund seines Herrn, der den Bogen beiläufig senkte.

»Das Übliche: satte Jagdgründe, deutliche Fährten, fettes Wild, leichte Beute, Frieden für meine Seele und – nach Möglichkeit – eine eigene Burg.« Lennart schüttelte den Kopf. »Was wohl?«

Ulrich warf die Arme hoch und holte tief Luft. Schon legte Lennart los. »Du stehst hier, durchlöcherst, was dir in den Weg kommt, Strohballen, Wände, Türen – Jäger, die dir schon seit Jahren treu dienen.«

Ulrich ließ ihn nicht aus den Augen. Sein früherer Schüler runzelte die Stirn. »Was willst du, Jäger?«

Lennart wartete einen Moment. »Das Nachtmahl.«

»Das Nachtmahl? Was soll das Nachtmahl?« Dann änderte sich die Miene des Grafen. »Laufbursche.«

Der alte Jäger grinste, und er sah, wie Ulrichs Zorn verrauchte.

»Das ist es also?« Ulrich schnaubte und schleuderte den Bogen in Lennarts Richtung. »Theres also.« Er rollte mit den Augen »Theres sorgt sich, und dich hat sie geschickt – wie einen Laufburschen. Und hier stehst du nun.«

»Du kennst Theres, und ich kenn dich lang genug. Und alles in allem tut das nichts zur Sache. Du stehst nicht ohne Grund hier und zerlegst die halbe Grafschaft. Und das nun schon seit Tagen, seit das mit dem Überfall war«, stellte der alte Jäger fest. »Und seit du diesen Brief von der Hardenberg erhalten hast, noch viel mehr.«

»Das geht nur mich an!« Ulrich wehrte sich.

»Nein«, brummte Lennart.

Ulrichs Mundwinkel zuckten, seine Hand schloss sich so fest, dass die Knöchel weiß hervortraten.

Der Jäger hockte sich halb gegen einen der Eichenschränke, in denen Bögen und Pfeile lagerten, seinen Fuß locker gegen den anderen gelehnt und beobachtete seinen ehemaligen Schützling unter halbgeschlossenen Lidern.

»Mehr Waffenträger, mehr Schutz, und sie wären noch am Leben.« Der Graf stand da, den Blick in weite Ferne gerichtet, die Unterlippe eingesaugt. »Ich hätte mich früher an Ludwig wenden müssen.« Risse zeigten sich in der Mauer, die er um sich gezogen hatte, und die Maske bröckelte. »Nun haben wir einen Zeugen, und eine Botschaft, die Unheil über mein Haus heraufbeschwört.« Der Graf kaute auf seiner Unterlippe. »Ich weiß nicht, ob ich Agnes schützen kann.«

Lennart runzelte die Stirn. »Unfug. Du hast jetzt weitere Waffenträger, und du kannst die Wege sichern.«

»Er hat mir mehr Männer in Aussicht gestellt.« Ulrich Stimme klang aus weiter Ferne. »Heute Morgen kam der Bote« Ulrich zeichnete Muster mit seiner Fußspitze in den Boden.

»Gut.« Lennart wartete vergebens auf Zustimmung. »Das ist doch ausgezeichnet. Oder?« Lennart fuhr sich mit der Hand übers Gesicht. »Seine Vasallen reisen an zu seinem Fest, wie auch Agnes, und er unterstützt Euch. Was stimmt daran nicht?«

Ulrich kickte Stroh in die Luft. »Frag nicht. Ich muss die Bedenken gegen seinen Feldzug ein für alle mal fallen lassen und darf diese keinesfalls vor den anderen Lehnsmännern nennen.« Er fluchte.

»Das ist fahrlässig. Die anderen müssen sich der Risiken bewusst sein. Nur dann können sie eine vernünftige Entscheidung treffen, rechtzeitig Maßnahmen gegen die Gefahren ergreifen und den Feldzug zum Erfolg bringen.«

»Davon verstehe ich nichts.« Lennart winkte ab.

»Ach, Lennart«, seufzte Ulrich. »Wenn du auf Bärenjagd gehst, nimmst du auch nicht einfach ein Messer mit und wartest auf Sonnenschein und wanderst los. Du erlegst das Tier nicht deswegen, weil du es gerne erlegen willst. Du wappnest dich und überlegst, was im schlimmsten Fall geschehen kann, wenn der Bär auf deine Attacke reagiert.«

»Mhhh. Ich sehe, meine Lektionen haben doch noch Früchte getragen bei dir.« Lennart kratzte sich am Bart. »Wie dem auch sei: Ist dir die Route bekannt, über die Agnes nach Friedberg reist mit ihrer Familie?« Er blickte zu Boden und zupfte an seinem Gurt. »Kannst du sie schützen?«

»Himmel, Lennart.« Der Graf stieß einen weiteren Fluch aus. »Hörst du mir nicht zu. Ich weiß es nicht. Ich werde tun, was ich kann, damit sie nicht in die Hände dieses Räubers fällt. Ich werde tun, was in meiner Macht steht, damit nicht noch ein weiterer Mensch um meinetwillen sein Leben verliert. Schon gar nicht sie.« Lennart hörte ihn schnauben. »Ich kenne die Strecke nicht, die sie wählen werden. Ich habe einen Boten mit meiner Warnung gesandt, ich hoffe, er erreicht Hardenberg rechtzeitig. Sie sollen ihre Wachen verstärken.

Mehr kann ich im Moment nicht tun.«

Lennart musterte seinen Herrn. »Was ist das nur mit dieser Hochzeit und dir?", begann er, ein Kieselstein flog gegen Ulrich.

»Was meinst du? Ich werde sie heiraten. Und ich werde dafür sorgen, dass sie Friedberg wohlbehalten erreicht. Und Mering ebenso.« Ulrichs Wangen glühten. »Der Feldzug macht mir mehr Sorgen«, wich er aus. Er drehte einen Pfeil auf dem Boden hin und her.

Lennart brummte. »Sie ist die Frau, die Ludwig dir an die Seite stellt; mit der du den Rest deines Lebens verbringen wirst – noch einmal frage ich dich: Ist dies Alles, was du tun kannst? Kannst du dich nicht mit Ludwig aussöhnen? Vielleicht stellt er dir noch mehr Männer zur Verfügung und verzichtet auf die Bedingungen« Eine der Fackeln erlosch, knisternd füllten die drei verbleibenden die Stille.

»Kruzifix!« Krachend zerbrach der Pfeil, Ulrich fletschte die Zähne. »Ludwig schiebt den Feldzug in Italien vor. In Wahrheit fürchtet er, ich könnte nach seinem Herzogtum greifen und mir das zurückholen, was einst im Besitz meiner Familie war.«

»Blödsinn.« Lennart starrte seinen Herrn an und bemerkte, wie dieser seinem Blick auswich. Er fuhr fort: »Einen Sinn kann ich in dem Feldzug nicht sehen – in einem fernen Land, für einen Jüngling, der kaum siebzehn Lenze zählt.«

Ulrich ging auf und ab, ehe er sich den Zielscheiben näherte. „Konradin hat die Oberpfalz, Bayerisch-Schwaben und Besitzungen in Südwestbayern an Ludwig abgetreten.« Der Jüngere holte Luft. »Wenn der Feldzug gelingt, braucht der Staufer jemanden, der hier für ihn regiert – im ganzen Reich.«

»Dann ist Ludwig ja beschäftigt, und du kannst deine Familie pflanzen und jeden Sonntag zur Kirche.« Das Lachen des Jägers grummelte durch den ausgedienten Stall. »Aber was du hier tust, weiß ich immer noch nicht.«

Stille.

Ulrich löste die Pfeile aus dem Holz und stapfte zurück. »Zur Hölle! Diese Botschaft, und …« Er schnappte sich seinen Bogen.

»Du verkriechst dich hier. Doch dadurch löst sich nichts in Wohlgefallen auf. Iss! Und dann kümmerst du dich um die Botschaft.« Er kratzte seinen Bart. »Bring die Frage vor den Herzog, wenn du nicht weiter weißt. Oder sprich mit einem der anderen Ratgeber. Nichts erledigt sich nun einmal von alleine«, mahnte Lennart.

»Ich weiß, was zu tun ist.« Ulrich zupfte an seiner Bogensehne. »Du bist weder mein Vater, und du bist nicht mehr mein Lehrer. Du bist nicht hier, um mich zurechtzuweisen!« Der Blick suchte einen Punkt weit hinter Lennart. Sein einstiger Schüler zuckte mit den Schultern. »Ich denke, du wolltest gehen.« Er schnellte um die eigene Achse und richtete seinen Bogen aus.

»Verdammter Sturkopf!« Die Tür fiel hinter Lennart ins Schloss.

NACHT †Kapitel 20

MERING MITTE/ENDE MÄRZ 1268

Lennart schob den Riegel vor, seine Augen gewöhnten sich schnell an den Kerzenschein. Er plumpste auf seinen Stuhl und gönnte sich den Schluck heißen Würzweins, der auf ihn wartete, bevor er sein Gesicht in den Händen vergrub.

Eine sanfte Berührung auf seiner Schulter vertrieb dunkle Gedanken. »Abendbrot?« Die Stimme hüllte ihn in wohlige Decken. Yrmla beugte sich zu ihm hinab und berührte seine Lippen mit den ihren. Ihre Haarsträhnen kitzelten ihn im Gesicht.

»Du hast bereits?«, brummelte er. »Und Trudi schläft?«

Sie nickte und zupfte erst ihr kurzes, dichtes Haar aus dem Gesicht dann ihr Schultertuch über den Ausschnitt ihres Hausgewandes, das bei Tag die Farbe der Steine spiegelte, und bei Nacht beinahe ebenso schwarz war wie ihr Haar. Ihr Lächeln sprang von ihrem Sonnenmund über ihre Sommersprossen und die kleinen Fältchen unter ihren grünen Augen. Und eine angenehme Gänsehaut überlief ihn, als er ihren Duft aufsog. Heu und Milch und frischgebackenes Brot, danach duftete sie; das Gefühl zu Hause zu sein. Er zog sie an sich und umfasste ihre Rundungen.

»Nein«, antwortete er endlich. »Nach Essen steht mir nicht der Sinn.« Und nachdem das Lächeln aus seinem Gesicht verschwunden war: »Ulrich erlegt die Zielscheiben. Und alles, was sich um ihn bewegt. Das kann einem auf den Magen schlagen.« Lennart hielt ihre warme, raue Hand. »Schläft Trudi wirklich schon?«

»Sie war den ganzen Tag draußen. Zu den wildesten Spielen hat sie die anderen Kinder getrieben. Manchmal denke ich, sie wäre besser ein Junge. Beim Abendessen konnte sie kaum noch die Augen offen halten und schlief ein, kaum dass sie im Bett lag.« Yrmlas Gesicht leuchtete bei ihrem Bericht.

Er schmunzelte, dann legte er die Stirn in Falten. »Weißt du, dass Ulrichs Schwester genauso war, bevor sie starb? So klein war sie gewesen. Nein«, besann er sich, »das kannst du ja gar nicht wissen. Ottilia starb lange, ehe du hierhergefunden hast.« Er schmunzelte. »… und mich gefunden hast.«

»Ja, das stimmt, auch wenn ich schon lange hier bin, und es mir vorkommt, wie eine Ewigkeit“, antwortete sie ihm lächelnd. »Ulrichs Schwester war damals schon lange nicht mehr unter den Lebenden.« Sie nahm seine Hand und suchte seinen Blick. »Was wolltest du eigentlich bei unserm Herrn?«

»Komm, bring mir noch einen Becher, und setz dich zu mir.«

Mit zwei Bechern und dem Duft von Zimt kehrte sie zurück. »Auf den Jäger, der einen Jäger geformt hat«, meinte sie und hob das Gefäß.

Über ihres Gatten Miene zuckte ein eigenartiger Ausdruck, dann lächelte er schief. »Auf den Rabauken, den ich einst das Fährtenlesen lehrte, und den Wolf, der er jetzt ist.« Er befeuchtete seine Kehle.

Yrmla schüttelte den Kopf. »Ohne seine Großzügigkeit könnten wir uns dieses Gebräus nicht erfreuen.«

Lennart brummte und studierte den dunkelroten Trank.

»Ich verstehe ihn. Er will seine Leute schützen vor diesem Raubritter und vor den ehrgeizigen Plänen des Herzogs«, meinte Yrmla.

»Er will keinen Aufstand. Die Bauern ächzen. Sie wissen kaum, wie sie die Abgaben leisten sollen, die ihnen durch den letzten Feldzug auferlegt wurden. In einigen Grafschaften werden die gehängt, die ihren Unmut kundtun – zur Abschreckung. Doch davon hält Ulrich nichts. Jedes Paar Hände kann mit anpacken, sagt er, und weniger Hände bedeuten weniger Ertrag.« Lennart nahm einen weiteren Schluck und gähnte herzhaft. Er stützte seinen Kopf auf und sah sie mit großen Augen an. »Wir sind im Streit auseinander.«

Yrmla stellte die Becher zur Seite und blinzelte. »Ich bin froh, dass du Ulrichs Vertrauter bist und ich deine Vertraute. Allerdings sind deine Geheimnisse bei mir weit besser aufgehoben, als seine bei dir.«

»Bei mir gibt es nicht so viele Geheimnisse, die man verbergen müsste.« Lennart zog seine Augenbraue hoch und schmunzelte. »Mein größtes Geheimnis hast du längst durchschaut und in deinen Händen bin ich wie Wachs.«

Yrmla zupfte ihn neckend an den Haaren seines Unterarms.

»Ach ja«. Sie seufzte in der Tonlage des Feuers. »Ich denke, auch aus Wachs kann man ein paar passable Dinge formen.«

»Und an welche Dinge dachtest du?« Er beugte sich zu seiner Frau. Sie antwortete mit einem Blick unter halbgeschlossenen Lidern. »Nach diesem anstrengenden Tag?« Der Ton ihrer Stimme hüllte Lennart in Nebel. »Sollten wir da nicht frühzeitig zu Bett?«
»Ins Bett sollten wir in jedem Fall«, stimmte er zu.

Frost †Kapitel 21

Ulrich riss die Augen auf. Seine Hände krallten sich in die Decken. Noch ummantelte der Schlaf ihn mit Blei, schon biss die Kälte nach ihm. Erst allmählich lichtete sich der Nebel seines Traumes. Die Umrisslinien des Raumes strafften sich. Er fand sich wieder zwischen dem Holzrahmen seines Bettes, gegenüber des Schrankriesen und neben dem Fenster, durch das halbgeöffnet Sommer wie Winter die Luft in die Kammer strömte.

Irgendetwas hatte ihn aufgeschreckt, irgendetwas hetzte den Schlag seines Herzens. Seine Hand erfühlte den Brief auf dem Nachttisch. Sein Atem wurde ruhiger, und er schüttelte den Kopf. Weshalb ihm dieses Stück Papier mit den Zeilen einer Unbekannten so viel bedeutete, vermochte er nicht zu erklären.

Er lauschte in die Nacht, die Nacht blieb still. Kein Geräusch, das nicht sein sollte. Er rieb mit den Händen übers Gesicht, als ob er die Unruhe vertreiben könnte. Seine Finger stolperten über die Narbe vom Auge bis zum Haaransatz. Die Geschichte, der er diese Narbe verdankte, machte ihn in diesen dunklen Stunden wehmütig und schmunzelnd zugleich.

Er zog die Decke ein Stück höher, seine Gedanken trieben davon.

Siebzehn Jahre – in etwa – waren vergangen. Winter durchzog seine Erinnerung. Draußen vor seinem Fenster rutschten, schlitterten, jauchzten die anderen Kinder, landeten in Glitzerwolken aus weißem Pulver, jedes Atemwölkchen zerstob von dem Lachen und Jubel, wenn ein Schneeball das Ziel traf. Tillys Lockenköpfchen hüpfte dazwischen, bis die tief tönende Glocke zur Kirche rief.

Er erinnerte sich, wie sein Fuß auf den Boden stampfte. Die Wandteppiche mit ihren Farben lachten ihn aus, weil er zur Strafe allein zurückbleiben musste. Alle – das gesamte Haus – waren beim sonntäglichen Gottesdienst.

Er drückte die Klinke. Seine Zimmertür überraschte ihn: sie ließ sich öffnen. Er zog sie ein Stück auf und lugte. Nein, sein Vater hatte keine Bewacher für ihn zurückgelassen – weder hier noch unten in der Küche der Burg.

In der Feuerstelle in der Mitte glommen ein paar Scheite vor sich hin, Fässer, Fässchen und Kistchen mit Vorräten reihten sich rechts neben der Tür und links bis in die Ecken. Die Deckel ließen sich leicht heben. Doch Salz und Körner suchte er nicht.

Am großen langen Arbeitstisch an der Wand bereiteten sonst Küchenhilfen die Speisen und Backwaren, vorne wurden die fertigen Leckereien dann auf Platten gerichtet. Am Sonntagmorgen herrschte Leere, Köstlichkeiten, die seinen Magen füllen würden, suchte er vergebens. Nur das Mehl und die Zuckerschütte waren übrig, und ein paar Eier, bis er die letzten seiner Spuren beseitigt hatte und zurück in sein Zimmer huschte.

Nach dem Mittagsmahl wurde ihm schließlich vergeben. Das Sonntagsgebäck verströmte seinen Duft in der Burg. Der Vater erlaubte, ihm gemeinsam mit Tilly die Köchin in die Küche – dem Duft entgegen – zu begleiten. Tilly mit ihren großen, braunen Kulleraugen und dem Lockenschopf teilte die backenkneifende, haarstrubbelnde Aufmerksamkeit der Mägde mit ihm.

Eine von ihnen zog das Blech mit dem Gebäck aus dem Ofen. Das allererste Stück griff sich die Zenz. Immer. Die Augen geschlossen führte sie den Duft zum Mund. Die Zenz biss hinein. Riesig wurden ihre Augen, und ihr Gesicht erstarrte. Ulrichs Mundwinkel zuckten. Nichts hielt ihn mehr zurück, als sie das Stückchen Gebäck ausspuckte. Sein Mündchen öffnete sich und sein Lachen füllte die Küche.

Dann ging es schnell.

Die Köchin war hinter ihm, und ihre Flüche klangen in

seinen Ohren, der Kochlöffel stupste sein Hemd. Der Türgriff lag in seiner Hand, ihr Prusten spürte er in seinem Nacken. Das Türblatt gab einen Spalt frei, und er huschte hindurch – beinah jedenfalls. Durch seinen ganzen Körper spürte er den Knall mehr, als dass er ihn hörte. Kalt wurde ihm, dann heiß, dann sah er Sternfunken, dann pochte und knallte und tobte es in seinem Hirn.

Warmes Nass rann über seine Wangen, seinen Hals. Ein rotes Rinnsal. Kreszenz hatte ihn, oder die Eichentür, oder beide. Nach einer Ewigkeit erst ließ der Druck auf seinen Kopf nach – und die Kraft in seinen Beinen. Mehr Warmes, Ekliges, Dunkles strömte über sein Gesicht. Er wusste noch, wie Tilly schrie. Er erwachte später, der Schmerz war schon da. Dicker, weicher Stoff drückte auf sein Auge und seine Stirn und sein Ohr und eigentlich auf sein halbes Gesicht. Sterne tanzten davor in dem Moment, als seine Mutter den Vater ausgeschimpft hatte, weil der das Grinsen nicht aus dem Gesicht verbannen konnte, anstatt dem Sohn eine eigene Sonntagspredigt zu halten.

All die Jahre später fühlte er noch den Moment, als wäre nur ein Tag vergangen. Er vermisste sie. Er vermisste Tilly. Er vermisste seine Mutter in den Bruchstücken seiner Erinnerung. Und er vermisste den Vater. Die Frau, die er im Winter zu Grabe getragen hatte, fiel ihm ein, und er sprach ein Gebet für Katharina.

Der dumpfe Knall platzte dazwischen. Wieder. Erst scheppernd und nah. Dann hallend und hohl und aus weiter Ferne. Ein Schrei? Ein Jaulen?

Oder doch nichts?

Die Stille franste aus. Ein anderes Geräusch kroch zu ihm. Er schlug die Decken zurück. »Verflucht!«

Vollmondlicht versilberte seine Konturen und hielt Gänsehaut und die Narben seines Körpers gleichermaßen verborgen. Zundersteine klackerten über einem Schälchen mit den Spänen neben der Laterne auf seinem Nachttisch. Regnende Feuerfunken. Nichts. Noch einmal. Wieder blitzten Funken auf, hüpften auf die Fasern, zischelten. Flammen leckten an den Splittern. Ulrich entzündete die

Kerze der Laterne, er löschte die kleinen Scheite. Gelbgoldener Schein schwankte gegen die Dunkelheit. Ulrich warf sich seinen Umhang über.

Im Flur zog er den Mantel enger, seine Augen wanderten, soweit das Licht reichte, sein Körper folgte und seine Hand umfasste in der Manteltasche den einzigen Schlüssel zu dem Arbeitszimmer, das ihn die meiste Zeit gefangen hielt, wenn er in seiner Burg war.

Dann und wann besuchte ihn die Katze dort. Sie zwängte sich ebenso ungefragt durch den Schlitz unter der Tür hindurch wie die Zugluft, stolzierte über die Schriftstücke und Aufzeichnungen, die er las, und wirbelte von einem Ende des Tisches zum anderen, bis sie auf seinem Schoß landete, sich streckte, an seinen Armen kratzte und ihm einen kurzen Moment Wärme schenkte. Wenn sie Hunger hatte, knurrte sie. Dann musste er gehen, und sie blieb ihm auf den Fersen bis in die Küche. Er durfte sie nicht beim Essen beobachten und nicht einfach berühren. Das hatten seine blutig verkratzten Hände herausgefunden. Sie kam, wann sie wollte, und sie hörte auf keinen Namen.

Über Holz, über Metall, schabte der Schlüssel und fand sein Ziel. Drehen, Rütteln, Knarzen. Kälte fauchte ihn an. Und dann wusste er, alles war hier falsch. Das Geräusch, das ihn geweckt hatte, war die Fensterplatte. Verschob man die Platte, drang begleitet von Knarzen Helligkeit in das Zimmer – oder Luft. Verschob man die Platte etwas weiter, folgte höllischer Lärm, und es brauchte eine neue Platte.

Die Schranktür genoss ihre Freiheit, sie schaukelte im Luftzug, befreit vom Schloss. Das Laternenlicht torkelte über Fußspuren auf dem Boden, über verirrte Papiere und Bücher auf seinem Schreibtisch. Aufgeklappt, durcheinander. Falsch waren die Unterlagen, die hier nicht offen liegen sollten, und falsch eben jenes Gefühl, das in ihm gärte, das ihm sagte, dass hier etwas war, was nicht sein durfte. Er sollte weg. Schnell. Bevor er etwas entdecken würde, das ihm nicht gefiel, das ihm diese Schauer über den Rücken jagte. Das ihm die Härchen auf seinen Armen und Beinen aufrichtete.

Und dann hörte er es. Er zuckte. Das Wachs schwappte

über, die Flamme drohte zu ersticken. Ulrich wandte sich um die eigene Achse. Er lauschte. Kratzen, Schaben, Wimmern. Ulrich zwang sich, seine Augen zu öffnen. Einen Spalt. Wenigstens. Er wusste nicht, was ihn erwartete, er ahnte es. Blinzelte. Nichts tauchte in seinem Blickfeld auf. Er atmete und zwang den Blick tiefer, und er sah es. Und würgte und schrak zurück. Bellen zerriss die Stille der Nacht. Es lenkte ihn ab, zog ihn erst zum Fenster und seine Aufmerksamkeit fort. Weg von hier.

»Verflucht!« Er beugte sich nach draußen und suchte. Glitzernden Frost überzog den Brunnen und die mächtige Eiche, versilberte vergessene Gerätschaften, die Dächer der Gesindehäuser und alles, ließ den Hof im Mondschein beinahe friedlich erscheinen − bis auf den Hund. Bis zum nächsten Kläffen, bis das Wiehern der Pferde über den Hof hallte und den letzten Zweifel vertrieb. Hier war nichts, wie es sein sollte.

LENNART †Kapitel 22
MERING MITTE/ENDE MÄRZ 1268

Jede Faser seines Körpers ächzte von den Anstrengungen des Tages. Gleichgültig wie er sich drehte, keine Stellung belohnte ihn mit Schlaf. Der Mond grinste ihn hämisch an. Der Jäger schnaubte.

Lennarts Blick durchsiebte die Decke. Die Auseinandersetzung mit Ulrich raubte ihm den Schlaf. Er wünschte sich diesen kleinen sprudelnden Brunnen an Fragen zurück, der Ulrich einst gewesen war. So hatte er ihn beinahe jeden Tag von den Stallungen oder der Falknerei zur Burg zurückgebracht, ein lachender Wirbelwind war er gewesen, kein versteinerter Racheengel.

Der Jäger seufzte und stützte sich im Bett auf. Im Dämmer fiel Schatten auf die Züge seiner Frau. Yrmla schlummerte seit Stunden an seiner Seite, nachdem sie ihn aus ihrer Umarmung entlassen hatte. Selbst seine Unruhe hatte ihren Schlaf nicht zu stören vermocht.

Lennart beugte sich über sie, streifte die Haare aus ihrer Stirn und drückte einen Kuss darauf – für ihr Leben an seiner Seite, für die letzten Stunden, für alles, was sie besser an ihm machte. Die Erinnerung an die Momente, die nur einen Lidschlag zurücklagen, machten ihn hungrig. Er drehte sich zum Fenster, presste die Lieder zusammen und zählte.

Der Hund bellte seine Hoffnung auf Schlaf in die Flucht. »Verflucht.« Lennart ächzte, er hievte sich auf. *So soll es wohl sein.* Er zupfte jede Ecke der Decke über seine Frau und fischte nach seinem Gewand. Nebenan deckte er seine Tochter zu. Auf ihrer Reise im Land der Träume zuckten ihre Augenlider und ihr Kindermund, sie gluckste ein kleines Lachen. Er strich ihr über den blonden Schopf und zog den Wollumhang über seinem Nachtgewand fester um sich. Die Kälte lauerte ihm vor seiner Haustür auf. Er zögerte kurz. Brummend stapfte er im Takt des Hundegebells zum Abtritt. *Wenn das nur ein Fuchs oder sonst ein Viech ist, das den Köter umtreibt und mir den Schlaf raubt* ... Lennart horchte auf. Der Hund war stumm.

»Zur Hölle!« Er raffte seine Umhänge zusammen und lief los. Vom Stall dröhnte das Donnern von Hufen gegen Holz, die Pferde wieherten, ihr Schnauben konnte er bis hier hören.

»Verdammter Köter! Wo bist du jetzt? Weshalb bist du still?«, zischte der Jäger. Durch die Ritzen der Stalltür schimmerte Licht.

Licht? Lennart fluchte. Er hastete zum Verschlag mit den Werkzeugen und verwünschte die offene Tür. Noch mehr verwünschte er den Splitter, der sich in seinen Finger bohrte, als er sich durch eines der Regale wühlte.

»Nicht ganz, was ich gesucht habe, doch du wirst genügen müssen«, murmelte er. Er packte einen armlangen, faustdicken Schlegel.

Vor dem Stalltor zögerte er. »Wer hat vergessen, dich zu schließen.« Schatten zogen über die Verschläge. Die Türen lehnten an den Balken, die Riegel ruhten in den Schlössern. Auf der anderen Seite durch das Stalltor hindurch konnte er die Pfähle und Begrenzungen der Koppel im Mondlicht erkennen.

»Kruzifix!« Jeder von Lennarts Schritten stampfte auf dem zertretenen Stroh und all dem Wiehern und Schnauben durch den Gang mit den dreißig Boxen. »Wenn ich den erwische, der das Tor aufgelassen ... und dann auch noch die Kerze vergessen hat. Und mich um meinen Schlaf bringt. Die können morgen was erleben.« Er zog seinen Umhang noch fester. Er sperrte die Augen auf und lud die Lichtfetzen ein, doch sie waren zu launisch. In dem, was sich vor ihm auf dem Boden erhob, konnte er nur Dunkelheit erkennen, einen groß geratenen Steinbrocken vielleicht. Der Märzfrost packte ihn bei den Schultern und jagte Gänsehaut über seinen Körper, er biss sich an ihm fest, schlüpfte unter seine Haut und wand sich gemeinsam mit einer dumpfen Ahnung um seine Knochen. Er fuhr sich mit der Hand über das Gesicht und kniff die Augen zusammen. Einer der Schatten vor ihm flackerte nicht im Takt der übrigen. *Hätten die Stallburschen vergessen, eine Kerze zu löschen, kokelten längst die letzten Reste an Rauch aus unseren verbrannten Knochen.* »Verdammt.« Lennart blinzelte. Der Schemen huschte auf ihn zu. Er verfestigte sich zu einer Gestalt.

Lennart glitt zur Seite und verlagerte seinen Schwerpunkt; der Jäger wartete auf das Raubtier in der Dunkelheit eines Waldes. Zu späte riss er den Stock in die Luft, der Tritt krachte gegen sein Knie, die Faust donnerte in seinen Magen, fällte ihn. Gegen seinen Hinterkopf knallte der Boden. Der Schatten drückte mit Gewicht auf seine Brust, und kettete ihn wie einen Käfer an den Boden. Lennart sog Luft in seine Lungen, tastete nach dem vertrauten Holz und zerquetschte nur Stroh in seiner Hand. Schatten verdunkelten sein Sichtfeld und Schatten strömten aus von dort, wo ein Kopf sein sollte. Ein Teufel thronte auf ihm. Aus weiter Ferne erinnerte ihn ein Wiehern daran, wo er sich befand, und der stechende Schmerz, dass er eine Hand hatte.

Angst kroch über seine Haut und streckte sich nach seiner Seele. Sein Denken entglitt auf dem klebrigen Teppich um seine Hand, schlüpfte ihm zwischen den Fingern davon. Sein Atem hechelte, Schweiß benetzte sein Gesicht und deckte ihn sogleich mit einer Frostschicht zu. Mit einem Stich endete der Druck in seiner Brust und Luft strömte Luft zurück durch ihn. Seine linke Hand zappelte in der warmen Pfütze. Beim Versuch, die Hand zu heben, fletschte der Schmerz Reißzähne in ihn. Kurz bevor er die Augen schloss, fiel das Licht schummrig auf die Klinge, die seine Hand auf den Stallboden rammte.

»Sieh an.« Eine Stimme zischte nahe seinem Ohr. »Der treue Jäger.«

»Was?« Der Graubär riss die Augen auf und keuchte.

»Ich glaube kaum, dass du mir bieten kannst, was ich suche«, wisperte sein Gegenüber in den Schatten.

Lennart rammte seinen rechten Arm gegen den Dunklen. Er presste sich mit seinen Füßen gegen den Boden und wälzte sich unter dem Gewicht des Mannes. Der alte Bär versuchte, auf den Rücken zu kommen. Mit all seiner Kraft drückte sich gegen den Fremden. Und erschlaffte. Der Griff seines Gegners band ein Eisenband um seine keuchenden Atemzüge und nagelte es an den Boden. Das Schnaufen wurde zu einem Blätterrascheln im Herbstwald.

Schwarze Umrisse irrten durch das Blickfeld des Jägers, dann zuckte etwas vor seinen Augen, Licht fing sich daran, gleißte, blendete ihn. Ein Dolch. »Woher habt Ihr ihn? Hund.« Mit dem nächsten Ausatmen spuckte er einen feuchten Klumpen aus seinem Mund. »Ulrich erfährt es!« Feuer flammte auf seiner Wange, sein Kopf prallte zur Seite, er rang nach Luft und erntete Pein, als sein Arm gegen den anderen erneut ausholte.

»Versuch es nur.« Der Spott in der Stimme biss sich in Lennarts Ohren fest, er schloss die Augen und zerrte Bilder aus seinem Gedächtnis, die weit entfernt schienen. Yrmlas Augen und ihre weiche Haut, seine Trudi, die schlummerte mit dem Händchen am Kinn. *Ich wollte doch nur nach dem Hund sehen.* »Bitte!« Es rutschte ihm heraus. Er merkte, wie sich der Körper des Mannes versteifte, der mittlerweile neben ihm kniete, wie der Griff ihn quälte, mit dem er gehalten wurde.

»Du bettelst?« Der Fremde spie es aus.

Lennart saugte an seiner Unterlippe, er zuckte zusammen mit jeder Drehung des Metalls in seiner Handfläche.

»Nun, wie du willst.«

Lennarts schauderte, als ihn die Hand am Kragen ein Stück nach oben riss. »Wenn ich es mir recht überlege, so will ich durchaus etwas von dir.« Mehrere Herzschläge lang schrien die Schmerzen in seinem Körper gegen die Stille.

Holz schmetterte gegen Holz und brachte die Wände des Stalls zum Zittern. Lennart spürte den Luftzug auf seinem Gesicht. Er wandte seinen Kopf zur Seite. Nur ein Blick, den er erhaschte. Metall drückte gegen seine Wange. Der Andere zwang sein Gesicht zurück. Nass schlich über seine Wange, Wärme rann daran hinab.

»Ich will deine Hilfe«, vernahm er ein eisiges Flüstern an

seinem Ohr. Die Worte kreisten in Lennarts Gehirn. Schritte wurden lauter, eilten durch den Gang auf ihn zu. Hilfe nahte. Ein Hauch mehr Licht schlich sich in den Stall. Er kannte das Gesicht. Konturen und eine Erinnerung. Er hatte diesen Dunklen schon einmal gesehen, bei einer Gelegenheit, die den Beigeschmack von Ungenießbarem auf seine Zunge schob.

Der Graubär kratzte seine Kraft zusammen, füllte Luft in seine Lungen und stieß seine Rechte nach oben. Stemmte sich, bäumte sich gegen seinen Widersacher auf. Zwecklos. Er konnte ihn nicht abschütteln, noch nicht einmal bewegen konnte er sich, und der Schmerz in seiner Hand, in seiner Brust wütete. Er hob seinen Blick. Mit einem Wimpernschlag verdorrte jeder Keim der Hoffnung.

Kerzenlicht brach sich in der Klinge, seine Welt schrumpfte zusammen auf das Stück Metall, bis es aus seinem Sichtfeld verschwand. Etwas stimmte nicht – alles stimmte nicht, seine Atmung stolperte, stockte. Er rang nach Luft, sog Atem ein, nicht genug, nicht genug, seine Brust füllte sich nicht mit Leben, versagte ihm den Dienst. Das Blut dröhnte in seinem Kopf, bevor die Dunkelheit kam, der Schlag seines Herzens – wo blieb er? Schmerz fraß sich in seine Brust und raubte seinen Atem, Kälte kroch unter seine Haut, und verdrängte das drückende Gefühl. Seine Augenlider zitterten. Der Fremde war verschwunden. Die Stallwände schmolzen, das Wiehern der Pferde wurde leiser. Das Licht flackerte.

Er blinzelte, seine Hände fuhren zur Brust. Er fasste in warme, glitschige Flüssigkeit und rang um Atem.

Er wollte nur kurz ruhen, dann würde er aufstehen, dem anderen hinterher. Nur noch einen Moment ruhen.

Er hörte eine Stimme, sie klang vertraut. Er spürte Wärme an seiner Hand, etwas schloss sich darum, und ein Gesicht erschien ihm. Er runzelte die Stirn, dann lächelte er. Er kannte das Gesicht. Lennart öffnete den Mund, doch die Silben stolperten in der falschen Folge hervor. Er kniff die Augenbrauen zusammen, schob die ausgetrocknete Zunge über die Lippen, strengte sich mehr an. Er musste es unbedingt sagen. Es war wichtig.

Kälte wucherte in seinem Innern, und Nacht. Alles, jede Bewegung war so schwer, er war so ohne Kraft. Nichts war mehr übrig.

Sein Herz war tot.

✝

ULRICH †Kapitel 23

MERING MITTE/ENDE MÄRZ 1268

Ulrich hetzte in sein Gemach, tauschte Überwurf gegen Hose, gegen Hemd und Schwert. Die Treppe nahm er im Flug, jagte über den Hof und erreichte die Ställe. Nach Atem zu ringen, blieb keine Zeit.

Er riss an der Stalltür. Das Holz knallte gegen die Wand, der Kerzenschein seiner Laterne drängte in die Dunkelheit, torkelte über die Boxen und über die Ahnung eines düsteren Pulsierens. Hufe scharrten das Stroh hinter den Holzverschlägen auf, das Iiihern und Schnauben der Pferde füllte den Stall.

Ulrich zerstarrte die Schwärze im düsteren Stall. Vor dem großen Tor auf der Gegenseite von Ulrichs Welt verdichtete sich die Nacht. Schatten. Sie bekämpften einander, sie rangen um den Sieg, um das Ende. Ein Schemen fiel. Er krachte gegen den Boden, der Schattenarm zwang den Gegner auf Abstand – für einen Moment. Er erschlaffte.

Was Ulrich beobachtete, bohrte sich in sein Fleisch und seine Knochen, legte Bleibänder um sein Herz und seine Schritte. Er watete durch zähen Nebel. Das Laternenlicht schlingerte, seine Beine knickten ein. Seine Füße blieben auf Höhe einer Box an einem dunklen, schweren, weichen Brocken hängen. Er stolperte und fand die Antwort, weshalb der Hund nicht mehr bellte. In seine Gedanken schnitt sich das Wissen, wer der Schatten war, der am Boden lag.

»Lennart.« Erkenntnis schwappte über jedes Härchen seiner Haut. *Lennart, verdammter Sturkopf. Was zum Teufel hattest du hier zu suchen? Weshalb...?*

Er konzentrierte sich auf den Schattenkampf und verfluchte die Vertrautheit in den Bewegungen von

Lennarts Gegner. Eine Ahnung schlich sich an, doch kurz bevor er sie zu fassen bekam, entschwand sie.

Wachs schwappte in die Flamme; der Schattenkämpfer, der Lennart quälte, bellte ein Lachen in die Nacht.

Die Verschläge mit den Pferden und ihrem Wiehern zogen vorbei an Ulrich, sein Blick klebte an dem Kampf. Lennarts Hand hob sich vom Boden, gezogen wie von Fäden talentloser Puppenspieler, fuhr durch die Luft, fiel zurück auf die festgestampfte Erde. Flammen spiegelten sich auf Metall, die Klinge setzte ihren Stich.

»Nein!«

Der Schattenkämpfer blickte auf. Er zuckte zurück, als das Laternenlicht nach ihm griff.

Ulrich zerrte an seinem Schwert, seine Haut kribbelte. Die Luft surrte unter dem Wurf. Der Zorn des Metalls füllte den Stall, bis es gegen ein Hindernis schepperte, bis es abprallte, auf Boden krachte, bis der Schattenkämpfer endgültig verschwand, verschmolz mit der Nacht.

Ulrich heftete seine Blicke auf seinen Getreuen, sank auf die Knie. Erkaltendes, dunkles Nass befleckte den Boden ringsum. Ulrichs Finger ertasteten die weiche Stelle an Lennarts Hals zwischen Ohrläppchen und Kiefernknochen. Er schluckte, rieb die Narbe auf seiner Stirn, dann presste er die Hände auf die Wunde. Die Augenlider des Jägers zuckten.

»Lennart!« Er räusperte sich. »Lennart«, setzte er erneut an, griff nach der Hand seines alten Lehrers, und sie entglitt ihm. Lennarts Mund bewegte sich.

»Ich hole Hilfe. Halt aus!« Er beugte sich über den Verletzten, ganz nah zu dessen Mund.

»Hat er.... Verfolgen... Komme gleich.« Der Jäger röchelte, spuckte.

»Ruhig.« Ulrichs Sicht verschwamm. Seine Hand fasste wieder nach der Hand des Alten. Der Welfe schluckte und presste seine Verzweiflung zurück durch seine Kehle, weigerte sich, die Feuchtigkeit auf seinen Wangen zu bemerken. »Lennart! Du musst bleiben!«, flüsterte er. »Du warst immer da. Du wirst nicht gehen, Lennart, nicht wie die anderen. Deine Wunde … wir werden sie heilen.«

Ulrich wischte sich über die Augen. Eine rote Spur zeichnete sein Gesicht. »Lennart, alles wird gut, Lennart!«, wiederholte er.

»… Luft.« Der Jäger krächzte. Ulrich neigte sich näher zu ihm. Er richtete den Oberkörper auf, bettete ihn auf seine Knie. »Besser?« Ulrich legte den Kopf in den Nacken. »Gott! Er hat so oft zu dir gebetet. Er glaubt, dass du schützt, wer sich an dich hält, dass du den strafst, der deine Gebote nicht achtet. Lass ihn nicht gehen. Nicht so.«

Ein Husten. »Yrmla, Trudi.« Die Lider klappten zu und wieder auf und zu und auf.

Ulrich lauschte, und sein Blick hing sich an den Brustkorb, striff zu Augen des Jägers. Die Ruhe zerriss ein Herz.

Der Düsterengel stierte in das Dunkelgrau hinter dem Stalltor, bis seine Gliedmaßen sich wie Granit anfühlten, bis sich der Himmel ein schiefergraues Trauerkleid überstreifte.

Er schloss Lennarts Augenlider und bettete die sterbliche Hülle.

»Zur Hölle!« Sein Umhang glitt von den Schultern und legte sich über die Spuren von Rot.

Ulrichs Faust pochte gegen Holz. Nur einen Spalt öffnete sich die Tür, knarzte, schwang auf. Beinah fiel er gegen die Frau im Türrahmen.

Eine Wolldecke umhüllte Theres. Die Dämmerung warf Schatten auf ihr Gesicht, Linien zeichneten die Abdrücke des Kissens auf ihre Wange. Sie blinzelte. Sein Bericht jagte den Schlaf davon und Entsetzen in ihre Glieder. Sie zeichnete das Kreuz in die Luft, zeichnete es auf Stirn, Mund, Brust. Sie nickte, und sie schloss die Tür, nur um wenig Atemzüge später erneut zu öffnen. Die Decke hatte sie gegen ihr Kleid und Mantel getauscht.

Aus dem Augenwinkel sah er den Mantel hinter ihr wehen auf ihrem Weg in Richtung des Stalls. Er stand bereits vor einer anderen Tür. Die Hölle der vergangenen Nacht drückte ihn nieder und hielt seinen Arm von der Holztür fern. Einen Moment. Noch einen. Er schloss die

Augen, atmete. Seine Schultern richteten sich auf und stemmten die Pflicht.

Yrmla wickelte ihren Mantel enger um die Schultern, die Farbe ihres Gesichtes erlosch, das Leuchten in ihren Augen wurde vom Schwarz ihrer Pupillen verschluckt. Er rang nach Worten und nach Haltung. Sie schlug die Hände vor den Mund, stolperte rückwärts in den Raum. Ihre Beine zerflossen, sie knickte um, wankte, strauchelte, konnte nicht verhindern, dass ein Schrei ihren Lippen entwich. Ulrich knallte seitlich gegen die Tür, im letzten Augenblick fing er sie.

Gegenüber saßen sie, ein jeder an einem Ende des Tisches. Kein Laut wagte sich in diese Kammer, um den Scherbenhaufen nicht noch lauter zum Klirren zu bringen, um sich nicht weiter an den Kanten aufzureißen.

Yrmlas Oberkörper schaukelte vor, wiegte zurück. Ihre Lippen bewegten sich, ihr Blick klebte an der Wand am Holz des Kreuzes, das dort hing. Der Gott, zu dem sie ihre Stimme erhob, antwortete nicht.

Ulrich knetete und quetschte seine Finger, sein Blick huschte von ihr, zum Kreuz, zum Zimmer, in dem Trudi schlief; er fuhr über seine Narbe, holte Luft, stieß seinen Atem zwischen dem verschlossenen Tor seiner Zähne aus. Er trieb die Worte, die seine Gedanken formten in seinen Mund, auf seine Zunge. Welche Hoffnung konnte er – ihr Herr – ihr geben. Er, der nicht imstande war die Seinen zu schützen? Seine Gedanken schlingerten zu Agnes. Seine Lippen blieben versiegelt.

Der Fremde, der Mörder – er war schneller gewesen – im Stall, in Ulrichs Arbeitszimmer.

Und dort wartete noch etwas auf ihn.

Er verließ Yrmla. Ulrich atmete den Wind und trank die Kälte, nur um etwas zu spüren. Er wollte eintauchen in ein Meer von Leben, bis er darin ertrank und die Leere aus ihm schwand. Er sehnte sich weg von diesem Grauen.

Die Treppen zum Arbeitszimmer quälte er sich empor und trat ein. Er schloss die Augen, bevor er sich dem Schreibtisch zuwandte. Er schlug die Augen auf, er würgte. Wieder. Und noch einmal. Der letzte Rest

Selbstbeherrschung hielt ihn aufrecht. Oder Sturheit.

Wer tut so etwas? Wer ist dazu fähig?

Er strich über ihr Fell. Es fühlte sich weder weich, noch warm, noch seidig an. Das gescheckte Muster blieb Teil seiner Erinnerung und wagte sich nicht mehr in diese Welt zurück, es blieb starr unter dem Blut. Etwas war auf seinen Schreibtisch gepflockt, ein Etwas wie die Katze, die um seine Beine gestrichen war und ihm in den Stunden über den Büchern, den Rechnungen Gesellschaft geleistet hatte. Der Torso war niedergedrückt auf dem Holz, die Glieder, steif, abgewinkelt, als besäße sie keine Gelenke.

Als er zuvor das Zimmer betreten hatte, war sie noch nicht tot gewesen. Gemaunzt hatte sie noch. Er hätte ihr Leiden verkürzen können. Doch er hatte geglaubt, es wäre besser, ihren Peiniger zu erwischen. Umsonst. Ebenso wie die Jagd. Dieser Hundesohn war entkommen. Erneut.

Wut flammte in ihm auf und schnürte ihm die Kehle zu. »Weshalb durfte er in deine Nähe, wo du vor jedem anderen fliehst?« Er ächzte. »Das ist es, wohin Nähe führt. Schmerz.«

Ulrich eilte zurück zu den Stallungen. Auf seinem Weg schleppten sich gebeugte Gestalten zurück in ihre Heime oder ins Gesindehaus. Er stieß mit einem seiner Männer zusammen. Beinah. Einen Herzschlag lang standen sie sich gegenüber. Der Mann zuckte zusammen, senkte den Kopf.

»Jakob.« Ulrich legte ihm die Hand auf die Schulter. Ein Räuspern. »Danke.«

Der Graf von Mering trat an dem Mann vorbei und steuerte auf Theres zu und den Ort, an dem er Lennart verloren hatte.

Sie kam ihm zuvor und führte ihre Worte als Messer. »Könnt Ihr mir sagen, wo Ihr wart?« Ihre Stimme überschlug sich. »Ihr reißt mich aus dem Schlaf, und macht Euch aus dem Staub. Lasst mich allein hier. Damit.« Ihre Hände bedeckten, schützten ihr Gesicht, ihr Schluchzen schüttelte den zu dünnen Stamm einer Birke im Sturm. Einen kleinen Schritt nach dem anderen setzte er auf sie zu, nahm die alte Amme in seine Umarmung und hielt sie fest. Ihre Tränen versiegten nicht, und wieder wusste er keinen

Weg, das versperrte Tor seiner Lippen zu sprengen – weder für Trost, noch für Rat.

Irgendwann stolperten Worte aus seinem Mund. »Die Katze auch, Theres.« Er schluckte. Er spürte, wie ein Ruck durch ihren Körper ging.

Ihr Blick verbrannte ihn. Bevor sie es aussprach, kannte er ihren Vorwurf.

Er war schneller. »In meinem Arbeitszimmer, Theres. Er war in meinem Arbeitszimmer. Und dieser Mörder hat etwas gesucht. Ich bin gewiss. Nur viel anderes als die Rechnungsbücher gibt es dort nicht.« Er suchte nach dem Sinn und fand ihn nicht.

»Die Katze kam ihm in die Quere. Er hat sie auf meinen Schreibtisch gespießt. Ich wollte nicht darauf warten, bis jemand anderes das Ganze entdeckt.« Wenn es irgendwie möglich war, wurde ihr Ausdruck nach dieser Erklärung noch ungläubiger, ihr Mund stand offen. Wieder barg sie in den Händen ihr Gesicht.

»Wer tut sowas? Wer tut nur sowas?«, wimmerte sie.

Theres Schluchzen klang ihm noch immer im Ohr. Zum dritten Mal richtete Ulrich den Papierbogen zurecht, die Feder, getränkt von Tinte, zuckte über den Bogen, doch Zeichen hinterließ sie nicht. Er wollte ihr schreiben. Agnes. Ihr galten seine Gedanken – jene tausend, die er ihr mitteilen wollte. Alle kreisten sie in seinem Kopf. Der Tod hatte einmal mehr seine Sichel angesetzt und das Feld gemäht, das Ulrich umgab. Er schnaubte und wieder suchte seine Hand ihr Schreiben, klappte es auf.

Und selbst wenn er ihr noch nicht begegnet war, er wünschte, er könnte sie beschützen – jedes Mal, wenn er ihre Stärke und Zerbrechlichkeit aus den Zeilen jenes Briefes las, den er stets bei sich trug, wünschte er dies mehr.

Womit sollte er beginnen?

Agnes.

Die Buchstaben Ihres Namens formten sich. Dann stockte er. Er wusste, sie würde bald genug Hardenberg verlassen und aufbrechen zum Fest von Herzog Ludwig, um ihn zu treffen. Nach dem Winter blieben nur eine Handvoll Wege für einen großen Tross befahrbar. Doch eine Handvoll Wege war mehr als zuviel, wenn sein Brief sie finden sollte. Er kannte die Route der Hardenbergs nicht, er wusste nicht, wie sein Brief zu ihr gelangen sollte. Vielleicht gar nicht.

Dennoch: Er musste dies tun. Wenn es ein Schicksal gab, wenn es etwas gab wie Bestimmung, wenn zwei Hälften eines Wesens zusammenfinden mussten, wenn zwei Gedanken in dieselbe Richtung drängten, so ließe sich ein neuer Weg schaffen ... Seine Worte würden sie erreichen. Irgendwie.

Vielleicht.

Ulrich kaute auf der Unterlippe und ballte die Faust und setzte erneut an.

Agnes,

Euer Schreiben trage ich bei mir. Eure Worte treiben mich. Ich danke Euch – am meisten für Euer Verstehen.

Ich muss Euch schreiben, Agnes.

Tod wütet in den Mauern, in den Gärten meines Hauses. Alles Gras und Grün wird niedergemäht, Leere und Dunkelheit bleibt.

Ein Raubritter schlägt Wunden in mein Land. Seine Klinge hat hinter den schützenden Mauern ein Leben gerissen. Er hat mir jemanden geraubt, der all die Jahre an meiner Seite war, der meinen Vater mit mir zu Grabe getragen hat, wie jeden anderen meiner Familie.

Ihr wisst um meine Verluste, und ich weiß: Auch über Euch liegt der Schatten der Nacht – jenes Unglück an Eurem Hochzeitstag. Doch für mich – und wenn Ihr so wollt: Für uns – zeigt sich in diesem Unglück eine zweite Seite, ein Zeichen, das unsere Wege zusammenführt.

Die Zeit schwindet, wie die Ellen zwischen uns. Jeder Tag, jede Stunde bringt Euch ein Stück näher zu mir. Vor uns liegen leere Seiten, die Zukunft – weiß und unbefleckt.

Lasst uns die alte Feder zerbrechen und die Schatten zerreißen. Streichen wir die dunklen Kapitel der Vergangenheit. Lasst uns eine neue Feder finden – und sei es, *dass wir sie selbst aus Eisen schmieden. Schreiben wir unsere Zukunft neu – gemeinsam!*

†

REISE †Kapitel 24

AUF DEM WEG VON HARDENBERG NACH FRIEDBERG, BAYERN MITTE/ENDE MÄRZ 1268

Knorrige Finger kahler Büsche spreizten sich am Rand des Waldes in die Höhe. Den Weg hatten Fuß – und Wagenspuren mehrfach umgegraben. Regengrau verschleierte die Lücken zwischen den Baumstämmen. Vom Fell der Tiere lösten sich Tropfen um Tropfen, wie von den Planen der Karren, die Kleider umklammerten die Menschen, die sie trugen, mit Nass. Jeder Fußtritt glitschte und rutschte über den Boden, durch den Matsch, in dem ihr Wagen steckte.

Sie wischte sich den Regenhauch vom Gesicht und schüttelte sich. Kälte wand sich über jeden Zoll ihrer Haut. Prüfend betrachtete sie ihre Umgebung. Sie suchte das Augenpaar, die Blicke, die sie zu spüren glaubte, Blicke, die ihr folgten.

Der Tross der Hardenbergs, und jene, die sich ihnen angeschlossen hatten, waren beschäftigt mit dem Wagen, mit den gewaltigen Rädern, die sich zum vierten Mal seit Beginn ihrer Reise eingefressen hatte in den Schlamm. Die Männer verfluchten die eingebauten Sitzbänke, die massiven Eisenbeschläge für das Konstrukt, an dem eine dicke, geölte Stoffplane befestigt war, damit die Insassen trocken reisen konnten.

Für die Landschaft, dafür, was um ihre Gesellschaft herum geschah, erübrigten sie weder Zeit noch Blick. Und vom Edelmann, der sich ihnen vor drei Tagen angeschlossen hatte, fehlte jede Spur. Sein Pferd war gestern den ganzen Tag neben ihrem Gefährt getrabt. Sie hatte gehört, wie er leise vor sich hingesungen hatte, hatte gesehen, wie der Wind seine Wangen rötete. Wer war er? Niemand hatte ihn gekannt, doch als gestern der Karren im

Matsch versunken war, hatte er mit angepackt, als wäre er einer der Ihren.

Ein Frösteln überfiel sie. Sie verfluchte die Untätigkeit, zu der sie verdammt war, und die Einbildung, der sie erlag. Sie verfluchte ihren Verband, der nass an ihrer Hand klebte. Das Gefühl beobachtet zu werden ließ sie nicht los. Sie zog ihren Umhang enger, nicht nur um sich gegen den Wind zu schützen, der den Nieselregen vor sich her trieb. Sie bedauerte, dass weder gegen die Witterung noch gegen dieses Gemurmel der Schutz ausreichte.

»Sind sie bald fertig? Agnes, wann werden wir weiterreisen? Siehst du etwas?« Die Stimme krächzte und schabte sich ungebeten in Agnes Ohren. Die junge Gräfin verdrehte die Augen und widerstand dem Reflex, ihre Hände gegen die Ohrmuscheln zu pressen. »Wir sollten längst wieder im Wagen sein. Dieser Wind und dieser Regen erst. Was für ein grauenhaftes Wetter, das hier in dieser unwirtlichen Gegend ist, dieses Bayern.« Das Wetter begleitete den Trupp seit dem Aufbruch, gleichermaßen die Laune ihrer einstigen Amme Clara.

Agnes zog eine Grimasse und zuckte mit den Schultern. Sie drehte sich kaum merklich in die Richtung und musterte aus dem Augenwinkel die Frau, die sie Zeit ihres Lebens kannte. Sie hatte ihr Kopftuch abgenommen. Von der einstigen kastanienfarbenen Pracht war kaum mehr etwas zu sehen. Struppig und grau stand es ihr nun vom Kopf. Falten zerklüfteten die Partie ihrer Augen, mehr noch wenn sie sie – wie meist – zu Schlitzen zusammenkniff, und der Mund vergessen zu haben schien, was ein Lächeln war.

»Geht es nun bald weiter? Warum dauert das so lang?«

Agnes seufzte, die alte Amme leierte ihre Litanei weiter. Die Worte fanden sich durchaus mit Abwechslung. Die Stimmlage nicht. War es möglich, dass eine Stimme schmerzhafter schnitt als ein Messer? Agnes massierte ihre Schläfen und biss sich auf die Lippen. »Wir werden hier stehen, so lange, wie es nun einmal dauert; bis wir vollkommen durchnasst sind und die Kälte unsere Knochen aufgefressen hat. Bis wir vergessen und mit den Bäumen des Waldes verwachsen sind. Oder uns ein wildes Tier reißt. Dann müssen wir nicht weiterreisen, der Wagen ist durch unser Gewicht nicht mehr belastet und sinkt nicht mehr ein. Die übrigen Reisenden werden ohne uns wesentlich schneller vorankommen, aber sicher werden sie uns vermissen – Euch vor allen Dingen, und die ständigen Nörgeleien und das Gekeife.«

Die Augen wurden riesig im ausgezehrten Gesicht, und die Kinnlade klappte nach unten. »Aber, aber …« Sie schnappte sie nach Luft. »Ihr, Ihr Unverschämtes …!«

Die Grafentochter funkelte sie an. »Clara, in Gottes Namen! Wir stehen hier recht trocken im Gegensatz zu den anderen am Wagen drüben. Es dauert nun einmal seine Zeit, und Euer Gejammer macht es nicht besser. Und die, die jetzt helfen, sind ohnehin ständig im Regen und in der Kälte unterwegs, nicht wie wir in einem Wagen geschützt. In der Zwischenzeit werden wir also wohl ausharren können. Es sei denn, Ihr wollt mit anpacken. Natürlich steht Euch dies frei.« Sie zeichnete eine Geste in die Luft und deutete in die Richtung des liegengebliebenen Karrens. Ein Schnauben war die Antwort. »Wichtiger ist, dass Georg einen Platz zum Übernachten für alle findet. Ein warmes Plätzchen und vielleicht eine warme Mahlzeit würden allen guttun.«

Agnes wandte sich ab und faltete kurz die Hände. Sie schickte ein Stoßgebet zum Himmel, mit dem Seitenblick auf Clara. Ein Fuß setzte sich vor den anderen, ein, zwei, drei, vier Atemzüge, und dann wagte sie, kurz die Augen zu schließen. Sie nieste. Der Regen und die Geräusche, die von den Mitreisenden kamen, waren das einzig Hörbare, bis …

»Nun, Ihr wolltet ja nicht auf mich hören. Und wenn Ihr Euch jetzt erkältet, dann habt Ihr Euch das ganz allein zuzuschreiben.«

Die Verblüffung, die ihre alte Amme der Worte beraubt hatte, war vorbei. Sie rollte mit den Augen.

Die Tirade setzte sich fort. »Ich hab Euch gesagt, Ihr sollt Euch eine zusätzliche Decke über die Schultern legen. Aber das Wort einer alten Frau gilt Euch ja nichts. Ihr braucht gar nicht so ein Gesicht ziehen. Auch wenn ich

Euch nicht sehen kann, ich weiß genau, dass Ihr das tut. Eure Eltern haben Euch immer schon zu viel erlaubt. Aber auf mich hört ja keiner, und mittlerweile bin ich nur noch überflüssig. Ich weiß schon, dass man mich nur aus Mitleid mitnimmt. Gebraucht werde ich nicht mehr. Aber Mitleid brauche ich schon gar nicht.«

Agnes murmelte vor sich hin. Seit ihrer Verletzung hatte sie nicht mehr auf einem Pferd gesessen. Sie sehnte sich danach, dass der Wind ihr Haar zerzauste und an ihren Kleidern zerrte, als ob er sie in den Himmel tragen wollte. Sie schloss die Augen und sperrte die Welt aus. In ihrer Vorstellung verwandelte sich Claras Stimme in eine pfeifende Böe und das Klappern der Kisten wurde zum Hufschlag eines Pferdes. Für einen Moment. Ein lauter Knall zerriss ihren Traum. Sie blickte sich um. Eine Kiste war einem der Helfer entglitten, als er diese zurück auf den Wagen hieven wollte. Die Truhe krachte auf halbem Weg auf die Kante der Ladefläche, kippte und fiel schließlich aus dem Wagen zurück auf eine andere Kiste, die unter ihr stand. Der Mann sprang so ungelenk zur Seite, dass er der Länge nach im Schlamm landete. Lachen brandete auf, die Köpfe wandten sich um. Schon platschte ein Dreckklumpen ins Gesicht eines anderen, und der zögerte nicht lange mit der Antwort und dem Angriff auf einen weiteren Helfer. Jede Hand matschte in den Morast und schleuderte glitschige Wurfgeschosse, die Rufe und das Gelächter der Umstehenden feuerte das Grüppchen an, bis jeder von ihnen sich grölend schüttelte und immer wieder ausrutschte.

Agnes erkannte die drei Männer. Vergangene Nacht im Gasthof hatten die sie zusammengefunden. Der eine bot Bänder feil, Garn und Nadeln, der zweite war auf dem Weg zu seinen Verwandten in Augsburg, der dritte war ein Gaukler aus … Daran konnte sich Agnes nicht mehr erinnern. Kaum genug Platz war in der Stube gewesen, und jeder des seit dem Aufbruch wachsenden Trupps hatte sich irgendwie an einen Tisch gequetscht. Gleichgültig ob Herr oder Hirte sich als Sitznachbarn fanden, hier zählte nur einen Platz zu finden und eine Mahlzeit. Und dann hatten alle begonnen ihre Geschichten zu erzählen, natürlich führte der Kaufmann die feinsten Waren, und der Gaukler hatte vor den höchsten Herren getanzt. Sie lachten und lästerten, alberten und tratschten, prosteten einander zu, und jedes Mal schwappten die Humpen über, wenn sie aneinander krachten. Und im Laufe des Abends hatten sie beschlossen, sich dem Tross anzuschließen. So kam es immer im Tross der Hardenbergs und jedes Mal war ihre Gesellschaft größer, als sie am Morgen aufbrachen. Natürlich verließen auch Einzelne die Gruppe, verabschiedeten sich überschwänglich.

Nur einer war einfach ohne ein Wort verschwunden: der stille Edelmann. Er hatte sich an jenem Tag von den übrigen Männern ferngehalten und mit tief ins Gesicht gezogener Gugel vor sich hin gebrütet, nur ab und an hatte sie einen Blick auf sein Gesicht erhascht. In der hintersten Ecke des Gasthofs hatte er gesessen, am nächsten Morgen, heute, fehlte jede Spur von ihm.

Agnes blinzelte. Ihre Mutter und Mathild legten Bretter unter den Karren eines Bauern und schoben und zogen, damit der Wagen freikam. Agnes indes wanderte zurück zu Clara. Sie war noch ein gutes Stück entfernt, da hörte sie bereits das Nörgeln der Alten. »… bleibt denn bloß Mathild? Da ist das Ding schon die Einzige, die mir hilft, dann ist sie noch nicht einmal hier.«

»Ach, Clara«, schnaubte sie, »ihre Hilfe wird im Moment dringender bei den Karren benötigt als hier bei Euch.«

»Bildet Euch nur ja nichts ein, weil Ihr bald einen eigenen Hausstand habt, mein Kind! Ich habe Euch schon in Windeln gelegt und Euer Geplärr ertragen.« Clara verschränkte die Arme und schob ihre Unterlippe vor.

Agnes ballte die Hände, doch ihre Linke streckte sie sogleich wieder von sich. Schmerz zuckte von der Wunde in ihrer Handfläche bis in ihre Haarspitzen. Sie stieß die Luft durch ihre Zähne hörbar aus.

Claras Arme fuhren nach oben. »Schert Euch fort, zur Hölle«, zischte die Alte und tat einen Schritt zurück. »Bald habt Ihr uns ohnehin verlassen und vergessen.«

»Ich …«, stotterte Agnes, die Amme hielt sich die Ohren zu. Wiehern und Hufpoltern erfüllte den Wald und lenkte Agnes ab.

Noch einen Moment zögerte sie, dann schüttelte sie den Kopf. Sie raffte ihre Röcke und rannte los. Sie konnte nicht anders als lächeln beim Anblick ihres Bruders. Er japste nach Luft, seine Wangen leuchtend, die Augen glänzend – das letzte Stück hatte er im Galopp zurückgelegt. Ob sie ihn immer noch schlagen konnte? Es war längst an der Zeit, dies herauszufinden. Sie rollte die Finger ihrer linken Hand.

»Heeiho!«, schallte es. »Ein Dorf mit Gasthaus. Im Fußmarsch eine Stunde etwa entfernt.« Georgs Arm wies die Richtung, die ein wenig abseits ihrer eigentlichen Strecke lag. »Und wenn ich mich so umsehe, bin ich genau rechtzeitig zurück, und ihr habt die ganze Arbeit getan«, grinste er. Der Mittlere der Hardenbergs landete neben seinem Ross, und der Matsch spritzte gegen die Umstehenden. »Wenn ihr den Karren endlich frei habt, langen wir vielleicht noch vor dem Gewitter und vor Anbruch der Dunkelheit an«, rief er. Er deutete schelmisch auf Agnes. »Vielleicht ist die Fracht einfach zu schwer und die Räder graben sich deswegen ein. Was meinst du, Schwesterherz, vielleicht solltet ihr alle in dem Karren eure Ration Essen lieber ausfallen lassen?«

»Vorsicht, du Kindskopf, sonst geht deine Schwester mit der Nadel auf dich los, und du weißt genau, was dann passieren kann«, feixte der Vater und zu Agnes gewandt: »Auf! In den Wagen, los! Damit wir aufbrechen können! Wo ist Clara?«

Agnes griff nach der Hand, die der Vater ihr bot, setzte ganz undamenhaft einen Fuß auf die Ladefläche und stemmte sich hoch. »Ich glaube, es ist besser, wenn Mathild sie holt.« Sie winkte Mathild zu und deutete in die Richtung, aus der sie soeben gekommen war. Das Mädchen verstand und lief los. Die Plane, die den Innenraum des Wagens vor Regen und Wind schützte, zappelte, als Agnes sich daran vorbeischob. »Vielleicht sollte ich mit Georg tauschen. Dieses Leichtgewicht ist doch im Wagen viel besser aufgehoben. Und vor Regen ist er auch geschützt, so zuckersüß wie er ist. Nicht, dass er noch aufweicht«, tönte ihre Stimme aus dem Wageninneren.

»Hah, kleine Schwester! Nur nicht frech werden.« Falls das überhaupt möglich war, wurde das Grinsen noch breiter. Er zog ein gefaltetes, gewelltes Papier aus seinem Wams. »Aber dafür ist es ja schon zu spät. Vielleicht überlasse ich dir das hier dennoch – zumindest, wenn du mich bittest.«

»Was ist das?«

»Das ist mir zufällig im Gasthaus über den Weg gelaufen – der Bote war schon am Aufbruch. Glaub mir, wenn ich nicht gewesen wäre, wäre dieser Brief nicht einmal in deine Nähe gelangt.«

»Gib ihn mir.« Agnes winkte ihn heran und erntete lediglich ein Lachen. »Georg!«, zischte sie. »Von wem ist das Schreiben.«

»Vielleicht findest du es heraus. Vielleicht …« Er wedelte mit dem Papier.

Wernher von Hardenberg setzte dem Spiel ein Ende und zeigte dem Sohn mit eindeutiger Geste, dass er sich besser wie der Rest der Reisegruppe auf den Weg machen sollte. »Im Umgang mit Damen, mein Sohn, benimmst du dich so elegant wie ein Holzklotz. Falls wir eine Frau für dich finden, bedaure ich dieses arme Geschöpf jetzt schon«, schickte er ihm hinterher. Er reichte ihr das durchweichte Papier.

Agnes schlug die Plane ein Stückchen weiter hoch. Ihre Finger tasteten die Nässe. Bevor sie das Schreiben öffnete, flog ihr Blick davon, doch fand sie nicht das, was sie suchte. Weiter hinten – hinter ihren Brüdern und Eltern – bei dem langsameren Teil der Gesellschaft zu Schusters Rappen entdeckte sie den Spielmann mit der Harfe unter dem Arm. Seine Laute pendelte in dem gewellsten Beutel herab von seinem Rücken und schlug gegen seine Beine. Agnes mochte seine Lieder. Solange die Musik erklungen war, hatte auch auf dem Gesicht des Edelmanns ein Lächeln gelegen.

Nun trabte das Ross dieses Unbekannten nicht mehr wie am Tag zuvor neben ihrem Wagen, das Zaumzeug wie ein

Kunstwerk um die Hände geschlungen. Sein Blick forschte nicht mehr bis zur Kante des kleinsten Kieselsteins, der auf dem Weg lag. In Momenten, in denen er sich unbeobachtet glaubte, waren seine Züge wie verwandelt, Grübchen zeichneten seine Mundwinkel, und er summte diese Melodie. Damit webte er einen Schutzwall aus fremden Klängen und vertrauten Weisen um sich.

Sie wandte sich um und betrachtete das Wageninnere, seufzte. Clara schnarchte neben ihr.

»Macht doch nicht so ein Gesicht, Agnes«, wisperte Mathild. »Matsch, der in die Schuhe quillt und jeden Schritt schwerer als den vorigen macht – das ist doch auch nichts. Lieber hier im Trockenen. Und hier könnt Ihr das Schreiben in Ruhe lesen. Macht es doch endlich auf.«

»Vielleicht weiß einer da draußen ein Mittel gegen Schnarchen und unablässige Belehrungen und naseweise Ratschläge.« Sie grinste, zuckte mit den Achseln und zupfte an ihrem Verband; und sie zählte: Auf vier Nadelstiche Mathilds folgte ein Schnarchen. Das Mädchen brauchte nicht mehr viel, dann war ihre Arbeit fertig.

Am anderen Ende des Wagens flog die Plane zur Seite. Adlhaydt von Hardenberg erklomm die Ladefläche und gesellte sich zu ihnen. »Das Dorf ist nicht mehr weit.« Sie klopfte sich den Regen von den Reithosen und schüttelte ihren Mantel aus. Agnes wischte sich ein paar kalte Tropfen aus ihrem Gesicht, beugte sich vor und schnappte das nasse Wams, dessen ihre Mutter sich entledigt hatte und strich mit der Hand darüber. Der Regen war nicht bis zur Innenseite durchgedrungen.

»Denk gar nicht erst daran, Agnes!«, kam ihre Mutter ihr zuvor. »Nicht mal dieses kurze Stück.«

»Aber ...«

Der Ausdruck auf der Miene genügte, sie verstummen zu lassen. »Kein Aber! Du weißt, weshalb ich hier bin. Noch mehr Aufmerksamkeit für unsere Gesellschaft ist nicht vonnöten.

Ich werde es dir nicht ausreden können, eines Tages selbst auf diese Weise zu reisen, doch um deiner selbst willen: Beachte diese Regeln. In ein Dorf oder eine Stadt oder eine Burg ziehst du nicht auf dem Rücken eines Pferdes ein.« Bevor Adlhaydt ihre Kleidung mit sparsamen Bewegungen in dem engen Wagen tauschte, drückte sie die Hand ihrer Tochter.

Agnes holte die Plane wieder nach unten. Der Brief konnte bis zum Gasthof warten. Dort würde sie ihn lesen, in Ruhe. Vielleicht gelang es ihr zuvor wenigstens das Siegel und damit den Absender zu entschlüsseln.

LUDWIG †Kapitel 25

BURG FRIEDBERG, ENDE MÄRZ 1268

Erneut war Cäcilia durch eine der vielen Pforten gehuscht, diesmal durch eine schlichte Klappe in der Decke des Turmzimmers. Kein Knarzen von den Dachbalken, kein Trippeln schleichender Tritte, nicht einmal die Stoffe ihres Gewandes verrieten sie mit einem Rascheln. Sie glitt die Leiter hinab und blieb neben einem der beiden Sessel, die zusammen mit der Pritsche diese Kammer füllten. Feuer prasselte hier nicht. Lediglich das Fell am Boden und die Wärme, die von dem Zimmer darunter aufstieg, schützten gegen die Märzkälte.

Ludwig beobachtete, wie sie den Zettel in ihrer Hand rollte und knüllte – wieder und wieder. Er wusste, was darauf stand: ein einzelner Strich. Dies genügte. Ein Zeichen, das sie vor langer Zeit eingeführt hatten und immer noch nutzten. »Ich habe davon gehört«, begann er.

Sie nickte.

»Unser Kurier, der Graf aus Italien, hat uns erst am Morgen wieder verlassen.« Er musterte sie und wartete. »Wo fand unser *Nobile* Quartier?«

Sie kehrte seine Frage mit einer Geste davon. »Ich habe mich darum gekümmert.«

Er kniff die Augen zu Schlitzen. »Das hat mich nicht zu sorgen, glaubt Ihr?« Wieder sah er ihre Schultern zucken. »Vergesst nicht, wessen Burg dies ist.« Er hob die Hand fordernd. »Was hat er zurückgebracht aus den italienischen Gebieten? Ein Schreiben? Verträge?« Ihm war Antwort genug in der Geste, mit der sie an ihren Gürtel fasste. Cäcilia öffnete das kleine Säckchen und reichte ihm die Ringe mit den Wappen.

»Vier.« Er runzelte die Stirn und näherte sich. »Vier Siegel. Gut.« Die Siegelringe verschwanden in der eingenähten Innentasche seines Wamses.

»Es ist ein Anfang.« Der Klang ihrer Stimme verriet sie. Er ahnte, dies war nicht genug aus ihrer Sicht, gleichzeitig gab es etwas, das sie ihm mitteilen wollte.

Noch mehr klimperte heraus aus dem Säckchen – schlanke Metallstifte mit Zierwerk am Kopf. Die Symbole unterschieden sich. »Was wollt Ihr mit diesen Broschen?«

»Sie sind von einigen italienischen *Signores*.«

»Brachte der *Nobile* die Zeichen zusammen mit den Ringen?« Seine Hand fuhr über den Mund, von einer Seite zur anderen wiegte er sein Haupt.

»Ihr kennt mich lange genug.« Sie schüttelte ihren Kopf. »Ihr solltet es besser wissen.« Sie tippte sich an die Nase und hob ihm eine Brosche entgegen. »Glaubt Ihr wirklich, ich plane so ärmlich?«

Das kleine Abzeichen an dieser Nadel war ein verschlungener Kreis. »Kaufleute.« Sie räusperte sich und musterte seine Miene einen Moment, bis er nickte. Dann fuhr sie fort. »Die *Signores* verfügen über die Wege und das Wissen, und ein Netz in jeder Stadt. Ihre Religion ist das Geld und ihr Papst ein starker Fürst, der für Frieden sorgt und den Geschäften der Kaufleute nicht im Wege steht.« Die Broschen wanderten zurück in den Beutel. »Ihr könnt Euch vorstellen, wie unzufrieden sie sind mit Papst Clemens und den andauernden Schlachten.«

Er nickte. »Gut, sehr gut. Clemens werden die Geschäfte der *Signores* ebenso ein Dorn im Auge sein, wie er um jeden Preis vermeiden will einem starken Fürsten in Italien gegenüberzustehen.«

»Zumindest einem, der sich seinem Einfluss entzieht«, warf sie ein.

»Die Unzufriedenheit der Kaufleute können wir nutzen.« In seinem Kopf kreisten die Gedanken. Ihr Schachzug rang ihm Anerkennung ab, das Lob behielt er für sich. »Was verlangen sie? Land? Titel?«

Sie verneinte. »Es sind Kaufleute. Im Handel liegt ihre Zukunft. Geld soll die Taschen der *Signores* füllen«, berichtete sie, »zumindest soll weniger Geld ihre Taschen verlassen. Die Stadtzölle sind ihnen ein Stachel im Fleisch.

Augsburg, München Heidelberg.«

Er lachte auf. »Ihr scherzt! Weib, womit, glaubt Ihr, unterhalte ich mein Heer, meinen Hof, Euch?«

In ihrer Miene wanderte die Augenbraue nach oben. »Denkt darüber nach. Zoll fließt aus vielen Städten in Eure Truhen – und wer sagt: Ihr müsst alles erlassen.«

»Die Signores also wollen Geld.« Er brummte. »Wir werden sehen. Was aber wollen diese italienischen Herzöge?«

»Ihr wisst, was die Adligen wollen.«

»Einfluss. Mehr Macht als der jeweilige Nachbar.« Er nickte und wischte es mit der Geste seiner Hand zur Seite. Ludwig trat auf sie zu. »Ist einer ...«

»Denkt nicht erst daran!« Cäcilia brachte sich hinter den Stuhl. »Wagt es nicht, mich dorthin zu schieben.« Sie kniff die Lippen zusammen. »Ihr könnt mir einen dieser unbedeutenden Adligen oder einen Emporkömmling von einem Händler an die Seite zu stellen und verliert Eure Augen und Eure Ohren.«

»Gleichgültig wen ich Euch zum Gemahl gebe, ich verliere Eure Dienste, oder nicht?«

»Ihr kennt meinen Preis.«

»Verdammt, Cäcilia! Mering wird nicht Euer Bräutigam.«

Sie stützte sich auf die Lehne. »Fürchtet Ihr die Verbindung zweier alter Namen so sehr – oder achtet Ihr mich und mein Wort so gering.«

»Ihr seid ein Weib.«

»Und?«

»Ihr habt Euch meiner Entscheidung zu fügen.«

»Und stets war ich gut genug, Euer Werkzeug zu sein. Ich habe einen angemessenen Lohn verdient.«

»Schluss. Mein Befehl für Mering ist gesprochen. Ulrich wird die Verbindung mit Hardenberg eingehen. Mit welchem Grund sollte ich dies lösen? Weil die Hofdame meiner Gemahlin dies wünscht?« Er fuhr mit seiner Hand über seine Kehle. »Ein Herrscher, der den Launen seines Hofstaats folgt, den Launen einer Frau.

Gott möge dies verhindern.

Eher opfere ich meine Hand.«

»Ihr opfert eher Eure Hand?«, hakte sie nach. »Die Wahrheit aus dem Mund eines Weibes gilt Euch – nach dem, was geschehen ist – noch immer weniger als die Lüge eines Mannsbilds?« Cäcilia schnaubte. »Euer verdammter Stolz! Glaubt Ihr, Stolz rüstet Eure Männer, Stolz gewinnt Eure Verhandlungen und macht Euer Volk satt? Glaubt Ihr, Stolz zahlt den Preis und bindet die Menschen an Euch?« Dann fiel ihr noch etwas ein. »Ich hörte, Eurasburg musste kürzlich vor Euch erscheinen. Was habt Ihr mit ihm gemacht?«

»Zum Teufel damit, Cäcilia. Das geht Euch nichts an.«

Sie rollte mit den Augen und schüttelte den Kopf.

Er schnappte sich den Beutel mit den Insignien und wog ihn in seiner Hand. »Ein Herrscher trifft seine Entscheidungen. Erst Recht nicht stellt er sie infrage durch die Einreden eines Weibes, schon gar nicht hat er Rede und Antwort zu stehen.«

»Ein Herrscher zeigt seine Macht und Weisheit, wenn er Fehler in Siege wandelt und wagt, die Entscheidung neu zu treffen.«

Wieder schnitt Ludwigs Hand über seine Kehle. »Schluss! Ich will nichts mehr davon hören.« Er stopfte den Beuteln neben das raschelnde Papier in sein Wams. »Ihr habt die Verbindungen nach Italien geknüpft, nun müssen wir sie besiegeln.«

Cäcilias Finger trommelten auf die Lehne. »Sie verhandeln mit Euch oder einem Ratgeber. Eurem Ratgeber.« Sie räusperte sich. »Mering.«

»Mering«, spuckte er kopfschüttelnd das Wort aus.

»Sie achten ihn.«

»Das bedeutet mir …«

»Ach seid doch still«, fiel sie ihm ins Wort, die Arme in die Hüften gestemmt. »Dies bedeutet, Ihr sendet Ulrich nach Italien und beruhigt Euer Gemüt. Und falls Ihr ihn weitersendet nach Rom, so findet Ihr vielleicht noch eine Möglichkeit, dem Feldzug aus dem Wege zu gehen und mit dem Papst einig zu werden.

Wenn Mering zurückkehrt, kann er Hochzeit halten mit

wem auch immer.«

»Mit Hardenberg. Ehe er aufbricht.«

Zwischen ihren Fingern spannte sich das Papierchen, dann vernahm er das Geräusch. Er glaubte, jede Faser einzeln reißen zu hören. Die Hälften fielen. »Ihr werdet wissen, was Ihr tut – bis jeder Weg zurück versperrt ist.

»Cäcilia. Ich werde …« Er hielt inne. »Ihr geht jetzt. Und schickt mir einen Boten mit Papier. Dann entsendet Ihr Euren Boten gen Süden.« Das Trommeln seiner Finger gegen den Schwertgriff füllte den Raum. »Und fangt nicht an mir zu erzählen, was ich kann und nicht«, griff er ihrer Antwort vor, und sie hielt im Atemzug inne. »Ich kann sehr wohl bestimmen, dass Ihr geht. Oder zieht Ihr vor, Eure Freiheiten an meinem Hofe beschnitten zu sehen?«

»Ihr könnt mir weder ewig drohen, noch mich ewig hinhalten, Ludwig.« Cäcilia glitt zur Treppe. »In Tirol hatte ich ebenso meine Freiheiten, und was ich dort als Netz knüpfte …« Ihre Augen blitzten im Halbschatten des Raumes. »Durch mich zieht Ihr daraus im Moment Vorteile«, erinnerte sie ihn und zuckte mit den Schultern. »Ihr wisst um meine Dienste, und – sicherlich lässt sich ein angemessener Gemahl für mich finden – mit Eurer Fürsprache. Oder zieht Ihr vor, meinen Bruder als meinen Fürsprecher zu sehen? Vielleicht fällt die Wahl eines Bräutigams dann leichter.« Sie blickte von der zweiten Stufe der Leiter auf ihn herab. »Ich werde gehen. Ich sende die Botschaft, Eure Botschaft.«

Ein Schritt brachte ihn zu ihr, eine Bewegung – und er hatte ihren Arm gepackt. Der Schrei machte ihn blinzeln und ließ ihn seinen Griff lockern. Doch frei gab er ihr Handgelenk nicht, so sehr sie auch riss und versuchte, ihm dieses zu entwinden.

»Ihr tut mir weh.« Das Zischen schmerzte in seinen Ohren, er drückte stärker zu.

»Ihr kennt viele Wege, Cäcilia, und spinnt viele Netze. Und ich bin mir sicher, Ihr vertraut mir, meine Teuerste, wie ich Euch vertraue. Die Ehe wird Euch bald genug binden an einen Gemahl, wie Ihr ihn verdient.« Ludwig zog sie näher, zwang ihr seinen Blick auf, dann gab er ihre

Hand frei. »Euer Bote wird noch heute aufbrechen.«

Ihre Hand packte seinen Ellbogen. »Was wollt Ihr mit dem zweiten Boten?«

»Ich glaube kaum ...«

Sie funkelte ihn an. »Das mich das etwas angeht?«, zischte sie. »Dann nicht.« In seine Haut gruben sich Fingernägel. »Ich sende Euch den nächstbesten Boten, so schnell es Euch beliebt.«

»Herrgott, Weib«, fluchte er. »Ich will den zweiten Boten für Mering. Ich habe Befehle für Ulrich.« Er verengte seine Augen zu Schlitzen. »Ich will den Meringer hier – so schnell es geht. Ulrich soll diesen sogleich zurück nach Friedberg begleiten. Nach dem Fest reist er nach Süden und vereint dieses Kaufmannspack. Er soll sogleich mit den Vorbereitungen für seinen Aufbruch beginnen. Er muss mir das Versprechen der *Signores* bringen, ihre unumstößliche Unterstützung.« Ludwigs Finger deutete auf sie. »Und Ihr sorgt dafür, dass der Bund mit den Dogen fest steht.«

Über ihr Gesicht huschte ein Schatten.

Die Falltür verschluckte mit dem letzten Rascheln des Kleides ihre Zustimmung und ihren Duft. Er ballte seine Hand. »Verfluchtes Weib.« In ihren Augen hatte er Wut gesehen, doch kein bisschen Angst oder Demut, sie hatte nicht einmal geblinzelt.

Ludwig schüttelte den Kopf. Ein Vergleich zwängte sich in seinen Sinn; er konnte sich nicht dagegen wehren.

Maria hatte ihn auf diese Weise angeblickt. Furchtlos. Maria hatte all die Worte gesprochen, selbst wenn er sie nicht hatte hören wollen. Als es jedoch am wichtigsten war, hatte er ihr am wenigsten zugehört. Aus Wut. Aus falschem Stolz. Maria hatte ihn geliebt, und er hatte sie geliebt, sie war seine Frau.

Cäcilia dagegen ... Seine Finger trommelten im Takt gegen seinen Oberschenkel. Sie war niemandes Weib. Sie liebte ihre Freiheit.

Und er musste sich umsehen nach einem angemessenen Bräutigam für sie. Sollte er. Baldmöglichst.

Die Tür glitt hinter ihm ins Schloss. Der Schlüssel drehte

sich zweimal, der Teppich verdeckte den Eingang wie zuvor. Das Holz unter seinen Tritten blieb sein Verbündeter, bis er das Zwischengeschoss erreichte, die Pforte zu seinem Saal, den Tisch mit dem gefüllten Krug darauf.

Das Wasser rauschte durch seine Kehle, als ließe seine Wut sich damit löschen.

✝

Auf dem Weg †Kapitel 26
Nähe Mering - Mitte/Ende März 1268

»Wie viel? Ihr Sohn eines Esels und einer Hündin! Für diese Lächerlichkeit schneide ich Euch die Eier ab und stopfe sie Euch ins Maul. Erstickt daran!« Der Reisende stieß das Messer in den Tisch. Er war einige Tage geritten – in Gesellschaft eines Trosses und allein – dann endlich kreuzte dieser Händler seinen Weg. Das Holz ächzte, der Dolch vibrierte und der Blick des Händlers, der ihm gegenüberstand, klebte sich daran fest, doch dessen Miene zuckte nicht ein bisschen.

Der Händler strich die Drohungen mit seinen wenigen, fahlgrauen Haarsträhnen zurück über seine Halbglatze. »Ich kenne das Wappen, das diesen Dolch ziert. Und ich kenne den Mann, der das Wappen sein Eigen nennt. Ihr seid es nicht. Wie seid Ihr an diese Klinge gelangt?« Er blies die Rotbacken auf und ließ ein Lächeln von den Lippen tropfen. Die Finger trommelten im Galopp auf dem Tisch. »Sprecht! Oder habt Ihr Eure Worte verloren? Hört auf damit, meine Zeit mit Albernheiten zu verschwenden.«

Das Holz ächzte ein weiteres Mal, als der Reisende die Waffe herauszog. Die Bahnen seiner neuen Gewandung strich er glatt und genoss, wie der Stoff sich anfühlte. Schon ein paar Tage trug er nun die Kleidung, doch diese Tuche waren so anders als jene, die er sonst trug. Er mochte das Gefühl unter seiner Hand. Er wollte die anderen, alten Hemden nie mehr tragen müssen. Vom Metall sah er zum Krämer. »Ich bin mir sehr sicher, dass Ihr das nicht gefragt habt, Krämer.« Seine Stimme war kaum mehr als das Flüstern eines Winterwindes. »Wisst Ihr, es ist nicht lange her, dass ich Blut abwischen musste von dieser Klinge.« Der Reisende beugte sich nach vorne. »Überlegt noch einmal, und dann nennt Ihr mir, was Euch dieses edle Kleid wert ist.« Mit der freien Hand lenkte er die Aufmerksamkeit seines Gegenübers. Der Reisende fuhr über den Stoff auf dem Tisch und lud ein, es in Augenschein zu nehmen. »Lasst Euch ruhig Zeit.« Jede Falte in der Miene des Händlers zählte er, jedes Zucken nahm er wahr. »Und überlegt gut.«

Der Kaufmann gähnte und trat einen Schritt zurück. »Ich bin müde, Mann. Ein anstrengender Tag und eine lange Strecke liegen hinter mir. Und schon einmal habe ich es Euch gesagt: Meine Waren habe ich in Friedberg bereits untergebracht. Ich bin auf dem Weg nach Norden. Und nirgends weiß ich in den nördlichen Landen von einem Fest. Ein Gewand wie dieses ist dort nicht gefragt. Nähme ich es Euch ab, so mach ich Euch einen Gefallen. Aber freilich könnt Ihr Euer Glück auch gern selbst versuchen: Preist es doch an in Friedberg oder wo auch immer Ihr glaubt, einen besseren Preis erzielen zu können.« Er schob den Stoff zur Seite und stützte sich mit den stämmigen Armen auf den Tisch, der zwischen ihnen stand. Den Oberkörper nach vorn gebeugt näherte er sich, witterte, zog die Brauen hoch.

Der Reisende legte den Kopf schief. Leder, nasses Fell, lange Stunden in derselben Kleidung auf dem Rücken eines Pferdes. Er senkte die Augenlider. Im Kerzenlicht blitzte etwas auf.

»Argh!« Der Händler knickte mit seinem linken Arm ein. Er japste nach Luft. »Aaahhh!« Er zuckte zurück, zerrte sich weg vom Tisch. Es gelang ihm nicht. Tränen schossen ihm in die Augen. »Teufel Ihr! Seid Ihr Satans Gesell?« Die Stimme des Grauhaarigen gehorchte ihm nicht mehr, noch weniger, als er den Grund für seinen Schmerz erkannte: Der Dolch ragte aus dem Handrücken. Eine Blutlache breitete sich aus.

Der Reisende wischte das Kleid zur Seite. »Hört mir zu!« Die Knie des Händlers gaben nach, sein Gesicht verlor jede Farbe, Schmerz war der einzige Ausdruck seiner Miene. »Aaahh.« Ein Knall, der Kopf des Händlers schleuderte zur Seite, er biss sich auf die Lippen. Er hustete, japste, spuckte Blut aus.

»Hört mir zu, alter Mann.« Der Reisende schritt zum Bett, breitete das Gewand darauf aus und faltete es, die

Ärmel, den Rock, alles legte er gleichmäßig ineinander. »Ich helfe Euch: Ihr müsst Euch keine Gedanken machen. Ich nehme mir den Preis, der mir zusteht. Macht Euch keine Mühe.« Er richtete das gefaltete Kleid sauber auf die Liegestatt und beugte sich über die Taschen neben dem Bett. Zähne klapperten. Mit drei Schritten stand er wieder vor dem Kaufmann. Blut tropfte auf den Boden, Blut rann aus dem Mundwinkel dieses alten Fettsacks. Aufgerissene Augen starrten ihn an. Mit beiden Händen packte er das Gesicht und zog es zu sich. »Und eins rate ich Euch: Vergesst, was geschah, mein Gesicht, meine Stimme, das Kleid. Vergesst, dass Ihr hier wart, sprecht zu keinem davon. Ich erfahre es, wenn Ihr es dennoch tut!« Er ließ das Haupt des Händlers aus seinem Griff und rüttelte an dem Messer. »Und ich finde Euch!« Mit einem Ruck landete das Messer klirrend auf dem Boden. Schon fasste er nach der Hand des Alten und hielt diese fest. Ein Wechselspiel an Schmerz und noch mehr Schmerz verzerrte dessen Gesicht und entriss ihm ein Stöhnen. Dem Krämer blieb keine Kraft, sich zu wehren. Seine Augenlider flackerten.

Blut auf dem Tisch, eine Lache darunter, etwas Helles umwickelte die verletzte Hand. Weiße Stoffstreifen. Die Tür fiel ins Schloss.

Eine Münze wanderte durch seine Finger. So glatt, glänzend. Sein Blick war in weite Ferne gerichtet, irgendwohin, an einen Ort, der weit hinter der gekalkten Wand dieses Gasthofs lag. Noch eine Runde drehte die Münze in seiner Hand. Er hatte das Gespräch gehört. Ein Reiter war hier gewesen; draußen, vor der Stube, hatte er den Wirt herausgebellt. Das Gespräch war nicht lange hin- und hergegangen zwischen den beiden. Der Wirt hatte ausreichend Platz und Vorräte für die Reisenden, und das genügte dem Reiter.

Bald also träfe der Trupp an Reisenden ein, die Tür ginge auf, einer nach dem anderen träte in die Stube. Das Spiel seiner Finger stolperte wie der Lauf der Münze, sie klirrte auf den Tisch, er blinzelte. So glatt, glänzend.

Ob es ihr Tross sein würde? Nein. Sie hätte dieses

Gasthaus schon gestern erreichen müssen, wäre ihrem Ziel schon einen Tag näher.

Er hob seine Hand und bedeutete dem Wirt einen Wunsch. Kurz darauf huschte der schlaksige Mann mit einem Krug heran, stellte ihn ab mit einem Nicken und dem Lächeln, das er unablässig zu tragen schien. Den leeren Becher und den Teller trug der Rothaarige mit sich davon.

Der Schaum quoll über den Rand und ehe er entlang des Kruges hinabgelaufen war, stippte er ihn auf mit seinem Finger. Das Malz, das mit seinem Duft durch die Stube waberte, stieg ihm noch eindringlicher in die Nase und füllte seinen Gaumen, als er die würzige Gischt auf seiner Zunge schmeckte. Er musste lächeln. Vielleicht war es dennoch ihr Tross. Seine Finger tippten gegen die Münze, schoben sie am Rand seines Bierkrugs entlang.

Er erinnerte sich, auch wenn er ihr nicht so nah gewesen war, wie es hätte sein können. Vielleicht. Sie war nicht schön. Nein, nicht einfach schön. Sie war mehr. Sie war wild, und ihre Augen hatten diesen Glanz, Feuer. Sie gab sich nicht einfach zufrieden, sie suchte stets. Nie war sie einfach ruhig an einem Fleck gewesen, und wenn sie es sein musste, so wanderten ihre Augen, flackerten, tanzten, wie ihr Geist, und ihr Denken brannte in den wenigen Worten, die er nah genug war, um sie zu hören. Er sah es, wenn sie mit anderen sprach. Hatte es gesehen. Sie war wie Feuer; wie Feuer, und ein kalter klarer Bach aus dem Gebirge zugleich. Nein, kein Bach, ein Strom vielmehr. Wasser. Feuer verbrannte, wütete, zehrte sich selbst auf; irgendwann; zehrte ihn auf. Aber Wasser…

Sie war wie Wasser, doch er wusste nicht, weshalb. Das Wissen darum schien ihm so nah. Wenn er sie nur noch einmal sehen könnte! Er verfluchte es, dass er die Gruppe hatte verlassen müssen. Doch seine Pflicht konnte er nicht einfach zur Seite schieben.

Vielleicht würde er sie wiedersehen – auf dem Fest. Agnes. Er lächelte, schreckte auf. Stimmen drangen von draußen herein, Schritte, Getrampel. Sie waren da.

✝

EINKEHR †Kapitel 27

NÄHE MERING - MITTE/ENDE MÄRZ 1268

Die Stimme ihrer Mutter brachte Agnes zurück. »… und ein Tuchhändler rastet ebenfalls in dem Dorf. Das ist doch eine gute Gelegenheit. Was meinst du, Agnes? Wollen wir uns seine Waren zeigen lassen? Nicht mehr lange, und wir haben den Gasthof erreicht, wenn dein Bruder richtig liegt. Doch was Gasthäuser angeht, so irrt er sich selten.«

Agnes war froh, dass die Plane den prasselnden Regen fernhielt und Schatten über ihre Miene legte. Ihre Gedanken zupften bereits am Siegel des Briefes. Gleichzeitig tanzten ihre Finger noch zu dieser Melodie jenes fremden Edelmannes, der den Zug verlassen hatte. Von wem war das Schreiben? Wer machte sich die Mühe einen Brief an sie zu senden - mitten ins nirgendwo? Die Worte der Mutter drangen kaum zu ihr durch. Sie versuchte das Wappen auf dem Schreiben zu erkennen. Immer wieder ruckte ihr Kopf zu den anderen. Ahnte ihre Mutter, wie sehr sie wissen wollte, was darin geschrieben stand?

»Agnes?«

Sie rollte mit den Augen und kniff sie gleich darauf zusammen. »Nun, was kann da ein fahrender Händler wohl bieten? Sicher ist er nicht darauf eingestellt, uns für all die Festlichkeiten auszustatten. Meint Ihr nicht, Mutter? Und nach all der Anstrengung des Tages wäre doch eine warme Gaststube willkommener als das Geschwätz eines Kaufmannes«, versuchte es Agnes und erntete ein Schmunzeln.

»Ach, Agnes, da glaubte ich doch, dir hätten die letzten Abende mit all dem Tanz und den musizierenden Reisenden in unserer Gesellschaft nicht zugesagt, und du sehntest dich danach, in Stoffen zu versinken für deinen künftigen Hausstand.

Der Spielmann in unserem Tross hat wohl all die anderen zum Tanze gespielt, doch dich mit seinen Klängen und Weisen kaum erreicht, wie es mir schien.«

»Aber …«

»Du willst nur dem Berg an Stoffen ausweichen und dem Feilschen, das dir bevorstehen könnte«, stellte ihre Mutter fest. »Na, komm, an deiner Nasenspitze sehe ich dir an, was dir weit mehr zusagt.« Sie deutete auf den Brief. »Was ist das?«

Das Blut in Agnes Wangen pochte ein wenig schneller. Sie zuckte mit den Schultern. »Georg hat es mir übergeben. Ohne weitere Worte. Ich kann das Siegel in diesem Dämmerlicht nicht entziffern. Es könnte Mering sein.«

»Am besten du siehst ihn dir später in Ruhe bei Licht an. Dieser junge Edelmann hat unseren Tross ja verlassen, so lenkt dich nichts mehr ab.«

Hitze schoss in Agnes. Sie drückte sich ein wenig mehr in den Schatten und hoffte, dass ihre Mutter es nicht bemerkte. »Vielleicht können wir ja kurz mit diesem Händler sprechen.« Sie seufzte und rollte die Augen. »Wenn ich Herrin bin in Mering, wird dies Teil meiner Aufgaben sein.« Sie fasste mit ihrer unverletzten Hand nach der Hand ihrer Mutter, drückte sie.

Donner grollte. Gegen die Außenwand des Wagens trommelten Rufe, Stimmengewirr prasselte gegen das Tuch, bis ein Blitz mit seinem Leuchten sogar bis ins Wageninnere schnitt.

»Auf! Jetzt!« Eine tiefe Stimme gab den Befehl. Conrad. Noch einmal erhob sich Lärm, dann zerbrach das Wetter seine Ketten. Die Reiter trieben ihre Pferde an, der Karren ruckelte. Agnes schob die Verdeckung beiseite; Regen spritzte ins Wageninnere und sie hörte, wie Conrad den Karrenlenker zu einem noch schnelleren Tempo anhielt. Die Peitsche schnalzte, nochmal und noch ein weiteres Mal zur Antwort auf das Muhen der Ochsen. Als er sie durch die Plane hindurch entdeckte, zuckte er mit den Schultern. »Dann werden wir wohl noch mehr als ein bisschen nass.« Er grinste ihr zu und gab ihr zu verstehen, dass sie den Schutz wieder herablassen sollte.

Ein Ruck und der Ochsenkarren stand. Hätte sie sich nicht gegen die Planken gestemmt, sie wäre von der Bank gerutscht. Kaum blieb Zeit, dem Gasthof einen Blick zu gönnen, ehe sie aus dem Wagen kletterten und ins Gasthaus hasteten. Ein Blitz zuckte über den Himmel und entblößte Risse in der Außenwand. Ein Fensterrahmen klammerte sich quietschend und mit letzter Kraft an die Halterung, Wind und Regen zerrte an seinen Brettern.

»Na, los doch!« Kleine Bäche rannen von Conrads Haar über sein Gesicht. Er war nicht nur nass bis auf die Haut, er musste durchweicht sein bis auf die Knochen. Und doch war er es, der sich noch darum kümmerte, die Pferde und das Vieh unterzubringen. Agnes, ihre Mutter, Mathild und Clara fielen wie die Regentropfen durch die Tür und kamen auf den ausgetretenen Dielen der Gaststube zum Stehen. Pfützen sammelten um ihre Füße und um die schmierigen Binsen, die auf dem Boden ausgelegt waren.

Agnes hustete. Qualm brannte in ihren Augen. Aus der Stube quoll grauer Nebel – und der rothaarige Wirt, dem die Kleider um seinen Körper schlackerten. Bei dem, was das Lächeln aus seinen Wangen machte, hatte sie das Gefühl, ihn füttern zu müssen, nachdem sie die Kleider gerichtet, den wirren Rotschopf gekämmt und ihm in die Backen gekniffen hatte, damit wenigstens etwas Farbe in das Gesicht kam.

»Gott zum Gruße, die Damen!« Im Schwung lenkte ihre Aufmerksamkeit in den Raum. Den Schatten gelang es nicht, die ramponierten Stühle und Tische zu verbergen. Die gekalkten Wände erinnerten sich nicht mehr an den Ton, in dem sie einst getüncht worden waren. Doch die Augen des Wirts leuchteten, und eine unbekümmerte Herzlichkeit sprach aus jeder der Gesten. Die Stube war nicht einmal halbvoll. Agnes erhaschte einen Blick auf eine Gestalt. *War das nicht …?*

»Die meisten da sind oben auf den Boden und richten ihr Nachtlager, oder sie suchen sich eins trockenes Gewand. Für Euch haben wir ein Zimmer hier, zum Teilen für die edlen Damen.« Er versuchte sich in einer Verbeugung.

»Am Ende des Flurs ist die Treppe zu Euren

Gemächern.« Er klatschte geschäftig in die Hände. »Dann …« Er deutete auf die Treppe. »Wir richten das Essen. Findet Euch nur bald in der Stub'n ein, und schon wird es losgehen.«

Agnes warf ihren Mantel über einen Haken an der Wand und ein kleines Päckchen mit ihren Sachen in eine Ecke, dann huschte sie vor den anderen in die warme Stube. Saubere Binsen überzogen nun den Boden, Kerzenlicht hatte die Schatten verdrängt, die Luft war frisch. Ihr Magen knurrte. Sie ärgerte sich. Sie hätte sich nicht so sehr zu eilen brauchen. Die Schalen auf den Tischen waren noch leer. Sie stapfte an den Tisch zu ihrem Vater und den Brüdern. Wie Conrad bereits in trockenem Gewand hier sitzen konnte, war ihr ein Rätsel.

Aus den Augenwinkeln nahm sie noch jemanden wahr. Sie drehte den Kopf zum Kamin. Im Schein des Feuers entdeckte sie, wie er die Hände in Richtung der Flammen hielt und ein Stück vom Licht abrückte. Die Kleidung war trocken, ebenso wie das blonde Haar, seine Wangen schimmerten wie bei jemandem, der der Wärme allmählich über wird. Er musste schon eine Zeitlang hier sein. Wo kam er her? Und weshalb traf dieser Unbekannte erneut auf ihre Reisetruppe?

Sie setzte sich und schob den Gedanken zur Seite. Kurz darauf gesellten sich ihre Mutter, Mathild und Clara dazu.

»Ein Engel da hat mich der Herrgott geschickt. Mein Weib, die Barb'ra. Meint Ihr's nicht auch?« Alle Köpfe schnellten zur Kopfseite des Tisches, zum Wirt. Ehe sie wussten, wie ihnen geschah, hatten die Hardenberger ihre Not seinem Redeschwall und seiner Mundart zu folgen. »Und ist gescheit, ist sie dazu, meine Barbara. Wir haben nicht viel, aber sie sagt, wenn's sauber ist, dann kann sich au eine armselige Hütte mit einerer Burg messen.

Die alten Binsen hat sie nur liegen lassen, weil bei diesem Unwetter un' den viel'n Leut und nassen Schuh' – nun ja …« Er hielt inne. »Ich heiß' Wendel. Sagt's es mir, wenn Ihr 'was brauchts.« Falls dies überhaupt noch möglich war, wurde das Lächeln in dem Gesicht noch breiter. Von einem Ohr zum anderen. »G'rad heraus damit.«

Die Hardenberger nickten, doch mehr als der Wirt zog die Küche ihre Blicke an. Bevor Wendel loseilen konnte, fasste Adlhayt ihn am Arm. »Ich hörte, dass ein Tuchhändler Eure Gastfreundschaft in Anspruch nimmt. Seid so gut und stellt ihn uns nach dem Essen vor. Seine Ware würden wir uns gerne ansehen. Vielleicht finden wir noch ein paar schöne Stoffe für die Hochzeit meiner Tochter.« Ein kurzes Nicken, und er war davon.

»Mutter«, zischte Agnes. Ihre Augen wanderten umher, sie musterte die Mienen der Anwesenden in ihrer Nähe und atmete erleichtert aus, als sie sah, dass der Fremde am Ofen nicht einmal zuckte.

»Agnes?«

»Meine Hochzeit muss nicht der Mittelpunkt der Gespräche werden. Wer weiß, vielleicht findet mein Zukünftiger letztlich noch weitere Ausflüchte, um die Vermählung aufzuschieben«, raunte Agnes.

Conrad schaltete sich ein. »Was dir wohl nicht ungelegen käme, wie mir scheint.«

Agnes errötete. »Conrad!« Sie warf ihrem Bruder einen wütenden Blick zu und öffnete den Mund für weitere Erwiderungen.

»Ach, seht: Das Essen…«, schnitt er ihr das Wort ab.

Das Aroma von Kräutern und Salz verströmte sich im Saal. Wie in einem Reigen tanzten die Wirtsleute und die Magd durch den Raum und verteilten die dampfenden Schüsseln in der Mitte jedes Tisches. Agnes schien es die beste aller Suppen. Die Wärme breitete sich aus vom Magen in ihre Glieder, vertrieb die Unwägbarkeiten des Tages. Löffel klapperten, schepperten gegen Schalen, Münder schlürften, und immer wieder ertönte ein Geräusch des Wohlgenusses. Manch einer tat sich gütlich an einem Nachschlag – bis die Mägen gefüllt, die Tische geräumt und alle mit Bier oder Wein versorgt waren.

»Verzeiht.« Wendel trat an ihren Tisch. »Der Händler wünscht, früh z' Bett zu sein, er will sei' Ruh'.« Der Wirt schüttelte seinen widerspenstigen, kupferroten Haarschopf. »Nach G'schäft steht dem hier nicht der Sinn – und nach

Höflichkeit wohl auch nicht«, fügte er hinzu. »Fragt Ihr mi', so wär meine Red', er sei z'faul.« Wendel zuckte mit den Schultern und verbeugte sich.

»Da habt Ihr wohl recht, guter Wirt. Habt Dank!« Ihre Mutter schob die leere Schale von sich. »Ihr scheint mir recht tüchtig mit Eurem Weib. Seid Ihr nicht recht jung für ein eigenes Gasthaus?«

»Da gibt's viele, die Eurer Meinung sind.« Er sank in sich zusammen. »Darf ich mi' einen Moment neben Euch setzen? Nur ganz g'schwind! Ihr wisst's ja, d'Arbeit ruft – eigentlich immer -, und wenn's net d'Arbeit nicht ist, dann ist mein Weib es«, versuchte er einen Scherz. »Das Gasthaus war meines Vaters und der Frau Mutter. Die Schwindsucht hat sie g'holt und ein Wundfieber ihn; hat ein Geweih in die Schläfe gekriegt.« Wendel schüttelte den Kopf, senkte den Blick. »Die Barbara und i' sind blieben. 's is' net so leicht, des Ganze, aber wir sin' durchgekommen bis etz. Na ja, dann hat d'r Herzog Ludwig mit seim Krieg in Italien, die Mannsbilder aus'm Dorf hat er geholt, und net alle sin zurück.« Der Rotschopf machte eine Pause und blickte jedem ins Gesicht, fuhr dann fort mit gedämpfter Stimme. »Und jetz heißt's, der Herzog will noch einmal gegen den Papst ziehen. Nur weil der sich gegen den Neffen von unserem Herzogs ist. Aber er ist doch der Papst!

Und dann gibt's da den Raubritter hier. Den gibt's jetzt bei uns. Jetzt sind die noch unsicherer die Straßen geword'n. Ich hoff', 's wird net zu g'fährlich, un' die Reisenden bleib'n net ganz aus.

Aber klagen dürf'n wir des uns net. Immer sin' die Zeiten schwer – ums eine od'r ums and're.« Er schnäuzte sich. »Der Herrgott wird's schon richten. Dann beten wir halt ein Vaterunser mehr.« Er blinzelte, sah ihre Mutter an. »Seid Ihr auf'm Weg auf Friedberg zu?«

»Woher wisst Ihr das?«, mischte Agnes sich ein. Sie musterte den Wirt, lehnte sich ein wenig zurück, verschränkte die Arme. »Ich sah Euch bislang nicht in einer Unterhaltung mit einem der unsrigen.«

Durch die Rotlocken fuhr er sich mit der einen Hand, die

andere knüllte ein Tuch zusammen. »Oh, des is' kein Geheimnis net: Friedberg is die nächste größere Stadt, und 's weiß jeder, dass unser Herzog sich ein großes Fest feiert – für seine Edelleut'. Und für seine Rückkehr von da drunten – von die Italiener.« Er schmunzelte. »Und Euch erkennt man als Herrschaften. Und zu dieser Jahreszeit, bei dem Wetter würd' man sonst keinen Hund nach draußen prügeln. Da muss schon einer wie der strenge Herr rufen«, lachte er und stand auf, dann fiel ihm noch etwas ein. »Edles Fräulein: Ganz Recht habt Ihr nicht. Der Reiter – der da, an Eurem Tisch«, er nickte in Georgs Richtung, und Georg hob zwei Finger an seine Augenbraue zum Gruß, »war als Erstes bei mir in der Stube, und er antwortet, wenn man ihn frägt, wo die Reise hinführt.« Er empfahl sich und eilte zurück in die Küche.

Kaum waren die Schalen abgeräumt, perlten die ersten Klänge von den Saiten der Laute, Humpen krachten gegeneinander, Lachen blubberte durch den Saal. Trinksprüche wurden ausgerufen, der Saal erwachte. Das Weibsvolk scharte sich um den Kamin, bis eins der Mannsbilder eine um die andere zum Tanze holte, sich mit ihr durch die Tischreihen zwängte, scherzte, taumelte und um Platz wetteiferte mit den Gästen, die sich von ihren Bänken erhoben hatten und in den Gängen zwischen den Tischen plauderten. Scherze und Zoten brandeten ebenso wie Bier und Wein von Tisch zu Tisch und brachten die Wangen der Gäste zum Leuchten, das Grölen der Gäste ersetzte allmählich die Instrumente.

Agnes suchte sich den Weg hinaus. Der Mondschein fiel in den Hinterhof und zu spät erst auf die Gestalt, gegen die sie stieß. Mit dem ersten Laut seiner Stimme erkannte sie ihn.

»Ah, holde Maid. Habt Ihr es stets so eilig, Euer Ziel zu erreichen?« Die Betonung nahm der Bemerkung die Unschuld, selbst wenn er noch so sehr den Anstand zu wahren schien.

»Ähm …. Ich…« Die Hitze in ihren Worten verbrannte ihre Gedanken. Sie raffte ihre Röcke samt ihrer Verlegenheit und floh. Ihr Blut feuerte durch ihren Körper, bis nicht nur ihr Gesicht glühte.

Auf ihrem Rückweg wartete jemand vor dem Türrahmen. Ihr Herz flatterte gegen ihren Brustkorb. Sie bremste ihren Schritt, schlenderte, schlich, wollte warten, bis die Gestalt aus dem Flur trat, am besten in anderer Richtung verschwand. Sie hielt inne. Dieser Schatten bewegte sich nicht.

Er wartet. Auf mich. Das Pochen in ihren Ohren übertönte beinahe jedes andere Geräusch, und die Murmeln in ihrem Bauch rollten so arg, dass ihre Knie selbst weich wurden.

Die Gestalt löste sich von der Tür. Agnes fasste ihre Röcke, zog den Stoff Stück für Stück nach oben, bis sie einen Luftzug um ihre Knöchel fühlte. Kieselsteine knirschten unter dem Fuß, den sie seitlich setzte. Als Kind war sie ihren Brüdern stets entwischt, sie war immer noch eine gute Läuferin.

»Nun, meine Edle, damit Ihr nicht allein seid in dieser Dunkelheit und nach dem Schreck, den ich Euch vorhin wohl eingejagt habe, begleite ich Euch zurück.« Seine Worte wanden sich um sie, Mondlicht fiel auf das ebenmäßige Gesicht, seine Sommersprossen; sein blondes Haar verwandelte sich in Silber. Agnes saugte an ihrer Lippe und trat einen Schritt zurück, ihre Röcke hielt sie gepackt.

Er trat näher. »Oder ist es Euch genehmer, noch etwas an der frischen Luft zu verweilen. Selbstverständlich biete ich Euch auch dann meine Dienste und meinen Schutz«, schlug er vor. »Mein Name«, er räusperte sich, schien einen Moment zu überlegen, »Wulf. Nennt mich Wulf. Und auch wenn ich einen Titel trage und Ländereien mein Eigen nenne, so beschämt es mich doch, ihn Euch zu nennen. Meine Armut bringt Schande über mein Haus.« Er verneigte sich und fuhr fort, ohne zu atmen, wie ihr schien. »Und Ihr seid Agnes von Hardenberg, wie ich erfuhr. Die Geschichten über Euch werden Euch nicht gerecht.« Ihren Blick zwang sie gegen seinen, wandte ihre Augen nicht ab; er die seinen ebenso wenig. »Das gilt für Eure Schönheit und dafür, dass Ihr die Sprache verloren zu haben scheint.«

Der Mond stand hinter Agnes und warf ihren Schatten nach vorn. Sie blähte ihre Nasenflügel, als sie die Luft einsog. »Dafür scheint Ihr mit einem Male äußerst gesprächig, oder seid Ihr nur wortkarg am Tage? Ich weiß mir recht gut zu helfen, für gewöhnlich. Habt Dank«, schnappte sie. »Schutzbedürftig? Das waren Eure Worte? Ich glaube, Ihr habt Euch die Falsche ausgeschaut. Ich finde mich allein zurecht.

Ob ich nun die bin aus euren Geschichten, oder nicht. Weswegen also sollte ich Eurer Gesellschaft bedürfen?« Sie nickte ihm zu und wollte an ihm vorbei.

Eine seiner Augenbrauen wanderte nach oben und deutete das Grübchen in seinem Mundwinkel ein Schmunzeln an? »Eure Hand ist verletzt. Vielleicht seid Ihr schutzbedürftiger, als Ihr zugebt.« Agnes rauschte an ihm vorüber. Im Augenblick, als sie sich auf gleicher Höhe fanden, neigte er sich leicht ihr zu. Sie spürte seinen Atem an ihrer Wange, die Wärme seines Körpers gegen die Januarnacht und wie sein Witterung ihr in die Nase stieg. »Und vergesst nicht«, seine Stimme war kaum mehr als ein Hauch. »Auch als armer Edelmann bin ich auf vielen Burgen zugegen, kenne Spielleut' und Gaukler, fahrend Volk. Viele Gerüchte und Geschichten aus dem ganzen Reich trägt man sich zu.«

Agnes hielt inne. Er steckte sie mit kleinen Hitzewellen an.

»Sollte ich mich jetzt fürchten? Fürchten, was Ihr über mich verbreitet?« Ihre Stimme brannte. Zornig. »Wagt es besser nicht.« Sie funkelte ihn an und wandte den Blick ab, dann den Kopf. Sie stieß den Fluch aus, den sie bei den Pferdeknechten aufgeschnappt hatte. Sogleich schlug sie sich die Hand vor den Mund, bog ihren Oberkörper zurück. Ihre Wangen kribbelten. Verbergen, verstecken, verstellen – damenhaftes Verhalten gelang ihr nicht.

»Verzeiht. Ich wollte Euch nicht drohen.« Er trat einen Schritt zur Seite, seine Stimme klang weicher, und der Spott war verschwunden. »Ich nahm lediglich an, Ihr wolltet Euch nicht nur in Eurem Wagen verstecken und Eurer Amme Gesellschaft leisten oder in der Gaststube sitzen und die anderen beim Tanz beobachten.« Er musterte ihr Gesicht. Erst nach einer Pause sprach er weiter. »Sicherlich sind meine Geschichten und meine Gesellschaft weit unterhaltsamer. Gebt Ihr mir die Ehre?« Mit der Andeutung eines Lächelns wirkten die Worte nach. »Nun, Ihr werdet schon sehen. Andernfalls fühle ich mich geehrt, Euch zurück zu Eurer Amme zu bringen.« Er hielt ihr auffordernd seinen Arm hin.

»Nein.« Agnes verschränkte die Arme und kaute auf ihrer Unterlippe. »Ich sollte zurück in die Stube. Ich bin schon länger weg als nötig.«

»Ah, Ihr sorgt Euch, dass man sich Gedanken um Euren Verbleib macht. Dann sind die anderen doch wenigstens beschäftigt. Meint Ihr nicht auch?« Seine Wärme kribbelte noch näher und stärker über ihre Haut, und sie müsste nur ihre Hand ein wenig biegen, um zu fühlen, aus welchem Stoff seine Gewänder wären.

Er räusperte sich. »An einem Abend wie diesem fällt Euer Fernbleiben nicht auf. Vielleicht habt Ihr Euch einfach in Eure Kammer begeben nach dem anstrengenden Tag. Dafür kann man Euch kaum tadeln.« Seine Worte legten sich wie ein wärmender Umhang um ihre Schultern und lockten sie in die Nacht, die nicht mehr ganz so kalt schien.

Agnes grübelte. Ihre Mutter war in der Stube, wie die meisten. Alle Vorschriften und alle, die ihr vorschrieben, was sie zu tun hatte, waren dort und nicht hier. Sie wandte sich in die Richtung des Edelmanns.

»Außerdem wollt Ihr Euch doch nicht diesen Sternenhimmel nicht entgehen lassen, oder?«

Agnes Mundwinkel verzogen sich zu einem grimmigen Grinsen, sie kehrte sich von ihm ab. »Der Sternenhimmel. Sicher. Ich bin mir gewiss, dies ist der einzige, schönste Sternenhimmel, den ihr je gesehen habt.« Ihre Stimme schnitt die Stimmen ab, die aus dem Wirtshaus drangen, ihre Augenbraue wanderte nach oben. »Und sogleich werdet Ihr mir erläutern, dass Ihr in all der Gesellschaft niemanden gefunden habt, mit dem Ihr Euch so gut unterhalten könnt wie mit mir.« Irgendetwas in ihr erinnerte sie daran, dass dies ein günstiger Moment wäre zu gehen.

Zurück in die Stube.

Doch die scharrenden Füße ihrer Neugier scheuchten ihre Bedenken auf. Sie sah ihn an, sie spähte in den dunklen Gang in Richtung der Stube. Was würde geschehen, wenn sie…? Zur Hölle damit. Agnes nickte. Seinen Arm ergriff sie nicht.

Das Licht aus den Fenstern überließ der Nacht den Hof und erst recht den weiteren Weg zu den Ställen. Als sie das Gatter passierten, war das Leuchten nur noch eine Erinnerung, die die vom Wind schwankenden Äste der Bäume davonwischten. Seine Stimme war bald das einzige Geräusch in der Nacht.

»Das ist es, was man sich über Eure Familie erzählt und über Euch«, endete Wulf mit seinem Bericht. »Und über Eure Schönheit.«

Agnes blickte zur Seite. Das Mondlicht brach sich an den Kanten seines Gesichts, auf seinen Lippen verschwendete sich die Andeutung eines Schmunzelns, und seine Nase, die sehr gerade verlief, verlieh dem Gesicht den Eindruck von Stolz. In der Gaststube hatte Agnes bemerkt, dass sein Haar, wenn es trocken war, in einem Goldton und in weichen Wellen in sein Gesicht fiel. Sie rollte mit den Augen und scheuerte mit ihrer verbundenen Hand über den Stoff ihres Kleides. »Schmeicheleien beeindrucken mich nicht.« Sie verschränkte die Arme vor ihrer Brust. »Ihr wisst gut genug, was die Leute, oder was die Damen hören wollen.« Sie ging einfach weiter. »Was auch immer dies sein mag.«

»Und Ihr wisst das wohl?«, hakte er nach.

»Ich kann mir vorstellen, was Ihr beabsichtigt.«

Er lachte ein trockenes Lachen. »Aus Erfahrung?«

»Ihr wagt es?«, zischte sie.

Sie passierten die winterkahle Eiche, die so einsam die Tage fristete, als wache sie dort seit Anbeginn der Zeit. Ihre Wurzeln scherten sich nicht darum, dass hier ein Weg verlief, und dass der Wind das einzig Lebendige an dem Geröll um sie war, der die kleineren Steine umherschubste. Agnes hielt inne beim schützenden Stamm der Eiche. Er blieb gegenüber stehen. »Dann wisst Ihr also vom

Hörensagen, wo meine Absichten liegen.«

»Dafür braucht Ihr mich sicher nicht, um dies zu erraten.« Sie ballte die Fäuste im Stoff ihres Kleides. »Ich denke, wir kehren besser zurück.«

»Sind das denn Eure Ziele?« Sein Mundwinkel wanderte nach oben, und er musterte sie.

»Ich glaube kaum, dass es Euch zusteht …«, setzte sie an.

»Und ist es das, was Euch beeindruckt: Wenn jeder springt nach Eurem Wort?« Er machte einen kleinen Schritt auf sie zu. Sie wich nicht zurück.

Sie schnaubte und hob ihre geballten Hände vor die Brust. »Ihr…« Sie rang nach Worten, blinzelte. »Ihr solltet Euch besser in Acht nehmen.« Sie spürte: Sie wanderte auf Messers Schneide. Sie wusste, dass es dort eine Grenze gab. Diesen Punkt, den sie nicht überschreiten sollte, durfte. Wollte. Und der ihre Neugier so sehr reizte. Ihr Blick schweifte ab. Das Gasthaus war nur als schwarzer Schemen in der Nacht erkennbar, Dunst dampfte als hellgraue Wolke aus dem Kamin.

Seine Worte holten sie zurück. »Vielleicht seid Ihr es, die dieser Achtsamkeit bedarf?«

Sie zuckte ein wenig zusammen, fühlte sich ertappt. Wusste er, was sie dachte? »Ich glaube, es gibt genug, die auf mich achten … Falls Ihr Euch darüber im Unklaren seid: Meine Brüder und mein Vater beantworten Euch dies sicher gerne.«

»Oh, so harsche Worte. Ihr erwähntet bereits, wie gut Ihr behütet seid. Seid Ihr so misstrauisch, oder …« Seine Augen suchten ihre in der Dunkelheit. »… wisst Ihr einfach nicht, was ein Kompliment bedeutet, weil Ihr ausschließlich die Gesellschaft Eurer Brüder kennt und anderer, die Euch lediglich unterstellt sind. Aufrichtige Aufmerksamkeit werden diese kaum an Euch verschwenden.« Agnes klammerte sich an den Stoff ihres Gewandes, der Nachtwind hauchte Gänsehaut über ihre Haut, doch ihre Wangen kühlte er nicht. »Ihr schlagt die lieber in die Flucht, die sich Euch zu nähern versuchen.« Agnes schlug die Augen nieder. Sein Tonfall klang verändert, war weicher geworden, unterspülte den festen Grund, auf dem sie gestanden hatte, und brachte sie ins Wanken. »Ihr erlaubt Euch zuviel.« Sie ärgerte sich über das Zittern in ihrer Stimme, wollte zurück auf festen Boden, schwieg und sandte ihre Blicke gen Himmel. Der sternenfunkelnde Abendhimmel bannte ihre Aufmerksamkeit, und eine Zeitlang wagte keiner ein Wort. »Ich glaube, es ist an der Zeit, zurück zum Gasthof zu gehen.« Sie flüsterte ihre Worte in die Nacht.

Wulf zuckte mit den Achseln. »Ich verstehe.«

»Was versteht Ihr?«

»Nun, Euer erster Bräutigam starb am Tag der Hochzeit, die nächste Hochzeit mit dem Meringer steht unter keinem guten Stern. Böse Zungen sprachen sogar davon, dass Euch Euer Bräutigam letztlich nicht will.«

Agnes schnappte nach Luft. »Das ist wohl für Euch nicht im Geringsten von Belang.« Seinem rauen Lachen folgten keine weiteren Worte. Sie glaubte, ein dreistes Grinsen in seinen Mundwinkeln zu erkennen. »Was maßt Ihr Euch an?« Die Knöchel ihrer Fäuste traten hervor. »Lügen sind dies, und Ihr seid nichts als ein Lügner, wenn Ihr dies weitertragt.« Ehe sie sich versah, hatte er ihre Handgelenke gepackt und trat einen weiteren Schritt auf sie zu. Sie riss ihre Augen auf und sehnte den Abstand herbei, der eben noch zwischen ihnen gewesen war, hielt die Luft an, bog ihren Oberkörper zurück, versuchte ihn mit ihrem Ellbogen zu treffen.

»So leidenschaftlich, meine Schöne«, flüsterte er und sein Oberkörper folgte einfach dem Bogen, den ihr Körper spannte. Der Druck in ihrer verletzten Hand ließ erneut den Schmerz aufflammen. Noch mehr stemmte sie sich mit ihren spitzen Knochen gegen seine Brust. Sie sog die Luft hörbar ein, bevor sie mehrere Atemzüge innehielt.

»Ich werde Euch nichts tun, keine Angst.« Sein Griff löste sich, gab sie frei. Den Abstand zwischen ihnen vergrößerte er nicht, und ihre Neugier stolperte hinweg über ihre Verärgerung von eben, stattdessen umkreise sie weiter seine Nähe, wollte sich nicht lösen. Als ob sie eine Skulptur aus durchsichtigem Eis auf einem gefrorenen

Wintersee wäre, legte er den Arm um ihre Taille. Die Kieselsteine am Boden knirschten, er zog sie näher. Sie blinzelte und die Flügelschläge ihres Herzens trommelten gegen ihre Rippen.

Sie fühlte seine Berührung kaum mehr als den Wind. Ihre Hand lehnte an seiner Brust. Die Wärme flimmerte über ihre Haut. Sie sog seinen Duft ein. In einer Berührung, die sie nur erahnen konnte, zeichneten seine Finger die Konturen ihres Gesichts, erfühlten den Schwung ihrer Brauen und führten den Hauch der Linie fort zu ihrem Ohr.

Ihr Atem gingen schneller, der warme Strom ihres Blutes rauschte durch ihren Körper und über die murmelnden Rufe ihrer Bedenken hinweg. Kleine Flammenteufel sprangen von den Spitzen ihrer Ohren, über ihre Wangen, Lippen, weiter hinab über ihr Schlüsselbein, kribbelten in ihrem Bauchnabel und prickelten über ihre Haut. Sie knebelten die Warnrufe ihrer Bedenken. Ein uraltes Lied spielte ohne eine Melodie zum Tanz und lenkte den Rhythmus ihrer Bewegungen. In einer anderen Weise als sie dies je zuvor gekannt hatte, brannte Hunger in ihrer Mitte, lauerte wie eine Katze mit geschärften Krallen. Sie nahm wahr, wie seine Blicke der Reise seiner Hände folgten, nach jedem Funken Sternenlicht gierten, um die Feinheiten ihrer Züge aufzusaugen. Seine Lippen waren leicht geöffnet, und die Nacht schimmerte darauf.

Seine Arme hielten sie in den Wolken der Nacht, seine Finger wanderten in der Stille der Dunkelheit, übertrugen den Takt seines Herzschlags auf sie, und sie spürte, wie sein Puls sich veränderte. Die Weite und die Wolken schwanden, ihre Hitze schmolz den letzten Abstand, der zwischen ihnen war. Der Duft seiner Haut kitzelte ihre Nase, ihre Wimpern streiften seine Wangen, sein Atem war warm an ihren Lippen, seine Lider halb geschlossen. Im nächsten Moment verstärkte sich sein Griff, und sie zuckte.

So nahe war ihr noch niemand gekommen. Neugier und Vorsicht rangen um den nächsten Schritt, und unwillkürlich bog sich ihr Körper näher zu ihm. Er hob ihr Kinn, strich langsam ihren Rücken hinab. Ihre Lippen waren den seinen ganz nah. Er neigte seinen Kopf, näherte sich, schloss die

Augen, seine Stimme war ein Hauch. »Ihr seid unglaublich schön, Agnes.«

Ihre Körperhaltung veränderte sich. »Ach.« Die nächtliche Temperatur fühlte sich warm an im Vergleich zu ihrer Stimme. »Flüstert das letzte Sternenlicht Euch dies zu?« Sie löste sich von dem Block aus Eis, in den ihre Worte ihn verwandelt hatten. Nachtwind knarzte durch die Äste der Eiche.

»Agnes.« Seine Stimme stolperte über die Buchstaben. »Das ist nicht …« Sein Körper richtete sich auf und seine Arme hielten nichts weiter als die Nacht. »Es tut mir leid.« Er trat zurück. »Ich leugne mein Begehren nicht. Doch ich weiß, wann es genug ist, und vor allem, wo meine Grenzen sind. Ich kann nicht mehr erwarten, als Euch einen Kuss zu stehlen.« Er schlug die Augen nieder. »Dafür ist mir mein Leben zu lieb. Verzeiht mir«, murmelte er.

Sie runzelte die Stirn, spürte einen kleinen Stich. Aufgegeben. Freigegeben. So schnell? Sie kaute auf ihrer Unterlippe, dann straffte sie die Schultern und wandte sich zum Gehen, als Wulf ihre Hand fasste.

»Ist schon gut, Agnes«, flüsterte er. Sein Blick suchte und fixierte ihren. »Nichts passiert.«

Sie spürte die Wärme seiner Lippen für einen Wimpernschlag. Und dann traf es ihn aus heiterem Himmel. Agnes hörte den Aufprall mehr, als dass sie etwas erkannte. Sie riss ihre Augen auf und starrte auf ein wildes Ringen. Wulf lag auf dem Rücken, ein Schatten drückte ihn zu Boden, saß auf ihm, und der Schatten war ihr sehr vertraut.

Ein rascher Stoß genügte, sie riss an dem Angreifer. Wulf war frei und kam auf die Beine.

»Verdammt, Conrad! Was zum Teufel soll das? Bist du verrückt. Du kannst ihn nicht niederschlagen. Was bildest du dir ein?«

Conrad stand da. Mehr und mehr verdüsterte sich seine Miene und ließ nichts Gutes erwarten. »Ich glaube kaum, dass du das Recht hast, mich zurechtzuweisen. Dein Verhalten ist wohl mehr als unangemessen«, gab er zurück. »Du bist die Tochter eines Burggrafen und tändelst mit so einem herum.« Conrads Arm deutete wie eine Lanze in die Richtung ihres Begleiters. Agnes setzte zu einer Erwiderung an, doch ihr Bruder war schneller. »Was wäre wohl geschehen, wenn ich dich nicht gefunden hätte? Du kannst doch nicht so dumm sein, etwas anderes zu glauben.«

»Es ist überhaupt nichts geschehen«, fiel sie ihm ins Wort, »…und mehr wäre auch nicht passiert. Ich brauche keinen Beschützer, Conrad! Ich kann auf mich allein Acht geben. Und außerdem bist du nicht mein Vater, um mir etwas vorzuschreiben.«

„So wie du dich benimmst, bedarf es nicht nur eines Beschützers, sondern besser noch eines Aufsehers. Und Vorschriften mache ich dir ganz sicherlich nicht. Das gebietet schon allein der Anstand, sich nicht so zu verhalten«, blaffte er.

»In wenigen Wochen ist deine Hochzeit. Hast du daran schon gedacht? Was willst du denn deinem künftigen Gemahl erzählen? Erklär mir das!«, forderte Conrad sie heraus.

»Lasst ab von ihr. Nichts ist geschehen. Und außer einem Kuss wäre auch nichts weiter passiert. Ich weiß sehr wohl, mit wem ich mich eingelassen habe. Ihr habt kein Recht, Eure Schwester zu verurteilen.« Wulf trat zwischen die beiden und bezog seinen Posten vor Agnes. »Wohlgemerkt gibt es sicherlich ein paar Damen, denen Ihr mehr als nur einen Kuss geraubt habt, edler Herr Ritter.« Wulf blickte hinter sich, wandte sich wieder nach vorne. Agnes sah ihn zusammenzucken. Der Aufmerksamkeit ihres Bruders konnte er gewiss sein. Ein Schlag in den Magen bedeutete das Ende seiner Reden.

»Conrad, verdammt noch mal, hör auf!« Agnes warf sich gegen ihren Bruder und hämmerte mit den Händen gegen seine Brust, bis er den Trommelwirbel zu fassen bekam und sie mit dem Schraubstock seiner Hände hielt. Plötzlich hielt sie inne. »Was tust du überhaupt hier? Bist du mir nachgeschlichen? Verfolgst du mich nun auf Schritt und Tritt? Bist du meine Amme?«

»Selbst wenn es so wäre, bräuchte ich mich nicht vor dir

zur rechtfertigen«, gab er zurück.

»Wenn es so wäre, dann wüsstest du selbst, dass nichts weiter vorgefallen wäre«, folgerte sie, kreuzte ihre Arme vor ihrer Brust.

»Ich denke, es ist Zeit dich zurückzubringen.«

Schneller als er reagieren konnte, stand sie am schützenden Stamm der Eiche und mehrere Schritte lagen zwischen ihnen. »Oh nein, Conrad, ich denke nicht daran, mit dir zurückzugehen, nach dem, was du getan hast«, zischte sie. »Oder willst du es mit mir ausraufen? Freiwillig folge ich dir nicht.« Ihr Haar hatte sich gelöst, fiel in Wellen auf ihre Schultern. Sie stand ihm gegenüber, die Fäuste geballt und die Miene entschlossen. »Vergiss nicht, dass ich früher gegen dich gewonnen habe.«

Ihr Bruder blickte sie an und maß sie. Seine Miene bebte, kaum, dass er an sich halten konnte. Conrad grinste, dann lachte er los.

Agnes blinzelte und kniff die Augenbrauen zusammen. Die Fäuste hielt sie oben, auch wenn die Spannung etwas nachließ. »Kannst du mir …, kannst du mir das bitte erklären?«

»Komm schon, Agnes. Du stehst da wie damals, als wir Kinder waren. Als Georg dir deine Puppe wegnehmen wollte, und du ihn verprügelt hast, bis ich dazukam, und du mich beinahe ebenfalls verprügelt hast. Damals war ich schon ein kleines Stück größer als du, aber dich hat das nicht gestört. Und erst, als Georg und ich gemeinsam dich an Händen und Füßen gepackt haben und zum Wassertrog tragen wollten, hast du angefangen zu schreien. Die ganze Burg hast du in Aufruhr versetzt. Und am Ende haben wir alle drei unsere Strafe abgekriegt.« Conrad winkte ab. „Wenn ich es mir recht überlege, will ich auch jetzt kein schreiendes und zeterndes Weibsbild zurück zum Gasthof bringen.«

Agnes senkte die Fäuste. Langsam. Und wartete. Sie war sich sicher, ihr Bruder war noch nicht am Ende mit seiner Rede.

»Also eigentlich bin ich dir gar nicht gefolgt«, begann er seine Erklärung. »Ich musste zum Abtritt.« Der Finger zielte auf Agnes Begleiter. »Und ich habe Stimmen gehört. Dann bin ich ein Stück entlang der Ställe gegangen, und die Stimmen wurden lauter. So hielt ich mich in diese Richtung. Dass ich dich hier finden würde, dachte ich allerdings nicht. Mutter glaubte, du wärst bereits zu Bett gegangen – und wir auch. Umso größer war mein Schreck, als ich feststellen musste, dass du dich von diesem …«, Conrad unterbrach sich.

»Ach, Conrad…« Agnes stemmte die Arme in die Hüften.

»Wenn ich dich zum Gasthaus zerre, und du rumschreist wie verrückt, dann macht es das nicht besser. Womöglich kriegen dann alle mit, was passiert ist, und das muss wirklich nicht sein.«

»Überhaupt nichts ist geschehen.«

Conrad winkte ab. »Lassen wir das. Mehr gibt's darüber nicht zu reden. Komm mit!« Er streckte ihr die Hand entgegen. »Wort drauf. Wenn ich dich zurückschleifen muss – und du solltest nicht an meinen Absichten zweifeln –, wird es sicherlich eine Unterredung mit unseren Eltern geben.«

Mit verschränkten Armen stand sie ihrem Bruder gegenüber. »Verdammt, Conrad! Du, du …« Jetzt war es Agnes, die nach den richtigen Worten suchte. Das Grinsen ihres Bruders entwaffnete sie. Er kannte sie einfach zu gut.

»Spielverderber? Hast du das Wort gesucht?« Er erinnerte sie an seine ausgestreckte Hand, und allmählich eroberte ein Schmunzeln ihr Gesicht. Sie schlug in die dargebotene Hand ein und nickte. Auf das Gespräch mit den Eltern verzichtete sie gern. Ihrem Bruder zuliebe, selbstverständlich. Sie sah sich nach ihrem Begleiter um.

Conrad folgte ihrem Blick. »Kenne ich dich?«

Agnes Begleiter drückte sich weiter in die Dunkelheit. »Ich wüsste nicht, wo wir uns begegnet sein sollten, abgesehen von unserer gemeinsamen Reise«. Wulfs Worte schossen schnell aus dem Schatten.

Conrad drehte ihm den Rücken zu. »Gleichgültig. Ich vermute, du weißt, wo Dein Weg dich hinführt und wohin nicht.

Ich hoffe, du bist eine gute Weile vor uns zurück, oder besser noch: verschwunden, ehe der neue Tag anbricht.« Die Gesten waren eindeutig. Die Schritte eines Schattens knirschten über den kalten Weg. Der Schemen verschwand eine ganze Weile vor den Geschwistern zwischen den Gebäuden des Gasthofs. Sein Humpeln fiel kaum auf.

»Danke, Conrad. Auch, wenn ich dich dafür hassen muss.«

Er legte den Arm um ihre Schultern und drückte sie an sich. »Ich mag dich auch, kleine Schwester.« Sie fühlte sich von einem Bären umarmt und schnappte nach Luft. »Und ich finde, dein Verband kleidet dich wirklich hervorragend. Unter den vielen eleganten Hofdamen stichst du in jedem Fall heraus.«

»Ach, Conrad!« Sie stellte ihm ein Bein, brachte ihn ins Stolpern und fiel in sein Lachen ein. Als sie das Wirtshaus erreichten, fehlte von Wulf jede Spur. Wieder einmal.

FEUER †Kapitel 28

MERING, ENDE MÄRZ 1268

Regen stürzte sich von der Traufe des Kirchdachs. Das Wasser drängte ins Schuhwerk, von oben durch Mantel, Joppe und Hemd in die Ritzen zwischen Saum und Haut. Er strömte gegen die Dorfleute und jene vom Königsstuhl der Burg Mering. Die Klage der Kirchenglocken begleitete ihren Weg zum Gotteshaus.

Innen mischte sich Weihrauch mit den Wölkchen der Atemzüge in der feuchten Kälte des Langhauses. Der Mittelgang trennte die Weiber von den Mannsbildern, die Kanten der Holzreihen und Kniebänke im Mittelschiff trennten Irdisches von Holzschnitzereien und Ornamente, von Bildern und Engeln, die den Altar zierten. An fein ziselierten Kerzenleuchter brach sich der Glanz der Kerzen. Der Diener des Herrn schwebte über einen Teppich, dessen Farbe längst von der Zeit vergessen worden war, bevor er sich vor Gott und dem Altar auf das Kissen kniete, dem Volk den Rücken ebenso zuwandte wie dem Sarg. Im Übergang zwischen Apsis und Volk barg die Holzkiste die sterblichen Überreste Lennarts.

Ulrich hörte die Gebete, seine Lippen bewegten sich im Takt des gemeinsamen Flehens. Sein Daumen zeichnete erst die senkrechte Linie, dann die waagrechte auf Stirn, auf Lippen, Brust. Das Kreuzzeichen. So hatte seine Mutter ihn gelehrt, so hatte seine Amme Theres ihm die Sitte eingebläut, und Lennart ihn gescholten, wenn der Jäger ihn beim Schummeln erwischte. Er schluckte.

Ulrich sah Tränen auf den Wangen, sah bleiche Mienen. Er sah Yrmla auf der anderen Seite des Ganges, und Yrmlas Augen brannten rot. Er sah Lennarts Kleine mit ihrem Lockenschopf. Die Ärmchen zitterten, ihre Hände gruben sich in den Schurz ihrer Mutter. Ulrichs Arme

223

zuckten, doch aus Gewohnheit verbot er sich all jenes, was über einen Blick hinausging. Er erinnerte sich nicht daran, wann er die Kleine zuletzt hatte lachen sehen, oder wann er die Kleine überhaupt zuletzt gesehen hatte. Mit leuchtenden Augen hatte Lennart ihm irgendwann erzählt, wie sie zwischen Schneeflocken getanzt hatte und die Flöckchen mit aufgesperrtem roten Mündchen und ihrer Zunge hatte fangen wollen, bis sie sich kichernd verschluckte – vor einer Ewigkeit. Doch Ulrich erinnerte sich nicht an ihren Namen.

Er schloss die Lider, seine Stimme fiel in den Takt der Worte ein, die er schon gekannt hatte, noch bevor er Worte formen konnte. Er krampfte seine zum Gebet gefalteten Hände ineinander, bis er den Schmerz spürte. Am Altar, am Kreuz litt der sterbende Gottessohn und wachte über die, die sein Leiden priesen. Tod.

Tod war der Gott der Kirche. Tod als Verheißung.

Ulrich steckte seine Hände in die Taschen und kramte darin. Gehetzt von den Gebetsfetzen, den Phrasen, den Lauten des Priesters, die der lateinischen Sprache entstammen sollten, verirrten sich seine Gedanken.

Der Weihrauch roch, wie er beim Begräbnis seiner Mutter gerochen hatte, und beim Begräbnis seines Vaters, dem seiner Schwester. *Gebete bleiben uns und Schmerz. Der Schmerz bleibt uns auch. Wo auch immer die Toten hingehen, unsere Welt wird nicht weniger zum Fegefeuer, zur Zwischenwelt, in der wir brennen ohne Aussicht auf Erlösung. Wir sprechen unsere Gebete für die Toten, wir beten für die Mächtigen, die uns beschützen sollen, und sind nicht mehr als die Spielsteine in der Macht alter Männer.*

Hat Gott das gewollt? Weshalb … Er sog einen großen Schluck Weihrauch ein. Das Zupfen an seinem Arm brach den Gedanken entzwei. Einer der Bauern vom Dorf zuckte neben ihm, beäugte, was geschah und ordnete sich wieder zurück in die Gebetsreihen mit grimmig-erschrockenem Gesicht. Neben Ulrich tropften sich die Regenreste zum Weiher hinab von einer Gugel, vom Haar und der Gewandung eines Reiters. Ulrich grüßte ihn. An Ludwigs

Hof war ihm der Mann oft genug über den Weg gelaufen. Ulrich kannte die Hände des Mannes, die Schreiben überbrachten und Befehle. Nickend nahm er die Schriftrolle entgegen, entfaltete die Buchstaben darin und fluchte; und fluchte noch mehr, als der Reiter einfach neben ihm verharrte. »Schert Euch zum …« Er biss sich auf die Zunge. Wo er sich befand, fiel ihm gerade noch ein. Er schlug ein Kreuzzeichen. Ulrich wies auf die Pforte und deutete eine Verneinung an. Der Bote blieb stehen und starrte und verharrte.

»Ihr werdet zurückkehren zum Herzog«, flüsterte der Graf von Mering. »Ich werde folgen, nachdem ich meinem Getreuen die letzte Ehre erwiesen habe.«

Der Reiter schüttelte den Kopf.

Der Blick der Betenden wanderte vom Kreuz am Altar zu ihm, ihrem Herrn, und zurück. Er stemmte seine Hand in die Hüfte, seine Augenbrauen gegeneinander und die Wut in seinem Kopf gewaltsam hinter eine Mauer. Er zerriss das Papier. Die Miene seines Gegenübers zuckte und die Schultern sanken. »Geht!« Er wies zum Portal. »Jetzt.« Der Mann holte Luft und öffnete den Mund, um ihn gleich wieder zu schließen. »Sofort.«

Die Pfützen am Kirchenboden zitterten von der Verwünschung des Boten, und die Gebete der Trauernden setzten erst nach zahllos wiederholtem Bekreuzigen wieder ein. Eine der Alten begann ein Gebet - Ave Maria. Der Lobpreis für die Gottesmutter und die Worte aus dem Rosenkranz. Der Singsang beruhigte den Herzschlag und die Gemüter.

Ulrich blähte die Nasenflügel, atmete aus, atmete wieder ein, und wehrte sich und hustete. Er wandte sich um. Etwas zupfte an seinen Sinnen. Die Worte und uralten Formeln versickerten, die Menschen um ihn wachten auf und scharrten mit den Füßen.

Der Erste lief zur Tür.

Ulrich drängte sich aus der Kirchenbank, vorbei an den anderen und hielt erst außen im Regen inne. Er fluchte, dann warf er noch einen Blick zurück auf den Sarg. *Gott wird's verstehen, hoff ich. Wenn nicht, ist es nicht Gott.*

Und Lennart erst recht, dachte er. Einzelne reihten sich neben ihn, dann immer mehr. Neben ihm stießen die Männer Flüche aus.

»Gütiger ...«

Die Gesichter um ihn wurden unscharf, Worte verwischten. Er blinzelte und kämpfte sich aus der Starre. Es war, als würde er ein zweites Mal erwachen.

Schwarze Schwaden hingen über seiner Burg. Sein Hab, sein Gut, der Sitz seiner Familie, der Welfen, flirrte in Flammen.

Er rannte. Ein Wort verfolgte ihn und flog von Mann zu Mann, schnitt durch die Ruhe der Totenfeier, schreckte auch die Letzten auf. Ein Wort rief sie. Und die Herde auf Menschenbeinen stürmte los und wälzte sich über das Feld hinter ihm her. »Feuer!«

Auf dem Boden rutschte, ruderte, schlitterte er, fing sich ein ums andere Mal, bis er fiel. Der Regen hatte längst seine Kleidung durchweicht, klebte sie an seinen Körper, die Muskeln seiner Beine brannten. Weiter. Er presste eine Hand fest in die Seite und verzerrte sein Gesicht. Gebeugt hechelte er weiter zu auf die Rauchsäulen über seinem Heim. Aus dem großen Tor der Stallungen stießen Flammenzungen, leckten am Holz. Noch schimmerte das Gebäude von der Feuchtigkeit, mit der der anhaltende Regen es getränkt hatte. Die Luft vor dem Tor begann zu flirren. Nach Atem ringend kam er zum Stehen, stützte sich gegen seine Oberschenkel, das Feuer im Blick. Er rang mit seiner Panik und Verzweiflung, deren Klauen seine Kehle umklammerten, und versuchte seine Angst zu verbergen.

Er schauderte. Seine Befürchtung hatte sich die Maske abgerissen und war zur hässlichen Gewissheit geworden. Er war in der Hölle. Ulrich hörte die Schreie der Tiere. Die Laute, die ihre Angst ihnen abrang, klangen fast menschlich.

Verflucht! Es hallte in ihm wieder. Und wieder. Und wieder. *Verflucht. Sie müssen raus da.* Ein Fuß vor den anderen. Er lief. Binnen weniger Lidschläge hatte ihn der fauchende Schlund verschlungen.

Das Raunen der Männer und Frauen hinter ihm übertönte

das Knistern.

Ulrich verschwand. Er ahnte mehr, als das er spürte, wie das Feuer die Nässe aus seinen Kleidern sog. Die Tiere in ihren Verschlägen traten gegen das Holz, er sah das Weiß in ihren Augen. Das Feuer fraß sich zu ihnen vor. Er wich brennenden Brocken aus, die aus dem Nichts fielen; er öffnete die Riegel. Trümmer lösten sich aus dem Dachstuhl, Funken tanzten immer wieder, immer weiter auf seinem Surcot. Die Hitze brüllte in seinen Ohren. Flammensäulen schossen vor ihm empor. Schreiende Schatten waren da mit einem Mal in seiner Nähe, Schemen um ihn.

Etwas sprang ihm vor die Füße. Die Vierbeiner verlangten den Weg in die Freiheit, streiften … traten nach ihm. Sein Fuß verfing sich. Er knallte auf seine Knie und Hände. Das Echo der Schmerzen verschwand unter den Schreien, die den Stall füllten, menschliche, tierische, unter dem Prasseln und Poltern und Fauchen des Feuers. Torkelnd schmeckte er jeden verbrannten Atemzug. Asche bedeckte seine Zunge, seine Lunge schmerzte. Funken fraßen Löcher in seine Kleider, die Hitze ließ auf der Haut Brandblasen wuchern. Schmerz flammte in seiner Schulter und presste ihm die Luft aus den Lungen. Etwas Schweres schleuderte ihn in das leuchtende Rot und Orange, die Luft flimmerte, kein Fleck, auf dem die Flammen nicht tanzten. Er blinzelte, und Dunkelheit fraß den letzten Gedanken in seinem Hirn. *Niemand verdient diesen Tod.*

Die Kirchenglocken schütteten ihre Trauer vom Hügel herab. Die Bewohner der Burg hatten mit den Leuten vom Dorf zwar den Brand bezwungen, aber sie zahlten ihren Preis. Die Wunde, die Lennarts Tod gerissen hatte, klaffte durch die Geschehnisse ein Stückchen weiter auf.

In den Kirchenbänken hielten sie ihre Gesichter gesenkt, die Tränen verschmierten den Ruß noch mehr, hustend und schlotternd in den Kleidern, verrußt, verrissen, verbrannt. Schulter an Schulter reihten sie sich wieder aneinander.

Die Hände des Priesters hinterließen schwarze Striemen auf dem Stoff, als er sein Messgewand überstreifte, wie auf den Decken schwarze Abdrücke blieben von den Händen, die sie verteilten. In den Gebeten vereinten sich die Stimmen, fanden sich in Dankbarkeit.

Seine Stimme keuchte Worte, die Haare standen in Asche störrisch ab. Streifen und Fetzen waren die einzigen Reste an seinem Körper und kaum mehr als Kleidung zu benennen. Und er war froh, dass die Decke Fetzen und Brandwunden gleichermaßen verbarg. Husten schüttelte ihn. »…Dank Euch«, fuhr Ulrich fort. Er stemmte seine Hände in die Hüfte, »Mit eurer Hilfe ist das Schlimmste verhindert.« Er deutete auf den Sarg. »Wir sind hier für Lennart. Wir gedenken seiner. Jetzt. Für immer. Und lasst uns die Menschen nicht vergessen, die jeden Tag mit uns teilen und zu schnell aus unserem Leben treten.«

Mit drei anderen schritt er zum Sarg. Das raue Holz drückte und rieb gegen die nackte, wunde Haut. Die Regentropfen brannten an den Stellen seiner Haut, die die Decke nicht bedeckte, die das Feuer mit Blasen und Verbrennungen übersät hatte, und weckte die Erinnerung in seinem Inneren.

Waren die Stalltore nicht geschlossen gewesen, ehe sie zur Kirche aufgebrochen waren? Wie konnte es geschehen, dass die Flammen aus Toren schlugen, die sperrangelweit offen standen?

Er fuhr sich mit der Hand über die Augen, als ob er den Schleier wegwischen könnte, der die Antworten vor ihm verbarg. Lennarts Sarg lastete auf seinen Schultern vom Altarraum bis zum Gottesacker.

Oh Herr,
Gib ihm die ewige Ruhe,
Und das ewige Licht leuchte ihm.
Herr,
Lass ihn ruhen in Frieden.

Ulrich grub das Kreuzzeichen in seine Stirn und sprach das Gebet. Im Erddunkel verschwand das helle Holz. Erde vermischte sich Himmelstränen, prasselte herab, bedeckte die Kiste und durchtrennte den Schleier zum Leben, in den die anderen zurückkehren mussten.

Ulrich fand den Dorfburschen schlafend, Ruß auf dem Gesicht, die Stirn glänzend.

So jung ... Kurz zögerte er. Der Kranke brauchte den Schlaf. Ulrich berührte ihn an der Schulter und der Bursche schreckte hoch.

Er blinzelte, stammelte. »Wo …?« Sein Blick irrte durch den Raum. „Herr", murmelte er. Die Hand kämmte durch die Strähnen. Knurrend meldete sich der Magen. »Verzeiht. Und ich bin mit ei'm Mal so müde g'west. Ich glaub, ich bin umg'fall'n. Das Feuer hat so gebrennt. Ich weiß net, wie ich wieder hierher 'kommen bin. Ich wollt' helfen.«

»Ja, ich weiß.«

»Herr Graf.« Er richtete sich auf. »Is' 's Feuer noch anderswo aus'brochen, Herr?«

»Nein, nur in den Stallungen.«

»Ich hab g'schlafen und bin aufg'wacht. So laut war des, und ich hab g'merkt, dass des Viech so ein Krach macht. Ich wollt schauen. Aber wie ich hier rauskommen bin, hat's des Tor aufg'haut, aber g'seh'n hab ich kein' – auf den ganzen Hof net hier. Und nachherd hab ich's wieder g'wusst, weil die Frau des g'sagt hat. Des mit der Beerdigung. Das da alle sin'. Aber dann waren da Schatten bei die Ställe, innen drinnen. Und ich hab g'hört wie des Viech g'schreit hat, laut, und dann war Rauch aus dem Stall. Ich wollt' zur Kirche. Aber alle sind dann schon hierher kommen«, stammelte Xaver. Er zupfte an seinen Fingern, die Augen auf den Boden geheftet.

Er musterte den Burschen und trat einen Schritt auf ihn zu und legte ihm die Hand auf die Schulter. »Dank dir. Es kommt gleich wer mit Essen. Ruh dich aus.« Er drehte sich um und trat ins Freie.

Der Gedanke an Agnes flammte in ihm auf. Ulrich rieb die Narbe auf seiner Stirn, er fluchte über den Schmerz, der seinen Körper durchfuhr, und nochmehr fluchte er über seine Hilflosigkeit. Die Zeit floh vor ihm und verbündete sich mit einer Vorahnung, die sich wie ein Gewitter in seinem Innersten anfühlte. Er musste diesen Unruhestifter erwischen. Schnell. Ehe …

Regen tropfte auf sein Gesicht und Gebete von seinen Lippen. Erst als sein Haar vollkommen durchnässt an seinem Kopf klebte, begann er weiterzudenken. Es war an der Zeit, auch seine eigenen Wunden versorgen zu lassen.

DAS DORF †Kapitel 29

Hätte der Wirt nicht schon gegen Mittag die Läden verschlossen, die Gäste in der Stube würden einander schier aus den Fenstern drängen. In der Stube vergaßen die Dorfleut die Kälte, Neugier, Geschnatter und Gerüchte übertönten die Stille, lösten die Beklemmung der letzten Tage. Seit er sich in dieser hinteren Ecke niedergelassen hatte, strömten sie ein. Bei weitem nicht alle hatten Platz gefunden hinter dem vergilbten Holz der fleckigen Tische oder auf den Tischen selbst.

Heute hielt die Dorfleut nichts am Feuer der Kochstelle in ihren Häuschen, um mit klapperndem Geschirr Essen für ihre Familien auf den Tisch zu setzen; die Arbeit im Stall war schon zeitiger erledigt als sonst, den Viechern der Platz gesäubert, ihnen ihr Heu, ihr Stroh, ihr Futter vorgesetzt, die Milch abgemolken. Die Felder mussten auf morgen warten, bis die Aussaat zu Ende gebracht wurde. Und jene Abwechslung und Aufregung, die im Wechsel der Jahreszeiten nur Taufen, Hochzeiten oder Beerdigungen bedeuteten, schien sich heute an diesem späten Nachmittag gesammelt zu ereignen. Heute zwängten die Dorfleut in die Wirtsstube, in der sich sonst in der kalten Jahreszeit nur wenige einfanden: Die Alten, die Verbitterten, deren Tagwerk härter gewesen war und auf die niemand zu Hause wartete, äußerst selten ein paar Reisende, die Unterkunft für die Nacht suchten.

Jetzt warteten alle gebannt; und Warten waren sie in den letzten Tagen gewohnt, wie der Reisende aus ihren Unterhaltungen gelernt hatte. Jeder Einzelne der vergangenen Tage hatte mit einem Rosenkranz begonnen. Jede Perle der Rosenkranzkette war ein Gesetz des Gebets, jede Kugel berührte die Finger der Betenden und ihre

Seelenwunden, die der Verlust der beiden jungen Menschen bedeutete. Selbst hier - in dieser Wirtsstube hatten sie gebetet. Allein beim Gedanken daran musste er das abfällige Lächeln niederringen, das in ihm lauerte. Sie beteten für die Seelen der Gemordeten, für deren Reinigung, und dass sie die Verstorbenen mit Gottes Segen zu Grabe tragen durften; sie beteten für sich – um die Angst, die sich auf ihre eigenen Seelen gelegt hatte, und darum, wie es mit ihrem Dorfe weitergehen sollte in diesen Zeiten, da der Raubritter sein Unwesen trieb.

Heute war einer dieser Dörfler zurückgekehrt, Xaver, wenn sich der Reisende recht an den Namen erinnerte. Deutlich zeichneten den Rückkehrer die blauen Male und die Wunden seiner Begegnung mit dem Raubritter, der der Mörder seiner Schwester Ursl und Ferdls, deren Verlobten. Mit einem kleinen Geleit hatte der Graf von Mering den Burschen höchstpersönlich ins Dorf zurückgebracht. Nach den Verhandlungen mit dem Dorfrat würde der hohe Herr vor die Dorfgemeinschaft treten.

Und - wie er vermutete - gab es noch etwas, das die Neugier der Dorfleute schürte: er selbst, ein Reisender, ein Fremder. Hier in seinem Eck saß er, strich sich eine Strähne seines Blondhaars hinters Ohr und beobachtete, was geschah. Und er konnte die Blicke spüren, die sich in seine Richtung stahlen, fühlte, wie die Bauern ihre verstümmelten Wortfetzen tuschelten, und diese in seine Richtung krochen. Er war der Eindringling im Ort, ein Außenseiter mit einem Geheimnis. Und nun hauste er schon die zweite Nacht hier in ihrem kleinen Dorf. Er wusste: Noch ungewöhnlicher wirkte der Zustand, in dem er hier eingetroffen war. Als er am Vorabend zur Tür der Gaststube hereingepoltert, – gefallen war, hatte er sich kaum auf den Beinen halten können. Übel zugerichtet war er gewesen. Der Zustand seiner Kleidung, schmutzig und zerrissen, gab dennoch preis, dass es sich bei ihm um einen Zeitgenossen handeln musste, der sich gute Kleidung leisten konnte oder dereinst hatte leisten können.

Er hatte erst halbverständliche Brocken auf den Tresen geworfen, die ahnen ließen, dass er nach einem Zimmer und Essbarem verlangte. Dann hatte er erst eine Münze fallen gelassen, dann seinen Körper. Auf Geheiß des Wirts hatten sich dann ein paar Männer seiner angenommen, ihn in eine Kammer geschafft, sein Pferd versorgt. Dann ging sein Plan auf und wog den Preis auf. Mit seinen Schmerzen zahlte er, Münze waren die Male, die er sich von seinem Gehilfen hatte zufügen lassen - und jene Male, die er zuvor geerntet hatte für einen unerfüllten Wunsch. Er verwünschte diesen anderen beim Gedanken daran.

Die Kunde verbreitete sich über diesen Gast, dem Schlimmes widerfahren war. Die Neugier, was hinter seinem Zustand stecken könnte, beschäftigte das kleine Dorf. Er hörte ihr Flüstern, ihre Fragen. War es Zufall, dass dies so kurz nach den Morden geschah?

Sie waren zusammengekommen, fast alle, viele genug jedenfalls, die darauf hofften, Neuigkeiten zu erfahren. Sie hatten diesen Burschen begrüßt und sich nach seiner Verletzung erkundigt, spendierten ihm Bier und warteten gespannt auf seine Geschichte. Fragen drängten auf den Dunkelhaarigen ein, und die Augen – und Ohrenpaare wollten sich nicht abwenden, ehe nicht das kleinste Detail nackt im Licht lag.

Das Gesicht dieses Burschen verzerrte sich mehr und mehr, je tiefer er in seine Erlebnisse zurücktauchte, bis jegliche Farbe seiner Wangen erlosch. Xavers Augen huschten in der Gaststube hin und her. Vielleicht hoffte er auf irgendetwas, irgendjemand, der ihn der neugierigen Meute entriss. Er fasste sich mit beiden Händen an den Kopf, stützte die Ellbogen auf den Tisch und krallte sich in seine Haare fest. Er biss sich auf die Unterlippe, ohne den Schmerz zu bemerken und die Tränen, die ihm über die Wangen liefen.

Und mit einem Mal wurde es ruhiger, stiller. Genau genommen war er, der Fremde, der Grund dafür. Und der Wirt.

Ein Humpen krachte vor ihm auf den Tisch. Der Schaum schwappte über den Rand und schwemmte über das Holz. »Aufs Haus!«, brummte der Wirt. Sein Bart schien kaum ein Fleckchen seines Gesichts freizulassen, und ob er jemals lächelte, ließ sich daher nicht sagen, ob er nur griesgrämig blickte, ebenso wenig. Eberlin gab ihm einen Klaps auf die Schulter. Beinahe kippte der Reisende auf die andere Seite der Bank, stöhnte. »'rzähl,« raunzte es aus dem Bart.

Er starrte. Verständnislos. Es dauerte eine kleine Weile, bis er den Wortbrocken entwirrte, dessen Bedeutung in Sprache übersetzt hatte, und begriff. Er nahm einen tiefen Zug vom Hopfengebräu.

Sollen sie meine Geschichte ruhig hören. Sein Lächeln verbarg er hinter dem Krug.

Hierhin an den Platz, den er gewählt hatte, gelangte kaum das Licht der Wirtstube, sein Gesicht blieb zur Hälfte im Schatten. Über die andere Hälfte, die Seite mit den Spuren des Kampfes, flackerte Kerzenschein, zerrte Schemen über sein Gesicht. Düster. Unheimlich. Er räusperte sich, wartete, bis nur noch das Knistern des Schaums auf dem Bier zu hören war. »Wie es scheint«, begann er mit heiserer Stimme, »bin ich in diesem Ort nicht allein mit meinem Schicksal.« Er nahm das Raunen der Dorfleute zur Kenntnis. »Vor einigen Tagen hatt' ich mich entschlossen, die Burg in Friedberg aufzusuchen. Ich wollte Gehör finden beim Herzog für ein Anliegen meiner Familie; und freilich wollt ich meinem Lehnsherrn den Treueid erneuern. Gestern sollte mich mein Weg wenigstens bis in den Nachbarort führen. Am Tag darauf – also heute – wollte ich das letzte Wegstück hinter mich bringen. Doch das war mir nicht vergönnt. Nun, vielleicht trifft mich auch selbst die Schuld, wer kann das schon so genau sagen?«

Er nutzte die neuerliche Pause, um sich zu vergewissern, dass seine Worte die übrigen Gäste neugierig machten. Fragende Gesichter starrten ihn gebannt aus jedem Winkel der Stube an. Er kostete den Moment aus. »Die ganze Strecke über fühlte ich mich sicher, während ich durch die Ländereien und verschiedenen Grafschaften ritt. Ich wusste mich geschützt. All die Vasallen des Herzogs achten gut auf ihre Grenzen, und die Wege lassen sie von ihren Männern beschützen. Der Ruf Eures Grafen von Mering war mir bekannt; so nahm ich an, dass er es gleichfalls hält mit der Sicherheit in seiner Grafschaft. Wohl etwas vorschnell war ich hier.« Er wiegte sein Haupt von links nach rechts und wieder zurück. »Mein Fehler. Dieser – mein – Irrtum hat mich verleitet, die Vorsicht zu vergessen.« Er entdeckte Empörung in den Mienen der Dorfleute, Stimmen zischelten und zischten durch die Stube. »Stattdessen fielen zwei Gesellen über mich her.«

Die Leute drängten näher an seinen Tisch, einen besseren Blick zu erhaschen, immer lauter murmelten die Gäste ihre Entrüstung.

»Sie versuchten es zumindest.« Er fuhr fort. »Wahrscheinlich haben sie nicht damit gerechnet, dass ich mich zur Wehr setze. Ich allein gegen zwei Räuber. Doch nachdem ich den einen ordentlich erwischt und mit einem Schlag zu Boden geschickt hatte, gelang es mir, dem anderen zu entkommen. Ich fürchtete, dass er mich einholen würde. Schließlich war ich auf mich allein gestellt, und niemand kam mir zur Hilfe.

Euer Dorf erreichte ich gerade noch. Und nun bin ich hier. Wie ernst Euer Graf seine Pflicht nimmt, Reisende zu schützen, nun ja …« Mehr als das, was er gesagt hatte, lastete im Raum, was ungesagt blieb. Seine Hand wies auf Xaver, genauso wie der mitleidige Ausdruck seiner Miene. Sein Kopf wandte sich in die Richtung des Dorfburschen.

Er ließ sich zurückfallen auf seinen Platz, nicht ohne den Spiegel in den Mienen der Anwesenden zu prüfen. Er beobachtete sie weiter unter halbgeschlossenen Lidern. Die Männer und die Weiber, die Alten und die anderen brabbelten durcheinander mit glühenden Wangen, zeterten und ihre Gesten holten weiter aus. Der Name des Grafen von Mering mischte sich mehrfach in das Wortgewirr, wie ein Funke, der auf trockene Holzspäne fällt. Unruhe.

Mehr Bier wurde bestellt, und mehr Bier wurde gebracht. Selbst für den Wirt wurde das Durchqueren seiner Gaststube schwer.

Er verbarg sein Schmunzeln, so gut es ging. Ja, er spielte seine Rolle. Er zog sich die Maske der Erschöpfung über. Gebeugt über seinem Krug schlürfte er seinen Hopfentrunk und hielt den Blick auf den Kieselstein, den er in den See geworfen hatte, und auf die Wellen. Stück für Stück trugen sie weiter. Irgendwann würden sie das Ufer erreichen.

Neben ihm ließ sich jemand auf die Bank fallen. Er hob den Kopf. Der Bursche. »Habt Glück gehabt, eh?« Xaver musterte ihn, nickte ihm zu wie zum Gruße. »Wir net. Net so viel jedenfalls. Net für mein' Schwester, und Net für den Versprochenen von ihrs. Wir war'n drei.« Er blinzelte und versuchte zu verbergen, dass seine Augen feucht schimmerten, sich mit Tränen füllten. Er schniefte. Schluchzte. Tatsächlich. »Ich. Ich hab Glück g'habt.« Beim Luftholen verhaspelte, verschluckte er sich und endete im Husten. Speichel hing ihm an der Lippe. Er schaffte es, sich zu fassen. Seine Stimme fand zurück. »Mein Dank Euch. Ihr habt's mich g'rettet vor die Fragen.« Xaver sah ihn an und streckte ihm die Hand entgegen. »Xaver.« Etwas, das ein trauriges Lächeln sein sollte, verzerrte sein Gesicht.

»Wie's schaug't, sind wir alle zwei davon'kommen«, erwiderte er dem Bauernburschen.

Der Reisende ignorierte die Hand. „Trotz der unsicheren Wege", setzte er schnell nach und hoffte, das Gesprächsthema und die Aufmerksamkeit seines neuen Tischnachbarn auf etwas anderes zu lenken. Darauf, dass die Schuld beim Grafen von Mering lag. Am besten.

Er stellte den Krug vor sich und bemerkte, dass sein Gegenüber schwieg. Seit längerem. Die Aufmerksamkeit bohrte gegen seine Haut. *Noch ein Schluck.* Er hob die Augen. Dieser Trampel starrte ihn an.

Der Reisende feuerte seinen Blick unter halbgeöffneten Lidern gegen den Dorfburschen.

Xaver zuckte zusammen. »Verzeiht, Herr.« Seine Wangen glühten tiefst rot. »Euer G'sicht. Ich glaub ich hab Euch schon mal g'sehen. Als würd ich Euch kennen. Wart's Ihr schon mals hier?«

Neugier ist eine schlimme Sache. Schwer totzukriegen. »Nein, du täuschst dich gewiss«, wiegelte er ab. »Vielleicht verwechselst du mich mit jemandem.« Er zog sich noch ein bisschen weiter zurück in die Ecke seines Tisches.

»Mmh ja, vermutlich habt Ihr Recht. Ich hab so viel

fremde G'sichter g'schaut in die letzten Tag.« Xaver wischte sich über die Augen. »Schon seltsam", fuhr er fort, »bei uns hat des nie Überfälle geben nicht. Der Graf passt schon auf. Und auf einmal is des gleich zweimal, so bald hintereinander.« Dieser Bursche hielt inne und kratzte sich am Kopf. Der Reisende seufzte. Vermutlich war Xaver auf der Suche, weitere Worte zu finden.

Nicht so einfach, das viele Denken, was Bursche?

»Ihr dürft nicht schlecht denken hier über des unsrige Land oder des vom Grafen. Er schaut schon nach uns. Ich war oben gewest, auf der Burg. Nach dem …« Wieder eine Pause, ein Stottern. »Der Graf hat sogar g'schaut und gefragt, wie es mir geht. Und obwohl selber einer von seine Leut gestorben ist.« Das Leuchten in Xavers Augen, während dieser Verteidigung von Graf Ulrich, schloss jeden Zweifel aus.

Die Fingernägel des Reisenden gruben sich tiefer ins Holz. Seine andere Hand krallte sich am Humpen fest, sein Kiefer verspannte sich, und seine Blessuren meldeten sich pochend. Das Veilchen am Auge und die starken blauen Flecken in seinem Gesicht. *Wie viel Zeit muss ich verwenden, ihn zu überzeugen – ihn oder jeden einzelnen anderen? Oder trifft es ›verschwenden‹ besser? Zeit, in der ich mich von meinen eigenen Wunden erholen könnte?* Die Entscheidung vertagte er auf später und besann sich auf den Augenblick. *Es gibt nicht viel, was die Zunge so einfach löst wie Bier oder Wein.* »Es gab einen Toten auf der Burg?«, wandte er sich an Xaver. Und wieder begann der Bursche zu erzählen, von der Beerdigung, dem Brand, der Aufregung, davon, welche Verletzungen der Graf selbst davongetragen hatte.

»Kennt Ihr denn unseren Herrn?«, interessierte sich Xaver.

»Ich bin ihm schon einmal über den Weg gelaufen«, tat er die Frage mit einer Handbewegung ab, »nicht der Rede wert.« Er grübelte über den Bericht des Burschen, so dass ihm dessen weitere Worte entgingen. Erst als dieser ihn leicht anstieß, fiel ihm das erwartungsvolle Raunen auf, das durch die Wirtstube ging. Und mit einem Mal sah er den

Grund dafür. Er spürte die Wand in seinem Rücken, als er sich noch weiter in die Dunkelheit seines Nischenplatzes zurückschob, den Schwall kalter Luft, der ihn erreichte. Von einer Sekunde zur nächsten herrschte Stille, nicht einmal der Schaum auf den Biergläsern wagte ein Knistern, selbst die Kerzen flackerten stumm vor sich hin. Schritte stampften in die Mitte des Raumes. Xaver war aufgestanden, um besser zu sehen. Metallenes Klirren ertönte, als ob jemand sein Schwert gezogen hätte.

Hatte man ihn entdeckt? Er rutschte hin und her. Es gab keinen Weg, der ihn unbemerkt aus der Stube gelangen ließe. Ein Räuspern, und dann schnarrte eine Stimme durch die Gaststube. »Also, nach meiner Unterredung mit unserem geschätzten Grafen Ulrich sind wir zu einer Vereinbarung gekommen.« Wieder erklang das Klirren von Waffen. Der Fremde nahm an, dass es sich um den Dorfvorsteher handelte, außerdem begleitete ihn wohl so etwas wie eine bewaffnete Eskorte. Der Redner hüstelte noch einmal, bevor ein anderer das Wort übernahm.

In festem Ton erklangen die nächsten Worte im Raum. »Noch einmal versichere ich Euch allen meines Mitgefühls zu Eurem Verlust, den dieser Überfall verursacht hat. Ich weiß, wie sehr Euch das alles trifft. Ich stelle zusätzliche Männer ab, um die Wege zu sichern. Zu einem weiteren Überfall wird es nicht kommen«, versicherte der Redner.

Während er die Dorfleute mit ihrem zustimmenden Gemurmel beobachtet hatte, war er zu dem Schluss gekommen, dass es sich um den Grafen persönlich handeln musste, der zu allen sprach. Und es waren dessen Waffenträger, deren Waffen klapperten.

»Die Abgaben, die Ihr mir für das letzte Quartal schuldet, haben die Räuber. Um für Eure Sicherheit zu sorgen und die Wege zu verteidigen, brauche ich Männer und Waffen. Die Waffen kosten Geld, und die Männer brauchen Bezahlung. Ich bin auf Eure Gelder angewiesen. Andererseits weiß ich, im Moment kann ich nicht von Euch verlangen, die gleiche Summe noch einmal aufzubringen.« In die neuerliche Pause wagte sich das Murmeln der Dorfgemeinschaft. »Dennoch kann ich Euch die Schuld nicht zur Gänze erlassen«, fuhr Ulrich von Mering fort. »Aber ich bin mit Eurem Dorfrat zu einer Einigung gekommen.«

»Ich hab' meine Tochter verloren.« Ein Mann kletterte schwankend auf die Sitzbank, sein Kopf zuckte hin und her, die Laute, die seine Worte formten, waren noch weniger beweglich als er. »Eure Abmachung? Geht mir doch weg damit!« Jemand zog geräuschvoll Speichel zusammen und spuckte aus. »Schiebt Euch Euer Gehabe sonstwohin. Weder werd ich satt, noch bringts mir mein Kind z'rück.« Schluchzen begleitete die Worte. Die Männer, schüttelten die Köpfe, eine geballte Faust stieß in die Höhe. »Halt's Maul, Franz. Jeden von uns hätt es erwischen können. Du brauchst net glauben, dass du daraus einen Vorteil ziehen kannst.« Mannsbilder rempelten sich gegenseitig an, rempelten zurück, als sie ein Stück weiter in den Raum drängten, wer saß, erhob sich, Hände patschten auf die Tische, und Flüche in die Wirtsstube.

»Franz, setz dich«, raunte eine Frauenstimme, »er kann nichts …«

»Und ob er was dafür kann«, blaffte der Angesprochene. »Sie sin' umkommen auf dem Weg zu seiner Burg. Und er ist schuld. Er hat nicht genug gemacht. Ihr habt doch selber den Fremden g'hört. Hier ist er überfallen worden, in die anderen Grafschaften war nichts.

Der will doch nur mehr Geld aus uns 'rauspressen.« Der Zorn dröhnte über alle Stimmen und den Tumult in der Stube. Doch weit kam er nicht. Schon stand der Wirt neben ihm und drückte Franz zurück auf seinen Sitz. Eberlins Blick schweifte über die Einrichtung seiner Stube, verweilte kurz bei den Mannsbildern, die ihn umstanden, und blieb zu Guter Letzt bei Franz Hängen, der in sich zusammensank.

Der Graf von Mering räusperte sich. »Die Toten kommen nicht zurück.« Der Welfe verzichtete auf Umschweife. Seine Stimme hatte jegliche Wärme verloren. »Eure Abgaben sind bei mir nicht angekommen, und Ihr steht immer noch in meiner Schuld.« Ein Stöhnen und Jammern ging durch die Stube. »Ich habe versprochen, dass ich Euch den Verlust nicht anlasten werde, doch offensichtlich legt Ihr nicht besonders viel Wert auf mein Entgegenkommen.«

»Wartet.« Der Dorfvorsteher fiel ihm ins Wort. Der Kopf des Mannes leuchtete hochrot. »Herr, es tut mir leid. Es ist nicht lange her, seit wir zwei junge Leut' zu Grabe getragen haben. Freilich – das ist ein schwerer Schlag für uns. Ich bin sicher, Euer Vorschlag ist das Beste für uns.« Er hob seine Hände nach oben und faltete sie, wie zum Gebet.

Jedem Einzelnen sah der Graf ins Gesicht. Er ließ sich Zeit, ehe er das Wort wieder an die Anwesenden richtete. Er hob eine der bandagierten Hände in die Höhe wie eine Standarte, die den nächsten Zug ankündigt. »Hört: Bis Ende August bringt ihr die Hälfte der geschuldeten Abgaben auf und übergebt diese. Ich werde mich selbst zu euch auf den Weg machen. Niemand muss sich mehr einer Gefahr aussetzen. Außerdem werde ich meine Waffenträger alle zwei Tage durch die Dörfer meiner Ländereien senden.«

»Und was ist mit der anderen Hälfte der Abgaben?«, wollte eine Stimme aus den hinteren Reihen wissen.

»Die andere Hälfte …« Die Miene wurde leer, die Stimme verlor sich. Kurz. Er schloss die Augen. Er blinzelte, räusperte sich. »Ich fordere Männer aus Eurem Dorf. Ich fordere, dass zwei von Euch jede Nacht Wache halten, gleichwohl wenn Reisende hierher gelangen, dass zwei eurer Mannsbilder mit meinen Leuten die Fahrenden geleiten, bis sie sicher angelangen. Und den Rest …«, er wandte sich an den Vater der Toten, »… erlasse ich Euch.«

Stimmengewirr füllte den Raum. Die meisten Gesichter, die der Reisende von seinem Dunkelplatz aus lesen konnte, zeigten nichts, was ihm gefiel. Erleichterung und Dankbarkeit.

Der Dorfbursche hielt auf den Grafen von Mering zu, zog ein Bein hinterher, obwohl es nicht verletzt worden war, und er hielt sich seinen Arm vor den Bauch, als blutete die Verletzung nach wie vor. Er nickte und verbeugte sich. Er war der Erste.

Einer nach dem anderen standen sie auf. Manche

dankten, manche verbeugten sich nur. Gesagt war genug. *Zuviel.* Die Knöchel an seinen Fäusten traten weiß, der Reisende presste die Kiefer aufeinander. Es fiel ihm schwer, nicht aufzuspringen und davonzustürmen. *Dankbarkeit. Welche Verschwendung. Welch ein überflüssiges, unnützes ...* Das Wort war ihm entfallen. Er überlegte kurz. *... was auch immer. Verflucht.* Er hetzte durch seine Gedankengänge und verstieg sich in seinem Plan. Stück für Stück nahm er auseinander, wendete es, setzte es wieder zusammen. Wieder und wieder. Die Teile wollten nicht zueinanderpassen. Nicht mehr. *Wie soll jetzt auch nur einer dieser dummen Bauern wütend sein auf diesen Meringer?* Trübe, malzige Flüssigkeit rann seine Kehle hinab. Sein Blick prüfte das Gefäß. Am Boden schimmerte nur die Erinnerung an den Trunk, und der leere Tonkrug klackte auf die Tischplatte zurück. Zeit zu gehen.

Kalte Luft streifte den Fremden erneut. Die ersten Waffenträger verließen das Wirtshaus, aber dann gab es ein Räuspern und erneut hob die Stimme des Grafen an. »Einer der Gäste ist überfallen worden?« Ein Spalier tat sich auf zum Tisch in der hintersten Ecke der Stube.

Ulrich von Mering hielt auf ihn zu. »Ihr habt mein Mitgefühl, Reisender. Nichts für ungut. Es trifft mich, dass Euch dieses Unheil auf dem Weg durch meine Grafschaft widerfahren ist.« An der Kante des Tisches blieb er stehen und schirmte mit seiner Gestalt auch das letzte bisschen Licht ab. »Erinnert Ihr Euch noch an etwas vom Überfall?«

»Nein, es ging schnell. Ich bin froh, davongekommen zu sein«, presste er kopfschüttelnd hervor.

Der Meringer beugte sich leicht nach vorne. »Nun. Sei's drum«, meinte Ulrich, »ich hatte gehofft, mehr in Erfahrung zu bringen oder die Spur leichter zu finden.

Haben sie Euch denn sehr zugesetzt?"

Der Reisende winkte ab. »Ich bin rechtzeitig entkommen. Ein paar Blessuren, die ich davongetragen habe. Doch damit möchte ich Euch nicht Eure kostbare Zeit stehlen.«

Der Graf beugte sich weiter vor, dann trat einen Schritt

zur Seite. Ein wenig mehr an Licht schlüpfte vorbei, und der Dunkelhaarige stutzte einen Moment. »Wo sagtet Ihr, kommt Ihr her?«

»Ich war auf dem Weg nach Friedberg, als ich erwischt wurde. Wo genau, weiß ich nicht zu sagen. Die Gegend kenne ich nicht. Ich hatte Glück, dass ich hierher fand.« Er drückte sich weiter gegen die Wand.

»Nun, das meinte ich nicht.« Die Hand des Meringers testete den Waffengurt. »Woher stammt Ihr? Euer Gesicht scheint mir vertraut.«

Er knetete seine Hände. »Eine kleinere Burg. Unbedeutend. Ich will Euch nicht damit behelligen.« Er stand auf. Und die Schatten verbargen sein Gesicht. »Meine Ankunft war unglücklich. Die Schmerzen fressen mich auf. Sicher seht Ihr es einem Reisenden nach, wenn er sich zurückzieht.

Habt Dank für Euer Mitgefühl.« Er drängte sich vorbei an dem Grafen und verschwand über die Treppe.

FINGERBREIT †Kapitel 30

BEI MERING, ENDE MÄRZ 1268

Ulrich stutzte, er schüttelte den Kopf, rieb seine Daumen gegen die Verbände seiner Hände. »Was für ein seltsamer Geselle«, murmelte er.

Er verließ die Stube und wandte sich Richtung der Ställe. Seine Leute warfen sich von ihren Satteln aus Gespräche zu, einer von ihnen ritt ihm mit seinem Pferd Dämmer entgegen. Seine Gedanken hingen noch fest. *So vertraut. Und diese Stimme. Nicht zum ersten Mal habe ich sie gehört.* Er setzte seinen Fuß in den Steigbügel und zog ihn wieder zurück, drehte sich zu seinen Waffenträgern.

»Wartet.« Er legte den Finger auf die Lippen und nickte ihnen zu. Mehr bedurfte es nicht. Ulrich entzündete eine der Fackeln aus seiner Satteltasche und winkte einen seiner Mannen – Christan – heran. Stiche rasten durch die Brandwunden in seinen Händen, als er die Fackel umgriff und zum Unterstand neben dem Wirtshaus hetzte. Christan bedeutete er, am Eingang zu warten.

Er roch Heu, Stroh. Das Licht der Fackel in der Halterung fiel auf das Gehege am anderen Ende des Gebäudes. Es war leer, genau wie die drei sauber ausgekehrten Boxen. Ihre Türen standen offen. Genau wie bei der vierten Box, in der Stroh lag, und aus der das Schnauben eines Tieres tönte und Atemwolken dampften. Ulrich streichelte die Blesse des Pferdes, die Nüstern.

Er wartete einen Moment, bis das Tier seinen Geruch erfasst hatte. Seine Hand wanderte am Fell, an der Seite des Pferdes entlang. *Kein Zeichen, kein Brandmal.* Auf der Trennwand entdeckte er Sattelzeug. Auf den ersten Blick wies es keine Zeichen auf. Ulrich trat näher, dann verharrte er still und horchte, sah hinter sich, versuchte, seinen eigenen Herzschlag zu beruhigen. *Bleibt nur eines.* Seine

Hand glitt über Leder, fand die Satteltasche. Stroh raschelte. Und noch etwas anderes. Das Pferd wandte seinen Kopf, bleckte die Nüstern, doch es beruhigte sich wieder. Ulrich hielt inne. Ein Blick vorbei an ihm zeigte nichts. Seine Finger tauchten in die Satteltaschen, und kamen schnell wieder hervor. *Nichts. Nichts, um Antwort zu geben.*

Er befühlte die Decke und ertastete eine Stickerei. Im Licht, im Flackern, im Knistern der Fackel fand er das Emblem. Sein eigener Schatten fiel auf das Siegel, und er spürte den Luftstoß beinah zu spät. Die Wand zitterte, Hufe scharrten. Neben ihm donnerte die Holzkeule auf den Sattel. Wiehernd stieg das Ross. Der Schlag krachte in seine Rippen und warf ihn gegen das Tier. Es bockte und stieg, und schleuderte ihn gegen die Wand. Die Keule traf sein Knie, und Ulrich knickte um. Erst knallte der Stallboden gegen seine Schulter, dann die Wand. Hufe strampelten über ihm, Beine ebenso. Ein Tritt presste die Luft aus seinen Lungen; eine grinsende Fratze nahm sein Sichtfeld ein und spiegelte die Mischung aus Schadenfreude und kaltem Hass. Der Fremde aus der Stube. An Ulrichs Seite flammte wieder Schmerz, dort, wo der Schuh des Mannes seinen Rücken traktierte. Die Faust landete in seinem Magen. Ulrich sah, wie der Angreifer ausholte und riss seinen Unterarm hoch. Der nächste Hieb traf weniger hart, anders als der Fuß in seinem Bauch.

Seine Kehle war zugeschnürt. Kein einziger Ton übertrat die Schwelle seiner Lippen.

»Keine Angst, so einfach wird es für dich nicht werden.« In Feuerglut geschmolzenes Eisen triefte in Form von Worten auf den Boden. »Dein Untergang wird kommen, und dein ganzes Haus wird fallen, so wie einst das meine fiel durch deines.«

Ulrich spürte den Stoff seines Hemdes in seine Haut schneiden, als er daran hochgezerrt wurde. Die Nähte krachten. Einen Lufthauch später ahnte er den nächsten Treffer. Der Kinnhaken verwandelte sich in Dunkelheit.

Das Reißen in seinem Bauch weckte ihn, es hörte nicht

auf. Tausend Messer stachen in seinen Kopf. Jemand zerrte an ihm. Er mühte sich, seine Augenlider zu öffnen. Und wollte sie wieder schließen. Unverzüglich. Jemand richtete ihn auf. Einer der Waffenträger. Er bewegte die Lippen. Ulrich hörte Laute.

Zu schnell. Er sah sich um. Ihm fiel ein, wo er war. Jemand stand vor ihm. Er blinzelte. Jedes Zucken jedes Fältchens jagte Schmerz durch seinen Körper, anstelle des Abklingens folgte ein Echo der Pein.

»Vergebt mir, Herr«, entschuldigte sich Jacob, der Anführer der Gruppe. »Ihr wart schon eine Weile weg, und Christan auch. Dann war da Lärm vorm Stall gewesen. Wie eine Rauferei. Ich bin hergerannt mit zwei Leut. Christan lag vorm Eingang. Niedergehauen. Das Tor stand auf. Ich hab Euch gefunden auf dem Boden. Ich wusst nicht, dass es noch einen anderen Weg gibt, wie man aus dem Gasthaus kommt.«

»Er ist davongekommen, nicht wahr?« Mehr Flammen, mehr Schmerzen und Ulrich drehte seinen Kopf zur Seite.

Jacobs Blick war mit dem Boden verwachsen. »Ich hab gesehen, wie einer davon ist auf seinem Pferd. Dann bin ich rein. Ich bin weiter, und fand Euch so.« Jacob schüttelte den Kopf und zuckte mit den Schultern. Mehr fiel ihm nicht ein. »Könnt Ihr reiten?«

»Wird gehen. Muss.« Ulrich rieb sein Kinn und bereute es sofort. Mit Jacob an seiner Seite wankte er zurück zu den anderen.

»Habt ihr etwas gesehen - irgendetwas -, solang Ihr draußen gewartet habt, Jacob?«, drängte er. »Oder vielleicht schon auf dem Ritt hierher?«

»Nein, Herr.«

»Der Mann – der aus der Wirtsstube, der Fremde -, ich glaubte, ihn zu kennen. Es ist schon eine Weile her, meine ich, dass ich ihm begegnet bin – vor Monaten an Ludwigs Hof. Selten ist er allein anzutreffen. Ich erkannte ihn erst nicht. Aber im Stall habe ich eine Decke mit einem Wappen gefunden.« Ulrich hielt einen Moment inne.

»Ihr wisst es also. Wer hat Euch niedergeschlagen?« Jacob blieb einfach stehen. »Was habt Ihr gefunden?«

»Was ich vermutet hatte. Doch gleichgültig, wer es war, er war kein gewöhnlicher Reisender, und er führte weit mehr im Schilde, denn die Gäste zu unterhalten.«

Jacob schlug mit der Faust in die offene Handfläche. »Teufel noch eins. Das geht nicht rechtens zu.« Er hielt kurz. »Aber sie erzählen doch, er wäre überfallen worden. Das ist doch Schmarrn. Und jetzt ergreift er einfach die Flucht. Wie passt das zusammen?«

»Ich weiß nicht, was er plant oder geplant hatte. Nichts Gutes. Vielleicht wollte er die Leute hetzen. Er hat nicht damit gerechnet, dass ich hier auftauche«, mutmaßte Ulrich. »Nur eins verstehe ich nicht: Er hätte mich töten können. Und doch hat er mich nur niedergeschlagen und ist davon.«

»Aber den können wir doch nicht so einfach laufen lassen«, wandte Jacob ein.

Sie erreichten die übrigen Wächter und den Wirt, der sich dazugesellt hatte. »Eberlin.« Der Wirt trat näher zu ihm. »Dein Gast, der Fremde, was weißt du von ihm?«

Die Brauen des Wirts verdichteten sich zu einem buschigen Balken. »Mmh?«

»Ich weiß, dass dir nichts entgeht.«

»Nun, grad recht in die Stubn gfallen is er mir der. Tot mehr als wie lebendig. G'rad noch, dass er's zusammengebracht hat mit seinem Geld, bevor es mit ihm rum war für ein' Zeit.« Er runzelte die Stirn noch mehr. »Grad recht still war er.« Eberlin kratzte sich am Bart. »Eigen und was Bessers halt.« Schnell fuhr er sich über den Mund, blickte zu dem Herrn und kettete dann auf den Boden.

»Gut, Eberlin.« Ulrich drückte die Pranke des Wirts. »Berichte mir, wenn etwas ist.« Eberlin würde die Augen offen halten.

Ulrich mühte sich auf sein Pferd, und kaum hatte er den Befehl erteilt, galoppierte der Trupp los.

Schon wieder ist er einfach entkommen. Dieser Habenichts, dieser Taugenichts. Doch dafür ist er geschickt genug.

Wo nur liegt der Grund für diesen Hass? Er fuhr sich

übers Gesicht. *Und wie setze ich dem ein Ende, ehe noch größeres Unheil aufzieht.*

Er klopfte Dämmer an den Hals und war froh, dass dieser den Weg von alleine fand. Was vor ihm lag entlockte ihm ein bitteres Lächeln. Weitere Unbill. Eine Aufwartung bei seinem Lehnsherrn. Einmal mehr. Der heutige Tag hatte ihm Schmerzen gebracht, doch diese waren angenehm im Gegensatz zu dem, was ihn am nächsten Tag erwartete.

AGNES †Kapitel 31

BURG FRIEDBERG, ENDE MÄRZ 1268

Die Hardenbergs mitsamt Gefolge hatten Glück. Die meisten Vasallen mussten mit einem großen Gemeinschaftsschlafsaal vorliebnehmen oder hatten sich in der angrenzenden Stadt eingemietet. Agnes teilte sich die Kammer im Ostflügel der Burg mit Mathild und Clara, drei Reisetruhen, zwei Betten, einer Pritsche. Die Kammer der Eltern lag gleich nebenan. Agnes runzelte die Stirn. Es musste das Licht sein, das sich zum Fenster hereindrängte.

»Nein, Mutter.« Agnes duckte sich samt ihrer Widerworte hinter den Deckel ihrer Reisetruhe vor Claras Mahnung. Sie zog ein Gesicht und verdrehte die Augen.

Die Mutter quittierte das Gezeter der Amme mit einem Räuspern, und nur das Summen Mathilds blieb noch zu hören. »Du glaubst also nicht, mehr Sorgfalt beim Packen hätte dir Arbeit erspart.« Adlhaydt von Hardenberg seufzte. »Und du willst keine Hilfe.«

»Es sind nicht mehr viele Gewänder.« Agnes faltete im Schutz der Truhe die Kleider und wartete, ob ein weiter Ratschlag ihrer Mutter folgte oder eine Klage Claras.

Sie würde lieber Ulrichs Brief noch ein weiteres Mal lesen, als Gewänder ordnen, doch im Moment blieb keine Wahl. Seit dem Aufbruch von der Gaststätte hatte sie seine Worte wieder und wieder aufgesogen, wann immer sie einen Moment für sich ergattern konnte. Irgendetwas klammerte sich um ihr Herz, jedes Mal, wenn sie las, wie nah sein Schmerz sich an seine Hoffnung band.

Auf dem Papierbogen lösten die Kanten und Spitzen den Schwung seiner Schrift ab. Sie versuchte sich den genauen Laut seiner Worte ins Gedächtnis zu rufen und sich vorzustellen, wie der Mann aussah, der ein Schreiben wie dieses verfasste. Sie wünschte, sie wäre ihm schon einmal begegnet.

Mathild fiel mit einem weiteren Lied in die Stille ein. Agnes fischte das nächste Kleid heraus. Die Falten ähnelten einem Bergmassiv. Sie seufzte.

»Agnes, es muss sein. Schließlich wollen wir zum Fest in ordentlichen Gewändern erscheinen.« Ihre Mutter strich ein anderes Gewand glatt und legte es über die Stuhllehne.

»Die Mühe beim Einpacken hätte ich mir sparen können. Das nächste Mal nehme ich mir ein Beispiel an meinen Brüdern. Ihnen ist einerlei, ob die Hemden oder die Oberkleider verknittert sind.« Agnes klappte den Deckel zu.

Ihre Mutter zuckte mit den Schultern und blickte sich in der Kammer um. »Zuwenigst verschafft uns die frühe Ankunft in Friedberg eine gute Gelegenheit, wieder für Ordnung zu sorgen.«

»Schwesterlein!« Georgs Stimme tönte vom Flur herein. »Steckst du schon wieder deine Nase in Gewandstücke? Gefällt dir am Ende die Näharbeit wohl doch?

Dieser Weiberkram! Bereitest du dich schon darauf vor, in Zukunft den ganzen Hausstand verantworten zu dürfen?« Er streckte ihr die Zunge heraus. »Wir waren schneller damit, unser Quartier wieder bei des Herzogs Ritterschaft zu beziehen. Bist du wohl eingeschlafen in der Zwischenzeit?« Vorbei am mittleren Bruder im Türrahmen zwängte sich Conrad in die Kammer.

»Dummbeutel«, zischte Agnes und drehte ihm den Rücken zu.

»Na, Schwesterlein, wagst du dich auf einen Ausritt mit deinen Brüdern?«, mischte sich der Älteste ein. »Kannst du überhaupt noch mithalten?«

Das Gewand, das Agnes zuletzt der Reisetruhe entnommen hatte, um es auszustreifen, nahm die Mutter, ihren Blick beantwortete sie zwar mit einem Augenrollen, gleichzeitig lächelte sie. »Wir machen später weiter, keine Sorge, die Truhe wird sich nicht von selbst leeren«, prophezeite sie.

Ihre Pferde standen gesattelt, und das Schmunzeln in den Mienen der Brüder war Agnes genug Antwort auf eine

Frage, die sie nicht erst zu stellen brauchte. »Ihr kennt mich zu gut - und Mutter ebenso.« Sie grinste kopfschüttelnd.

Georg ergriff als Erster die Zügel, dann das Wort. »Komm' Schwester, wir werden dir ein Stück deiner neuen Heimat zeigen.«

»Sobald die Burg hinter uns liegt, können wir die Zügel schießen lassen, die Wege, auf die wir dich führen, sind breit und trotz des Trubels um das Fest leer«, ergänzte Conrad. Mit seinen Händen beschrieb er einen Weg und ließ Agnes den Vortritt. »Genieß den Ausritt, Schwesterlein. Da kannst du deine Geschicklichkeit noch ein wenig üben.«

»Wer weiß, wie bald du sie brauchst.« Georg lachte. Agnes drehte sich fast zu spät um. Sie sah, wie sich ihre Brüder angrinsten und zuzwinkerten. Und Georgs herausgestreckte Zunge.

»Ihr Schwachköpfe.« Sie funkelte die beiden an und schüttelte den Kopf.

»Wer weiß, vielleicht musst du ihn ja einfangen«, überlegte Conrad laut.

»Oder vielleicht musst du ihm ja davonreiten«, warf Georg ein.

Agnes Blicke wanderten zwischen den beiden hin und her.

»Das würde uns nicht wundern, oder, Conrad?«, setzte Georg noch einen drauf. »So, wie wir ihn kennen?«

Conrad ließ seinen Braunen neben Agnes traben.

»Und vergiss nicht, Conrad, er hat sich nicht um die Hochzeit bemüht – er heiratet auf Befehl des Herzogs«, meldete sich Georg hinter ihnen noch einmal zu Wort.

»Ihr zwei Taugenichtse, was soll das denn heißen? Was meint ihr denn damit?« Agnes behielt eine Hand am Zügel, die andere stemmte sie in die Hüfte. Ihre Augen blitzten erst Conrad, dann Georg an, ihr Mund verwandelte sich in einen schmalen Strich, und zwischen ihren Augenbrauen bildete sich eine Falte.

»Ach, du wirst schon sehen.« Ihr ältester Bruder zuckte bedeutungsvoll mit den Schultern und schwieg.

Die Burg lag längst hinter ihnen, vor ihnen freie Flure.

Conrad dirigierte sein Tier näher an das seiner Schwester und beugte sich zu ihr. Kurz füllte das Geräusch die Luft, dann war es schon zu spät: Er holte aus und klatschte dem Hengst mit der flachen Hand auf den Hinterlauf. Das Tier hatte nur darauf gewartet. Conrads Lausbubenmiene war die Antwort auf ihre Verwünschungen. Sie schwankte und fiel beinah aus dem Sattel, als das Pferd stieg.

Sie fasste die Zügel, lehnte sich eng an den Hals ihres Schwarzen und passte sich dem Takt an. Nach kurzem Galopp kam sie mit ihm zum Stehen.

»Conrad, du, du, du…«

»Fehlen dir die Worte, Schwesterlein?« Der Älteste grinste »Na, das ist doch mal was Neues.«

»Ach, weißt du, Agnes, was Conrad meinte«, nahm Georg den Faden auf, »war, dass du am Ende doch noch als alte Jungfer enden wirst, weil dein Bräutigam wahrscheinlich noch am Altar die Flucht vor dir ergreifen wird. Vermutlich kennt er bereits viel zu viele Geschichten über deine Tollpatschigkeit, und die neuesten Berichte über dein Geschick bei Näharbeiten sind ihm sicher längst zu Ohren gekommen.«

»Pah. Die Geschichten kann er ja nur von euch erfahren haben. Damit tragt ihr die Schuld, wenn eine alte Jungfer in unsere Familienstammbücher eingeht«. Dann knöpfte sie sich Conrad vor. »Du, mein lieber Conrad, warte nur, bis der Tag deiner Hochzeit kommt.« Halb verschluckte sie sich am eigenen Lachen, ehe sie fortfuhr. »Dann sind deine Tage an Ludwigs Hof gezählt. Dann musst du dich um das Gut annehmen.« Einen Wimpernschlag später war Georg dran. »Und du, Naseweis: Ich hörte, es gibt da einen Brauch, dass die zweiten Söhne aus Dankbarkeit der Kirche zurückgegeben werden. Das ist doch eine schöne Vorstellung: Pater Georg. Wie klingt das?« Nun streckte sie ihm die Zunge heraus.

»Oh nein, Schwesterlein, so schnell geht das nicht! Meine Braut werde ich an den Hof des Herzogs holen. Als Ludwigs Ritter bin ich nicht ohne weiteres abkömmlich, unsere Eltern verwalten Hardenberg sicher noch ein paar Jahre. Und ein bisschen Zeit in der Gesellschaft von

Herzogin Anna und deren Hofdamen kann meiner Gislinde nicht schaden.«

»Außerdem«, mischte Georg sich ein, »muss er ja ein Auge auf mich haben, damit er abgelenkt ist, wenn seine Braut die Unsitten der höfischen Weiber und die Unschicklichkeiten der ach so edlen Mannsbilder bei Hofe kennenlernt.«

Schneller, als Georg schauen konnte, hatte Conrad nun dem Rappen seines Bruders einen Schlag versetzt. Und Georg war nun der, der sich im Sattel zu halten versuchte. Ein kurzer Galopp und er schaukelte, schwankte, riss die Arme nach oben, angelte nach dem Zügel, kämpfte um sein Gleichgewicht oder doch wenigstens um Halt. Vergeblich – oder doch zumindest beinah: Die Zügel bekam er wohl zu fassen, doch riss er zu stark daran. Das Tier setzte sich gegen die einschneidende Trense zur Wehr, warf den Kopf zurück und stieg, und Georg fiel und verschaffte sich ein Andenken für die nächsten Tage – vor allem für das Sitzen auf den Stühlen.

»Verdammter Hornochs!«, knurrte er.

»Aber dein Rappe kann doch nichts dafür«, schmunzelte Agnes. Sie schwang sich vom Sattel, landete federnd und streckte ihrem Bruder die Hände entgegen, damit er sich vom Boden hochziehen konnte.

Georg räusperte sich, während er seinem Bruder den Messerstich eines Blickes schenkte. Sein Reittier war zum Stehen gekommen, nachdem es seines Herrn verlustig gegangen war. Ein Pfiff durch die Zähne genügte, und es trabte zurück.

Täuschte Agnes sich, oder hörte sie ein weiteres Tier herangaloppieren? Sie sah auf und entdeckte entfernt einen Reiter, der auf sie und ihre Brüder zuhielt. Schon hob Conrad den Arm und kam jedem ihrer Worte zuvor.

»Sieh an«, meinte er und warf Georg einen Blick zu, den Agnes nur allzu gut kannte.

»Was, Conrad? Wer ist das? Kennt ihr ihn?«

»Nur die Ruhe, Schwesterlein, das wirst du noch früh genug erfahren«, meldete sich Georg.

»Aber …«, protestierte Agnes, der Rest ihrer Worte ging

im Wiehern der Pferde unter. Keine Armlänge von Georg entfernt brachte der Fremde sein Tier zum Stehen. »Die Brüder Tunichtgut«, tönte der Ankömmling. Den beiden warf er ein Nicken zu, vor ihr verbeugte er sich.

Nach dem Gruß schloss Agnes für einen kurzen Moment die Augen und wartete auf die nächsten Worte des Fremden. Seine Stimme klang warm und tief. Sie musste lächeln, er schien ihre Brüder gut zu kennen. Sie strich ihrem Schwarzen über das Fell.

Conrad antwortete. »Der Herr Schwarzseher! Seid Ihr auf dem Weg zu Eurem geliebten Herrn?«

Ein Seufzen war die Antwort. Der andere ritt auf Conrad zu und reichte die Hand zur Begrüßung, zu Georg lehnte er sich hinab. »Und Ihr? Sogar in Begleitung einer Dame. Habt Ihr sie entführt oder sie gar bedroht, damit sie sich mit Euch auf einen Ausritt wagt?«, fuhr er fort.

Noch einmal galt seine Verbeugung ihr. Als sie wieder in seinem Gesicht lesen konnte, entdeckte sie Neugier darauf und ein sanftes Lächeln und Funkeln in seinen grauen Augen.

Conrad lachte. »Weder noch. Und wir mussten sie weder entführen oder bedrohen, manchmal nutzen wir durchaus andere Mittel, wenn Ihr versteht. Das ist das Schöne daran.«

Agnes traute ihren Ohren nicht, ihr Lächeln verschwand. Hatte ihr Bruder wirklich …? »Oh, Conrad, du verlauster Hund!« Sie spürte Blicke auf sich und biss sich auf die Lippen, ehe sie sich dem Fremden wieder zudrehte. Seine Miene zeigte einen Ausdruck, den sie nicht deuten konnte. Einen Moment zögerte sie, doch das Korsett der höfischen Zurückhaltung lag ebenso weit entfernt, wie die Burg Friedberg. »Verzeiht meine Worte«, setzte sie an. »Wollt Ihr Euch denn nicht vorstellen?«

Ihre Brüder tauschten Blicke untereinander, dann mit ihm. Niemand sprach.

Seine Augen ruhten auf ihr – für eine Ewigkeit, wie es schien. Ein Wiehern unterbrach die Stille, und dann änderte sich seine Miene. »Meine Dame, ich bin mir sicher, Eure Brüder wissen genug von mir – und über mich – zu berichten. Für den Moment bitte ich Euch, mich zu entschuldigen, ich werde auf der Burg erwartet. Ich werde mich Euch vorstellen – bei nächster Gelegenheit.« Seine Augen leuchteten, doch das Gesicht verriet nichts. »Ich freue mich auf unser Wiedersehen. Es ist mir eine Ehre.« Er grüßte und drehte sich zu ihren Brüdern. »Gehabt Euch wohl und passt gut auf.« Ein kleiner Ruck an den Zügeln genügte, sein Grauer drehte sich ein wenig und umrundete sie. Schnell fiel er in einen Galopp und verschwand.

»Wer …?«, wunderte sich Agnes.

»Niemand!«, bekam sie gleichzeitig von ihren Brüdern zur Antwort. Lediglich Blicke wanderten wieder zwischen den beiden.

»Vielleicht reiten wir auch allmählich zurück. Schließlich wartet ja noch Arbeit auf dich, Schwesterlein«, schlug Conrad vor.

LUDWIG †Kapitel 32

BURG FRIEDBERG, ENDE MÄRZ 1268

»Was habt Ihr Euch dabei gedacht, Ulrich!« Ludwigs trommelnde Finger brachten den Panther ihm gegenüber weder ein einziges Mal zum Blinzeln, noch änderte sich dadurch dessen Haltung. Die Kiefer aufeinandergepresst, die Augen zu schmalen Schlitzen verengt, stemmte der Graf von Mering seine Beine gegen die Dielen, wie zum Sprung bereit. Ulrich riss die Hände zurück nach dem Versuch, sie an der Seite abzustützen. Ludwig gewahrte stirnrunzelnd die Verbände. »Ihr zerreißt mein Schreiben und sendet meinen Boten alleine zurück?

Ihr widersetzt Euch meinem ausdrücklichen Befehl?«

»Teufel nocheins«, zischte der. »Während wir meinen Jäger zu Grabe tragen, meinen langjährigen Getreuen? Ist dies Euer Ernst? Mir geht es dabei noch nicht einmal um das Feuer, das ausgebrochen ist.

Ihr verlangt von mir, jeglichen Anstand zu leugnen und fordert mich während der Beerdigung?«

»Glaubt Ihr, für Euren Jäger ist dies ein Unterschied?« Ludwig erhob sich. »Lennart, nicht wahr?« Und lehnte sich auf den Tisch gestützt nach vorne. »Er wird Euch keinen Vorwurf mehr machen.« Er holte Luft. »Im Gegensatz zu Eurem Lehnsherrn! Vor mir habt Ihr Euch zu verantworten.«

»Ich trage die Verantwortung.« Der Graf rieb an seiner Narbe, schloss kurz die Augen. Im nächsten Moment schoß der Blick aus den grauen Augen wieder auf ihn. »Euch gegenüber und gegenüber meiner Leute. Was glaubt Ihr, was es heißt, wenn ich den Gottesdienst verlasse – aufgrund Eures Befehls?«

»Ich stehe über Euch, Ihr habt mir zu folgen. Eure Untertanen leisten Euch Gehorsam – ihre Aufgabe ist es nicht, sich Gedanken zu machen.« Er warf eine Geste der Gleichgültigkeit in Richtung seiner Schulter.

»Das denkt Ihr?« Ulrich mokierte sich. »Weil es nicht deren Aufgabe ist, werden sie unterlassen, sich Gedanken zu machen? Mein Herzog«, er schüttelte den Kopf. »Ihr seht doch selbst, dass dies bei mir nicht gelingt. Wie viel weniger beim einfachen Volk.« Das Lächeln verschwand. »Ihr stellt Euch gegen den Papst – gegen Gott somit – und gegen zwei Könige, drei sogar, wenn man …«

»Meringer! Ihr missachtet meine Befehle, und nun erzählt Ihr mir, gegen wen ich mich wenden soll und wogegen nicht?« Ludwig spürte, wie der Druck in seinem Kopf stärker wurde. Beinah ohne seinen Mund zu öffnen, fuhr er fort: »Ihr schuldet mir Gehorsam, und was ich sage, gilt.«

»Jeder kennt die alten Psalmen.« Der Meringer schüttelte den Kopf. »*Der Herr ist mein Hirte, nichts wird mir mangeln.*

Und wenn die Herzen Trauer tragen, dann erinnern sie sich dem, was ihnen jahrelang, jahrhundertelang gelehrt wurde:

Und ob ich schon wanderte im finstern Tal,
Fürcht ich kein Unglück.
Denn du bist bei mir. Dein Stecken und Stab trösten mich.

Ich seh es an Euren Lippen, Ludwig. Ihr kennt das Alte Testament und Davids Psalm ebenso. Wollt Ihr Eurem Volk diesen Stab zerbrechen? Dann wird es eher fallen, denn Euch folgen.« Ulrich seufzte. »Ihr mögt Euch gegen den Papst stellen; der Papst ist ein Mensch; ein Mensch kann irren. Aber stellt Euch nicht gegen die Hoffnung, die die Menschen am Leben hält.« Ulrichs Augen funkelten. »Konradin wurde vom Papst gebannt. Er wurde gebannt, weil er vorgeprescht ist. Wenn Ihr dasselbe tut, verprellt Ihr das Volk, Euch trifft der Zorn der Kirche, Ihr verliert Eure Macht. Das Volk glaubt, dass Gott sich gegen die stellt, die die Kirche ausschließt.« Ulrich warf die Arme in die Höhe.

»Ihr wisst dies selbst gut genug. Ich bitte Euch nur: Eröffnet diesen Kampf nicht an zwei Fronten!«

»Dann bietet sich Euch endlich die Gelegenheit, auf die Ihr wartet, elender Welfe.“

Der Meringer hielt in seiner Erwiderung inne. Er runzelte die Stirn, dann trat er den Schritt zurück. »Ich strebe nicht nach Eurer Macht. Ich will sie verdammt noch einmal nicht.« Er schüttelte den Kopf. »Ihr unterstützt einen Gebannten und stellt die gewählten Könige in Frage.«

»Ich habe Wort aus Italien. Es gibt Häuser, die sich Konradin anschließen wollen. Sie wollen die Bedingungen verhandeln – mit mir oder einem Stellvertreter mit Befugnis.«

Ulrich holte Luft. »Das ist es, nicht wahr, wofür Ihr Gefolgschaft sucht?« Der Ratgeber presste die Lippen aufeinander. »Italien zu sichern, verstehe ich. Doch überlegt Euch, was Eure Schritte hier bedeuten.« Der Meringer zupfte am Waffengurt, der Blick seines Vasallen glitt in die Ferne. »Wonach es aussieht …«

»Werft Ihr mir Verrat vor?« Ludwig richtete sich auf. »Es ist keiner. Konradin ist aus der Linie der Kaiser, er ist ein Staufer. Das Volk verdient den Herrscher, der diesem Geschlecht entstammt.«

Ulrich deutete auf die Fenster. »Das Volk verdient, seine Felder in Frieden zu bestellen und seine Kinder heranwachsen zu sehen.« Er schüttelte den Kopf. »Was glaubt Ihr denn, was es das Volk kümmert, wer die Steuern aus ihm herauspresst.«

Der Bayernherzog rieb sich die Schläfen. Es blieben lediglich zwei Tage bis zu jenem Fest, zwei Tage bis sich die wichtigsten Vasallen um ihn scharten; zwei Tage, diesen Mann zu überzeugen oder ihn zum Schweigen zu bringen.

»Ich will sie hinter mir wissen, sie sollen mir ihre Unterstützung schwören!«

Ulrich fuhr sich mit der Hand über die Stirn. „Haltet ein! Bedenkt …«

»Oh, ich weiß, Ihr haltet es für zu bald, zu überstürzt. Ich weiß selbst, wie wenig Zeit vergangen ist seit der letzten

Erhöhung, die Männer, die fehlen, weil sie für mich in den Tod gingen!

Aber jetzt bietet sich nun einmal die Gelegenheit. Zaudern und Zögern? Das ist nicht der Weg zur Macht. Man erlangt nicht das, was man verdient. Man erlangt, was man sich nimmt. Oder das, womit man sich zufrieden gibt. Ich kann alles erreichen. Stellt Euch an meine Seite!« Er holte mit dem Arm aus. »Zwei Könige schaden einem Land. Richard und Alfons. Keinem der beiden liegt an den Belangen unseres Reiches. Das Heilige römische Reich deutscher Nation – sie schwächen uns, sie stehen einander im Weg, sie kämpfen gegeneinander. Stellt Euch vor, was wir erreichen könnten. Wir brauchen einen starken Herrscher.

Einen einzigen!

Seht: Ehe Konradin aus Italien zurückkehrt, kann er bereits zum König ausgerufen sein!« Die Ärmel an seinem Hemd rauschten wie Vorhänge, die zurückgezogen wurden.

Ulrich wandte sich ab, schüttelte den Kopf. »Zu vieles geschieht im Verborgenen. Es ist falsch!

Euer Fest, das Ihr als Feier Eurer Rückkehr aus Italien ausruft – verbirgt zu vieles unter diesem Mantel der Heimlichkeiten. Natürlich ist da die Feier. Und gleichfalls sollen wir für Euren Ehrgeiz bluten. Ohne Murren, ohne Widerworte. Am besten, ohne nachzudenken, dafür mit reichlich Gold, das wir in Eure Taschen schütten.«

Ludwig knurrte. »Oh, glaubt mir, wüsste ich einen leichteren Weg, ich würde ihn nehmen, ohne auf Eure Hilfe bauen zu müssen. Doch so ist es nun einmal: Alle im Rat halten viel auf Eure Meinung.« Er schnaubte und schüttelte sein Haupt. „Der Teufel weiß, weshalb sie Euch mehr trauen als mir. Doch das soll mir gleich sein, solange ich die elenden Zweifler hinter mich scharen kann.«

»Fordert meine Dienste, wie Ihr meinen Vater gefordert habt, aber erwartet nicht, dass ich gegen meine Überzeugung handle.« Ulrichs Miene war fest, wie der Blick.

»Euer Vater, ja«, setzte Ludwig an, »ihm habt Ihr wohl all das zu verdanken. Dies ist der Moment, Eure

Dankbarkeit zu zeigen.«

»In all den Jahren, die ich Eurem Rat angehöre, erinnere ich mich nicht, dass meine Empfehlung Euch – oder den Euren – zum Nachteil gereicht hätte.« Der Meringer räusperte sich.

Knurren folgte. »Fortunas Lächeln.« Der Herzog schenkte sich Wein nach. »Seht sie Euch doch an!«, lächelte er schief. »Ich will ihre Unterstützung. Und Ihr werdet«, er legte all seine Stimme in das Wort und beugte sich nach vorne, »mir helfen.«

Ulrich senkte seine Augen nicht, verzog keine Miene, sprach kein Wort. Ludwig erhob sich. »Ich erwarte eine Antwort!«

Der Welfe verharrte. »Ihr habt meine Meinung gefordert. Wenn Ihr nicht wollt, dass ich meine Meinung kundtue, dann fragt mich nicht.«

»Ich fordere Gehorsam – geht zu den Pferden mit Eurer Meinung oder zu den Trollen – es ist mir gleich.«

»Keiner der Kurfürsten würde bei einer …«

»Ihr könnt es nicht lassen!«

»… Königswahl die Stimme für einen Gebannten geben.«

»Er wird siegen. Ich weiß, dass es so kommen wird.« Ludwig stützte seine Hände auf die Oberschenkel.

»Ihr habt bislang viel geschaffen, durch Euren Willen. Doch wenn nicht: Steht Ihr allein.

Allein.

Mir ist bewusst, dass Ihr die Fürsten, die sich gegen Euch stellen, nicht beeindrucken könnt. Ihr braucht die Unterstützung all Eurer Vasallen. Es ist klüger zu warten. Lasst Konradin zurückkehren. Dann wird es ein Leichtes sein, sowohl Eure Vasallen, als auch die Mächtigen des Reiches hinter Euch zu bringen.«

»Ich will keine Zeit verlieren!«

»Ihr verliert weit mehr durch Eure Ungeduld.« Ulrich zuckte mit den Schultern.

»Und Ihr?«

»Entbindet mich meiner Aufgaben, wenn Ihr wollt, nehmt mir die Burg. Oder schickt mich nach Hardenberg zu meiner Braut, damit ich Euch nicht mehr im Wege bin.«

Ludwig musterte den Welfen. Der Tod des treuen Dieners, der Gemahlin und des ungeborenen Kindes im Winter, des Vaters und der übrigen Familie die Jahre zuvor. Der Meringer hatte nicht mehr viel zu verlieren. *Hol dich der Teufel, Welfe. Darauf wartest du, nicht wahr? Du verlierst deine Burg, aber nicht deinen Namen.* Er kniff die Augen zusammen. *Dann bist du frei.*

Hardenberg und das Vermögen ist dir vermutlich dennoch sicher. Dir würde es nicht allzu schlecht ergehen.

Und das wissen wir beide.

Vielleicht stutze ich dir deinen Dickschädel. Der Herzog wies zur Tür. »Verdammter Sturkopf! Macht, dass Ihr fortkommt!«

Ulrichs Hände zitterten, als er sie ballte, ehe er auf dem Absatz drehte und hinausrauschte zur Tür.

Ludwig II., Herzog von Bayern und Pfalzgraf bei Rhein blieb in dem Raum zurück. Er senkte die Lider für einen Moment. Er wusste, wie sehr Ulrich recht hatte. Würden seine Pläne zu früh bekannt, bedeutete dies Unheil. Er selbst hatte dies übersehen.

Ein Haufen Steine ist einsichtiger als er, doch keine Schwertspitze ist so treffsicher wie seine Worte. Er knetete seine Schläfen. *So wenig meine übrigen Berater ihre Stimme überhaupt erheben …* Ludwig schüttelte den Kopf.

Vor dem Herzog erschien das Bild aus einer Zeit. Damals hatte er all seinen Beratern bedingungslos vertraut. Und nur einer hatte bewiesen, dass er sein Vertrauen wert war – Ulrichs Vater. Konnte er dem jungen Meringer ebenso trauen? Oder drohte ihm nun an dieser Stelle Verrat, wie einst vor zwölf Jahren, als es ebenso um die Krone ging.

Wieder verließ ein Fluch seine Lippen. Wieder stand seine Zukunft, seine Macht und die seines Neffen Konradin auf dem Spiel. Ihn verlangte nach der Macht. Sollte das Haupt seines Mündels ruhig die Zierde tragen, er würde ihn lenken. Die Grenzen, die jetzt noch seinem Einfluss gesetzt waren, würde er bald schon hinwegfegen.

Er stemmte die Hände in die Hüften. Sein Entschluss

stand: Niemand würde ihn aufhalten. Gleichgültig ob treuer Berater oder Sohn dessen, der vor langer Zeit die Verschwörung aufgedeckt hatte. Zwölf Jahre. Sie hatten Spuren hinterlassen. Kein zweites Mal würde ein anderer seine Ziele gefährden.

WEIN †Kapitel 33

»Verflucht!« Seine Vorahnung hatte sich bestätigt.

Hans rümpfte die Nase, als könne er den Mief von seinen Geruchsnerven fernhalten, als würde dies helfen den Würgereiz zu unterdrücken. Jeder weitere Schritt tiefer in den Gang steigerte seine Abscheu.

Schatten schmiegten sich aneinander und besetzten den Raum. Schmatzend lösten sich seine Stiefel vom Boden und saugten sich mit dem nächsten Schritt wieder fest. Der Schein seiner Fackel tastete sich vor. Rötliche Flüssigkeit trocknete auf den Steinquadern des Bodens, suhlte sich in den Ritzen – zu hell, die Luft zu stark von Alkohol geschwängert, um Blut zu sein.

Er riss den Fensterladen auf, lud frische Luft und Licht ein. Der von braunen Wasserflecken und Schlieren in unsäglichen Farben durchzogene Kalkputz bröckelte in immer größeren Stücken von der Wand, ließ aufgerissene Mäuler roter Ziegelsteine zurück.

Hans legte seine Hand auf den Griff der Küchentür und drückte. Er trat zurück und hielt sein Licht höher. Seine Blicke tasteten über den Boden, seine Hand fischte nach dem Schlüsselbund. Ächzend sprang die schwere Tür auf, und der Gestank schlug seine Erinnerung in die Flucht. Nicht Bratendüfte stiegen vom Herd auf, kein Feuer wärmte mit seinem Knistern, kein Lachen oder Fluchen erhellte den Ort. Der Geruch von Erbrochenem durchsetzte den Raum, Schweiß und Moschus, aus dem Augenwinkel sah er etwas über den Stein huschen und verschwinden. In dem Wasserbottich zu seiner Rechten stapelte sich das Geschirr. Pelz wuchs darauf. Auf dem Herd ein angekokelter Topf, dahinter ein Paar erstarrter Füße. Der Körper, der dazu gehörte, lag zwischen Säcken und zerbrochenen Bechern. Die Platzwunde an der Stirn und die bläulichen Verfärbungen im Gesicht ließen die Haut noch käsiger erscheinen und beinah übersehen, dass der Brustkorb der Haushälterin sich hob und senkte. Wie würde sie sich diesmal von den Prügeln erholen?

Hans ächzte. Er hob den schlaffen Körper hoch. Der Geruch ätzte seine Nase. Die Tür zur Kammer stieß er mit dem Fuß auf, balancierte seine Last zum Bett. Er schob den Holzverschlag der Fensteröffnung zur Seite, damit frische Luft hereinkam. In einer Truhe fand er eine zusätzliche Decke, die Wärme spenden würde.

Wie aus dem Nichts stand jemand neben ihm. Sein Zorn funkelte gegen seinen Diener. »Zur Hölle, Albrecht!« Schneeweiß traten die Knöchel an Hans' Fäusten hervor. »Deine Zunge magst du vor langer Zeit verloren haben, doch das bedeutet nichts.« Hans' Atem entwich in Stößen, als er seine Hände in das Hemd seines Dieners verkrallte. »Wie oft habe ich dir eingebläut, dass du dich bemerkbar machen sollst in meiner Nähe? Genügt das noch immer nicht?« Der Freiherr stieß den Stummen gegen den Türstock.

»Kümmer dich um sie.« Ohne einen weiteren Blick auf den Diener, ohne ein weiteres Wort packte seine Hand die Fackel, seine Schritte polterten durch Tür in den dunklen Flur. Ein grimmiger Zug legte sich auf sein Gesicht. Die Fackel in seiner Hand wehrte sich knisternd und kämpfend gegen die Hast, die in seinen Schritten lag. Die Fetzen der Wandbehänge flackerten unter dem Licht der Fackel und gaben den Wandschmuck in all seiner Schäbigkeit preis, Waffen und Schilden, rostig, stumpf, zerbrochen.

Hinter eingetretenen Türen gähnten leere Höhlen, deren Zweck vor langer Zeit zerschlagen worden war. Erst kurz vor seinem Ziel hielt er inne.

Stille. Stille, die durch die geschlossene Doppelflügeltür des Saals vor ihm ausströmte. Holzdielen knarzten. Fand sich ausreichend Mut in ihm, um dem gegenüberzutreten, was in dem Raum auf ihn wartete? Ausreichend Beherrschung? Er verharrte. Wollte er es wirklich herausfinden? Im Grunde war es gleichgültig. Im Grunde zählte nicht, was er wollte. Mit seiner Fackel entzündete er eine weitere. Aus der Halterung an der Wand vis-à-vis schleuderte er einen abgebrannten Stab und ersetzte ihn durch seine brennende Fackel. Durchatmen. Mit beiden Händen umfasste er die Griffe der Tür und stemmte sich gegen das schwere Holz.

Nichts geschah. *Verdammt. Nicht schon wieder.* Diesmal war er sich sicher, dass er nicht wie beim letzten Mal das Glück haben würde, den passenden Schlüssel auf dem Fußboden zu finden. Er ging einen Schritt zurück und atmete tief durch. Zielsicher traf sein Fuß die Mitte der Türen. Ein Ächzen zitterte durch das Holz. Schmerz stach gegen seine Hüfte. Nichts. Noch ein Tritt. Das Metall der Griffe barst. Donnernd krachten die Türflügel gegen die Wand. Hinter der Tür lauerte etwas, harrte auf ihn in dem Saal, in dem Dunkelheit regierte.

Er wagte sich hinein, und der Gestank überwältigte ihn ohne Vorwarnung. Urin. Auf der linken Seite des Zimmers glommen Holzscheite in dem verrußten grob geschlagenen Kamin vor sich hin. Helligkeit spendeten sie nicht. Ebenso wenig Wärme.

Hans lauschte. Abgesehen vom Flüstern der Glut regte sich nichts. Dennoch war er gewiss: Jemand war hier.

Ehe er eintrat, fischte er seine Fackel wieder aus der Halterung. Seine Schritte wandten sich den Fenstern zu. Er wollte die Läden öffnen, die unnatürliche Nacht vertreiben. Er gelangte nicht zu seinem Ziel. Ein schwarzer Schatten schwang von rechts heran, an seinem Kinn schlug ein Blitz ein, Sterne barsten vor seinen Augen. Mit einem Stoß entwich sein Atem. Hans krachte auf den Boden.

Die Fackel flog auf den Überrest eines Möbelstücks, einen Holzstuhl mit Sitzkissen. Am zerfetzten Stoffbezug begannen die Flammen zu knabbern, streckten sich nach den Fäden, bissen sich in das Futter.

»Zum Teufel!« Hans hechtete hoch und auf die Flammen zu. Erneut schickte ihn ein Treffer zu Boden; der Schatten huschte davon. Wütend versuchte er, die einsetzende Pein zu ignorieren. Die sich vermehrenden Flammen halfen ihm ebenso wenig dabei, wie das Gelächter, das plötzlich einsetzte. Die Töne keckerten abgehakt durch den Raum. Ohne zu zögern stürzte Hans in die Richtung, in der er den Spottenden vermutete. Diesmal lag er richtig. Sein Treffer saß. Der Körper erschlaffte. Nicht einmal ein Stöhnen entwich seinem Gegner, als dieser zu Boden ging.

Hans vergewisserte sich, dass der andere liegen blieb, bevor er sich dem Feuer zuwandte. Er verbrannte sich die Finger, als er das Kissen zu Boden schmiss und versuchte, die Flammen auszutreten. Die lodernden Zungen konnte er mit glühenden Sohlen ersticken. Er trampelte weiter, doch schon flammten neue Brandfinger an den zuvor erloschenen Stellen auf. Schweißtropfen bahnten sich den Weg über seine Stirn.

Mit einem Mal war der Spuk vorbei. Hans starrte in die Dunkelheit und rang nach Atem. Die Holzscheite im Kamin waren ebenfalls beinah erloschen.

Verdammt knapp. Die unnatürliche Stille, die plötzlich herrschte, zupfte an seinen Nerven und er erinnerte sich seines ersten Vorhabens: die Fenster.

Seine Hände von sich gestreckt tastete er sich voran und erreichte das erste Fenster. Wo die auf Holzrahmen gespannte Membran aus hauchdünner Tierhaut kalte Luft vor dem Eindringen hindern, gleichzeitig aber Helligkeit einlassen sollte, griffen seine Hände ins Leere. Ein Fluch ging ihm über die Lippen.

Er mühte sich über die breite Abmauerung der Fensternische und schob die schwere Platte Stück für Stück zur Seite. Das Metall scheuerte über die Halterungen und kreischte, immer mehr Lichtstrahlen schlichen sich durch die größer werdende Öffnung und vertrieben die Nacht. Als sein Blick auf den Zustand des Raumes fiel, wägte er ab, die Läden wieder zu schließen.

Durch den Raum waren Stühle und die Überreste anderer Möbelstücke geworfen, Holzscheite und Kissen, dazwischen faulten abgenagte Knochen vor sich hin, zusammen mit Fleisch – und anderen halbverdauten Reste, die vermutlich einmal Gemüse gewesen waren. Die Vorhangfetzen waren aus den Befestigungen gerissen, und in der gegenüberliegenden Ecke des Zimmers zu einem

Nest geformt. Pfützen sammelten sich ebenfalls auf dem Boden. Manche schimmerten rötlich.

Der Körper seines Vaters lag zwischen all dem. Sein Gesicht mit einer Nase, die geradezu leuchtete unter gleichmäßigen Atemzügen, bis sein Mund aufklappte, bis er röchelte. Zuckend wand sich der Bewusstlose.

Er schritt auf ihn zu. Mit einem Mal setzte röhrendes Schnarchen ein und zersägte die Luft. Es blieb kein Zweifel wie der Alte die letzten Tage und vermutlich auch diesen zugebracht hatte. Hans holte aus, und doch hielt er im letzten Moment inne vor der regungslosen Ansammlung von Körperteilen und rammte stattdessen seinen Schuh in den Holzboden. Er würgte und wandte sich ab und wandte sich wieder zurück. Sein Blick glitt in die Ferne, glitt zurück und blieb leer zurück auf der Fülle an Wein, die aus seinem Vater stank, die an all dem klebte, was zerbrochen war, an den Spuren klebte, die die Bediensteten hinterlassen hatten, die geflohen waren. Sein Blick klebte an seinen eigenen Händen, die er benutzen musste, um seine Familie aus diesem Grab zu befreien. Er allein. Mit Albrecht, seinem Diener. Und auch wenn dieser Säufer zu seinen Füßen aufgegeben hatte, blieb er sein Vater. Nur einen gab es, den er noch mehr hasste als seinen Vater. Und er hasste den, der dies aus seinem Vater gemacht hatte. War es nicht gerecht, dass die Rache dessen Sohn traf?

Hans klaubte die herumliegenden Möbel zusammen, richtete sie auf, stellte sie an deren Plätze. Die zerbrochenen Stücke schichtete er zur Hälfte an eine trockene Stelle neben den Kamin. Die Übrigen warf er direkt aus den Fensteröffnungen. Früher oder später würden sie ohnehin als Feuerholz enden. Hier oder unten in der Küche. Nach und nach kehrte die fahle Illusion einer Ordnung ein, die das Schnarchen seines Vaters untermalte.

Irgendwann stand Albrecht in der Tür. Grunzend forderte er Aufmerksamkeit.

»Ist Gretlin versorgt?« Hans hob kurz die Augen. »Mein Pferd bereit?« Des Dieners zustimmendes Knurren und vehementes Kopfnicken bestätigten seine Frage. Mehr als ein Nicken brauchte er von Albrecht nicht. Mehr ließe sich diesem ohnehin nicht entlocken.

»Hol einen Eimer oder was auch immer du findest. Dieser Dreck muss raus!«, wies er Albrecht an mit einer ausladenden Handbewegung. Der Diener kehrte auf dem Absatz um. Sein Trampeln tönte noch eine Weile durch den Flur.

Hans ging zu einem der Fenster und lehnte sich gegen die Brüstung. Vor langer Zeit war Albrecht ein Bengel gewesen, der noch eine Zunge hatte. Vor langer Zeit, als es noch einen Jäger und eine Jagd gab auf Eurasburg. Als der Jäger den Erben des Hauses zur Ausbildung mehrere Tage und Nächte in den Wald schleifte, hatte er diesen Jungen entdeckt in den Abendstunden und nachts in den Bäumen streifend und sammelnd wie ein Eichhörnchen. Hans hatte herausgefunden, dass dann das Tagwerk dieses Unfreien aus dem nahen Dorf verrichtet war, dass im Kochtopf seiner Mutter dann das Wasser kochte, das vom Fluss herangeschleift war und drumherum sechs rotzverschmierte Nasen auf ihren Lippen bissen und mit mondgroßen Augen darauf starrten, bis Albrecht zurückkam und ein paar Eicheln und Nüsse hineinwarf, manchmal ein paar Pilze. Und einmal wären beinah Rüben darin gelandet und leuchtend rote Äpfel zum Nachtisch, wenn das Mundwerk des Bengels nicht im falschen Moment mit ihm durchgegangen wäre, genau wie seine Füße und die Hände, die sich schlagend wehrten.

Als der Pfaffe des Ortes die Tür mit seinen Fleischpranken hinter dem Burschen schloss, hätte er nur zum Beutel auf dem Tisch greifen müssen. Er hätte nur den Moment stillhalten müssen, als die Kordel seiner Bruche gelöst wurde und plötzlich gegen seine Knie schlackerte, als er das Rascheln von Stoff hörte und das Reiben von Fingern und den Wanst eines Fleischbergs spürte auf den Knochen, die sich unter seiner Haut abzeichneten. Stattdessen schlug er, und trat er und hörte erst auf, als eine Faust ihn in die Dunkelheit schickte.

Er war blutverschmiert um den Mund, als er erwachte und die folgenden Tage. Er konnte nicht sitzen, auch wenn er kaum stehen konnte. Er schleifte seinen Körper aus dem

Haus des Gottesdieners und das Zeichen des Gotteslästerers mit sich her.

Seine Familie hungerte lieber, als diese Schande zu tragen.

In den nächsten Tagen fiel neben der Beute des Jägers ein fiebriger Haufen ausgemergelter Gliedmaßen in den Burghof zu Eurasburg. »Ein Toter im Wald macht das Wild narrisch.« Der Waidmann knurrte, und Gretlin, die damals Magd war, sprang, und Hans half ihr den Burschen zu verstecken vor dem alten Grafen bis sich das zungenlose Elend in einen Kerl verwandelte, der zupacken konnte. Das Gerücht um den stummen Jungen war selbst für Gretlin einfach herauszufinden. Bis in den Herbst und Winter flimmerte die Kunde in den Dörfern von dem Jungen und dem Priester und war dem Pöbel Unterhaltung.

Das Eichhörnchen von damals hatte die Gelegenheit erhalten, den Winter zu überstehen. Inzwischen hatte es sich zu einem Hofhund ausgewachsen. Einem, der den Rudelführer verteidigte und folgte. Aus Dankbarkeit.

Ein Geheimnis verraten würde Albrecht sicherlich nicht. Es war nicht das Schlechteste, das einem als Dienstherrn passieren konnte.

Hans gönnte dem Unrat und seinem Vater noch einen Blick, dann machte er sich auf.

GRAB †Kapitel 34
EURASBURG, ENDE MÄRZ 1268

Regen trommelte auf sein Haupt und seine Schultern, dann in die Pfützen und tränkte die Erde dunkel, ebenso wie die Schuhe, die nach trockenen Stellen forschten in diesem Bachlauf, der vorher ein Weg gewesen war. Die Birken hoben sich von der Trübnis des Horizonts ab, die Sträucher griffen mit knochigen Ästen ins Leere, als er sich hin-durchdrängte, als er den Weg verließ und jenen Ort betrat, den nur er kannte. Die Jahreszeiten zogen daran vorbei ohne ihre Aufmerksamkeit an diesen Platz zu verschwenden. Er selbst war es gewesen, der diesen Ort gefunden und sie hierher gebracht hatte. Ihre sterblichen Überreste.

Das schlichte Holzkreuz hatte die Witterung abgenagt, die Schrift weggefressen. Auch ohne die Farbe erinnerte er sich an die Inschrift, die seine Hände hineingekratzt hatten. Das Holz schimmerte nass.

Er grüßte auf die übliche Weise: Er beugte sein Haupt; auf Stirn, Mund, Brust zeichneten seine Finger das Kreuz. Er hielt inne, hielt sich gebeugt, wie es an ihm sonst nie zu sehen war. Der Regen klebte sein Blondhaar in Strähnen an den Kopf. Kleine Bäche rannen in seinen Nacken.

Vorsichtig legte er jede Blume einzeln auf das Grab, er richtete jedes der Köpfchen. Schneeglöckchen. Er hatte sie irgendwo auf seinem Weg hierher entdeckt. Seine Mutter mochte diese Blumen. Hatte sie gemocht. Zu ihrer Zeit. Vorboten des Frühlings und Vorboten der Hoffnung.

Im Stillen sprach er das Gebet. Seine Lippen formten die Worte.

Herr, gib ihr die ewige Ruhe;
Das ewige Licht leuchte ihr;
Herr, lass sie ruhen in Frieden.

Amen.

Gras besetzte den kleinen Hügel, Moos wucherte darüber, seit er das letzte Mal hier gewesen war. Grüne Spitzen, die irgendwelche Frühjahrsblumen ankündigten, durchbrachen die Erde.

Er schloss die Augen und blickte als Fünfzehnjähriger wieder hinab auf die Frau mit der Haut in der Farbe von Schnee. Er blinzelte, doch dadurch ging das blaue Mal um ihr Auge nicht weg, genausowenig wie die aufgeplatzte Lippe, die noch deutlicher zu sehen war, wenn sie sprach; dadurch klang ihre Stimme nicht mehr glatt, wenn sie ihn mit ihren Worten zu beruhigen oder ihm ein Lächeln abzuringen versuchte.

Es war der Geburtstag seines Vaters gewesen. In Hans Ohren brannten die Flüche und Schimpf und Schande, die sein Vater am Abend zuvor gegen seine Mutter gegrölt hatte. Sie schrie zurück. Er konnte die Worte nicht verstehen. Sie schrie einmal mehr. Das Klatschen ließ sie verstummen. Schritte polterten davon; die Hitze in seinem Blut blieb – wie die Hilflosigkeit, seinen Kiefer hatte er aufeinandergepresst, seine Hände zerrten am Griff der Tür seines Zimmers, die Füße traten dagegen. Sein Auge schmerzte noch von der Faust seines Vaters. Er spürte das Blut dort besonders pulsieren und die Stelle über seinem Jochbein anschwellen. Er konnte nur lauschen, nichts tun. Die Tür zum Weinkeller knallte gegen die Wand begleitet vom Schluchzen seiner Mutter.

Am nächsten Morgen erwachte er. Alles war gleich. Wie immer. Und doch war es anders, als er in die Küche kam. Vom Streit waren keine Spuren zurückgeblieben. Der Tisch zum Morgenmahl wartete auf ihn, wie sein Vater, der auf ihn zuwankte, kaum dass er an der Tafel saß. Die Ringe um seine Augen glichen den Schwingen dunkler Vögel, die düstere Nachrichten brachten.

Wind stob zum Fenster herein, der Luftzug kroch über seine Haut. Der Gestank, den sein Vater aus jeder Pore verströmte, nahm ihm fast den Atem, ohne dass dieser sich nähern musste. Der Vater schaffte es von der Tür auf seinen

Stuhl, ohne auf der Strecke zu Boden zu gehen. Bewegungslos verharrte er. Hans wagte es nicht, sein Frühstück zu beginnen. Eine Weile verging. Undeutliches Gebrabbel von sich gebend deutete der Vater auf den Platz seiner Frau.

Gehorsam erhob Hans sich, seine Mutter zu suchen. Er sah im Nähzimmer nach, in der kleinen Kapelle der Burg – kaum mehr als ein Zimmer mit einem Kreuz und mit einer Statue der heiligen Muttergottes, er klopfte vorsichtig an der Tür der Kammer, in der seine Mutter für gewöhnlich die Nächte verbrachte. Niemand antwortete. Er ging nach draußen, umrundete das Hauptgebäude und den Turm. Allzu lange benötigte er dafür nicht.

Aus einiger Entfernung sah er es. Sein Magen krampfte sich zusammen. Er spürte es damals wie heute, wenn er daran dachte. Am Fuße des Burgfrieds fand er ihren Körper. Zerbrochen, zerschlagen, zerschellt. Der Turm war nicht besonders hoch. Für ihren Sturz in den Tod – hoch genug. Wieder kniete er neben ihr, drehte ihren Körper auf den Rücken. Ihr graues Haar klebte über ihrem Gesicht und wand sich um den Hals. Ihre Gelenke waren verdreht, die Knochen in Un-Winkeln gebogen, gebrochen, geknickt. Blut rann aus ihren Ohren und dem Mund, aus dem einst die Lieder für ihn erklangen. Ihr Gesicht, zeigte ihm kein warmherziges Lächeln mehr, war leer, wie ihr Blick. Hans schob die Lider über die Blindheit. Im Waschhaus der Burg genügte ihr Anblick, um die Handvoll Mägde von den Zubern zu verscheuchen. Waschbretter fielen scheppernd, nasse Lappen klatschten zu Boden. Eine Selbstmörderin. Keiner wollte sie berühren.

Er kniete sich über sie und säuberte sie, wischte Blut von ihrem Gesicht wie salzige Tränen. Seine Wangen brannten, seine Kehle war verschnürt. Er wagte nicht aufzusehen – nicht einmal als die Holztür der Stube gegen die Wand knallte und er die kalten Insektenblicke auf sich spürte. Die Eindringlinge wechselten sich ab und musterten jeden Handgriff, den er tat, bis sie im nächsten Moment verschwanden, bis sie ihr Flüstern weitergaben und ihn allein ließen. Schritte begannen auf den Steinböden zu trampeln und auf dem Holz ebenso. Ludwigs Ameisen quollen durch die Türen und in die Gänge der Burg.

Es war der Tag, an dem sie die Fahnen mit den Familienwappen der Eurasburger einholten und ein Feuer im Hof brannte. Sie trugen die Kerzenleuchter aus Metall davon; in die Stoffe aus Samt und Seide wickelten sie Halsketten und Armreifen seiner Mutter. Und als die Schmuckschatullen geleert waren, leerten sie die Waffenkammer. Sie sammelten ein und trugen jedes einzelne Stück vorbei an dem grauen Wolf aus Mering auf die Karren im Hof. Die Worte, die die Dienstboten wegschickten, knirschten in seinen Ohren wie der Kies im Burghof unter den Rädern und unter den malmenden Hufen von Pferden und Tritten von Schuhen bis nur noch trügerische Stille zurückblieb. Die Türangeln des Waschhauses zerschnitten sie und die Schritte des Meringers jagten die Ruhe davon. Hans hörte, wie Wulf von Mering die ledernen Handschuhe in seinen Händen knetete; er hörte, wie die Schritte sich näherten, Schuhe tauchten neben ihm auf – feines Leder auf fleckigem Boden.

»Der Herr erbarm sich ihrer Seele.« Der Wolf raunte und räusperte sich. »Sei Er ihrer Seele gnädig. Mein Beileid.«

Hans blickte den Eindringling nicht an. Er hasste ihn. »Wagt es«, hörte er seinen Vater. »Ihr tragt die Schuld. Schert Euch davon mit Eurer Verlogenheit.«

»Es trifft oft die Falschen.«

»Sie hat nichts getan.« Hans grollte ohne aufzusehen. »Niemandem ein Leid.

»Das Schicksal sucht sich die, die dem Herzen am nächsten sind und lässt uns so für unsere bösen Taten büßen.«

»Schert Euch zur Hölle!« Der Vater traf mit seinem Krug den Türstock neben dem Meringer.

Die Worte verklangen, die Schuhe verschwanden.

Gretlin erschien. Sie zerrte ihn am Kittel und richtete mit ihm die Tote für die Beerdigung. Der Vater soff. Hans bahrte die Tote auf, die seine Mutter gewesen war, betete den Rosenkranz für sie. Der Vater soff. Der Priester weigerte sich, die Mutter zu bestatten, die Sünderin, die Frau, die es gewagt hatte selbst über ihr Leben zu entscheiden – eine Selbstmörderin, schon gar nicht in geweihter Erde. Er weigerte sich mit blauem Auge und gebrochenem Arm. Der Vater konnte sich nicht auf den Beinen halten, und der Wein stützte ihn nicht.

Verborgen vor dem Priester, ohne das Wissen des Vaters hatte Hans diesen Platz gefunden, er hatte die sterblichen Überreste jener Frau hierhergeschleift, deren Lippen stets für ihn gelächelt hatten. Er hatte seine Mutter hier gebettet. Und hierher kehrte er seit bald zwölf Jahren immer wieder zurück.

Nun stand er wieder hier. Am Kreuz, das er selbst gezimmert hatte. Er vermisste sie. Kein Tag brachte Linderung, die Zeit legte keinen Mantel über seine Erinnerung, sie riss mit jeder Nachricht über den Meringer an der Wunde, sie bohrte tief hinein in seinen Schmerz und jeder Becher Wein, den sein Vater wie Wasser trank, spülte Salzwasser darüber.

»Mutter.« Seine Stimme krächzte. Er räusperte sich. Regen und Kälte setzten ihm zu. »Es ist nicht mehr lange. Ganz bald. Dann wird das Schicksal für Gerechtigkeit sorgen. All das, was du erdulden musstest, die Schmach über Vaters Entehrung, seinen ständigen Zorn, seine Schläge. Es war nicht umsonst.« Er schlug sich an die Brust.

»Er wird bezahlen für das, was sein Vater unserer Familie angetan hat. Es wird Zeit, dass der Herzog diese Ungerechtigkeit erkennt und nicht länger duldet. Das verspreche ich dir. Wir werden wieder angesehen sein und respektiert und wohlhabend. Dann werde ich einen Priester finden, der die Segnungen vornimmt. Und du findest deine Ruhe.«

Seine Augen brannten, seine Wangen glühten. Er schlug das Kreuzzeichen und neigte zum Abschied sein Haupt. Das Wasser, das auf seinem Rückweg in seine Stiefel drang, bemerkte er nicht. Seine Gedanken waren längst woanders.

†

BEKENNTNIS †Kapitel 35

EURASBURG, ENDE MÄRZ 1268

Albrecht stützte sein Kinn auf die Hände, die Arme auf die Oberschenkel und starrte mit krummem Rücken vor sich hin. Sein Körper nahm das harte Holz des Stuhles genauso wenig wahr wie sein Blick die Flecken auf dem Dielenboden oder die Gegenstände im Raum, die kaum mehr an die zuvor herrschende Verwüstung erinnerten. Die meisten Spuren davon brannten im Kamin, oder würden dort bald brennen. Lauter als das Knistern des Feuers war nur dieses Schnarchen.

Er befand sich wie stets an derselben Stelle, an der ihn sein Herr zurückgelassen hatte. Er wandte sein Gesicht zum Kamin und beobachtete den knisternden Tanz. Er rutschte auf seinem Stuhl hin und her und wunderte sich, wie der alte Freiherr in einer derart verrenkten Haltung schlafen konnte.

Der Vater seines Herrn – dieser Haufen zu seinen Füßen – war ihm am liebsten, wenn er sich weit weg von ihm befand. Er rutschte seinen Stuhl noch ein wenig weiter ab. Wenigstens blieben die Schweinsaugen geschlossen, solange er schlief. Albrecht fragte sich, wie Hans der Sohn dieses halben Getreidesackes sein konnte, mit diesen vier schwarzen Haarbüschelchen, die ihm wie Borsten vom Mondgesicht abstanden, mit seinen schlammbraunen Augen, die immerzu flackerten, wie das Feuer, wenn Zugluft hereinhuschte durch die Doppeltür. Albrecht rieb seine Arme an den Stellen, an denen sich die Male bereits gelb gefärbt hatten.

Er betrachtete seinen kleinen Finger und die Stelle, die keinen Nagel mehr besaß. An dem Tag, als er den Nagel verlor, hatte er etwas gelernt: Den Vater seines Herrn fasste er nicht an, auch nicht zur Gegenwehr. Nur der Weinkeller verschloss sich immer dann, wenn Hans die blauen Flecken und Striemen entdeckte auf dem Körper seines Getreuen. Und kein Heulen, kein Jammern, kein Betteln, kein Schwur und kein Fluch konnte die Hand mit dem Schlüssel zum Schloss lenken, ehe die Male an Albrechts Körper nicht wenigstens gelb geworden waren.

Und nun lag dieses Etwas zu seinen Füßen. Seit Hans den alten Grafen bewusstlos geschlagen hatte, lag dieser an derselben Stelle und hatte sicher einen Hektar Wald abgeholzt. Es war an Albrecht aufzupassen, dass dieser Säufer nicht im Schlaf erstickte oder Unheil anstellte, wenn er wieder aufwachte.

Albrecht starrte auf die Knebel, die er dem Alten um die Hände und Füße gebunden hatte. Er stand auf und streckte seine schmerzenden Muskeln. Die vergangenen Tage forderten ihren Tribut, die Tage, die er hauptsächlich auf dem Rücken seines Pferdes verbracht hatte und die letzten Nächte im Freien. Die Witterung hatte es nicht gut mit ihm gemeint. Er knetete Arme und Oberschenkel, er rieb sich die Schläfen, die Lider. Obwohl der Alte gefesselt war, wagte Albrecht nicht, die Augen zu schließen und ebenso zu schlafen.

Die plötzliche Stille riss ihn aus seinen Gedanken. Das Schnarchen war nicht mehr. Albrechts Blick schwenkte zu dem Gefesselten. Die verzerrte Fratze seines Gegenübers ließ ihn nichts Gutes ahnen. Zu spät erkannte er seinen Fehler. Der Alte hatte bekommen, was er wollte: seine Aufmerksamkeit.

Er rollte sich hin, rollte sich her. Der Fisch auf dem Trockenen japste. Es gelang ihm nicht so recht, sich aufzusetzen. »Trottel.« Das Wort platzte in den Raum. Der Säufer lallte, grölte. »Hilf mir!« Die Buchstaben verklebten ineinander. »Mach!« Die Laute überschlugen sich und verloren sich im Brüllen. Er schüttelte seinen Kopf, drehte sich auf dem Boden, stieß sich mit den gefesselten Beinen ab und glich die Bewegung mit dem Rumpf aus – dieser zappelnde auf dem Rücken liegende Käfer. Dann saß er. Und kippte um. Mit einem Knall krachte der Hinterkopf gegen den Boden. Stille. Albrecht starrte in die geöffneten

Augen des Regungslosen und wartete. Er würde eher auf der Stelle festwachsen, als sich diesem Bastard weiter als nötig zu nähern. Der Diener kniff die Augen zusammen. Und so hörte er, ehe er sah, wie sich die Brust des Alten hob und senkte.

»Weg mit den Knebeln. Trottel. Weg damit!« Die Stimme polterte durch den Saal. »Du hast Angst vor einem alten Mann, Trottel. Ein Feigling bist du. Taugst zu nichts und wirst nie zu etwas nütze sein. Mach schon, mach schon. Hilf mir endlich.« Sein Schreien hallte von den Wänden. »Mach schon. Mach!«

Albrecht stützte sich mit den Armen am Kaminsims ab und beobachtete das Feuer, dann kurz den Alten, dann wieder die Flammen. Nach einer Weile drehte er eine Runde im Saal, seine Schritte federten im Takt der Beschimpfungen. Mal hierhin, mal dorthin. Es raschelte, etwas schleifte über den Boden. Albrecht zerrte ein Nest aus zerrissenen Vorhängen heran. Er packte den Alten von hinten und warf ihn in die Mitte des Nests. Mehr als eine Körperlänge Stoff trennte die beiden voneinander. Albrecht plumpste auf den Stuhl zurück.

»Wo ist mein Sohn? Wo ist Hans?«, bellte der Alte. »Hans!« Er bellte unentwegt. »Hans! Hans!« Sein Blick wurde abwesend. Immer lauter dröhnte der Name durch die Burg. Unaufhörlich.

Albrecht presste seine Hände gegen die Ohren. Er presste fester und kaute auf seiner Unterlippe. Er überlegte: Wie hart musste er zuschlagen, damit der Alte das Bewusstsein verlor? Wie viele Schläge waren möglich, ohne dass man Spuren sah? Würde der Alte schweigen, wenn er ihm zeigen würde, wo Hans war, oder würde aus dem Geschrei Gelächter werden? Albrecht zögerte einen Moment und knetete seine Fäuste. Er musterte den Alten, stand auf und kämpfte sich durch die Stoffbahnen.

Das Kinn des Alten grob gepackt, zwang Albrecht den Blick in seine Richtung. In den Augen des Alten sah er, wie gerne dieser ihm eine Beleidigung entgegengeschleudert hätte. Der Schraubstock seiner Hände ließ keine Möglichkeit, den Kiefer zu bewegen.

»MMMMmmmmmmmmmmmmmhh!«

Er stieß das Kinn des Alten zur Seite und richtete sich auf. Er deutete über die Fenster hinaus und bewegte seine Hände, als würde er Zügel führen, dann schaufelten seine Hände Luft in seinen kauenden Mund.

Für einen kurzen Moment wich der Hass im Blick des Gefesselten einer Verwirrung. Seine Stirn runzelte sich, bis seine Brauen eine Einheit bildeten. Und mit einem Mal spuckte er Albrecht an. »Lügner.« Seine Stimme hatte den Ton vergessen. Er bohrte seinen Blick in die Wand. »Verdammter Hurensohn.« Nach einem Räuspern kehrte das wirre Grinsen auf sein Gesicht zurück. »Du willst mich glauben machen, dass mein Sohn sich bei diesem Regen aufmacht, um Essen zu finden, um Beute zu erlegen?«

Albrecht wischte sich den Speichel vom Hemd und verließ das Stoffnest achselzuckend, nicht bevor er dem Alten noch einen Schubs versetzt hatte. Er bemühte sich Gleichgültigkeit zu zeigen auf seiner Miene – nichts anderes. Der Stumme stieß ein paar undeutliche Laute aus und verzog das Gesicht. Er beobachtete von seinem kleinen Thron aus das Gewirr aus Händen und Füßen, das gegen die Stoffe schlug und trat.

»Lügner,« schrie der Alte. »Lügner. Es gibt nur eines, was ihn bei diesem Wetter nach draußen treibt. Diesen Nichtsnutz. Diesen weichlichen Trottel. Ein Nichtsnutz mit einem Nichtsnutz als Diener. Lieber schleicht er um das Grab seiner ebenso nichtsnutzigen Mutter, als seinem Vater gegenüberzutreten. Lieber ist er bei der Toten und verspricht ihr nutzlose Dinge, als sich hier nützlich zu machen. Nichtsnutz.« Sein Blick heftete sich auf Albrecht. »He, Trottel, bring mir Wein!«

Nicht eine Falte an seiner Kleidung bewegte sich.

»Bring mir zu trinken!«

Kopfschütteln.

»Trinken!«

Erneut.

»Trinken!« Brüllen.

Kopfschütteln. Albrecht verspürte nicht die geringste Lust, den Alten aus den Augen zu lassen. Nach mehreren

277

Minuten erfolglosen Schreiens versuchte der Alte eine neue Strategie. Wie verdorbener Honig trieften die Worte aus seinem Mund. »Komm, Trottel. Braver Hund! Bring dem Vater deines Herrchens zu trinken.« Albrecht hatte noch nie ein derartiges Lächeln auf diesem Gesicht gesehen. Es widerte ihn an.

»Dafür schlage ich dich das nächste Mal vielleicht nicht, wenn ich die Hände wieder frei habe.« Das Lächeln verschwand. Der Alte hob seine gefesselten Arme, wie um ihn zu locken. »Und ich erzählte dir eine Geschichte.« Das Lächeln kehrte zurück. »Es ist eine schöne Geschichte. Nicht einmal mein nichtsnutziger Sohn kennt sie.

Hans kennt eine andere Geschichte. Die eine andere Geschichte. Das weiß ich. Dafür habe ich gesorgt. Vielleicht würde er sie kennen, vielleicht würde sie ihm nützen, wenn er nicht ständig ans Grab dieser Hure rennen würde.« Das Lächeln wurde breiter. Böser.

Ein Schwall abgestandenen Atems, sauren Weins und ungewaschenen Körpers stank ihm entgegen. Und Albrecht wusste es mit einem Mal: Er hatte keine Wahl. So sehr er die Geschichte nicht hören wollte, so sehr musste er sie in Erfahrung bringen für Hans. Er drehte kurz seinen Kopf zur Seite und verzog sein Gesicht hoffend, dass der andere es nicht sah. Er würde lieber Kuhfladen fressen, als einzugestehen, dass er von diesem Monster etwas wollte. Doch im Moment gab es keine Kuhfladen. Es wäre schlimmer, nicht zu wissen. Albrecht fühlte sich umgeben von klebrigen Fäden, die niemand sehen konnte, beobachtet von unzähligen Augen und ausgeliefert an acht Fangarme. Der Faden, der sich um ihn wickelte, spannte sich immer enger und das Grinsen in der Fratze wurde immer breiter.

»Gute Geschichte. Sie wird dir gefallen.« Der Freiherr hustete ein Lachen durch den Raum. »Oder auch nicht.« Er fläzte sich in das Nest. »Ich verspreche dir, mich nicht wegzubewegen. Bring mir zu trinken.«

Auf seinem Stuhl zappelte der Stumme hin und her. Er stand auf, entfernte sich, trat durch die Tür in den Gang. Seine Schritte klangen leiser. Da sein Gefangener mit dem Rücken zum Kamin in den Stofffetzen thronte, befand sich die Tür hinter seinem Rücken. Die vielen Bahnen verhinderten, dass er sich umdrehen konnte.

Bereits nach kurzem drang ein Rascheln an Albrechts Ohr. Das Nest bewegte sich. Sollte der Alte ruhig glauben, dass sein Aufseher bis in die Küche musste, um den Wunsch zu erfüllen. Doch Albrecht hatte geplant. Sein Weg führte ihn nur bis zur Tür. Hinter den Flügeln hatte er Wein platziert. Bald war er wieder zurück beim alten Freiherrn und hielt ihm den Weinschlauch vors Gesicht.

Erstaunen wich schnell der Verärgerung, bis dieser Ausdruck kurz darauf hämischem Grinsen wich. Er blähte die Nasenflügel. »Hast doch ein bisschen Grips in deinem hohlen Kopf, Trottel, wie?«

Der Weinschlauch verschwand hinter dem Rücken des Dieners.

Das Gesicht des Alten bebte. Er hob das Kinn und versuchte in Richtung des Dieners zu rücken, die Nase emporgereckt, die Zunge über die Lippen fahrend. »Warte«, lenkte er ein. »Halt. Lass mich trinken.« Der Tonfall klang nicht ganz so grob und gehässig wie zuvor. Als der Stumme keine Anstalten machte, ihm entgegenzukommen, fuhr er fort. »Du willst doch die Geschichte hören, oder? Ich versprech' dir, dass ich sie erzähl. Gib mir zu trinken. Zu trinken, zu trinken, zu trinken.« Das Betteln brachte ihm den Schlauch an die Lippen, und er trank, als hätte die Sonne ihn über Jahre hinweg ausgedörrt. Er trank, als wäre die einzige Rettung, sein Innerstes in ein Meer zu verwandeln – ein rotes Meer aus vergorenen Trauben. Erst als ihm der dunkelrote Rebensaft vom Kinn tropfte und der Kragen seines Hemdes sich voll Feuchtigkeit sog, bedeutete er Albrecht, innezuhalten. Er rülpste. Mit glasigen Augen und einem verzerrten Lächeln sah er ihn an. »Setz dich!« Die alte Schärfe war in seinen Tonfall zurückgekehrt. Dann schloss er die Augen, räusperte sich. Leise, fast flüsternd begann er seine Erzählung.

»Vor langer Zeit, viele Jahre zurück … Es scheint mir wie ein anderes Leben, ich schätze mal, sogar du hattest deine Zunge noch.« Für einen kurzen Moment schien sich der Alte an seinem Lachen beinah zu verschlucken. »Da gab es einen Herzog. Jung war er und ebenso mächtig wie ehrgeizig. Er besaß alles, was man sich wünschen konnte. Treue Verbündete und Untertanen, die ihm zugetan waren, die besten Aussichten auf die Krone, eine volle Schatzkammer, ein blühendes Land, eine wunderschöne Frau, die er liebte und die ihn liebte und ihm treu ergeben war.

Dummerweise waren die beiden nicht besonders großzügig, weder in der Entlohnung, noch duldeten sie, wenn Diener klüger waren als die Herren. So kam es, dass die Herzogin den damaligen Hofmarschall bei dem Herzog in ganz schlechtem Licht erscheinen ließ.

Wie die Dinge nun mal sind, schlug sich dieser junge Herrscher prompt auf die Seite seiner Frau und bestrafte den Hofmarschall, der nur für seine eigene Familie ein bisschen hatte dazuverdienen wollen. Ab dem Moment schenkte der Herzog sein Vertrauen einem anderen Mann und machte diesen zu seinem wichtigsten Berater. Der Hofmarschall behielt zumindest seine Anstellung, und er tat alles, was der Herzog verlangte, obwohl das eitle Herzogspaar das nach dieser ungerechten Behandlung nicht verdient hatte.

Eines Tages dann befand sich der Herzog ohne seine geliebte Frau auf einer Burg bei einer Versammlung. Der Rat dauerte mehrere Tage, und die Sehnsucht der beiden nacheinander wuchs Stunde um Stunde.

Irgendwann erreichte ein Brief der Herzogin die Burg. Genauer gesagt waren es zwei Briefe, die eintrafen. Einer ging an den Herzog, der andere richtete sich an einen Verbündeten der beiden. Der Bote mit den Briefen übergab die Schreiben dem Hofmarschall. Und der Hofmarschall erinnerte sich nur zu gut daran, wie ungerecht sie ihn behandelt hatten. Andere Edelleute stimmten zu, dass er eine derartige Behandlung nicht verdient hatte. Gegen kleine Gefälligkeiten in deren Interesse unterstützten sie ihn und versprachen ihm wiederum Hilfe, wenn er sein Recht einfordern wolle.

Nun, die Aufgabe des Hofmarschalls war es, die Briefe

den Empfängern zuzustellen. Der Hofmarschall – ganz auf seine Pflicht bedacht – öffnete vorsichtig die Briefe. Er konnte nicht riskieren, dass seinem Herrn eine unzüchtige Mitteilung unterbreitet wurde und seine Gedanken ablenkte. Dies würde sich womöglich auf die laufenden Verhandlungen auswirken.

Was er las, gefiel ihm außerordentlich. Der Hofmarschall wusste genau, was er zu tun hatte, um seinen Herzog vor Hochmut und allzu hochfahrenden Zielen zu bewahren.

Umsichtig verschloss der Hofmarschall die Briefe wieder und wartete auf das Eintreffen seines Dienstherrn. Kaum dass dieser ankam, erfüllte der Diener seine Pflicht. Er händigte dem jungen Regenten das erste Schreiben aus. Der Herzog riss den Brief unverzüglich voller Vorfreude auf und begann zu lesen. Sein erwartungsfrohes Lächeln verwandelte sich zunächst in Enttäuschung, als er feststellte, dass das Schreiben mit dem Namen eines anderen begann.

Doch ehe sein Anstand Einhalt gebieten konnte, flogen seine Augen schon weiter und hatten den Inhalt erfasst. Nun hielt der Herzog den Brief in Händen, der an seinen angeblichen Freund, gehen sollte. Die Züge seines eben noch freudestrahlenden Gesichts gefroren. Der Brief glitt aus seiner Hand zu Boden. Noch bevor er den zweiten Brief öffnete, konnte der treue Hofmarschall endlich seine Rache besiegeln und ernten, was er gesät hatte. »Nie wolltet Ihr meinen Worten Glauben schenken, doch nun lest Ihr mit eigenen Augen, dass sich meine Warnungen bewahrheitet haben«, sagte er zu dem Herzog, »Eure edle Gemahlin und Euer ergebener Freund verbindet die Leidenschaft weit mehr als die Freundschaft.« Der Hofmarschall goss weiter Öl ins Feuer. »Die Schlange hat Euch Hörner aufgesetzt. Ihr solltet sie im Staub zertreten.« In Erinnerung an seine eigene Bestrafung malte er in bunten Farben das Treiben der Herzogin mit einem anderen. Und er hatte Erfolg.

In Wut vergaß der Herzog alles um sich herum: Die Versammlung, die anwesenden Fürsten, sogar den Zweck dieser Verhandlungen: An die Krone zu gelangen und König zu werden.

Die Bilder vergifteten den Herzog. Nichts hielt ihn mehr zurück. Er wollte nur noch Rache. Und er holte sie sich.«

Der Alte hustete. »Wein, du Trottel! Kannst du mir überhaupt folgen bis dahin?«

Albrecht beeilte sich, er wagte kaum zu blinzeln. Behutsam setzte er dem Mann das Mundstück an die Lippen und achtete auf dessen Schlucke. Ohne einen Tropfen zu verschütten, nahm er den Schlauch wieder an sich und fand seinen Platz.

Rülpsend fuhr der Alte fort. »Der Herzog stürmte zu den Pferden und der Hofmarschall sah seinem Dienstherrn nach, wie er zum Tor hinauspreschte. Zufrieden wog er ein kleines Goldsäckchen in den Händen. Er hatte seine Gerechtigkeit bekommen. Was wollte er mehr? Die Edelleute, die sich seiner angenommen hatten, freuten sich mit ihm. Sie zeigten ihm ihre Zufriedenheit und vergolten seine Arbeit großzügig. Ohnehin war ihnen der Ehrgeiz des jungen Herzogs schon lang ein Dorn im Auge gewesen, und wem sollte es schon schaden, wenn Ludwig noch ein wenig auf die Krone würde warten müssen?

Der Königsanwärter musste erst einmal seine Herzogin zur Rede stellen.« Wieder unterbrach sich der Erzähler.

Albrecht schrak auf, als er wieder die Augen auf sich fühlte.

»Weißt du, was dann passiert ist, Trottel? Kann sich einer wie du so was denken?« Der Säufer lachte polternd, bis Speichel von seinem Kinn troff.

»Der Herzog, er hat sie nicht zur Rede gestellt. Nicht einmal einen Streit hatten sie. Er hat ihr sofort den Kopf abgehackt.« Die Stiefel des Alten knallten in die Stoffe. »Zack.«

Albrecht riss die Augen auf und starrte in das Gesicht des alten Freiherrn. »Und sein Haar verlor über Nacht sämtliche Farbe. Das war der Zeitpunkt, an dem es schlohweiß wurde«, ergänzte der Säufer mit erstickter, geisterhafter Stimme.

Die Geschichte klang beinahe zu verrückt, um wahr zu sein. Und dennoch war sie genau das: wahr. Schauer lief Albrecht über die Haut, alle Haare stellten sich an seinem

Körper auf. Er kannte das Ergebnis, er kannte die Beteiligten. Die Geschichte in dieser Art kannte er nicht. Er hatte allzu oft eine andere Version davon gehört.

Irres Lachen hallte erneut von den Wänden des Saals. »Ah. Du Trottel, mein Sohn ist genau der gleiche Trottel wie du. Er jagt diesem Meringer hinterher, als würde damit alles zu richten sein. Dabei war ich es. Ich.« Der Alte hielt inne und forderte einen weiteren Schluck. »Ich war es. Kein anderer trägt die Schuld am Niedergang unseres Hauses.« Das Gelächter schmerzte Albrecht in den Ohren. »Sieh ihn dir nur an, wie er meinen Lügen hinterherjagt und glaubt, Gerechtigkeit zu finden.« Die Stimme des Alten überschlug sich beinahe. »Soll er ruhig Unglück bringen über sich und die anderen.« Der Blick in seinen Augen war irr und unstet. »Die Gerechtigkeit hat mich schon lange gefunden.« Der Alte hechelte. Er war außer Atem von seinem Lachen. »Keine Angst. Ich werd es dir erzählen. Dir werd ich es erzählen, denn ich weiß, dass du schweigen wirst.« Das kranke Lachen nahm kein Ende. »Nicht einmal deinem Herrn wirst du es erzählen, dem du so treu ergeben bist, meinem nichsnutzigen Sohn, der nur die Rockzipfel seiner Mutter kannte, statt dem Vater zu folgen.«

Albrecht war aufgesprungen und hatte den Alten bei den Schultern gepackt. Obgleich er ihn schüttelte, hörte dieser nicht auf zu gackern. Eine harte Ohrfeige brachte ihn zur Besinnung. Blut rann aus dem Mundwinkel des Freiherrn.

»Du hast Mumm in den Knochen, Hundesohn.« Der Alte hob seine gefesselten Hände und wischte das Blut ab. »Das wird dir aber auch nichts helfen.« Er hustete sein Lachen und setzte seine Erzählung fort. »Kurz nach dem Aufbruch des Herzogs von Heidelberg traf zufällig ein Ritter unseren Hofmarschall an. Die Verhandlungen der Fürsten hatten in der Zwischenzeit wieder begonnen, und das Fernbleiben unseres Herzogs war aufgefallen. Ich glaube, selbst du weißt, wer dieser Herzog war.

Die Versammelten hatten einen Boten in das Feldlager der Männer Ludwigs entsandt. Er sollte den Herzog finden. Natürlich war der längst nicht mehr dort. Von der überstürzten Abreise ihres Herrn wussten diese jämmerlichen Soldaten nichts. So begab sich einer der Ritter, Ulrich von Mering – der Alte -, auf die Suche nach ihm.

Just in dem Augenblick, als ich meine Belohnung in den Händen wog, näherte sich der Graf. Ich versuchte noch, das Gold zu verstecken, doch es war zu spät, er hatte mich gesehen. Der Ritter unterließ es, mir Fragen zu stellen. Schon damals hätte mir das seltsam erscheinen müssen. Aber hinterher weiß man es immer besser. Das wird auch mein ach so bemühter Sohn feststellen.« Er rülpste und spuckte aus. »Er wollte nur wissen, was mit dem Herzog war. Der Alte von Mering ließ es darauf beruhen. Dann lud er mich zu einem Umtrunk ein. Und er brauchte nicht viel dafür zu tun, dass ich mich betrank. Ich war in Feierlaune. Zu fortgeschrittener Stunde entschlüpfte mir der Grund dafür.

Zu diesem Zeitpunkt ahnte der ebenso wenig wie ich, wie verheerend die Folgen tatsächlich werden würden: Rache für meine Demütigung war alles, was ich wollte, doch andere wollten noch viel mehr. Ich war das Werkzeug von Ränkeschmieden. Und sie bekamen, was sie wollten.

Als der Herzog zur Heidelberger Burg zurückkehrte, klebte Blut an seinen Händen. Er verlor die Aussicht auf die Krone und die, die ihn unterstützt hatten, wandten sich von ihm ab. Sie konnten ihn nicht verurteilen. Als Herzog hatte er das Recht zu richten und das Urteil zu vollstrecken. Doch sie sahen in ihm den Mörder und einem Mörder würden sie das Reich niemals anvertrauen.

Der Mering brauchte nur eins und eins zusammenzählen. Er lieferte Ludwig das Werkzeug aus, das seine Pläne zerstört hatte, und linderte dessen Qualen.

In seinen Augen war ich es, der seine Zukunft zerstört hatte. Ludwig zerstörte die meine. Er nahm mir die Stellung, fast den gesamten Besitz und meine Ehre. Mein Weib, diese Schlampe, stürzte sich in den Tod. Mein Sohn verachtet mich, und er denkt, der Meringer wäre der Verräter, und ich wäre nicht im Stande, diesen Irrtum zu berichtigen. Sein einziges Streben ist Rache, um mich zu demütigen, wenn es ihm gelingt. Dabei wird es etwas ganz anderes sein, was auf ihn wartet, wenn sein Plan gelingt.«

Als wäre es die einzig mögliche Reaktion, schüttelte sich Johann von Eurasburg vor Lachen.

Albrecht war mit aufgeklapptem Mund an seinem Stuhl festgewachsen, seine Ohren glühten, und er krallte seine Hände ins Holz, um sie dem Alten nicht um den Hals legen zu müssen. Dieser Vater stieß seinen Sohn geradewegs in ein Messer. Das Unglück anderer ließ ihn kalt. Nein. Vielmehr war es das Einzige, das er sich wünschte. Unglück für alle und vor allem für seinen Sohn.

Abrecht musste versuchen, Hans von seinem Plan abzubringen. Die Rache am Haus Mering würde andernfalls sein Verderben. Er durfte nicht zulassen, dass er diesen weiterverfolgte. Das endlose Gelächter marterte seinen Verstand. Er hielt sich die Ohren zu und blinzelte, doch es gab kein Ende.

Seine Hand ballte sich zur Faust.

CÄCILIA †Kapitel 36

Mit der Hand fuhr sie sich über die Augen, dann richtete sie ihr Kleid. Sie war nicht allein. Bis vor einigen Tagen noch hätte sie vor dem zweiten Atemzug ihr Gewand abgestreift und sich an seine Wärme zwischen die Kissen gedrängt. Bis zu jenem Tag, als er zurückgekehrt war und einen Händler für die Festrobe gefunden hatte – und noch etwas anderes. Nun lehnte sie dem Rücken am Pfeiler ihres Bettes und starrte auf die Wand, starrte auf das, was auf dem Tisch lag, was er an jenem Tag mitgebracht hatte. Noch immer war das Päckchen verschlossen.

»Was ist los, Cäcilia?« Die Stimme brachte sie dazu, sich kurz umzudrehen. Hans reckte sich auf ihrem Bettlaken, blinzelte sie an und schob die Decke von sich.

Sie überflog jeden Zentimeter seines Körpers, schüttelte den Kopf und zog vor, ihm keine Beachtung zu schenken. Sie wünschte, sie könnte ihre Gedanken ebenso ausblenden. Doch so einfach war es nicht. Sie spürte, wie seine Hand ihre Schulter von ihrem Kleid befreite, spürte seine Hitze selbst durch den Stoff hindurch. Roch seinen Duft und kämpfte gegen die Erinnerung an die Nächte, in denen der Hunger ihrer Körper den Schlaf ferngehalten hatte. Seine Finger strichen ihren Nacken hinab, glitten zwischen ihren Schulterblättern tiefer und wieder nach oben. Mit geschlossenen Augen nahm sie ihn noch deutlicher wahr. Sie schluckte und sog an ihrer Unterlippe. Sie musste ihn nicht sehen, um zu wissen, wie seine Muskeln diesen Körper formten, und wie er in seiner Nacktheit reagierte.

»Nicht jetzt.«

Er küsste sich vom Ohrläppchen zum Hals hinab und machte sich an dem Gürtel ihres Gewandes zu schaffen. »Jetzt.« Seine Stimme versuchte sie zu locken.

Mit einer einzigen Bewegung schlug sie seine Arme davon. Zwei Schritte genügten, um seiner Reichweite zu entkommen.

»Was soll das?«, zischte er.

»Ich sagte«, begann sie und drehte sich, um ihm in die Augen zu sehen, »nicht jetzt. Ich bin der Spielchen überdrüssig.« Bevor er sie erreicht hatte, ehe er ihr Handgelenk packen konnte, fuhr sie fort: »Ich habe Agnes gesehen.«

Als Salzsäule blieb er einen Fußbreit vor ihr stehen und funkelte sie an, den Körper gespannt, die Augen zusammengekniffen. »Sie ist bereits hier?«

Cäcilia konnte nur nicken. Die Reaktion, die sein Körper verriet, beschleunigte ihren Puls. Sie ballte die Fäuste und biss die Zähne zusammen. »Tss.« Sie fletschte die Zähne und rauschte auf ihn zu. Mit einem Mal trennte sie nur noch ein Hauch von seiner Nasenspitze, ihr Zeigefinger bohrte sich in seine Brust, ihre andere Hand lag tiefer und ihr Blick sandte Blitze gegen ihn. »Glaub nicht, dass ich nicht weiß, was du willst. Natürlich gönnst du Ulrich die Verbindung mit ihr nicht. Doch da ist mehr. Und seit du ihr begegnet bist, bist du verändert.«

»Bilde dir nichts ein.« Er zuckte mit den Schultern und zuckte mehr noch, als sie ihn noch fester umschloss. Es war ein Leichtes, ihn rückwärts zum Bett zu schieben und ihn auf den Rücken zu stoßen. Nun musste er zu ihr aufblicken, wie sie ihre Hände in die Hüften stemmte und ihn mit ihrem Zorn versengte.

»So wie du am Tag nach deiner Rückkehr ausschließlich von ihr erzählt hast, schweigst du nun, wann immer die Sprache auf sie kommt.« Sein Blick senkte sich und wich ihr aus, und kurz kostete sie diesen Triumph wie süßen Honig. Mit jedem weiteren Wort jedoch verwandelte sich der Honig in Asche. »Du löst mein Haar nicht mehr, wenn du das Bett mit mir teilst, und wenn ich es offen trage, verlangst du, ich soll es binden.« Cäcilia verfolgte, wie er nach der Bettdecke forschte und sie über sich zog. Sie blinzelte.

Ihre Handflächen kribbelten.

Sie vermisste in dem Moment, einen Stock darin zu halten, oder eine Gerte, wie für ein Pferd, das seinen Reiter nicht achtet. Sie fuhr sich übers Gesicht. »Du glaubst doch nicht wirklich, dass sie dich wählen würde?« Der Abklatsch eines Lachens schnitt durch ihre Kammer. »Dieses Wesen, das wie ein Bach an einem frühen Wintermorgen über Steine und Hindernisse im Flussbett hinwegstolpert, würde sich kurz wundern, was das da war in ihrem Weg, vielleicht schenkt es dir ein Lächeln, ehe es weiterstrebt und dich vergisst.«

Für einen Moment verhüllte die Decke seinen Körper, dann riss er sie von sich. Mit einem Sprung war er mit ihr auf Augenhöhe und hielt ihre Handgelenke wie Schraubstöcke gepackt. »Ulrich mag dir durch dein Netz geschlüpft sein. Doch stell dein Versagen nicht auf eine Stufe mit meinen Plänen. Du weißt nichts, und du kennst sie nicht. Und längst bist du nicht so verführerisch und klug, wie du denkst.« Der Tonfall machte ihr Gänsehaut. »Du konntest Ulrich nicht ein einziges Mal in dein Bett locken, du konntest ihn nicht an dich binden, obwohl er Agnes noch nie begegnet war.« Ehe sie ein weiteres Mal blinzeln konnte, lag sie auf dem Rücken unter ihm, ihre Röcke nach oben geschoben, zerrte er mit einer Hand am Mieder, mit der anderen presste er ihre Handgelenke aufs Laken. Hans zwang ihr seinen Blick auf. »Wo bist du ihr begegnet?«

Sie schüttelte den Kopf und presste die Lippen aufeinander. Er presste seine auf sie, erst fest, dann leichter, er küsste sie, spielte mit seiner Zunge an ihren Lippen, zwang sie auseinander, zwang ihr diesen Kuss auf, bis sie nicht anders konnte, bis sie ihn erwiderte, bis ihr Puls zu rasen begann, bis sie atemlos zurückblieb und sie erneut mit jeder Faser seine Hitze spüren musste.

»Wo?«, fragte er. Sie erkannte an seinem Blick, dass er sie zu lange schon kannte. Ihm genügte, wie sie ihre Augen zusammenkniff. Seine freie Hand drängte sich an ihrem Oberschenkel nach oben. »Wo?«

»Verflucht! Lass mich los. Du tust mir weh.« Ihr Körper ruckte, und sie strampelte, um sich von ihm zu befreien.

Und im nächsten Moment war sie frei. Er drehte ihr den Rücken zu und konnte die Enttäuschung nicht sehen, die über ihr Gesicht flackerte. Auch einen Moment später versuchte er nicht noch einmal, sich zu nähern. Sie verfluchte sich. Wo sie sich zuvor gegen die Erinnerung gewehrt hatte, kroch nun die Enttäuschung durch ihren Verstand. Er war unpassend, er hatte sie nicht verdient. Doch er sollte sie wollen. Keine andere.

Mit welcher Sanftheit ihre Hände über die Muskeln seines Rückens tasteten, mit welchem Verlangen sie sich an ihn schmiegte, missachtete er. Ihr Bemühen regnete herab auf ein gewachstes Tuch. Er schob sich vom Bett und fischte nach den Gewandstücken, die auf dem Boden verteilt lagen. Ein Windstoß wagte sich zum Fenster herein und stellte all die feinen Goldhärchen an seinem Körper auf; die Kerzen in ihrer Kammer flackerten und ihr tanzendes Licht modellierte jede Sehne, jeden Muskelstrang seines Körpers noch deutlicher. Er war dabei, in sein Hemd zu schlüpfen, und sie sah, wie er seinen Blick noch einmal ihr zuwandte, dieser über ihr halbgeöffnetes Mieder glitt und ihre Oberschenkel. Sie schloss ihre Augen, als hätte er den Raum bereits verlassen. Schneller als sein Hemd auf dem Boden landete, war er über ihr. Er packte sie erneut und schob ihre Röcke weiter nach oben. Die Knöchel ihres Handgelenks schimmerten weiß durch die Haut.

Doch es dauerte noch eine Weile, sie ließ sich Zeit. »Im kleinen Saal. Sie ordnet das Abendessen für ihre Familie. Sie sind Ludwigs Gäste«, presste sie hervor. Die Finger ihrer Hand konnte sie kaum mehr bewegen, so fest schnürte sein Griff. Im nächsten Moment schoss das Blut mit tausend Nadelstichen zurück. Sie versiegelte ihre Lider, um ihn nicht ansehen zu müssen. Nur ihr Körper verriet sie und verweigerte Gehorsam.

Sein Atem strich über ihre Haut, unter dem Federhauch von Fingern und Lippen erzitterte sie. Seine Zunge fuhr an ihrem Hals hinab über die empfindsame Haut und setzte Funken in ihre Blutbahn. Bis er die Schnüre ihres Mieders gänzlich gelöst hatte, versiegelten Küsse ihren Mund und schürten die Glut. Sie spürte wie sich ihr Körper ihm entgegenbäumte, spürte Fingerkuppen mit sanftem Druck über ihrem Knie nach oben gleiten, drängte sich näher an ihn. Die Hand des Armes, der unter seinem Körper lag, ertastete seine glatte, heiße Haut, glitt über seine Wirbelsäule zu den festen Muskeln seines unteren Rückens. Ihr Feuer entzündete sich mit jedem Millimeter, den seine Berührung an der Innenseite ihrer Schenkel eroberte.

Der Druck nahm zu, er streifte die Vertiefung zwischen ihrem Bein und ihrem Körper, schob sich zur Mitte, tastete, fuhr durch den Ansatz ihres Pelzes, nur um sich zu ihrem Nabel weiterzubewegen. Unter ihrem Kleid wanderte er höher, erreichte ihre Brüste und raubte ihr mit dem nächsten Kuss, mit dem nächsten tiefen Eintauchen seiner Zunge, beinahe den Atem. Sie schmeckte seine Küsse, seine Leidenschaft, sog den herben Duft seiner Haut ein und bäumte sich unter der Musik seines kehligen Atmens, die sie mit sich riss.

Sein Pulsieren gab ihr den Takt vor und das Drängen gegen ihre Mitte, sein fester Körper unter ihrer Hand und auf ihr erregte sie so sehr, wie die Erregung selbst, die sie an ihm fühlte. Seine nackte Haut rieb an ihren Beinen, er drängte sich zwischen ihre Schenkel, und all die Zeit entließ er sie nicht aus seinem Griff. Wieder war seine Hand an ihren Schenkeln, nahe an ihrer Mitte.

Fordernd schoben sich seine Hände voran. Erst im letzten Moment gab er sie frei, tauchte seine Finger in ihr Feuer und seine Zunge in ihren Mund, bis sie sich ihm noch weiter öffnete. Er presste ihre Hüften gegen das Laken. Eine einzige Bewegung genügte, und er nahm ihren Körper als seinen Besitz.

Eine Berührung streifte den Schlaf von ihr ab. Sie blinzelte, als seine Hand von ihrer Hüfte abwärts wanderte, und ein Lächeln stahl sich auf ihr Gesicht, ehe sie es verhindern konnte. Seine Stimme weckte sie. »Was hattest du dort zu suchen?«

Mit einem Ruck wandte sie sich ihm zu. »Ich bin Annas erste Dame. Glaubst du, ich brauche einen Grund?«

Er verdrehte die Augen. »Du warst also zufällig dort.«

»Ich wollte sehen, wer sie ist – und wie; dieses Löwenzahnschirmchen, das der Wind hierhergetragen hat.«

»Im Gegensatz zu einer Pusteblume landet sie an dem Ort, den sie sich wählt. Und weder deine Worte, noch deine Fragen haben sie aufgescheucht, nicht wahr? So war es doch. Und das bringt dich auf.«

Cäcilia musterte ihren Bettgefährten mit zusammengepressten Zähnen unter halbgeschlossenen Lidern. »Wie viele Tage hast du den Reisetrupp der Hardenbergs begleitet?«

Er hauchte ihr einen Kuss auf die Wange und war schon halb aus dem Bett. Auf dem Weg zur Tür schmiss er sich das Hemd über und stopfte es in den Bund. »Wir sehen uns wieder, Cäcilia.« Die Tür, die hinter ihm schloss, schluckte seine Worte.

Cäcilia feuerte ihm das Kissen hinterher und fluchte. Ihre Zehen berührten den Boden, die Muskeln ihrer Schenkel spannten sich und sie glitt zum Tisch neben der Tür. Sie löste die groben Schnüre des stoffumwundenen Pakets, ließ sie zu Boden gleiten. Umsichtig klappte sie das Leinen auf und strich über das, was darunter lag.

Sie schluckte, beschloss zu lächeln und jeden Gedanken an ihn zu verbannen. Ein weiterer Fluch folgte ihm.

Das Tuch fühlte sich vortrefflich an, die Farben fügten sich wie ein Sonnenaufgang an einem Sommermorgen ineinander. Kaum konnte sie es erwarten, das Kleid auf ihrer Haut zu fühlen. Sie hob es vor sich an ihren Körper und prüfte, wie der Stoff fiel, tanzte ein paar Schritte durch den Raum. Zufrieden legte sie es beiseite. Dann begutachtete sie das zweite, befühlte es, nickte. Im Blau dieses Mitternachtshimmels würde Anna wie ein Stern strahlen. Cäcilia faltete es wieder und verstaute es in ihrer Truhe.

Für sie blieb kein Zweifel: Anna würde ihr Geschenk gefallen, und sich ihr, Cäcilia, gegenüber erkenntlich zeigen. Es war, wie es sein sollte. Und für sie, für Cäcilia?

War es ein weiteres Mittel zum Zweck.

Nur diese Agnes ging ihr nicht aus dem Kopf bei all dem. Sie war erst ein paar Stunden am Hofe Ludwigs, und die junge Gräfin aus Hardenberg durchkreuzte schon zu viele ihrer Pläne. Hans zeigte mehr und mehr Interesse an dieser Fremden, und noch immer hielt Ludwig fest an seiner Anordnung der Hochzeit zwischen Mering und Hardenberg.

Ihr blieb nicht mehr viel Zeit, dies zu ändern.

U LRICH †Kapitel 37

BURG FRIEDBERG, ENDE MÄRZ 1268

Ulrich zog die Tür ins Schloss. Beherrscht. So beherrscht wie nur möglich. Seine Faust knallte in die geöffnete Handfläche. Wut tobte durch seine Gedanken und hetzte ihn wie der Jäger seine Beute. Natürlich, beinahe jedes Treffen mit seinem Lehnsherrn endete im Streit. Ulrich stürmte durch den dunklen Gang, wirbelte vorbei an den Holzvertäfelungen.

Der Macht so nahe, was zählt da schon, am Rande des Verrats zu handeln. Seine Schritte polterten weiter. *Und seine Vasallen auszubluten.*

Sturkopf. Die Einzelheiten des Ganges verschluckte bereits die Dunkelheit. Er stolperte beinah. Ein Schatten löste sich vor ihm und verfestigte sich in der Mitte des Flurs. Im nächsten Moment floh seine Überraschung. Wieder einmal kreuzte sie seinen Weg, er wunderte sich, dass er ihr nicht schon früher an diesem Tage begegnet war.

»Cäcilia.« Er deutete eine Verbeugung an. »Werft Ihr Eure Netze in diesen Gängen aus, oder prüft Ihr, welcher Fang darin zappelt?« Sein Lächeln nahm den Worten die Schärfe.

»Nun, wie es aussieht, seid Ihr mir einmal mehr hindurchgeschlüpft«, gab sie zurück. »Wie man hört, trifft Eure Braut schon sehr bald ein, und dann sind meine Chancen wohl endgültig dahin. Mir bräche beinahe das Herz, wenn ich mich erinnern könnte, eines zu haben.«

»Nun, Ihr müsst es so sehen: Nachdem ich auf meiner Burg bereits von Euch berichtet habe als von einer klugen Frau, die ein gutes Herz besitzt, könntet Ihr Eure Maske nicht mehr nutzen. Niemand würde Euch glauben.« Er grinste schief. »Und stellt Euch nur vor, wie sehr Ihr Euch langweilen würdet, ohne die ganzen Machtspielchen an

Ludwigs Hof. Das kann ich Euch wohl kaum zumuten.«

Sie fuhr sich mit der Hand durch das lose gebundene Haar.

»Klug und gutherzig? Ach, Ulrich, ich glaube, Ihr kennt mich wenig, oder Ihr verwechselt mich.«

»Nein, meine Teure.« Ulrich näherte sich ihr und sprach mit gedämpfter Stimme weiter. »Mir ist zu Ohren gekommen, das Ballkleid der Herzogin sei abhanden gekommen. Ein glücklicher Zufall, dass Euer Schneider zwei Kleider in Eurem Auftrag anfertigte und Ihr den Verlust für die Herzogin mildern konntet. Wie man hört, zeigt sich Herzogin Anna überaus erleichtert und dankbar.«

Das Erstaunen in ihrem Gesicht konnte sie nicht verbergen. Cäcilia wich einen Schritt zurück und musterte ihn. »Sogar Ihr habt also davon gehört?« Alle Koketterie war aus ihrer Stimme gewichen. Sie wirkte blasser denn zuvor. »Dann sollte ich wohl beginnen, mir ernsthaft Gedanken zu machen.«

»Ihr meint, weil eine bestimmte Hofdame sehr beleidigt und womöglich sehr nachtragend sein könnte, wenn sie entdeckt, dass Ihr hinter dem verschwundenen Kleid steckt?« So ernst seine Gesichtszüge blieben, so sehr sprach Schalk aus seinen Augen.

»Ulrich!«, mahnte sie. »Wenn selbst Ihr wisst, was ich eingefädelt habe, um bei Anna in gutem Licht zu stehen, dann ist es nur eine Frage der Zeit …«

»Werte Cäcilia«, fiel er ihr ins Wort, »Ihr unterschätzt mich.« Er sah sich um, ehe er fortfuhr. »Plagt Euch nicht zu sehr mit diesen Überlegungen.« Seine Hand berührte ihren Arm. »Ich weiß davon, weil Barthel mir die Ereignisse widergegeben hat. Er wusste zu berichten, dass zwei Hofdamen jeweils zwei Kleider bei einem Schneider in Auftrag gegeben hatten. Das Verschwinden des einen Kleides fand er seltsam, aber mehr Gedanken macht sich unser Kämmerer nicht um die Angelegenheiten der Damen. Ihr kennt ihn doch. Nur die Schadenfreude konnte er sich nicht verkneifen: Diese Afra hatte zuvor so sehr angepriesen, wie zauberhaft das Kleid sein würde, das sie Herzogin Anna schenken wird. Nun kann sie nicht mehr glänzen, stattdessen erntet sie Häme für ihre großen Worte. Barthel kann diese Hofdame nicht leiden.« Ulrich zuckte mit den Schultern. »Für den Rest der Geschichte brauchte ich nicht besonders viel Phantasie. Aber nur, weil ich weiß, was verborgen ist hinter der Maske, die Ihr in Gegenwart der Hofdamen tragt.

Wenn sich die Gelegenheit bietet – weshalb solltet Ihr Euch nicht bei der Herzogin in ein gutes Licht rücken. Und Afra wird Euren Plan nicht durchschauen – jedenfalls glaube ich das nicht. Und selbst wenn, so kann sie Euch nichts nachweisen, nehme ich an. Barthel wird diese Sache vergessen. Was mit dem Gewand geschehen ist, wüsste ich allerdings auch gern.«

Nachdenklich nickte sie bei seiner Erklärung. »Bei manchen Dingen habe auch ich durchaus meine Helfer. Dennoch muss ich mich in Acht nehmen.« Sie drückte sanft seine Hand, bevor sie zu ihrer Leichtigkeit zurückfand. »Zu viel geglückte Spielzüge machen unvorsichtig. Vielleicht brauche ich auch einfach eine neue Herausforderung. Aber Ihr steht ja leider nicht zur Verfügung.

Schade. Der Mann, der Ludwig die Stirn bietet, das wäre in jedem Fall eine würdige Aufgabe.« Sie zwinkerte ihm zu.

»Ihr erinnert mich daran, dass ich dringend an die frische Luft sollte, bevor ich noch einmal zurückgehe und mich zu mehr veranlasst sehe, denn ihm nur die Stirn zu bieten.« Ulrich verzog seine Miene, dann fiel ihm noch etwas ein. »Ich hoffe, Eure Helfer bringen Euch nicht in Gefahr, Cäcilia.«

»Keine Sorge, mein besorgter Graf. Ich weiß, was ich tue und mit wem.« Ihre Stimme klang leise und bestimmt.

»Ich hoffe es.« Er blickte ihr kurz in die Augen, neigte den Kopf, um anschließend seinen Weg mit schnellen Schritten fortzusetzen. »Passt auf Euch auf, sei Gott mit Euch.« Sein Magen knurrte und erinnerte ihn daran, dass er zuletzt in den Morgenstunden etwas Brot und Milch zu sich genommen hatte. Bei der Erinnerung an die krachende Kruste und den goldenen Honig darauf meldete sich sein Magen erneut. Ulrich öffnete die Verbindungstür und erreichte das Torhaus. Er zögerte einen Moment.

Die Brücke streckte sich über den tiefen Graben und verband den Sporn, auf dem die Burg thronte, mit der jungen Stadt Friedberg. Erst vor wenigen Jahren hatte der Herzog den Grundstein gelegt, und aus einer planmäßigen Anlage war die Stadt geboren, deren Befestigungsanlagen sich an die Mauern der Burg anschlossen. Gelegenheit, sich abzulenken, seine Wut auf den Herzog zu vergessen, fand sich dort sicherlich.

Doch Ulrich folgte seinem ersten Impuls und wandte sich nach rechts. Nach dem Durchschreiten des Torhauses und der Torhalle blieben seine Augen einmal mehr am filigranen Kreuzgratgewölbe hängen. Er trat in die Arkaden, die den Hof umspannten, umrankt vom unermüdlichen Efeu, der sich die vielen Stützbalken zu Untertan machte, um auf die Bedachung zu wuchern.

Als er die Gänge verließ, war der Blick frei. Seine Blicke trieben mit den Wolken und flogen mit den Vögeln, die sich hervorwagten und den Himmel eroberten, bevor er die Augen schloss. Er lauschte, hörte das Rauschen und Rascheln der Blätter, hörte, wie der Wind pfiff, gedämpfte Stimmen und das Klappern von Geschirr, das aus dem angrenzenden Trakt drang, irgendwo bellte ein Hund, er vernahm seinen Herzschlag.

Doch all das nur für einen Moment. Das Blut pochte in seinen Ohren. Er schüttelte den Kopf und drehte sich um die eigene Achse. Noch einmal atmete er tief durch und stellte fest – dass nicht nur die Ruhe, sondern auch die Einsamkeit dahin war. Irgendwoher erklangen Schritte.

Kamen sie aus den Arkaden oder von dem Wehrgang, der darüber verlief? Der Widerhall störte. Ein Pfeifen trillerte durch den Gang.

Wer – zum Teufel – ist so fröhlich? Seine Neugier gewann. Zurück unter den nächstgelegenen Bogen des Arkadengangs führte er seine Schritte, wandte den Kopf und versuchte einen Blick zu erhaschen. Nichts. Dann sah er ihn: Ein Schatten bog um die Ecke.

»Gott zum Gruße!« Die Worte hallten in den Arkaden wider und beendeten die Melodie, die Schritte. Etwas schabte über den Boden. Aus dem Schatten trat eine große Gestalt. Ein Mann, dessen Gesicht er noch immer nicht erkennen konnte. Der andere hielt für einen Moment inne, ehe er auf Ulrich zuhielt.

»Ah, Graf Ulrich!« Der Mann nahm den Arkadengang für sich ein, der Meringer runzelte die Stirn. Wo hatte er den Anderen schon einmal gesehen, den Bass schon einmal vernommen? Ihm blieb Gelegenheit nachzudenken.

»Ein schöner Zufall und eine Ehre, Euch hier anzutreffen, Meringer. Wir sind soeben angekommen – früher als geplant. Und nun hoffte ich auf eine Möglichkeit, Herzog Ludwig zu sprechen, bevor sein Fest und die Versammlung beginnen. Wir beziehen unser Gästequartier, und ich nutze den günstigen Umstand, diesem Hühnerstall zu entkommen.« Er lachte. »Ihr könnt Euch nicht vorstellen, wie es da zugeht. Meine Söhne haben ihr Quartier bei den anderen Rittern des Herzogs bezogen und das Feld den Frauen überlassen.«

Ulrich nickte, ohne ein Wort über die Lippen zu bringen. Den anderen störte dies nicht. »Da brauche ich Euch wenigstens keinen Boten senden, um Euch in Kenntnis zu setzen.

Lasst uns heute Abend zusammentreffen! So lernt Ihr Agnes kennen. Was meint Ihr?«

In diesem Moment fiel es Ulrich ein, und noch mehr als bei ihrer ersten Begegnung erkannte er, weshalb Wernher von Hardenberg zu seinem Vermögen gekommen war - das Namensgedächtnis war ebenso überzeugend wie die Vorschläge des Gutsherrn. »Gott zum Gruße, Wernher. Es erfreut meine Seele, dass Ihr aus Hardenbergs heil und wohlbehalten hier eingetroffen sind.

Eine ganze Weile ist vergangen, seit wir uns das letzte Mal gegenüberstanden. Wie war Eure Reise? Wie geht es meiner zukünftigen Braut.«

»Danke. Der Weg beschwerlich, doch kurzweilig. Was haltet Ihr von meinem Vorschlag, teilt Ihr das Mahl mit uns?«, hakte Wernher nach.

»Habt Dank für Eure Einladung.

Auf dem Fest bleibt ohnehin nicht allzu viel Zeit, Agnes

kennenzulernen.

Ludwig hat eine Zusammenkunft seiner Vasallen für den Nachmittag des Festes angesetzt. Die Dauer ist wie immer ungewiss«, erklärte er. »Allerdings nahm ich an, Ihr, als Gäste des Herzogs, speistet mit ihm.«

»Herzog Ludwig folgt heute Abend anderen Verpflichtungen, wie er uns mitteilen ließ. Er stellt uns seinen kleinen Saal zur Verfügung. Wen wir als unseren Gast begrüßen, hat er wohl kaum zu bestimmen«, erklärte der Freiherr von Hardenberg.

Ulrich zog die Augenbrauen nach oben und schmunzelte. »Wenn er wüsste, um wen es sich bei diesem Gast handelt, wäre seine Meinung vielleicht weniger gleichgültig.

Wernher zog die Augenbrauen wissend nach oben und setzte sofort nach: »Hattet Ihr kürzlich eine Eurer Auseinandersetzungen mit ihm?«

Ulrich presste als Antwort die Lippen zusammen und zuckte mit den Schultern. »Wenn Euer Anliegen also nicht allzu dringend ist, Wernher, solltet Ihr vielleicht noch etwas warten, ehe Ihr vor ihn tretet.«

»Nun, wenn dem so ist, so werde ich mein Gesuch noch ein wenig aufschieben«, entschied der Ältere und legte einen Finger ans Kinn. »Nur … Zurück will ich nun auch nicht unbedingt. In unserem Quartier herrschen die Frauen, und ich bin entweder im Weg oder gerate anderweitig zwischen die Fronten. Und bis zum Abend ist es noch eine Weile. Habt Ihr etwas einzuwenden, wenn ich mich Euch anschließe?«, fragte Wernher. »Ich unterrichte Adlhaydt, damit sie Sorge trägt, einen weiteren Gast sattzukriegen.«

298

BEGEGNUNG †Kapitel 38

FRIEDBERG, ENDE MÄRZ 1268

Adlhaydt von Hardenberg eilte durch einen schmalen Gang ein Stück voraus. Agnes zählte die Schritte, die Fenster, die Biegungen und versuchte sich den Weg zu merken. Wieso kannte ihre Mutter sich so gut aus?

»Sobald wir hier fertig sind, werde ich mit dir die Küche aufsuchen.« Bestimmt wandte ihre Mutter sich um. Der Unterton in ihrer Stimme bedeutete, jeder Einwand war sinnlos. »Nachdem der Herzog uns durch seinen Burgpfleger übermitteln ließ, dass es uns an nichts fehlen wird, hoffe ich, dass auch die übrige Dienerschaft Bescheid weiß und sich daran hält.«

Agnes nickte.

»Und dein Vater hat nicht gesagt, um wen es sich bei dem Gast handelt?«, erkundigte sich die Mutter zum wiederholten Mal. Agnes zuckte mit den Schultern. Ihre Gedanken kreisten weniger um die bevorstehenden Stunden, denn um den Ausritt mit ihren Brüdern.

Wer war der Fremde, dem sie begegnet waren? Wenig genug der Worte waren ihm über die Lippen gekommen. Doch Conrad und Georg kannten ihn, ohne große Reden hatten die drei sich verständigt, als hätte es etwas mit ihr zu tun. Und sie hatte gespürt, wie sein Blick auf ihr lag. Gleichzeitig hatte er wahrgenommen, was um ihn geschah. Sein Körper war gespannt, mit der kleinsten seiner Bewegungen lenkte er seinen Grauen und seine Augen – es war, als würden sie verbrennen, worauf sein Blick fiel. *Wer war er?*

Keine Silbe, keinen Mucks, kein Wort über ihn hatte sie ihren Brüdern entlocken können, kein Name, keinen Titel, keinen Ort, von dem er käme. *Wer erwartete ihn in der*

Burg? Die zwei Kindsköpfe ließen sie mit ihrer Neugier und ihren Fragen allein.

Was kümmerte sie der Gast, den ihr Vater eingeladen hatte? Auf Hardenberg war dies nichts Ungewöhnliches, und meistens kündigten sich die Gäste noch nicht einmal an.

»Hat dir dein Vater nichts weiter mitgeteilt über unseren Gast?« Die Stimme ihrer Mutter brachte sie zurück.

»Er erwähnte: Es ist ein alter Bekannter. Und dann hat er gesagt, er würde mit ihm bis zum Abendessen in Friedberg bleiben«, leierte Agnes herunter.

»Ich dachte, dein Vater hat noch etwas mit Herzog Ludwig zu klären", überlegte Adlhaydt laut.

Agnes schürzte die Lippen. »Ich wollte mir ebenso die Stadt ansehen. Vielleicht finde ich noch ein schönes Band für das Fest. Ich bin sicher, Georg und Conrad haben sich zuvor auch bereits nach Friedberg aufgemacht. Hier auf der Burg ist ohnehin alles und jeder mit den Vorbereitungen für das Fest beschäftigt.«

»Agnes, das Abendessen ist deine Aufgabe.

Und wenn wir heute nicht auf den Markt in die Stadt kommen, dann bestimmt morgen.

Achte darauf, dass alles seinen Gang geht. Das bringt dich auf andere Gedanken. Ich kümmere mich um das Übrige.«

Als im Saal alles bereit war, machte sie sich auf den Rückweg zu ihrer Kammer. Viel Zeit blieb ihr nicht, doch wenn sie sich beeilte, konnte sie ihr Gewand wechseln und ihr Haar ordnen.

»Könnt Ihr denn nicht aufpassen?«, fuhr Agnes den Tölpel an, mit dem sie beinahe zusammengestoßen wäre. »Holzkopf! Ihr seht doch, dass ich es eilig habe!« Zu spät hatte sie ihn bemerkt. Die Fenster ließen kaum noch Licht ein, die Fackeln in den Wandhalterungen erhellten den Gang nur mäßig. Er beanspruchte den Flur zur Gänze, und für Agnes blieb kaum eine Möglichkeit auszuweichen, sein Gesicht erkannte sie in dieser Dunkelheit nicht. Ohne seine Antwort abzuwarten, drängte sie sich an ihm vorbei. Irgendetwas an ihm wirkte vertraut, doch ihre Schritte trugen sie davon, statt diesem Beachtung zu schenken. Sie hörte noch, dass er etwas erwiderte. Was es war – der Sinn – entging ihr.

Auf dem Rückweg zu ihrer Kammer überlegte sie noch einmal. Die Tafel war gedeckt. Der Koch, das Gesinde des Herzogs waren wegen des Mahls angewiesen, die Gedecke harrten der Gäste. Lediglich sie selbst fühlte sich noch unvollständig. Ein Schauer überlief ihre Haut, als sie an den Moment dachte, als plötzlich jemand in den Raum getreten war.

Sie gehörte nicht zur Dienerschaft; eine Füchsin, die in den Raum geschlichen kam mit forschenden Augen und lose geflochtenem Feuerhaar. Die Eleganz ihrer Bewegungen hatte Agnes fasziniert, ihre Frisur saß tadellos und ihr Kleid gleichso. Agnes selbst hatte während der Vorbereitungen für das Abendessen mit ihren Fingern ständig an ihrem Zopf gezerrt, einzelne Strähnen gelöst. Ohne Umschweife zielte die Frau mit Fragen auf sie. Das Gespräch war kurz gewesen, doch es brannte noch in Agnes. Und beunruhigte sie. Die zweite Person an diesem Tag, die etwas über sie, die Tochter aus Hardenberg, zu wissen schien, sich selbst aber nicht zu erkennen gab.

Agnes stürmte die Treppe hinauf zu ihrem Quartier und entging knapp dem nächsten Zusammenstoß – mit ihren Eltern.

»Agnes, um Himmels willen. Ist denn etwas passiert?«, erkundigte sich ihre Mutter. »Nein«, keuchte Agnes, »ich werde mich vor dem Abendessen richten und bin gleich wieder im Saal.« Sie schlug die Augen nieder und biss sich in den Mundwinkel. Sie deutete auf das zerknitterte Kleid, das sie trug, zuckte die Schultern und grinste, als sie das Kopfschütteln ihrer Eltern und das Schmunzeln des Vaters sah.

»Agnes, du weißt, eine Dame hätte womöglich derartige Überlegungen früher in Betracht gezogen. Die wenigsten hetzen wie ein Botenjunge durch die Burg." Ihre Mutter bedeutete ihr, dass sie sich beeilen sollte.

»Nun.« Ihr Vater nahm den Arm seiner Frau. »Sie ist bestimmt eine gute Läuferin.«

»Wernher!«

Er sah sie an. »Wenn du ihr jetzt eine Predigt hältst, muss sie am Ende ebenso zum Saal hetzen.« Ihr Vater gestikulierte in ihre Richtung. »Los. Agnes, geh schon! Deine Brüder vertrödeln sicher noch in ihren Quartieren die Zeit. So wir sie treffen, senden wir sie zu dir, und du hast Begleitung auf dem Weg zum Saal.«

Ehe die Tochter aus dem Blickfeld verschwand, richtete Adlhaydt noch einmal das Wort an sie. »Ich nehme an, Clara und Mathild befinden sich bereits dort und sind dir noch ein wenig zur Hand gegangen?«

»Ja, schon seit einer kleinen Weile«, antwortete Agnes, schon halb verschwunden.

»Bist du unserem Gast ebenso begegnet?«, erkundigte sich ihr Vater. »Eigentlich müsstest du ihm beinahe in die Arme gelaufen sein. Er hat sich ein paar Minuten vor uns aufgemacht und ist mittlerweile sicher bereits eingetroffen.«

Agnes spürte Hitze im ganzen Körper, sie lugte wieder um die Ecke. »Also, ich…« Sie suchte nach einer Erklärung. »Ich bin zuvor beinahe mit einem Mann zusammengestoßen …«

Die Antwort ihres Vaters war ein schallendes Lachen und ein verschwörerischer Blick, den er der Mutter zuwarf. Agnes ärgerte sich, ihr Vater wusste mehr als sie und ließ sie dennoch im Dunkeln. »Dann solltest du vielleicht noch mehr auf deine Erscheinung Acht geben!«, riet er ihr. Er griff nach dem Arm seiner Frau und setzte zum Gehen an. »Und beeil dich lieber! Wirklich.«

Agnes rauschte weiter und sandte in ihrer Kammer ein Stoßgebet gen Himmel. Mit Schwung knallte die Tür ins Schloss. Sie warf sich als Kleid ein Waldesgrün mit sonnengelben Stickereien über und bändigte ihr Haar, so gut es ging. Mit dem Handrücken befühlte sie ihre Wangen. Beim Gedanken an den Zusammenstoß mit dem Fremden glühten diese regelrecht.

Ihre Brüder polterten gegen ihre Tür. Hastig strich sie noch einmal ihr Kleid glatt, öffnete mit Schwung. »Da seid ihr!« Anfangs zweifelte sie, ob Georg und Conrad sie überhaupt vernommen hatten. Die beiden sahen sie nicht an, knufften einander stattdessen in die Oberarme und Conrad hielt sich vor Lachen den Bauch über das Ende von Georgs Geschichte. Sie machten kehrt und stiefelten los ohne ein weiteres Wort. Nebeneinander füllten die beiden beinahe vollständig den Flur. Nach wenigen Metern drehten sich beide fast gleichzeitig um und sahen Agnes erwartungsvoll an. »Los, Kleine! Worauf wartest du? Sollen wir dich aus deinem Zimmer heraustragen?«, flachste Conrad.

»Oder braucht die hohe Dame erst eine besondere Einladung?« Georg stieß seinen älteren Bruder in die Seite und wieder prusteten beide los.

»Ihr zwei seid eine Plage. Wisst ihr das?« Agnes seufzte mit all der Erfahrung einer jüngeren Schwester. »In welcher Spelunke habt Ihr Euren Nachmittag verbracht und zu tief ins Glas geschaut?« Sie zog die Tür zu und drängte sich zwischen ihre Brüder, nicht ohne jedem der beiden einen Klaps auf den Hinterkopf zu versetzen. Georg drängte sie beiseite, bei Conrad hakte sie sich unter. »Also? Was in Gottes Namen ist so witzig, dass Ihr nicht mehr geradeaus laufen könnt bei all den Lachanfällen?« Als einzige Antwort warf der schmale Flur ihre Worte zurück, ehe Georg sie von hinten in die Seiten zwackte und ein unfreiwilliges Lachen aus ihr herauskitzelte, bis sie seine Hände abgeschüttelt hatte. Ihr gelang, ihm ein Bein zu stellen und ab dem Moment verwandelte sich der Flur in einen Parcour geschwisterlicher Hindernisse, bis der Weg zum Saal auf wenige Schritte zusammengeschrumpft war und die Tür in Sichtweite kam.

Ihre Kabbeleien ebbten ab, Conrad stoppte vor der Tür und sie fing sich an seinem Rücken ab. Mit dem Nachglühen des Lachens übertrat sie als erste die Türschwelle und erstarrte mit dem Blick auf die Gäste. In ihrer Brust hielt der Flügelschlag kurz inne, um dann mit aller Macht loszuflattern, als wolle er aus dem Käfig ausbrechen. An der Tafel saß jener Gast, der Fremde, um den ihr Vater dieses Geheimnis gestrickt hatte, jener Mann, dem sie vor Kurzem begegnet war.

Wernher von Hardenberg neigte sich diesem flüsternd zu, beide erhoben sich, und sie suchte auf dem Boden den Spalt, in dem sie verschwinden konnte. Den Weg nach hinten versperrte ihr ältester Bruder, der sie nach vorne schob. Dann zog er ihren Körper mit und stellte die Glassäule ihrer Statur an dem Platz ab, der ihr zugedacht war. Ihre Brüder begegneten dem Gast mit einem Gruß unter Vertrauten, wie zwischen alten Freunden, ehe sie ihre Plätze einnahmen.

Agnes verharrte. Die grauen Augen machten sie vergessen zu blinzeln, zu sprechen, zu grüßen. Er hielt ihren Blick. Sie spürte Raureif auf ihrer Haut und die Angst zu zerspringen an dem ersten Wort, das in ihre Richtung zielen würde.

Sein Räuspern zersplitterte ihre Starre. Sie erkannte mit rotglühenden Wangen in ihm den Mann, den sie im Flur angerempelt hatte – und sie erkannte den Fremden, der ihr beim Ausritt mit ihren Brüdern begegnet war. Das Wappen auf seiner Schulter brachte ihr eine weitere Erkenntnis: Sein Schreiben trug sie Tag für Tag bei sich, Nacht für Nacht unter ihrem Kopfkissen.

Sie trug ein Lächeln jedes Mal, wenn sie es las, doch hatte sie ihm nicht darauf geantwortet. Sie schluckte. Die silberne Narbe über dem Schwung seiner Augenbraue zeichnete noch mehr Unergründliches in die Miene. Er ließ sie nicht aus den Augen. Prüfend, wartend. Fragend.

Ihr Vater ergriff seinen Weinkelch und das Wort, sie schrak auf. »Unsere Familien stehen an unterschiedlichen Enden des Herzogtums. Bald schon knüpfen wir ein besonderes Band.« Er wandte sich ihr zu. »Agnes, durch dich verbindet sich unser Hardenberg mit dem ehrenwerten Adelshaus der Welfen.

Der Zufall war heute mit mir, und ich bin Ulrich in den Gängen der Burg begegnet. Agnes' Zukünftiger hat meine Einladung zum Abendessen angenommen. So findet sich bereits vor dem großen Fest des Herzogs eine wunderbare Gelegenheit. Ulrich, Agnes: Ihr seht Euch endlich von Angesicht zu Angesicht. Ich bin mir sicher, Ihr werdet diesen Zufall gut nutzen.« Er strahlte.

»Na«, verlautete es aus Georgs Richtung, »Agnes wird es schon gelingen, ihren Bräutigam noch vor der Hochzeit loszuwerden«, unkte er.

Die Hand der Mutter klatschte auf den Tisch. »Georg.« Er räusperte sich und nuschelte Unverständliches vor sich hin.

Ihr eigener Brief an Ulrich kam Agnes in den Sinn; sie erbleichte. Was war, wenn er glaubte, sie wäre zu vorlaut und widerspenstig oder unhöflich? Wenn er wirklich eine Antwort auf seinen Brief erwartet hatte? Sie schluckte.

»Vielleicht sollten wir Agnes weiter entfernt platzieren. Wer schon nicht mit einer Nadel umgehen kann ...« Was in den Mienen der Eltern und Conrads zu lesen war, ließ Georgs Mund genau noch so weit offen, einen Becher anzusetzen und den Wein seine Kehle hinabzustürzen. Er senkte den Kopf.

Ulrichs Verbeugung verschaffte ihr den Augenblick, die Luft auszuatmen, bis er sie aus ihrer Starre befreit, ihren Arm auf seinen gelegt und an den Tisch geführt hatte. Mundtücher wurden aufgefaltet, Wein floss in Becher, ein Fuß tippte den Takt. Silben verketteten sich zu Worten, Sätzen, einer Unterhaltung schließlich, untermalt von Husten, bis sie im Stande war einen Finger nach dem anderen zu bewegen, zu blinzeln und sich umzusehen.

Ihrem vorlauten Bruder warf sie einen Blick zu und erntete ein Husten, ehe sie wagte, sich Ulrich zuzuwenden. Agnes kaute auf ihrer Unterlippe und sandte ein Stoßgebet gen Himmel, hoffend, er habe das meiste ihres Briefes vergessen. Sie meinte, ein Lächeln in Ulrichs Miene zu erahnen. War es da, oder war es nur das, was sie sehen wollte?

»Tragt auf!« Der Bass des Vaters setzte dem Gedanken ein Ende. Dampf quoll herein zur Tür und zog die würzigen Düfte der Suppe mit sich her. Ihr Magen erinnerte sie an Recht und Pflicht nach einem langen Tag; er forderte Essen ein. Ulrichs Schmunzeln ließ sie noch stärker erröten, wenn auch das Knurren ihres Bauches fast unhörbar blieb im Gegensatz zu Claras Flüchen über die zu heißen Speisen, die ihre Zunge verbrannten.

Brot türmte sich in Schalen auf der Tafel, verströmte seinen Duft und weckte die Vorfreude auf einen Biss hinein. Unter dem Rauschen des Tischgesprächs wanderten Schüsseln mit Gemüse von einem zum nächsten. Immer wieder spürte sie Ulrichs Blick auf sich. Ihre Mutter zerlegte den Braten auf dem Holzbrett, Agnes stach den Spieß durch die Fasern des ersten dampfenden Fleisches, führte den kleinen Block in Richtung Ulrichs Teller und biss sich im letzten Moment auf die Zunge. Den Schrei konnte sie verhindern, das Feuer auf ihren Wangen nicht.

Den Brocken Fleisch ließ dies kalt: An der glatten Klinge rutschte er ab, klatschte auf das Brett vor Ulrich und rollte weiter, munter den Fleischsaft verteilend. Mit den Händen an der Tischkante hielt Ulrich das widerspenstige Stück auf, ohne seine Miene auch nur einen Moment von ihr abzuwenden.

»Testet Ihr meine Geschicklichkeit, um als Euer Gemahl zukünftig bestehen zu können, Agnes?« Ein Lächeln leuchtete zunächst im Gesicht ihres Zukünftigen, und in der silbernen Narbe schimmerte Verwegenheit. Und diese eine Frage gab in ihrem Kopf keine Ruhe: Ob er es immer noch liebte, Streiche auszuhecken und Verrücktheiten anzustellen?

»Oder werft Ihr allen das Essen zu, um die Unterhaltung schneller fortzusetzen?«

Seine Stimme brachte sie zurück, und sie erinnerte sich an den Spieß in der Hand. »Nun«, Agnes stach in die nächste Bratenscheibe, »falls ich Euch einmal davonreiten will, sollte ich wissen, wie flink Ihr seid, meint Ihr nicht?«

»Agnes!« Ihre Mutter klopfte mit den Fingern auf den Tisch, womit sie der übrigen Anwesenden und deren Scherzen wieder gewahr wurde. »Wirst du dich um deine Pflichten kümmern, bitte.«

Agnes räusperte sich und schlug die Augen nieder. »Verzeiht mir, Ulrich.« Zuletzt legte sie ein Stück Fleisch auf den Teller vor sich. Ihr gelang es zu ihrer Erleichterung, die Sauce ausschließlich darüber zu gießen und nach und nach dem Tischgespräch wieder zu folgen.

Ulrich neigte sich zu ihr. Wind und Wald. Frühling und

Frische kletterte ihre Nase empor. »Hat es Euch nun die Sprache verschlagen, oder ist Eure Neugier bereits gestillt? Bei unserer ersten Begegnung wart Ihr weniger zurückhaltend.«

Seine Worte hörte nur sie. Selbst flüsternd wand sich diese weiche Tiefe um seine Stimme. Die Härchen an ihren Armen stellten sich ganz leicht auf, sie glaubte, ihre Wangen müssten einmal mehr das Feuer selbst sein. »Bei unserer ersten Begegnung habt Ihr mich an meine Brüder verwiesen, bei unserer zweiten sprach mein Vater für Euch.« Erst dann fasste sie ihn in ihren Blick. »Ich bin überrascht, dass Ihr mutig genug seid, das Wort direkt an mich zu richten.« Sie meinte zu sehen, wie er stutzte, doch sein Schmunzeln wuchs kurz zu einem Grinsen, und sie spürte, wie sein Blick an ihr hing.

Wie er auf ihre verbundene Hand deutete, spürte sie Wärme – seine Wärme – so nah waren seine Finger ihrem Arm. Neugier kribbelte auf und unter ihrer Haut. Sie zwang ihren Blick weiter auf den Teller vor sich.

»Nun, wenn Ihr selbst derartige Verletzungen davontragt, wie mögen dann erst jene aussehen, die es wagen, Euch die Stirn zu bieten? Ich hoffe auf Euer Verständnis, dass mein Mut mich daher kurzzeitig verlassen hatte.«

Agnes' Kopf ruckte zur Seite, und ein breites Grinsen strahlte sie an, steckte sie an. Sie spürte ihre Mundwinkeln zucken, und verbot sich, dem nachzugeben, lediglich ihre Augenbraue kletterte vorwitzig nach oben. Sie beobachtete, wie von selbst ein weiteres Stück Abstand zwischen seiner Hand und ihrer schwand; sie wagte, seine Augen erneut zu suchen. »Glaubt mir, für den anderen gab es keine Rettung mehr«, warf sie ihm zu – lauter als beabsichtigt.

»Agnes!«, überhörte sie das mahnende Zischen ihrer Mutter. Er hatte sie nicht aus den Augen gelassen, doch der Ausdruck ließ sich nicht deuten, den sein Gesicht nun zeigte. Es schien, als wäre etwas in ihm erloschen, seine Augen wurden dunkel und zogen sie in die Tiefe. Dann widmete er dem Essen seine Aufmerksamkeit.

Stirnrunzelnd hing sie fest. Der Mann, der ihr Ehemann

werden sollte, begegnete ihr nun also zum zweiten – nein: dritten Mal. Er redete das Nötigste, in seinen Augen funkelte Neugier und Schalk, sofern der Wall aus der Stille und Ernsthaftigkeit eine Lücke ließ.

Sie beobachtete ihn, während ihre Hand vorbeikroch am Teller, weiterwandernd zu ihrem Weinbecher. Ihre Fingerspitzen stießen an, der Pokal kippelte. Ein Tropfen zerplatzte auf dem Holz der Tischplatte, ehe sie den Becher zu fassen bekam. Ein anderer Tropfen lief am Rand hinab.

Rotwein. Ihr Kleid. Agnes zuckte. Ihre freie Hand versuchte, den Tropfen aufzufangen. Der Wein schwappte, brach sich an der Innenwand des Trinkgefäßes, dann über den Rand hinaus, sie ruckte die Hand mit dem Becher zur Seite. Zu stark. Der Becher in ihrer Hand schlug gegen den Krug. Ton klirrte. Wasser flutete den Tisch. Alle im Raum verstummten, der Becher aus Ton zerplatzte auf dem Tisch und regnete ein paar seiner Scherben auf den Boden. Der Stuhl scheuerte über den Boden und fiel donnernd. Alle Augenpaare richteten sich auf sie – und auf Ulrich.

»Oh Gott!« Agnes schlug die Hände vor den Mund. »Oh mein Gott!« Sie blickte zu ihrem Zukünftigen auf. »Oh Gott, es tut mir so leid.«

Rot wie Blut drang der Wein ins Surcot, tränkte dies, Wasser tränkte die Hose. Ulrich trat wieder einen Schritt zurück aus der Weinpfütze, riss an dem Mundtuch und drückte es auf die nassen Stellen, fasste nach einem weiteren Tuch vom Tisch und berührte Agnes' Hand. Er wandte ihr sein Gesicht zu, sah sie an mit großen Augen, seine Miene war ernst, doch um seine Mundwinkel zuckte es.

»Oh mein Gott!« Ihr Blick flackerte vom Tisch zu seinem Gesicht, seiner Gewandung und zurück, und sie schüttelte den Kopf. Ehe einer der Anwesenden Worte fand, war sie mit einem Satz an der Tür. Einen letzten Blick warf sie auf ihn, suchte seine Augen und konnte doch nicht deuten, was sie sah. Erst als die Pforte sich hinter ihr Schloss, atmete sie wieder.

»Agnes!« Im Raum hinter ihr verklang ihr Name.

Sie presste ihre Wange gegen die kühle Wand des Flurs

und seufzte, fasste sich mit der Hand an die Stirn und fuhr sich durch ihr Haar. Sie wollte nicht fort von hier, und doch konnte sie nicht zurück. Sie wollte nicht, dass der Abend vorbei war, sie wollte …

Was war nur in sie gefahren? Wie ungeschickt konnte ein Mensch denn sein? Sie barg ihr Gesicht in den Händen und horchte dem Hasenherzschlag in ihrer Brust. Wie konnte sie nur einfach aufstehen und fliehen wie ein hilfloses Kind?

Agnes warf einen Blick zur Tür. Erwartete sie wirklich, dass sich die Tür öffnete und Ulrich heraustrat, ihr folgte? Und wenn er ihr folgte, würde sie mit ihm zurückkehren an die Tafel ihrer Familie?

Sie behielt die Tür im Auge. Unter dem Spalt drang warmes Licht hindurch und die Stimmen ihrer Familie, erst war da Lachen gewesen – sie wusste weshalb -, doch es war milde.

Agnes glaubte, einen Schatten zu sehen, der sich auf der anderen Seite der Tür bewegte. War es ein Knarzen der Türangeln, das sie hörte? Sie bannte ihren Blick auf das Holz, die Muskeln ihres Körpers gespannt und horchte angestrengt auf ein weiteres Geräusch. Nichts geschah, nichts weiter war zu sehen.

Sie konnte nicht sagen, wie viele Augenblicke, Atemzüge, Spannen verstrichen, ehe sie beschloss zu gehen. Einen Fuß setzte sie vor den anderen, immer einen und noch einen, sie horchte, sehnte, blickte zurück.

Hoffte.

Sie schalt sich eine Närrin.

Sie wartete wieder.

Zwang sich zum nächsten Schritt.

Dieser Funke glomm und brannte und biss unter ihrer Haut, der Wunsch, seine Schritte zu hören, ließ sich nicht ersticken.

Immer noch lauschte sie in die Stille.

Nur ihr Herz pochte und polterte, hallte gegen die Flurwände und in ihren Ohren, hallte gegen die Wände in ihrer Kammer. Es betäubte jedes andere Geräusch. Nur nicht das Reißen in ihrer Brust und die Feuerfüßchen, die über ihre Wangen brannten, und die Erinnerung an den Blick in seinen Augen.

GAST †Kapitel 39

BURG FRIEDBERG, ENDE MÄRZ 1268

Adlhaydt von Hardenberg raffte das Mundtuch zusammen. Sie legte es auf den Tisch und schob den Stuhl zurück. Schon hatte Wernher ihren Unterarm gefasst und legte die andere Hand auf die Schulter, ganz leicht deutete er eine Verneinung an. »Lass sie.« So leise die Worte waren, Ulrich hörte sie. Die jungen Herren zogen vor, sich den Speisen auf ihren Tellern zu widmen.

Die Gräfin zog die Augenbrauen nach oben, doch sie verstand und nickte. Sie räusperte sich und bedeutete ihren Söhnen, rotlockigen Mädchen und der Bitterwurzel einer Amme, ihr die übrigen Mundtücher zu reichen und hielt sie schließlich ihm hin.

Ulrichs Mundwinkel bebten, er biss sich auf die Lippen. Tupfend kümmerte er sich um sein fleckiges Gewand. Und dann – erst dann, als das meiste Nass auf die Tücher übergegangen war, prustete er los. Georg war der Erste. Er fiel ein in das Lachen, nach ihm jeder andere am Tisch und selbst die Mundwinkel der Amme wanderten nach oben.

Ulrich war beinah schon an der Tür. »Wohin wollt Ihr?«, schickte ihm Wernher hinterher.

»Ich werde Agnes holen«, erklärte er. »Es ist nichts geschehen. Mein Hemd, meine Hose – beides wird trocknen. Kein Grund, der Tafel fernzubleiben.«

»Viel Glück dabei!« Georg kaute ohne aufzusehen, er spießte das Messer in einen Brocken Fleisch und füllte damit weiter seine Backen.

Der Älteste der Hardenbergs übernahm stattdessen die Erklärung. »Falls Ihr die Wahl hättet, einen störrischen Esel oder unsere Schwester zurückzubringen …«, er kratzte sich am Kinn, »… solltet Ihr Euch für den Esel entscheiden.« Er zuckte mich den Schultern. »Sie ist heute Abend so ziemlich in jedes Näpfchen Fett getappt. Agnes wird eher verhungern, als sich selbst zu verzeihen.«

Georg nickte. »Verhungern wird sie sicher nicht. Sie hat doch ihren Stolz. Den kann sie auch nicht so einfach hinunterschlucken. So ist sie. Ein widerborstiges Weibsbild.« Er spülte mit einem Becher Wein nach. »Aber Ihr habt ja schließlich eingewilligt«, er räusperte sich, »oder Euch dem Befehl des Herzogs gefügt -, sie zur Frau zu nehmen. Da kommt Ihr jetzt nicht mehr raus.« Mit blauen Zähnen grinste ihn sein zukünftiger Schwager an, spießte das nächste Stück Fleisch auf und biss ab. »Bisschen kalt schon.«

Wernher sandte dem jüngeren Sohn einen missbilligenden Blick, dann nickte er Ulrich zu. »Nehmt wieder Platz. Nicht alles Gold der Welt würde sie an die Tafel zurückbringen, nicht Engelszungen und nicht tausend Worte. Sie glaubt, sie hat die Schmach der Welt auf sich geladen und nicht einfach nur ihre Unbeholfenheit unter Beweis gestellt, als sie ihren Bräutigam mit sämtlichen Tischgetränken überschüttet hat.«

»Und ihn mit ihrem vorlauten Mundwerk abgeschreckt«, ergänzte Adlhaydt.

»Das spielt doch keinerlei Rolle«, wiederholte er, schüttelte das Haupt und las in jeder einzelnen Miene am Tisch. »Ein paar Missgeschicke, na und! Und ihr Mundwerk ist mir lieber so«, meinte er. »Besser als ein Wesen ohne einen eigenen Gedanken.«

Die Gräfin runzelte die Stirn. »Vielleicht war ich nicht streng genug zu ihr. Agnes kennt die Schriften der Gelehrten und sie hat gelernt, ihre Ansichten auszudrücken. In Gesellschaften am Hofe wird ein solches Verhalten unter den Damen nicht geduldet, Agnes erschwert sich selbst damit ihren Weg.« Sie winkte ab. »Nun, sie wird es lernen. Wie dem auch sei!

Glaubt mir: Sie schämt sich nun in Grund und Boden, dass all diese Missgeschicke vor Euren Augen geschehen sind. Lasst uns vom Abend genießen, was geblieben ist.«

Ulrich kehrte zurück an die Tafel, seufzte. »Ihr seid ihre Mutter, ihre Familie. Ich bin mir sicher, Ihr kennt sie am besten. So soll es sein.« Er langte nach dem Messer. Und starrte noch eine Weile zur Tür.

Ein wenig dunkler schien ihm der Raum, das Leuchten ihres Wesens im Flur verschwunden.

Die Talglichter in den Wandhalterungen brannten, als wäre nichts geschehen, im Kamin prasselten Flammen, doch ihn überlief ein Frösteln.

Das Essen auf ihrem Teller an dem leeren Platz neben ihm lag dort noch beinahe unberührt, daneben noch die Scherben in einer Pfütze roter, trocknender Flüssigkeit.

Seine Hand führte das Messer, schnitt durch Fleisch, seine Finger brachen Brot, seine Klinge brachte den nächsten Bissen an den Mund und hinein, der Schliff der jahrelangen Übung brachte ihn zurück in die neue Unterhaltung. Die Stimmen Georgs und Conrads, die Stimmen der anderen – sie klangen gedämpft. Ein Teil von ihm fiel ein in die Plauderei, ein Teil seiner Gedanken flog davon – an einen Ort außerhalb dieses Raumes.

Ein süßer Duft verströmte sich im Saal, durch die Tür folgten die Mägde und Küchenjungen und brachten ein Brett mit dampfenden kleinen Küchlein. Die Mitte war ein heller Hauch von Teig, der Rand bauschte sich goldbraun darum.

Seine Zähne zerknirschten den Zucker, halb schmolz die Süße auf seiner Zunge.

Er stellte sich vor, wie Agnes gegen den fluffigen Rand des Gebäcks drückte, sie grinste und leckte den Zucker von ihren Fingern, und statt das Küchlein mit dem Messer zu zerteilen, nahm sie es einfach und biss hinein. Das Bild brachte ihn unwillkürlich zum Lächeln.

LUDWIG †Kapitel 40

BURG FRIEDBERG, ENDE MÄRZ 1268

Ludwig fuhr sich durch den grauen Bart und schmunzelte. Er sog den Duft ein, den die Vorbereitungen durch die Burg schickten, nach Gebratenem und Geräuchertem, nach erhitzter Butter und verdampfendem Wein. Gelächter drang bis zu ihm hoch in den Emporengang über den Arkaden, und beim Blick hinab erkannte er den Grund. Die Pfütze neben der Bühne hatte der Flötenspieler gewählt, um dorthinein zu stolpern. Der Lautenspieler und der Trommler federten von ihrer kleinen Holzbühne herab, streckten dem Kameraden die Hände entgegen und zogen ihn begleitet von Spott hoch, um gemeinsam noch lauter loszuprusten.

Die scheckigen Farben der Gewänder hüpften fast von allein, die Schellen am Gewand des jungen Musikanten erklimperten sich die Aufmerksamkeit der Dienstboten und eintreffenden Festgäste.

Der zweite Flötenspieler sicherte die Flöte seines Kameraden, eine der Musikantinnen bückte sich nach dem Ledersack mit den Instrumenten, ihr blonder Flechtkranz leuchtete in der Morgensonne. Der Bursche klopfte sich ab und beugte sich nach dem Beutel. Seine Wangen glühten. Im Gesicht des dunkelhaarigen, zweiten Mädchens tanzte der Schalk zu den keckernden Lauten, die sie auf der Bühne ihrer Geige entlockte, und die Umstehenden ansteckte, im Takt zu klatschen. Ein Klimpern und sein Salto erlösten den Musikanten von seiner Verlegenheit und überzeugte die feinen Damen und Herren zu einer kleinen Gabe unter dem Applaus aller.

Ludwig trug sein Schmunzeln mit in Barthels Kammer.

»Gott zum Gruße, Herzog.« Ein verschmitztes Funkeln stand in den Augen des alten Burgvogts.

Ludwig nickte. »Gute Arbeit, Kämmerer«, brummte er. »Alles ist da, jeder schafft an seinem Platz. Was hält Euch noch in dieser Kammer?«

»Die letzten Einträge. Dann werde ich mich meiner Gemahlin anschließen.« Barthel vollendete die Zahlenreihe, setzte die Schriftzeichen und blickte auf. Der Stift kam zur Ruhe. »Meine Enkelin begleitet uns auf den Ball. Stellt Euch vor, Herzog, aus meinem kleinen Mädel wird eine Dame.«

»Ihr müsst sie Anna vorstellen. Vielleicht hat sie bei ihren Hofdamen Aufgaben für das Kind.« Ludwig schmunzelte über den Stolz, der auf dem Gesicht des Alten leuchtete. »War sonst noch etwas?«

»Nein, mein Herr. Die Dinge gehen ihren Gang. Der Tag ist zum Feiern und zum Beisammensein, zum Knüpfen von Bündnissen und zum Erneuern von Freundschaften. Selbst die Frühlingssonne vertreibt jeden Schatten. Und wer weiß, vielleicht verschont uns auch der Eurasburger mit seiner Anwesenheit und seinem Ärger.«

Ludwig zupfte sich am Bart. »Glaubt Ihr, er steckt tatsächlich selbst hinter all dem – jetzt auch dem Überfall auf die Burg des Meringers und dem Mord?« Er legte den Kopf schief und murmelte. »Dieses Bürschelein kann sich doch kaum ein Messer leisten. Wie soll er jemanden erstechen?«

»Vor ein paar Tagen hat man ihn in einem Dorf gesehen. Er kam mit verschwollenem Gesicht und blauen Malen. Die Leut' wollt er aufhetzen gegen den Grafen.« Barthel fuhr sich übers Gesicht und klappte sein Buch zu. »Fragt mich, oder nicht. Ich weiß es nicht. Für mich gibt's genug, was mir als Beweis gilt.

In jedem Fall hasst er den Meringer bis aufs Blut.

Weshalb weiß Gott allein. Und falls die Wege der beiden sich kreuzen ...« Der Kämmerer starrte ihn kopfschüttelnd an. »Herzog, glaubt mir, wenn er mir beim Fest unter die Augen kommt – die Wachen schick ich ihm hinter her. Und wenn es nur für eine Nacht ist, aber vielleicht macht Euer Kerker seinen Kopf endlich einmal klar.«

Ludwig räusperte sich. »Sein Vater hatte immerhin

genug Mumm, mich zu verraten. Doch Raub und Mord? Er stand vor mir – vor wenigen Tagen, wie ihr wisst – und kaum ein Wort konnte er an mich richten.«

»Vielleicht hat er nicht den Schneid, Euch die Stirn zu bieten. Doch Reisenden und Bauern ist er überlegen.«

»Vielleicht lässt er auch nur dem Raubritter auf seinen Landen Freiheiten – vielleicht aus dem Grunde, dass er selbst nicht im Stande ist, ihm Herr zu werden.« Ludwig schüttelte den Kopf. Sein Finger zeigte auf den Vogt. »So oder so: Fasst ihn und erteilt ihm eine Lektion, Barthel.«

»Ich spreche mit Hauptmann Gerhart, sobald ich ihn sehe, mein Herzog. Wir nehmen uns dieses Taugenichtses an.«

»Gerhart ist der richtige Mann dafür. Passt auf: Sie sollen kein Aufhebens machen. Fasst ihn besser im Stillen, als inmitten der Meute. Sagt dem Hauptmann das. Ich will kein Gerede. Vor allem nicht auf diesem Fest.

Legt Euer Buch zur Seite, jetzt, und genießt das Fest.«

Der Vogt nickte und verzog die Mundwinkel. Ludwig erkannte das als Lächeln. Er klopfte auf den Tisch, ehe er seinen Diener verließ.

Die Holzverkleidung im Flur warf die Wucht seiner Schritte zurück, die Wände im Saal deren Hall. Auf der Stiege hinter dem Wandteppich verschluckte die Dunkelheit jeden Laut.

Ihm war ein Moment gegönnt. Im Ratssaal wartete bereits Cäcilia. Er beobachtete sie und riet, wie viele Gedanken in ihrem Kopf gegeneinander kämpften. Der Widerstreit zeichnete ihre Stirn, vertrieb die Sinnlichkeit ihrer Lippen. Das Grün ihrer Augen verdunkelte sich, um im nächsten Moment aufzublitzen.

Sie bemerkte ihn und setzte die Maske der Hofdame auf. Er seufzte.

»Ich habe nicht viel Zeit, Cäcilia. Die Gäste treffen ein. Ich muss sie begrüßen zu meinem Fest und die Tafel eröffnen. Ihr solltet längst an der Seite meiner Gattin sein.« Sie nickte. Sie schlug die Augen nieder und richtete jede einzelne der Falten ihres Gewandes. Dann sah sie auf.

»Ihr solltet ein Auge auf den Eurasburger haben.«

»Den Bettelritter?« Ludwig runzelte die Stirn und zog die Augenbrauen hoch. »Ihr habt die vergangenen Wochen das Bett mit ihm geteilt – denkt nicht, mir wäre dies entgangen. Weshalb soll ich nun den Aufseher für diesen spielen?«

»Er hat sich in den Kopf gesetzt, Agnes von Hardenberg zu seiner Frau zu machen.«

»Das ist doch albern. Er ist ihr noch nie begegnet, er kann froh sein, wenn eine Küchenmagd einwilligt, seine Gemahlin zu werden. Außerdem ist die Hardenberg dem Meringer versprochen.«

»Genau aus diesem Grunde will er sie für sich.«

Ludwig schnaubte. »Das ist, als werfe er Kieselsteine in einen Fluss, um diesem eine neue Richtung zu geben. Hört doch auf, Cäcilia!

Seid Ihr eifersüchtig, weil er das Interesse an Euch verliert? Wollt Ihr ihn deshalb aus dem Wege schaffen?«

Sie schüttelte den Kopf. »Lächerlich.«

»Agnes' Bruder war Euch nicht gut genug, Ulrich geht Euch nicht ins Netz und dieser läuft Euch davon.« Ludwig zählte die Finger an seiner erhobenen Hand. »Es scheint, Eure Reize verlieren ihre Wirkung.«

Ihre Lippen wurden schmal, ihre Augen blitzten, die Stimme klang leiser. »Er will aus irgendeinem Grund Rache an dem Meringer, und dieser Agnes ist er sehr wohl bereits begegnet. Er schloss sich ihrer Reisegruppe an und hat sie beobachtet.«

»Agnes Brüder hätten ihn sicherlich erkannt und ihm eine Lektion erteilt.«

»Sie haben ihn nicht bemerkt. Er hat sich offensichtlich gut verborgen, und niemand konnte ahnen, ihn unter den Mitreisenden zu finden.«

Er scheuchte ihre Worte davon. »Wie dem auch sei. Die Hardenberg mag er sich in den Kopf gesetzt haben, doch darin sehe ich keinen Grund …«

»Worin stattdessen?« Sie kniff die Augen zusammen. »Ihr habt die Wachen bereits auf ihn angesetzt, nicht wahr?«

Er verdrehte die Augen. Die Hofdame kannte ihn zu

lange und zu gut. Er musterte sie von den Haarspitzen bis zu den Zehen. Das Grün des Gewandes brachte ihr Feuerhaar zum Leuchten, ihre Lippen schimmerten und ihr Ausschnitt glich frisch gefallenem Schnee. »Glaubt Ihr, er kehrt noch einmal zurück zu Euch?«

»Was?« Sie schnappte nach Luft.

»Glaubt Ihr, es gelingt Euch, ihn festzuhalten, bis die Wachen ihn greifen können?«

»Ihr wollt mich als Köder?

Wie stellt Ihr Euch das vor?« Ihre Augen wirkten riesig. »Er wird sich mir nicht nähern, solange Wachen in meiner Nähe sind, und ohne Wachen bin ich ihm ausgeliefert, wenn er das Spiel durchschaut.« Nach einem Blick auf sein Gesicht fluchte sie. »Ihr habt nicht vor, Waffenträger zu meinem Schutz abzustellen?«

Ludwig trat auf die Hofdame zu. »Mein Befehl lautet, ihn zu fassen ohne großen Aufsehens. Zwischen den Festgästen kann er sich verstecken, doch irgendwann wird er sich verraten.« Er zuckte mit den Schultern. »Entzündet eine Kerze. Stellt sie in Euer Fenster. So schnell als möglich ist Euer Schutz an Eurer Tür.«

»So schnell als möglich? Ludwig, Ihr erinnert Euch meiner Kontakte nach Italien? Ihr wollt mich nicht wirklich einem ungewissen Schicksal ausliefern.«

Er wischte Ihre Worte davon. »Beruhigt Euch. Euch wird schon nichts Schlimmes geschehen.«

Im letzten Moment stoppte er ihre Hand wenige Fingerbreit vor seinem Gesicht.

»Herrgott, wacht doch auf! Eher wird er misstrauisch und Euch angreifen, wenn Ihr ihn abweist.« Ihr solltet ihn nicht spüren lassen, was sich zwischen euch geändert hat.

Sie fletschte die Zähne für einen Moment. »Vielleicht verschont er mich, vielleicht fasst Ihr ihn dadurch.« Cäcilia kniff ihre Augen zusammen und riss sich los von ihm. »Ich weiß, Ihr lasst mir ohnehin keine Wahl.

Falls er mir ein Haar krümmt, vergesst nicht, was ich für Euch tue. Und vergesst meinen Lohn dafür nicht. Ich werde ihn einfordern – von Euch oder auf anderem Wege. Und dieser Weg wird Euch nicht gefallen«, zischte sie.

»Vergesst Ihr nicht, welche Freiheiten Ihr hier genießt.«

»Es gibt genug Fürsten und genug Höfe.«

Ludwig packte ihre Schultern. »Ihr werdet es nicht wagen, Cäcilia, Euch gegen mich zu stellen. Durch meine Hilfe habt Ihr vieles erreicht.«

»Als ich Euren Hof vor sechs Jahren verließ, mag dies so gewesen sein. Ich hatte den Namen meiner Familie und meine Unerfahrenheit. Es gab vielleicht sogar eine Zeit, da war ich verliebt in Euch. Und so war ich dankbar für die Gelegenheit, die sich mir bot: andere Höfe kennenzulernen, Italien zu erleben. Doch in dieser Zeit habt Ihr nichts für mich getan. Und nun nutzt Ihr meine Verbindungen.«

»Überschätzt Euch nicht, Weib!« Er drückte sie von sich. »Geht jetzt. Geht mir aus den Augen!«

HANS †Kapitel 41

Diesmal duckte Hans sich nicht als Schuldner unter Ludwigs vorwurfsvoller Miene und den anklagenden Worten. Er war Teil dieser Versammlung, wenn er auch am Rande stand, wenn er auch versuchte, nicht aufzufallen. Er streifte seine Cotta glatt, richtete den Stehkragen und lächelte über die feine Struktur unter seinen Fingern. Das Leinen war so gearbeitet, dass es glänzte, der Stoff war von einem satten Braun, das ihm erlaubte, sich unter die anderen zu mischen, ohne zuviel Aufmerksamkeit zu erregen. Beinah war er einer von ihnen. Er kaute auf seiner Unterlippe und lauschte und linste auf die Grüppchen, die von der Mitte aus den Saal allmählich füllten. Er entdeckte einen der Brüder Hardenberg, den älteren der beiden in Ludwigs Ritterschar, und ein wenig schneller klopfte sein Herz, und ein wenig mehr duckte er sich. Bislang war es ihm recht gut gelungen, diesen beiden aus dem Wege zu gehen.

Unten in der Burg feierten die Gäste nach dem Mittagsmahl weiter Ludwigs Fest, die Musik klang über den Hof durch die geöffneten Flügeltüren herein und begleitete die Eintreffenden Ratsherren und Vasallen.

Einen weiteren Herrn schwemmte es im Rapsgelb eines Hemdes mit laubfarbenen Mantel durch die Doppeltür, gefolgt von einem Trupp von Neuankömmlingen. Der Edelmann wandte seinen Kopf nach links, nach rechts, nickte einigen erfreut zu und trat schließlich in die Runde eines der Grüppchen. Er sammelte Handschläge wie Anerkennung und Wiedersehensfreude.

Hans versuchte, die Wappen zuzuordnen, die auf Mänteln oder Ärmeln gestickt waren und gab auf. Neben einem der Fenster schlossen sich vier weitere Herren der

Gruppe um den Grauhaarigen und Agnes' Bruder an. Hans hatte sie zusammen gesehen im Tross der Hardenbergs auf ihrem Weg nach Friedberg. Der Graue musste Agnes' Vater sein, vermutete Hans. Sie diskutierten mit dem Meringer. Hans verkniff sich einen Fluch. Das nachtblaue Surcot seines Feindes warf Wellen wie ein unruhiger See. Er deuteten in die Richtung, in der Augsburg lag, und die Männer in der Gruppe lachten. Der Graue stimmte seinem Sohn zu und klopfte dem Meringer auf die Schulter begleitet vom Nicken der anderen Herren. Immer wieder wanderten die Blicke zum noch leeren Podest.

Hans entdeckte den Burgvogt Barthel in der Menge auf der anderen Seite des Saales. »Was will dieser Kammerdiener hier?« Der Alte durfte ihn nicht sehen. Er sank noch mehr in sich zusammen und drehte sich um. Nur wenige Schritte trennten ihn von der Tür, durch die noch immer Herren in farbenfrohen Surcots eintraten.

Die Türangeln knarzten, die Wachen fassten die Portale, die Flügel glitten aufeinander zu. Er stolperte, huschte, krachte beinah gegen das Holz und zog den Stoff seines Surcots gerade noch aus der Tür. Die Waffenträger außerhalb des Saals starrten ihn kopfschüttelnd an und warfen sich Blicke zu. Er hörte, wie die Stimmen hinter der Tür noch leiser wurden. Ruhe kehrte ein, lediglich ein leises Rascheln, ein unterdrücktes Räuspern duldend. Die Wachen verschwanden aus seinem Sichtfeld, je weiter er die Balustrade entlangschritt und je näher er sich an die Fenster zum Saal drängte. Eines der Fenster gewährte ihm das Gefühl, beinah selbst noch im Saal zu weilen.

Die Herren lösten sich aus ihren Runden und wandten sich nach vorn – zur Bühne. Ludwig sprach Worte des Dankes. Ludwig richtete Fragen an seine Vasallen, doch Hans verstand im Gemurmel nicht viel. Er verbarg ein Gähnen hinter seinem Handrücken und überlegte, womit Agnes sich beim Fest die Zeit vertreiben würde. Er räusperte sich und zuckte zusammen. Hans hob den Kopf. Rot schoss in seine Wangen, Blicke brannten auf ihm und jagten ihm Hitze und Kälte zugleich durch den Körper.

»Ein Lauscher?« Der rechte Waffenträger zielte den

Speer in seine Richtung. »Was haben wir denn hier?«

»Ich bin kein Lauscher.«

Der zweite Waffenträger nickte. »Kennen wir dich nicht, verdammter Nichtsnutz? Du bist doch der, der seine Schulden stets zu spät begleicht.«

»Und trotzdem zu oft ein – und ausgeht auf dieser Burg«, bellte der Erste. Der Speer ruckte näher und tiefer in Richtung seiner Mitte.

»Dieser Bettelritter, der den Weibern den Kopf verdreht?« Er stupste den anderen ein weiteres Mal an. »Vielleicht sollten wir ihnen einen Gefallen tun.« Die Spitze stippte gegen Hans' Brouche. »So müssen sie ihre Zeit und ihren Tratsch nicht sinnlosen Dingen widmen.«

Eiserne Pranken zwangen sich um seine Oberarme und zerrten an ihm. Die beiden donnerten die Speere auf den Boden, ihm klangen die Ohren, sie rissen ihn von der Wand und schubsten ihn vorwärts, schleiften ihn über die Planken der Balustrade. Der Stoß traf ihn unvorbereitet, wie das derbe Lachen.

»Taugenichts.«

»Habenichts«, bellten die Wachleute und im Takt dazu donnerte das Holz jeder Stufe, auf die er prallte, bis er stilllag. Der Burghof drehte sich um ihn – schlimmer noch, als er seine Gliedmaßen sortierte und sich aufzurichten versuchte. Und wieder fiel. Er biss die Zähne aufeinander, als könne er das Gelächter der Kerle zermahlen. Kreuzte er anderntags ihren Weg, so schenkten sie einer vorbeifliegenden Mücke mehr Beachtung. Doch heute …

Er rieb seinen Arm und seine Schulter, er wünschte, die Schmerzen wären stärker als die Häme. Hans spuckte aus und schluckte den Geschmack nach Eisen hinunter. Er fluchte und stahl sich mit seiner Pein aus dem Licht der Fackeln in die Schatten der Arkaden. Er drückte mit den Fingern seine Schläfen, verfluchte diesen elendigen Meringer, dem Agnes' Vater Beifall zollte, er vermaledeite diesen räudigen Vogt, der nichts als Lügen in die Welt zu setzen vermochte.

Ausgeschlossen. Ausgestoßen. Erneut. Doch diesmal zum letzten Mal. Er ballte die Faust und schwor. »Der

Teufel soll's vergelten – Ihr sollt lernen mich zu achten.«

Ein Rascheln antwortete ihm aus den abgestorbenen, verwelkten Blättern und Ästen der Efeuranken um die Arkaden, gegen die er sich lehnte. Die Köpfe der Menschen in seiner Nähe drehten sich in seine Richtung, suchten; kurz darauf drehten sich wieder ab. Er fuhr mit den Händen über den neuen Stoff seines Surcots ohne an einem Riss hängenzubleiben. Erst an seinem Arm stolperten sie über Unebenheiten und Schmerzen. Immer mehr Stellen an seinem Körper pulsierten im Takt der Musik immer stärker. Jedes Lachen, das sich in seine Richtung wagte, widerte ihn an.

Das Fest war im Gange. Seinen Gedanken krochen im Kreis. Er seufzte. Die Fackeln erleuchteten den Wehrgang über ihm und verwandelten jeden einzelnen Schatten in Dutzende.

»Hol Euch doch der Teufel!«, zischte er. Seine Augen verengten sich und beobachteten den Innenhof. »Und Euch mit!« Gäste flanierten an den Ranken vorbei. Die Damen übermalten kichernd sein Zischen, bemerkten es noch nicht einmal, ihre Wangen leuchteten selbst im Dämmer rot. Die Heiterkeit in ihren Mienen lachte ihn aus, wie die Absichten, die darin zu lesen waren. Größere Grüppchen und so manches Pärchen tauchten bald nach einem Spaziergang im Burggarten wieder auf, ab und an verlor sich ein Paar zwischen den Arkaden und den Wegen in der Dunkelheit.

Das Räuspern war hinter ihm. Er ruckte um die eigene Achse. Der Schatten schälte sich aus dem dunkel, wuchs zu einem Massiv und trat auf ihn zu. Zwei Schritte, und sie standen Schulter an Schulter. Mit wachsamem Blick sah er an ihm vorbei und stellte fest, dass niemand anderes in ihrer Nähe war.

»Alles bereit, Albrecht?« Seinem Flüstern antwortete ein Grunzen. Hans drückte ihm Münzen in die Hand. »Für später«, sagte er. »In der Stadt. Du kennst den Ort in der Mauer.« Sein Diener neigte den Kopf. Das Veilchen im Gesicht seines Dieners blühte in dunklem Lila um den seltsam flehenden Blick, den er von Albrecht nicht kannte.

Hans bedauerte, das Gedächtnis des Stummen immer wieder durch Derartiges auffrischen zu müssen. Er legte noch einen weiteren Kreuzer in die Hand des Dieners.

»Halte dich bereit, bis ich eintreffe mit ihr. Und gib Acht. Niemand anderes darf dort sein. Du weißt, weshalb.« Wieder wartete er auf das Nicken. »Und was mich betrifft: Schlag nicht zu fest zu, hörst du! Andernfalls ...« Er legte den Kopf schief und schloss die Augen für einen Moment. »Der Plan geht sonst fehl. Aber das weißt du. Ansonsten kannst du tun, was du willst, Albrecht. Doch ein Recht bleibt mir vorbehalten. Hast du mich verstanden?« Hans packte an der Armbeuge zu und zwang Albrecht ihn anzusehen. »Ausschließlich mir. Verstehst du mich?«

Seine Hand krallte sich in den Schritt seines Dieners, als die Erwiderung nicht sofort folgte. »Verstanden?« Hans setzte einen Schlag in den Magen hinterher. Er stieß Albrecht von sich. »Du weißt, was geschieht, wenn du dies missachtest.«

Die Nacht verschluckte die Gestalt samt dessen Wimmern. Hans schüttelte den Kopf und wunderte sich erneut über dessen Verhalten in den letzten Tagen. Noch auf Eurasburg vor zwei Tagen hatte der Stumme jedes Details seines Plans mit einem Kopfschütteln quittiert und mit wirren Gesten. Es war, als wollte er ihm irgendetwas mitteilen. Erst nach der Bekanntschaft mit der Peitsche und seiner Faust hatte Albrecht Einsicht gezeigt.

Das geifernde Lachen seines Vaters klang Hans noch in den Ohren. Der Alte hatte hinter Hans' Rücken von der Türe aus zugesehen und goss seinen Spott auf Albrechts geschundenen Rücken.

»Hörst du Dummkopf endlich auf mich«, bellte sein Vater ihn an. »Ich sag's dir lang genug, wie du mit diesem Stück Dreck umzugehen hast.

Das Gesindel braucht das. Damit es weiß, wer Herr im Hause ist, selbst bei 'nem Hurensohn, wie dir. Es will eine ordentliche Tracht Prügel. Jeder Hund folgt einem Leithund, weil er nicht selbst denken kann. Genauso wie die Weiber. Wie deine Mutter das gebraucht hat.« Er hasste den Alten in dem Moment noch mehr. Er hasste sich. Er spuckte aus.

Ein dumpfer Schlag brachte ihn zurück und zog seinen Blick nach oben zur Galerie über ihm im Burghof. Fackelschein tauchte Agnes' Gesicht in warmes Gold. Sie rieb ihre Hand. Ihr Haar trug sie gesteckt, ein paar Strähnen fielen ihr ins Gesicht. Sie presste die Lippen fest aufeinander. Er konnte das Lächeln nicht bannen, das über sein Gesicht huschen musste. Ihr Ausdruck spiegelte etwas, das er sehr gut kannte. Verärgerung. Was hatte sie aufgebracht?

Er trat ein wenig vor, um sie besser betrachten zu können. Wie sie so dastand. Das Licht schimmerte auf ihrem Dekolleté, und der Trotz in ihrer Miene machte sie noch schöner. Sie war so anders als die Übrigen. Nicht einmal hier trug sie eine Maske. Ungezähmt, ungebeugt. So war sie.

Sie war die Frau, die er wollte. Er wollte die weiche Haut ihrer Schultern, ihres Halses unter seinen Fingern fühlen, er wollte wieder ihren Duft riechen, ihren Atem an seinem Ohr hören. Er spürte das Ziehen in seinen Lenden. Er musste sie besitzen. Er würde sie besitzen. Diesmal würde ihn nichts mehr davon abhalten. Keiner ihrer Brüder würde zwischen ihnen stehen. Und nach dieser Nacht auch niemand anders. Nicht ein Mensch, noch Vermögen.

Eine Weile beobachtete er sie und das Spiel in ihrem Antlitz noch. Mit eisigkalten Fingern fuhr er sich durchs Haar.

Bratenduft stieg ihm in die Nase und rief ihm seinen Hunger ins Gedächtnis. Seine Beine kribbelten. Er rieb seine Oberschenkel, um die Muskeln zu erwärmen, trat ein paar Schritte auf der Stelle, befühlte seinen Gürtel, und was daran befestigt war. Seinen Hunger verdrängte er. Für ihn zählte anderes und das würde er im Ballsaal finden.

DAS FEST †Kapitel 42

Mit der flachen Hand schlug Agnes auf das Geländer. Ihr Blick schweifte hinab mit dem Licht der Fackeln. Paare neigten ihre Köpfe einander zu, aus den efeuumrankten Arkaden huschte das ein ums andere Kichern über den Hof. Gesprächsfetzen trieben mit den Klängen und Weisen der Spielleute aus dem Festsaal hinauf zu ihr, genauso wie das Prosten der Grüppchen, die sich im Hofe abzukühlen suchten und ihre Unterhaltungen mitgebracht hatten. Nach einem Rundgang auf der Balustrade fand sie sich alleine hier oben. Oder beinahe.

»Hier bist du.« Ihre Mutter. »Du hast dir den Logenblick auf das bunte Treiben ergattert.« Agnes deutete ein Nicken an und rang sich ein Lächeln ab.

»Einen ruhigen Platz ebenso. Kaum jemand scheint zu wissen, dass es eine Treppe gibt, die hierher nach oben führt.«

»Das ist auch gut so.«

»Sieh doch, wie viele Gäste gekommen sind, ihre Kleider und wie prachtvoll alles geschmückt ist.« Ihre Mutter legte ihr die Hand auf die Schulter.

»Ja, es fällt kaum auf, dass Vater und Conrad seit Stunden fehlen, von …« Sie unterbrach sich selbst mitten im Satz.

Ihre Mutter schmunzelte, Agnes fluchte innerlich. »Von deinem Verlobten gar nicht erst zu reden, meintest du?«

Sie ließ sich einen Moment Zeit, ihre Finger trommelten auf dem Holzgeländer. »… von einem Nachmittag in unterhaltsamer Gesellschaft ganz zu schweigen.

»Agnes!«, tadelte die Mutter. »Wenn du verbergen möchtest, dass du dich über die Abwesenheit deines Verlobten ärgerst, dann solltest du lernen, besser zu lügen.«

Die Tochter wandte sich zur Seite. Die Gräfin von Hardenberg tippte ihrer Tochter ans Kinn, so dass sich Agnes' Mund wieder schloss, ehe sie fortfuhr. »Auch mir gegenüber. Du weißt nie, wer am Hofe, in deiner Nähe ist und mithört.«

»Georg scheint dies kaum zu stören«, versuchte Agnes, sich herauszureden.

Ihre Mutter zwinkerte ihr zu. »Mh, Georg, ja, mein Kind, das stimmt. Doch Georg ist schon lange genug an Ludwigs Hof. Ich glaube kaum, dass Geschichten über ihn die Aufmerksamkeit derart anziehen. Im Gegensatz zu einer Person, die noch unbekannt ist.«

»Diese elenden Tratsch-Weiber. Weshalb muss ich Zeit mit ihnen verschwenden? Georg kann sich verabschieden, wann immer er will.«

»Ja, er schien unserer Gesellschaft sehr schnell überdrüssig – oder der vielen Gesellschaft, die sich unserer annahm«, überlegte sie laut. »Die Stühle waren noch nicht kalt, nachdem dein Vater, Conrad und Graf Ulrich zur Versammlung gerufen worden waren. Die Meute ist immer auf der Jagd.«

»… nach Klatsch und Tratsch«, ergänzte Agnes.

»Ach, und wie jedes einzelne Huhn in diesem Haufen vorgibt unsere Familie zu kennen. Dabei würden sie selbst einen Teil ihrer Federn opfern, nur um herauszufinden, wer du bist, und weshalb der Herzog ausgerechnet dich mit Ulrich vermählen will«, bemerkte Adlhaydt.

»Ein toter Bräutigam ist kein guter Grund für eine weitere Ehe, meinst du, Mutter?«

»Vielleicht vermuten sie, der Herzog stehe in unserer Schuld – oder Ulrich selbst. Und nun ist die Zeit, diese Schuld zu begleichen.«

»Als vermuteten sie ein Geheimnis dahinter, das nun endlich ans Licht gezerrt werden muss.« Agnes winkte ab. »Ob mit oder ohne Grund – an der Hochzeit würde sich nichts ändern.« Sie runzelte die Stirn, als ihr etwas einfiel. »Sofern Ulrich nicht …« Sie verschluckte den Rest der Worte und wünschte sich zurück nach Hardenberg, als sie an die Runde dachte, in der sie zuvor gesessen hatte: Die

Gesichter blickten einander so freundlich an wie klebriger Zuckerguss auf einer Zwiebel, und kaum verließ eine der Damen den Kreis, war ihr Name bereits der nächste, der sich am Pranger der Gerüchte fand. Nur eine im Saal drängte ihr keine überzuckerten Höflichkeiten auf. Noch nicht einmal in ihre Nähe kam sie, im Gegensatz zum gestrigen Nachmittag. Die Dame mit dem Kranz aus Feuer um ihr Haupt.

»Agnes?«

Sie drehte sich ihrer Mutter zu und schüttelte den Kopf. »Das bedeutet gleichfalls, dass es keinem bisher gelang, auch nur ein Sterbenswörtchen darüber in Erfahrung zu bringen.« Agnes sprach mit fester Stimme.

Die Gräfin von Hardenberg zog ihre Augenbraue hoch und musterte ihre Tochter eine Weile. Dann nickte sie. »Ja, du hast recht. Ulrich hat sich diesen Ränken entziehen können.«

Eine Zeitlang genossen Mutter und Tochter schweigend den Blick auf das bunte Treiben und die Kühle, die die Stunden in der stickigen Luft von der Haut wischte. Ein Windstoß befreite die Nase vom Geruchsgemisch aus Zwiebeln, über offenem Feuer Geröstetem und zu vielen schwitzenden, essenden Menschen. Agnes spürte den Arm der Mutter um ihre Schultern.

»Es wird bestimmt nicht mehr lange dauern. Dann schließen sich dein Vater und die anderen wieder unserer Gesellschaft an. Lass uns zurückkehren in den Saal. Das Fest, den Tanz und die Freuden solltest du dir nicht entgehen lassen. Und, wer weiß, vielleicht ist dein ritterlicher Bruder immerhin für ein Tänzchen zu gebrauchen. Was meinst du?«

Sie nagte an ihrer Unterlippe. »Ich habe den Raum entdeckt, in dem sie sich beraten. Ich verstand ihre Worte selbst bei geschlossener Tür. Mutter, ich denke, mit einem baldigen Ende dieser Zusammenkunft ist ohnehin nicht zu rechnen.« Agnes wand sich aus der Umarmung. »Mutter, das Abendessen … wie furchtbar. Jeder hat über mich gelacht. Ich habe es noch im Flur gehört. Ulrich muss glauben, ich sei eine Zumutung. Doch wie soll er jemals anderes denken, wenn er nicht einmal hier ist?« Sie löste sich von ihrer Mutter und hob ihre Hände. »Es ist zu spät. Vertan, vergeben, vergeudet… Verdammt.«

Sie fand sich in der Milde des Mitgefühls ihrer Mutter. Ihr Lächeln wurde schief. »Zuwenigst hat er ein Andenken von mir. Der Wein dürfte sich eine Weile in seinem Hemd halten.«

»Ach, Agnes …«

Sie schüttelte den Kopf und hielt ihre Arme abwehrend vor die Brust. »Nein, Mutter, ist schon gut. Ich weiß es ja selbst. Nur …« Sie suchte einen Moment nach Worten. »Ich …« Sie zögerte. Ihr Blick schweifte über den erleuchteten Rund des Innenhofs, verweilte kurz an den Efeuranken und verlor sich in der Weite des Himmels. Erst nach einigen tiefen Atemzügen sah sie ihre Mutter wieder an. »Es fehlt etwas.« Ihre Stimme war nur Hauch. »Etwas, das in seinen Augen war – das dort leuchtete, als wir uns zum ersten Mal begegnet waren; etwas, das in seinem Lächeln lag, etwas, das mehr gewesen war. Und ich habe es verjagt«, seufzte sie. »Zerbrochen. Wer will schon eine Gemahlin an seiner Seite, die noch nicht einmal ein Mahl zu meistern weiß.« Sie drehte sich um. »Da war mehr. Hätte mehr sein können. Und ich habe es zerstört.«

»Ach, Agnes, sei nicht so streng mit dir. Es wird sich eine Gelegenheit finden …«, begann ihre Mutter.

»Eine Gelegenheit«, erwiderte Agnes, »das ist nicht genug. Ich glaube nicht, dass sich einfach nur fügt, was füreinander bestimmt ist. Und: Wäre es nicht schrecklich, wenn wir alles nur dem Glück überließen und dem Zufall?

Aber für mich ist es zu spät. Ich habe meine Möglichkeit vertan.«

Sie konnte die Miene in der Nacht nicht erkennen. Die Mutter legte ihren Arm auf ihren, und lenkte ihre Schritte in Richtung der fröhlichen Klänge. »Freilich, was geschehen ist, lässt sich nicht neu schreiben.

Doch seit wann gibst du alles so schnell verloren. Ich bin sicher. Es ist mehr Grund zur Hoffnung, als du glaubst.«

»Hoffnung«, schnaubte sie. Agnes schickte ein Stoßgebet zum Himmel und hielt mit der Hand gegen ihre

Brust, als könnte sie den Schmerz in ihrem Herzen einfach wegdrücken, bis sie den Saal erreichten.

Wärme kam ihnen entgegen; sie und die Melodien lockten zum Tanz, als sie die Flügeltüren durchschritten. Die Gäste flanierten dem Lockruf der munteren Weisen folgend. Im Licht hunderter Kerzen erstrahlte der Saal. Georg prostete lachend auf der gegenüberliegenden Seite des Saals anderen jungen Edelmännern und Rittern zu und seine Stimme klang deutlich bis an die Eingangstür. Ihr Blick hing eine Weile an der Gruppe, ehe sie ihn mühevoll losriss und zur Gruppe der Hofdamen schwenkte, die nach wie vor am Tischplatz der Hardenbergs verharrten.

Agnes spürte, wie ihre Mutter ihre Hand ein wenig fester drückte. Im nächsten Moment umschwirrte der Plausch und der Tratsch der Hofdamen die beiden. Agnes' Blick flog weiter durch den Saal zu Herzogin Anna und deren Vertrauten in Kleidern nach neuester Mode, in einem Überfluss an wunderschönen Stoffen. Sie bemerkte kaum, dass die Stimmen der übrigen Damen verebbten.

»Edle Dame, erlaubt Ihr mir, Euch zum Tanz zu führen?«

Agnes spürte ein Kribbeln entlang ihrer Wirbelsäule. Er wiederholte seine Frage, und diesmal erkannte sie die Stimme. Sie drehte sich um.

Hinter sich vernahm sie die Worte der Hofdamen, die ihrer Mutter zuflüsterten.

»Lasst Eure Tochter nicht aus den Augen, Gräfin.«

»Ihr habt recht, Dame Margaret, dieser Mensch ist mir nicht geheuer.«

Das Flüstern schürte Agnes' Trotz. Sie versuchte, die Worte zu überhören. Das Licht der Fackeln blendete, sie erahnte nur den Umriss des Mannes, der vor ihr stand. Im nächsten Moment trat dieser einen Schritt Richtung Tanzfläche und kreuzte ihren Weg.

»Obgleich er unsere Reisegesellschaft begleitet hat«, war die Stimme ihrer Mutter wieder in ihrem Ohr.

»Er hat Euren Tross begleitet? Weshalb«, fragte Eine.

»Für Reisende ist dies üblich.«

»Er ist kein Reisender.«

330

»Er hat sich nur für ein paar Tage angeschlossen«, hörte Agnes. Ihrem aufgeschreckten Blick und dem Erröten begegnete ein Paar beobachtender, kastanienbrauner Augen. Sie wünschte sich die Augen meergrau. Sie wünschte, Ulrich würde sie zum Tanz fordern. Das Kribbeln zupfte an ihren Fingerspitzen und für einen kurzen Moment fühlte es sich an wie das Brennen, als ihre Hand zu nah an Elsbeths Kochfeuer geraten war.

Die Mutter räusperte sich, ihre Worte wurden leiser. »Wie meint Ihr das: Wäre …« Agnes verstand nur Brocken. »… so hätte Ludwig … Kein Herrscher duldet … – und nicht an seinem Hofe, bei seinem Fest.«

»Ihr tut gut daran, nicht … «, mischte sich eine weitere Hofdame etwas lauter ein. »Allerhand Unbill … Es gibt da ein Gerücht, …«

»Bislang konnt es keiner beweisen. Das Volk … der Herzog hält seine Hand über ihn. Und keiner kennt den Grund. Und jetzt führt er Eure Agnes zum Tanze.«

Der Tänzer zog an Agnes' Arm. »Ihr wollt mir doch die Gunst nicht verwehren? Es würde mir das Herz brechen, Eure Schönheit zu erblicken, ohne mit Euch getanzt zu haben.«

Sie stemmte sich gegen den Boden. »Hört doch auf!«, zischte sie. »Bricht Euer Herz wohl, weil ein Tanz verwehrt wird?

Ich erinnere mich an Eure Worte bei unserer letzten Begegnung. Sie brachten Euch tiefes Blau um Eure Augen.«

Die Musikanten stimmten ein neues Lied an, lauter, schneller und brandeten über die Unterhaltung ihrer Mutter und der Hofdamen hinweg. Agnes entzog ihm ihren Arm. »Wulf. Mein Bräutigam ist bald zurück. Wir haben einmal einen schönen Abend geteilt. Lasst diesen Abend Teil einer schönen Erinnerung sein. Im Saal finden sich unzählige Schönheiten, schaut euch doch nur um – überall rosige Wangen, und das Leuchten in den Augen.

Beginnt einen neuen Tanz und lasst das Geschehene ruhen.«

»Ein Tanz, Agnes – nur ein Tanz. Verwehrt mir nicht

diesen einen Wunsch.« Zwischen ihr und dem Reigen bunter Kleider und lachender Gesichter bezog er Posten. Seine Schultern schirmten ihren Blick und das Wappen darauf lenkten ihre Gedanken ab.

Sie kramte durch die Erinnerungsstücke ihres Gedächtnisses. Sie spürte die verdrehten Strähnen ihres Zopfes in ihrer Kinderhand, sah die Seiten eines vergilbten Wälzers vor sich auf dem Holztisch, den Zeigestab ihres Lehrers, der auf die Wappen tippte, immer lauter und schneller, bis sie das richtige Adelshaus nannte.

Sein Wappen hatte sie schon einmal gesehen. Sie war sicher: Das Bild war nicht in dem alten Buch gewesen.

»Ist Euch nicht wohl, Agnes?« Seine Stimme holte sie aus den Überlegungen zurück. Er beugte sich zu ihr, bis sich seine Wärme aufdrängte. Sie wollte zu Georg, wollte weg aus der Nähe dieses Menschen und entdeckte ihren Bruder in einer Ecke mit anderen Rittern. Im Gehen fing sie den Ausdruck auf der Miene dieser Hofdame auf, Cäcilia. Agnes wusste ihn nicht zu deuten, ebenso wenig wie das eigenartige Gefühl, das in ihr erwachte. Und ehe sie sich wehren konnte, packte er ihre Hand. Er riss sie mit im Takt der Musik und zwängte sie zwischen die Paare. Sie glitten über die Tanzfläche, drehten sich, entfernten sich voneinander, nur um im nächsten Moment wieder zusammenzufinden, und ohne ihr eine Tür zur Flucht zu lassen. Seine Bewegungen ahnten die Melodie voraus, sein Arm führte sie sicher, ihrem Blick wich er aus. Irgendetwas machte sie frösteln trotz der Hitze im Saal.

»Agnes.« Er sprach sie an, sie verschloss ihre Ohren. Die Töne der Kapelle hetzten einander, seine weiteren Worte gingen unter in der Musik und dem Applaus der Tänzer. Sie spürte seinen Griff und ein Schieben gegen ihre Hüfte. Sträubend stoppten ihre Beine, doch er griff ihre Hand fest und schob sie weiter. Kurz bevor sie den Ausgang erreichten, legte er seine Hand an ihren Rücken und lenkte sie durch die Tür. Aus den Spalten von Holzblöcken tanzte das Feuer und blakte und wärmte jene Grüppchen, die sich darum versammelten und tratschten. Vorbei daran und an den Flanierenden leitete er sie, seine Hand fest an ihrer

Hüfte.

Am Rand des Burghofs riss sich Agnes frei. »Was erlaubt …«

»Verzeiht mir!«, fiel er ihr ins Wort.

»Die Arme verschränkt, trat sie mehrere Schritte von ihm zurück, bis sie eines der Arkadenkapitelle in ihrem Rücken spürte. Im Gegenlicht tanzten Funkenkobolde in seinen Haarspitzen, nachtschwarzer Morast war der Grund unter seinen Sohlen. »Erklärt Euch!« Ihr Fuß tippte einen Takt gegen die Musik, die aus dem Saal drang.

»Auf dem Weg nach Friedberg habt Ihr Euch in Geheimnisse gehüllt, habt mir Zeit gestohlen. Was wollt Ihr nun?« Ihr Tonfall hackte auf ihn ein und vertrieb die Restwärme, die von den Fackeln und Feuerhölzern im Hof abstrahlte. »Wir kehren jetzt zurück in den Saal. Frische Luft hatte ich genug.« Sie erinnerte sich widerwillig an die Einkehr im Wirtshaus auf ihrer Reise.

»Keine Sorge.« Er bot ihr seinen Arm, sie übersah ihn. Er ergriff ihre Hand und platzierte sie darauf. Rot glühte der Abdruck ihrer Hand auf seiner Gesichtshälfte, Köpfe wandten sich in ihre Richtung, Tuscheln brandete auf. Ein Schnappen. Er blinzelte und blieb unfähig zu verbergen, wie er dieser Überraschung Herr wurde.

»Was fällt Euch ein?«, schnappte sie. »Höflichkeit ist nicht Eure Stärke; das habt Ihr bereits unter Beweis gestellt. Doch dies …«

Er rieb sich mit der Hand die Wange, mit der anderen den Nacken, ließ sie nicht aus den Augen. Bis sein Ausdruck sich veränderte. »Verzeiht!« Er schrumpfte ein wenig. »Bitte …« Sein Fuß schabte über den Boden, löste die Erde, als wolle seine Stimme sich unter den Krümeln verstecken und er sich mit dazu. »Seht darüber hinweg, vergesst mein Benehmen! Ich weiß, es war falsch. Hört mich an. Bitte, Agnes.«

Ihre Miene verwandelte sich zu Stein, und sie drehte sich zur Seite. Wieder fasste er ihren Arm. »Bitte, es ist wirklich wichtig.« Erneut zog er sie mit sich, versuchte es.

»Hört auf«, zischte sie. »Antwortet – oder führt mich zurück!« Er klappte den Mund zu einer Antwort auf, doch diesmal war sie es, die ihm zuvorkam. »Es genügt ein Wort, und hier finden sich genug Waffenträger ein, die mich sicher in den Saal bringen werden, und Euch an einen anderen Ort.«

Wieder veränderte sich seine Miene, er näherte sich ihr, und an ihrem Ohr spürte sie die Wärme seines Atems, was sie zurückzucken ließ. »Weshalb sprecht Ihr es nicht, dieses Wort?« Er wartete einen Moment. »Liegt es an Eurer Neugier?«

Sie presste die Lippen zusammen und presste die Worte durch Zahnreihen. »Ich will Euren Namen. Nennt ihn! Euren wahren Namen.«

Er trat einen Schritt zurück und sah ihr ins Gesicht. »Das sollte ich«, murmelte er, dann lauter: »Mein Name ist Hans von Eurasburg. Zu Euren Diensten.« Die Verbeugung folgte.

»Nun denn, Hans von Eurasburg, bringt mich jetzt zurück zum Saal. Erhitzt von unserem Tanz holen wir uns den sicheren Tod«, sagte sie mit dem Lächeln überreifer Früchten und einem Ton, der diese gefrieren ließ. Sie schritt los.

»Wartet!« Er knüpfte jede Silbe zu einem Band, bei dem ungewiss war, ob es sie zurückhalten konnte, oder ob es riss. »Ich wollte Euer Gehör erlangen – und dies aus ganz und gar selbstsüchtigem Grund.«

»Ihr werdet nicht hoffen, dass Ihr mich milde stimmt.«

»Hört mich an!«, bat er.

»Ich hörte genug!«

Erneut stand er in ihrem Weg, räuspernd. »Ich brachte in Erfahrung, wer Ihr seid. Schon auf unserer gemeinsamen Reise hierher habe ich mich darum bemüht. Ich hörte, dass das Haus Hardenberg sich besonders auf Pferde versteht.«

Die Efeuranken raschelten mit dem nächsten Luftzug, den die Nacht sandte und der an den Gewandungen der Umstehenden zerrte. Agnes schnaubte. »Nun, ich sehe nicht, womit dies erklärt, dass Ihr mich aus dem Saal führen musstet. Stellt meine Geduld nicht länger auf die Probe. Tragt Euer Anliegen vor oder lasst es. Ich bin Eure Ausflüchte leid.«

Ohne weitere Erklärung legte er seinen Arm um ihre Taille und drehte sie mit sanfter Gewalt in die Richtung, die entgegengesetzt zum Saal lag. Der Widerhall der Ohrfeige unterstrich, was sie davon hielt. Mittlerweile gafften mehr der Umstehenden in ihre Richtung. »Was fällt Euch ein?«, schnappte sie.

»Bitte, Agnes«, flehte er, »ich bin verzweifelt. Ich brauche Eure Hilfe. Mein Pferd lahmt, seit ich hier angekommen bin, es ist das Kostbarste, was ich besitze. Keiner konnte mir einen Grund dafür nennen. Es ist bei mir, seit es ein Fohlen war, kümmerte mich stets darum, pflegte es, ritt es ein, und nun weiß ich nicht, was ich tun soll. Ich will es nicht verlieren und weiß mir nicht zu helfen.« Er ging auf die Knie vor ihr ungeachtet ihrer Reaktion. »Bitte helft mir. Ich weiß, dass Ihr mich und meine Sorge versteht.«

Sie konnte förmlich spüren, wie Fangnetze von Blicken auf sie zuschossen. Hastig packte sie den Bittsteller am Arm und zerrte ihn wieder hoch.

»Gut«, stieß Agnes zwischen zusammengepressten Zähnen hervor, »steht auf. Ich werde mir Euer Pferd ansehen«, ergab sie sich. »Und dann werdet Ihr mich in Ruhe lassen. Ihr solltet Euch darüber im Klaren sein, dass ich im flackernden Licht dieser Fackeln nicht besonders viel erkennen kann. Zu dieser Stunde werde ich kaum eine große Hilfe sein.«

»Meine Dankbarkeit ist Euch gewiss, allein weil Ihr es versucht«, beteuerte Hans von Eurasburg. »Begleitet mich zu den Ställen.«

Auf ihrem Weg bemerkte sie Geräusche auf dem Arkadengang: Metallenes Klappern, Schritte, laute Stimmen tönten von dort. Sie blieb stehen. »Die Versammlung ist beendet! Lasst uns morgen bei Tageslicht nach Eurem verletzten Tier sehen. Ich muss zurück in den Saal. Bestimmt wundert sich meine Mutter über meinen Verbleib. Ihr hört doch, dass die Vasallen zurückkehren; sicher auch mein Vater und mein Verlobter.«

»Bitte, Agnes, Ihr gabt mir Euer Wort.«

Der Nachtwind zerrte an ihr, fraß an ihren Knöcheln und

trieb ihre Röcke in Richtung der Ställe auf. Sie seufzte und blickte zurück auf die Prozession der Rückkehrer. Sie zögerte und kaute auf ihrer Unterlippe. »Dann eilen wir uns.«

Bevor er ihr die Eingangstür aufhielt, griff er die Fackel von der Außenwand und zerleuchtete die Dunkelheit. Das Licht reichte gerade, um den Boden vor dem nächsten Schritt zu erkennen.

Agnes schaute auf, die Frage nach der zweiten Fackel starb auf ihren Lippen. Sie sah den Schatten aus ihrem Augenwinkel huschen, vernahm den Hieb, das Dumpfe. Sie schnellte um die eigene Achse. Hans von Eurasburg sackte in sich zusammen, die Fackel fiel aus seiner Hand. Ihr Begleiter lag im Stroh, nichts an ihm bewegte sich mehr. Der Schatten drehte sich von Hans zu ihr. Sie schluckte. Sie war allein – allein mit ihm und mit der Fackel, die über den Boden kegelte. Brennend. Sie haschte danach, versuchte, das Feuer zu fassen. Die ersten Funken sprangen ins Stroh, dann gelang ihr, das Feuer zu zertreten. Sie richtete sich auf. Wie die Flammen erloschen waren, erstickte im nächsten Moment ihre Erleichterung darüber. Sie hatte getan, was ihr den einzigen Ausweg aus dem Stall versperrte.

Ein Berg blockierte nun die Tür. Sie hastete rückwärts, doch der Schmerz hielt sie an Ort und Stelle. Agnes schrie. Der Ruck an ihren Haaren jagte noch mehr Pein durch ihren Körper und löste beinah das Haar von ihrem Kopf. Ein Schraubstock quetschte sich um ihren Nacken; packte, zwang, drückte sie, bis sie sich beugte.

Ihr Blick verklebte sich am schmutzigen Boden, ihre Finger zupften an ihrem Gewand, als ob sich daraus etwas formen ließe, was ihr zur Flucht verhülfe. Dann war der Schmerz in ihrer Hand, an ihrem Kinn; die Fackel fort.

Er riss ihren Kopf in seine Richtung.

Ein Schrei gellte durch den Stall. Ihrer. Seine Pranke krachte gegen ihr Gesicht. Sie wartete darauf, ob ihr Kopf mit dem nächsten Schlag zerbarst. Der zweite Hieb presste die Luft aus ihrer Lunge. Sie fühlte Nass an ihrem Mund und schob die Hände vors Gesicht. Warmes, Klebriges war unter ihren Fingern, etwas, das sich den Weg über ihr Kinn suchte. Ein weiterer Stoß. Sie prallte gegen die Verschläge, sie biss sich auf den Mund.

Er grunzte.

Sie sah das Grinsen in der Fratze, sah den Blick in seinen Augen.

»Lass mich vorbei.« Ihre Augen funkelten.

Der nächste Treffer schickte sie zu Boden.

DER WEG ZURÜCK †Kapitel 43

BURG FRIEDBERG, ENDE MÄRZ 1268

Wernher und Conrad begleiteten ihn zum Saal. Am Abend zuvor hatten sie gespeist, gescherzt, selbst nachdem Agnes geflohen war. Die Erinnerung schenkte ihm ein Lächeln und vertrieb die Kopfschmerzen, die ihn während der Versammlung befallen hatten. Er war neugierig auf den heutigen Abend und darauf, was geschehen würde. Er würde sie zum Tanz führen und das Mahl mit ihr teilen - diesmal wirklich und ohne Zwischenfälle, so hoffte er. Er freute sich darauf.

Aus dem Saal drangen Stimmen und Musik, drang Hitze. Agnes entdeckte er nicht an dem Tisch der Hardenbergs. Sein Blick schweifte weiter durch den Saal. Etwas fehlte. Sie. Er erspähte sie nicht. Ein kühler Hauch streifte ihn.

Er vermisste jenes Feuer, dem Agnes selbst ein wenig glich; ihre Flamme tanzte zwischen Schalk und Ernsthaftigkeit, zwischen ihrem wachen Verstand und dem Käfig der Verhaltensweisen, die einer Frau ihres Standes angemessen waren.

Feuer brannte in ihr, war ihr Wesen. Nicht das zerstörerische, tödliche, verzehrende Feuer. Sie war vielmehr jene Hitze, die durch und durch ging, ohne zu versengen. Und zugleich war sie etwas anderes. Sie war Wasser – zuerst nur der winzige Tropfen, der schüchtern seinen Weg suchte, ehe er sich in einen Strom verwandelte; der fortriss, was seinen Weg versperrte.

Ehe Ulrich zusammen mit Wernher seinen Platz im Saal wieder erreichte, rauschte die Gräfin von Hardenberg auf sie zu. Georg, in ihrem Schatten, hatte Mühe, Schritt zu halten. Die Diskussion der beiden war nicht zu überhören.

»Bislang konnte ihm noch niemand nachweisen, dass er tatsächlich der ist, für den sie ihn halten. Und solange ihn keiner mit völliger Sicherheit erkennt, wird Ludwig nichts gegen ihn unternehmen.«

Adlhaydts Wangen glühten. »Das kann doch nicht sein.«

»Es gibt da etwas«, fing Georg an. Beide kamen zum Stehen. »Vater, Ihr müsstet wissen, was damals geschehen ist. Oder du, Ulrich.«

Wernher schüttelte den Kopf. »Worum geht es hier? Ihr beide hetzt durch den Saal, als müsstet ihr ein Feuer löschen.«

Ulrich zuckte zusammen und warf einen Seitenblick auf Agnes' Vater. »Wo ist Agnes?« Seine Frage schnitt durch das Geplapper. Er musterte die Gesichter um ihn, dann wieder den Saal.

»Agnes ist verschwunden.« Aus Adlhaydts Miene war jegliche Farbe gewichen.

Wernher schüttelte verständnislos den Kopf. »Wie …?«

»Agnes war zum Tanz gefordert«, begann Adlhaydt. Der Klang ihrer Stimme verursachte Ulrich Gänsehaut.

»Von einem Edelmann.« Die Gräfin von Hardenberg sah verzweifelt aus. »Einem, der unseren Zug nach Friedberg sogar eine Weile begleitet hat.«

»Und?« Ulrich verstand nicht, worauf sie hinauswollte. »Ich dachte, Agnes liebt den Tanz.«

»Mutter meinte, ich soll sie holen.«

»Ich hatte sie nicht aus den Augen gelassen – nur für diesen einen Moment.« Die Gräfin tippte mit ihrem Fuß schneller als die Musik auf den Boden. »Die Hofdamen erzählten von einer alten Familiengeschichte, einer Fehde zwischen dem Hause der Wittelsbacher, der Eurasburger und Mering.« Ihr Blick kettete sich an seine Augen.

»Was hat dies mit Agnes zu tun?«, wollte er wissen. Adlhaydts blasse Miene brachte ihn zum Schweigen. Die Narbe auf seiner Stirn brannte mit einem mal.

»Ich hörte auch aus den Gesprächen, ein Aufwiegler stiftet Unruhe in den Grafschaften und beim einfachen Volk, er versucht, es gegen seine Herren aufzubringen.« Sie schnaubte. »Ich hörte, der Aufwiegler sei jener, der sich unserem Tross nach Friedberg anschloss. Ich hörte den Namen eines Hans von Eurasburg.«

Ulrich runzelte die Stirn und schüttelte den Kopf.

»Worauf …«

»Er war es, der Agnes zum Tanz gefordert hat.«

Ulrich fühlte sein Herz gefrieren, ein Gebirge füllte seinen Magen. »Nicht …« Sein Blick schnellte zu Georg, dann zu Conrad. »Wie …«

Agnes mittlerer Bruder zog die Schultern ein und schüttelte den Kopf. Ratlos drehte er die Handflächen nach oben. »Ich habe ihn nicht erkannt, Ulrich. So oft er auch ein und aus ging am Hofe Ludwigs.«

»Wir beide haben ihn nicht erkannt, Ulrich.« Conrad trat einen Schritt näher. Noch ein wenig mehr schirmte er die kleine Gruppe ab von den übrigen Gästen, die sich vorbei an ihnen drängten und zwischen den Tischreihen zur Tanzfläche schoben oder davon weg.

»Wer würde denn vermuten, kurz vor Friedberg einen Reisenden seinen Gefährten zu nennen, der keine Reise tut?« Georg knüllte den Saum des Hemdes in der Faust.

»Er hat sie zum Tanz geholt? Eurasburg?« Ulrich blickte von einem zum anderen. Alles in seinem Inneren verwandelte sich in Nacht, die in den Saal auszufransen schien.

»Hans von Eurasburg.« Bitterkeit fräste sich mit den Kanten jedes einzelnen Buchstabens unter die Haut der Anwesenden. »Ist es ihm nun endlich gelungen, sein Unheil hierherzutragen – auf diese Burg, zu meiner Familie.« Sein Blick glitt in die Ferne, und seine Miene bebte, wie in dem Moment, wenn die Klinge des Schwertes die Haut ritzt, ehe der nächste Stich folgt.

»Es ist also wie befürchtet?« Adlhaydt rang nach Atem und wischte sich über die Augen. »Schlimm.« Sie stemmte die Hände in ihre Hüften. »Ulrich: Was tun wir am besten? Sie muss hier sein. Hier in der Nähe. Auf der Burg. Wir werden nicht ruhen, bis wir sie finden – ich nicht.«

Agnes Vater legte seiner Gemahlin den Arm um die Schulter.

»Wir finden sie.« Ulrich beschwor die Umstehenden. »Georg, Wernher: Ihr sucht im Burghof und auf der Brücke, ich in den Arkadengängen. Dame Adlhaydt, Ihr sucht mit Conrad im Saal und im Burghof.«

Der Nachtwind trieb die Wolken davon, und Mond sandte sein Licht in den Hof. Georg sprang die Stufen hinauf, der Graf von Hardenberg verschwand im Torgang, Ulrich erforschte die Gänge, die den Hof einfassten. Umrisse zeichneten die Nacht, Fackelschein leuchtete in die Mienen, Gesichter zersplitterten in Fragmente, von denen keines passte und jedes einzelne den Stachel der Enttäuschung tiefer in ihn trieb.

DER STALL †Kapitel 44

BURG FRIEDBERG, ENDE MÄRZ 1268

Blut rann über ihr Kinn, Tränen über ihre Wangen, ihre Augen brannten, als sie hochsah zu ihm. Der Boden unter ihrem Rücken war kalt und matschig. Das Stroh klebte an ihren Fingern, wenn ihre Hand versuchte mehr Halt zu fassen. Angst jagte ihren Herzschlag. Er hatte eine Fackel entzündet, doch sie wusste nicht wann. Sie gewahrte, wie seine Mundwinkel sich nach oben schoben.

Sie hatte ihn schon einmal gesehen, zuvor auf dem Burghof. Sie war sicher, er war dort gewesen. Er hatte im Halbschatten gewartet und hatte immer wieder zu ihr geblickt und zu diesem jämmerlichen Hans. Die Erinnerung an diese Blicke widerte sie an. Er hatte ihre Bewegungen aufgesaugt und ihren Weg, sie war sicher.

Er rieb sich über den Mund. Sie schob sich fort von ihm und warf einen Blick zur Tür. Nichts konnte sie dort erkennen, noch nicht einmal den Schemen ihres bewusstlosen Begleiters ausmachen. Den Ausdruck auf der Miene ihres Peinigers dagegen ahnte sie wohl. Ein Grauen kroch in ihre Gliedmaßen, und noch einmal suchte sie den Eurasburger in der Dunkelheit zu entdecken. Der andere grinste mehr und mehr, als sie sich auf dem Boden wand.

Er wartete zwischen ihr und dem Licht und der Pforte, die in die Freiheit führte.

Dumpf und leise war das Geräusch. Sie zuckte und erntete ein weiteres Grinsen. Sie hatte das Ende des Ganges erreicht. Sie steckte fest zwischen altem Stroh und den Launen und Plänen dieses dunklen Knechts. Sie schauderte. Ihre Angst wuchs, seine Vorfreude fraß sich satt daran.

Er näherte sich. Ein Knarzen lenkte ihn ab. Sein Blick glitt Richtung Stalltür über seine Schulter. In der Dunkelheit hinter ihm konnte sie immer noch nichts erahnen, keine Regung. Der Dunkle entblößte seine

Zahnlücken noch weiter, als sie sich vom Boden hochschob an der Wand. Sie suchte in Richtung der Tür die Füße zu den Schritten, die sie zu hören glaubte.

Ihre Gedanken drehten sich im Kreis. War der Eurasburger immer noch bewusstlos? Wo war er? Weshalb konnte er sie nicht retten? Verdammt nochmal! Weshalb hatte sie sich auf diese dämliche Bitte eingelassen? Ihre Wangen glühten aus Wut auf sich selbst, ein Schauer lief über ihren Rücken. Agnes zitterte vor dem nächsten Hieb. Wenn er sie ebenso bewusstlos schlug wie den Eurasburger, war sie ihm ausgeliefert - mit allem, was er vor hatte. Vollkommen. Sie musterte sein Gesicht und beobachtete jede Bewegung.

Sie riss die Hände hoch. Halme, Kiesel, Sand, Staub flogen durch die Luft, sie trat zu, so fest sie konnte, trat ein zweites Mal und jubelte über seinen Schmerzenslaut. Agnes nutzte den Moment. Sie zwängte sich vorbei und rannte los. Sie kam nicht weit. Der nächste Schlag traf ihren Rücken und presste alle Luft aus ihren Lungen, ihre Beine versagten den Dienst. Sie fiel und hörte einen Laut, der nicht von ihr stammte. Oder vielleicht doch.

Sie zögerte einen Lidschlag, sog Luft in ihre Lungen. Dann trat sie nochmal zu. Ihr war gleichgültig, was sie traf. Er jaulte und gleich nochmal. Der massige Körper ruckte, er klappte zur Seite. Schnell rollte sich Agnes weg und kam auf die Füße. Der dunkle Knecht krümmte sich auf dem Gang.

An die Wand gedrängt, zitterte sie sich an ihm vorbei, wich seinen tretenden Beinen aus. Zehn Schritte bis zur Tür. Sie lief los, rutschte. Ein Ruck riss an ihr und ließ sie stolpern, der Stoff ihres Kleides knarzte. Sie taumelte, zerrte, riss an dem Stoff, bis er sie freigab.

Keinen Lidschlag verschwendete sie für einen Blick zurück. Sie wollte nicht wissen, wie nah er ihr war. Sie beachtete nicht die Hand in ihrem Rücken, das Schnauben in ihrem Nacken, ein Zerren an den Fetzen ihres Kleides. Sie wollte zur Tür. Nur zur Tür und schon hielt sie den Griff in der Hand. Die Kanten gruben sich in ihre Handflächen. Sie drückte und schob. Keinen Deut gab die

Tür nach. Sie biss sich auf die Lippen, trat gegen die Bohlen. Ihre Blicke hetzten entlang der Tür und des Rahmens. Sie tastete sich einen Schritt zurück, dann schlug sie die Hand vor den Mund.

Noch einmal presste Agnes mit all ihrer Kraft gegen das Holz. Sie hörte Schritte, hörte das grunzende Lachen hinter sich. Sie zählte, wartete. Sie drehte sich nicht um. Sie blinzelte. Schon schnellte ihr Haupt nach hinten, dann ihr Körper.

Er hatte sie. Seine Pfoten betatschten ihren Körper und drückten sie gegen seine stinkende Wärme. Über ihre Haut prickelten tausend Ameisen mit jedem Atemzug, den er in ihren Nacken blies. Ihr Ellbogen rammte gegen weiches Fleisch, und sein Japsen war Genugtuung. Noch einmal holte sie aus, doch seine Pranke schleuderte sie davon. Agnes riss die Arme hoch, ehe die Tür gegen sie knallte, und schrie. »Was …«

Er schubste sie zurück in die Dunkelheit der Stallungen. Dann schlug er zu. Sterne ersetzten den Stall um sie, ihr Kopf drehte sich. Ihre Ohren waren wie taub, bis der Geschmack des Blutes in ihrem Mund sie wieder weckte.

Er kniete über ihr, zerrte, bis sie so lag, wie es ihm passte. Der Schmerz pochte in ihrem Kinn, als er daran riss und ihren Kopf anhob. Die scharfe, glatte Klinge eines Dolches spiegelte das Flackern der Fackel.

Grunzend versetzte er ihrem Kopf den Stoß. Sie schrie, bekam den nächsten Schlag, schnappte nach Luft. Er knurrte.

Die Klinge streifte über die Haut an ihrem Ausschnitt. Der Stoff ächzte, der Zierknopf sprang ab. »Bitte, lasst mich gehen!« Ihre Brust hob sich schneller, wie bei einem Vögelchen, das keinen Ausweg mehr aus seinem Käfig findet. Der nächste Knopf platzte ab. Sein Atem wurde lauter, ihr Blick wurde leer, glitt an ihm vorbei und ihr Gesicht erstarrte zu einer Maske.

Er zuckte mit den Schultern und sprengte einen weiteren Knopf ab. Sie blinzelte, drehte den Kopf zur Seite. Sein Hieb ließ Sterne in ihrem Sichtfeld bersten und Donner in ihrem Schädel. Das Rauschen in ihren Ohren übertönte alles. Sie schnappte nach Luft.

Holz krachte gegen Holz, ein Donner ließ sein Hecheln verstummen. Lichtschein zappelte über das zertretene Stroh, sie wandte sich um. Die Nacht warf einen schwarzen Schatten in den Stall. Die Fackel in seiner Hand blendete ihre Augen. Ihr Peiniger starrte mit offenem Mund von ihr zu dem Flackern, das durch den Türbogen drang. Er sprang auf.

»Was ist hier los?«, bellte der Schatten. Die Flammen knisterten und verzerrten die Stimme. Dem Grunzen des dunklen Knechtes antwortete ein Fluch. Die Hand mit der Fackel schoss nach oben, dann sauste sie herab. Ihr Retter war mit einem Satz über dem anderen. Hieb für Hieb drosch er auf ihn ein, Feuerfunken zischten. Der Stoß in die Seite entrang dem Knecht einen Schmerzenslaut und brachte ihn ins Taumeln, doch er fiel nicht. Er warf sich gegen den Schatten und holte aus, der Haken saß. Eine raue Umarmung band die beiden aneinander mit jedem Aufprall gegen die Wände des Stalls und gegen die Verschläge.

Ihr Peiniger schlug seine Zähne in den Oberarm des Schattens und riss seine Hand frei. Mit einem Schlag schickte er den Retter zu Boden, ein weiterer Tritt hielt ihn dort und verschaffte dem Knecht die Gelegenheit, die sie nicht bekommen hatte. Er floh in die Nacht, verschwand in der Dunkelheit.

ENDE DER NACHT †Kapitel 45

BURG FRIEDBERG, ENDE MÄRZ 1268

Ihr Retter kam fluchend auf die Beine. Sein Fuß drosch gegen die Wand. »Vergebens«, murmelte er. »Die Gelegenheit – vertan.« Sie erkannte seine Stimme und erbleichte. Ausgerechnet er hatte sie gefunden. Hier.

Sie wagte nicht, sich zu bewegen, nur ihr Körper stellte sein Zittern nicht ein. Sie sah an sich hinab: Die Risse hielten ihr Kleid zusammen, Strohhalme lugten überall hervor. Sie drückte sich noch dichter an die Wand und knetete die Hände. Er sollte wieder gehen. Sie betete, hoffte, flehte, wagte den Blick in seine Richtung und erschrak. Sie hielt den Atem an.

Er bückte sich nach der Fackel und entzündete sie erneut.

Sie schlug die Augen nieder und hoffte. Sie stierte auf den Boden, sandte ihren Blick durch den Stall, dann nickte sie. Agnes straffte die Schultern, schob ihr Kinn vor. Noch bevor sie ihn ansah, bemerkte sie seinen Blick, fühlte, dass seine Augen auf ihr ruhten. Sie schauderte, und der Schauer stellte jedes Härchen einzeln auf.

Ein kalter Hauch stob ihm voraus, dann war er bei ihr, und sie hörte – sie spürte, wie er vor ihr stand, wie warm sein Atem war. Sie schloss die Augen. Die Wärme seines Körpers strahlte zu ihr. Sein Atmen war ein sanfter Flügelschlag an ihrer Wange. Die Zeit stand still.

Er stand vor ihr. Stand einfach da.

Sie schluckte, und Hitze rötete ihre Wangen. Ihre Haut kribbelte, wenn er seinen Schwerpunkt verlagerte und die Holzbohlen und das Stroh unter seinen Füßen deswegen knirschten. Sie zitterte bei der Folge der Schläge, die sein Herz unabänderlich tat, bis sie ihre Hand ballte und das Blut in ihren Ohren über alles andere hinwegrauschte.

»Ich habe …« Sie schluckte, senkte das Haupt. Sie hasste sich für das Flüstern, das von ihrer Stimme blieb.

»Ich kann …« Sie blinzelte und strich mit dem Handrücken das Feuchte auf ihrer Wange davon.

Er sprach nicht, hob nur ihr Kinn. Seine Augen forschten in ihrem Blick und gaben sie nicht frei, nicht einmal als er ihre Hand ertastete und einen kleinen Schritt zurücktrat. »Es ist nicht deine Schuld.«

In seinem Gesicht stand Besorgnis, ihr Blut rauschte schneller, ihr Blick verhärtete. »Wie kann es nicht meine Schuld sein?« Sie entzog ihm ihre Hand. »Ein Fremder bittet mich um Hilfe, ein Lügner, und noch nicht einmal ein wenig bin ich misstrauisch. Wie – sagt es mir – wie soll dies denn nicht meine Schuld sein?« Sie keifte ihn an und hob die Fäuste vor ihre Brust.

Er wartete, bis sie den Blick abwandte. »Helfen zu wollen, ist keine Schande.« Sanft und langsam griffen seine Hände nach den ihren. Er öffnete ihr die Fäuste und führte ihre Arme wieder nach unten. »Agnes.« Er flüsterte ihren Namen in ihr Haar. Es fühlte sich warm an. Es fühlte sich besorgt an und gleichzeitig nach etwas anderem. Etwas, das sie nicht benennen konnte.

»Es ist gut jetzt. Ich bin bei dir.«

Seine Wärme wärmte sie, ihr Zittern legte sich. Sie hob die Augen. »Du bist meinetwegen hier.« Sie nahm jede Linie seiner Miene auf, jede Wimper. Ihre Schultern sanken herab, sie atmete aus. Sie erlaubte sich die Augen zu schließen.

Agnes lehnte sich gegen ihn, fand sich gehalten, fühlte die Hitze noch mehr und die Konturen seines Oberkörpers. Binnen Lidschlägen benetzten ihre Tränen sein Hemd. Sie atmete seinen Herzschlag, bebte mit seinem Puls, glühte mit seinem Atem und seiner Wärme.

»Agnes«, wiederholte er lediglich. Ihre Blicke erforschten sein Gesicht, als wäre es das erste Mal. Weder fand sie Mitleid noch Abscheu. Agnes schloss ihre Lider. Sie versiegelte ihr Denken gegen ihre Furcht und die Schrecken, die vor Kurzem nach ihr gegriffen hatten. Sie drängte die Angst.

Seine Lippen berührten ihre Stirn, und ihr Körper schob sich näher an ihn. Seine Wange scheuerte ein wenig an ihrer Haut. Sie rieb ihre Wange gegen seine Rauheit, atmete den Duft von Sommer und spürte seine Hände als Halt. Jeder Finger zündete ein kleines Feuer durch den Stoff ihres Kleides, bis sich seine Hitze über den Winkel ihrer Lippen hauchte. Ihr Herzschlag füllte ihre Brust, wanderte zu ihren Fingerspitzen, eroberte ihr Denken. Die Flammen loderten auf ihrer Haut. Sie spürte, wie sich seine Wimpern senkten, seine Lippen bebten. Ein Feuerfunke fiel in sie, sprang durch ihren Körper, entzündete sich in dieser Dunkelheit in ihr.

Zerbrechlichkeit berührte ihre Lippen. Ein Anderer, Fremder, Vertrauter. Er setzte sie in Brand, mehr noch, als er sich entzog.

Erneut fanden ihre Lippen sich, suchten, schmeckten, tranken Süße und Bitterkeit. Ihre Hände folgten, und im nächsten Moment straffte sich sein Körper. Sie zuckte zurück. Was sie in seinem Gesicht las, verstand sie nicht. Sie schob ihre Hände zwischen sich und ihn, versuchte, sich zu lösen. Sie wollte ihn nicht halten, wenn sie nicht die war, die er wollte.

Er zog sie wieder an sich. Sein Blick suchte ihre Augen und fand ihre Seele. Ein Nicken war das Einzige, wozu sie im Stande war. Erneut umfing sie seine Nähe, und in seiner unendlichen Umarmung wünschte sie, die Nacht möge niemals enden.

Der Dämmer zog den dunklen Vorhang zurück, das erste Licht des Morgens tastete nach den Spitzen ihrer Zehen. Agnes zitterte in der Morgenluft und spürte, wie er sich regte. Sie schlang sich um ihn, drängte sich ihm entgegen, sie blinzelte unter schlafschweren Lidern. Der Hauch seiner Bewegung zog sie noch mehr an.

»Ich glaube, du solltest zurück.« Er flüsterte.

»Ich will bleiben.« Agnes fasste seine Hand, ihre Finger verschränkten sich mit seinen.

»Sie werden sich sorgen, wenn sie dich nicht in der Kammer finden«, erinnerte Ulrich sie. »Vermutlich nicht erst dann.« Er fuhr mit der Hand über sein Gesicht. »Vermutlich liegt eine durchwachte Nacht hinter ihnen. Schließlich wissen sie noch immer nicht, dass du bei mir bist.«

»Wir hätten ihnen Bescheid geben müssen.«

Agnes richtete sich auf. »Oh, mein Gott! Du hast recht.« Sie blinzelte schneller, ihr Blick huschte durch die Stallung, sie wurde bleich, die Erinnerungen an die vergangene Nacht flammten auf und brannten ihr mit aller Scham auf den Wangen. »Wie soll ich ihnen all das erklären?« Sie nestelte an ihrem Gewand, versuchte, mit den Fingern ihr Haar zu kämmen. Ihr Blick wanderte, und mit einem Mal durchlebte sie erneut den Schrecken. Sie zitterte stark.

Ulrich zog sie zurück in seine Arme, hielt sie geborgen. »Agnes, vielleicht denken sie auch einfach nur, du wärst zurückgekehrt in deine Kammer. Nichts weiter. Vielleicht hat es niemand bemerkt.«

»Nein, Ulrich. So einfach wird es nicht sein«, widersprach sie und richtete sich erneut auf. »Du bist ebenfalls nicht zu ihnen zurückgekehrt. Ihre Suche hielt sicherlich die ganze Nacht an. Ohne Erfolg«, erinnerte sie ihn. Er versiegelte ihre Lippen mit einem Kuss. Auf ihrem Gesicht blitzte ein Lächeln auf – bis der nächste Wimpernschlag die Angst zurückbrachte. »Sicherlich haben sie die Suche nicht einfach eingestellt. Vermutlich ist die ganze Burg in Aufruhr.« Sie schlug die Hand vor den Mund. »Oh Gott!

Und vergiss nicht: Ich teile mein Zimmer mit meiner Amme und Mathild. Meine Eltern haben die beiden sicher gebeten, dass sie eine Nachricht erhielten, sollte ich in die Kammer zurückkehren.« Agnes zauste ihre Haare. »Was soll ich ihnen nur sagen? Ich kann ihnen keinesfalls berichten, wo ich war. Sie steinigen mich.«

»Hätten sie ihre Suche fortgeführt, so wären sie sicherlich irgendwann auch hier bei den Stallungen vorbeigekommen.« Ulrich bemühte sich, ihre Bedenken zu zerstreuen. »Soll ich mit dir kommen? Lass uns gemeinsam darlegen, was geschehen ist.«

»Nein«, schoss das Wort aus ihrem Mund. »Auf keinen Fall.

Wie sollen wir denn die vergangenen Stunden erklären? Selbst wenn wir einander versprochen sind, noch verbindet uns nicht der Segen der Kirche.«

Sein Blick verweilte auf ihr, er schüttelte sein Haupt.

»Ungern lasse ich dich alleine gehen. Die vergangene Nacht hat alles verändert.« Seine Stirn furchten Falten, seine Augen blickten grimmig. Er suchte ihren Blick, bevor er sich erhob. Er streckte ihr seine Hand entgegen, half ihr auf. »Du hast recht. Deine Ehre steht auf dem Spiel, ebenso wie meine. Begleite ich dich, wirft dies Fragen auf, unangenehme Fragen. Womöglich ist dies mit weitaus unangenehmeren Folgen verbunden, als die Vorwürfe, die deine Eltern dir entgegenhalten werden. Selbst wenn das bedeutet, dass ich dich alleine gehen lassen muss.« Sanft nahm er sie in die Arme und küsste ihren Haaransatz. »Nun denn, meine Liebe, wie soll unsere Geschichte lauten?«

Sie öffnete die Tür und schenkte ihm ihr Lächeln. Dann schlüpfte sie hinaus.

Der Wind zerrte an ihr, ihre Hand lag noch auf dem Türgriff, ein Teil ihrer selbst blieb dahinter zurück; ein Teil, den sie schon nach den ersten Schritten vermisste. Sie spürte den Hauch seiner Lippen auf ihren, den letzten Kuss.

Sie zögerte, zauderte, drehte auf dem Fußballen noch einmal um und entschied sich schließlich für die Vernunft. Sie huschte über den Weg im Licht des fahlen Morgens. Frost hatte die Burg umfangen, die Bäume, die Mauern geeist und alle Farben gestohlen. Grau knirschte unter ihren Füßen und belagerte alles. Ihre Hände röteten sich, doch sie spürte keine Kälte.

Ihre Gedanken stoben vor ihr her, eilten der Begegnung mit ihren Eltern entgegen. Verwandelte die Angst um die Tochter sich in Wut? Sie hielt inne und trat von einem Bein auf das andere, dann ging sie weiter. Der Weg zog sich noch ein Stück.

Sie blinzelte die Feuchtigkeit aus ihren Augen. Der Wind, die Ungewissheit, die Dinge, die letzte Nacht geschehen waren, der, den sie vermisste, schnürte ihr die Kehle zu. Sie schluckte. Was blieb ihr, als schlicht einen Fuß vor den anderen zu setzen?

✝

BURGVOGT †Kapitel 46

BURG FRIEDBERG, ENDE MÄRZ 1268

Hans rempelte gegen den Arm. Er schubste den Tölpel mit dessen weibischer Gugel beiseite. Aus dem Augenwinkel sah er, wie die Dame daneben strauchelte. Sie fiel. Er hetzte weiter, zwängte sich an den nächsten Spaziergängern vorbei, und wer vor dem Poltern seiner Schritte nicht auswich, dem half sein Ellbogen auf die Sprünge. Die Torhalle war gefüllt mit Unterhaltungen und dem Echo der Worte. Er ließ sie hinter sich und schenkte den Einzelnen keine Beachtung. Niemand fand sich zu dieser Stunde auf der Brücke, und in seinen Ohren war der einzelne Klang seiner Schritte wohltuender als die Musik. Seine Hand klatschte gegen den Brückenpfeiler am Ende und er gönnte sich ein kleines Lächeln. Nach der Erniedrigung durch den Burgvogt hatte sich das Blatt für ihn gewendet. Jeder Stein in seinem Plan fiel an die richtige Stelle. Jetzt musste er nur noch ein wenig warten.

Hans drängte sich neben dem Pfosten vorbei am Gestrüpp und trat auf den Pfad. Sträucher warfen ihre Zweige in seinen Weg, Farne wucherten über die Kieselsteine, Brennnesseln rafften jeden Fingerbreit des Streifens an sich, der neben der Brücke zum Halsgraben hinabführte. Das Halbdunkel dieses Ortes verbarg ihn gut, und doch entging ihm nichts.

Bedauerlicherweise geschah nicht viel. Niemand trat aus dem Torhaus, niemand näherte sich aus der Stadt der Burg. Die Nachtstunden schmolzen, wie seine Geduld. Die Augenblicke tröpfelten quälend langsam dahin.

Er zog den Dolch aus dem Halter, und steckte ihn wieder zurück. Und wieder. Und wieder. Er prüfte den Sitz seines zweiten Messers und in Gedanken jeden Knoten im Netz seines Plans.

Kieselsteine malmten gegeneinander und verjagten seine

Gedanken. Ein Junge, gehüllt in einen Haufen Stofffetzen, tapste ein paar Schritte auf der Brücke. Die Hände versteckten sich in den Hosentaschen, das Haar stand struppig ab vom Kopf, wo der Stoff nicht gegen seine Glieder schlackerte, schimmerte Haut durch die Risse. Der Anblick verleitete einen, in den eigenen Taschen zu kramen, ob sich nicht ein Apfel oder ein trockener Kanten Brot für diesen Burschen finden möge. Der Hänfling mochte zwölf sein, dreizehn vielleicht. Er lugte in die Nacht, kehrte um und lugte wieder. Endlich entdeckte er den Durchgang.

Hans trommelte mit seinen Fingerkuppen gegen seine Oberschenkel. Immer noch waren es einige Ellen, bis der Bursche neben ihm wäre.

»Er war nicht da im Saal.« Er spuckte aus, Hans fluchte. Der Junge schrak zusammen, die Kopfnuss traf ihn unvorbereitet. »Was …?«

»Soll man dich bis Augsburg hören, Tölpel?" Ein weiterer Fluch folgte.

»Ich …« Er sank in sich zusammen und verstummte.

»Berichte!«

»Niemandeins konnt sagen, wo der Graf sein könnt. Ein paar im Saal haben ihn gesehen, doch dann waret er gleich wieder weg.« Der Junge knetete seine Finger, ohne den Blick zu heben. Er war nirgends nicht. Ich hab in gesuchet. Ich war im Burghof und auf die Arkaden. Er war nicht dorts.

Es ist nicht mein' Schuld«, winselte er.

Der Bursche streckte ihm die Hand entgegen und hielt sie auf. Die Unterlippe malträtierte er mit den Zähnen.

Hans übersah die Hand. Kein Zucken bewegte seine Miene. Geradeso, als ob der Bursche kaum mehr wäre als ein Falter, dessen Flügelschlag die Nacht vergaß.

»Ihr habt's gesagt, es gibt mir ein Lohn. Ihr habt's versprochen.«

Die Nacht wurde ein Stück kälter. Er fuhr sich über die Stirn, ohne den Haufen Lumpen weiter anzusehen, hörte nur das Rascheln. Wie konnten seine Absichten sich erfüllen, sein Plan zur Tat werden? Er zischte, drehte sich in die entgegengesetzte Richtung, etwas hielt ihn. Der Bursche.

»Herr, mein Lohn, Herr.« Wieder stieß die Hand in seine Richtung.

»Ach.« Er fletschte die Zähne. »Tatsächlich.« Er dehnte das Wort. »Ich erinner mich. Nur: Das galt für die Ausführung des Auftrags.

Ist das geschehen?« Er wartete weniger als einen Atemzug. »Ich denke nicht.« In den Augen des Burschen flackerte Wut, Hans Wangen wurden kalt, Zorn schoss in sein Denken wie kaltes Feuer. »Das bringt Ärger, weißt du das?« Er stieß dem Burschen seinen Finger in die Brust. »Mir bringt dies Ärger. Und zwar eine Menge.«

»Aber 's is meine Schuld nicht, dass der nicht da gewes'n is«, beharrte der und kniff die Augen zusammen. Mit trotzigem Blick stellte er sich mitten auf den Weg, noch stärker kaute er auf seiner Unterlippe.

Hans schob den Unterkiefer nach vorn, er presste die Zähne aufeinander und der Ausdruck in seinem Gesicht wandelte sich. Er atmete ganz gleichmäßig und trat einen kleinen Schritt nach vorn. Sein Handrücken traf die Wange. Rot glühte auf. Noch mehr Rot blühte nach dem zweiten Knall.

Der Bub taumelte. Er starrte ihn an, hustete, hob die Hand, fand sein Gesicht und das Rinnsal an Blut, das aus seinem Mundwinkel tropfte. Er zuckte, kaum dass seine Finger seine Lippen berührten und seine Nase und die klebrige Feuchtigkeit, die dort hervortrat.

Er maß den Jungen, der mindestens einen Kopf kleiner war als er, verschränkte seine Finger ineinander und streckte sie durch, ehe er mit den Schultern rollte. Der Geschmack einer Jagd war in seinem Mund, dieser Geschmack, wenn man ganz kurz davor war, das Wild zur Strecke zu bringen. Er labte sich daran, atmete tief ein. Noch einmal. Seine Faust fand ihr Ziel und ein eigenartiges Geräusch füllte die Luft, ein bisschen als würde trockenes Holz brechen. Mit Mühe hielt der Bursche sich auf den Beinen, er krümmte sich hustend. Blut fiel auf den Boden, malte dunklere Flecken auf den dunklen Weg und troff auf

Farnblätter, das Rot bahnte sich den Weg über die Lippen, über das Kinn.

»Herr, aber …« Das Stammeln verstummte, die Worte raubte der nächste Hieb, der folgte. Der Bursche knickte ein, er fiel. Der Kopf knallte auf eine Wurzel.

Stille vermischte sich mit dem Rascheln der Blätter und Hans' Herzschlag. Er hörte ihn laut wie eine Trommel. Neben dem Kopf des Jungen ging er in die Hocke. Seine Hand strich durch das Haar des Buben. Zärtlich beinahe.

»Deinetwegen. All der Ärger deinetwegen«, murmelte er, seinen Blick richtete er in die Ferne, ehe er prüfte, wer sich auf der Brücke befand. Niemand. »Du musst verstehen, ich kann mir diesen Ärger nicht leisten, mein Junge.« Noch einmal fuhr er ihm über den Kopf, ohne eine Reaktion zu ernten. Ob der letzte Hieb oder der Aufschlag auf den Boden dem Jungen das Bewusstsein geraubt hatte, ließ sich schwer sagen. Er zuckte mit den Schultern und zerrte an der Innenseite seines Stiefels.

Er setzte die Klinge an, ohne hinzusehen. Lediglich ein wenig Druck war nötig. Die weiche Haut am Hals gab nach. Er zog das Messer über die Kehle, seine Augen schweiften über die Umgebung. Sein Werk war vollbracht. Hier jedenfalls. An den Lumpen wischte er seine Klinge ab, dann erhob er sich.

Das Messer wanderte zurück in den Stiefel. Ein leichter Fußtritt genügte, der Körper kullerte die Böschung hinab. Ein paar Farne fingen ihn auf.

Seine Gedanken waren bei seinem Plan. Er durfte nicht fehlgehen. Dafür musste er sorgen. Er murmelte in die Nacht und eilte davon in Richtung der Ställe.

Auf seinem Weg wandte er sich immer wieder um. Das Rauschen der Blätter war lauter als zuvor, das Prasseln der Fackeln ebenso. Er beschleunigte seine Schritte. Von der Brücke aus entdeckte er bereits, dass sich niemand mehr im Torhaus aufhielt. Er wandte noch einmal den Kopf und ließ seinen Blick über den zurückliegenden Weg schweifen. Hinter ihm war niemand in Sicht. Niemand, der ihn gesehen haben könnte. Er wandte sich wieder nach vorn.

Zu spät. Mit heftiger Wucht prallte jemand gegen ihn,

brachte ihn aus dem Gleichgewicht. Und zu Fall. Er fasste das Hemd des anderen und riss ihn mit sich auf den harten Boden. Dann erkannte er ihn. Albrecht. Er fluchte. Die Fackeln malten widernatürliche Muster auf die Fratze und den Weg. Er sprang auf und zerrte sein Gegenüber vom Boden über die Brücke bis zu der Abzweigung des kleinen Pfades.

»Was zum Teufel soll das? Was machst du hier?«, fauchte er ihn an. »Du kannst mir nicht erzählen, deine Aufgabe sei erfüllt.

So haben wir dies nicht vereinbart.« Er rang seine Stimme nieder. Die Knöchel seiner Faust leuchteten selbst in der Dunkelheit weiß. Er schüttelte den Diener, wieder und wieder und harrte einer Reaktion und erntete nichts. Hans stieß ihn von sich und trat zurück. Seine Hand fuhr über die Augen. Erst jetzt fiel ihm auf, dass die Kleidung angesengt war und das Gesicht von Malen gezeichnet. Blut trocknete am Kinn. Er ahnte, dies bedeutete nichts Gutes.

Albrecht verstieg sich in fahrigen Gesten, denen Hans nicht einmal mit Mühe folgen konnte. Wieder packte er ihn an den Oberarmen, schüttelte ihn. »Verflucht nochmal, versuch es etwas langsamer!«

Der Diener glotzte ihn an. Er stemmte die Arme in die Hüften, beugte sich und holte Luft. Noch einmal versuchte er sich in den Gebärden, die Hans' Miene mehr und mehr verdüsterte.

»Nichts!« Er warf seine Hände in die Höhe und fluchte. »Alles war umsonst. Die Falle ist nicht zugeschnappt. Schlimmer noch: Nicht ich bin Agnes' Retter. Wieder war das Glück an der Seite dieses verfluchten Hundes. Was – was zur Hölle – soll ich nun tun?«

Das Poltern hastiger Schritte drang zu spät an sein Ohr.

Jemand hetzte über die Bohlen, Lichtfinger griffen nach ihm und Albrecht.

»Rumtreiber! Streuner! Was tut ihr hier?«, blaffte die Stimme eines dunklen Umrisses im Gegenlicht.

Hans brauchte kein Licht, um zu erkennen, wer dort war. Barthel. Mit schnellen Schritten verließ er die Brücke und stand neben ihnen an dem Weg. Der Unmut auf seinem

Gesicht war noch größer als sonst. Die Fackel schwenkte ihre Helligkeit zu ihnen. Noch schien der Vogt sie nicht erkannt zu haben.

»Gesindel! Seht, dass ihr ...« Mitten im Satz brach er ab. Das Licht erreichte ihn und seinem Diener. »Ah!« Barthel fuhr sich mit der Zunge über die Lippen. »Ihr seid's.« Seine Miene wandelte sich mit jeder Elle, die er sich näherte. »Da schau her! Der Habenichts, der sich für einen Edelmann hält und seine Missgeburt von einem Diener.« Herablassung tropfte aus den Worten. »Verzeiht«, fuhr er fort, »Ihr seid nicht etwa auf dem Weg zum Fest, Eurasburg?

Bleibt lieber hier bei den Rumtreibern, wo Ihr hingehört.« Ein schiefes Grinsen stand ihm im Gesicht.

»Ich bin Ludwigs geladener Gast, alter Mann. Ihr selbst habt mir die Einladung überreicht.«

»Ihr habt es nicht begriffen, wie mir scheint, oder vernebelt Euch der Suff das Hirn wie Eurem Alten?«, spuckte der Kämmerer aus. »Ihr seit nicht mehr als Abschaum, der nur durch Ludwigs unverständliche Güte noch einen Titel trägt. Ihr seid weniger als der Dreck unter den Schuhen der Anwesenden. Besäßet Ihr nur ein Quäntchen Anstand und Ehrgefühl, wüsstet Ihr, dass Ihr nicht willkommen seid.« Barthel rollte in den Fingern die Enden der Kette, die seine Hüften gürtete. »Verkriecht Euch in irgendein Eck, sammelt meinetwegen die Abfälle aus der Küche und fresst Euch daran satt. Doch maßt Euch nicht an, Teil von etwas zu sein, das weit über Euch steht.«

Hans riss sich aus den Klauen und trat näher. »Ich bin Ludwigs Vasall. Dort drin ist mein Platz.«

»Ihr seid ein Nichts«, wiederholte Barthel. »Habt Ihr dies noch immer nicht begriffen?« Der Alte schüttelte den Kopf. »Dankt Eurem Vater dafür und seinem Verrat.«

»Lüge!« Das Wort überschlug sich im Arkadengang. »Ihr lügt, wenn Ihr den Mund auftut.«

Der Spott wuchs in der Miene des Vogts. »Was hat Euch nur den Kopf verdreht?« Er kratzte sich am Kinn. »Ihr könnt mir nicht erzählen, welchen Unfug Ihr für Wahrheit haltet.« Der Burgvogt winkte ab. »In Gottes Namen, wenn

Ihr glaubt, Euer Platz sei dort, dann leistet etwas anderes, als Unruhe zu stiften, wascht Euer Hirn von diesen Gespinsten frei, verdingt Euch als Ritter am Hofe und bringt Ludwigs Namen Ehre. Und verflucht noch eins: Lasst diese Albernheiten hinter Euch zu glauben, alle Welt würde Euch unrecht tun.

Wacht endlich auf!«

Hans ballte beide Hände. Er rang um eine Erwiderung. Doch die Gedanken, die in seinem Kopf auftauchten, waren zunächst lauter. »Was wollt Ihr tun, alter Mann?«

»Schaut, dass Ihr davonkommt, oder Ihr werdet den Rest der Nacht in Ludwigs Kerker verbringen.«

»Ihr wollt uns verhaften?« Er lachte auf. »Ihr ganz allein?«

Der Vogt trat von einem Fuß auf den anderen. Er zerdrückte beinah die Fackel, die er hielt, die Knöchel der Hand traten weiß hervor, die Blicke huschten hin und her. »Verschwindet!«, zischte er.

»Wir nehmen Eure Dienste gerne in Anspruch, Barthel. Auf! Leuchtet uns den Weg! Geht voran, bringt uns zum Kerker.« Mit einer Geste deutete er in Richtung Burghof und genoss, wie der Alte Stirn und Miene runzelte. »Zögert Ihr? Wisst Ihr wohl selbst den Weg nicht, alter Mann?«, spottete er.

»Eurasburg, Ihr Hurensohn. Hütet Eure Zunge! Meinetwegen verreckt Ihr hier.«

»Dann wollt Ihr uns lieber hier Gesellschaft leisten?« Hans breitete die Arme aus. »Ihr seid herzlich geladen, an unserer Unterhaltung teilzuhaben. Vielleicht lernt Ihr noch dazu.« Er lachte über jede Zornesfalte auf Barthels Gesicht mehr.

Der Burgvogt spuckte aus. Auf dem Absatz machte er kehrt. »Bleibt wo es Euch beliebt, oder geht, Ihr Pack!«

Kaum hatte Barthel ihm den Rücken gekehrt, winkte Hans seinen Diener heran, ihm zu folgen.

Die Kieselsteinchen des Weges knirschten, Gewänder raschelten. Der Alte rollte mit den Schultern und sah jeden zweiten Schritt nach hinten. »Verzieht Euch, Ihr Gesindel. Ich hetze die Wachen auf Euch.«

»Dazu müsst Ihr sie erst einmal erreichen.« Er klatschte seine Faust in die offene Handfläche. »Bei der Musik, bei dem Lärm der ganzen Leut' würden sie Euch noch nicht einmal hören, wenn Ihr sie ruft.«

Fahrig schwankte das Licht über das Holz, als sie die Brücke erreichten, der Kämmerer hastete immer schneller. Keiner sprach ein Wort. Hans warf Albrecht einen Blick zu und zahllose Gesten. Die Stille war lauter als das Zischen, wenn ein Funken auf die Bohlen fiel.

»Verschwindet.« Barthel presste das Wort hervor.

Hans schloss mit Albrecht zu dem Vordermann auf. Sie hatten das Torhaus beinahe erreicht. Noch immer war dort kein anderer zu sehen, keine Wachen, keine Gäste.

Barthel schnellte um die eigene Achse und starrte ihm erst ins Gesicht, dann auf die Hände, dann drehte er sich wieder um und setzte den Weg fort. Ein Frösteln schüttelte den Mann, der sich mit den Händen über die Unterarme fuhr.

Ein einziger Schritt brachte Hans und Albrecht auf Höhe mit dem Vogt.

»Wisst Ihr«, zischte er dem Alten ins Ohr, »heute kann ich mich tatsächlich nicht beklagen. Alles verläuft so, wie ich mir das vorgestellt habe, und Ihr helft mir sogar dabei.«

Der Burgvogt erstarrte, jeden weiteren Schritt verweigerte er. »Nichts werde ich tun. Für Euch sicher nicht. So einem Gesindel wie Euch werde ich nicht helfen.«

Sein Protest erstarb. Eine Hand presste sich auf seinen Mund, Albrecht hielt ihn fest. Barthel schlug um sich, trat aus, wandte sich, drehte sich, wollte der Umklammerung entfliehen. Er wehrte sich mit aller Kraft, schlug seine Zähne in Albrechts Arm, biss zu.

Die Faust des Dieners donnerte dem Kämmerer in die Nieren und presste einen Schrei durch die Hand auf dem Mund. Er krümmte sich. Der nächste Schlag raubt ihm die Kraft, der Körper erschlaffte in Albrechts Armen. Der Körper sank, die Fackel fiel, ihre Flamme zappelte am Boden vor sich hin.

»Diesmal seid Ihr mir ausgeliefert, Burgvogt«, wisperte Hans. »Und wir sind ganz allein. Niemand hilft Euch nun.

Selbst unser mächtiger Ludwig kann Euch nicht retten.«

Sein Diener ließ den Leblosen zu Boden gleiten.

Hans ging in die Knie. Er murmelte ihm Worte ins Ohr, die dieser nicht mehr hören würde. Es war ihm gleich. »Und wie du mir helfen wirst! Und du wirst zahlen, endlich zahlen für deinen Hochmut.« Seine linke Hand spürte am Rücken den Herzschlag des Burgvogts, er setzte die Spitze an. Ein Stoß überwand den Stoff, er presste. Ein wenig mehr. Die Klinge bohrte, zwang sich durch den Widerstand, stieß in die Haut, glitt an Hartem, am Knochen vorbei, tiefer, zog ihn mit sich, näher an den Alten, dessen Wärme, dessen Schaudern, dessen zuckenden Körper im Fackellicht. Atemloses Aufbäumen. Die Flamme erlosch.

Hans sog die Nachtluft in seine Lungen. Das Herz stolperte, stockte, stoppte. Warmes, dunkles Leben rann aus der Wunde vorbei an der Klinge neben seiner Hand. Er beobachtete die kleinen Ströme, sah es versickern, der Boden wurde schwarz.

Ein Zerren bewegte seinen Umhang und riss seine Gedanken zurück ins Hier und Jetzt. Er war nicht alleine hier. Er erhob sich und ehe er sich entfernte, packte er Albrecht und hielt ihn vom Leichnam fern.

Der Dolch ragte aus der Wunde, aus dem toten Kämmerer.

Er fasste Albrecht im Genick und zwang ihn, ruhigen Schrittes neben ihm zu gehen. Als wäre nichts geschehen, strebte er Richtung Burghof.

»Hetze macht uns verdächtig. Weshalb sollten zwei unbescholtene Männer in Eile sein? Du verschwindest durch den Garten. Ich folge später. Ich habe noch einen Abschiedsbesuch vor mir.«

Aus dem Augenwinkel erkannte er die Gebärden des Stummen. Er brauchte nicht zu sehen, was dieser wissen wollte. »Albrecht, niemand war weit und breit. Niemand hat uns gesehen. Sie feiern im Ballsaal und schlagen sich ihre Bäuche voll«, beruhigte er ihn. »Der Dolch bei dem Toten?« Hans schüttelte den Kopf. »Er wird uns nicht verraten. Ganz gleich, wie tief er in der Wunde steckt.« Mit einer kleinen Pause ließ er seine Worte wirken. Das Licht der Fackeln im Burghof fiel auf das Grinsen im Gesicht seines Begleiters. »Du siehst, Albrecht, manchmal muss man der Gerechtigkeit ein wenig nachhelfen. Doch nun wird sie sich des Falles annehmen. Das Wappen im Dolch wird schon den richtigen Weg weisen.«

MORGEN †Kapitel 47

BURG FRIEDBERG, ENDE MÄRZ 1268

Ulrich zupfte Halme von seinem Hemd und seinem Surcot. Das erste Licht des Morgens straffte die Konturen der Verschläge, in den Boxen erwachten die Tiere nach und nach. In halber Höhe zur Tür entdeckte er den Fackelstab, das Stroh bedeckte nur zu Teilen den Boden.

Seine Kleidung trug noch die Spuren der Auseinandersetzung. Blut fand sich auf seinem Hemd, er selbst hatte kaum Verletzungen davongetragen, zumindest keine, die die Erlebnisse der letzten Stunden nicht verdrängen konnte. Er schloss die Augen noch einmal und atmete tief ein.

Ulrich schmeckte noch den Kuss ihrer Lippen und ihre Wärme. In der Luft lag noch der Hauch Ihres Duftes, der sich verflüchtigte. Es genügte, seine Erinnerungen zum Leben zu erwecken.

Wieder sah er sie vor sich. Er entsann sich, wie sie mit sich gerungen hatte, ehe sie seinen Blick bemerkte. Und mit einem Mal war da erneut dieser trotzige Stolz, der sich auf ihrem Gesicht widerspiegelte, der so unvermittelt durch ihre Tränen Risse erhielt. Es musste ihr unglaublich schwerfallen, Schwäche einzugestehen. Verletzt und zerbrechlich hatte sie dagestanden und gleichzeitig so unnahbar. Als er sie umfangen hatte, sah er so viel – mit diesem einen Blick auf sie, in sie. Er fühlte in seiner Erinnerung ihr weiches Haar und zeichnete die feinen Konturen ihres Gesichtes nach. Vieler Worte hatte es nicht bedurft. Er verstand sie, und sie erkannte ihn. Die Wärme ihrer Haut auf der seinen erfüllte ihn noch immer mit einer Ruhe, wie er sie selten verspürt hatte. Seine Lippen brannten von ihrem Kuss und sein Fleisch vor Verlangen nach ihr. Er bedauerte noch immer, dass er sie hatte alleine gehen lassen müssen, und seine Gedanken kreisten um sie.

Im süßen Nachgeschmack der vergangenen Stunden dämmerte er vor sich hin. Erst die Unruhe der Tiere schreckte ihn auf. Draußen war Lärm: Stimmen tönten durcheinander, verstehen konnte er nichts. Er richtete sich auf und verließ sein Strohlager, als die Tür aufgerissen wurde. Lärmendes Chaos zerriss die Stille des Morgens binnen Bruchteilen und gleichfalls die Träume, die ihn eben noch umhüllt hatten.

Ein Dutzend Soldaten brandeten herein. Sie postierten sich zwischen ihm und der Tür, der Stall wurde wieder dunkel.

»Was hat dies zu bedeuten?«

Sein erster Gedanke galt Agnes. Er schob ihn sogleich davon. Wernher und Adlhaydt von Hardenberg würden ihm vielleicht ihre Söhne auf den Halse hetzen, aber nicht Ludwigs halbes Heer.

Ulrich räusperte sich. »Gott zum Gruße, Hauptmann Gerhart! Was bedeutet Euer Erscheinen? Was ist vorgefallen?« Er straffte die Schultern.

Der Angesprochene musterte ihn. »Ich kann es nicht fassen, dass Ihr seit Jahren ein und aus geht, dass ausgerechnet Ihr dazu fähig seid.« Gerhart schüttelte den Kopf. »Bei Euch hätte niemand eine solche Tat gesucht.«

Ulrich richtete sich auf und starrte die Männer an. »Ich …«, er rang für einen Moment um seine Fassung, dann trat er auf sie zu. »Wovon sprecht Ihr?«.

»Als ob Ihr es nicht wüsstet!« Er zog sein Schwert. »Ergreift ihn!« Der Hauptmann deutete in seine Richtung.

»Mit welchem Recht glaubt Ihr, Hand an mich zu legen?« Breitbeinig stellte er sich gegenüber der Soldaten auf. »Was geht hier vor?« Seine Stimme nahm den ganzen Raum ein, und die Männer zögerten. Die Augen des Hauptmanns funkelten, ehe er als Erster auf Ulrich zuschritt und ihn bei den Armen packte. Schneller, als dieser reagieren konnte, hatten zwei weitere Soldaten ihn gepackt. Ulrich stemmte sich gegen die Griffe, drängte sich mit seinen Armen gegen sie. Ein Tritt donnerte gegen sein Knie. Er knickte ein, wurde wieder auf die Beine gezogen und gegriffen, als umspannten Schraubstöcke seine Arme.

Was in den Gesichtern der Männer stand, bedeutete nichts Gutes. Den unverhohlenen Hass darin vermochte er nicht zu deuten. Er drückte seine Schultern durch und richtete sich auf. Erneut fragte er.

»Erklärt es mir, Hauptmann!« Mit festem Blick begegnete er dem Anführer des Trupps. »Ihr wisst, wen Ihr vor Euch habt.«

Der Hauptmann trat näher auf ihn zu, er hob die Hand, ließ sie wieder fallen. Sein Blick suchte einen Punkt hinter ihm. »Das wissen wir sehr wohl, Mering. Besser Ihr fügt Euch. So wie Ihr ausseht, besteht kein Zweifel, dass wir den Richtigen erwischt haben. Blut ist auf Eurem Hemd. Das lässt keinen Zweifel.«

Ein weiteres Mal versuchte Ulrich, die Hände abzustreifen, die ihn hielten. »Ich habe meine Verlobte geschützt. Sie war in den Händen eines Schänders.« Ulrich stellte sich fest auf beide Beine. »Das ist wohl kaum ein Grund, mich festzunehmen. Ihr solltet lieber diesen Hund ausfindig machen.«

Hauptmann Gerhart legte den Kopf schief und musterte ihn. »Graf Ulrich, ich weiß nicht, was ich davon halten soll. Ich kenne Euch seit Ewigkeiten. Doch der Verdacht gegen Euch wiegt schwer. Und es gibt einen Beweis, der eindeutig ist.« »Erzählt es dem Herzog.

Er ist außer sich. Nicht einmal die Herzogin vermochte ihn zu beruhigen. Wenn er Euren Namen nicht verflucht, schweigt er.« Der Hauptmann drehte sich ab. »Betet zu Gott. Es ist der richtige Zeitpunkt dafür«, murmelte er.

Ulrich kam erst nach einer Weile wieder zu sich. Er blinzelte die Schatten und Nebel davon, doch der Nebel und der hämmernde Schmerz in seinem Kopf blieb. Seine Augen gewöhnten sich nur langsam an den Dämmer, seine Nase atmete nur widerwillig den Moder des Raumes. In jedem einzelnen der Backsteine und in den Ritzen dieser Kerkerkammer musste Unrat hängen, wenn er seiner Nase Glauben schenkte. Obgleich es Tag sein musste, war der schmale Lichtschlitz hoch oben in der Wand nicht genug, die Düsterkeit zu lindern.

Sein Rücken schmerzte von den krummen Bohlen. Seine Liegestatt war schmal, und an ihrem jeweiligen Ende mit dicken Ketten an der Wand befestigt. Den Boden bedeckte Stroh, oder was in dem Matsch noch an gelben Halmen übrig war.

Er richtete sich auf und überlegte, ob es die Pritsche war, die bei jeder Bewegung knarzte, oder sein Körper. Schmerzen marterten ihn bei jedem Atemzug, sein Schultergelenk fühlte sich ausgeleiert an.

Er räusperte sich. »Hallo?«

Die Wand antwortete nicht, ebenso wenig die Tür. Niemand. Niemand hatte zu ihm gesprochen, seit der Hauptmann die dicke Eichentür hinter ihm zugestoßen hatte. Niemand hatte ihm den Grund genannt, weswegen er hier war.

Seine Gedanken wanderten einmal mehr durch die letzten beiden Tage.

Nichts ergab einen Sinn. Die Auseinandersetzung mit Ludwig war nicht schlimmer gewesen als die Vorhergehenden; seine Rolle in der Versammlung der Vasallen hatte allerdings wenig Ludwigs Wünschen entsprochen. Doch Ludwig würde ihn deswegen nicht hier festhalten.

Die Nacht mit Agnes?

Er fluchte. Das konnte der Grund nicht sein.

In wenigen Wochen würden sie miteinander vermählt. Niemandem würde nützen, wenn er aus Furcht um ihre Tugend eingekerkert würde. Niemandem, abgesehen von den Menschen, die gegen diese Verbindung waren.

Er trabte in dem kleinen Raum auf und ab, das Stroh schmatzte unter seinen Füßen. Sein Magen knurrte und die Zunge klebte ihm schier an den Zähnen fest. Sein Blick ging zum Schlitz, als ob dort eine Nachricht für ihn hereinflattern würde. Er schalt sich einen Dummkopf. Suchend, hoffend, hadernd starrte er von seiner Pritsche aus auf die Tür, wartend, diese möge sich öffnen, wartend, dass etwas geschah.

Solange er hier war, war es gleich, ob sie seine Hände

frei ließen oder sie in Ketten legten. Er wusste nichts, erfuhr nichts, konnte nichts tun. Seine Lider fielen zu, er dämmerte in einen unruhigen Schlaf. Die Zeit stand still, die Welt drehte sich ohne ihn weiter.

Irgendwann schreckte er aus dem Schlaf. Ulrich ertrug die Stille nicht länger, seine Faust hämmerte gegen das Holz. »Öffnet!« Er brüllte. »Öffnet die Tür, bringt mich zum Herzog!«

Er gab erst auf, als seine Stimme heiser war und sein Arm taub.

Das Tageslicht drang immer schwächer durch den Schlitz in der Wand. Es schwand.

ALLEIN †Kapitel 48

BURG FRIEDBERG, ENDE MÄRZ 1268

»Nein.« Sie knetete ihre Hände, ihre Stimme stockte, brach.

Ihre Eltern saßen ihr ruhig und aufmerksam gegenüber. Ja: Sie hatten sie in die Arme geschlossen, sie hatten ihre Erleichterung gezeigt. Die durchwachte Nacht und die Sorgen, die sie sich ihretwegen gemacht hatten, hatten in den Gesichtern gestanden, als Agnes das Zimmer betreten hatte. Und doch: Weder Vorwürfe noch Beschwerden gaben sie von sich, selbst über das Kleid ihrer Tochter, mit den Rissen und Flecken, sahen sie hinweg. Sie zeigten sich erleichtert, Agnes zu sehen. Und neugierig.

»Ich habe mir nichts weiter dabei gedacht. Er wollte mir sein Pferd zeigen und ich glaubte, dies wäre der schnellste Weg, ihm zu entkommen.« Agnes schüttelte den Kopf.

Adlhaydt nickte und strich ihr über die Wange.

»Für einen Moment gelang es mir, mich zu befreien, doch die Tür war von außen versperrt.« Sie schloss die Augen, als die Erinnerung wiederkehrte. »Ulrich vertrieb den anderen, doch der letzte Hieb schickte ihn zu Boden. Der andere konnte fliehen.«

Ihre Mutter nahm sie in die Arme. Endlich brach sich der Strom der Tränen Damm. Agnes ließ es geschehen.

»Ist er bei dir geblieben, mein Kind?«

Agnes grub ihren Kopf tiefer in die Umarmung. »Er ist hinter dem anderen hinterher.« Sie räusperte sich. »Und dann erinnere ich mich nicht weiter. Erst als die Nacht vorbei war, kam ich wieder zu mir.« Ihre Stimme klang noch leiser. Ulrich fehlte ihr hier, sie fühlte sich taub, die Glieder schwer. Sie spürte Müdigkeit in ihren Körper kriechen. Die Erlebnisse der Nacht forderten Tribut.

Ihre Augenlider beschwerte Blei, sie brannten von den

Tränen, die sie vergossen hatte, und von jenen, die sie nicht vergießen konnte, ihr Mund war trocken. Träge drehten sich ihre Gedanken. Kaum noch nahm sie wahr, dass ihre Mutter über ihr Haar strich. Agnes lehnte sich gegen sie und überließ sich dem wärmenden Trost. Sie wünschte, es wäre der Tag ihrer Hochzeit, an dem sie wieder erwachte.

Jemand rüttelte sie wach. Sie schlug die Augen auf, und fürchterliche Schmerzen hämmerten in ihrem Kopf. Licht fiel ins Zimmer, nicht viel, eine einzelne Kerze brannte auf dem Tisch. Nachmittag musste es sein, das Holzbett knarzte, als sie sich bewegte, und das Knarzen der Dielen passte dazu. Sie blickte auf und erkannte das Gesicht, das sich über sie beugte.

Ihre Mutter stand neben ihrem Bett mit einem Ausdruck, den Agnes nicht erklären konnte. Sie setzte sich auf und blickte in Georgs blasse Züge. In seinen Augen erahnte sie Fassungslosigkeit und Wut. Sie zog die Decke näher an sich.

»Was ist geschehen?« Sie versuchte in den Gesichtern der beiden zu lesen. Wussten sie, wo sie die letzten Stunden der Nacht verbracht hatte?

Die beiden tauschten Blicke, doch keiner antwortete. Adlhaydt von Hardenberg strich ihr über die Wange und holte tief Luft, ihre Mutter knetete die Hände und nestelte am Stoff des Kleides. Sie klappte den Mund auf, doch Worte folgten nicht.

»Was ist los?« Agnes verspürte Unruhe, ein ungutes Gefühl wuchs in ihr.

»Sie haben den Kämmerer gefunden.«

Agnes sah ihren Bruder verständnislos an. »Und? Der alte Mann war doch nicht verschwunden.«

»Tot.« Georgs Stimme klang wie aus weiter Ferne. Agnes war wach, sie starrte ihren Bruder an. Nun war sie es, der die Worte fehlten.

»Erstochen.«

Ihre feinsten Härchen richteten sich auf, obwohl die Decke noch warm um sie lag. Sie fröstelte. Der Burgvogt war hier auf dieser Burg ermordet worden. Sie hatte die Stunden der vergangenen Nacht verbracht, behütet, wohlbehalten, und mit Ulrich. Sie schluckte und schloss die Augen. »Weiß man, wer ihn gemordet hat?«

»Der Dolch steckte noch in seinem Rücken, Agnes«, berichtete er.

»Und?« Agnes krallte ihre Finger in die Decke. »Was hat es auf sich mit diesem Dolch? Rede!«

»Es ist ein kostbarer Dolch, ein Familienerbstück.« Wieder hielt er inne, und sein Blick wanderte durch den Raum, zur Tür, zum Fenster. Er rieb sich den Nacken und wanderte selbst umher, setzte an zu sprechen, brach ab.

»Georg! Was interessiert mich ein Familienerbstück? Weiß man, wer der Mörder ist.«

Ihr Bruder schlug den Blick nieder. »Auf dem Dolch prangt ein Wappen.«

»Dann weiß man also, wer«, folgerte sie und ließ ihren Bruder nicht aus den Augen. Ihre Geste forderte ihn, fortzufahren. Er beachtete sie nicht, senkte den Kopf und drehte sich zur Mutter. Schmerz und Trauer standen auf deren Gesicht.

»Mutter?« Agnes runzelte die Stirn und zog die Decke an sich. Sie rutschte näher an die Wand. Wollte sie die Antwort wirklich kennen? Eine Antwort, die ihr keiner der beiden mitteilen wollte.

»Agnes.« Ihre Mutter forderte die Aufmerksamkeit. »Sie haben Ulrich von Mering festgenommen.«

»Was?« Sie schüttelte den Kopf. »»Aber weshalb? Das kann nicht sein.« Sie schlug die Hand vor ihren Mund, die Felle des Bettes noch enger an sich drückend.

»Das ist falsch.« Ihre Gedanken wirbelten, als fege ein Sturm durch ihren Kopf. »Es kann nicht sein, er hat mich gerettet.« Sie zitterte am ganzen Leib. »Mein Leben war in seiner Hand.« Die Worte waren mehr Hauch denn Ton. Sie schlug sich mit der Hand vor den Mund und riss die Augen weit auf. »Er hat …« Ihre Stimme versagte, Husten schüttelte sie. »Er hat mich bewahrt«, begann sie, ohne ein Ende zu finden, »bewahrt, vor all dem …« Agnes schüttelte den Kopf, schüttelte die Decken ab. Mit einem Satz war sie aus der Schlafstatt und am Fenster, um es aufzureißen. Sie stützte sich am Fensterbrett auf. Kahle Äste wiegten sich vor dem Blau, Wölkchen knäulten sich zusammen und verstreuten sich über den Himmel. Feuchter Glanz lag über den Dächern der Stadt und auf dem Felsgestein, auf dem die Burg erbaut war, auf den Bäumen und Sträuchern.

Tief sog sie die kalte Luft in ihre Lungen. Sie hörte die Schritte ihrer Mutter hinter sich. Sie wehrte sich gegen die Umarmung, schüttelte die Hände ab. Sie ertrug die Nähe nicht. Sie klappte den Mund auf und wieder zu.

Ihre Gedanken machten sie schwindelig. Wieder und wieder ging sie die Geschehnisse der letzten Nacht durch. Jeder einzelne Augenblick erschien vor ihr.

Mit einem Mal drängte die Erinnerung an Ulrich alles andere weg, seine Wärme, sein Verständnis. Aus ihrem Gesicht schwand jegliche Farbe. Schmerzen setzten ein in ihrem Unterleib, und in ihrer Brust brannte Pein und stach. Alles, alles entriss man ihr mit einem Schlag.

»Nein!« Agnes bemerkte, dass sie geschrien hatte.

»Kind, was ist denn nur los mit dir?« Ihre Mutter legte die Stirn in Falten und ihrer Tochter die Hand auf die Schulter. »Vor Kurzem sprachst du kein Wort mit ihm, mehr Wärme hätte selbst eine bei all dem Eis und Schnee des vergangenen Winters erfrorene Blume zu zeigen gewusst. Beim Fest des Herzogs verhielt es sich kaum anders.«

»Beim Fest des Herzogs war er kaum an unserem Tisch.« Agnes presste die Kiefer aufeinander.

»Und nun scheint es so, als ginge es um dein eigenes Leben.«

»Er hat mich bewahrt.« Ihre Worte klangen abgehackt.

Georg räusperte sich. »Er hat dich gerettet und ist verschwunden, Agnes. Alles Mögliche kann geschehen sein.« Er zuckte mit den Schultern. »Was bestürzt dich daran so sehr? Wolltest du nicht frei sein? Jetzt wird dein Wunsch erfüllt.«

Die Mutter deutete auf ihre Hände und erst jetzt bemerkt Agnes, wie stark sie zitterte. »Beruhige dich doch. Noch bist du nicht seine Frau. Kein Schaden und kein Makel wird auf dich zurückfallen.«

Agnes riss ihre Hände vom Fensterbrett zurück. Sie

zwängte sich an ihrer Mutter vorbei zum Spind und warf sich das nächstbeste Gewand über ihr Unterkleid, flocht binnen Herzschlägen einen Gürtel um die schmalen Hüften und fasste ihre Haare mit einem Band zusammen. Der Rock flatterte, als sie sich zu Bruder und Mutter umdrehte.

»Wie könnt Ihr nur so etwas glauben? Von einem Mann, der vor zwei Tagen das Mahl mit uns geteilt hat; den Vater für ehrbar genug hält, um mich ihm als Weib zu geben, und der mit euch, meinen Brüdern, am Hofe Ludwigs ein und aus ging all die Jahre. Wie könnt Ihr ausgerechnet demjenigen so etwas unterstellen, der mir zur Hilfe kam.«

»Wie kann es sein, dass du ihn verteidigst, als hinge dein Leben davon ab? Beim gemeinsamen Mahl hast du ihn mit Wein überschüttet und bist vor ihm geflohen.« Georg musterte sie. »Ich kenne Ulrich lange genug. Es geschieht nicht oft, doch manchmal geht sein Temperament mit ihm durch. Dann steht er unserem Herzog in Sachen Hitzköpfigkeit nur wenig nach. Sicher gehört einiges dazu, Ulrich derart zur Weißglut zu treiben. Und wie ausgerechnet Barthel, der alte besonnene Burgvogt, das hat schaffen können ...« Georg zuckte mit den Schultern.

»Waren sie nicht sogar befreundet?«, warf die Mutter ein.

»Wie dem auch sei. Du solltest unserem Herrgott danken, dass dir nicht mehr zugestoßen ist.«

»Georg«, stieß Agnes aus. »Das denkst du nicht ernsthaft.« Sie drehte den beiden den Rücken zu und sank in sich zusammen. Konnte es möglich sein? Hatte sie sich so in ihm getäuscht? Hatte sie die vergangene Nacht in den Armen eines Mörders gelegen, für den sie nur ein vorübergehendes Vergnügen gewesen war? War sie derart dumm, sich einem solchen Menschen anzuvertrauen? Agnes fuhr sich mit beiden Händen übers Gesicht, dann straffte sie die Schultern.

Unmöglich! Bei Hans von Eurasburg hatte ihr Gefühl sie gewarnt. Trotz besseren Wissens war sie darüber hinweggegangen, und Ulrich hatte sie gerettet. Obwohl sie ihn abgewiesen hatte. Zweimal hatte ihr Verstand sie getäuscht, wo sie besser ihrem Gefühl gefolgt wäre.

»Was, wenn sie den Falschen festgenommen haben? Wenn nicht er derjenige ist, der diese Tat beging?«

»Agnes.« Georg stützte die Hände in die Hüften und blickte auf sie herab. »Ich kann es auch kaum glauben. Und ich versichere dir: Mir wäre es lieb, wenn es tatsächlich ein anderer wäre. Aber manchmal ist es so, dass uns die am meisten verletzen, zu denen wir gerne gehören wollen.« Georg wich ihrem Blick aus und wandte den Kopf schnell ab. Er wischte sich über den Mund. »Es ist nun mal so, in der Wunde des Burgvogts steckte noch der Dolch mit dem Familienwappen. Wer sonst würde diesen Dolch bei sich tragen, wenn nicht ein Angehöriger dieser Familie?«

»Wer sonst?« Agnes warf die Arme in die Luft und tippte sich gegen die Stirn. »Wer würde einen Dolch mit Familienwappen bei demjenigen vergessen, dem er das Leben nimmt? Sag mir das, Georg!«

Der Mund ihres Bruders klappte auf und wieder zu.

»Ulrich trug keinen Dolch bei sich, als er mir zu Hilfe kam. Der Kerl, mit dem er sich geschlagen hat, hätte es ansonsten schwer gehabt gegen Ulrich. Der Kampf wäre sehr schnell vorüber gewesen. Weshalb sollte Ulrich ein Messer denn ansonsten nicht einsetzen? Er hat doch bei der Versammlung auch kein Messer getragen, oder?«

»Kein Messer? Er trug kein Messer, als er dir zu Hilfe kam, sagst du?« Georg kaute auf seiner Lippe und runzelte die Stirn. »Ich habe nicht darauf geachtet, als er in den Saal zurückkam.«

»Nein.« Agnes fiel noch etwas ein. »Wann fand man den Burgvogt ermordet und wer fand ihn?« Ihr Fuß tappte auf die Holzdielen. »Wann hat man ihn zuletzt lebendig gesehen?«

»Also, das ist doch wirklich nicht von Bedeutung.« Ihr Bruder schüttelte den Kopf und sah sie verständnislos an.

»Behandle mich nicht wie ein kleines Kind, Georg«, schnappte sie, »wenn ich dir eine Frage stelle, dann aus gutem Grund.«

Der Bruder hob die Hände abwehrend vor seine Brust und sah seine Mutter an.

»Georg? Weißt du etwas dazu?«

Er seufzte. Agnes bemerkte, wie seine Gedanken hinter der angestrengten Miene ratterten. Mit zusammengekniffenen Augen überlegte er. »Vater hat uns Bescheid gegeben, nachdem du wieder da warst. Kurz darauf versammelte der Herzog alle Männer der Burg und stellte Einheiten zusammen, die Ulrich von Mering finden sollten. Wenn ich es richtig verstanden habe, muss der Mord in den Nachtstunden geschehen sein. Der Vogt war nach dem Nachtgottesdienst noch einmal kurz beim Herzog. Danach hat ihn niemand mehr gesehen. Erst als ein paar der Gäste aufbrachen, wurde er entdeckt. Das war wohl noch weit vor Anbruch des Tages. Er lag direkt vor dem Torhaus. Unfassbar, dass er ihn an einem derart öffentlichen Ort tötete.

Also ...« Ein weiteres Seufzen entrang sich Georgs Lippen. »Es war wohl ein paar Spannen vor deiner Rückkehr, dass man den Toten fand«, fasste er zusammen, »und zur Morgendämmerung hatten die Soldaten den Mörder festgesetzt. Im Stall haben sie ihn gefunden. Stellt euch das vor: Wenn er schon jemanden mordet, dann hätte er doch weglaufen können.

Es tut mir leid, dass ich das sagen muss, Agnes, aber allein für diese Dummheit musste er in den Kerker«, ergänzte er.

Agnes starrte ihren Bruder an, ihre Wangen flammten rot. »Du glaubst doch nicht ...«, unterbrach sie sich selbst mitten im Satz und warf die Hände hoch. »Du glaubst wirklich, dass er zu einer derartigen Torheit fähig ist, abgesehen davon, dass du ihm auch eine solche Tat zutraust.«

Georg verzog das Gesicht und kratzte sich am Kopf. »Agnes! Das waren so nicht meine Worte. Herzog Ludwig erließ den Befehl gegen Mering.«

»Nun, ganz offensichtlich war es aber durchaus das, was du leichthin geglaubt, ja, schlicht hingenommen hast«, klagte sie ihn an und fuhr fort: »Er kann den Mord nicht begangen haben, er ...«, verklangen die Worte und sie riss die Hand zum Mund.

»Agnes?« Ihre Mutter zog die Augenbrauen hoch und

musterte sie genau. Sie spürte, wie ihre Wangen brannten, und schüttelte heftig den Kopf.

Sie war die Einzige, die um Ulrichs Unschuld wusste. Agnes erbleichte. »Für den Herzog, für alle anderen gilt bereits aufgrund der Festnahme seine Schuld als erwiesen, nicht wahr, Georg, so ist es doch?«

Ihre Gedanken stolperten davon: Selbst wenn man ihr nun doch Glauben schenken sollte, so stand ihr Ansehen, die Ehre ihrer ganzen Familie auf dem Spiel.

»Er hat keinen Mord begangen.« Ihre Stimme war nicht mehr als der Flügelschlag eines sterbenden Vogels. Sie schlich auf und ab vor ihrem Bruder und der Mutter, verfolgt von deren Blicken. In ihrem Innersten tobte ein Widerstreit: Offenbarte sie die Ereignisse der Nacht, rettete sie ihn … vielleicht. Oder verschlimmerte alles damit.

Ihre Mutter trat auf sie zu. »Agnes, wie Georg berichtet, war es eindeutig sein Dolch, der gefunden wurde.«

»Aber es hat niemand gesehen, dass er tatsächlich den Mord beging«, warf Agnes ein. Sie wiederholte sich. »So seht es doch: Er hat mich gerettet. Wenn er einen Dolch gehabt hätte während des Kampfes mit diesem Unhold, weshalb hat er ihn dann nicht benutzt? Dadurch wäre er überlegen gewesen.«

»Nun ja, nicht immer ist jedes Verhalten sinnvoll, vor allem in der Hitze des Gefechts.« Georg winkte lakonisch ab. »Darüber hinaus: Man hat ein Stück vor dem Torhaus neben einem kleinen Seitenweg noch die Leiche eines jungen Burschen gefunden mit aufgeschlitzter Kehle. Vielleicht hat der ihn ja beobachtet bei dem Mord und musste dafür mit dem Leben bezahlen.«

»Georg, ich bitte dich!« Agnes hustete. »Er mordet den Burgvogt, bemerkt, dass ihn jemand beobachtet hat, schlitzt dem Burschen die Kehle auf und steckt anschließend das Messer wieder in die Verletzung des Burgvogts? Du musst zugeben, dass das nicht besonders klug klingt.«

»Dann war's halt umgekehrt«, gab er bissig zurück. »Vielleicht war dieser Bursche ja derjenige, der dir etwas antun wollte, und dein Verlobter ist derart wütend gewesen, dass er ihm den Garaus machte. Dabei hat ihn der Burgvogt beobachtet, und er hat diesen auch noch beseitigt.«

»Er war es nicht!« Sie schrie ihren Bruder an. »Und der, der über mich herfiel, war ein Monster und kein Bürschchen. Es war ein Monster, das die ganze Zeit grunzte.«

»Nur aufgrund deines Wunsches ist das noch lange nicht die Wahrheit, Agnes.« Ihre Mutter legte ihr die Hand auf die Schulter.

»Mutter, ich bin mir sicher, dass er unschuldig ist. Er ist kein Mörder.«

»Weshalb denkst du, du hast recht? Dann würden sich ja alle anderen irren«, beharrte Georg.

»Ich kann es euch nicht sagen. Ich weiß es einfach.« Sie blieb stur. »Bitte, ihr müsst mir glauben, dass er es nicht getan hat.

Ich wollte ihn erst nicht als meinen Gemahl, ich wollte niemanden an meiner Seite.

Doch ich habe Ulrich gesehen. Er ist kein Mörder. Er ist der, an dessen Seite ich leben will.« Sie knetete ihre Hände gegen die Verständnislosigkeit auf den Gesichtern. »Wir müssen etwas tun. Es muss etwas geben, seine Unschuld zu beweisen.«

Kälte griff nach ihr und Ratlosigkeit und schlang sich um ihr Herz.

RICHTER †Kapitel 49

BURG FRIEDBERG, ENDE MÄRZ 1268

Der Verlust seines treuen Kämmerers machte sein Denken schwer. Ein Mord war das endgültigste aller Vergehen. Nichts konnte ein Leben zurückbringen. Und er, Ludwig, hatte darüber das Urteil zu fällen.

Noch nicht einmal das Morgenmahl vermochte er einzunehmen. Mit knurrendem Bauch und verschnürter Kehle begab er sich in seinen Sitzungssaal weit vor der Zeit. Ludwig hatte seine Aufgabe angezogen, wie sein Gewand und gewartet, bis alle – einer nach und dem anderen – eintrafen.

Neben Ludwig raschelte schwerer Stoff. Das Ornat des Bischofsamtes verschluckte beinahe die Person. Hartmann von Dillingen, der Bischof von Augsburg, verfolgte mit wässrigen Augen und verkniffener Miene das Geschehen. Immer wieder glättete dessen Hand die wenigen Strähnen ergrauten Haares und bedeckte damit eine höher werdende Stirn. Mit der Linken klammerte er sich an den Pfosten der Rückenlehne von Ludwigs Richterstuhl.

Wernher von Hardenberg wartete als Fels zur Linken des Stuhls. Das Gewand war ohne Zierrat, die Fackeln, die selbst zu dieser Stunde schon entzündet waren, schimmerten über dem dunklen Grau des Surcots.

Neben dem Hardenberger reihte sich Theodorich von Sulzbach ein. Der Graf zählte erst seit Kurzem zu Ludwigs Vasallen. Durch Konradins Schenkung gehörten die Ländereien nun Ludwigs Herzogtum an.

Der Schwung der Flügeltür beendete die Stille. Als wäre es ein Treffen wie stets, schritt der Meringer zum Podest. Wären da nicht jene Kleinigkeiten, die die Gewohnheit in eine Ausnahme verwandelten.

Ulrich hielt die Hände vor seinem Körper, ruhiger als

üblich, doch frei. Die Wachen ließen ihm den Vortritt, sie hielten Abstand, die Speere fest in der Hand, bezogen sie ihren Platz neben der Tür.

Die Gewandung war dunkel befleckt von getrocknetem Blut, zerrissen. Das Haar fiel ihm strähnig ins Gesicht, ein Bluterguss verzerrte die sonst so ebenmäßige Kinnpartie. Der Mann, mit dem er sich unzählige Wortgefechte geliefert hatte, hatte die Lippen fest zusammengepresst, die Schultern durchgedrückt, den Blick fordernd und wach und musternd auf ihn und die anderen Anwesenden gerichtet.

Ludwig krampfte seine Hand fester um den Griff des Schwertes auf seinen Knien und starrte hinab. »Nun seid Ihr über Eure eigenen Füße gestolpert.« Ludwig, der Strenge, warf die Worte hinab auf die Märtyrerstatue; blass, mit ihren dunkel umringten Augen. »Ihr seid hier, um Euch für Eure Tat zu verantworten.« Er lehnte sich zurück und harrte Ulrichs Erwiderung.

Ein Räuspern. »Mein Herzog, Ihr gewährt mir Eure Zeit. Dafür danke ich Euch. Ich weiß nicht um den Grund, weswegen ich mich hier vor Euch finde.

Weswegen klagt man mich an?« Die Stimme war leiser denn üblich. Er rieb die Silbernarbe auf seiner Stirn und sah von einem zum Nächsten. Beim Hardenberger schien sein Blick länger zu verweilen. Eine Fußspitze schabte einen Halbkreis aus den Binsen der Dielen, bis er fortfuhr, den Blick wieder auf ihn gerichtet. »Weswegen bin ich hier?«

Ludwigs Sinne waren geschärft. Gerichtsverfahren – ob bei Feldzügen oder in Friedenszeiten – hatte er genug angeführt. Er wusste genau, worauf er zu achten hatte bei denen, die Schuld auf sich geladen hatten. Jeder versuchte, seinen Kopf aus der Schlinge zu ziehen, und jeder verriet sich durch etwas. Ludwig krallte sich in die Lehnen. Er schüttelte den Kopf, sah zu Wernher, sah zu Ulrich, blickte zum Kreuz auf der gegenüberliegenden Seite des Saals. Er runzelte die Stirn. Ulrich blieb ihm ein Rätsel.

Wo war die Scham darüber, entdeckt worden zu sein? Wo das Bemühen, die Tat von sich zu weisen, die Unschuld schon von Beginn an mit allen Mitteln herbeizuflehen? Weshalb lag da nur eines auf Ulrichs

Gesicht: Ahnungslosigkeit?

Ein Kribbeln wanderte unablässig von Ludwigs Nacken in den Rücken, er schüttelte sich.

Hartmann von Dillingen knisterte in seiner Robe und neigte sich zu ihm. »Weiß er tatsächlich von nichts? Das kann doch nicht sein, Herzog!« Er wackelte mit dem Kopf. »Habt Ihr doch den Falschen gefasst?«

Blut schoss in Ludwigs Wangen. Mit einem Blick brachte er den Bischof zum Schweigen und dazu, zwei Schritte vom Richterstuhl zurückzutreten, ehe er selbst sich dem Angeklagten zuwandte. »Man wirft Euch das schlimmste Verbrechen vor, das ein Mensch begehen kann. Und Ihr habt Euch dessen schuldig gemacht vergangene Nacht. Ihr habt Euch an einem Freund vergangen. Ihr, der sich ach so edel und rechtschaffen gibt.« Kälte, Bitterkeit füllte seine Stimme. »Was habt Ihr dazu zu sagen, Graf.«

»Ich sehe nicht, was ich Verwerfliches getan habe. Ich werde Agnes in wenigen Tagen zur Frau nehmen.« Ulrich furchte die Stirn. »Könnt Ihr meine Tat denn nicht beim Namen nennen?«

Wernher von Hardenberg strich sein Surcot glatt und schnaubte. Er beugte sich mit gequälter Miene zu ihm und wisperte.

Ludwig verneinte und hob seine Hand in Abwehr. Seine Wangen brannten. Wernher trat einen Schritt zurück und schloss kurz die Augen.

Ulrichs räusperte sich. »Ihr klagt mich also an.« Er nickte. »Ich weiß nicht, was ich daran finden soll – an dem, was vergangene Nacht geschah:

Ich habe Agnes von Hardenberg vor der Schändung bewahrt und ihren Peiniger verjagt. Habt Ihr ihn gefasst, und er erlag den Verletzungen, oder kreidet Ihr mir an, dass ich ihn nicht fassen konnte und zu lange bei meiner Verlobten blieb, um ihre Sicherheit zu gewährleisten?« Er schüttelte den Kopf. »Ich verstehe dies nicht.« Seine Hände krampften sich zu Fäusten. »Dafür könnt Ihr mich nicht festsetzen und Urteil über mich sprechen. Das ist unrecht.«

Die Mienen seiner beiden Vasallen und des Bischofs wurden bleicher, ihre Augen groß.

»Unrecht?« Ludwig sog die Luft durch seine Zähne, er kniff die Augen zusammen. »Ihr werft mir vor, unrecht zu handeln? Schaut Euch doch an! Und – so sehr Ihr Euch dies wünschen würdet – es liegt sicher nicht an Euch, Recht und Unrecht zu unterscheiden.

Glaubt nicht, ich habe vergessen, welche Rolle Ihr gestern gespielt habt: Bei der Versammlung meiner Vasallen habt Ihr Euch nicht zurückgehalten. Ihr habt Euch gegen den Feldzug ausgesprochen, und Ihr wart es, der den übrigen Vasallen die Folgen meines Scheiterns ins Gedächtnis rief. Ihr solltet mich unterstützen, damit sie an meiner Seite stehen, wie es sich für euch gebührt. Doch nichts habt Ihr getan.

Ihr habt endgültig Euer wahres Gesicht gezeigt. In der Versammlung gestern und mit Eurer Tat vergangene Nacht. Ihr habt Eure Saat ausgebracht und Unmut gestreut! Nur ist Euer Plan nicht aufgegangen.« Ludwigs Zischen hallte im Saal wider und seine Wangen brannten. »Selbst in einem Augenblick wie diesem ist Eure Demut nur gespielt, und Ihr zeigt keinerlei Respekt vor mir. Ihr missachtet, dass ich als Wittelsbacher über Euch Welfen stehe.«

Wernher von Hardenberg trat vor ihn. »Herzog Ludwig, der Graf von Mering hat sich stets bewiesen und Euch treu gedient. Wir alle wissen das. Wir wissen gleichfalls, was zwischen Euch und dem Grafen von Mering ist.« Der Hardenberger musterte ihn und Ulrich. »Schwer wiegt die Tat, die man ihm zur Last legt. Ich bitte Euch, hört ihn an. Gebt ihm die Möglichkeit, die jeder andere ebenso erhält.«

Ludwigs Blick schwenkte vom Angeklagten zu dem Fürsprecher. »Mäßigt Euch!« Dann wandte er sich wieder Ulrich zu. »Ich denke, Ihr wisst, in welcher Lage Ihr Euch befindet. Und Ihr seid wohl kaum wegen einer Prügelei hier, sondern wegen Eurer anderen Tat.« Er hob das Schwert an und entdeckte noch mehr Unverständnis auf Ulrichs Gesicht.

»Aber was zwischen Agnes von Hardenberg und mir vorfiel …«

»Nun lasst Eure Verlobte aus dem Spiel, Herrgottnocheins.« Ludwig fluchte.

»Was war zwischen …«

»Und hört endlich auf, Unwissenheit zu heucheln«, fiel er dem Hardenberger ins Wort. »Spielt nicht den Ahnungslosen.« Er stemmte sich hoch von seinem Sitz, die Klinge in der Hand wanderte er auf und ab. »Ihr wollt meinen Platz.« Er schnaubte. »Haltet Ihr Euch selbst über alles erhaben? Als Welfe ist es Euch nicht genug, dem Hause Wittelsbach zu dienen. Und dabei seid Ihr nichts als ein Verräter und ein Mörder!« Ludwig hielt inne und warf die Hände in die Höhe. Ulrich blickte erstaunt. »Wie konntet Ihr nur, Ulrich!« Er ließ keine Gelegenheit für eine Antwort. »Zur Hölle und mit Euch!« Ludwig stemmte die Hände in die Hüften und schnaubte. »Erst bringt Ihr die Vasallen gegen mich auf, und dann bringt Ihr mich um meine Stütze, um mich zu schwächen.

Nach all den Jahren, die Ihr Barthel kennt – wie konntet Ihr ihn nur ermorden?«

Ulrich riss seinen Kopf in die Höhe, suchte Ludwigs Blick. »Barthel?« Sein Mund klappte auf. Und wieder zu. Und wieder auf. »Nein. Das kann nicht sein. Barthel kann nicht tot sein.

Ihr treibt ein Spiel mit mir.« Er prüfte jeden Einzelnen auf dem Podest neben Ludwig und hing am Ende an Ludwig selbst. »Ich bin kein Mörder.« Die Stimme blieb ruhig, ganz schlicht und ohne Hast, eine Tatsache; eine Feststellung; und sah ihm, seinem Herzog, dabei in die Augen. Klar und aufrichtig war sein Blick. Als hätte er nichts zu verbergen.

Eine Weile musterten sie sich. Weder der Bischof, noch die beiden Vasallen wagten auch nur das geringste Rascheln oder ihre Stimme zu erheben.

Ludwig wandte sich ab, er nickte einem der Wachen zu, die hinter Ulrich standen. Schritte hallten im Raum, näherten sich, bis der Mann bei ihnen stand. Er wühlte in einer Tasche, die ihm quer um die Brust hing, zerrte und brachte schließlich etwas hervor. Es schimmerte ein wenig, funkelte, als flackerndes Licht darauf fiel, doch hauptsächlich war es verschmutzt, überzogen mit rostbraunen Flecken, verschmiert und verklebt von dunkler, getrockneter Flüssigkeit. Der Bischof von Augsburg und die beiden Grafen wagten sich herab vom Podest am Richterstuhl vorbei, um einen Blick darauf zu erhaschen, was am Boden lag. Fast gleichzeitig gaben sie ein überraschtes Murmeln von sich.

Ulrich hob den Kopf. »Was ist das?«

Ludwig räusperte sich. »Ich meine, das wisst Ihr besser als ich. Sicher seid Ihr am besten geeignet, uns dies zu erklären.«

Ulrich zögerte. »Ich sehe ein altes, rostiges Messer.« Der schlichte Griff verjüngte sich zur Mitte hin. Das Heft war mit einem abgerundeten Stahlband verstärkt. Am Ende des Griffs befand sich eine filigran gearbeitete Verzierung etwa der Griffbreite entsprechend.

»Seht es Euch genau an, Welfe!« Der Aufforderung folgend ging der Meringer in die Hocke, begleitet vom Geräusch der sich ständig öffnenden und schließenden Faust Ludwigs und dessen wippendem rechten Fuß. Die Zeugen, die bei dem Richter und seinem Angeklagten standen, tauschten nur kurz einen Blick. Keiner musste in Ludwigs Gesicht sehen, um zu wissen, was dies bedeutete.

Ulrich beugte sich näher über das Messer und stützte sich mit seiner Linken am Boden auf. »Blut. Und Dreck. Die Klinge ist überzogen damit. Und …«

»Fasst es ruhig an! Dreht es um, wenn es Euch beliebt«, forderte er seinen Untertan auf und lud mit der Geste seiner Hand dazu ein.

Ulrichs Augen weiteten sich, und er erbleichte, als er es erkannte. »Um Gottes willen, wo habt Ihr diese Klinge her?« Das kunstfertige Emblem auf der Vorderseite des Griffs wies den Dolch ohne Zweifel aus. Dort prangte unverwechselbar trotz der Verschmutzung das Wappen der Familie. Der Welfen.

Die Welt stand still, alles hielt den Atem an. Ulrich schluckte und fuhr sich mit der Hand über das Gesicht. Hartmann von Dillingen, und Theodorich von Sulzbach wichen auf das Podest zurück, ohne die Augen abzuwenden. Wernher verharrte.

»Wie kommt dieser Dolch hierher? Das Erbstück meiner

Familie. Es ist verschlossen in meiner Burg.« Ulrich war ratlos. Atemlos, tonlos. »Was bedeutet das?« Seine Miene hatte sich verhärtet, seine Augen blitzten. »Was geht hier vor?«

Ludwig starrte wie ein Wolf auf seine verletzte Beute, seine Rechte umfasste wieder den Griff des Schwertes an seinem Gurt. »So gebt Ihr denn selbst zu, dass es sich um Euer Eigentum handelt?«

Ulrich schnaubte, selbst als der Wachmann ihn mit seiner Pranke an der Schulter packte.

»Wer, wenn nicht Ihr selbst, sollte diesen Dolch gegen Barthel erhoben haben? Aus Eurem Mund kam soeben der Beweis dafür. Ihr verdient den Tod dafür.«

Mit einem Mal schwankte Ulrich, das letzte bisschen Farbe wich, er zitterte, riss sich los aus des Herrschers Griff und wankte mehrere Schritte rückwärts. Er keuchte. »Nein!« Der junge Graf beugte seinen Oberkörper nach vorne und stützte sich auf seinen Oberschenkel auf. »Der Dolch ist mein. Doch nie habe ich ihn gegen einen Menschen geführt.«

»Nein!«, hallte es wider. Diesmal von anderer Stelle aus dem Raum. Wernher von Hardenberg und der Bischof hatten gleichzeitig ihre Stimmen erhoben. Hartmann von Dillingen war der Erste, der zur Rede ansetzte. »Ludwig, seht doch, wen Ihr vor Euch habt! Mering ist ein rechtschaff …« Weiter kam er nicht.

»Ach, haltet doch Euer Maul, Bischof. Was wisst Ihr mit Eurer Kirche schon!«, brachte Ludwig ihn ums Wort.

Wernher schritt vor und postierte sich zwischen dem Herzog und dem Grafen. Beinah verbarg er mit seiner Haltung den Mann hinter sich. »Mein Herzog! Haltet ein! Welchen Anlass mag Ulrich haben, dem Burgvogt nach dem Leben zu trachten?

Fällt das Urteil nicht voreilig, und nicht aus einer Laune heraus. Ihr seid zornig mit ihm; er war es, der gestern auch den Zweifeln und den Zweiflern Raum gab. Doch nach all den Jahren, in denen er Euch dient, ungeachtet seiner eigenen Belange, manchmal sogar zum Nachteil seiner selbst, dient er stets zu Eurem Wohle; nach all den Taten, die Euch schon durch seinen Vater zugutekamen, wägt Euer Urteil ab! Ich bitte Euch! Seine Familie war es, die den Verrat aufdeckte vor zwölf Jahren, mit der Hilfe der Seinen konntet Ihr jenen üblen Verrat aufdecken und Euren Stand wahren, trotz Eurer schrecklichen Tat.« Tief verneigte sich der Gutsherr, ehe er zur Seite trat. »Ladet nicht erneut das Blut eines Unschuldigen auf Eure Seele. Ich bitte Euch aus tiefstem Herzen darum.«

Ludwig stand unbewegt, einzig die Fäuste geballt, so dass die Knöchel weiß hervortraten. Nichts sprach er, keine Silbe kam über seine Lippen, selbst nicht, als sein Arm nach oben schnellte, die Hand geöffnet, die andere Hand deutete auf den, der seinem Urteil unterlag. Um Ludwig schien alles in Flammen zu stehen.

Nach ein paar tiefen Atemzügen richtete Ulrich sich auf. »Ludwig«, setzte er an mit brüchiger Stimme, dann straffte er sich und wandte sich mit festem Blick an jeden der Anwesenden, Ludwig zuerst und vor allem. »Ich diene Euch. Mit meinem Denken, meinem Handeln, meinem Leben. Stets in dem Sinne, dass es Euch zugutekommt. Selbst dann, wenn ich anderer Meinung bin als Ihr. Natürlich trage ich auch die Sorge um mein eigenes Land, doch das eine schließt das andere nicht aus. Barthel ist mein Freund, ich schätze ihn, und ich schätze Euch, und ich kenne meine Pflichten.

Ja, der Dolch zu meinen Füßen zählt zu meinem Eigentum. Dennoch war nicht ich derjenige, der ihn jemals erhob. Verurteilt mich nicht, weil ich Eigentümer dieser Klinge bin. Ihr müsst mir glauben.«

»Ihr lügt!«, polterte Ludwig. »Falsche Worte säuselt Ihr in mein Ohr; Ihr und dieses Pack hier, das Zeuge sein soll. Der Bischof, dem mehr an seiner Börse gelegen, denn am Heil der Seelen oder Gerechtigkeit. Glaubt Ihr nicht, dass er mehr von Euch hätte, wenn ich Euch verschonte? Mehr Geld vor allem! Und der Vater Eurer Braut – keinen Deut besser ist er mit seinen Lügen.

Ihr! Ihr habt mich gestern verraten vor all meinen Vasallen; und meinen Burgvogt, meinen Kämmerer habt Ihr mir gemordet, auf dass sein Verlust mich um das

Wissen um meine Bestände, mein Hab, mein Gut brächte.« Sein Finger zeigte wie eine Schwertspitze auf den Grafen vor ihm. »Einen Bärendienst leistet Ihr mir.

Ihr wagt es, mich in diesem Punkt zu belügen, und dann gebt Ihr auch noch unverblümt zu, wie sehr Ihr Euch um Euer eigenes Land sorgt. Ihr fordert …« Ludwigs Stimme überschlug sich, er hustete. »Ihr fordert, dass ich davor die Augen verschließe und Euch glaube. Ihr unverschämter Emporkömmling aus der Familie eines gestürzten Löwen!« Ludwig spürte die Hitze in seinem Blut. »Ihr versucht lediglich, mich um das zu bringen, was mit zusteht: die Krone über das Reich. Ständig widersetzt Ihr Euch meinem Willen. Doch damit hat es nun ein Ende! Ihr habt Euch gegen Gott versündigt, als die Klinge gegen Barthel gerichtet habt. Gegen mich habt Ihr Euch versündigt mit Euren ständigen Lügen. Euer Leben ist verwirkt. Euer Kopf gehört mir!«

Die Worte hingen im Saal, die Wände warfen das Urteil wider. Ulrich warf den Kopf in den Nacken, als ob sein Blick allein durch Willenskraft die Decke durchdringen und den Himmel schauen könnte. Er sackte auf die Knie, schränkte die Finger ineinander, presste die Hände zusammen wie im Gebet, die Daumen gegen sein Kinn. Niemand wagte, die Stimme zu erheben. Die Worte waren kaum mehr als ein Flüstern, als sie sich vorwagten. »Nein. An meinen Händen klebt kein Blut. Keine Gnade will ich, sondern Recht. Verurteilt mich nicht aus Zorn für eine Tat, die ich nicht begangen habe.«

Wieder war es der Hardenberger, der vor den Herzog trat. »Herzog, hört auf die Stimme Eurer Vernunft, nicht auf den Zorn, der seit gestern in Euch brennt. Ich glaube und vertraue Ulrichs Worten. Mag auch der Dolch, der gefunden wurde, aus seinem Besitze sein.«

Theodorich von Sulzbach schob sich nach vorne. »Ich frage Euch: Welcher Mörder hinterlässt ein solches Zeichen? Wir alle wissen um Ulrichs scharfen Verstand. Den eigenen Dolch mit Familienwappen beim Toten zu lassen? Das tut niemand, der auch nur einen Funken Hirn besitzt.« Kurz zögerte er, ehe er fortfuhr: »Und sah man nicht auch jenen auf dem Feste, den man einen Raubritter heißt? Hat er nicht beständig Streit mit Eurem alten Kämmerer herausgefordert? Heißt es nicht so? Wäre ihm nicht dieses zu zutrauen?«

Ludwig schritt zurück zu seinem Stuhl und warf den Mantel halb über seine Brust. Seine Gewänder rauschten, als er seinen Sitz einnahm, die Armlehnen packte und sich nach vorne beugte. »Genug! Meine Vasallen verweigern mir die Gefolgschaft und folgen lieber einem Mörder.« Seine Stimme schnitt. »Ich bin Euer Herr, Euer Herzog, ich bin Pfalzgraf. Und ich bin Euer Richter.

Schafft ihn mir aus den Augen!«, herrschte er seine Soldaten an. Keinen weiteren Blick war er ihm wert. »Das Urteil wird morgen bei Tagesanbruch vollstreckt!«

HOFFNUNG †Kapitel 50

BURG FRIEDBERG, ENDE MÄRZ 1268

Ihr Vater war eben in den Speisesaal getreten. Die Fackeln schmissen ihr Licht an die Wand und ihr Qualm fing sich an der Decke. Ihre Ohren nahmen das Knistern von Feuer auf und den Klang der Messer, die zurück auf den Tisch gelegt wurden. Sie hörte Laute, die ihr Vater sprach. Jemand berührte sie an der Schulter. Ihre Wangen brannten von ihren Tränen, sie zog ihren Schal enger um sich. Die Berichte ersetzten die Mahlzeit und vertrieben jeglichen Hunger, den Agnes verspürt hatte.

Ihre Mutter schob das Brett für das Abendmahl näher zu ihr und sprach etwas, Conrad wiederholte, er legte etwas darauf. Ihr Kopf nickte und die Hand hob Speise von dem Brett, führte diese zum Mund, ihre Zähne kauten und mahlten, ihr Speichel wässerte die Asche und sie schluckte. Die andere Hand führte ihren Becher zum Mund, sie trank. Sie hörte Menschen an den Plätzen neben ihr sprechen und fragen. Ihr Messer stocherte in dem Stück Essen vor ihr, zerschnitt es, zerteilte es. Die Unterhaltung wurde leiser, die Plätze neben ihr waren leer.

Menschen befanden sich hier um sie, irgendwo im Raum.

Was nur war geschehen? Sie fuhr mit ihrer Hand durch einen Berg aus zersplitterten Trümmern, zerbrochenem Tand. Zerschmetterte Träume türmte sich zu ihren Füßen, und ihre Gedanken flatterten ohne Ziel.

Vor wenigen Wochen hatte nichts als ihre Freiheit gezählt. Vor wenigen Tagen hatte sie ihren Bräutigam noch mit Missgeschicken überschüttet, doch vertreiben konnte sie ihn nicht. Er hatte sie gerettet. Vor wenigen Stunden erfüllt von Freude. Nun betäubte kalter Schmerz ihr Inneres, scheuerte und rieb. Sie hatte gegen die Predigten und Vorschriften der Kirche verstoßen. War dies die Strafe? Der Preis für den Verstoß, ein Leben?

Sie stocherte auf dem Brett, trommelte auf dem Holz, ihr Messer bohrte sich in den Tisch; wieder und wieder.

»Wann wird das Urteil vollstreckt?« Sie schreckte auf. Die Stimme der Mutter schickte Schauer über ihren Körper.

»Es ist unrecht«, flüsterte Agnes, »ich weiß, dass er nicht schuldig ist.«

Conrad kickte mit seinem rechten Stiefel gegen das Podest des offenen Kamins. Mit seinem Daumen fuhr er über die Rillen und Kerben des Simses, zupfte an den kleinen Splittern, zog sie aus dem Holz. »Wir finden keine Zahl mehr dafür, wie oft du diesen Satz schon gesagt hast.« Unter halbgeöffneten Lidern gönnte er ihr einen kurzen Blick, ehe er die Arme vor sich verschränkte und die Augen schloss.

Georg meldete sich von der Fensterbank, einen Fuß aufgestützt, den zweiten baumelnd. Er warf Conrad einen Blick zu und verdrehte die Augen. »Es ist unrecht«, äffte er. »Allmählich solltest du zur Abwechslung auch wieder die übrigen Wörter benutzen, nicht nur diese drei.« Er donnerte eine Faust gegen die Wand.

Conrad zuckte zusammen. »Herrgottnocheins, Georg! Was ist los mit dir? Wir alle sind müde, und Agnes …« Er seufzte. »Sei nicht so streng zu unserer Kleinen.«

»Ich …« Georg brach ab. Er fuhr sich übers Gesicht, seine Schultern sackten herab. »Verdammt, Agnes. Was weißt du über Ulrichs Unschuld? Wenn es etwas gibt, dann raus damit!«

Agnes nahm das Spiel auf den Mienen ihrer Brüder wahr. Conrad ließ den Mittleren nicht aus den Augen, wie früher. So war es, wenn Georg etwas für sich behalten wollte, und Conrad ihm auf die Schliche gekommen war.

Conrad richtete sich auf. »Du benimmst dich, als wüsstest du noch etwas ganz anderes, Georg. Was ist los?«

Das Messer in Agnes Hand zitterte im Holz des Tisches, ihre Augen wurden groß.

»Georg! Verdammter Hackstock!« Conrad versetzte ihm einen Tritt und brachte ihn aus dem Gleichgewicht. Mit den

Armen rudernd hielt sich der Jüngere gerade so auf seinem Platz.

»Was …?«

»Herrgottnochmal, er ist ihr Verlobter! Er hat sie letzte Nacht davor bewahrt, dass dieser …, dieser …« Conrad wischte mit der Hand durch die Luft, verstummte, bevor er dem jüngeren Bruder einen Klaps auf die Stirn gab und sich wieder gegen den Sims lehnte, um in das Feuer zu starren und die Fasern aus dem Holz zu reißen. Erneut ruckte er hoch. »Was sagt der Hofklatsch, Georg.«

»Nichts«, blaffte er. Er knurrte. »Nicht genug.«

Conrad wandte seinen Blick nicht ab. »Es gibt also durchaus …«

»Die Wachen haben den Eurasburger in den späten Nachtstunden über den Hof stromern sehen.« Georg legte den Kopf schief. »Mit einem unförmigen Gefährten.«

»Und?«

Georg knabberte an seiner Lippe. »Bevor er im Trakt der Burg verschwand«, zischte er und wandte den Kopf ab.

»In einem bestimmten Trakt?«, hakte Conrad nach und nickte, ehe eine die Antwort kam. Georgs Wangen leuchteten feuerrot. »Sagen das die Gerüchte, wo er verschwand, oder ist es nur deine Eifersucht, Georg?«

»Halt's Maul«, blaffte er den Älteren an. »Was weißt Du schon?«

»Was soll das?« Schmerzen pochten in Agnes' Kopf und verriegelten ihr Denken. Ihr gelang nicht, ihren Brüdern zu folgen. »Dieser Eurasburger hat mich zum Tanz geholt und aus dem Saal …« Ihre Worte steckten fest wie ihre Gedanken. Eine Ahnung schlich sich an, doch sie konnte sie nicht greifen. »Ulrich hat mich gerettet, er kann nicht der Mörder sein.« Trotzig presste sie die Lippen aufeinander, schob sie ihr Kinn vor und zog das Messer aus dem Tisch. Mehr gab sie nicht preis.

Die Miene ihrer Mutter spiegelte Besorgnis wider, die des Vaters Mitgefühl. Der Blick, das angedeutete Kopfschütteln Adlhaydts drückte genug aus. Sie brauchten keine Worte.

»Agnes, was weißt du?« Die Stimme des Vaters klang

rau. Sie starrte zurück und zog die Augenbrauen zusammen. All die Worte versperrte sie hinter ihren Lippen, die Gedanken hinter ihrer Stirn. Er schnaubte. »Agnes, ich glaube auch nicht an Ulrichs Schuld, aber nur deswegen lässt sich der Herzog nicht umstimmen.« Wernher schüttelte den Kopf, bevor er ihn in seinen aufgestützten Händen barg. »Schuld war vermutlich nie die Frage«, murmelte er. »Ludwig ist wütend. Die Vasallen waren nicht so geeint, wie er sie gerne gesehen hätte, und sie achten Ulrich viel mehr, als ihm lieb ist. Der Welfe genießt hohes Ansehen unter ihnen. Und der Tod Barthels … Einen ungünstigeren Zeitpunkt dafür hätte es nicht geben können.

Er versteigt sich in seinem unfassbaren Zorn, der nun wieder ein Leben kostet.«

Conrad räusperte sich. »Du meinst, nur weil er wütend ist auf seinen Berater, kostet es diesen nun den Kopf?«

Georg zischte. »Der Dolch kommt ihm als Beweis gerade recht. Schuldig oder nicht.« Wieder wanderte Conrads Blick zu dem mittleren Bruder.

Ihres Vaters Hände sanken auf den Tisch, berührten die Holzmaserung. »Ja.« Er überlegte einen Moment. »Ja, das ist es, was ich glaube. Zwischen den beiden steht so viel, und für des Herzogs Empfinden hat Ulrich sich gegen seine Pläne gestellt. Er will Rache dafür – oder vielmehr sein Recht, das, was er als Recht empfindet, dafür, dass Ulrich sich zwischen ihn und die Krone stellt. Und ihm ist jedes Mittel recht.«

Ihre Mutter erhob sich vom Tisch und schritt durch den Raum, die Hände gegen ihre Mitte gepresst. Hinter dem Vater hielt sie inne und strich über dessen Rücken. »Wernher«, sprach sie, »wenn er ihn bestrafen will, dann soll er ihn aus dem Rat ausschließen oder meinetwegen seine Einkünfte pfänden. Aber es ist doch etwas anderes, jemanden zum Tode zu verurteilen.«

Wieder schüttelte ihr Vater den Kopf. »So einfach ist das nicht. Der Herzog fühlt sich öffentlich gekränkt. Ulrich gab letztendlich den Ausschlag, dass die meisten der Vasallen ihre Unterstützung zur Absetzung der Könige Richard und

Alfons verweigerten. Sie wollen Konradin nicht zum König ausrufen – noch nicht. Sie wollen auf seine Rückkehr warten.

Am liebsten hätte er den Meringer bereits nach – ach, was red ich – bereits während der Versammlung in der Luft zerrissen. Und so wie ich den Herzog kenne aus alten Zeiten, verraucht sein Zorn nicht so schnell.«

»Doch nur deswegen kann er Ulrich nicht hinrichten lassen«, entgegnete die Mutter.

Conrad antwortete. »Nein.« Und nach einer kurzen Pause: »Nein, natürlich nicht. Aber Ulrichs Dolch bei dem Toten ist ein guter Grund. Niemand hat den Meringer mehr nach Mitternacht gesehen. Das spielt Ludwig in die Hände.« Als er sich umwandte, holte er seinen Dolch und den Wetzstein hervor. Wie von alleine glitt die Klinge über den Stein, während der Blick durch den Raum schweifte.

Agnes seufzte. Sie streifte mit dem Handrücken über ihr Gesicht und trank einen tiefen Schluck. »Eine Anhörung dient dem Beschuldigten. Er sollte die Möglichkeit erhalten, seine Unschuld zu erklären oder zu beweisen. Doch heute war es nicht so, nicht wahr, Vater? Ludwig hatte doch bereits zuvor entschieden.«

Ein Stuhl scheuerte über den Boden, ihr Vater wanderte weiter auf und ab, seine Hände fuhren unruhig durch die Luft. »Ihr habt keine Vorstellung davon, wie es sich zugetragen hat. Ich bin mir sicher, Ulrich hatte nicht die geringste Ahnung, weswegen er sich vor dem Herzog fand, bis er es aus dessen Mund erfuhr.« Wernher hielt inne. »Ja, ich bin mir dessen gewiss«, fuhr er mit seiner Schilderung ebenso fort wie mit seiner Wanderung.

»Mit der Verurteilung Merings schafft sich unser Herr gleich zwei Probleme vom Hals: Er entledigt sich eines widerspenstigen Vasallen und findet einen Schuldigen für die Morde«, brummte Georg.

»Und er macht seinem Namen alle Ehre: Ludwig, der Strenge.« Conrad verstaute seinen Dolch.

»Er ist nicht der Mörder.« Agnes spürte die Hand ihres Vaters auf ihrer Schulter.

»Agnes?« Er suchte ihren Blick. »Agnes, hör mir zu: Es

spielt keine Rolle für Ludwig. Der Bischof von Augsburg, Theodorich von Sulzbach und auch ich haben uns für Ulrich verbürgt. Vergeblich. Das Einzige, was Ulrich rettete, wäre den wahren Mörder Barthels zu fassen. Nur wird sich dieser weder zu erkennen geben, noch ohne Weiteres finden lassen.«

Die Tränen, die ihre Wangen benetzten, waren einfach da, Schluchzen schüttelte ihren Körper, doch noch immer gab sie keinen Ton von sich. »Agnes?« Die Stimme klang sanft, mehr ein Flüstern. »Ich kann nicht sagen, was er dir gilt – auf Hardenberg schreckte die Aussicht auf eine Ehe dich mehr als die Näharbeiten an deinem Kleid oder die Aussicht aufs Kloster. Was mich anbelangt, so ist mir Ulrich von Mering wie ein Sohn. Und dennoch: Ich – nein, jeder sieht, wie es dich bewegt, wie es dich trifft. Noch einmal frage ich dich, meine Tochter: Glaubst du, du kannst seine Unschuld beweisen? Was weißt du?«

Agnes sah ihren Vater an und kaute auf ihrer Unterlippe. Sie wünschte, sie könnte einfach zu ihm sprechen. Sie blickte zu den Brüdern und wandte den Blick ab.

Mit Gesten bedeutete ihre Mutter allen, das Zimmer zu verlassen. Für eine Weile war nur Schweigen im Raum. »Ulrich hat dich gerettet, Agnes.« Agnes blinzelte und musterte ihre Mutter. »Was genau ist vorgefallen in dieser Nacht, Agnes?«

Eine Zeitlang noch hielt Agnes dem Blick stand, dann vergrub sie den Kopf in ihren Händen. Für die Mutter war es an der Zeit sie in die Arme zu nehmen. Es war das Einzige, was sie tun konnte. Wieder schüttelte Schluchzen ihren Körper, und immer noch kam kein Laut über ihre Lippen. Nach einer Weile streichelte die Mutter behutsam über ihr Haar. »Du weißt, dass Ulrich unschuldig ist.«

»Ich war bei ihm.« Alles lag in diesen Worten. Sie hob ihr Gesicht und wartete. Ihr Herzschlag pochte laut und schnell. Sie verfolgte jedes Zucken in der Miene ihrer Mutter. Kein Ton zerriss den Augenblick, keine Tirade an Flüchen und Zurechtweisungen, keine Anklage. Ihre Mutter presste sie einfach fester an sich. Die flüchtige Erinnerung an Trost und Wärme schlich sich an Agnes heran und verschwand sogleich wieder.

»Es tut mir so leid, Agnes«, wisperte sie.

Wie das Trommeln einer Myriade Hufe über die zu weiche Grasnabe riss der Schmerz ihr Herz wieder und wieder auf. Nichts linderte, änderte, milderte, half.

»Wenn ich vor den Herzog trete,« setzte Agnes an, noch immer schluchzend, »und ihm bestätige, dass Ulrich die Nacht ...«

Die Mutter schüttelte den Kopf. »Er wird dir kein Gehör schenken.« Sie zerschmetterte die Hoffnung, weil sie wusste, dass sie vergeblich war. Besser ohne Hoffnung denn mit falscher Hoffnung.

»Er muss! Es ist unrecht.« Agnes ballte ihre Hand.

»Selbst wenn er dir seine Zeit und sein Ohr gewährte, selbst wenn er dir glaubte, wird er sein Urteil nicht zurückziehen. Sein Stolz ist getroffen, tief verletzt, und er sieht seine politischen Ambitionen gefährdet.« Die Gräfin strich ihrer Tochter übers Haar. »Du setztest lediglich deine Ehre aufs Spiel, ohne Ulrich damit Hilfe zu sein.«

»Aber es muss eine Möglichkeit geben ...«

»Agnes, hör mir zu." Sie löste ihre Arme und hob das Gesicht ihrer Tochter, so dass sie in ihre Augen blickte. »Ihr habt etwas geteilt, und es hat euch verbunden. Der Fremde, der dein Bräutigam sein sollte, ist zu einem Gefährten geworden, zu einem Teil, den du nicht verlieren willst.« Agnes schloss die Augen, und dies war Antwort genug. Sie fuhr fort: »Vor langer Zeit, erzählte er mir eine Geschichte.«

Agnes lehnte sich ein Stück zurück von ihrer Mutter. »Welche Geschichte? Was hat das mit Ulrich zu tun?«

»Die Geschichte, weshalb unser Herzog seinen Beinamen trägt: Der Strenge. Über all die Jahre wurde die Geschichte geleugnet, verdrängt, zu Tode geschwiegen; sie geriet in Vergessenheit.

Ich erzähle sie dir, damit du verstehst.

Ludwigs Zorn sucht seinesgleichen, wehe dem, der sich ihm entgegenstellt.« Adlhaydt erhob sich und strich ihre Röcke glatt, sie gönnte sich einen Moment und starrte ins Leere. »Ich erinnere mich genau: Nur ungern gab dein

Vater die Geschichte preis, nur widerwillig dachte er zurück an jenen Januar des Jahres 1256.

Er selbst war weder Zeuge noch in Ludwigs Diensten, doch die Einzelheiten teilte sein Freund, Ulrichs Vater, der alte Graf von Mering, mit ihm.«

Während ihre Mutter die Geschichte heraufbeschwor, hing Agnes an ihren Lippen. Sie wagte nicht, zu unterbrechen. »Er tötete seine Gemahlin wegen eines Missverständnisses?« Die Grausamkeit des Gehörten erstickte ihre Hoffnungen. »Er hat sie nicht einmal angehört.« Sie fuhr sich mit der Hand über das Gesicht. »Er gab ihr keine Gelegenheit sich zu erklären.«

»Gibt es nichts …?«

»Nichts, Agnes.«

»Es kann nicht sein.« Sie seufzte. Und dann, im nächsten Moment, wusste sie, was zu tun war. Sie richtete sich auf, atmete tief durch und rieb sich über die Augen. Ihr Blick war klar, ihre Miene hart. Sie war sich dessen bewusst, was sie forderte.

ULRICH †Kapitel 51

BURG FRIEDBERG, ENDE MÄRZ 1268

Ulrich versuchte, durch den Mund zu atmen. Das Licht der Kerze reichte gerade eben, um nicht zu viel der Schäbigkeit des Raums zu offenbaren. Was im Schatten blieb, vor den Augen verborgen, offenbarte der Gestank seinen Sinnen. Es war besser, nicht alles zu sehen. Durch den Schlitz drang kaum frische Luft, vom Licht nach wie vor zu schweigen.

Das Kinn auf seine Knie gestützt, saß er mit dem Rücken zur Wand auf seiner Pritsche, die Augen geschlossen. Er öffnete sie nicht einmal, als er die Geräusche vernahm. Es kümmerte ihn nicht, ob möglicherweise die Tür seiner Zelle sich öffnete, er zu trinken, zu essen oder Licht zugestanden bekam. Ohnehin schien es ihm sinnlos und vergeudet. Essen für einen dem Tod Geweihten. Welch Widersinn verbarg sich darin!

Sein Leben lag hinter ihm. In den ungewissen Stunden des Vormittags hatten sich seine Gedanken überschlagen. Ruhe fand er nicht. Die Anhörung hatte ihm seine Endlichkeit gezeigt.

Zermürbt fühlte er sich, angeschlagen. All seine Anstrengungen, seine Pläne verdorrten durch Ludwig Wort. Über dem Schicksal all der Menschen in seiner Grafschaft lag Ungewissheit. Und sein Herz zersprang schier in dem Wissen, für immer zu verlieren, was er für den Hauch eines Moments gefunden hatte.

Die Türangeln ächzten, verrieten das Öffnen und Schließen seines Verlieses, Schritte in seiner Zelle, Räuspern.

»Geht weg!«, murmelte er, kaum die Lippen, mitnichten die Lider geöffnet. Gesellschaft war ihm zuwider. Bis zur Neige wollte er seinen Schmerz auskosten und die letzten

Gedanken an seine erste und letzte Nacht mit Agnes.

Er rottete hier, verurteilt ohne Schuld, abgesehen von seiner Sturheit und seines Stolzes. Unbezähmbar, ungebeugt und scheinbar unfähig, dem Herzog zu schmeicheln, statt ihm zu trotzen. Der Anfeindungen und Verleumdungen, der Worte, der Menschen, der Heuchler war er über. Seine Hoffnung hatte er längst davongesandt, seine Verfügungen getroffen und festgehalten. Er wusste, nur ein Wunder konnte ihn retten, doch Gott hatte meist Wichtigeres zu tun. Er verschloss die Augen vor dem, was nicht geschehen würde und vor der Tristesse seiner letzten Stunden in diesem Raum. Er versuchte, Agnes' Bild heraufzubeschwören. Die Anwesenheit jenes Eindringlings lenkte ihn ab. Er spürte, wie dieser immer noch in der Nähe der Tür stand.

Nichts weiter geschah. Würde er tatsächlich die Augen öffnen müssen? Was blieb ihm?

Erstaunen.

Wieder raschelte das alte, verklebte Stroh. Wärme blühte auf einmal in seiner Hand. Sie war es. Agnes stand vor ihm. Er blinzelte, sah die Spur von Tränen auf ihren Wangen glänzen. Sie wusste. Und sie stand einfach nur da; stand vor ihm mit bebenden Lippen und festem Blick, wachen Augen und Trotz, der aus jedem Zoll ihrer Haltung sprach. Ihre Hand lag in seiner. Er drückte sie, spürte in jeder Faser kostbare Zerbrechlichkeit.

»Agnes.« Binnen eines Wimpernschlags stand er vor ihr und schloss sie in seine Arme. Die fassbare Wirklichkeit erhellte den Raum für ihn, und er fasste sie um so fester. Sein Licht war zu ihm zurückgekehrt, wenn auch nur für wenige, flüchtige Momente.

Sie öffnete den Mund und schloss ihn, kaute auf den Lippen. Keine Silbe schien genügend, schien wertvoll genug, den Zauber brechen zu dürfen. Schweigen hüllte sich um sie, als könnte es ein Schutzmantel sein.

Erst nach einer Weile wagte sie Worte. »Es ist unrecht.« Kaum ein Flüstern kam von ihren Lippen, dann räusperte sie sich. Er bemerkte die Veränderung in ihrer Haltung. Sie glitt aus seinen Armen, trat einen Schritt zurück. Er blickte sie an. Ulrich staunte über ihre Augen, die klare Tiefe darin, frisch und wach, und die unzähligen Gedanken, die sie zusammensetzte, aneinanderreihte, auseinanderzog und neu zusammenband. Er erkannte sie, und er wusste: Sie sah ihn. Ihre Augen wanderten über sein Gesicht. Jeden Zoll prägte sie sich ein. Beinahe konnte er spüren, wie ihr Blick ihn berührte. Sanft und tief, so weich war der Klang ihrer Stimme, in die er sich fallen lassen wollte. »Es darf nicht sein.«

»Und es gibt keine Hoffnung.« Sein Wispern war ohne Frage.

»Es ist unrecht.«

»Agnes, gleichgültig, was wir wissen, gleichgültig selbst, was du bezeugen könntest: Für Herzog Ludwig sind die Beweise eindeutig, und er schafft sich einen störrischen Berater vom Hals, dessen Widerworte seine Pläne vereitelten.« Ulrich fasste sich an die Brust. Seine Hand hinterließ einen weiteren dunklen Abdruck auf dem Hemd, das vergessen hatte, das es einmal weiß gewesen war. »Und zuwenigst für ein paar Momente durfte ich erleben, was hätte sein können.«

»So leicht gibst du auf? Ohne Widerstand gehst du in den Tod? Gibt es nichts, was dir das Leben wert ist?« Sie ließ den Blick nicht von ihm, ergriff seine Hand. »Was bin ich dir?«

»Mein Leben, mein Licht.« Er zögerte nicht. Ein Schritt brachte ihn ganz nah zu ihr, und er schloss sie in seine Arme, fest, als würde er sie nicht mehr freigeben. Nach einer Weile fuhr er mit tonloser Stimme fort. »Doch weder ist es dem Bischof von Augsburg noch deinem Vater gelungen, für mich einzutreten, geschweige denn, ein milderes Urteil zu erwirken.«

»Mein Vater berichtete uns davon«, räumte sie ein. Sie hob ihren Kopf. «Aber wenn ich dem Herzog erklären würde …«

Er fiel ihr ins Wort. »Du würdest alles verlieren. Der Preis wäre zu hoch. Deine Ehre.«

»Was ist mir Ehre? Was soll ich mit Stolz? Nichts davon wärmt mich, nichts davon hält mich geborgen. Meine Ehre war es nicht, die mich gerettet hat, und mein Stolz am allerwenigsten.« Sie drängte sich fest an ihn. »Sie richten dich, und ich bleibe zurück. Ohne dich. Meine Ehre wird dich nicht wieder zurückholen.«

»Aber du wirst leben. Und du kennst die Wahrheit. Das zählt. Was ist mein Leben wert, wenn ich dich dadurch ins Unglück reiße?«

»Meine Eltern kennen die Wahrheit ebenfalls.« Sie presste ihre Hände gegen seine Brust und suchte wieder seinen Blick, ihre Miene war entschlossen. »Jeder kennt sie.«

»Sie glauben mir, dass ich nicht schuldig bin, weil sie mich kennen – zumindest dein Vater und deine Brüder«, verbesserte er resigniert.

Agnes schüttelte den Kopf. »Nein, sie wissen es. Meine Mutter …«

Er rieb an seiner Narbe, sanft hob er ihr Kinn. »Sie wissen es, und dein Vater wollte mich nicht höchstpersönlich vierteilen?« Ein schiefes Lächeln.

»Sie wünschen sich noch immer die Verbindung zwischen uns. Vater wird noch einmal mit dem Herzog sprechen«, erklärte sie.

»Du solltest mir keine Hoffnung machen. Wo soll das hinführen?« Konnte da Zweifel sein an seiner Lage, Zweifel an der Aussichtslosigkeit? Sollte er? Durfte er? Er haderte mit sich. Er wusste, Ludwig glaubte in seiner Wut, Ulrich gefährdete die Pläne und wollte für sich selbst die Macht. Doch der Herzog war auch der Vernunft zugänglich, wenn seine Wut verraucht war.

Er zog sie fest an sich. Seine Lippen berührten sanft die ihren. All seine Ewigkeit lag darin. Voller Angst, voller Trauer, mit all ihrer Leidenschaft erwiderte sie seine. Heiß und bittersüß schmeckten ihre Küsse. Auflösen wollte er sich in ihr, verschmelzen, verflechten, nie wieder trennen. Es gab nur diesen Augenblick, nur dieses Leben, nur diese Entscheidung.

Vielleicht gefiel es Gott in seinem unergründlichen Wesen, das Herz des Herzogs zu erweichen, und Agnes' Vater traf auf offene Ohren und den nüchternen Strategen, der Ludwig sein konnte.

Vielleicht gab es diese Möglichkeit. Ein winziges, widersinniges Samenkorn hatte sich in sein Herz gestohlen; Hoffnung. Agnes brachte etwas zurück, ihre Wärme vertrieb seine Kälte. Ihre Lippen fühlten sich an wie Leben in all seiner Essenz. Atemlos hielten sie einen Moment inne, bevor sie sich wie Ertrinkende wieder aneinanderklammerten. Das Donnern an der Tür zerriss den Schleier, der sie für wenige Atemzüge vor der übrigen Welt verborgen hatte.

»Genug!«, blaffte die Stimme. Die schwere Holztür krachte auf. Dunkel hob sich die Masse des Wärters ab von der Düsternis vor der Zelle. Das flackernde Wabern einer Fackel irgendwo im Gang hinter ihm, leckte an seinen Umrissen.

Zögernd gab Ulrich sie frei, stellte sich schützend vor sie, ihre Hand in seiner, gegen seinen Rücken gedrängt. »Wartet! Nur einen Moment!«, verlangte er.

»Genug!«

Agnes trat vorbei an Ulrich und stellte sich vor ihn. »Nein.« Ganz ruhig stand sie da. »Nein. Es ist nicht genug. Geht! Wagt es nicht, Euch mit mir anzulegen, der Einsatz wäre zu hoch.«

Ulrich stutzte, blickte sie mit neuen Augen an. Ehe der Wächter zu einem weiteren Wort ansetzen konnte, war sie an der Tür. Die genauen Worte verstand er nicht. Am Tonfall erkannte er, dass es keinen Widerspruch gäbe. Scheppernd schlug die Tür wieder zu, und zurück flog sie in seine Arme. Wehmut erfasste sein Herz. Welches Wunder ließe er zurück?

»Weshalb wurde dein Dolch bei ihm gefunden?«

»Ich weiß nicht, wie das geschehen konnte. Um der Wahrheit Genüge zu tun, muss ich gestehen: Ich vermisste den Dolch nicht einmal.«

»Aber du musst doch entdeckt haben, dass er dir abhanden kam. Schließlich handelt es sich um ein Familienerbstück, wie mein Vater meinte.« Wieder fingen ihre Augen ihn ein.

»Bei der Aufregung der letzten Tage waren

Familienerbstücke meine geringste Sorge.«

Verständnislos blickte Agnes ihn an. In wenigen Worten bemühte er sich, ihr einen Eindruck der jüngsten Geschehnisse zu verschaffen. Im Jetzt und Hier schien es ihm noch dunkler. Die Geschehnisse tauchten wieder mit ihrem ganzen Schmerz in seinem Geiste auf. Und dann sah er es.

Agnes lauschte seinen Worten und fügte die einzelnen Ereignisse aneinander, in ihren Gedanken entstand ein Bild. Leicht fiel es ihr, etwas zu sehen, etwas dazuzugeben, das Ulrich bislang entgangen war. Zu nahe waren die Geschehnisse ihm gegangen. Ihr erschien eine Verbindung so deutlich, als würde sie buchstäblich vor ihr greifbar.

»Der Einbruch.«

»Wegen Lennarts Tod achtete ich nicht weiter darauf, und auch die anderen Tage kam ich nicht zur Ruhe.« Ulrich erinnerte sich. »Aber die Kratzspuren am Schrank sehe ich noch deutlich vor mir. Sie waren mir aufgefallen, sofort nachdem ich das Zimmer betreten hatte. Jemand hatte versucht, ihn zu öffnen – weil er den Dolch darin vermutete.« Er schlug sich an die Stirn. »Wegen all den Ereignissen habe ich überhaupt nicht mehr darüber nachgedacht. Und nun bin ich hier – aufgrund meiner Nachlässigkeit.«

»Du hast das Schloss nicht überprüft.« Agnes schüttelte den Kopf.

»Nein. Das wäre gleichgültig gewesen. Den Dolch verwahrte ich nicht im Schrank. Er war ganz einfach zugänglich auf dem Schreibtisch. Der Dieb musste sich keine weitere Mühe machen.« Ulrich wusste, wie unglaublich sich das anhören musste. Er kam Agnes' Frage zuvor. »Der Dolch erinnerte mich an meinen Vater. Immer wenn ich über den Büchern saß, hatte ich den Dolch vor meinen Augen und mit ihm eine Verbindung zu meinem Vater. Außerdem wusste ich, dass niemand anderes das Zimmer betreten würde.« Er seufzte. »Wie konnte ich nur so dumm sein? Hätte ich darauf geachtet und zumindest den Diebstahl des Dolches dem Herzog mitgeteilt, als ich noch Gelegenheit dazu hatte, somit befände ich mich in einer besseren Lage – ein wenig zumindest.«

Agnes ergriff seine Hand. »Nein, Ulrich. Es ist mehr als das.«

»Wie meinst du das?«

»Der Überfall in deiner Grafschaft genau an dem Tag, als die Dorfleute mit den Abgaben zu dir unterwegs waren, der Einbruch noch in derselben Nacht, der Diebstahl des Dolches, der Brand, der Aufwiegler, der euch knapp entwischt ist, und selbst der Vorfall in den Ställen, der Mord am Burgpfleger. Siehst du das nicht?«

Er erstarrte. Alles ergab einen Sinn. Das, was Agnes widerfahren war, passte ebenfalls in dieses Bild.

»Er ist es.«

»Nein, das kann nicht sein. Ich hatte diesen Verdacht, und doch habe ich es versäumt, dem mehr nachzugehen. Oh mein Gott. Wie viel Leid hätte ich verhindern können.« Er stammelte und wusste doch, sie hatte recht. »Stück für Stück hat er mir Schaden zugefügt.« Seine Stimme versagte. Er fühlte sich durch zähen Nebel waten. Er fühlte, er stand kurz vor dem Abgrund, ohne ihn zu sehen, ohne die Möglichkeit, Halt zu finden.

»Nichts davon geschah aus Zufall.« Agnes beendete die unheimlichen Augenblicke des Schweigens. »Ich verstehe nur den Grund dafür nicht.« Ihre Worte brachten ihn zurück. Ein verzweifeltes Schnauben, begleitet von einem mutlosen Lächeln war seine Antwort. Mehr denn je lag die Aussichtslosigkeit seiner Lage offen vor ihm. »Es gibt einen Grund.«

»Wir müssen den Herzog davon in Kenntnis setzen. Er darf dich so nicht verurteilen.« Sie nahm seine Hände und führte sie an ihren Mund, hauchte einen Kuss darauf. »Es ist mir gleich, was es für mich bedeutet. Ehre? Wer besitzt schon das Recht zu beurteilen, welche unserer Taten ehrenhaft sind und welche nicht. Zählt es nicht mehr, ein Leben zu retten?"

Er hörte ihren Herzschlag und fühlte ihn im selben Rhythmus wie den seinen. Tief in ihm öffnete sich eine Tür, und er spürte Ruhe und Wärme, sah vor sich, was gefehlt hatte. »Du hast recht.« Verwirrung stand in ihrem

Gesicht. In seinen Worten stimmte er ihr zu, der Klang seiner Stimme drückte das Gegenteil aus. »Es gibt einen Grund. Doch es gibt keinen Beweis.«

»Aber …«

Schnell fuhr er fort. »Kein Aber. Ludwig grollt mir, weil ich mich mit meinen Bedenken zu seinem Feldzug nicht zurückgehalten habe. In seinem Zorn hält er mich für einen Verräter. Deswegen bin ich hier. Am wenigsten interessiert ihn, weshalb all dies geschah.« Er fuhr sich übers Gesicht und rieb seine Narbe.

Agnes drängte sich näher an ihn. Er konnte nicht sagen, ob er es war, der sie hielt, oder umgekehrt. Sie suchte seinen Blick. Ein Funkeln blitzte in ihren Augen. Sie nickte. Ihre Lippen fanden seine, bis erneut unnachgiebige Schläge gegen die Tür donnerten.

»Du musst gehen.« Weiterhin lagen seine Arme um sie.

»Ich wollte frei sein nach dem Tod meines ersten Bräutigams, ich wollte nicht die Frau eines anderen werden. Ich wollte dich nicht. Für mich war es Pflicht, die ich erfüllen musste.« Etwas glitzerte in ihren Augen. »Die Worte in deinem Brief haben mich berührt – dein Verlust ebenso, wie dein Mut, Neues zu schaffen. Ich habe ihn die ganze Zeit bei mir getragen. Und als wir uns begegnet sind, hat sich alles zusammengefügt.« Agnes ergriff seine Hand, er küsste sie auf die Stirn.

Ein Schmunzeln drängte sich ihm mit der Erinnerung auf. »Wein und Wasser können doch eine ganz gute Verbindung schaffen.« Er grinste sie an und erntete einen sanften Klaps von ihr, dann erlosch der Moment. »Agnes, ich will mein Leben mit dir verbringen. Und ich glaube an die Gerechtigkeit und vielleicht gibt es noch ein wenig Hoffnung«, flüsterte er ihr zu. Er sog jeden einzelnen ihrer Züge in sich auf. »Mein Herz gehört dir mit all deiner Sturheit seit unserer ersten Begegnung«, fügte er mit einem milden Lächeln an. »Es ist dein für immer, über dies hinaus; weit über meinen Tod hinaus. Ich bin für immer bei dir.« Er strengte sich an, das Zittern aus seiner Stimme zu halten.

Agnes rang mit sich, schluckte. Der Versuch, ihre

Tränen zu verleugnen, misslang. »Ulrich, ich …«

»Warte, Agnes. Gleichgültig, was geschieht, versprich mir eines: deine Stärke und die Schärfe deines Verstandes – lass sie dir von niemandem nehmen. Ich will nicht, dass dein Herz verhärtet.«

Plötzlich spürte sie Papier in ihrer Hand.

»Gib es deinem Vater, er weiß, was zu tun ist.« Sein Kuss versiegelte ihre Lippen, bevor die Tür aufgerissen wurde. Diesmal trat der Wärter ein. Mitleidlos brachte er sie auseinander. Ein zweites Mal ließ er sich nicht vertreiben. Er packte Agnes am Arm und zerrte sie weg, stieß wilde Flüche vor sich her.

»Ich liebe dich.«

Die schwere Eichentür knallte zu. Er hoffte, sie hatte es noch gehört.

AGNES †Kapitel 52
BURG FRIEDBERG, ENDE MÄRZ 1268

Ihre Schritte hasteten zurück zum Quartier ihrer Familie, die Hand an den Wangen auf der Flucht vor dem Wind. Sie wich den Knechten aus, die mit Wassereimern und Kornsäcken beladen über den Burghof trotteten, sie roch verbranntes Horn vom Schmid, der in der Ecke eines der Pferde beschuhte. Agnes huschte vorüber an Mägden und Hofdamen, vorbei an Tratsch und Gerüchten und jenen Blicken, die sich an ihren Mantel klammerten und an ihre Fußsohlen klebten.

Durch die Gänge der Burg tönte ihr Klopfzeichen, bis es vom Quietschen der Angeln abgelöst wurde. Agnes blinzelte ob der herrschenden Helligkeit und verfing sich in der lauernden Unruhe ihrer Brüder. Tränen und Wut zeichneten das Gesicht der Mutter. Etwas fehlte, vielmehr: Jemand fehlte.

»Was ist geschehen?«

Georg lehnte mit dem Rücken an der Wand, einen Fuß gegen das Mauerwerk gestützt, Conrad neben ihm, seinen Dolch wetzend. Das Schleifen der Klinge über den Stein, vermischt mit dem Wispern der beiden, wirkte mit einem Mal unglaublich laut.

»Wo ist Vater?«

Der Wetzstein fiel zu Boden, schlug mit leisem Poltern auf, kullerte davon, verschwand unter dem Bett der Eltern.

»Im Kerker.« Georgs Stimme klang heiser.

»Was …?« Agnes Stimme war lediglich Krächzen. Sie schlug sich die Hand vor den Mund und trat zu ihrer Mutter, fasste deren Hand und drückte sie. »Aus welchem Grund?«

Conrad stieß sich ab von der Wand, holte aus mit seiner Hand. Sein Messer sauste vorbei an Schwester und Mutter und erzitterte in der Tür, die im Nachhall seufzte. »Aus demselben Grund vermutlich, weswegen dein Verlobter gehenkt wird«, zischte er. »Aufgrund Ludwigs Zorn.«

»Ihr glaubt mir also?« Agnes musterte ihre Brüder. Ihre Wangen entflammten und erst der Blick auf ihre Mutter und deren kaum wahrnehmbares Kopfschütteln beruhigten ihren Herzschlag. »Aber weshalb mit einem Mal?« Sie hoffte, ihren Brüdern entginge das Zittern ihrer Stimme und ihr Erröten.

»Wir haben mit Vater gestritten«, begann Georg. »Kurz.«

»Und miteinander«, ergänzte Conrad. »Miteinander. Und …« Die Brüder tauschten einen Blick, den Agnes nicht zu deuten wusste, Georg verneinte kaum merklich. Auf der Miene ihrer Mutter hingegen stand Unverständnis und dieselbe Frage, die Agnes sich stellte: Was wollten die beiden nicht verraten? Dann rollte Georg mit den Augen. »Und …«

»Muss man euch denn alles aus der Nase ziehen, oder entschließt ihr euch endlich ganze Sätze zustandezubringen?«

Länger ließ sich die Ungeduld der Mutter nicht im Zaum halten. »Letztlich waren sie deiner Meinung«, meinte sie und warf die Arme nach oben und begann, durch das Zimmer zu wandern. »Ulrich ist rechtschaffen. Nie würde er so etwas tun, dafür kennen ihn deine Brüder zu lange, und dein Vater ebenso. Und falls ein Mann wie er der Meuchler sein sollte, so wäre er keinesfalls so dumm, die Waffe, die ihm gehört, zu hinterlassen. Und genau das versuchte dein Vater noch einmal in Ludwigs Denken einzurichten.«

Georg berichtete seiner Schwester, was geschehen war. »Vor Kurzem traf der Bote ein und überbrachte eine Nachricht des Herzogs – oder vielmehr: einen Befehl.«

Conrad schlug die Zähne hörbar aufeinander, ballte seine Hände zu Fäusten, mit Mühe gelang es ihm, seine Stimme nicht noch mehr zu erheben. »Sollte ein Weiterer wagen, Ludwig aufzusuchen Ulrich von Merings wegen, wird er Vater ebenfalls richten«, gab er die Botschaft wieder. »Der

Herzog ist in seinem Zorn gefangen. Als ob …«

»Lasst uns nicht noch einmal damit anfangen. Es führt zu nichts«, schnitt die Mutter das Wort ab.

»Mutter«, begann Conrad erneut. Ihr ältester Bruder erhob sich und stellte sich in die Mitte des Raumes. »Er hat sein Urteil in Anwesenheit zweier wichtiger Vasallen und des Bischofs von Augsburg gesprochen, und längst ist die Kunde davon über die Burg hinaus geeilt. Das Urteil zurückzunehmen ist nicht leicht. Er muss eingestehen, vorschnell gehandelt zu haben. Dafür braucht er gute Gründe und eindeutige Beweise.«

Agnes runzelte die Stirn. Ihr Blick blieb an Conrad hängen und ihre Gedanken an seinen Worten, ehe sie sich in ihrem Kopf überschlugen. Vielleicht lag genau darin die Möglichkeit.

Sie blickte von einem zum anderen. Ihre Hand krallte sich in den Stoff ihres Kleides. Sie drückte die Schultern durch und hob den Kopf. »Ich weiß, wer der Mörder ist.« Als die Worte verklangen, hätte man den Flügelschlag eines Schmetterlings im Zimmer hören können.

Georgs Mund stand offen und wieder entdeckte sie da denselben eigenartigen Blick, den die Brüder tauschten. Er ergriff das Wort. »Genügt dein Wissen, den wahren Mörder zu überführen? Und vor allem ist die Frage: Wird er sich dem Herzog stellen und seine Schuld anerkennen?« Die Augenbraue wanderte nach oben. »Dieser wahre Mörder, den du zu kennen glaubst, geht schließlich in den sicheren Tod.« Der Klang der Worte erinnerte sie an einen Fluss im Winter.

Conrad trat zu ihr, legte beide Hände auf ihre Schultern und sah ihr ins Gesicht, beinah berührte er mit seiner Nase die ihre. »Mit wem hast du darüber gesprochen, Agnes?«

Sie lehnte sich ein wenig nach hinten und sah ihn voller Verwunderung an. »Mit niemandem. Das heißt, mit Ulrich habe ich zuvor gesprochen, und was er mir berichtete, führt zu einem einzigen Mann.«

»Du hast sonst mit niemandem darüber gesprochen und Euch hat niemand belauscht? Keiner der Bediensteten oder eine der Edeldamen vielleicht?«, hakte der älteste Bruder nach.

Agnes streifte seine Hände von den Schultern. »Ulrich befindet sich im Kerker. Dort ist nicht viel Gesellschaft, die lauschen könnte.« Sie schüttelte den Kopf. »Was soll das, Conrad?«

Georg schaltete sich ein. »Conrad, das führt doch zu nichts!«

»Hast du sie nicht gehört?« Er blickte den mittleren Bruder herausfordernd an. »Sie kennt den Mörder. Wenn wir ihn erst haben, wird er gestehen. Das schwöre ich!«

»Wenn …« Georg winkte nachlässig ab, zog die Schultern nach oben. Er trat ans Fenster und öffnete es. »Der Herzog hat mit Vaters Tod gedroht. Vater würde sterben. Und noch haben wir den Mörder nicht gefasst.« Er wandte sich Agnes zu. »Es tut mir so leid, kleine Schwester.«

»Idiot!«, rutschte ihr heraus. Agnes Augen wurden riesig, sie schüttelte den Kopf. »Du kannst doch nicht einfach so aufgeben.« Sie verschränkte die Arme vor ihrer Brust, und das Tippen ihres Fußes auf den Holzdielen füllte den Raum. Ihr Blick wanderte zu Conrad und ihrer Mutter, zur Tür. »Glaubt ihr, Vater würde wollen, dass ein Unschuldiger stirbt? Noch dazu, wenn wir den Mörder kennen?« Sie trat zur Tür und zerrte Conrads Dolch aus dem Holz. Dann drehte sie sich wieder um, die Hände in die Hüften gestemmt.

»Agnes?« Conrad runzelte die Stirn.

»Verdammt noch mal! Wenn ihr zu feige seid, dann sollte ich es sein, die Waffen trägt und führt. Sitzt ruhig da und bemitleidet Euch gegenseitig! Ludwig wird es nicht ohne weiteres wagen, Vater ohne Grund hinrichten, überlegt doch, welche Konsequenzen ihm blühen, wenn er gleich zwei seiner Vasallen richtet, die Gründe für eines der Urteile noch fadenscheiniger denn für das andere.« Sie steckte den Dolch in ihren Gürtel. »Also, werden wir etwas unternehmen gegen dieses Unrecht, oder versteckt ihr euch hier?«

»Warte, Agnes«, schaltete sich ihre Mutter ein. »Du hast recht.« Sie hob die Hand, ehe die Brüder widersprachen.

»Wenn du weißt, wer der wahre Mörder ist, würde Wernher wollen, dass wir alles daran setzen, ihn zu finden.« Sie holte tief Luft, bevor sie weiter ausführte: »Sei dir bewusst, dass es Ulrich und deinem Vater nur hilft, wenn wir den Mörder finden und vor Ludwig bringen können. Auf Spielchen lässt sich der Herzog nicht ein.«

Den Türgriff schon in der Hand, ließ Georgs Frage sie innehalten. »Wirst du dein Wissen mit uns teilen? Es dürfte unsere Suche erleichtern. Und denkst du nicht, hilfreich wäre, kurz zu überlegen, anstatt einfach loszustürmen? Denn: Du hast Mutter gehört, eine Vermutung genügt nicht. Selbst die Tatsache reicht nicht aus, wenn wir seiner Person nicht habhaft werden.«

»Das weiß ich, Georg«, schnappte Agnes. Sofort bereute sie ihren harschen Ton, bat den Bruder um Verzeihung. Mit wenigen Worten teilte sie mit, was sie selbst erst erfahren und daraus gefolgert hatte. Das Zwitschern eines Vogels drang von draußen herein und kündete vom baldigen Frühling.

Und dann entzog ihr Georg mit wenigen Worten den Boden unter den Füßen.

»Dieses Gerücht geht bereits um?« Adlhaydts Hand knallte auf die Wange des Mittleren. Der Abdruck leuchtete wie Feuer in Georgs Gesicht. Die Stimme überschlug sich. »Sie tragen schon von Mund zu Mund, von der Burg zur Stadt diesen Namen? Ihr kennt ihn, kennt das Gerücht, und habt nichts getan? Noch nicht einmal mir habt ihr davon erzählt.« Sie war kreidebleich. »Seid ihr denn eines Dämons Beute? Seid ihr tatsächlich meine Söhne und die eures Vaters?«

»Mutter!« Die Empörung schallte aus drei Mündern zugleich. Georg ergriff das Wort und die Hand der Mutter. »Es ist ein Gerücht, Mutter. Ein Gerücht, das die Dienerschaft verbreitet. Woher sollten …«

Die Mutter entriss ihm die Hand und versetzte ihm und Conrad einen Klaps auf die Stirn. »Habt ihr denn den Verstand verloren? Ihr kennt Ulrich als Ehrenmann, und dann legt ihr in einer derartigen Lage die Hände in den Schoß, gleichwohl es einen anderen gibt, der der Mörder ist

– ein ohnehin zwielichtiger Halunke? Habt ihr in den Jahren an Ludwigs Hof all eure Vernunft, euren Schneid und eure Ehre verloren?«

Die Brüder starrten sie an, als hätte man sie soeben mit kaltem Wasser übergossen. Sie blinzelten. Im nächsten Moment trat Entschlossenheit auf die Mienen.

Conrad räusperte sich. »Es ist noch nicht zu spät. Das Wichtigste ist, ihn zu fassen.«

»Sofern er sich noch auf der Burg befindet«, warf Adlhaydt mit düsterer Miene ein. Sie erntete ein Seufzen von jedem der Anwesenden. »Nur weil er gestern am Fest teilnahm, bedeutet dies noch lange nicht, dass er nicht schon das Weite gesucht hat. Wenn er der Mörder ist, wird er nicht so dumm sein und hierbleiben.«

»Was heißt ‚wenn er der Mörder ist'?« Agnes zischte. »Er ist es, ohne Zweifel.«

»Du hast ihn nicht gesehen, Agnes, er wird es nicht ohne weiteres zugeben,« erinnerte die Mutter.

»Aber...«

»Kein Aber«, fiel sie ihr ins Wort. »Mit Glück ist er noch auf der Burg. Wenn wir ihn fassen, tun wir den nächsten Schritt." Sie wandte sich um. »Conrad, Georg, wo könnte er sein?«

»Wir suchen einen Kiesel in einem Kornhaufen«, lamentierte Georg. »Er könnte sich auf seinen Familiensitz zurückgezogen haben.«

»Doch dann würde er seine Rache verpassen«, fiel Conrad ein, und Agnes sah ihn entsetzt an. Er zuckte lediglich mit den Schultern und erwiderte ernst ihren Blick.

Nach zwei Atemzügen nickte sie. Ihr Bruder lag richtig. »Was, wenn er tatsächlich noch hier wäre? Er hat so viel unternommen, um Ulrich Schaden zuzufügen. Wieso sollte er seinen endgültigen Triumph nicht mit ansehen wollen?«

Conrad spann den Faden weiter. »Es ist durchaus denkbar. Verstecken müsste er sich dennoch.«

»Nur wo?«, hakte Agnes nach.

»Möglicherweise nutzt er eine der Kammern, die zur Aufbewahrung dienen, oder einen Abstellraum«, schlug Adlhaydt vor. »So verrückt, dass er die Stallungen als

Versteck wählt, wird er kaum sein.«

Conrad schüttelte den Kopf. »Mutter, die Burg platzt aus allen Nähten aufgrund des Festes. Es gibt keine Kammern, die nicht belegt sind.«

Georg fuhr sich mit der Hand übers Gesicht. Er seufzte.

»Was?« Agnes fuhr ihn an.

»Ich hörte, dass sich eine der Hofdamen mit ihm eingelassen hat.« Er gewann die Aufmerksamkeit aller.

»Eine bestimmte Hofdame?«, hakte Conrad nach. So schnell der Mittlere nickte, so schnell lag die Hand des anderen auf dessen Schulter. »Es tut mir leid, Georg.«

Agnes versuchte einen Moment, das Rätsel zu lösen, und verwarf den Gedanken. Sie wusste, ihre Brüder teilten in dem Schweigen ein Verständnis, das selbst ihr als Schwester versperrt blieb. Sie wandte sich zur Tür.

»Wir beginnen in den Gemächern der Hofdame.« Conrad schob Georg nach vorn.

»Wenn er sich aber nicht dort aufhält, könnte sie ihn warnen. Wer weiß, ob er nicht unter mehr als einer Decke mit ihr steckt«, gab Adlhaydt zu bedenken.

»Das wird sie nicht tun«, knurrte Georg.

»Er darf nicht entkommen. Andernfalls ist der einzige Ausweg für Ulrich versperrt.

Seid ihr euch sicher, es mit ihm aufnehmen zu können? Er scheut offenbar vor keiner Bluttat zurück, und ich will nicht auch meiner Brüder Leben noch aufs Spiel setzen.«

»Jeder von uns ist ihm im Kampfe überlegen.« Conrad sah ihr in die Augen und zog sein Schwert ein Stück aus dem Gürtel. »Wir sind Ritter des Herzogs, und wir sind deine Brüder. Wir sind Hardenberger, und das Recht ist auf unserer Seite.«

DIE LETZTE NACHT

†Kapitel 53

BURG FRIEDBERG, ENDE MÄRZ 1268

Die Luft hauchte eisig über seine Haut. Ein Schauer überfiel ihn, setzte die Wellen über das Laken fort. Die goldenen Härchen seines Körpers richteten sich auf. Er streckte seine Finger aus und tastete nach der Decke, um sie schützend über seine Nacktheit zu ziehen. Seine andere Hand durchforstete die zerwühlten Stoffe nach einer anderen Art der Wärme. Er fand sie nicht, stattdessen fiel ein weiterer kalter Schwall über ihn her. Er murrte.

Seine Glieder klebten an der Matratze fest, unfähig, sich davon zu lösen, die Augenlider brannten noch von der langen Nacht und dem Mangel an Schlaf. Keinesfalls wollte er sie öffnen, klammerte sich stattdessen an die zähen Schwaden des Schlafes, die drohten, sich zu verflüchtigen. Das Knarzen einer Tür und gedämpftes Rascheln neben ihm erwies sich dabei nicht eben als hilfreich. Eisige Kälte biss sich in seine Seiten, Eisfinger schickten einen frostigen Schauer über seinen Körper. Hände glitten an ihm entlang. Er schnellte in die Höhe, und ein wütendes Funkeln glomm in seinem Blick.

»Was, zur Hölle, fällt dir ein?«, fuhr er sie an. »Wo warst du die ganze Zeit, die ganze Nacht?« Eine kurze Bewegung, und er riss sie zu sich ins Bett. Die Stoffbahnen ihres Kleides raschelten, als sie auf dem Laken landete. »Dein Bett ist leer seit den frühen Morgenstunden und ich bin hier allein. Wo treibst du dich herum? Die ganze Nacht – und selbst noch in den Morgenstunden?« Er knurrte und presste ihre Hände fest neben ihren Kopf. Hans war über ihr und ließ ihr keine Gelegenheit, sich zur Wehr zu setzen. Doch Angst oder Erschrecken suchte er vergebens in ihren Zügen. Sie unternahm nicht einmal den Versuch, sich zu wehren.

»Lass mich los.« Ihr ebenmäßiges Gesicht war eine Maske, und diesmal war an dieser Maske etwas anders als sonst. Sie senkte ihre Augenlider, ihr Blick wich seinem aus.

»Wo warst du?«, flüsterte er in ihr Dekolleté.

»Runter von mir. Andernfalls entfallen mir die Gründe für meine Abwesenheit.« Ihre Lippen schimmerten, glänzten, ja leuchteten geradezu. Sie schlang ihre Beine um ihn, drehte ihn zur Seite – und löste sich. Ihr Blick streifte nicht über die Muskeln seines Körpers, ihre Hände suchten nicht die Wärme seiner Haut, ihr Atem hastete nicht schneller. Noch gab er sie nicht frei. Er drängte sich gegen sie, seine Lippen auf ihren, schmeckte sie und ließ sie seine Lust spüren. Keine ihrer Bewegungen entging ihm, nicht das Nesteln an ihrem Kleid, nicht, wie sie den Ausschnitt ihres Gewandes zurechtzupfte und ihre Brüste zur Geltung brachte, nicht das katzenhafte Lächeln, das sie ihm gönnte, nicht die Maske, die zu ihrem Spiel gehörte.

Sie wartete auf seinen nächsten Zug. Er wusste, sie wartete auf seine Frage. Sie hatte erkannt, wie schwer es ihm fiel, zu bitten.

»Wie spät ist es?«, fragte er.

»Nun, ich würde sagen, ich habe mich noch nicht allzu lange von der Mittagstafel entfernt.«

Sein Magen meldete sich. »Ich verschlief mehr als den halben Tag?«

»Das Fest ging lange, der Tanz, der Wein. Erholung tut ebenso wohl wie Ablenkung. Verschwende deine Gedanken nicht mit den Lasten eines belanglosen Tages.« Ihre Hand wanderte abwärts entlang seines Brustbeins. Ein fester Zug an der Kordel ihres Mieders genügte. Die Schnürung öffnete sich und gab mehr dieses schneeweißen Oberkörpers preis. Sie zuckte zusammen.

Ohne Hast näherte er sich ihr. Er streifte das Oberteil von ihren Schultern und umfasste eine ihrer Brüste. In seinen Lenden spürte er beinahe schmerzhaft das Ziehen. Noch erlaubte er sich nicht, dem nachzugeben. Er wollte wissen, was sie wusste, und er wusste, dass dies wichtiger war als andere Verlangen. In seinen Gedanken mäanderte etwas, das seinen Verstand nicht zur Ruhe kommen ließ.

Ihre Hand fand seinen Oberkörper mit der Übung der Gewohnheit. Sie führte sie hinauf, berührte die Rippenbögen und glitt daran entlang und wieder hinab. Er schob sie zur Seite. »Was ist der Grund für deine Abwesenheit bis zu dieser Stunde?«

Sie drängte sich an ihn, drängte ihm ihre Wärme auf und fand mit ihren Fingern zurück zu den empfindlichen Stellen seiner Haut.

Der Griff um ihr Handgelenk beendete ihr Spiel. »Der Grund?« Er schob sie von sich und packte stärker zu.

Sie fletschte die Zähne. Schmerz entlockte ihr einen Laut, ein Zucken. Sie rang nach Luft, versuchte ihn fortzustoßen, doch es misslang. Er umschloss sie noch fester, seine Augenbraue wanderte nach oben. Er war ihr nah, so nah, dass nur ein Blütenblatt zwischen sie gepasst hätte.

Sie zischte. »Es geht um den Meringer.«

Er schnellte zurück. Täuschte er sich oder lag Kälte in ihren Augen?

»Er wurde verhaftet.«

CÄCILIA  †Kapitel 54

BURG FRIEDBERG, ENDE MÄRZ 1268

Triumph spiegelte sich auf seinen Zügen, er versuchte noch nicht einmal, dieses Gefühl zu verbergen. Natürlich – sie wusste, wie sehr er den Meringer verabscheute.

Dennoch: So viel mehr als Schadenfreude – eine derartige Genugtuung – bei ihm zu sehen, beunruhigte sie. Ihr Blick glitt zu ihrem Nachttisch. Die letzte Kerze war längst niedergebrannt. Sie schluckte. Selbst wenn nicht, so nützte ihr bei Tageslicht das Kerzenlicht kein bisschen. Keiner von Ludwigs Rittern würde das Licht im Fenster erkennen können, keiner würde ihr zu Hilfe eilen. Ihr Herz klopfte, polterte.

Sie ließ ihn nicht aus den Augen. Waren die Gerüchte wahr? Er musterte sie und sie begann zu berichten von den Ereignissen der Stunden seit dem Morgen. »Der Herzog ließ ihn heute Nachmittag vorführen. In seiner Wut verhängte er Ulrichs Tod. Keinem gelang es, Ludwig den Strengen umzustimmen.« Sie beobachtete die kleinste Veränderung an ihm aus Augen, zu Schlitzen verengt.

»Wie hast du davon erfahren, Cäcilia?«

»Während du …«, sie zögerte einen Moment »… deine Kräfte schontest, kam ich meinen Pflichten nach. Ulrichs Verurteilung hat sich herumgesprochen, schneller als der Wind eine Feder davonträgt. Die ganze Dienerschaft empört sich darüber.« Sie runzelte die Stirn. »Ich weiß, dass diese Entwicklung sicherlich in deinem Sinne ist, doch einen Mord hätte ich ihm nie unterstellt.«

»Nicht ohne Grund wird unser Herzog ihn verurteilt haben«, ging er über ihre Bemerkung hinweg. »Wen hat er getötet?«

Überrascht zog Cäcilia eine Augenbraue hoch. »Der Burgvogt wurde in den frühen Stunden des Tages tot aufgefunden. Da der Familiendolch der Meringer in seiner Wunde steckte, befand Ludwig die Angelegenheit als eindeutig.«

Schnell folgte die Erwiderung – zu schnell? »Doch du zweifelst sein Urteil an.« Hans von Eurasburg gab ein genervtes Stöhnen von sich. Er warf sich auf den Rücken und starrte zur Decke.

»Es gibt genug Stimmen, die einen anderen für den Mörder halten«, erklärte sie unumwunden.

»Warum sollten sie? Wurde nicht ein Beweisstück gefunden?

Nicht, dass dies nach der Verurteilung noch eine Rolle spielte.«

»Was meinst du?«

»Ludwig würde sich eher die Hand abschlagen, als sein Urteil zurückzunehmen und einen Irrtum einzugestehen.«

»Dennoch …«

Ehe sie ihren Einwand ausführen konnte, fiel er ihr ins Wort. »Was ist denn noch?«

Cäcilia löste die Verschnürung ihres Mieder gänzlich, entledigte sich ihres Hemdchens, Stück für Stück – langsamer als sonst – schälte sie sich aus den Stoffen und berichtete. »Der Sohn einer der Stallmägde wurde ebenso tot aufgefunden. Scheinbar hat er sich durch die Erledigung eines Auftrags ein paar Münzen dazuverdienen wollen. Und am Ende hat er mit dem Leben bezahlt.«

»So ein Hungerleider kümmert doch ohnehin niemanden.« Er schnaubte und legte all seine Verachtung hinein. »Dann hat Ulrich ihm eben die Kehle aufgeschlitzt, weil er ihm im Weg war.«

»Es heißt, er sollte Ulrich von Mering aufsuchen und ihm eine Botschaft überbringen. Weil der Bursche ihn nicht finden konnte, bat er einen der Küchenjungen um Hilfe, und der Küchenjunge hat den Auftraggeber seines Freundes gesehen. Die Beschreibung trifft ziemlich genau auf eine Person zu.«

»Und wer soll das sein?«

»Du.«

Er lachte, und seine Stimme klang ein wenig schriller als

sonst. »Na und? Dass ich ihn zu dem Meringer schickte, bedeutet nichts. So oder so. Für einen toten Taugenichts wird der Herzog sein Urteil über Ulrich nicht verändern«, plapperte er. »Genauso gut könnte es sein, dass eben der Bursche den Meringer traf und dieser des Burschen Schicksal besiegelte«, wiegelte er ab.

»Was wolltest du von dem Meringer? Weshalb sollte der Bursche eine Botschaft überbringen.«

»Glaubst du, dies hat dich zu kümmern?«, fuhr er sie an.

An der Seite vor dem Bett stützte sie die Hände in die Hüften. »Hast du etwas zu verbergen?«

Ihr Anblick fing seinen Blick. Er rückte näher, streifte mit seinen Fingern über ihre Haut, machte sie schaudern. Sie verließ seine Reichweite. »Hast du?«

»Was?« Er blinzelte, als erwache er aus dem Schlaf. »Verflucht nochmal, was willst du von mir? Komm her oder geh meinetwegen wieder. Lass diesen Unsinn«, zischte er.

»Unsinn?

Ich frage dich, was du mit dem Meringer zu schaffen hast. Sonst kennst du nur Verachtung für ihn.« Sie winkte ab. »Nun, bestimmt ist es auch gleichgültig. Der ganze Hof tratscht und der Grund dafür beunruhigt mich. Ein Gerücht geht von Mund zu Mund und jeder glaubt, ein anderer hätte die Morde begangen.

Und du weißt, was das bedeutet.«

Er rollte sich zur Seite und starrte zur Decke. »Du wirst mir sagen, was es heißt.« Seine Stimme verlor sich im Rascheln der Laken, ihm entging, wie sie die Augen verdrehte. Sie schlüpfte unter die Decke. In seiner Nähe erschauderte sie und unterdrückte ein Seufzen. Stattdessen zwang sie sich ein Lächeln ins Gesicht und drängte sich an ihn, als wäre alles zwischen ihnen wie zuvor. »Das bedeutet, der wahre Mörder ist noch auf freiem Fuße.« Die Pause zwischen ihren Worten verpuffte. Er zuckte weder, noch wandte er sich ihr zu. »Er kann überall sein.«

Hans presste Verächtlichkeit durch seine Lippen. »Und was denkst du: Wo ist er?«

»Ich denke, du wirst mich vor ihm beschützen und vor

seinen Taten.« Bis er seinen Arm um sie legte, presste sie ihren Körper an seinen und betete. Sie hoffte, ihm entginge ihr rasendes Herz und ihre wankelnde Stimme.

Hans †Kapitel 55

BURG FRIEDBERG, ENDE MÄRZ 1268

Was ging in ihr vor? Seine Gedanken überschlugen sich. Ahnte sie, dass Tod an seinen Händen klebte? Konnte sie ihm gefährlich werden?

Er streckte seine Hand nach ihr aus, versiegelte ihre Lippen mit seinen, drängte mit den Fingern über ihre Konturen, ihren Körper, der ihm immer vertrauter geworden war, fuhr tiefer zu den Regionen, die ihm für gewöhnlich Sommer waren inmitten allen Winters. Für gewöhnlich.

Heute blieb er kühl, frostig, ein kalter Schauer in einem unzugänglichen Tal anstelle eines Sommersees, der ihn üblicherweise einlud. Er suchte angestrengter, mühte sich, den Weg zu bahnen, zu finden hinein in einen Garten. Der Weg – er wirkte versperrt. Und doch: Leidenschaft stand in ihrem Gesicht – oder auf der Maske, die sie so oft, und vielleicht nun auch wieder – trug.

Kein Ton war ihren Lippen zu entlocken, in ihren Augen fand er kein Glühen. Sein Blick verfing sich im Kissen, seine Gedanken in Flüchen. Er selbst mühte sich um seine Maske, suchte das Versteck, sobald er bemerkte, sie beobachtete ihn.

Er hörte nicht auf, machte weiter. Und weiter versuchte er, die Erleichterung zu erlangen, nach der sein Körper sich sehnte. Seine Gedanken jagten eine Lösung, forschten nach einem Ausweg aus ihrem Raum, nach einem, der ihn nicht verdächtig erscheinen ließe. Sie schloss die Augen und öffnete seinen Gedanken eine Tür.

Die Breite einer Feder trennte seine Hände von ihrem Hals. Sein Daumen fuhr über die Haut, seine Finger berührten die Weichheit, ihre Augenlider zuckten. Unter der weißen Haut schimmerten zarte Linien in blau. Seine

Finger glitten unter ihren Nacken, sein Daumen drängte sich an ihrem Kieferknochen entlang und überstreckten den zarten Ast. Seine andere Hand untersuchte den Steg ihres Schlüsselbeins, den Bogen, die Kuhle darüber, die in den Hals überging. Sie schluckte. Er folgte den Bewegungen, erkannte, wie ihre Muskeln sich anspannten, kurz nachließen und unter noch mehr Spannung zitterten, nur ihr Gesicht blieb starr. Noch ein wenig – nur ein bisschen – legte er Gewicht in den Griff und schloss die Finger entlang der Sehnen. Vermutlich wäre es nicht schwer – und dieser schlanke Zweig zerbrach. Er blinzelte. Sie riss die Augen auf, atmete schneller, die Hand schoss nach oben und trommelte gegen seine Klaue.

»Was ...« Sie hustete.

»Denkst du, ich würde dir etwas antun?« Seine Augen wurden groß, er zog die Mundwinkel nach unten. »Das denkst du doch nicht wirklich, Cäcilia? Ich bin hier, weil ich dir vertraue – selbst wenn ich nicht gut genug für dich bin.«

Noch ein wenig schob sie seine Hand zur Seite. »Natürlich nicht.« Ihre Beine umschlossen ihn und zogen ihn näher zu ihr. »Es gibt genug, die dies wissen; ich vertreibe mir meine Zeit mit dir. Mir zu schaden, wäre nicht besonders klug.« Sie deutete ein Lächeln an. Ihre Hand schob sich vorbei zu seinem Nacken, fuhr in sein Haar, lenkte ihn in ihrem Tempo und stieß ihren Atem warm gegen sein Ohr, ihr Schnauben, ihr Seufzen.

Er rollte sich von ihr, in seinem Mund, in seinem Denken klebte ein Geschmack, der keiner war. Nichts war. Die Leidenschaft war Asche. Sie hatte sich verwandelt, war zerfallen, und ließ ihm einzig die Dankbarkeit für die Schatten, die im Zimmer erwacht waren und ihn verbargen. Schatten, in die er sich duckte, aus der sich gerade noch seine Hand hervorwagte, ihre Hitze suchte, um eine Pflicht zu erfüllen. Sie wehrte ihn ab.

»Ich muss zum Abtritt.« Sie befreite sich aus dem Gewühl der Laken, kramte mit dem Rücken zu ihm nach ihrem Mantel. Mit den Augen sog er noch einmal die vertrauten Konturen auf, sah sie an, folgten dem Spiel der

Muskeln ihres Körpers, und er fasste den Entschluss. Ihre Haut leuchtete wie ein Stern in der Düsternis der Kammer.

Zwei Schritte nur benötigte er, und er hatte sie erreicht. Sie schreckte auf. Zu spät. Seine Hand war über ihrem Mund und verhinderte den Schrei, der Knauf seines Schwertes sauste herab und traf. Sie taumelte, bis der zweite Schlag auf ihren Hinterkopf krachte. Dumpf war der Laut, gurgelnd erstarb ihr Röcheln. Sie sank in seine Arme. Den Körper fasste er, sanft beinahe, seine Finger wanderten über ihr Gesicht, berührten es; er küsste ihre Lippen, fühlte, suchte entlang der weichen Haut am Hals nach Zeichen, nach Puls. Dann warf er Cäcilia auf die Bettstatt.

Mit den Laken band er Arme, Beine, knebelte den Mund mit einem Schal, den er in ihrer Kleiderkiste fand. »Bis du dich befreit hast, ist längst alles vorüber«, wisperte er ihr zu. »Hoffentlich.«

Er wandte sich ab und zerrte das Hemd über den Kopf, die Bruche über seine Beine, warf sich in Beinkleid und Wams. Ein letzter Blick galt ihr, dann war er an der Tür. Für einen Moment zögerte er. An der Tür legte er sein Ohr an das Holz.

Hörte er Schritte oder gaukelten ihm dies seine Sinne vor? Er lauschte, wagte kaum, Luft zu holen, zuckte zurück.

Sollte er warten – nur für eine Weile -, sollte er im Zimmer versteckt bleiben?

SUCHE †Kapitel 56

BURG FRIEDBERG, ENDE MÄRZ 1268

Die Stunden der Nacht schmolzen. Müdigkeit fraß sich in ihre Knochen, wie die Kälte durch die Gänge der Burg. Agnes schrak auf. Conrad lauschte, die Augen geschlossen, spürte er den Geräuschen hinter der Tür nach. Mit einem Fingerzeig gab er der Mutter das Zeichen. Sanft und leise drückte sie den Griff nach unten. Er positionierte sich neben Georg, als Wand aus eisigen Mienen und Klingen. Das Türblatt gab für sie und ihre drei Begleiter den Blick auf die Hälfte des Raums frei, weit genug, um zu wissen, was sie erwartete. Die Gesichter wandten sich zum Spalt, die Atemzüge setzten aus, die Knöchel an den Griffen von Schwertern und Messern traten weiß hervor. Für einen Moment.

Die Dunkelheit war das Einzige, das dort lauerte, abgesehen von den abenteuerlichen Flüchen, die auf den Fackelschein und die Störung antworteten. Die Angeln dieser Tür quietschten ihren Widerwillen laut in die Tiefe des dunklen Ganges. Das kurze Stück des Weges, das vor ihnen lag, schleuderte das Echo zurück. Sie hielt inne, als der Riegel ins Schloss klickte. Ihre Augen brannten, der Rauch der Fackel kratzte noch stärker.

»Verflucht Georg, ist das das richtige Zimmer? Bist du sicher?« Agnes erntete die Mahnung ihrer Mutter. Der Zeigefinger auf deren Mund war deutlich. »Der Raum sieht nicht nach dem Raum einer Hofdame aus. Es sei denn, sie trägt Brouchen und ein Schwert?«

»Ich …« Georg stotterte.

Conrad mischte sich ein. »Georg, das ist nicht dein Ernst.«

»Ich hatte keinen Schlaf die Nacht«, bellte er und stippte mit dem Fuß gegen die Wand. »An der Abzweigung lag ich falsch. Der Trakt der Herzogin ist in der anderen Richtung«, murmelte er. »Es tut mir leid.«

Sie kehrten um.

»Hoffentlich erkennt uns niemand.« Georg seufzte.

»Ist es das, worum du dich sorgst?«, zischte Agnes zwischen zusammengepressten Zähnen.

Georg rieb seine Schläfe mit der Faust, die das Schwert hielt. Er schüttelte den Kopf, senkte den Blick.

Conrad drehte sich um zu seiner Mutter und legte seiner Schwester eine Hand auf die Schulter. »Wir sind nicht mehr weit entfernt.«

Georg stoppte, Agnes prallte beinahe gegen seinen Rücken. »Vor dem Trakt stehen üblicherweise Wachen«, fiel ihm ein. Er gab seinem Bruder ein Zeichen und sah Agnes an. »Wir sprechen mit den Wachen, bevor wir die Quartiere betreten. Vielleicht können sie uns helfen. Wartet hier."

»Agnes, was soll das?«, zischte die Mutter leise. »Glaubst du, wir sind weniger enttäuscht oder müde als du? Was ist los mit dir? Du hast uns dazu gebracht, dass wir hier stehen. Sei nicht so hart mit deinem Bruder.«

»Es ist …« Agnes schläfriges Gehirn suchte nach Worten. »Natürlich mutet es seltsam an, wenn wir die Gänge dieser Burg durchkämmen und die Zimmer und Abstellkammern durchstöbern. Wenn uns jemand sieht, und es dem Herzog zuträgt. Vater ist noch immer seinem launenhaften Urteil ausgeliefert. Es geht nicht nur um uns.«

»Agnes, es wird gutgehen. Du wirst sehen«, beruhigte die Mutter sie.

Sie schloss die Augen. Sie war so müde, ihre Glieder so schwer, alles um sie so kalt.

»So kenne ich dich nicht. Du siehst dein Ziel, und du siehst den Weg dorthin. Ein Umweg kam noch nie für dich in Frage, genauso wenig wie Aufgeben oder Zweifeln.« Ihre Mutter umarmte sie. »Nichts Wichtiges ist einfach. Vor allem, wenn es um Leben geht – oder um Tod.«

»Sollte es nicht das Gegenteil sein? Sollte nicht eben genau das Wichtige und Richtige einfach sein?«, flüsterte sie. Agnes duckte sich tiefer in die Schatten und legte ihren

Kopf schief. »Die Momente, in denen man weiß: Meine Tat zählt und mein Handeln – und dann handelt man. Das Richtige erfordert nicht stundenlanges Abwägen.« Sie lehnte sich gegen die Wand. Ihre Mutter musterte sie. Ihr Atem wurde leiser und schwer.

Das Flüstern und die Wärme der Mutter vertrieben den Schlaf, die Hand koste ihre Wange. »Es ist wichtig, dass wir schnell handeln. Dir und Ulrich bleibt weder viel Zeit noch eine andere Wahl.«

Agnes schob sich weg von ihrer Mutter. »Ich wünschte, wir wären nicht zu dem Fest gereist.«

»Agnes?«

»Der Eurasburger ist mir auf unserer Reise zum ersten Mal begegnet. Und später auf dem Fest entfernte Ulrich sich von den übrigen Gästen, um mich zu retten. Deswegen trug seine Kleidung mehr als genug Spuren eines Kampfes. War es da nicht naheliegend, ihn mit dem Mord in Verbindung zu bringen? So griffen die Wachen ihn auf.« Agnes schüttelte den Kopf. »Ich trage die Schuld daran.« Sie fuhr sich mit der Hand über die Augen.

Die Mutter fasste ihre Hand und drückte sie.

»Er ist allein. Und mich lässt er allein zurück.«

»Es ist noch nicht zu spät, und es ist noch nicht vorbei«, mahnte sie. »Es ist ein schlechtes Omen, wenn du selbst nicht an seine Rettung glaubst.« Die Mutter zeichnete das Kreuzzeichen in die Luft und drückte Agnes fest an sich. »Gott lässt nicht zu, dass ein Unschuldiger sterben wird.«

Hastige, bemüht leise Schritte kündigten die Brüder an.

Agnes räusperte sich und wandte sich in die Richtung der Rückkehrer. »Haben die Wachen ihn gesehen?«

»Weder sein Kommen noch Gehen,« versetzte Georg. Seine Antwort zerschlug ein weiteres Stück ihrer Hoffnung. »Vor einigen Stunden fand ein Wachwechsel statt. Was davor war, wissen sie nicht.« Der Mittlere der Hardenbergs zuckte mit den Schultern.

»Was glaubst du, Georg? Du kennst sie, oder nicht? Wird sie uns wenigstens helfen?«

Ihr Bruder sank ein wenig in sich zusammen. Er schloss für einen Moment die Augen und schluckte. »Ich weiß es nicht, Agnes.

Tun wir, was wir als Einziges tun können. Nur so erhalten wir Gewissheit. Lasst uns nachsehen!«

Jeder Schritt auf den dunklen Holzbohlen hallte durch Agnes Kopf. Auf die Wand warfen die Fackeln ihre Schattenfratzen. Immer Neue bildeten sich, rissen ihre Mäuler auf und gafften die Vorbeieilenden an. Ihr Herz pochte so schnell, so laut. Sie erwartete, jeden Moment das Echo im Gang zu hören.

Endlich mäßigten sie das Tempo ihrer Schritte, bis sie gänzlich innehielten vor der Tür. Durch eine Fensteröffnung pustete der Wind Wachsamkeit mit seiner Winterbrise in ihre Gesichter.

Zwei Ohrmuscheln klebten sich an das Holz. Conrad war es diesmal, gemeinsam mit Agnes. Keiner der vier wagte eine Bewegung, nichts, das zu einem Geräusch geführt hätte, die Stille war lauter als ihr Atmen. Agnes blinzelte und stupste Conrad an. Irgendetwas bewegte sich in dem Raum.

»Was ist das?«, flüsterte Agnes. »Und was, wenn die Tür verschlossen ist? Ehe wir im Raum sind, werden sie alarmiert sein. Wir brauchen ein Wunder.«

Georg drängte sie zur Seite und riss den Türgriff nach unten. Mit einem Ruck drückte er gegen das Türblatt und stolperte. Ohne Widerstand schwang die Tür auf. Vier Augenpaare starrten in die Dunkelheit. Keine einzige Kerze brannte, kein Geräusch war zu vernehmen. Sie hörte Georg schneller atmen als sonst, er spannte jeden Muskel an.

Conrad schickte das Licht der Fackel in den Raum, dann folgte er. Das Leuchten fiel auf den Schrank, ein kleines Tischchen, einen umgekippten Stuhl. Der helle Kegel langte nicht bis zum Bett. Die Mitte des Zimmers war leer, nichts rührte sich, abgesehen von schleichenden Schritten. Er lenkte sein Licht auf die Schlafstatt, und dort gaben seine Schatten mehr preis, als die Decke zu verbergen vermochte.

Georg schnaubte und wandte sich zum Schrank und verharrte, bis Conrad das Zeichen gab. Beinahe riss er die Holztür aus den Angeln, und fing sie gerade noch auf, ehe sie zu Boden krachte. Was er darin fand, ließ ihn fluchen. Nur einzelne Kleidungsstücke, die Kleiderhaken schwangen vom Luftstoß. Adlhaydt schob Georg vor sich her zum Bett, Agnes blieb in der Nähe der Tür. Die Haltung der Brüder straffte sich, sie packten die Griffe ihrer Schwerter fest.

Der Mutter genügte ein Ruck, das Tuch fiel zu Boden. Mit einem schnellen Stoß ließen alle vier den Atem entweichen.

Conrad wich zurück, Georg war im nächsten Augenblick neben dem Bett. Ihm entging die Missbilligung im Blick der Mutter. Agnes errötete. Ihr Blick flackerte durch den Raum und immer wieder zum Bett zurück. Darüber streckte sich der Körper einer Frau. Blass, leblos, hüllenlos. Tücher wanden sich um ihre Gelenke, fesselten sie ans Bett. Die Lider waren geschlossen, nichts an ihr bewegte sich.

Ihre Mutter legte das Tuch zurück und bedeckte die Verletzlichkeit, ehe sie ihre Hand über den Mund der Frau hob und auf den warmen Hauch wartete. Sie tastete mit der anderen Hand zwischen Kiefer und Hals. Nach einer Weile nickte sie.

»Conrad, Georg, helft mir, sie loszubinden!

Agnes, kümmere dich um das Licht und reich mir ein Kleid für sie – wenigstens ein Untergewand.«

Gemeinsam hoben sie den regungslosen Körper an und führten die Gliedmaßen in das schützende Gewand. Ein dunkler Fleck zeichnete das Laken dort, wo der Kopf geruht hatte. Adlhaydt fand die Platzwunde. Sie war ebenso feucht, wie der Blutfleck auf dem Tuch. Sie blickte zu Agnes, und Agnes wusste, was dies bedeutete. Georg wagte auszuatmen. »Sie ist schwach, doch sie wird wieder.«

Gleichzeitig wussten alle, was dies bedeutete. »Lange ist er noch nicht weg«, stellte ihre Mutter in den Raum. »Es tut mir so leid. Wir haben ihn nur knapp verpasst.«

Agnes schloss die Augenlider. Etwas erlosch. »Wir können nichts tun. Sie wird noch eine ganze Weile bewusstlos bleiben. Wir haben keine Möglichkeit, in Erfahrung zu bringen, was vorgefallen ist. Wir wissen nicht, wo er sein könnte.« Sie schickte Georg nach einem

Arzt.

Mit wenigen Schritten war ihre Mutter bei ihr und schloss sie in die Arme. Agnes ließ es geschehen, spürte es nicht, fühlte die Wärme und den Trost der Berührung nicht. Sie hatte versagt. Die Suche war umsonst gewesen. Hätte sie nur früher gehandelt.

Ihr Blick glitt fort zu einem Punkt, der für niemand anderen sichtbar war.

Sie barg ihr Gesicht in den Händen und dachte nach. Ihr blieb nur noch eine letzte Möglichkeit. Sie löste sich und ließ ihre Mutter und Conrad in dem Raum zurück. Ihre Schritte hallten durch die Gänge der Burg.

LUDWIG †Kapitel 57

BURG FRIEDBERG, ENDE MÄRZ 1268

Der Morgen brannte in seinen Augen. Sein Schädel dröhnte vom Wind, der an seinen Haarspitzen zupfte, von der Bewegung seiner Miene, von den Falten, die das Laken in sein Gesicht furchte, von dem Zwitschern, das die Vögel gegen seine Ohren trällerten. Wut quoll wie seine Zunge aus seinem Mund. Und er hörte die Geräusche der Bediensteten vor seiner Tür und wie sie nach seinem Fluch loshasteten. Er flüchtete sich auf die andere Seite seines Bettes vor der Helligkeit. Er roch Wein, und seine Hand schoss zum Mund. Er versiegelte diesen, so gut es ging. Er würgte und presste weiter seine Augenlider zusammen. Er wollte schlafen. Weiterschlafen und vergessen. Der Morgen hatte kein Einsehen, es scheuchte den Schlaf davon. Von draußen drangen Laute an sein Ohr, schwollen an. Störten. Seine Blase drückte. Er wollte nicht aufstehen müssen, um sich zu erleichtern. Er wollte nicht wissen müssen, dass die Sonne auch an diesem Tag aufgegangen war, er wollte nicht wissen müssen, was für ein Tag heute war. Der Tag, an dem er einen Unschuldigen opferte.

Zur Hölle mit ihm!

Ja, der Welfe wagte, sich gegen seine Pläne zu stellen. Sah dieser verbohrte Hund denn nicht, dass sie wichtig waren? Wichtig und gut.

Er, Ludwig, könnte so viel verändern, so viel tun in diesem zerrissenen Land durch Konradin. Wenn sein Neffe die Königskrone trug, konnte er das Land einen und in ein neues Zeitalter führen. Friedberg und München waren erst der Anfang. Seine Residenz legitimierte die junge Stadt München, samt ihrer Bedeutung für Politik und Handel, der Markt blühte, die wichtigsten Straßen führten über München und brachten von dort das wertvolle Salz ins

Römische Reich. Wenn sein Neffe erst die Erblande in Italien zurückerobert hätte …

Und gab nicht schon auch diese Stadt, Friedberg, Zeugnis für ihn ab? Seine Städte wuchsen, die Familien der Kaufleute erwarben immer feinere und bessere Tuche von den Händlern, die Orden bettelten darum, Klöster in seinen Städten eröffnen zu dürfen.

Wieso glaubte Ulrich nicht an den Erfolg des Feldzugs? Ein wenig Zeit zur Besinnung im Kerker hätten dem Welfen nicht geschadet.

Ludwig fluchte. Ja, er, Ludwig, kannte die Wahrheit, hatte sie von Anfang an gekannt. Der Meringer hatte niemanden gemordet, würde sich wohl eher selbst einen Dolch ins Herz stoßen denn einem anderen.

Zur Hölle damit!

Zur Hölle mit dieser Frau, diesem Mädchen, das an seiner Tafel aufgetaucht war. Wie hatte sie es wagen können? Sie war einfach zur Tür hereingestürmt und stand vor ihm. Alle Gespräche waren verstummt. Die Diener hielten inne.

Ja, sie hatte recht. Den Namen des Mörders riefen die Spatzen von den Dächern. Weshalb war sie nicht einfach wieder gegangen und am Morgen zu ihm gekommen, wie er es ihr angeboten hatte. Er hätte seine Männer aussenden können in der Nacht, er hätte die Burg durchkämmt und die Wälder rundum. Sie hätten den Eurasburger fassen können und als Mörder überführen.

Stattdessen sagte sie das Unsägliche. Sie verlangte es.

Seine Hand griff aus dem Bett und ins Leere. Er blinzelte. Der Becher war umgefallen und eine rote Lache auf dem Boden trocknete vor sich hin. Er fluchte.

Nichts war so, wie es sein sollte.

Sie hatte in Anwesenheit aller – seines gesamten Gefolges – die Freilassung Ulrichs gefordert. Gefordert.

Wie sähe es aus, wenn er auf das Wort einer Frau hin, einen Gefangenen freisetzte?

Weshalb hatte sie nicht am nächsten Morgen vor ihm erscheinen können, um dies zu tun. Es wäre noch genug Zeit geblieben.

Doch Ludwig konnte kein Herrscher bleiben, der sich von einem Mädchen Befehle geben ließ.

Er fluchte erneut. Wie konnte dies nur geschehen? Erneut, jetzt, wo die Krone so nah war. Wie damals, zwölf Jahre zuvor.

Er erhob sich. Jeden Schritt begleitete ein Fluch, jede Bewegung löste einen Hammerschlag in seinem Kopf aus.

Er verlor seinen wichtigsten Berater. Ludwig fluchte.

Der Wein ersetzte das Blut in seinem Körper, rauschte durch seinen Kopf und machte den Boden schaukeln. Vergessen brachte er ihm nicht.

Ludwig wankte zu seinem Nachtgeschirr, zerrte an seiner Hose. Noch immer trug er die Kleidung des Vorabends, mit all den Bändern und Verschlüssen. Erst nach einer Ewigkeit verstummten seine Flüche, und er taumelte zurück zum Bett begleitet von dem Geschrei, das von draußen immer lauter zu ihm hereindrang. Sein Hirn suchte die Laute zusammen und setzte daraus Worte. Ein Wort wiederholte sich. Ein Name. Die Stimmen prallten auf ihn ein, zerrten, stießen dieses Wort wie eine Lanze in seinen Kopf.

Er fiel auf sein Bett.

»Unschuldig.«

DUNKELHEIT †Kapitel 58

BURG FRIEDBERG, ENDE MÄRZ 1268

Noch währte Dunkelheit. Noch war in der Dämmerung Raum für Trugbilder, Platz für Hoffnung zwischen den Gitterstäben, ehe der Morgen die Nacht zurückdrängte. Stunde um Stunde, Augenblick um Augenblick rang ihm die Zeit seine Hoffnung ab, zerschmetterte Stück um Stück zu Bruch.

Ulrich klammerte sich an den Schleier der Nacht, blinzelte mit brennenden Augen, kämpfte gegen sein Gähnen, vergrub den Kopf in seinen Händen. Der Anbruch des Tages zerriss Träume und schickte ein flaues Gefühl durch seine Eingeweide: Angst. Ulrich, der letzte Welfengraf von Mering setzte die Jagd der vergangenen Nacht fort, er hetzte den Fetzen der vergangenen Wochen in seiner Erinnerung hinterher. Er wollte nicht sterben.

Ulrich schloss die Augen, und er sah Agnes über den Burghof in Mering rennen in seine Arme, er sah sie, wie sie in den Ställen verschwand und begleitet vom Wiehern der Pferde aus dem Tor galoppierte, um mit ihm durch die Wälder zu jagen. Er sah sie in dem Zimmer, das er als Junge bewohnt hatte, die Wiege schaukeln, ihre Stimme malte ein Lied und hüllte den Schlaf ihres Kindes ein. Er sah sie am Tisch seiner Familie, das Gold der Lichter fiel auf ihre Züge, ihre Hände brachen das Brot und verteilten es an ihre Kinder. Er sah sie im Stall mit zerrissenen Gewändern, roch ihr Haar, schmeckte ihre Tränen. Wie viele Stunden, Tage, Monde waren vergangen, seit er ihre Nähe aufgesogen und ihr Duft ihn berauscht hatte?

Seine Zunge fuhr über die Borke seiner Lippen. Ihn dürstete.

Der Tod war ein Räuber, und der Schnitter kam zur falschen Zeit.

Zeit. Es gäbe nie genug davon. Wie konnte Gott das zulassen?

Er schreckte auf. Ein Pochen an der Tür. Sein Magen zog sich zusammen, und Schauer rannten über seine Haut. Die Pforte glitt auf, und sein Blick fiel auf eine Gestalt.

»Ich wollte es nicht glauben, und nun wünschte ich, meine Augen mögen mich trügen.« Die Worte waren mehr gekrächzt, denn gesprochen, und der Pater schüttelte beständig die letzten Federn seines Haars. »Dieser elende Sturkopf!« Er murmelte nur, doch Ulrich erkannte die Stimme.

»Pater Augustinus. Euch also hat er mir geschickt.« Ulrich hatte sich erhoben und entbot dem Alten seinen Gruß. Bitterkeit und Wehmut tränkten die Stimme. Er rieb sich über die Stirn, als könnte er etwas wegwischen. »Wenigstens ist es nicht nur der Priester – irgendein Priester, den er mir zugesteht – zuwenigst ist es ein vertrauter Mensch.« Der Graf zeichnete das Kreuz auf seine Stirn, seine Lippen, seine Brust, musterte den Alten. Ein Schritt nur trennte ihn, ein Nicken, einen Schritt trat er zurück und beugte sein Haupt vor dem erdbraunen Habit.

»In Euer Hemdchen fast versunken, die Wangen nass von Tränen, das Herz schwer und doch so leer nach dem Tod Eurer Mutter so standet Ihr Euren dunklen Locken im Burghof Merings. Euer Vater hat mit Euch gewartet und den Tross Ludwigs begrüßt. So sah ich Euch das erste mal, als vor Jahren der junge Herzog mit seinem Tross eingeritten war auf dem einstigen Königsstuhl.« Der Priester räusperte sich. Ulrich spürte die Geste mehr, denn er sie sah. Augustinus bedeutete ihm, sich aufzurichten. »Er, der Anführer einer Ritterschar, überschäumend vor Ehrgeiz sich zu beweisen und voll Tatendrang, und ich, der ich am liebsten die Seiten der Schriften verspeist hätte, wäre es denn möglich gewesen.« Augustinus schnaubte ein wenig und knetete seine Hände. »Ich erinnere mich zu gut an die Ereignisse vor zwölf Jahren, als Euer Vater noch lebte. Sein Hofmarschall hat ihn in so viele Lügen verstrickt und den Herzog blind gemacht. Das Schwert mag in Ludwigs Hand gelegen haben, doch geführt haben es andere. Und eine Unschuldige starb.« Die Augen des Priesters zeigten ein wenig Feuchte, auch als sie sich wieder auf Ulrich richteten. »Nun seid Ihr hier – der Letzte Eurer Familie. Diesmal hält eine andere Hand das Schwert, doch Ludwig kann nicht sagen, er hätte es nicht besser gewusst. Ein Unschuldiger mehr, den er auf seinem Gewissen hat«, nuschelte der Geistliche.

Ulrich hob sein Haupt, musterte die Miene seines Gegenübers. »Ihr glaubt mir also?«

»Ich kenne Euch als Buben und als Mann – als Edelmann. Ich sehe nicht den geringsten Grund, das Gegenteil auch nur im Entferntesten in Erwägung zu ziehen.« Augustinus legte Ulrich die Hand auf die Schulter, zog sie nicht zurück von dem Stoff mit den Rissen, den Flecken, den Knittern, suchte die leuchtenden Seelenfenster hinter den dunklen Augenringen. »Das Volk, Eure Leute, alle glauben Euch.« Er zögerte, blinzelte, schnaufte tief durch. Sein Blick hielt fest und suchte den Blick des letzten Welfen. »Die Kunde geht von Mund zu Mund. Das Gesinde, der Adel, die Friedberger Leut'. Es ist der Name eines anderen, den sie im Mund führen, wenn es um den Mord am Barthel geht. Ich denke, er ist Euch nicht unbekannt.«

»Hans von Eurasburg.«

Augustinus nickte. »Hans von Eurasburg. So ist es.«

»Aber dann«, Ulrich schüttelte die Hand des Priesters ab, »muss er mich freilassen.«

»Schlagt es Euch aus dem Kopf. In der Nacht von Barthels Tod, haben die Wachen den Eurasburger noch gesehen, sogar im Trakt der Burg. Nun aber ist er wie vom Erdboden verschluckt. Und selbst wenn sie ihn erwischen, steht es schlecht um Euch. Ludwig ist seinem eigenen Stolz in die Falle gegangen.« Der Pater sah ihm in die Augen. »Er wird sein Urteil nicht zurücknehmen. Wernher von Hardenberg hat sich noch einmal für Euch bei ihm verbürgt. Wisst Ihr, was geschah?«

Ulrich starrte den Alten an.

»Der Herzog ließ ihn einsperren. Und dann wurde es noch schlimmer.« Augustinus schüttelte den Kopf, seine

Miene sah aus, als würde er die Totenmesse lesen. »Sicher – es war gut gemeint. Doch dadurch wurde das Unglück nur noch größer. Der Herzog hätte sein Gesicht verloren, wenn er das getan hätte.«

»Was meint Ihr?«

»Agnes erschien zur Abendtafel des Herzogs. Sie wirkte aufgelöst und übernächtigt.«

Ulrich stieß die Luft hörbar durch seine Zähne. Sein Herzschlag raste.

»Sie nannte den Namen des wahren Mörders. Der Herzog befahl ihr, sich von der Tafel zu entfernen und am frühen Morgen im Richtersaal zu erscheinen. Doch Eure Verlobte wollte nicht gehen. Sie forderte Eure sofortige Freilassung.«

Ulrich hing an den Lippen des Paters.

»Sie warf Ludwig vor, Euch aus dem Weg räumen zu wollen und ihr Leben zu vernichten. Sie beharrte darauf: Er hat ein falsches Urteil gefällt.« Der Pater trat von einem Fuß auf den anderen. »Ungeachtet der Anwesenden.«

»Oh mein Gott!«, entfuhr Ulrich.

»Sie hat recht, natürlich. Doch …« Der Geistliche ließ den Satz unvollendet.

Ulrich verbarg sein Gesicht in den Händen.

»Ludwig ließ sie von den Wachen in ihr Quartier führen. Er hat jedem gedroht: Dem Scharfrichter und den Soldaten, die Euch bewachen. Er wird sie lebendig rösten und vierteilen, wenn sie sich weigern, seine Befehle auszuführen. Seit er dies verkündet hat, gibt er sich dem Wein hin.«

Ulrich rieb seine Schläfen.

»Ihr wisst, was das bedeutet?« Der Pater runzelte die Stirn, Ulrich nickte.

»Er weiß zu gut, dass er im Unrecht ist.«

Augustinus seufzte. »Ihr tragt in seinen Augen nur eine Schuld: Seine Pläne zu wenig unterstützt zu haben. Das kann er Euch nicht verzeihen. Dass Ihr einen Mord begingt – daran glaubt er nicht im Geringsten; daran hat er nie geglaubt.

In seinem Zorn hat er über Euch gerichtet.

Durch diese Forderung aus dem Mund einer Frau und nach diesen Vorwürfen ist er vor seinem Hofe bloßgestellt. Sein Stolz verbietet ihm die Aufhebung des Urteils und das Eingeständnis dieses Fehlers.

Der Wein nimmt ihn in seine weichen Arme, wärmt ihn und trägt ihn mit sich bis zur Besinnungslosigkeit, bis zum Vergessen. Aber das hilft Euch nun einmal nicht weiter.«

Ulrich schüttelte den Kopf. »Es kann nicht sein.« Sein Blick schweifte in die Ferne. »Das darf nicht …« Er wusste nicht, ob er alles verfluchen sollte oder laut lachen. Welch ein Irrsinn! Der Versuch seinem Herzog das Ansehen und die Macht zu sichern und diesen vor Hochverrat zu bewahren führte dazu, dass er verraten und verurteilt worden war.

»Ulrich, ich weiß, wer Ihr seid, was für ein Mann aus Euch geworden ist. Eisenringe legen sich um mein Herz. Doch nur die Beichte kann ich Euch noch abnehmen.« Die Runzeln zogen das Gesicht des alten Priesters nach unten, seine Haltung war Bedauern. »Lasst uns beginnen. Sie werden bald kommen.«

Ulrich kniete nieder. Er zeichnete das Kreuz, langsam, mit Bedacht. Augustinus sprach die Formel, ihn zu segnen. Der Meringer schloss die Augen, forschte nach der Stille, den Worten und der Ruhe, die irgendwo in ihm sein musste. Silben fügten sich zusammen, Laute flossen von seinen Lippen. Er traute dem anderen, vertraute sich ihm an. Nicht einfach Beichte war es, es war sein Leben stattdessen. Er öffnete die Tür dazu. Erst als er geendet hatte, bemerkte er die Schmerzen in seinen Knien und dass sich seine Muskeln verhärtet hatten.

»Ihr kennt mich seit langem, und nun wisst Ihr alles über mich. Ich bitte Euch, und ich bitte Euch nur um dieses Eine: Steht ihr bei, erzählt ihr von mir und helft ihr, Trost zu finden.«

Der Priester nickte. Mit seinen faltigen Händen zeichnete er erneut das Kreuz, die Segnung auf Ulrichs Stirn. »Gott ist mit Euch, Ulrich, was auch geschieht. Die Seele ist unsterblich. Und Gott kennt Gerechtigkeit.« Er bekreuzigte sich selbst. »Noch ist Zeit.«

»Zeit? Wofür?« Ulrich rieb die Narbe auf seiner Stirn. »Für ein Wunder?«

Der Pater ließ ihn zurück in den grauen Wänden, zurück in der Stille, die die Nacht, die kalten Sterne mit sich brachte, die er durch den schmalen Auslass erahnen konnte.

Die Tür knallte auf, Schritte polterten, Soldaten füllten den Raum. Er hatte sie erwartet. Sie sprachen nichts. Mit dem Hauptmann begann es: Einer nach dem anderen nahm Haltung vor ihm an. Sie neigten ihr Haupt, traten vor. Dann legte ihm jeder die Hand auf die Schulter, suchte seinen Blick. Sie baten ihn um Vergebung. Worte bedurfte es keiner. Der Hauptmann reichte ihm ein Bündel mit frischer Gewandung, klares Wasser stellte einer der Waffenträger vor ihn hin und drückte ihm einen Lappen in die Hand. Sie gewährten ihm die Zeit, die er benötigte.

Auf sein Zeichen hin traten sie wieder ein. Sie nahmen ihn in ihre Mitte. Und er beschritt den Weg, der ihm aufgezwungen worden war.

An diesem Märztag schob ein Sonnenstrahl die Wolken zur Seite; durchsichtig, durchscheinend durchdrang er das Grau, funkelte in den Tränentropfen auf schneeweißer Haut. Weiße Blütenblätter, die die winterharte Erde durchstießen. Allein. Er spürte den Stich in seinem Herzen. Wie gern hätte er sie berührt. Noch ein letztes Mal, nur einmal noch ihre Lippen den seinen nah, seine Arme als Schutzschild um sie.

Er fand ihre Augen, fand ihren Blick, fand im Schwung ihrer Lippen die Erinnerung, die Augenblicke, Stunden mit ihr, Momente glücklicher Vergänglichkeit. Ihre Berührungen hatten ihre Schicksale verflochten.

Er war sich gewiss: Es würde eine Zeit dafür geben und einen Platz, an dem nichts mehr sie zu trennen vermochte.

Er kniete nieder. Die Schultern gerade, neigte er den Kopf, faltete die Hände. Die Stimmen im Rund formten ein Raunen, bis er die ersten Worte sprach. Die Schwingen der Stille trugen sie weit hinein ins Tal, und die Ersten taten es ihm gleich. Sie knieten nieder. Immer mehr fielen auf die Knie, fielen ein in sein Gebet. Ein Chor sprach mit einem Mund die Worte der alten Formel im Takt. »Vaterunser.«

Zu ihm, zum Vater im Himmel, beteten sie, schickten für den Letzten der Welfen ihre Gebete, mit ihm die Hoffnung zum Himmel.

Er erhob sich nach dem Gebet. Die Zeit war gekommen, seine Knie fühlten sich weich an. Wohl stiege kein Erzengel für ihn vom Himmel, um ihn dieser Ungerechtigkeit zu entreißen. Er hob sein Antlitz, er warf einen Blick nach oben. Die Wolken rissen auf. Trügerisch gaben sie das unendliche Blau frei. Ulrich blinzelte. Ein greller Sonnenstrahl hüllte ihn in sein Licht. Sein Herzschlag beschleunigte. »Sollte es möglich sein …?« Ein Raunen ging durch die Menge. Im nächsten Augenblick stoben Wolkenfetzen vor das Himmelsgestirn, zerstob der flüchtige Zauber.

Noch einmal fand und vereinigte sich sein Blick mit Agnes'. Er prägte sie sich ein, malte sie in seine Seele: jede Einzelheit ihres Gesichts, ihrer Statur. Sein Körper brannte. Nur eine Berührung wünschte er sich, nur einen Hauch.

Er spürte die Augen aller auf sich gerichtet, wusste, es war an der Zeit. Hoffte er noch? Durfte er hoffen? Sein Herz schmerzte.

Ulrich füllte seine Lungen und sog den Lebensatem tief in sich. Agnes Bild tauchte auf vor seinen Augen. Ihre Gestalt auf dem Ross, die erste Begegnung mit ihr bei dem Ausritt, ihr zorniger Ausdruck, als sie im Flur der Burg gegen ihn stieß, ihre stolze Hilflosigkeit, ihr sanftes Leuchten. Wie gern hatte er ihren Duft um sich, ihre Wärme. Er schloss seine Augen. In seinem Inneren glomm ihr Bild.

✝

TRIUMPH †Kapitel 59

BURG FRIEDBERG, ENDE MÄRZ 1268

Der Platz vor dem Köpfhäusl füllte sich. Die Burg blickte auf die Richtstätte herab und auf das große Oval davor. Eine schmale Treppe führte zur Plattform empor, die von Gras bewachsen war, zu der Stätte, auf der hingerichtet wurde. Der Nordturm mit seinen Verliesen reckte sich dahinter in den Himmel. Ein kurzer Weg führte von dort die Verurteilten zu diesem Platz.

Wer Zeuge des Spektakels werden wollte, musste dagegen einen längeren Weg in Kauf nehmen. Der Pfad führte die Neugierigen links vor der Schlossbrücke hinab und mündete nach einem großzügigen Schwung um die Burg in die Fläche. Sträucher und allerlei Waldgewächs, Bäume rahmten das Oval, auf der Freifläche das Volk.

Ein Bauersknecht schob sein Knochengerüst nach vorn, stieß die Ellbogenkanten in das Menschenknäuel, das ihn umgab. Auch wenn er zuckte, sobald sich in seine Rippen ein fremder Ellbogen bohrte, er schob sich vorbei, rieb die Fetzen seines Stoffs an den braunen und trübgrünen Kitteln, streifte seine Stallgewandung an den Tuchen, ignorierte Schimpf und Biss von alten Mütterchen und rotbackigen Waschweibern. Trotz des Geruchs wichen sie nur widerwillig zur Seite, bis vor ihm das Kreuz eines Fuhrknechts auftauchte, der vermutlich einen Karren vollkommen ohne die Hilfe von Ochsen ziehen konnte. Mehr als ein paar Schritte, mehr als Blicke zur Seite blieben nicht. Und die Menschensee schäumte sich immer dichter und undurchdringlicher. Ein nicht enden wollender Strom an Schaulustigen flutete über den schmalen Weg hierher, das unwirtliche Wetter, der schneidende Ostwind, hielt sie nicht ab.

Niemand blickte in das verschmierte Gesicht, niemand erkannte es. Niemand ahnte, wer in den Rupfensäcken steckte. Zum tausendsten Mal scheuerten seine Fingernägel über die Haut. Der derbe Stoff kratzte, stank, starrte vor Schmutz, Hans rümpfte die Nase. Bildete er sich das Jucken nur ein, oder krabbelten tatsächlich unzählige, winzige Füße über seine Haut? Er schob den Gedanken beiseite, zahlte er gerne diesen Preis für sein Vergnügen.

»Endlich erhält Mering das, was sein Haus verdient. Sie haben sich in die Sonne gedrängt, ihretwegen stürzte mein Vater, stürzte unser gesamtes Haus in die Schatten. Doch die Gerechtigkeit findet alle – selbst wenn es einer gewissen Hilfe bedarf – meiner Hilfe.« Der Blick des Eurasburgers war in weite Ferne gerichtet auf einen Punkt, irgendwo weit hinter den umstehenden Bäumen.

Ist Ulrich von dieser Erde getilgt, ersteht Eurasburg auf. Agnes wird meine Gemahlin, und ihre Pflichten wird sie mit Freuden erfüllen. Sie wird erkennen, was …

Ein Stoß in die Rippen brachte ihn zum Husten. »Seid Ihr …« Hans biss sich auf die Lippen und musterte den Stoffkittel neben sich. Die weiße Kappe umwölkte den Kopf, Mehl bestäubte die Schürze und verwandelte den Schwarzbart zu Schnee. Er erinnerte sich gerade rechtzeitig, in welcher Kleidung er steckte. Sein Haupt senkte sich.

»He da, Stinker, hast schon gehört?« Der Müllersknecht schickte ihn mit dem Schulterklopfen beinahe zu Boden und schüttelte den Kopf wieder und wieder. »Bestimmt nicht, weißt du das.« Er fuhr sich übers Gesicht, und in seinem Bart blieb ein scheckiges Muster zurück. »Aber ich hab es gewusst. Ich hab es mir schon gedacht. Und jetzt – jetzt ist es gewiss.«

»Was?« Hans zog eine Augenbraue in die Höhe und suchte nach einem Grashalm, um auszuspucken, ohne jemanden zu treffen.

»Der Herzog bleibt weg«, sprudelte der Fremde heraus. »Er verkriecht sich lieber in seinem Verschlag, als der Hinrichtung beizuwohnen.« Wieder schüttelte der Müllersknecht den Kopf. »Er weiß, weshalb. Und das ganze Volk weiß es ebenso.«

Der verkleidete Freiherr riss die Augen auf und stemmte sich die Gesichtszüge, die Richtung Schlammboden glitten.

»Aber weshalb? Weshalb sollte der Herzog fernbleiben? Er ist doch stets anwesend, wenn er selbst das Urteil fällt.«

Der Bursche versetzte ihm eine Kopfnuss. »Du Einfaltspinsel!

Jeder weiß es, jeder! Der Herzog hat den Grafen nur aus Stolz verurteilt, nicht aus Recht. Nie und nimmer hat der Meringer seinen Freund, den Barthel, umbracht.« Die zweite Pranke landete auf seiner Schulter und zwang ihn, sich zum Mehlkittel zu drehen. »Jeder weiß, wer es war. Jeder.«

»Hundsdreck.« Das Murmeln erstickte unter den Stimmen im Rund des Köpfhäusls. »Er war es. Der Herzog bringt die Gerechtigkeit zurück.«

Der Müllersknecht riss die Augen auf. »Was sagst du da?«

Hans schüttelte die Pfoten von seinen Schultern und schob sich ein Stück weg. »Schon vor Jahren haben die Meringer andere übervorteilt, jetzt hat sich ihr wahres Gesicht gezeigt.«

»Du hast wohl das Stroh vom Ausmisten in deinen Kopf gesteckt, damit der Wind deine leere Rübe nicht ganz so leicht davonträgt.« Dann winkte er ab. »Ein Schmarrn. Was will ein dreckiger Stallbursche schon wissen.«

Die Adern am Hals des Verkleideten pochten, er ballte eine Faust. Durch zusammengepresste Zähne presste er seine Worte. »Stroh ist nicht schlechter als Mehl. Der Staub vernebelt nur den Blick.«

»Hast was g'sagt, Bursche?«

»Der alte Meringer trägt die Schuld. Seinetwegen ging das Haus Eurasburg nieder, und seinetwegen ist sie tot«, presste Hans die Silben durch seine Zähne. Er schloss die Augen, doch durch den Schlag auf den Hinterkopf verwandelte die Frühlingswärme im Gesicht seiner Mutter in eine Lache aus Blut um die zerschlagenen Glieder, über die kleine Hände krabbelten, kleine Hände, die das Leben nicht zurückschütteln konnten in die Arme der Mutter.

Der Müllersknecht zuckte mit den Schultern. »Vielleicht wird dir deine Rübe wieder klar. Du hast zuviel Kuhdung eingeschnauft.« Damit drehte der sich ab und ließ ihn einfach stehen.

Seine Hand zuckte zum Dolch, den er unter den Lumpen verbarg. Seine Finger berührten das Metall, strichen entlang des Griffs, umfassten ihn– und zuckten zurück.

Und dann begann es: Ein Raunen rollte durch die Menge, die Schleier um ihn zerrissen, die Menge schwappte ein Stück weiter nach vorne zur Richtstätte. Er spürte Wärme kribbelnd auf seiner Haut, Befriedigung. Die Erinnerung an das Blut des sterbenden Burgvogts, das warm über seine Hände geströmt war. Dieselbe Wärme, als er den Toten mit dem Dolch seines Widersachers im Rücken zurückließ. Ein letzter Stein wurde aus seinem Weg geschlagen.

Stille senkte sich über den Rund.

Vor seinem Körper führte der Scharfrichter die Axt in beiden Händen. Der Schatten fiel ungestört auf den Weg, und selbst wenn die Sonne mit einem Mal die Richtung geändert hätte, dafür machten die Menschen Platz. Die Farben dieses Schattens wollte niemand in seiner Nähe. Die Speerspitzen, die sich weiter hinter ihm abzeichneten, überragten den Henker gerade noch so. Mit ihren erdigbraunen Überwürfen klammerten sich die ersten der beiden Waffenträger an das Holz. Die Rauten auf ihrer Brust schienen ebenso zu fliehen wie ihr Blick, der sich wieder und wieder nach hinten wandte. Ihre Pflicht hielt sie und zwang sie voranzugehen.

Graf Ulrich von Mering trug keine Fesseln. Er trug die Risse seines Hemdes mit dem gleichen Stolz wie die dunklen Flecken und die Krone seines zerzausten Haars. Sein Schwert war sein Blick und seine Miene war sein Schild. Ihm folgten zwei weitere Waffenträger und ihr Hauptmann. Einer nach dem anderen erklomm die Treppe zur Richtstätte am Köpfhäusl, der Henker zuerst, zwei der Bewaffneten, Ulrich, die übrigen drei. Sie fanden ihre Posten und verharrten, die Gesichter zum Meringer gewandt. Nicht einer wagte ein Wort, der Hauptmann nickte, und noch ein Stück mehr zog sich der Henker zurück.

Bis an den Rand der erhöhten Stätte trat Ulrich heran, sein Blick glitt über die Menge, und sein Räuspern bewegte das Gras.

Ein Schauer jagte Hans über den Rücken, über den

gesamten Körper. Hatte der Blick des Grafen ihn erfasst, hatte er ihn tatsächlich entdeckt? Trotz seiner Verkleidung entlarvt? Starrten diese wachen Augen prüfend auf ihn?

Der Graf von Mering hob den Kopf und noch einmal die Stimme.

»Rein ist meine Seele und rein ist meine Hand von Mord und Blut. Aus meinem Blut wird hier an dieser Stätte eine Föhre wachsen. Und er, der immergrüne Baum, soll auch den fernsten Geschlechtern noch verkünden: Den Schrei der Unschuld hört ein Gott im Himmel.«

Gemurmel erfüllte den Platz vor der Richtstätte. Die Anwesenden bekreuzigten sich. Ihre Blicke gingen zum Firmament.

Ulrich von Mering, der Letzte seines Hauses, sank vor dem Richtblock auf die Knie. Ein Wort schallte über der Menge. Stimmen erhoben sich zu einem lauten Schrei. Weitere fielen mit ein, bis es wie aus einem Mund erklang: »Unschuldig!« Wieder und wieder riefen sie es in einem gleichmäßigen Takt.

Die Rufe hielten an. Sein Herzschlag stolperte. Er spürte nichts. Alles erlosch. Hans hörte die Rufe der Menschen, sein Blick verfing sich an dem, was auf der Anhöhe geschah. Er blinzelte und wischte über sein Gesicht. Ein Sonnenstrahl brach sich in der Klinge. Das Oval, die Bäume, die Sträucher durchfuhr ein Windstoß mitsamt den Rufen der Umstehenden. Einige wandten ihre Köpfe in Richtung der Burg, zu dem Weg, der direkt von dort zum Richtplatz führte. Niemand wagte es, den Atem wieder freizugeben, bis die Leere nicht länger still sein konnte. Metall durchschnitt die Luft, rauschte herab. Kälte zischte an seinem Ohr.

Er zog die Kapuze seines Gewandes tiefer, trat zurück, einen Schritt, dann noch einen, versuchte der Menge zu entschwinden. Er stolperte. Über die, die noch immer knieten und ihr Klagen zu Gott schickten, verlor er das Gleichgewicht, verlor das Holz, krallte sich rudernd an ein paar Stofffetzen. Unter ihren Flüchen duckte er sich hinweg, bis er wagte, wieder aufzublicken. Der Takt seines Herzschlags donnerte in seiner Brust und platzte schier in seinen Ohren, statt Blut in seine Beine zu pumpen. Er starrte und erstarrte und eigentlich bräuchte er doch nur die Hand auszustrecken. Da war sie. Sie. Vor allem sie. Und mit ihr beinahe vollständig das gesamte Hardenberg, die Gräfin Adlhaydt, Ludwigs Ritter Conrad und Georg, die ständig seinen Weg kreuzten, und eben: Agnes. Tränen röteten ihre Augen, und gegen Schmerz und Trauer leuchtete ihre Schönheit noch deutlicher.

Einer der Brüder drehte sich zu ihm, aber ehe er entdeckt wurde, zog er seine Hand zurück und tauchte fort durch die Menge.

Ein Gedanke klang in seinem Kopf: »Sie wissen es nicht, sie kennen nicht die Wahrheit über den Meringer.« Er war es, der die Wahrheit ans Licht gebracht hatte. Sollten sie ruhig trauern. Bald würden sie erkennen, dass sie ihr Vertrauen in den Falschen gesetzt hatten. Die Zeit würde kommen, in der Ludwig es offenbaren und Agnes ihm, Hans, zur Frau geben würde. Gewiss, so musste es kommen, so musste es sein.

Er wandte sich ab von den Hardenbergs, stahl sich davon. »Es ist Zeit einzufordern, was mir zusteht.« Er duckte sich tiefer in seine Kapuze und beschleunigte seinen Schritt. *Mein Handeln hat den Herzog vor Schaden durch den Meringer bewahrt. Mit seinem Tod ist endlich ein Teil der Schuld gegen meine Familie beglichen. Den Rest werde ich mir von Ludwig holen. Er wird mir recht geben.*

Ein Humpeln vortäuschend, zwängte er sich Richtung Burg durch die Menge, bis er endlich entkam. Er stakte über die Wurzeln des Waldweges, drückte die Zweige der Büsche zur Seite. Auf seinem Weg zur Burg fiel es ihm ein. *In diesem Aufzug kann ich unmöglich vor den Herzog treten. Er wird kaum geneigt sein, einem Hungerleider sein Ohr zu schenken.* Er rieb seine Stirn und grübelte. Wie konnte er sein Anliegen vorbringen?

Möglicherweise empfängt er heute ohnehin niemanden, nachdem er nicht einmal bei Ulrichs Hinrichtung anwesend war. Plötzlich fiel ihm etwas ein. Es gab noch etwas anderes, Dringenderes zu erledigen.

✝

LIEBE †Kapitel 60

BURG FRIEDBERG, ENDE MÄRZ 1268

Agnes stand allein. Jeder einzelne Schlag ihres Herzens scheuerte gegen ihre Brust, jeder einzelne Schlag brannte. Unerträglich. Es fühlte sich an, als zerspringe es jeden Moment. Qual hüllte sie ein wie ein Dornennebel in dieser Dunkelheit. Sie fühlte den Schmerz nicht allein in ihrem Kopf, ihrer Brust, in ihrem Herzen. Sie spürte, wie ihr jede Bewegung einen Stachel ins Fleisch trieb. Seit ihrer ersten Begegnung gehörten sie einander. Seit jener Nacht, die eine Ewigkeit vergangen schien, war er ein Teil ihrer selbst.

Sie kostete das salzige Nass ihrer Tränen. Der Fluss ließ sich nicht stoppen. Die empfindsame Haut ihrer Wangen brannte. Im Vergleich zu dem anderen Schmerz bedeutete dieser Labsal.

Sie wankte, ruderte mit den Armen, Flügeln gleich. An der schmalen Steintreppe nach oben wäre sie beinahe gestolpert. Sie hatte sich im Saum ihres Kleides verheddert, das Gleichgewicht verloren. Im letzten Moment fing sie sich.

Ein Gedanke blitzte auf. Ihre Eltern. Der Moment hüllte sie ein. Das Lächeln ihres Vaters sah sie, ebenso Schmerz um den Verlust, den auch ihm der Tod des Freundes verursacht hatte. Der Blick ihrer Mutter leuchtete ihr entgegen. Noch einmal. Die Erinnerung tröstete sie: der Mutter Hand an ihrer Wange. Sie würden keine Frage unbeantwortet lassen. Sie würden keine Antwort gelten lassen, die nur halbherzig gegeben war.

Würden sie sie verstehen?

Und ihre Brüder. Schalk im Nacken und das Zwinkern um die Augen. Das Lachen und das Grölen, das Arsenal an Streichen und die Gutmütigkeit zu helfen, wo immer die Schwester in Not geriet. Das waren sie. Was sie ausmachte.

Und mehr.

Toben würden sie. Fluchen. Sie rächen.

Würden sie verstehen?

Mathild, Elsbeth, Clara. Ein Stich. Ein neuer. Ein anderer, ein weiterer. Würden sie begreifen?

Würden sie vergeben. Oder würden sie verdammen?

Und sie selbst?

Sie konnte nicht. Nicht vergeben. Nicht begreifen.

Verstehen. Vielleicht. Doch keinesfalls mehr … sein. Ohne ihn.

Was blieb?

Schmerz. Tiefer, dunkler, alles verzehrender Schmerz.

Der Tod schreckte sie nicht. Nicht mehr. Der größte Teil ihrer selbst gehörte bereits ihm. Gleichzeitig war sie ihm so fern. Doch war die Treppe, die sie erklomm, weder steil noch tief genug. Die letzten Stufen bezwang sie. Wie sie den Weg hierher bewältigt hatte? Sie erinnerte sich nicht. Ihr Blick streifte an ihr hinab. Das Kleid klebte an ihren Beinen, der Saum triefte vor Schlamm. In den Stoff krallten sich Kletten, Blätter, abgebrochene Ästchen. Sie versuchte sie abzustreifen, doch letztlich war es ihr gleich. Zu unbedeutend.

Sie blickte sich um, wunderte sich. Hier wurden die Hinrichtungen vorgenommen. Die Erhöhung war nicht mit Steinplatten ausgelegt. Von unten wirkte das Köpfhäusl, wie es vom Volk genannt wurde, gleich einem Würfel, gestückelt aus Klötzen und Quadern. Hier oben fand sie die Plattform von Gras bedeckt. Eine Erklärung sprudelte von selbst hervor. Das Blut der Gehenkten hinterließe Spuren auf Stein. In Gras und Erde versickerte es, der Regen wusch es endgültig fort. Ihr Körper schauderte. Diesem Gedanken verdankte sie nur eines: Gänsehaut.

Sie war hier. Ihre Füße hatten sie hierhergetragen, ihr Weg sie hergeführt. Hierher. In Fassungslosigkeit und Unwirklichkeit. Sie blinzelte. Ein weiterer, bitterer, salziger Tautropfen schmolz über ihre Wange.

War da etwas? Murmeln, Wortfetzen, Rufe? Sie glaubte, etwas zu hören. Wie am Morgen drang das Rauschen der Menge an ihr Ohr. Das Gebet, das er gesprochen hatte, ohne Angst vor dem, was ihm bevorstand. Es hallte in ihr wider.

Hier, an dieser Stelle hatte er gestanden, seine Atemzüge getan, seinen Blick in ihr Herz gesandt. Es war beinah, …
Sie schnellte um ihre eigene Achse, glaubte, etwas zu sehen. Ein Hauch.

Und doch nur nichts.

Die Erinnerungen an ihn überwältigten sie. Sie schmeckte seinen Duft, erinnerte sich an das Gefühl der Wärme seiner Haut, des festen Körpers, spürte den weichen Druck seiner Lippen auf den ihren.

Gerettet hatte er sie. Gerettet und geborgen. Umfangen und behütet. Erweckt. Das Andenken quälte sie. Ihr Herz drohte zu bersten, als sie sich seiner Berührungen erinnerte, die ihr Schauer und Hitze über die Haut jagten, bis sie daran dachte, was sie von nun an zu entbehren hatte. Sie schloss die Augen, sammelte sich, sammelte Kraft. Ging einen Schritt weiter.

Da war es. Das Bild seiner Hinrichtung drängte sich in ihr Denken. Das Aufflackern traf sie voller Wucht. Sie ging in die Knie. Die Vorstellung raubte ihr den Atem.

Ihr Blick glitt über den Ort. Das wenige Hell des abnehmenden Mondes hob die Konturen der Bäume dunkel vor der Dunkelheit ab.

Der kalte Wind bog ihre Kronen nach seinem Willen. Unberechenbar. Stille herrschte wieder hier bei der Richtstätte. Sie besaß Beruhigendes und Unheimliches zu gleichen Teilen. Nur von wenigen Lauten wurde sie durchbrochen. Der Wind säuselte den Blättern sein Trauerlied. Die sich biegenden Äste begleiteten ihn knarzend. Das große Rund zu ihren Füßen, an dem sich unendliche Stunden zuvor so viele eingefunden hatten, war nun leer. Verlassen. Eine große schwarze Leere.

Von der Burg drang kein Laut bis hierher. Nichts. Einen Tag wie diesen beschlossen die meisten in Ruhe. Die Verbleibenden sprachlos. Zu dieser einsamen Stunde nach Mitternacht suchten die Menschen gewöhnlich die Wärme und den Trost ihrer Schlafstatt.

Für Agnes gab es weder Trost noch Wärme.

Die Nacht verbarg vieles vor ihr. Die Gemäuer der Burg wirkten beklemmend. Sie schrak auf. Ein Laut. Sie versuchte im Dunkel etwas zu erkennen. Nichts bewegte sich. Vielleicht hatte ein Tier das seltsame Geräusch eben verursacht. Ein Tier – was sonst? Sie war allein. Hier. Niemand wusste es. Allein.

Agnes fasste sich an die Brust. Fest presste sie ihre Handfläche gegen die neuerliche Welle des Schmerzes.

Sie beugte sich vornüber, atmete, zögerte. Ihre blanken Finger grub sie in den Boden. Steine scheuerten ihre scharfen Kanten gegen die eiskalte Haut ihrer Hände. Feucht haftete die Erde an ihrer Haut. Blut, Tau? Nässe. Sie ignorierte es. Stück für Stück höhlte sie die Erde aus und schob Brocken und Klumpen zur Seite. Sie befühlte die Vertiefung. Ausreichend. Die Erde klopfte sie von ihren Händen. Die Handflächen lärmten gegeneinander. Ihre rechte Hand fasste nach dem Beutel an ihrem Gürtel, löste ihn. Er glitt auf den Boden. Der Stoff flatterte, als sie ihn auseinanderfaltete. Ihre Hände erfühlten den Stamm eines Setzlings. Zerbrechlich. Mit dem Wurzelballen selbst prüfte sie die Tiefe der Aushöhlung. Noch einmal. Ihre Hände balancierten ihn in die Mitte, gaben ihn endlich frei, deckten ihn behutsam zu. Der jungen Föhre Bett richtete sie.

Hier wuchs das Zeugnis, sein Zeugnis. Für jeden sichtbar.

Agnes stemmte sich vom Boden auf. Kälte war in ihre Glieder gedrungen. Ihre Bewegungen stockten.

Ein Blick. Sie wandte sich um.

Sie sah, was er gesehen hatte. Hatte ihn Sonnenlicht vergoldet, streichelte jetzt das wenige Silberlicht über ihre Haut. Sterne glitzerten, Wind säuselte durch die Bäume. Der Ort war ein Geschenk. Wäre es gewesen.

Wie er, wie Ulrich hob sie das Gesicht. Agnes Augen brannten sich in den Himmel.

Er, dieser Gott im Himmel, hatte es zugelassen, nicht im Geringsten zu verhindern versucht. Kein Blitz war niedergefahren, kein Donner hatte die Welt zum Beben gebracht, kein Engel nahte zur Rettung.

Der Tod eines Unschuldigen. Die Hinrichtung eines geliebten Menschen. Den Tod ihres Geliebten. Schluchzen verschnürte ihre Kehle. Tränen verschleierten die Welt.

Qual brandete durch ihren Körper, raubte ihr den Atem. Sie wandte sich zum Gehen, kaum, dass sie es ertrug, einen Schritt vor den anderen zu setzen. In ihrer Brust, in ihrem Herzen brannte es. Sogar der Atem biss in ihre Lunge. Sie hielt einen Moment inne, ihren Herzschlag zu beruhigen. Dann drehte sie ihr Gesicht dem Richtblock zu.

Der Schein des Mondlichts verwandelte die Stätte. Die Schatten der Bäume tanzten ihren Reigen und veränderten die Umgebung mit jedem Hauch des Windes.

War da mehr? Mehr, als ihre Augen zuvor erblickt hatten? So schien es. Eine Handbewegung verbannte die Tränen. Der Schmerz in ihrer Brust schlug noch stärker zu. Die Faust wand sich um ihr Herz und drückte. Ihre Lider schlossen sich, und sie schnappte nach Luft. Mehr Luft.

Etwas war da. Etwas bewegte sich, als sie ihre Augen aufschlug. Sie wischte über die Augen, um ihre Sicht zu klären, Hirngespinste zu verscheuchen.

Und sie erkannte es. Sie sah. Ihn.

Schimmernd.

Er stand vor ihr.

Sie rang nach Luft. Blinzelte. Sie schloss die Augen, zählte. Sie wusste nicht wie lange. Das Gefühl dafür hatte sie längst verloren. Ihre Lider öffneten sich. Noch immer. Er war hier. Der Schmerz wütete weiter, brannte in ihren Adern, schnürte sich wie eiserne Bänder um ihre Lunge und quetschte ihr Herz. Grausamkeit. Sie fühlte es nicht. Sie fühlte nichts mehr.

Das sanfte Lächeln, das sie so kurz nur gekannt hatte, das sie so vermisst hatte. Es leuchtete auf seinem Gesicht. Seine Augen fingen sie, wie bei ihrer allerersten Begegnung. Friede strahlte von ihm aus. Vollkommenheit. Er war hier. Bei ihr. Alles, was gezählt hatte, alles, was sie hielt, einst gehalten hatte, erlosch. Ein Lächeln. Sie gab es frei. Er war alles, worauf sie gewartet hatte, alles, wofür sie lebte.

Ulrich. Mit offenen Armen stand er vor ihr und wartete

auf sie. Seine Stimme, sein Wesen umhüllte sie.

Alles in ihr strebte ihm entgegen. Nichts hielt sie zurück. Der Schritt war leicht. Ihre Seele frei. Ihre Füße setzten die Schritte, ihre Schritte fanden den Weg. Kein Zittern, kein Zaudern, kein Wanken. Wind blähte ihr Gewand, brachte es zum Flattern, der Hauch zerrte an ihrem Körper, liebkoste ihn. So leicht fühlte es sich an. Er zauste ihr Haar. Nur ein kleiner Schritt, der sie trennte. Für die Ewigkeit. Für die Freiheit. »Ja.«

Ihr Körper glitt zu Boden. Das Gras fing ihn auf. Sanft. Der Glanz ihrer Augen erstarb. Ihre Lippen zeichnete Lächeln. Für immer.

Adlhaydt erwachte mit dem Licht der trüben Märzsonne. Ein kurzer, stechender Schmerz zerrte an ihr, ein Bangen brachte sie um den Schlaf. Sie erhob sich leisen Schrittes, um Wernher nicht zu wecken. Kurz nach der Hinrichtung hatte Ludwig ihn freigegeben. Sein Schlaf war unruhig nach dem zermürbenden Aufenthalt in Ludwigs Verliesen. Blass und erschöpft und voller Trauer war er zurückgekehrt. Erschüttert. Kein Wort hatte er seitdem gesprochen. Sie kannte ihn gut genug, um zu wissen, was er sich vorwarf: Er hatte nicht genug getan, um Ulrich zu bewahren.

Sie wanderte auf und ab in ihrer Kammer, ehe sie sich aufmachte. Das flaue Gefühl in ihrem Magen weigerte sich, zu verschwinden. Sie musste sich Gewissheit verschaffen.

Die Klinke glitt zurück ins Schloss. Beinahe lautlos. Die wenigen Schritte zum Gemach nebenan erschienen ihr unendlich. Sie riss die Tür auf.

Agnes fand sich nicht in ihrem Bett. Weder Clara noch Mathild wussten etwas über ihren Verbleib, ihr Verschwinden hatten sie nicht bemerkt. Adlhaydts Herz schlug ihr bis zum Hals. Kräftig, laut, unregelmäßig. Sie weckte ihren Gemahl, riss ihn aus dem Schlaf.

Ihr schien die Zeit, bis sie Conrad und Georg in den Quartieren der Ritter verständigt hatten, einer Ewigkeit zu gleichen. Der Wächter am Eingang der Quartiere kam und kam nicht wieder. Endlich erschienen ihre Söhne. Wie besessen durchkämmten die Mitglieder der Familie von Hardenberg jeden Winkel in und um Schloss Friedberg.

Conrad war es, der sie fand. Ihr Kleid klamm, vom Morgentau benetzt. Beinah schien es, sie schlafe mit ausgebreiteten Armen in ihrem weichen, grünen Bett. Ihr Haar umwallte ihren Körper. So friedlich sah sie aus. So blass. Er wusste nicht, wollte nicht, konnte es nicht glauben. Seine Hände zitterten.

»Nein!« Er glaubte, auf der Stelle zu erstarren.

Seine wunderschöne Schwester lag reglos zu seinen Füßen. Es konnte, es durfte nicht sein. Er berührte ihre Haut, zog sie zu sich, hielt sie in seinen Armen. Kalt fühlte sie sich an. Ihre Glieder waren steif. Die Farbe des Lebens, der Odem des Herrn hatte sie verlassen. Ein Lächeln spiegelte sich auf ihrem Gesicht. Ihre Seele hatte ihren Frieden gefunden.

Er weinte nicht. Doch die Tränen bahnten sich ihren Weg. Er fror. Er fluchte. Sein Blick tanzte umher. Blinzelnd. Verzweifelt suchte er das Rund ab. Nichts. Nichts, was sie ins Leben zurückbrächte. Nichts, was ihm versicherte, dies wäre nur ein Traum. Hin und her. Seine Gedanken purzelten. Er hielt nicht still. Nur sein Körper, der sich weigerte, sie freizugeben.

Und mit einem Mal entdeckte er es, sah ihr Vermächtnis. Und er erkannte, was es war. Mit seinem Schwert begann er, die Erde zu lockern, mit den Händen schaufelte er eine kleine Kuhle. Er schwor, er würde darauf aufpassen – vor allem auf das, was darin erwachsen würde.

Die Zeit war gekommen. Conrad löste seinen Mantel und barg ihren leblosen Körper darin. Er spürte kaum das Gewicht, als er ihre Zartheit schulterte. Für einen Moment zögerte er. Er musste an das Wirtshaus denken, an dem sie Halt gemacht hatten vor einigen Tagen. Vor einer Ewigkeit. Einem anderen Leben. Was gäbe er darum, sie ebenso zappelnd und widerspenstig an seiner Seite zu sehen?

Er musste an seine Mutter denken, seinen Vater, Georg.

†

WAHRHEIT †Kapitel 61

BURG FRIEDBERG, ENDE MÄRZ 1268

»So ist es.« Ludwigs Stimme hallte wie aus weiter Ferne. Hohl klang sie, leer. Das Bild seiner Handlungen stand ihm vor Augen, und alles um ihn schien in Schatten getaucht; Schatten, die sich selbst um seine Stimme schlangen, Schatten, die sich auflehnten gegen die Sonnenstrahlen, verdunkelten, was wärmend und erhellend durch die Fensterauslässe hereinleuchten wollte. Der Saal schrumpfte um ihn, schnürte ihn ein. Wie viel Zeit war vergangen, seit zuletzt Ulrich von Mering hier vor ihm gestanden hatte? Eine Ewigkeit? Nun musterte er jene andere Gestalt, die vor ihm stand, einem Baum im späten Herbst gleich, dessen trockene Blätter langsam und raschelnd fielen, die Zweige gedrückt, ob der Last der Jahre und dem Herbstwind ergeben, doch firm, ob der tiefen Wurzeln und des kräftigen Stammes. In den Augen des Mannes, der vor dem Herzog stand, loderte Feuer, das im Gegensatz zu stehen schien zu dem Alter und den Falten, die Pater Augustinus' Gesicht mehr denn je runzelten.

»Und Ihr wusstet, welche Schuld Ihr auf Eure Seele ladet, und dennoch zögertet Ihr nicht«, klagte der Priester an. »Euer vermaledeiter Stolz – wie viel Leben opfert Ihr ihm noch?«

»Zur Hölle mit Euch, Priester. Ihr habt gesagt, was zu sagen war. Meine Seele wird doch ohnehin in der Hölle schmoren. Was wollt Ihr noch?«

Augustinus bekreuzigte sich. »Einen Unschuldigen habt Ihr gehenkt; das lässt sich nicht ungeschehen machen. Dennoch: Ihr könnt noch Gutes tun und die Qualen für Eure Seele mildern. So fordere ich, dass Ihr demjenigen seine Strafe zukommen lasst, der die Ursache all jenes Übels ist. Weshalb habt Ihr ihn nicht längst gefasst?«

Augustinus kratzte sich am Kopf. »Weshalb konnte er überhaupt so viel Schaden anrichten?«

»Weshalb?« Ludwig schloss die Augen. »Weshalb?«, murmelte er. Nach einer Weile richtete er seine Augen auf den Pater, doch sein Blick, seine Gedanken waren entrückt, verfingen sich in einer anderen Zeit. »Einst war sein Vater in meinen Diensten, mein Ratgeber, Vertrauter, Hofmarschall. Er war ein tüchtiger Mann, eifrig in meinem Auftrag. Und er war vor allem eines: ehrgeizig. Doch dann hinterging er mich, und Maria hat es entdeckt.«

»Eure erste Gemahlin«, ergänzte Pater Augustinus. »Und diesem habt Ihr vergeben und habt ihm die Strafe erspart. Ihr habt ihm sogar weiter vertraut.«

»Er war geschickt in den Verhandlungen und öffnete mir manche Tür, die mir ohne seine Hilfe verschlossen geblieben wäre«, führte der Herzog an. »Doch ich wusste nicht, wie sehr er Maria hasste. Er hasste sie so sehr, weil sie – eine Frau – ihm auf die Schliche gekommen war. Ich wollte es nicht sehen.«

Der Kirchenmann schüttelte den Kopf. »Ich kenne die Folgen und den Preis, den Ihr bezahlt habt.«

Ludwig schnaubte. »Johann von Eurasburg hielt in einer Zeit zu mir, als niemand zu mir hielt. Damals – ich war unerfahren und grün hinter den Ohren. Ich stand allein und musste meine Männer ins Feld führen. Er knüpfte die Bande zum Hause Brabant, mit seiner Hilfe wurde Maria meine Frau.

Und dann hat er mich verraten.«

»Und seine Lüge führte zum Tod Eurer Gemahlin – und zum Verlust jeder Aussicht auf die Krone«, fasste Augustinus zusammen. »Ihr habt geglaubt, ihm alles nehmen zu können. Ihr glaubtet, er würde sich in sein Schicksal fügen und verdorren. Doch sein Sohn wurde zu seinem Werkzeug. Längst hättet ihr die ganze Sippe fassen und in den Kerker werfen sollen. Stattdessen ist der Mörder durch Euer Netz geschlüpft.«

»Herrgott, Priester«, schnappte Ludwig, »ich kann die Zeit nicht zurückdrehen.«

»Ihr könnt die Zukunft ändern«, erwiderte der.

Er musterte sein Gegenüber. »Ich werde tun, was ich tun muss, Pfaffe.«

»Euer Stolz und Euer Zorn haben Euch an diesen Punkt geführt. Ist es so schwer, einen Fehler einzugestehen? Oder ist es das, was Ihr fürchtet?« Die Miene des Paters wurde hart.

Der Herzog trat einen Schritt weiter auf Augustinus zu. »Geht!« Kaum ein Flüstern, doch das Wort füllte den Raum.

Er nickte dem Waffenträger an der Tür zu und unterdrückte ein Gähnen. »Holt mir die beiden. Einen nach dem anderen. Den Ritter zuerst, dann Cäcilia.«

Ihm fiel noch etwas ein. »Schickt zuvor meinen Burschen in die Küche.«

Mit einem Becher Wein ließ er sich in seinen Stuhl fallen. Der Schmerz in seinem Schädel meldete sich zurück. Das Essen schlang er in wenigen Bissen herunter. Mit einem Wink seiner Hand scheuchte er den Jungen mit den Knochen – und den Gemüseresten hinaus. Er leerte den Wein, erhob sich und gab den Wachen das Zeichen.

In der Mitte der Erhöhung wartete er und blickte hinab in den Saal.

Georg von Hardenberg stand wortlos vor ihm. Er nickte. Er nickte ein weiteres Mal bei Ludwigs Worten zum Tod seiner Schwester. Dann drehte er sich um und verschwand.

Ein paar Spannen der Stille waren Ludwig gegönnt, ehe Cäcilia zur Tür hereinrauschte. Mit einer Geste gebot er ihr, unterhalb seines Podests in der Mitte des Ratssaals zu verharren. Sie verwünschte ihn allein mit ihren Blicken.

Er sprach sein Urteil.

»Nein!« Ihre Stimme hallte von den Wänden. »Nein!« Die gesamte Farbe ihrer Wangen schwand. »Das könnt Ihr nicht. Das dürft Ihr nicht!« Furcht und Wut sprachen aus ihrer Miene. »Wie könnt Ihr es wagen, mir Eure Dankbarkeit auf diese Weise zu vergelten?«

Er war der Herzog. Er, Ludwig II. von Bayern, Pfalzgraf bei Rhein, war der Debatte müde. Seine Kopfschmerzen meldeten sich deutlich, ihm schienen sie stärker denn je zuvor. Zu gut erinnerte er sich daran, wann dieses Pochen im Schädel begonnen hatte, und gleichzeitig schien es ihm, als begleitete es ihn seit einer Ewigkeit und wurde immer stärker, seine Miene immer düsterer. Er hatte gesagt, was zu sagen war. Und dennoch war ihm keine Ruhe vergönnt.

»Ihr seid die Hofdame meiner Frau. Schweigt endlich!«

Sein Blick fuhr über die Konturen der Frau mit dem Feuerhaar. Ihre Augen glühten, ihre Lippen leuchteten rot. Er seufzte. Cäcilia wusste zu viel, kannte ihn zu gut und zu lange.

»Genau so wird es geschehen. Ich bin der Herzog. Ich verfüge über Euch. Und Ihr habt Euch meinem Wort unterzuordnen. Ihr wolltet eine angemessene Partie als Gemahl. Hier habt Ihr ihn. Keine Widerrede will ich hören. Nicht jetzt und kein anderes Mal.«

»Ihr könnt nicht von mir verlangen, mit ihm den Bund der heiligen Ehe einzugehen. Er hat mich gesehen nach dieser Demütigung – niedergeschlagen, gefesselt und zurückgelassen wie ein Stück Vieh.«Cäcilias Stimme überschlug sich. »Georg von Hardenberg verachtet mich.«

»Ich kann, und ich werde. Dies ist mein letztes Wort, Weib. Höre ich noch einen weiteren Einwand von Euch, landet Ihr im Verlies, und niemand hört jemals wieder von Eurer Existenz.« Die Lider halb geschlossen fixierte er sie mit eiseskaltem Blick. »Und fangt mir gar nicht erst von Anna an. Sie weiß, was geschah. Alles. Mit allen Konsequenzen. Ihr seht, Eure Sicherheiten sind erloschen.«

Ihr habt von mir erhalten, was Ihr gefordert habt. Einen angemessenen Gemahl, den Lohn für Eure Dienste.«

»Ich habe weit mehr für Euch getan, Ludwig.«

»Weib!«, schnauzte er sie an. »Erdreistet Euch nicht, mich derart anzusprechen.« Die Wut in ihren Augen verbrannte ihn schier.

Cäcilia stützte die Arme in die Hüften und trat näher zu ihm. »Vergesst nicht, was ich weiß. Ihr mögt mir diesen Befehl erteilen, und Ihr werdet es bereuen. Der Tag ereilt Euch schneller, als Ihr glaubt.«

Der Herzog drehte sich ab von ihr. Er konnte nicht verhindern, dass Augustinus' Worte ausgerechnet jetzt in seinem Innersten erklangen. Er fuhr sich mit den Händen übers Gesicht und spürte umso mehr die Last seiner Entscheidung – einer Entscheidung, getroffen im Zorn, einer Entscheidung aus Rache an seinem widerspenstigen Berater Ulrich von Mering. Und sein eigener Stolz hatte ihm verboten, sie aufzuheben.

Es war zu spät. Er beschritt diesen Weg und hier gab es nur eine Richtung. Er hörte die Tür ins Schloss donnern, ihre Schritte im Flur verklingen.

Ludwig trat ans Fenster und versuchte sich auf die Vorbereitung seines Feldzugs zu besinnen. Doch seine Gedanken sperrten sich und krallten sich an die Vergangenheit.

EWIGKEIT †Kapitel 62

BURG FRIEDBERG, ENDE MÄRZ 1268

Der Mond hatte sich von der Nacht abgekehrt. Dunkelheit herrschte und verbarg die Bäume. Auf dem Weg schloss sich die Düsternis um Hans. Auf der Stiege hinauf zum Richtplatz verfing er sich wieder und wieder in seinem Mantel, seine Gedanken in den Ereignissen der letzten Tage. Die Fäden der Geschehnisse entglitten seinem Begreifen.

Hier hatte er Ulrich sterben sehen, der Feind seiner Familie war vernichtet. Glaubte er. Er hatte dem Schicksal zu seinem Recht verholfen. Dachte er.

Hans hatte sich durch die Burg geschlichen und vor den Wachen verborgen. Diesmal hatte ihn niemand entdeckt. Er hatte den Herzog belauscht bei der Unterhaltung mit diesem Priester. Und dann, mit einem Mal, mit ein paar Worten hatte Ludwig alles zerschmettert. Das Lügengebilde seines Vaters war über Hans hereingestürzt.

Er hatte sein Leben einem Zweck gewidmet: Das Unrecht gegen seine Familie richtigzustellen. Den Preis dafür hatte er mit Leben bezahlt. Doch nun war klar: Das Urteil von einst gegen seine Familie war zurecht gefallen. Sein Vater war nicht Opfer einer Intrige, er war der Drahtzieher gewesen.

Die Erkenntnis fraß an Hans' Eingeweiden, an seinen Händen klebte Blut. Sinnlos vergossene Leben. Hans hatte seine Seele der ewigen Verdammnis anheimgegeben. Bis in alle Ewigkeit.

Agnes war tot. Die Frau, die er wollte, die die Seine hätte sein sollen. Sie war an den Ort geflohen, an den er ihr nicht folgen konnte. Und er hatte sie dorthin getrieben.

Er erreichte den obersten Absatz der Treppe und entdeckte die beiden erst im letzten Moment. Hans

453

erstarrte, und spürte zugleich die Erleichterung. Er atmete auf. So hatte er es vorausgesehen. So musste es sein. So musste es enden. Hans hieß sein Schicksal willkommen.

Er zog das Schwert. Das Klirren von Metall brannte in seinem Ohr. Er spürte den Stich, Feuer brannte durch seine Adern.

So musste es sein. So. Nicht anders. So fühlte sich das Ende an. Sein Ende. Wissend starrte er Agnes' Brüdern entgegen.

Tränen füllten seine Augen. Blut strömte über seine Hände. Die Klinge seines Schwertes gierte nach dem Rot.

Er spürte das Fließen. Das Leben rann aus ihm. Kälte kroch an ihm empor. In ihm. Umfing ihn. Der Strom versiegte, das Rot wurde kalt. Die Gesichter der beiden Ritter waren das Letzte, das er sah - und die Wut darin.

Keine Wärme, kein Mitleid. Nicht einen Hauch von Liebe erblickte er.

Nicht ein Hauch von Liebe in seinem Leben.

Sie brauchten nicht viele Nächte zu warten. Conrad und Georg tauschten Blicke. Weit über die Lande hatte das Volk die Kunde von Ulrichs Worten und seiner Unschuld verbreitet. Aus der Geschichte um den Tod des Meringers war längst eine Legende erwachsen. Die Blutföhre war in aller Munde.

Seit dem Tag der Hinrichtung beherrschte Ulrichs Prophezeiung die Gemüter, der Tod seiner Verlobten – Agnes' Tod – hier an dieser Stelle war Öl in das Feuer der Gerüchte.

Die Blutföhre.

Würde sich der Baum erheben? Würde aus Ulrichs Blut eine Föhre erstehen? Hatte deswegen seine junge, wunderschöne Braut ihr Leben ebenfalls gegeben, damit sie ihm wiederbegegnen durfte in höheren Sphären? Oder hatte ihr Herz aus Trauer aufgehört zu schlagen, weil das Unglück und die Trauer an dieser Stelle der Hinrichtung besonders schwer lastete.

Mit gezogenen Schwertern hatten die Brüder ausgeharrt Nacht für Nacht an der Richtstätte. Einer schlief, einer wachte. Abwechselnd. Still und beredt. Die Brüder hatten geschworen, den Baum zu verteidigen, mit dem ersten Trieb, den er schlug.

Die Mutter brachte einen Korb mit Essen und Worte und Tränen und Trost und Trauer. Beim nächsten Mal fand Mathild den Weg, wartete still mit ihnen, verließ sie wieder.

Keiner aus der Stadt oder von der Burg wagte sich her, um nachzusehen. Und wenn, wussten Conrad und Georg denjenigen zu verscheuchen, ohne selbst entdeckt zu werden.

Bis auf den einen. Ihn erwarteten sie. In dieser Nacht war er endlich gekommen. Letztlich war es, wie es sein musste. Wie sie es sich erhofft hatten.

Sie hatten ihn kommen sehen; vielmehr hatten sie ihn gehört. Nicht einmal ansatzweise gab er sich die Mühe, ungehört zu bleiben. Er musste gestolpert sein über Wurzeln, Sträucher, Äste, Steine, fluchte laut und derb. Nun war er hier. Stand vor ihnen. Wie sie es vorausgesehen hatten.

Sie schritten ihm entgegen. Ehe sie bei ihm waren, stürzte er sich in das eigene Schwert. Er fiel über die Schwelle ins Reich des Todes und hauchte sein Leben aus. Schmerz stand auf seinem Gesicht. Seine Seele würde keinen Frieden finden.

Conrad beugte sich über ihn. Ihm blieb lediglich, den Tod des Eurasburgers festzustellen. Er nickte Georg zu, und der Jüngere half ihm. Sie erlösten den Toten vom Schwert und hoben ihn hoch. Etwas Dunkles rollte aus Hans' Mantel, etwas blieb auf der Erde zurück.

Georg nahm es in Augenschein.

»Conrad.« Er winkte den anderen zu sich. »Sieh!«

Der Ältere griff danach und drehte den Gegenstand in seinen Händen. Erstaunt schüttelte er den Kopf. »Das glaubt niemand«, murmelte er vor sich hin. Er hob das Fundstück in die Höhe. »Eine sehr junge Föhre, kaum dem Samen entwachsen.«

»Aber …« Georg hielt einen Moment inne. Er schüttelte sein Haupt. »Das würde bedeuten …« Ungläubig griff er selbst noch einmal nach dem zarten Trieb des Baumes. »Glaubst du, er hat noch nichts davon gehört, dass die Föhre bereits wächst? Glaubst du, er wollte selbst den Beweis pflanzen? Kam er deswegen hierher?«

Conrad zuckte unwissend mit den Achseln. »Vielleicht besitzt auch ein Hans von Eurasburg so etwas wie ein Gewissen. Wer weiß das schon?«

»Wie es aussieht, werden wir dies niemals mehr erfahren«, schloss Georg. »Komm! Hilfst du mir?«

EPILOG

NOVEMBER 1268

Mit seinem Daumen zeichnete Ludwig das Kreuzzeichen auf die Stirn. Wann immer er sich in der Nähe aufhielt und seine Zeit es zuließ, suchte er diesen Ort auf. Natürlich war es zu spät. Natürlich ließ sich nichts mehr ändern. Die Zeit lief vorwärts, nicht zurück.

Kühle und Dunkelheit umfing ihn in dieser kleinen Kapelle. War er hier, drückte die Schuld etwas weniger, die auf seiner Seele lastete.

Rechts und links vor dem Altar bot sich jeweils für nur eine schmale Bankreihe Platz. Als Familienkapelle reichte dies aus. Die kleinen Fenster zeigten seltene und aufwändige Glasarbeiten. Es waren die einzigen Glasfenster weit und breit. Das Licht brach sich und verzauberte den Raum mit den Farben des Regenbogens und der Hoffnung, selbst zu dieser Jahreszeit.

Im November gelangte deutlich weniger Licht in das kleine Schmuckstück. Ihn störte es nicht.

Nicht oft genug konnte er hierherpilgern. Er hatte um Absolution zu bitten. Die sterblichen Überreste Ulrichs von Mering und seiner schönen Braut Agnes von Hardenberg ruhten hier in der kleinen Kirche nahe dem ehemaligen Stammsitz der Familie.

Er, Ludwig II., Herzog von Bayern und Pfalzgraf bei Rhein, hatte das Welfengeschlecht der Meringer ausgelöscht. Den Letzten ihres Blutes hatte er geopfert. Wofür? Ludwig schüttelte müde sein Haupt und fuhr sich erschöpft durchs Haar. Nach dem Tod des Welfen waren ihm dessen Besitztümer zugefallen. Als Trost genügte dies nicht.

Er kniete sich nieder und bat um Vergebung.

Graf Ulrich von Mering, hatte recht behalten. Ludwigs

Träume vom Königsthron waren zerschmettert. Sein Mündel, Konradin von Hohenstaufen, hatte am 23. August eine vernichtende Niederlage erlitten gegen seinen Feind Karl von Anjou. Nur knapp war er damals der Gefangennahme entgangen. Das Glück verließ den Jungen in Astura endgültig. Ein Verbündeter Karls griff Konradin auf und lieferte ihn aus an die Feinde des Staufers.

Vor wenigen Stunden hatte Ludwig ein Bote mit Nachricht von seinem Neffen erreicht. Ein fadenscheiniger Prozess, ein schneller Richterspruch: Verurteilung und Enthauptung. Der Letzte aus dem großen Geschlecht der Staufer wurde auf dem Marktplatz zu Neapel gehenkt wie ein gewöhnlicher Verbrecher, seine sterblichen Überreste in ungeweihter Erde verscharrt, das Geschlecht vom Angesicht der Erde getilgt. Man schrieb den 29. Oktober 1268.

All die Pläne waren zu Staub zerfallen. Wieder einmal rückte der Thron in unerreichbare Ferne.

Er bekreuzigte sich erneut und verließ die Kapelle.

»Ihr habt bereits gepackt?« Sein tiefer Bass hallte nach. Er ließ die Tür geöffnet, verharrte im Türrahmen. Viel Zierrat hatte es nie gegeben in dieser Kammer. Nun waren die Vorhänge am Bett abgenommen, die Felle vom Boden verschwunden. Das Bett und der Schrank blieben zurück, wirkten auf eine seltsame Weise kahl. Der Sitz, der schlichte Tisch, die Truhe fand sich längst irgendwo auf dem Wagen, der sie fortbringen sollte. Sie hatte ihm den Rücken zugedreht.

Er sah, wie Cäcilia leicht zusammenzuckte. Nur halb drehte sie sich zu ihm, gönnte ihm ein Stirnrunzeln und einen Atemzug, so schwer, so nachdenklich, so kalt.

»Das Weib des Wildgrafen, also? Das ist es, was Ihr eingefädelt habt?« Mit seinen Worten brannte ihr Blick auf ihm. »Wie gelang es Euch, das Einverständnis eines Heinrichs von Kyburg zu der Hochzeit mit Euch gewinnen? Verratet es mir!« Ludwig lehnte sich gegen den Türsturz. »Er war mir stets in Freundschaft verbunden. Ich hätte nicht geglaubt, dass er mit Euch das Bündnis schließt.«

Die Katze bewegte sich auf ihn zu. »Er war Eurer ersten Gemahlin verbunden in aufrichtiger, unschuldiger Freundschaft, meint Ihr doch. Jener, deren Leben Ihr ebenso auf dem Gewissen habt. Maria.« Als sie das Aufflackern in seinen Augen entdeckte, flackerte auf ihren Lippen ein kleiner Triumph, und sie fixierte ihn unter halbgeschlossenen Lidern.

Er schloss die Tür und bemühte sich, Abstand zu ihr zu halten. »Heinrich hat mir vergeben. Gott allein weiß, weshalb, doch er hat es getan, und steht zu seinem Versprechen, mich zu unterstützen. Er ehrt Marias Andenken.«

Ehe er weitersprechen konnte, fiel Cäcilia ihm ins Wort. »Und Ihr solltet dies vielleicht endlich ebenso tun.«

Er mochte den Tonfall ihrer Stimme nicht. »Haltet den Mund, Cäcilia. Maßt Euch nicht an, mich zu belehren.«

Sie schüttelte den Kopf. Einen Moment ließ sie verstreichen, dann drehte sie sich wieder ab.

»Ich habe die Ehe angeordnet zwischen Euch und dem Hause Hardenberg. Georg ist mein Ritter. Wie habt Ihr es angestellt, dass er sich meinem Befehl widersetzt?«

Sie brauchte nur einen Schritt, dann war sie ihm nah, ihr Atem an seinem Ohr. »Ludwig, unterschätzt mich nicht! Ich habe meine Mittel.« Ihr Atem war warm. »Diese Sache geht nur den Hardenberger und mich an. Aber seid gewiss: Ich werde Eure Taten nicht vergessen, und ebenso wenig, was ich für Euch getan habe und wie Ihr mich dafür entlohnen wolltet.« Die Worte waren noch nicht verklungen, da war sie bereits ein Stück entfernt von ihm – zurück am Fenster. Ein letzter Blick verbrannte ihn, dann wandte sie sich ab.

Er vernahm ein Räuspern. Wie er aus der Kammer in seinen Ratssaal gelangt war, erinnerte er sich nicht.

»Wie lange seid Ihr schon hier?«

Pater Augustinus zuckte mit den Schultern und runzelte die Stirn. »Man kann sie bereits von unten sehen, sie wächst Stück um Stück«, murmelte der Alte. »Euer Volk trägt die Trauer um den gerechten Edelmann und seine schöne Braut im Herzen und auf den Lippen.«

»Was wollt Ihr?«, grollte er. Ludwig fuhr sich mit der Hand über die Augen.

»Die Ritter Hardenbergs sind zurück nach ihrer Trauer, das Mädchen Mathild ist bei Ihnen«, setzte Augustinus an.

Ludwig schritt zum Eichenschränkchen, griff sich den gefüllten Pokal und schwenkte ihn. Das Aroma des Weins stieg ihm in die Nase. Sein Blick war entrückt. »Ich werde mein Versprechen einhalten. Das Mädchen soll unterwiesen werden in der Jagd, der Reiterei und in den Lehren der Welt, und ehe sie nicht selbst zustimmt, soll sie an keinen Gemahl gebunden werden.« Er setzte an und nahm einen tiefen Zug. »Ihrem Vater wird es wenig schmecken, dass er durch keine Bündnisse schließen kann, oder zumindest diese Bündnisse nicht besiegeln kann, indem er seine Tochter mit einem mächtigen Fürst verheiratet. Doch zuwenigst sind die Hardenbergs beschwichtigt, und ihre Unterstützung ist gesichert«, brummte er.

Der Kirchenmann neigte den Kopf zur Seite, wählte seine Worte mit Bedacht. »Als Tochter aus dem Hause der Habsburger – wer weiß, was das Schicksal für sie bereithält. Sie hat viel Zeit verbracht an Agnes' Seite, an der Seite einer Frau mit freiem Geist. Ihr einen Weg anzubieten, scheint mir klüger, als sie in einen Käfig zu sperren.« Der alte Mann wartete einen Moment, ehe er fortfuhr, leiser, mit gedämpfter Stimme. »Ihr hattet eine kluge Frau an Eurer Seite, die Ihr im Zorn geopfert habt. Euren Getreuen habt Ihr trotz seiner Unschuld gerichtet und der Frau, die sein war, das Herz gebrochen. Gedenkt der Toten! Erkennt, was sie waren, und lernt daraus. Nun denn … vielleicht reicht Euch das Schicksal einst wieder seine Hand.«

Als Ludwig sich umblickte, fand er den Raum leer. Er zeichnete das Kreuz auf seine Stirn und schenkte Gott ein Versprechen. Nie mehr würde er vergessen. Dann betete er.

»Mögen Sie in diesem Frieden ruhen. Ihre Liebe hat den Tod überwunden. Ihr Beispiel wird Mahnung und Vorbild sein.«

NACHWORT

GESCHICHTLICHER RAHMEN
Deutschland/Hl. Römisches Reich, 13. Jahrhundert

1254 stirbt der letzte König aus dem Haus der Staufer. Sein Sohn *Konradin* (*1252) ist zu jung und wird von den wahlberechtigten Fürsten als Nachfolger abgelehnt. *Wilhelm von Holland (*1228 – 1256) folgt auf den Thron* als König des Heiligen Römischen Reiches. Wilhelm verunglückt im Januar **1256**.

Wieder stellen sich die Fürsten gegen *Konradin*. Sein Onkel und Vormund Ludwig II. aus dem Hause Wittelsbach ist aussichtsreichster Kandidat für die Thronfolge. Doch durch eine Intrige und die Ermordung seiner Frau verspielt Ludwig die Chance auf die Krone.

Die Fürsten wählen *Richard von Cornwall* und *Alfons von Kastillien* **1256/1257**. Die Doppelherrschaft (Interregnum) nutzen die Fürsten, sie verfolgen ihre eigenen Ziele; die niederen Stände versuchen als Raubritter zu überleben.

Die Macht und der Einfluss der Könige im Heiligen Römischen Reich schwindet, Deutschland und seine Adelshäuser spielen zu dieser Zeit kaum eine politische Rolle in Europa.

1267 unterstützt Papst Clemens *Karl I. von Anjou (*1227 – 1285)* als Regent in Italien. Er stellt sich gegen Konradin von Hohenstaufen und gegen die verbliebenen Herrschafts – und Erbansprüche der Staufer, und er verhängt den Kirchenbann über den jungen Staufer Thronanwärter.

1268 im Oktober wird der sechzehnjährige Konradin enthauptet. Die Linie der Staufer endet.

1273 wird *Rudolf I./IV. von Habsburg(*1218 – 1291)* mit Hilfe des Wittelsbachers Ludwigs deutscher König und *Mathild (*1251 – 1304)*, dessen Tochter Ludwigs Frau.

1284 erblickt Ludwigs Sohn, der spätere Kaiser Ludwig,

der Bayer, das Licht der Welt.

✝

HAUS WITTELSBACHER AB 1268

Das Haus – und einstige Königsgut Mering fällt 1268 in den Besitz der bayerischen Herzöge. Bis zu seinem Tod im Jahre 1294 bleibt Ludwig II. einer der einflussreichsten Fürsten des Reiches, der versucht die Macht zu bündeln.

Nach seinem Tod spaltet sich das Haus Wittelsbach in eine pfälzer und eine bayerische Linie. Sein Sohn Ludwig, der Bayer, steigt auf zum Kaiser des Heiligen Römischen Reiches deutscher Nation. Er bietet der Kurie aus Rom die Stirn und verändert mit neuen Ideen während seiner Regentschaft Reich, Verfassung und Gesellschaft – in der »Zeit der Entwürfe*« (*Zitat Michael Menzel).

Könige und Kaiser(innen) gehen aus dieser Linie hervor, unter anderem der weltberühmte „Märchenkönig" Ludwig II., und Kaiserin Elisabeth „Sisi".

In Politik und Architektur hinterlässt die Dynastie der Wittelsbacher Spuren, besonders in und um München (baulich z. B.: Alter Hof, Residenz, Kloster Fürstenfeld).

✝

Historische Persönlichkeiten...

Ludwig II. »der Strenge« (*1229 – 1294), Herzog von Bayern und Pfalzgraf bei Rhein, entstammt dem Adelshaus der Wittelsbacher.

Er erringt bereits in jungen Jahren Achtung als Kriegsherr. Die Heirat mit *Maria von Brabant (*1226 – 1256,* Verwandte des Königs Wilhelm von Holland) schafft die Verbindung zum holländischen Königshaus. Durch die Heirat seine Schwester Elisabeth mit dem Staufer-König Konrad (*1228 – 1254) verstärken sich die Bande zum Königshaus im deutschen Reich.

Er unterstützt sein Mündel **Konradin von Hohenstaufen** *(*1252 – 1268)* bei der Wahl im Jahr 1256.

1257 beauftragt er den Bau der Burg Friedberg.

1260 heiratet Ludwig erneut (*Anna von Schlesien-Glogau *1240 – 1271*).

1267 zieht er bis kurz vor Verona mit seinem Neffen Konradin. Ludwig kehrt zurück nach Hause, Konradin bleibt in Italien.

1268 fällt die Grafschaft Mering an Ludwig.

Die Ereignisse rund um die Entstehung der Sage von der Blutföhre in diesem Zeitfenster anzusiedeln, schien mir plausibel.

Charaktere – nicht historisch eindeutig belegt

Ulrich von Mering

Mering bei Augsburg, Nähe Friedberg, wird vermutlich bereits im Nibelungenlied erwähnt und war als Königsgut Möringen uralte Ilsung-Grafschaft. Der Ort gilt als Mittelpunkt der Welfenherrschaft. 1268 fiel die Grafschaft Mering in den Besitz der bayerischen Herzöge von Wittelsbach.

Ulrich genießt als Graf von Mering hohes Ansehen, sein Ehrgefühl und seine Aufrichtigkeit sind durch »*die Sage von der Blutföhre*« überliefert.

Agnes von Hardenberg

Zu Agnes finden sich keine hilfreichen geschichtlichen Anhaltspunkte. Wo das Stammhaus Agnes' lag, lässt sich nicht eindeutig zuweisen. Denkbar ist Hardenburg in der Nähe Heidelbergs. Heidelberg war Ludwigs II. Residenz in der Pfalz.

Hans von Eurasburg

Sagen berichten von Hans als zwielichtige Gestalt. Er ist berüchtigt für das, was sich im Laufe dieses Romans herausstellt. Geschichtliche Quellen weisen hin auf einen großflächigen Ansitz mit Burgplateau, der vermutlich im 13. Jahrhundert verlassen wurde. Näheres ist über ein dort ansässiges Adelsgeschlecht nicht bekannt. Wer sein Vater war und welche gesellschaftliche Position dieser hatte, ist nicht bekannt.

Die wichtigsten fiktionale Charaktere

Cäcilia – Adlige aus gutem Hause; Hofdame von Herzogin Anna, kehrte vor kurzem an Ludwigs Hof zurück.

Georg und Conrad von Hardenberg – ältere Brüder der Agnes von Hardenberg

Adlhaydt und Wernher von Hardenberg – Eltern von

Agnes

Mathild – Agnes Base

Albrecht – stummer Diener des Hans von Eurasburg

Barthel – Burgvogt und Kämmerer auf Schloss Friedberg, langjähriger Diener Ludwigs

Lennart – Jäger, Vertrauter und einstiger Lehrer Ulrichs von Mering

SONSTIGES

Bier – die Geschichte des Bieres beginnt schon mit dem Gilgamesch-Epos. Ab ca. 650 nach Christus entstehen die ersten Klöster in Europa, in denen Bier gebraut wird. Bekömmlich gebraut wurde es erst später mit den bekannten Zutaten.

Sage – die Sage von der Blutföhre erlebte insbesondere ab dem 18. Jahrhundert in der Zeit der deutschen Romantik eine Renaissance und war äußerst beliebt.

DANK

Mein Weg vom ersten Buchstaben zum letzten Punkt war Hinfallen und Aufstehen, Ablehnung und Überarbeiten, Lernen und Wachsen, Verbindungen schaffen. Ich bin dankbar für jeden einzelnen Menschen, der mich dabei unterstützt, gelehrt oder angetrieben hat, weiterzugehen.

DANKE

- jenen, die meine Ideen mit mir – wieder und wieder – diskutiert und manche Irrwege und allzu poetischen Auswüchse gerade gebogen haben.
- jenen, die nicht müde wurden, überarbeitetete Versionen (nochmal) zu lesen und zu einem besseren Buch beigetragen haben.
- jenen, die an mich geglaubt haben – und glauben – und Mut machen – auch gegen mich selbst.
- jenen, die mich – mitunter auch schmerzlich – erinnerten, was mir eigentlich wichtig ist, und mich auf unterschiedliche Weise zum Weitermachen gebracht haben.
- jenen, die meinen Weg begleitet haben und/oder mir Freunde sind und waren.
- jenen, die mich inspiriert haben.
- meiner Familie, die mich – vielleicht – nicht immer versteht, aber immer bedingungslos für mich da ist.
- Dorothea, meiner Lektorin, für ihren Spiegel, die Anregungen und die bereichernde Zusammenarbeit –
- vor allem Capucine, Jessica, Julia, Jens, Kata, Liliana, Claudia & Nadja, Nele, Helga, Markus, Matthias, Owen, Olli, Stefan.
- Und auch: meinen Testlesern und Lesern ☺

„*LASST UNS EINE NEUE FEDER FINDEN - UND SEI ES, WIR SCHMIEDEN SIE SELBST AUS EISEN.*

***SCHREIBEN WIR UNSERE ZUKUNFT NEU!*“**

Ulrich von Mering